terreux de la cour de la prison. Desjardins et son compagnon de cellule l'attendaient tapis dans un coin. Il restait le mur d'enceinte à franchir. Qui était derrière ce plan ? s'était maintes fois demandé Antoine de Phélippeaux. Il avait fallu de l'argent, des hommes, des réseaux. Les chefs chouans, sûrement, ou les lieutenants de son armée du Berry. Antoine songeait d'abord à cet original de Hyde de Neuville, excellent tireur dans une autre division d'insurgés que la sienne, conspirateur-né d'ascendance écossaise dont les aïeux s'étaient exilés dans le Berry. Cette audace, cette folie à vouloir forcer les portes de la sinistre prison de Bourges ne pouvaient venir que de son esprit de bretteur hors pair, qui avait poussé le risque jusqu'à devenir l'avocat des insurgés de Bourges. Plusieurs accusés avaient eu la vie sauve grâce à son discours de tribun talentueux. Les procureurs, qui ne connaissaient pas son passé, n'y avaient vu que du feu.

– Hâte-toi, général !

Près du mur d'enceinte, Desjardins craignait le pire. Il restait deux hommes dans les cellules. Antoine secoua le salpêtre collé à son pantalon. À ce moment-là, une pierre fut jetée de l'extérieur du mur d'enceinte.

– Le signal d'un quelconque danger, murmura Antoine à Desjardins.

– Un garde, sans doute.

On entendit alors un cri étouffé, comme si la sentinelle avait reçu un coup bien ajusté.

Il fallait encore attendre.

Antoine ferma les yeux. Il vit les cavalcades dans l'Ouest insurgé, les assauts contre les villes et les bourgs, la victoire à Sancerre, « cité libre » placée sous ses ordres dans l'euphorie générale. Il se souvint du début de son procès, du citoyen Dubois, l'accusateur public haineux qui rêvait d'être un nouveau Fouquier-Tinville. Il songea aux excès de la Révolution qui se retournait contre elle-même, mangeait ses patriotes, décapitait quelques-uns de ses plus fougueux tribuns et laissait en place les sans-grade de la barbarie, plus dangereux encore que les Robespierre et les Saint-Just.

Phélippeaux leva le nez quand il entendit le bruit d'une seconde pierre tombant dans la cour. Elle était enrobée d'un mouchoir blanc. C'était le signal convenu, la voie semblait désormais libre, si les compagnons restés dans la tour voulaient bien donner signe de vie. Au bout de quelques instants, un corps émergea de la façade aux grosses pierres mal jointoyées. C'était Bézard, insurgé valeureux mais un peu maladroit. À peine s'était-il engagé sur la cordée de draps qu'il s'entortillait les pieds. En contrebas, Antoine et les siens retinrent leur souffle. Plus Bézard tentait de se dégager, et plus ses pieds se trouvaient prisonniers. Le malheureux resta suspendu dans le vide, à vingt pieds sous sa fenêtre. Il chuchota à Decensière resté dans la cellule de couper le drap afin de ne pas compromettre l'évasion, quitte à mourir le crâne fracassé, mais ce dernier refusa et décida de le ramener dans la cellule. La deuxième tentative fut la bonne.

Quand la petite troupe se présenta au fond de la cour, la porte dérobée était déjà ouverte.

– Rochecotte ! murmura Antoine.

Les deux amis tombèrent dans les bras l'un de l'autre. Ils ne s'étaient pas revus depuis l'insurrection de Sancerre.

– Je préfère te voir en robe de moine que six pieds sous terre, lui dit Antoine à l'oreille.

– Allons, il est temps de déguerpir.

Dans la rue jouxtant la prison, nulle trace de sentinelle. Antoine et ses compagnons s'échappèrent en courant, tandis que Rochecotte leur donnait la direction, empêtré dans sa robe dont il finit par se débarrasser.

– Il faut gagner Saint-Céols cette nuit, dit-il.

– C'est à quatre lieues, rétorqua Antoine. Les hommes sont fatigués. Arrêtons-nous plutôt chez un frère.

Ils firent halte au domicile d'un aubergiste chouan, qui leur servit les restes froids de la veille. Bézard avait si soif qu'il se jeta sur une bouteille dont il but la moitié. Comme il s'agissait d'eau-de-vie, il s'écroula sur le carrelage de la petite auberge. Il fallut le porter jusqu'à la sortie de Bourges.

Au premier village, les compagnons trouvèrent des montures. Au fond de l'écurie, Antoine aperçut une encolure familière.

– C'est pour toi ! lança Rochecotte.

– Brocéliande...

Antoine en fut ému aux larmes. Il retrouvait enfin son cheval, celui qu'il avait monté lors de la révolte de Sancerre et avec lequel il avait livré bataille à Sens-Beaujeu. Il caressa longuement la crinière du pur-sang jais. Il fut très sensible à ce geste de Rochecotte. Il plaçait au-dessus de tout l'amitié et n'abhorrait rien plus que la trahison, comme celle qui avait permis son arrestation à Sancerre, après que ce Jean Tatin, cabaretier de La Motte-Beuvron, eut renseigné le général Michel dépêché par le Directoire pour mater la rébellion qui menaçait de se propager dans toute la France.

Au petit matin, Bézard, pas encore tout à fait dessaoulé, fut placé sur une charrette. Antoine de Phélippeaux enfourcha sa monture. Il leur restait à rejoindre Saint-Céols. Dans ce bourg, la petite équipe serait vraiment libre, avec des caches et des partisans par centaines.

Sur Brocéliande, Antoine galopait à vive allure. Le sang bouillonnait dans ses veines. Il était ivre de bonheur et rêvait d'en jouir par la musique. Le violon lui manquait tant, lui qui avait passé des heures à rêver dans la sinistre geôle les partitions de son enfance, les concerts, les andantes, tous ces morceaux joués dans la demeure familiale.

La course à cheval dura longtemps, car Rochecotte voulait amener Antoine et ses compagnons à Saint-Céols par des chemins détournés, afin d'éviter le poste de la route de Bourges. Phélippeaux galopait maintenant devant Rochecotte, ses bottes abîmées dansant sur les étriers en une incroyable sarabande, laissant libre cours à ses sentiments pour tenter de chasser ce qui le hantait depuis des mois, la perte d'Hortense.

Son cheval n'ayant rien perdu de sa vigueur et de sa souplesse, il oublia peu à peu les périls qui le guettaient. Il ne retint que l'envie de fuir à bride abattue, avec le reliquat de sa petite armée.

2

À Saint-Céols, Rochecotte ne cacha pas au prêtre le motif de sa visite : échapper aux gardes républicains qui les poursuivaient, lui et ses amis. Il leur fallait passer la nuit ici, loin de la route de Bourges, puis se disperser pour diminuer les risques d'arrestation.

La bastide était assez grande, héritage d'une famille de hobereaux fortunés sous Louis XIV. Le prêtre avait rejoint un temps la Révolution, puis l'avait quittée lorsque la Terreur avait sonné le tocsin. Il était bien portant, buvait son quart de vin au repas et s'évertuait à donner la messe à quelques ouailles dispersées qui ne craignaient pas les foudres des Jacobins. Le religieux accepta d'héberger les cinq évadés et leur ouvrit une vieille bouteille de sancerre.

Rochecotte alla s'occuper des montures dans la cour de la bastide, puis rejoignit Antoine de Phélippeaux.

– Cet œil crevé, Rochecotte, qu'est-ce ?

Rochecotte s'assit, se servit une rasade de vin. Ancien chef des insurgés de l'Ouest, il avait commandé avant la débandade les divisions de l'Orléanais, de la Touraine et du Berry. Ses bras portaient la trace de maintes blessures.

– Ce fut à Orléans, répondit-il. Quelques mauvais coups d'épée. Le dernier d'un maudit citoyen que j'ai expédié *ad patres* aussitôt. Et tu sais ce qu'il a demandé ? Un prêtre, tu entends ça, un prêtre ! Eh bien, on ne lui a pas refusé cette dernière faveur. J'ai perdu mon œil et lui a sauvé son âme.

Rochecotte se servit une deuxième rasade de vin, puis repoussa la bouteille de sancerre pour signifier qu'il en resterait là.

– Raconte-moi tout, demanda-t-il à Antoine. Je veux savoir ce qui s'est passé, et comment Sancerre est tombé.

Desjardins et Bézard vinrent s'asseoir face à eux. Antoine de Phélippeaux commença aussitôt son récit. Il évoqua le début de l'insurrection, à laquelle avait participé Rochecotte, avec ses fuites, ses rumeurs, ses indiscrétions, ses trahisons. Charette, le chef de la révolte vendéenne, avait péri ainsi. Il avait attendu en vain l'arrivée d'un prince de la maison des Bourbons et des troupes envoyées par l'armée émigrée de Condé. Il avait été tué par les révolutionnaires nantais et sa mort avait jeté le désarroi dans l'armée commandée par Antoine, composée de plus de quatre mille hommes.

– Et pourtant, que de prouesses, que de gestes de courage ! s'exclama Antoine.

Le chouan Carlos Sourdat valait à lui seul une cinquantaine de combattants et relançait l'espoir à chacun de ses actes guerriers. L'abbé Bataille s'illustrait autant dans le prêche à la veille des combats que dans la récolte de précieuses informations à bord des diligences, où il s'ingéniait à délier les langues des notables tournés vers les Bleus. Les hommes de Clion avaient délivré par de hauts faits d'armes le fils de Crève-Bouchure, garde-champêtre devenu chouan. Tous, insurgés en sabots, soldats armés de vieux fusils de chasse ou paysans nantis de simples fourches, avaient déployé la même ardeur pour combattre les armées envoyées par le Directoire, commandées par Hoche, Désenfants et Canuel. Ils criaient : « Vive l'armée catholique et royale ! » Mais Antoine de Phélippeaux, cocarde de ruban blanc au plastron, entouré de sa garde personnelle, sabre au clair, s'acharnait à leur répéter qu'il ne se battait ni pour la religion ni pour le roi, mais pour la France, et que cette armée était celle de la patrie. Passaplan, son nom de guerre, était devenu synonyme de liberté et d'espoir.

À Sancerre, sa république libre avait tenu une semaine.

Desjardins, affairé à tailler un bout de bois avec son couteau, s'écria :

– Ils ont de l'argent, les gens du Directoire ! Ils sont prêts à tout pour continuer à confisquer la Révolution. Surtout Barras !

– Barras, ah, Barras...

Antoine de Phélippeaux arpentait la salle de la bastide. Ses hommes le regardaient avec admiration. Ils désiraient encore le suivre dans ses cavalcades, l'assister dans sa fougue à combattre les armées de Paris, l'aider à accomplir ses rêves de justice.

– Barras, poursuivit Antoine, il suffit de le payer. C'est un ambitieux de la cassette, un incroyable cynique. Vous verrez, si un jour nous parvenons à mettre la main sur un quelconque trésor, il ralliera notre drapeau sans honte aucune.

À ces mots, Rochecotte se leva et se mit à tourner autour de la table.

– Barras ? Il s'est marié pour tromper son monde et depuis il s'affaire à loger ses mignons aux frais de la Révolution. Mais, n'ayons crainte, le chemin est libre.

Nous reprendrons la route demain matin. Après une bonne pitance !

Il s'avança devant le feu de cheminée où cuisait la potée du soir.

– Bientôt, nous galoperons vers Paris...

Antoine s'approcha. Il ne craignait jamais de s'opposer à celui qui avait commandé toute l'insurrection de l'ouest de la France.

– Nos pertes, nos morts, tous ces blessés, n'est-ce pas assez ?

Le comte de Rochecotte ne perdit rien de sa superbe. Il ne souffrait point la contestation en terrain de bataille, mais la tolérait en dehors, et surtout d'un homme de la trempe de son jeune général Phélippeaux.

– Nos pertes ne sauraient compter au regard de ce que la patrie attend de nous, et le roi aussi...

– Louis XVIII, ce Monsieur qui fut le maître des chevaliers de Notre-Dame du Mont-Carmel, est loin de régner, à ce que j'entends ! répliqua Antoine.

– Il sera sur le trône un jour ou l'autre. À nous de l'y placer.

– Il faudrait pour cela des hordes de paysans, des troupes fraîches, des caisses d'or, un vrai soutien du prince de Condé...

– Sache, Antoine, ou dois-je dire encore général Passaplan, que le prince de Condé ne nous laissera jamais tomber.

– Si, il nous a oubliés ! Il n'a rien fait pour aider l'alliance entre les Bretons et les Blancs de Vendée. Et on ne compte plus les trahisons, les fuites, les mauvais renseignements !

Bézard et Desjardins suivaient avec attention la joute verbale, pendant que le prêtre s'affairait à nourrir le feu avec quelques bûches. Rochecotte révélait ses opinions, celles des absolutistes qui désiraient la restauration de l'Ancien Régime et Louis XVIII, frère de Louis XVI, comme nouveau roi.

– Je comprends, Antoine, que tu défendes plutôt les constitutionnels.

– Nous voulons la république sans les abus. Quant au souverain, nous verrons bien.

– Tu ne peux pas dire cela, trancha Rochecotte. Pour contrer la barbarie, il faut un meneur.

– Le meneur, c'est le peuple ! Sans lui, nous ne sommes rien !

– On croirait entendre Sieyès, ironisa Rochecotte.

– À défaut de Sieyès, nous avons Chateaubriand, qui depuis Londres nous soutient.

– Il nous soutient car il a son château à récupérer !

– De château, point ! répondit Antoine de Phélippeaux. Son frère, rentré en France tout exprès, a été guillotiné pour avoir tenté de le reprendre. S'il nous défend, c'est parce qu'il a trouvé la Révolution trop violente. Et le roi Louis XVI trop faible...

Rochecotte chamailla le feu avec son épée sous la marmite de la potée. Il aimait ces passes d'armes, ces moments où l'adversaire aussi se découvre. Joueur-né, formé à l'école des cadets de la Chaussée-d'Antin, il ne détestait pas risquer sa peau sur un tapis ou sur les champs de bataille. Il s'évertuait désormais à rallier les provinces à l'insurrection, du Vivarais à l'Armorique, de la Vendée où il avait été chouan jusqu'au Rouergue.

Les deux hommes en restèrent là quand le prêtre les invita à passer à table. Rien ne pouvait détruire leur amitié, mais ils connaissaient tous deux le poids de leurs divergences, le dilemme qui opposait absolutistes et constitutionnalistes, celui qui traversait toute la

France de la contre-révolution et hantait les troupes des émigrés, les armées du prince de Condé, les bataillons du comte d'Artois, les partisans des Jacobins défaits par la Terreur et les coups d'État du Directoire, les cohortes de nobles et les hordes de paysans, de hobereaux et de sans-terre.

Lors du dîner, Rochecotte exposa ses plans : monter à Paris, relancer le réseau royaliste de la Manufacture, qui disposait d'un trésor important, et provoquer une émeute en plein cœur de la capitale. Antoine réussit à le dissuader de se précipiter tout de suite dans l'action. Ils devaient d'abord contacter les chefs de l'insurrection en Bretagne, tâter le moral des troupes, rencontrer les rebelles de Quiberon qui avaient essuyé un dur revers avec un débarquement manqué d'insurgés un an plus tôt, en juin 1795. Émigrés et alliés anglais avaient alors envahi la presqu'île afin de rallier les chouans. La discorde, l'incapacité de choisir un chef entre les troupes disparates avaient cependant favorisé l'avancée de Hoche, qui avait brisé net le débarquement. Les insurgés avaient été achevés à la baïonnette, d'autres s'étaient jetés à la mer pour échapper à la fougue des Bleus. Un procès expéditif attendait les meneurs. Tous connurent le peloton d'exécution.

Penchés sur l'encolure de leurs montures, Antoine de Phélippeaux et Rochecotte filaient vers Quiberon. Ils étaient gais de poursuivre leur aventure, et tristes de fouler les terres maudites de la chouannerie. Les champs traversés portaient encore les stigmates de la répression avec leurs fermes brûlées, leurs croix élevées à la hâte, leurs vergers dévastés. La chevauchée à travers la lande meurtrie se résumait à un long récit de malheurs, une épopée peu glorieuse de la barbarie humaine. À vingt-neuf ans, Antoine savait depuis longtemps que nulle guerre n'est propre. Celle-ci l'était encore moins que les autres, avec son cortège de viols, de barbaries, de vengeances, d'exécutions sommaires, dans les deux camps. Desjardins lui avait raconté comment trois ans plus tôt, en 1793, les femmes de Machecoul s'étaient ruées sur les révolutionnaires pénétrant dans la ville. Armées de faux, sous les ordres de l'ancien avoué fiscal Souchu, elles avaient déchiqueté les assaillants, les avaient pendus par les pieds puis leur avaient tailladé le torse et les poignets, lacéré les organes, coupé les lèvres et les oreilles. Antoine avait déploré ces atrocités. La cruauté engendre toujours la cruauté.

Les lendemains lui avaient donné raison. Les vengeances avaient succédé aux exactions de Machecoul. Les révolutionnaires et patriotes s'en étaient donné à cœur joie, pillant de plus belle, tandis que les insurgés, gagnés par les plus folles rumeurs, avaient sombré dans une violence nouvelle. « Un jour ou l'autre, avait dit Antoine à Desjardins, nous paierons ces erreurs. » Il avait salué le beau geste du jeune marquis de Bonchamps, le chef des rebelles, qui, à l'agonie, blessé au ventre, avait demandé à ses hommes d'épargner les prisonniers, tous promis au peloton d'exécution. Antoine avait lui aussi accordé son pardon aux prisonniers de Sancerre.

« Ce sont des massacreurs, à nous de les exécuter ! avait hurlé Bézard.

– Ces prisonniers ne sont pas les tiens, mais ceux du peuple, avait tranché Antoine. Et le peuple ne veut pas davantage d'horreurs. Laisse-les en paix. Ils ont assez d'avoir perdu leur ville ! »

Phélippeaux ce jour-là avait dû s'opposer à maints lieutenants qui voulaient la peau des captifs. Il s'était rappelé la largesse d'esprit de ses maîtres d'armes dans la troupe du prince de Condé, le capitaine de Prévost, ancien officier du bataillon de Metz, et de La Varende, lame exceptionnelle qui commandait ses guerriers tel un noble baron en route pour les croisades, paroles de la Bible à la bouche et sabre au clair. Pardonner, oui, et empêcher le vent de la cruauté de souffler encore sur les hommes, pensa Antoine, même si cette noblesse d'âme ne suffirait pas à effacer toutes les horreurs des champs de bataille et des lieux d'escarmouches.

Antoine de Phélippeaux et le comte de Rochecotte allaient au trot afin de ménager leur monture. Desjardins et Bézard, eux, s'étaient dirigés vers Paris afin de prendre langue avec les gens de la Manufacture, le réseau des royalistes et contre-révolutionnaires. Brusquement, Rochecotte demanda à Antoine de se couvrir et de rentrer dans le bois qu'ils longeaient depuis un moment.

– Regarde, le moulin sur la colline...

Antoine plissa les yeux. Les ailes du moulin continuèrent de tourner, passant de la position en quartier, celle du repos, à celle de jambe de chien gauche, avec une légère inclinaison vers la droite.

– Le signal du danger, dit Rochecotte.

– On nous indique quelque troupe de Bleus dans les parages.

– Ce sont nos hommes du haut bocage. Il faut attendre. Abritons-nous ici.

Ils s'approchèrent d'une clairière et descendirent de leurs montures sous un châtaignier. Brocéliande ne donnait aucun signe de fatigue, tandis que le cheval de Rochecotte ne demandait qu'à souffler. Ils déjeunèrent d'une miche de pain et d'un morceau de lard, surveillant à travers le feuillage les ailes du moulin, sur les hauteurs, qui ne bougeaient toujours pas.

Depuis qu'il avait quitté sa prison, Antoine ne cessait de penser à Hortense et au massacre des carmélites de Compiègne. Il s'était juré de fleurir la fosse commune de Picpus. Il s'en ouvrit à Rochecotte, qui lavait son œil crevé avec l'eau de la gourde en peau.

– Les carmélites ? Attends, mon cher Antoine, d'être à Quiberon. Notre ami là-bas, Charles de Grandbastien, en sait plus que nous tous. Son frère était à la Conciergerie lorsque les nonnes furent jetées au cachot. Et l'une d'elles au moins a pu s'enfuir.

– S'enfuir ? Je croyais que toutes avaient été exécutées...

– Non, une ou deux sœurs ont réussi à échapper à leurs geôliers.

Antoine de Phélippeaux ressentit un coup en plein cœur.

– Certaines des nonnes seraient donc encore en vie ?

– Cela est l'évidence même. Nous n'avons pu savoir qui. Tu sais bien que les Bleus avaient d'autres chats à fouetter. Quant aux prêtres réfractaires, nombre d'entre eux ne pensaient qu'à sauver leurs biens. Ou bien à émigrer à Coblence, en Rhénanie, à Bruxelles, en Suisse.

Antoine se leva, donna un coup de pied dans la racine du châtaignier.

– Mais comment diable savoir si Hortense est en vie ?

– À Quiberon, nous saurons...

Antoine de Phélippeaux ne comptait plus les heures passées à imaginer Hortense guillotinée avec les autres sœurs carmélites de Compiègne deux ans plus tôt, en juillet 1794. Son souvenir jour et nuit le hantait. Il l'avait rencontrée à Paris, jeune veuve qui ne demandait qu'à renaître. Ils s'étaient aimés mais le malheur sans cesse alpaguait la jeune femme, comme si elle avait dû expier la mort de son époux pendu dans sa propriété normande par les envoyés de Robespierre. Hortense alternait moments de bonheur et de tristesse insondable, que même l'amour naissant pour Antoine ne parvenait à effacer. Elle avait fini par entrer dans l'ordre des carmélites, au couvent de Compiègne. Le destin l'avait rattrapée. La Terreur les avait expédiées à l'échafaud, elle et treize autres nonnes.

Antoine détourna la tête. Au-dessus de la clairière, les ailes du moulin venaient de se déplacer d'un huitième de tour.

Rochecotte se leva.

– Parbleu, le signal. Tout péril est écarté... Nos hommes savent veiller sur la contrée !

Ils se remirent en selle. Quand ils croisèrent un paysan en sabots armé d'un vieux fusil de chasse, Rochecotte s'approcha et dit :

– Pour Dieu et pour le roi !

Le paysan porta sa main au fusil et répondit :

– Mort aux Bleus !

– Enfin un des nôtres. La voie est-elle libre ?

– Une colonne de républicains qui s'traînent vers Nantes, en renforts. Y z'osent pas s'arrêter par tantôt, dans l'bocage. Y en a qui ont encore l'sang chaud par ici !

Il porta la main à sa ceinture, en tira une faucille et pointa la lame vers sa gorge. Il riait et son rire découvrait une bouche édentée. Puis il poursuivit son chemin, comme si de rien n'était.

– Vois, Phélippeaux, ce sont nos rescapés. Ceux-là n'ont plus grand-chose, hormis l'espoir.

– À condition que votre Louis XVIII arrête de se pâmer et les soutienne !

Le comte de Rochecotte ne releva pas. Ils chevauchèrent longtemps. Antoine regardait au loin, vers la ligne d'horizon, au-delà des champs et des collines. Il songeait à tous ces frères morts en chemin. Il revoyait les tombes des paysans, des prêtres, des femmes, des anciens de l'armée royale, des nobles et des pauvres, des insurgés et des poètes, des gens de robe et des gens du peuple. Comment la Révolution, comment ce cri de révolte avait-il pu se muer en vent d'horreur, en cortège de furies et de barbaries ? Des tombes et des fosses communes se mélangeaient dans son esprit en un souvenir cruel. Il tenta de voir dans ces limbes la dernière demeure des sœurs carmélites, celle de Picpus, mais ne la discerna point.

3

Les reins brisés par leur longue chevauchée, Antoine de Phélippeaux et Rochecotte parvinrent à Quiberon par un matin frais. De l'insurrection de Bretagne et de Vendée, il ne demeurait rien. Une armée de morts. Les corps étaient défaits, les âmes cependant survivaient. La mort a souvent l'esprit d'égalité, plus que les grands discours. Partout régnait l'espoir d'une révolte prochaine.

Antoine apprit à distinguer les tombes des Bleus de celles des insurgés. Un paysan de Montaigu lui avait raconté comment les Blancs libérés de prison après Thermidor, à la chute de Robespierre, avaient cherché à se venger, comment ils avaient ratissé les villages pour égorger les responsables de leurs maux. Robespierre... Un nom qui résonnait cruellement aux oreilles d'Antoine de Phélippeaux. Il en allait de même pour Fouquier-Tinville, accusateur public lors du procès sans instruction, sans témoins et sans défense des religieuses, jugées pour « rassemblements et conciliabules de contre-Révolution ». Fouquier-Tinville avait eu facilement gain de cause : jugées « séditieuses » et « rebelles », elles méritaient la mort. Le procès-verbal avait été rédigé à l'avance.

Les deux cavaliers arrivèrent aux alentours de neuf heures devant le manoir de Charles de Grandbastien. La demeure, posée sur la lande en bordure de mer, était une vieille bâtisse aux pierres disjointes et à la toiture mal entretenue. À l'instar de son propriétaire, elle avait survécu à la tourmente qui avait succédé au débarquement manqué des royalistes et des Anglais sur la presqu'île de Quiberon. Charles de Grandbastien s'était enfui, puis était revenu. Il n'avait nullement été inquiété par le prévôt et ses patriotes en raison de ses amitiés à la Convention. Nobliau excentrique, davantage affairé à explorer les étoiles depuis son observatoire artisanal installé dans le grenier qu'à conspirer contre la république, il rendait moult services aux patriotes locaux qu'il rencontrait à l'occasion dans le bordel tenu par sa maîtresse, la mère maquerelle Bertaux.

Charles de Grandbastien accueillit les deux cavaliers sur le perron de son manoir. Vêtu d'une large veste noire à double boutonnière cachant ses rondeurs, il ressemblait à un hobereau rescapé d'une dernière braderie de terres.

– Quel bonheur de vous revoir, comte de Rochecotte ! Tant de malheurs depuis notre dernière entrevue. Avez-vous fait bonne route ?

Rochecotte lui présenta Antoine et Charles de Grandbastien invita les deux hommes à pénétrer dans sa demeure. Le vestibule donnait sur un immense salon aux murs tapissés de tentures vertes. Des manuels d'astronomie s'étalaient sur un bureau, à côté des trente-deux volumes de l'*Histoire naturelle* de Buffon. Plus loin, une grande table était couverte de victuailles. Antoine remarqua deux traités en latin de Johannes Kepler et un autre, traduit en français, de Tycho Brahe.

Les deux compagnons s'installèrent dans la tour du manoir qui donnait sur la mer. Une odeur de moisi transpirait des meubles.

– Cette odeur est due aux expériences de notre hôte, lança Rochecotte. Ce gentilhomme de la meilleure espèce passe ses nuits à ausculter le ciel et à sonder les étoiles. Il croit voir des signes partout sur la voûte céleste ! La moindre constellation est pour lui l'explication d'une énigme. Le firmament à ses yeux est porteur de messages. Le lupanar de sa compagne, madame Bertaux, lui permet de faire face à toutes les dépenses qu'exige un tel manoir. Allons, reposons-nous, nous en avons bien besoin. Ce soir, le maître de céans donne un dîner en notre honneur.

– Soyons prudents, dit Antoine. Les espions, les agents, les hommes du Directoire doivent être nombreux à Quiberon.

– Détrompe-toi, l'ami ! Nos hommes sont plus puissants. Tu sais ce qui fait notre force ici ?

Rochecotte s'approcha de la fenêtre de la tour, face aux vagues.

– La peur. Oui, la peur règne dans les chaumières des quelques sans-culottes de l'endroit. Un modus vivendi fait que tout est sous notre contrôle. « Vous, vous restez calmes, vous ne dites rien, avons-nous dit aux envoyés de Paris. Et nous ne vous massacrerons pas... » La République a trop besoin de ses troupes aux frontières. Mater quelques velléités de rébellion dans l'Ouest ne vaut pas la peine. Hoche ne lâchera pas ses bataillons pour venger une poignée d'administrateurs assassinés.

– Est-ce si sûr ? demanda Antoine tout en rangeant ses affaires.

– Fichtre oui ! Nous n'avons jamais été aussi actifs depuis la chute de Quiberon ! La peur, te dis-je, est la meilleure des armes en temps de fausse paix !

4

Deux domestiques apportaient les plats. Charles de Grandbastien siégeait en bout de table, la carafe de médoc à moitié vide devant lui. Un prêtre de retour d'Angleterre, Kermarec, ne cachait pas ses sentiments antirévolutionnaires. Il buvait beaucoup et parlait encore plus. À ses côtés trônait, assise sous le lustre aux huit chandelles, madame Bertaux, la mère maquerelle du bordel de Quiberon. Une mouche au-dessus de sa lèvre rehaussait la beauté de ses traits, que ne gâchait en rien son embonpoint. Derrière elle, malgré les nuances sombres de la toile, on distinguait un portrait de l'aïeul de Grandbastien. Une dinde farcie succéda aux beignets de poisson.

– Vous rendez-vous compte, Paris ne daigne même plus s'occuper de nous ! ironisa l'abbé Kermarec, qui avait décidé deux ans plus tôt d'abandonner sa particule.

Charles de Grandbastien leva le coude pour boire un peu de médoc.

– Détrompez-vous, mon père. Ceux-là ne nous laisseront jamais tranquilles ! Parlons plutôt d'une accalmie.

– De quoi préparer notre nouvelle insurrection, dit Rochecotte.

– Il vous faut des armes, encore et encore ! Et de l'argent ! l'interrompit l'abbé Kermarec.

– Il est vrai que les troncs de vos églises n'y suffisent pas, ironisa Rochecotte.

– Les fusils, nous en aurons !

La voix venait de la gauche de Phélippeaux. D'un certain âge, le vicomte de Langeac, fils d'un ancien lieutenant de vaisseau, avait exercé la profession d'avoué à Toulouse avant d'ouvrir un commerce de toiles marines à Quiberon. Avec sa femme, il avait été tenté d'émigrer à Londres ou à Coblence auprès du prince de Condé, mais il avait préféré s'éclipser quelques semaines de la presqu'île à l'annonce du débarquement des émigrés et des Anglais. Cette prudence lui avait permis de revenir dans la ville, d'autant que son commerce et sa connaissance de la marine l'avaient rendu indispensable dans la contrée.

– Les armes, notre hôte nous les prépare.

Charles de Grandbastien se tourna alors vers Antoine et le comte de Rochecotte.

– Ce que ne savent pas encore nos invités, c'est que je concocte une recette pour attaquer l'ennemi par mer.

– Une sorte de nouveau feu grégeois, avec du salpêtre et du soufre, expliqua madame Bertaux, qui agitait un éventail alors qu'on ne signalait nulle chaleur, hormis celle, peu généreuse, de la cheminée.

– Je vous montrerai tout cela en lieu sûr, souffla Grandbastien à Rochecotte.

Celui-ci fit un signe au domestique qui portait le plat de dinde farcie.

– Cher maître, nous avons ici présent Antoine de Phélippeaux. Ne vous fiez pas à son jeune âge, vingt-neuf ans, certes, mais déjà un immense talent militaire et des actes de bravoure connus sur tous les théâtres de l'insurrection. Il a commandé une bonne partie des troupes rebelles de l'Ouest. L'affaire des carmélites l'a cependant beaucoup affecté. D'abord, parce qu'il est lui-même chevalier du Mont-Carmel depuis son séjour à l'École militaire royale de Paris. Ensuite, parce qu'une de ses connaissances très chère fut exécutée avec les autres religieuses.

Une rumeur parcourut l'assistance. Charles de Grandbastien demanda aussitôt au jeune général des chouans de prendre la parole. Antoine de Phélippeaux évoqua l'ordre du Mont-Carmel, cette décoration qu'il avait reçue à l'âge de dix-sept ans à l'École militaire, comme trois autres cadets-gentilshommes. Son rival Napoléon Bonaparte, d'un an son cadet, avait été écarté de cette nomination et avait cru à une conspiration contre sa personne. Antoine se souvenait encore du regard chargé de haine que lui avait lancé l'élève Bonaparte lorsque la classe avait admiré la décoration. Au son des fifres et des tambours, la médaille lui avait été remise en grande pompe dans une salle voisine de celle du Conseil par Monsieur, frère du roi Louis XVI, devant le professeur Louis Monge et un parterre de gens de la Cour. La cérémonie s'était terminée par la remise solennelle d'un parchemin et l'annonce d'une rente annuelle.

– Et cet ordre du Mont-Carmel, à quoi sert-il ? demanda la vicomtesse de Langeac.

Antoine raconta l'histoire des chevaliers de Notre-Dame du Mont-Carmel.

– Il s'agit d'un ordre militaire et hospitalier dans la tradition des Templiers.

– Les Templiers ? s'exclama madame Bertaux. Mais ce furent des hérétiques !

– C'est ce que l'on prétendait. L'ordre s'est tellement enrichi que ses trésors ont longtemps suscité des jalousies. Mais, rassurez-vous, les chevaliers de Notre-Dame du Mont-Carmel sont beaucoup moins fortunés...

L'abbé Kermarec, somnolent, se redressa sur son fauteuil. Antoine ne l'aimait guère. Il appartenait à ce clergé mondain qui se délectait des grâces dispensées par les royaumes proches, ceux d'Angleterre ou de Prusse, et n'hésitait pas à se rallier au plus offrant.

– Tout cela n'a rien à voir avec l'ordre des carmélites.

– Certes, répondit Antoine. Les carmélites sont des religieuses. Notre ordre, lui, est laïc. Il s'est simplement évertué à perpétuer une certaine tradition. Il s'est mélangé à l'ordre de Saint-Lazare en 1608 pour ne plus faire qu'un. Saint-Lazare avait été fondé par les croisés et les nobles barons lors de leur arrivée à Jérusalem en 1099.

– C'est Henri IV qui a uni les deux ordres, lui qui a abjuré son protestantisme pour monter sur le trône, précisa le vicomte de Langeac.

– Il est vrai que le bon roi a surtout voulu se rapprocher du pape en relançant l'ordre du Mont-Carmel et montrer qu'il était un bon catholique, ajouta avec une pointe d'ironie l'abbé Kermarec.

Antoine ne se démonta pas. Peu lui importaient les mystères de l'histoire de l'ordre et les tentatives d'Henri IV pour s'attirer les faveurs de Rome.

– Je tiens à porter à votre connaissance, lança-t-il à l'abbé Kermarec, que c'est un pape, Innocent VIII, qui a dissous l'ordre de Saint-Lazare en 1489.

– Trois cents ans avant la Révolution, s'amusa Charles de Grandbastien.

Antoine de Phélippeaux n'avait jamais prêté attention au rapprochement des deux dates. 1789 correspondait aussi à la dissolution de l'ordre du Mont-Carmel, sur avis des jacobins. Charles de Grandbastien rappela alors à la mémoire de tous le nom de l'homme qui avait conduit à la confiscation des biens du clergé : Talleyrand.

– Lui-même évêque d'Autun, maugréa l'abbé Kermarec. Un traître !

– Ah, pas si vite, monsieur l'abbé ! Talleyrand avait déjà rendu sa soutane.

– Un défroqué, je les adore, crut bon d'ajouter madame Bertaux.

– C'est ce qui a conduit la nation à s'emparer de tous les biens ecclésiastiques, continua Charles de Grandbastien. Les déboires des couvents et des églises ont commencé alors...

Antoine écouta un temps l'astronome évoquer les heurs et malheurs du clergé, les prêtres conquis par l'esprit de la Révolution et pourfendeurs ensuite de ses excès, mais abandonna vite le fil de la discussion. Il revoyait le visage d'Hortense, le jour où elle lui avait annoncé qu'elle se rendrait au couvent afin de s'enfermer avec les sœurs carmélites. Il se souvenait aussi du moment de leur rencontre, dans une salle de l'Hôtel-Dieu sur l'île de la Cité. Encore cadet à l'École militaire, il apportait son aide le dimanche aux infirmiers débordés. Près de mille cinq cents malades s'entassaient dans vingt-cinq salles sur des lits de trois ou quatre pieds de large pouvant contenir jusqu'à trois patients. L'endroit tenait davantage du mouroir que du lieu de charité, avec ses puanteurs et la fange traînant dans la cour. Les proches des malades repartaient épouvantés. La gale régnait en maîtresse, les couloirs étaient nauséabonds. Des vieillards s'éteignaient au côté des victimes de la grande truanderie, tandis que des parturientes accouchaient non loin de femmes renversées par des carrosses. La vétusté de l'Hôtel-Dieu était telle que les gazettes s'en émurent et attirèrent l'attention du roi, guère soucieux de la bonne marche de ses hôpitaux, qu'il s'agisse de la Santé, des Célestins, ou de Saint-Louis.

Ce fut dans le grand couloir dallé qu'Antoine remarqua un dimanche matin, après la messe, une jeune femme au regard d'ange et à la peau blanche comme une fleur de lys. Elle le dévisagea un court instant puis s'évanouit, une bassine sous le bras. Ensuite, il n'eut de cesse de la revoir. Le lendemain, il se porta volontaire pour revenir à l'hôpital un soir ou deux par semaine et demanda quelques renseignements au chirurgien La Varende. Mais celui-ci, affairé à abaisser la mortalité de son établissement par d'innombrables saignées, mit un certain temps avant de réagir. Elle s'appelait Hortense Saint-Meri et passait son temps entre la bibliothèque de son père, drapier aisé tourné vers les Lumières et ami de Beaumarchais, l'Hôtel-Dieu et le dispensaire des frères de Saint-Siméon-Slaus, qui s'occupait des femmes atteintes de folie. Antoine la revit à l'Hôtel-Dieu et tenta à maintes reprises d'engager la conversation. Ce fut peine perdue jusqu'au jour où le chirurgien La Varende demanda l'aide de la jeune femme pour le cas d'un officier de l'armée affecté d'une maladie de la peau.

« Il me faut un cataplasme de jacinthe sauvage, du vinaigre et du citron ! » avait-il lancé.

Antoine de Phélippeaux, qui œuvrait dans la salle voisine, se proposa d'aller chercher à la pharmacie centrale les ingrédients. Si La Varende avait crié, c'est qu'il craignait la peste. Un confrère le rassura, estimant que le fléau n'avait pas réapparu depuis bien longtemps. Les plaies sur le dos et les fesses de l'officier d'artillerie n'étaient point des bubons, mais des furoncles dus à la mauvaise hygiène de vie en garnison.

« La peste, dit le confrère, gardez-la pour les colonies et lointaines possessions, Saint-Domingue, Chandernagor et l'île de France ! Ici, contentons-nous des escarres ! »

Témoin de la scène, Hortense avait souri. Son visage s'était illuminé et Antoine avait ressenti une vive émotion. Ensuite, ils s'étaient croisés à nouveau dans les jardins, au parloir, dans les salons des officiers. Ils éprouvèrent très vite de forts sentiments l'un pour l'autre, et Antoine reconnut qu'il s'agissait là de l'amour. Ils se promenaient au jardin du Luxembourg, dégustaient une glace au Palais-Royal, arpentaient les ruelles du Châtelet. Antoine n'attendait que le moment de la revoir et, la nuit, retrouvait Hortense dans son petit appartement, au-dessus de celui de son oncle. Elle abandonnait alors son masque de tristesse et découvrait, dans les bras d'Antoine, les secrets d'une nouvelle existence. Puis, sans raison apparente, Hortense chercha brusquement à l'éviter, paraissant promise à un autre destin.

Antoine apprit par le chirurgien de l'Hôtel-Dieu qu'elle se préparait à entrer dans l'ordre des carmélites, à Saint-Denis. Ce couvent avait accueilli la fille de Louis XV, Louise de France, sous le nom de Thérèse de Saint-Augustin. Hortense l'avait approchée par le biais de la princesse de Lamballe, guillotinée en 1792, la tête promenée dans Paris au bout d'une pique. Hortense avait alors rejoint le couvent de Compiègne. Antoine lui avait écrit mais elle n'avait jamais répondu. Il portait son souvenir au fond de lui comme on porte un deuil.

5

L'espérance d'amour suffit souvent à gommer les tourments les plus profonds. L'évocation des peines anciennes en revanche les accroît. Tandis que le vicomte de Langeac et l'abbé Kermarec devisaient sur le sort de la contre-Révolution, Rochecotte s'aperçut qu'Antoine de Phélippeaux avait sombré dans la mélancolie. En connaissant la cause, il demanda à Charles de Grandbastien :

– Vous qui avez pu vous rendre dans la cour de la Conciergerie la veille de l'exécution des carmélites, racontez-nous ce que vous savez.

– Oh, cette affaire est bien triste.

– Certes, certes, mais nous voulons connaître ce qu'il est advenu des sœurs de Compiègne. Leur montée à l'échafaud a bouleversé la France croyante.

– Elle a surtout conduit les accusateurs à la guillotine ! Regardez Robespierre, qui était derrière l'affaire, il a fini lui aussi par être arrêté. Le massacre des carmélites fut l'une de ses plus grandes erreurs. Tant d'injustice... Il a été guillotiné deux jours plus tard. C'était la fin du gouvernement révolutionnaire provisoire et de la Terreur. À croire que les sœurs de Compiègne se sont vengées...

Le vicomte de Langeac toussa, signifiant qu'il souhaitait prendre la parole.

– Robespierre avait fait sien le mot d'ordre de Voltaire : « Écrasons l'infâme. » Et c'est lui qui fut écrasé !

– Il ne fut pas le seul, reprit Charles de Grandbastien. Fouquier-Tinville a subi également la déchéance à la suite du procès. Il s'est destiné lui-même à l'échafaud.

Il se leva avec solennité, comme pour prononcer un discours.

– J'ai pu pénétrer dans la cour de la Conciergerie, il est vrai, la veille de l'exécution des carmélites, afin de voir mon frère prévôt. Cette cour ressemblait à un gigantesque capharnaüm. Quelques citoyens hurlaient des ordres, sans uniforme, dotés d'on ne savait quel mandat. J'ai remarqué tout de suite les carmélites. Mon frère me dit qu'elles n'avaient pas encore pris connaissance de la sentence, la condamnation à mort, ce qui fut fait le lendemain, mais elles s'attendaient au pire. Quand la mère prieure a dit au président du tribunal révolutionnaire : « C'est moi seule que vous devez frapper, mes sœurs sont innocentes », celui-ci a crié : « Elles sont tes complices ! » Puis il l'a couverte d'insultes. Elles furent jugées en tant qu'« ennemies de la France », pour avoir entretenu une correspondance avec les émigrés et leur avoir envoyé de l'argent. Vous savez tous que ces accusations étaient fausses.

– « Ennemies de la France », c'était bien sûr un prétexte, maugréa Rochecotte. En ce qui concerne les émigrés, il s'agissait de lettres envoyées à des prêtres réfractaires à Londres, sans plus, et de nature strictement spirituelle. Quant à l'argent, cet argument pourrait faire sourire, si les circonstances n'étaient tragiques : ces moniales étaient plus pauvres que Job...

Charles de Grandbastien continuait à déambuler devant son fauteuil. Il racontait les événements sans émotion, avec une sorte de fatalité qui semblait irriter l'abbé Kermarec. Antoine guettait chacune de ses paroles, conscient que le maître de céans en savait beaucoup sur le procès.

– En fait, Fouquier-Tinville était obsédé par l'affaire des sœurs carmélites. Mon frère m'a raconté par le menu comment l'accusateur public trépignait dans les couloirs, comme si toute sa foi révolutionnaire avait buté sur la foi religieuse des nonnes. Pour lui, c'était la pire des menaces, celle qui pouvait renverser le Comité de salut public en un rien de temps, celle qui pouvait balayer toute l'œuvre de Robespierre en un clin d'œil, un travail de sape, un acte d'espionnage !

– La clique de Fouquier-Tinville a toujours voulu espionner les âmes, persifla l'abbé Kermarec.

Charles de Grandbastien ne prêta guère attention à la remarque et poursuivit :

– Dans ce tribunal, Fouquier-Tinville était le seul maître à bord, il condamnait à tour de bras, envoyait à la guillotine qui bon lui semblait. Et le président du tribunal, Toussaint-Gabriel Scellier, maire de Compiègne, avait dénoncé les pratiques clandestines des sœurs. « Vous aviez des armes ! » avait-il lancé aux sœurs. « Nous n'avons que celles du cœur et de la foi », avait rétorqué la mère prieure en sortant un crucifix de son sein. Fouquier-Tinville lui-même fut contraint de reconnaître lors du procès l'absence d'armes. L'une des sœurs, Henriette de la Providence, l'avait sommé de justifier l'accusation de fanatisme. Énervé, Fouquier-Tinville l'avait insultée de plus belle. La sœur n'avait pas cillé : « Citoyen, votre devoir est de faire droit à la demande d'un condamné. Je vous somme donc de répondre et nous dire ce que vous entendez par le mot fanatique ! » Et là, devant le regard interrogateur du juge, il avait répondu, plus irrité que jamais : « J'entends votre attachement à des croyances puériles, vos sottes pratiques de religion ! » C'était tout ce que sœur Henriette et les autres désiraient entendre. Elles n'étaient plus des traîtresses. Elles devenaient des martyres de la foi.

Antoine ne perdait rien des propos de Charles de Grandbastien, impressionné par sa mémoire des faits. Sa seule peur était qu'il prononçât le nom d'Hortense Saint-Meri.

Le châtelain évoqua ensuite les maîtres spirituels des sœurs, Thérèse d'Avila et Jean de la Croix, deux religieux espagnols du XVIe siècle.

– Ce sont eux qui ont réformé l'ordre des carmes et des carmélites, précisa l'abbé Kermarec.

– Il en avait sans doute bien besoin, répondit madame Bertaux.

– Ces deux-là se sont aimés, poursuivit Grandbastien.

À ces mots, l'abbé Kermarec bondit.

– Comment diantre pouvez-vous affirmer une chose pareille ?

– C'est l'évidence même !

– Non, c'est du blasphème !

– Seul le Créateur jugera.

– Oui, d'autant plus qu'un jour ils seront faits docteurs de l'Église.

Madame Bertaux vint à la rescousse du savant :

– L'amour et la foi ont toujours fait bon ménage.

– Laissez cela à ce défroqué de Talleyrand, l'interrompit l'abbé.

Rochecotte ne se gêna point pour mettre de l'huile sur le feu :

– S'ils se sont aimés, ce devait être dans la foi du Christ. Allons, ne faites pas cette tête, monsieur l'abbé, cela n'enlève rien à leur piété. Bien au contraire !

Antoine de Phélippeaux voulut réorienter la conversation sur l'ordre des carmélites.

– Vous savez sans doute que cet ordre des carmes et des carmélites n'a pas, contrairement aux autres, de fondateur.

L'abbé Kermarec haussa les sourcils, surpris par la remarque.

– En fait, les carmes et carmélites ont créé leur mouvement pour endiguer la violence, omniprésente en Terre sainte au début du XIIIe siècle. Les pèlerins et les moines dans ces contrées étaient à l'époque rançonnés, bastonnés, parfois occis, voire violés... C'est pour cela qu'ils ont demandé protection à l'évêque Albert de Jérusalem en 1206. Ils réclamaient une « règle de vie », ce qui fut fait assez vite. Mais le document n'a été signé que huit ans plus tard. Il y eut donc encore huit ans de violences, de viols, d'émasculations...

– Des émasculations ? Quel dommage ! chuchota madame Bertaux, assez fort pour qu'Antoine pût l'entendre.

– Or ce manuscrit a disparu. Personne ne sait ce qu'il est devenu.

Charles de Grandbastien s'approcha de la fenêtre pour contempler les étoiles et retrouver ses constellations.

– Nous ne saurons jamais toute la vérité sur les astres. Le cosmos est infini et certains ont été durement condamnés pour avoir tenté de percer ses secrets, ceux de la vérité.

– Tel votre estimé Kepler, dit Antoine de Phélippeaux.

– Oh, disons qu'il a été excommunié pour être passé du luthéranisme au calvinisme. Il faut dire qu'être fils d'un mercenaire mort sur un lointain champ de bataille ne l'a guère aidé. Et sa propre mère, élevée par une tante hérétique, fut accusée de sorcellerie. Elle a fini brûlée vive en place publique...

– Au fait, au fait ! s'impatienta Rochecotte. Revenons à nos religieuses !

– Eh bien, tous ces événements sont liés. Les religieuses avaient... quelque chose à transmettre...

Après avoir dévisagé les convives, il sembla renoncer à poursuivre sa phrase et enchaîna :

– Ces religieuses dans la cour de la Conciergerie se trouvaient dans un état pitoyable. Maints citoyens s'en inquiétèrent, et même mon frère, qui risquait son poste. « Citoyen, avait-il lancé à Fouquier-Tinville, tu as d'autres têtes à trancher, les traîtres à la patrie, les ennemis du peuple, les émigrés, les proches de l'ancien roi ! Épargne ces pauvres dames dont le seul péché est d'avoir prié et détenu des images du Sacré-Cœur ! » Mais Fouquier-Tinville s'avéra intraitable. Le cas de ces religieuses se situait au-delà du rationnel.

– Rationnel, rationnel, s'ébroua l'abbé Kermarec. Vous en dites de belles ! L'église Saint-Jacques, fréquentée par les sœurs à Compiègne, a été précisément transformée en temple de la Raison. Encore l'œuvre des francs-maçons !

– Non pas les francs-maçons, mais les hébertistes et leur culte stupide ! trancha Rochecotte.

Charles de Grandbastien se tint coi et regarda fixement Antoine.

– Eh bien, passons au dessert, et en même temps

dans mon petit salon, reprit l'astronome. Il me sera toujours temps lorsque la nuit sera parfaitement claire de grimper au grenier pour observer mes étoiles chéries.

Le petit salon était une pièce décorée de meubles hétéroclites. Une énorme mappemonde côtoyait un globe bleu sombre représentant le ciel avec des myriades de points jaunes en guise d'étoiles. Des dessins jonchaient une table de travail sur tréteaux. Plus loin, sur des étagères de vieux bois, s'alignaient des fioles et deux gros flacons verts marqués Salpêtre et Soufre. Après avoir fait servir des mignardises et un flan à la confiture, Charles de Grandbastien évita le sujet des carmélites et la conversation reprit son cours sur les préparatifs de l'insurrection.

– Il faut réactiver le réseau de la Manufacture, plaida le vicomte de Langeac.

– Méfions-nous du général Danican, il est des nôtres, certes, mais il a tout fait échouer lors du débarquement des Anglais, lança madame Bertaux.

– Danican ? Ce jean-foutre qui jalouse les frasques de Barras ? Qu'il reste à Londres à jouer ses symphonies de Mozart ! intervint le vicomte de Langeac.

Barras, Antoine le connaissait de nom. Il le prenait pour un parfait opportuniste depuis qu'il avait présenté sa maîtresse, Joséphine de Beauharnais, à son ancien rival de l'École militaire.

Paris murmurait qu'elle le menait sinon à la baguette, du moins par le bout du nez. Certaines mauvaises langues disaient même « par la braguette ».

Barras manœuvrait dans les coulisses, pour mieux contrôler son poulain. Bonaparte avait fini par épouser la Beauharnais et maintenant c'était son tour de vouloir manipuler Barras et obtenir de l'ancien amant de

Joséphine des galons de gloire. « Bonaparte, si tous autour de la table savaient... », se dit Antoine.

Il regardait ce beau monde avec tristesse. Les complots de salon ne le réjouissaient guère, et face à lui Rochecotte partageait la même opinion. Lui était d'avis de prendre Paris, rien de moins.

– Un coup d'État ! Avec les constitutionnels !

– Ceux que l'on appelle les « monarchiens » ? glousa madame Bertaux. Allons, cela rime avec bons à rien !

– Au moins, eux ne sont pas des usurpateurs, rétorqua Rochecotte.

– Les absolutistes ont gâché l'insurrection de Vendée et de Bretagne, intervint Antoine de Phélippeaux, de plus en plus gêné par la tournure de la discussion. Ayons au moins pitié des morts de Quiberon, des sept cent cinquante fusillés de la presqu'île, des sept mille prisonniers aux mains de Hoche !

– Le comte d'Artois a manqué de tact, reprit Rochecotte. Au lieu d'apporter son soutien aux chouans, il a préféré retourner en Angleterre.

– Justement, vous oubliez les Anglais, dit l'abbé Kermarec. Sans eux, rien ne serait possible.

– Pardonnez-moi, le coupa Phélippeaux, mais ce sont eux qui ont abandonné les chouans. Ils les prenaient pour des sauvages !

– Ils ne sont pas les seuls : les émigrés ont méprisé nos troupes, ajouta Rochecotte.

– Dont vous fûtes ! rétorqua le vicomte de Langeac.

– Moi aussi, reconnut Antoine. Nous avons préféré nous battre ici plutôt que dans les salons de Londres ou de Coblence !

L'allusion fit mouche. Charles de Grandbastien émit un bâillement et les invités prirent congé.

Dans le grenier éclairé par deux chandeliers, Grandbastien montrait à Antoine le ciel constellé par une lucarne agrandie.

– J'en arrive à la conclusion que Johannes Kepler avait raison, dit l'astronome.

Une grande lunette dépassait de la lucarne et l'œil droit de Grandbastien virevoltait de l'instrument à un cahier qu'il couvrait de notes et d'observations.

– Oui, poursuivit-il, Mars effectue bien une ellipse autour du Soleil. Ces calculs vont affiner la théorie de Kepler.

Il inscrivit d'une main fiévreuse quelques annotations supplémentaires.

– Il en va, voyez-vous, des insurrections comme de la trajectoire des planètes : elles vont, elles viennent et s'éloignent de leur centre. Vous verrez, mon cher Antoine, la révolte ici est loin d'être achevée...

Il demanda à son domestique qu'on lui montât son eau-de-vie.

– De la prune de Quiberon, et de la meilleure !

Le comte de Rochecotte s'approcha, renifla l'alcool et se servit une grande rasade.

Grandbastien choisit ce moment-là pour se tourner vers Antoine de Phélippeaux.

– Maintenant que nos invités ont quitté les lieux et que les étoiles se tiennent tranquilles, je dois porter à votre connaissance le fait que les carmélites m'ont remis un message.

Le châtelain ouvrit le tiroir de sa table de travail et en sortit un bout de papier jauni cassé par de nombreuses pliures qu'il tendit à Antoine. Celui-ci lut le message d'un trait :

Livrons nos cœurs à l'allégresse
Le jour de gloire est arrivé
Loin de nous toute faiblesse
Voyant l'étendard arrivé.
Préparons-nous à la victoire,
Marchons tous en vrais conquérants
Sous les drapeaux d'un Dieu mourant
Courons, volons tous à la gloire.

– Ces paroles..., bredouilla de Phélippeaux. Elles me semblent familières.

– Le dernier cantique écrit par les carmélites, la veille de leur exécution. Vous devez les chanter sur l'air de *La Marseillaise*.

Antoine se tourna brusquement vers Rochecotte qui savourait son alcool de prune.

– Eh oui, Antoine, ces paroles m'ont servi à te délivrer de la prison de Bourges. Un excellent mot de passe, n'est-ce pas ?

– Ce chant, reprit l'astronome, a été transmis par le citoyen Blot, qui avait donné à Sœur Julie Louise de Jésus de quoi écrire. Il l'a ensuite confié à mon frère, le prévôt. Il ne l'a pas censuré, car lui-même a été ému aux larmes. Il entendait toutes les nuits, sur le coup des deux heures du matin, les cantiques des moniales.

– Mais... que signifie tout cela ?

– Lisez donc la suite.

L'astronome tendit une seconde lettre, sur le même papier jauni.

Seigneur, Seigneur, sans différer
Rendez mon cœur enfin content
Du Carmel donnez-moi la clé,
De la Règle de vie, l'élan.

– J'avoue ne pas comprendre, souffla Antoine, bouleversé à l'idée de tenir en main un cantique sans doute chanté par Hortense la veille de sa mort.

– Nous non plus, dit Charles de Grandbastien. Mais, selon mon frère, le citoyen Blot était formel. Les sœurs ont sans doute voulu livrer leur testament. Tenez, voici un dernier chant que j'ai pu conserver. Vous le lirez tranquillement. Il est très beau !

Le savant se replongea dans l'étude des étoiles, l'œil rivé à sa lunette.

– Attendez, dit Antoine, pourquoi serais-je le destinataire de cette lettre ?

– Parce que vous êtes chevalier. Votre compagnie exige que vous fassiez acte de bravoure, ce que vous avez déjà maintes fois fait par le passé, si j'en crois Rochecotte.

– Il exige aussi de protéger l'ordre du Mont-Carmel auquel vous appartenez, ajouta Rochecotte.

– Mon ordre est une compagnie chevaleresque. Les carmes et les carmélites, eux, représentent un mouvement religieux, comme celui des franciscains ou des dominicains. Cela n'a rien à voir avec les chevaliers du Mont-Carmel.

– En ces temps troubles, les deux se confondent, répondit Rochecotte. Croyants et insurgés se sont donné la main, même si nombre de révoltés n'étaient catholiques que par le baptême. Peu importe la couleur de la croix !

– J'entends bien, continua Antoine de Phélippeaux. Mais quel lien avec ce qui nous est cher, la révolte en France ?

Rochecotte marqua un temps de silence et frotta son œil crevé.

– Antoine, tu as été l'un de mes plus fidèles généraux, et c'est pour cela que nous avons pris tous ces risques afin de te délivrer de la prison de Bourges. Il y a bien sûr un lien entre la révolte des corps et celle des âmes. Nos agents nous disent que le Directoire fera tout pour récupérer les âmes. Quitte à pénétrer les ordres. L'ordre du Mont-Carmel présente un intérêt certain pour les révolutionnaires, depuis que Monsieur, le frère du roi, en est devenu le maître.

Antoine, tout en écoutant deviser Rochecotte, se souvint de la cérémonie de remise des médailles, onze ans plus tôt, dans la cour de l'École militaire du Champ-de-Mars. Grand maître de Notre-Dame du Mont-Carmel, Monsieur veillait au choix des candidats en fonction de leurs notes et non de leur origine. Pour les trois cadets-gentilshommes choisis, la décoration représentait un incommensurable honneur. Ils étaient aussitôt intégrés dans la prestigieuse liste des chevaliers, vieille de plusieurs siècles, et se devaient d'adopter une conduite exemplaire. À dix-sept ans, Antoine de Phélippeaux s'était métamorphosé en un autre homme. La fidélité et la loyauté étaient devenues ses vertus cardinales. Lorsque les musiciens du roi avaient joué un *Te Deum* à la chapelle de l'école, les deux autres décorés avaient eu les larmes aux yeux. Antoine, lui, avait gardé les yeux secs.

Rochecotte arpentait le grenier, les mains dans le dos. Il mijotait une opération et reprenait son rôle de général à la veille d'une grande bataille.

– Antoine, tu as sûrement appris qu'outre la Manufacture, nous disposons d'appuis sérieux à Paris et en province. Les instituts philanthropiques, un excellent réseau, nous renseignent. Sous couvert de leurs actes de charité, ils nous fournissent énormément d'informations. Ils sont efficaces et fonctionnent sur le modèle des loges de francs-maçons.

À ces mots, l'astronome toussota, se retourna sur son tabouret à vis pour sourire à Rochecotte, puis se replongea dans l'observation du ciel.

– Des instituts, nous en avons dans une soixantaine de départements, reprit Rochecotte. Tous envoient des missives au siège à Paris.

– J'en connais l'existence, dit Antoine, et je sais aussi que ce succès est dû à la présense de modérés...

– Certes, certes, il n'y a pas que des absolutistes. Mais enfin, nous tenons le cœur du réseau.

– L'insurrection, dois-je me répéter au risque de déplaire, général, n'est pas que royaliste. Elle est d'abord une révolte contre ceux qui se sont accaparé le pouvoir !

Rochecotte continuait à arpenter le grenier. Il aimait qu'Antoine lui répondît.

– J'y viens, j'y viens. Disons que ceux qui ne sont pas royalistes restent religieux. L'ordre du Mont-Carmel, le tien, demeure un outil prestigieux pour raviver cette lutte. Nous devons retrouver cette Règle de vie.

Charles de Grandbastien se leva et griffonna quelques mots sur son cahier tout en s'adressant à Antoine :

– Même si nous devons envoyer quelqu'un loin, très loin, nous retrouverons ce manuscrit. Il est d'une importance vitale pour relancer cet ordre.

– Loin, cela veut dire aux sources, dit Antoine. L'ordre est né sur la montagne qui porte son nom, le mont Carmel, à quelques lieues de Saint-Jean-d'Acre, au-dessus de la baie de Haïfa.

– Là où Élie a tué les quatre cent cinquante faux prophètes ! lança Rochecotte.

– Précisément, c'est l'acte de référence non seulement de l'ordre mais aussi des carmélites, continua Antoine.

– Eh bien, si nous devons un jour envoyer un émissaire là-bas, nous le ferons !

Antoine revit le visage courroucé du cadet Napoléon Bonaparte lors de la remise de la croix du Mont-Carmel dans la plaine de Grenelle.

– Général, tu as parlé de Barras lors du dîner. Sache que son protégé fera tout pour nous barrer la route.

– Ce Bonaparte ? Il ne s'est pas gêné pour le faire jusqu'à présent. La répression de l'an dernier, c'est lui !

Rochecotte cracha sur le plancher du grenier et reprit :

– Il se gausse d'être le général Vendémiaire ! C'est lui qui a retourné les canons contre la garde nationale, favorable à notre ami Le Peletier. C'est lui qui a fait tirer sur les révoltés, sur les gardes nationaux, sur le peuple cantonné aux abords de l'église Saint-Roch. Un carnage ! Barras était derrière, fort du soutien du Comité de salut public. Et ce maudit Bonaparte a tiré !

– Une manœuvre pour prendre du galon, soupira l'astronome.

– C'est ainsi qu'il est devenu général de division, reprit Rochecotte.

Antoine se leva à son tour, s'approcha de la table de l'astronome puis de la lunette et se retourna.

– Je ne sais quelles sont les ambitions de ce Bonaparte que je connais depuis douze ans, mais une chose est sûre : il veut mater toutes les insurrections. Il veut plaire, il veut sa part de gâteau, il veut le Directoire à la place des directeurs. Barras n'est rien pour lui, juste un pion ! Avec la répression de la révolte de vendémiaire, Bonaparte a pris le contrôle de l'armée à Paris. Ce sont quarante mille hommes à sa botte !

Grandbastien se rassit sur le tabouret, écarta les pans de sa veste pour découvrir son ventre arrondi et soupira.

– Barras, il peut être des nôtres rapidement. Pour une petite fortune, il est prêt à quitter son camp.

– Bonaparte n'en fera qu'une bouchée, continua Phélippeaux. Barras a beau être son protecteur, Bonaparte le hait, croyez-moi. Il déteste ses frasques, le luxe de son train de vie au Luxembourg.

– Joséphine de Bonaparte, pourtant, le rapproche encore de Barras, releva Rochecotte.

– Je suis sûr qu'au contraire elle l'en éloigne, connaissant les mœurs dissolues de Barras et son goût pour la corruption.

Rochecotte reprit sa déambulation dans le grenier, ses bottes frappant les lattes du plancher. Puis il s'arrêta, réfléchit un instant et trancha :

– Tout ce que tu racontes sur ton ancien compagnon de l'École militaire nous incline à agir au plus vite. L'affaire des carmélites doit nous aider. Il nous faut décrypter le message de la mère prieure. Le courant de la contre-Révolution est plus fort que jamais dans le pays. Bonaparte, s'il se dresse sur notre chemin, aura affaire à nous.

– Il aura d'abord affaire à moi, lança Phélippeaux.

Puis il redescendit dans la tour avec Rochecotte, laissant l'astronome à ses observations nocturnes. Dans sa chambre, Antoine lut le dernier chant des sœurs de Compiègne :

Fleur du Carmel,
Vigne fleurie, beauté du ciel,

Ô Notre Dame
Vierge pure et douce,
Sois secourable,
Étoile de la mer.

Comme les autres carmélites, Hortense avait dû chanter ce refrain avant de s'enfuir de la Conciergerie.

6

Rochecotte faisait les cent pas, de la tour envahie par le lierre à l'écurie. De temps à autre, le comte chouan bougonnait entre ses dents : « Mais où est-elle, mon armée blanche ? » Puis il se calmait, dans l'attente d'une nouvelle occasion d'épancher sa colère.

Au crépuscule, il se rendit avec Phélippeaux au bout de la presqu'île et les deux hommes contemplèrent la mer, comme s'ils caressaient le secret espoir d'un nouveau débarquement d'émigrés. Mais la mer était tranquille et seules flottaient à l'horizon les voiles des pêcheurs bretons. Quiberon aussi était calme. Les envoyés de Paris se tenaient cois. Les Bleus dînaient chez les Blancs et les Blancs soudoyaient les Bleus, à coups d'argent, à coups de peur. Oubliés, les guerres d'hier, le débarquement. Enfuis, le souvenir de l'insurrection, les vingt mille fusils convoyés par bateau, les cent quarante mille paires de souliers pour les chouans, les dix milliards en faux assignats. Rochecotte croisait dans les rues de Quiberon ce beau monde des compromis et il en revenait encore plus écœuré.

Un soir, il pénétra à bride abattue dans la cour du manoir de Grandbastien.

– Antoine, il nous faut partir.

– Quoi donc, une trahison ?

– Non pas, une mission !

Dans le salon, Rochecotte raconta :

– Sidney Smith, officier de Sa Majesté britannique, a été arrêté au Havre alors qu'il était descendu secrètement de son bateau. Il a été transféré à la prison du Temple à Paris. Il nous faut l'en délivrer.

– Sidney Smith ? L'homme qui a incendié Toulon ! s'exclama Phélippeaux.

– Celui-là même, celui qui a défié votre Bonaparte, celui qui a tenu tête aux troupes de la Convention ! Attaqué par la marine de Bonaparte au large de Toulon, il a néanmoins réussi à mettre le feu au port ! Un génie ! Londres a tout fait pour le délivrer. Peine perdue. Le Directoire veut le garder. À nous de le libérer. Paris nous attend !

Antoine de Phélippeaux et Rochecotte prirent congé sur-le-champ de l'astronome. Charles de Grandbastien ne demandait qu'à rallier Paris lui aussi. Mais pour les besoins de la cause en Bretagne et pour la bonne entente entre Blancs et Bleus, il se devait de rester à Quiberon.

Le soir même, Rochecotte et Antoine dormirent dans la campagne d'Auray, là où Hoche un an plus tôt avait battu les insurgés de la presqu'île et les émigrés. Une vieille femme leur offrit sa grange et une miche de pain en refusant tout paiement. Ils reprirent la route au petit matin, après une nuit troublée par la vermine.

En chemin, Rochecotte raconta l'épopée du commodore Sidney Smith, surnommé à Londres « le Lion des mers » et sur les côtes normandes « Milord fantôme ».

– C'est un gentilhomme de la marine anglaise, un fils d'officier de la garde, un jeune capitaine de frégate, officier à seize ans. Un aventurier des mers, un vrai ! Tous les officiers français détenus à son bord ont reconnu sa grandeur d'âme. C'est aussi un redoutable combattant : il a bataillé en Méditerranée et a longtemps nargué les troupes de la Révolution sur les côtes normandes. Son arme ? Des fagots enduits de soufre, embarqués à bord de son vaisseau, la frégate *Diamond*. Il avait un tel succès que même Nelson en pâlissait de jalousie.

– J'ai entendu parler de ses exploits à maintes reprises, dit Antoine. Ses ennemis en sont venus à le respecter.

– Sauf le Directoire ! Nos hommes à Quiberon disent que Barras lui-même a signé sa mise sous écrou. Les Anglais ont voulu l'échanger tout de suite en proposant de remettre aux Français sur parole un capitaine de vaisseau. Barras a refusé... C'est une trop belle prise pour lui !

– Et en quoi est-il si important pour nous ?

– Les Anglais tiennent à Smith. La preuve, ils l'ont anobli, et nous, nous tenons à leur argent. La révolte coûte fort cher ! La Manufacture veut aussi réussir un coup d'éclat. Il a été agent de renseignement en France deux ans durant et il parle notre langue sans accent. Il s'est mis ensuite au service du roi de Suède, s'est exilé au Maroc, a combattu la marine du tsar au nom de Gustave III. Il a même servi la flotte ottomane à Constantinople, auprès du sultan Sélim III.

– Tout cela fait beaucoup pour un seul homme...

– Raison de plus pour se l'accaparer. L'Anglais a ses entrées en Orient. Son frère est diplomate auprès du sultan de la Sublime Porte.

– Constantinople... Je vois où tu veux en venir. Les Anglais cherchent à se rapprocher des Turcs pour élargir la coalition.

– L'entreprise va être ardue pour l'extraire de sa geôle.

– D'autant qu'il a lui aussi un ennemi redoutable, s'il a brûlé les vaisseaux de la France dans la rade de Toulon.

– Oui, Antoine, le même que toi : Bonaparte !

– C'est Bonaparte qui a repris Toulon aux Anglais. Son ascension date de là. Mais il n'a jamais digéré l'humiliation de voir ses navires brûler. J'ai entendu parler de ce Sidney Smith. Il est arrivé à bord de son *Victory*, il a traversé la rade à la vitesse de l'éclair et il a fait sauter l'arsenal. Et comme il n'était plus sur les registres de la marine britannique, lui, l'aventurier de la Méditerranée, le Directoire l'a accusé de piraterie. Un comble !

– Il n'en est pas resté là, répondit Rochecotte. Car notre homme a un certain panache. À bord de son *Diamond*, il a tenu à harceler les navires français aux abords du Havre. Il a arraisonné des bâtiments, il a réussi à entrer dans les anses et à parader dans les baies en évitant les lointains canons. Il a même réussi à désarmer une frégate. Et tu sais ce qui l'a jeté dans la gueule du loup ? Son goût pour la bravade. Au Havre, il n'a pu s'empêcher, malgré les craintes de ses marins, de se promener sur les quais, après s'être fait déposer en chaloupe un peu plus loin. Et c'est dans un café que la maréchaussée l'a arrêté. Tout cela pour un pari avec son second ! Quel drôle de personnage... Sa capture a fait davantage de bruit qu'une victoire en Italie ! Imagine, il écumait toutes les côtes de Normandie, il a réussi à débarquer des centaines d'émigrés et a coulé à lui tout seul l'équivalent d'une petite armada. Cet homme a de la trempe. Tu sais ce qui s'est passé sur les quais du Havre lorsqu'il a été arrêté ? Eh bien, la foule s'est amassée et l'a acclamé.

– Et tu penses, comte, qu'il est assez sérieux pour nous, cet excentrique ? demanda Antoine.

– Bonaparte le traite de fou, de « capitaine de brûlots » ! Raison de plus pour s'acoquiner avec lui.

– Il nous faut du monde pour le faire évader.

– Nos hommes à Paris y travaillent, dit Rochecotte. Il y a un certain Viskowitch, un Dalmate. Et puis Émile, ton fidèle compagnon...

À ces mots, Antoine se dressa un instant sur ses étriers.

– Émile ? Je le croyais aux fers !

– À Quiberon, on le signale libre. C'est ce que dit l'homme qui nous a donné des nouvelles des carmélites.

Le cœur d'Antoine fit un bond dans sa poitrine. Quelle joie de savoir qu'Émile, le fidèle serviteur des premières chouanneries, était en vie. Il ne l'avait pas contacté, sans doute pour ne pas éveiller les soupçons des indicateurs. Qu'il soit mêlé au projet d'évasion de Sidney Smith ne l'étonnait guère. Cet homme était aussi audacieux que le prisonnier.

Une nappe de brume enveloppait la campagne et les hommes. Antoine sentait son corps et son esprit se fondre dans cette atmosphère ouatée. Il n'avait connu que peurs et tensions ces derniers jours. Voilà qu'il ressentait une sorte d'allégresse tranquille, l'impression d'aller au-devant de sa propre existence.

Au loin la brume commençait à se dissiper par-delà les champs et les collines boisées. Un paysan apparut sur le seuil d'une ferme isolée, puis s'éloigna en apercevant les deux cavaliers, à la merci de la moindre trahison. La brume découvrait le mamelon d'une hauteur coiffée d'une chapelle et l'endroit apparut à Antoine comme le matin d'un nouveau monde.

7

La fuite s'apparente parfois à une renaissance, précisément parce qu'elle permet de se séparer des vieilles gangues. Les deux hommes parvinrent aux portes de Paris deux semaines plus tard. La première chose qu'ils firent en pénétrant dans la ville fut de se rendre dans un estaminet de la rue Saint-Denis pour commander un verre d'eau-de-vie à trois sous.

Revoir Paris désormais aux mains du Directoire représentait pour Antoine de Phélippeaux un incroyable défi. C'était aussi un douloureux voyage dans le temps qui ravivait des plaies. La veille de son entrée dans Paris, à cinq lieues du faubourg Saint-Germain-des-Prés, il avait fait un rêve étrange. Les sœurs carmélites défilaient devant ses yeux, plaine du Trône-Renversé, et lui-même devenait témoin de leur exécution. Vêtue d'une simple robe de bure, la mère prieure se signait puis montait sereinement vers l'échafaud. Les autres sœurs chantaient le *Miserere* ou le *Salve Regina* et renouvelaient leurs vœux. Le bourreau et les gardes les regardaient sans mot dire, tandis qu'un étrange silence régnait au sein du peuple. Point de cris contre les bigotes comme lors des exécutions d'aristocrates. Le silence se transformait en hommage solennel, au point d'importuner le citoyen dépêché par Fouquier-Tinville. Antoine crut apercevoir le visage d'Hortense entre deux condamnées. Elle levait les yeux au ciel et n'avait pas un regard pour la foule. Était-ce vraiment elle ? Antoine se réveilla en sueur, le cœur lourd.

Antoine de Phélippeaux et Rochecotte s'installèrent dans une auberge près du Pont-Neuf. Une foule s'y massait, dans l'attente des équipages qui se rendaient en début de soirée à la Comédie-Française. Des portefaix se mélangeaient aux bonimenteurs, des charbonniers traversaient la Seine lourdement chargés, des décrotteurs guettaient le bourgeois ou le citoyen du Directoire. En contrebas, les bateliers se donnaient du cœur à l'ouvrage en sifflotant des airs qui n'étaient pas révolutionnaires. Antoine détaillait cette fresque où la vie avait repris ses droits, loin déjà de la Terreur et du passage des charrettes de condamnés. Des joueurs de cartes côtoyaient des marionnettistes et un montreur de verres d'optique. Une ravaudeuse maniait son aiguille avec une dextérité inouïe, tandis qu'une marchande de pommes alpaguait le chaland. Devant l'auberge, un vendeur de livres proposait une pile d'ouvrages à quatre sous. L'établissement sentait le bois humide. Les deux hommes prirent des chambres sous les toits, jetèrent leur besace sur le lit recouvert d'une épaisse couverture et se rendirent dans la grande salle à manger. Commerçants et voyageurs s'amassaient là pour la nuit, sous l'œil d'un habitué en veste de cuir élimée, sans aucun doute un agent du Directoire. Antoine s'en méfia et s'assit à l'autre bout de la salle, près d'une arche voûtée. Mais Rochecotte échangea un signe de tête avec l'homme, âgé d'une soixantaine d'années, encore vif, l'œil en perpétuel mouvement, surtout lorsque la patronne aux hanches généreuses traversait la salle. Ils commandèrent une limonade agrémentée de morceaux de citron et la tenancière leur servit sur le coup de huit heures un brouet de choux et du porc aux lentilles. À la fin du repas, un chanteur se présenta sur le perron de l'auberge, s'installa au milieu de la salle à manger et entama un refrain pour le plus grand plaisir des clients. L'homme à la veste de cuir avait bu une kyrielle de verres de liqueur et sa tête dodelinait à l'écoute de la sérénade. La tenancière le houspilla, il tomba à terre dans une nuée de rires et les deux fils de l'aubergiste l'évacuèrent sur le trottoir souillé de boue et d'excréments.

En pleine nuit, alors qu'Antoine de Phélippeaux dormait du sommeil du juste, un bruit le réveilla en sursaut. Il se leva d'un bond, saisit son épée et se rua sur la porte de sa chambre. Un homme attendait dans le couloir, un bougeoir à la main. Il fit signe à Antoine de se taire. Celui-ci brandit sa dague quand il reconnut l'homme à la veste de cuir élimée.

– Suivez-moi, vous ne craignez rien. Rochecotte est déjà dans la rue.

À ces mots, Antoine redouta un guet-apens et approcha la lame du ventre de l'intrus, qui ne broncha pas.

Quelques instants plus tard, les deux hommes rejoignaient Rochecotte dans la rue.

– Que signifie ? demanda Antoine.

– Nous sommes convoqués. Cet homme est des nôtres. Regarde ce qu'il porte autour du cou.

L'inconnu souleva sa chemise pour découvrir sur sa

poitrine une médaille représentant un cœur surmonté d'une croix.

– Suivez-moi, dit-il, nous n'avons pas une minute à perdre.

Les trois hommes montèrent dans un fiacre qui fila à vive allure. Rochecotte devança les questions d'Antoine :

– Je te présente un ami, écrivain de talent, auteur de romans populaires, de ceux que tu trouveras sur le Pont-Neuf à deux sous l'achat et trois liards la lecture sur un tabouret : Restif de La Bretonne.

L'homme s'inclina. Le fiacre passa devant un lampadaire et illumina son visage qui arborait un sourire.

– Pour vous servir. Mon nom évidemment doit rester secret. Appelez-moi par mes prénoms, Nicolas Edme.

Le fiacre vira dans la rue du Châtelet. Antoine se tourna vers Rochecotte assis à ses côtés.

– Restons prudents. La maréchaussée monte la garde.

– Certes, l'ami, mais vous avez Nicolas Edme pour vous servir ! J'ai une carte de la police.

– De la maréchaussée ? s'inquiéta Antoine, la main sur son poignard. Que diable...

– Pour vous servir, encore et toujours. J'ai été vigneron, apprenti moine, typographe, marié, trompé, libertin, sage, sot, spirituel, philosophe et enfin auteur, activités ou fonctions qui ont toutes leurs travers et vilenies. Je peux bien appointer désormais à la maréchaussée ! Espion de société, quel beau titre... Vous savez, il faut vivre, et les romans n'intéressent pas grand monde par les temps qui courent !

Rochecotte se tourna vers Antoine.

– Ne crains rien. Restif de La Bretonne est un homme ruiné par la Révolution. Alors, il œuvre pour elle et sa police !

– Ruiné, oui, c'est le moins, reprit Restif de La Bretonne. Des caisses d'assignats sans valeur, une fille divorcée et une imprimerie à demeure, rue de la Bûcherie, qui ne sort plus que des livres érotiques.

– Ce sont vos meilleurs, lâcha Rochecotte.

Restif de La Bretonne esquissa un mouvement d'humeur.

– J'ajouterai à mes déboires une amitié fidèle avec mon vieux rival le marquis de Sade qui, lui-même secrétaire de la section des piques en 1793, a échappé à la Terreur et à la liste de Fouquier-Tinville. Ne croyez pas, mon cher comte, que la littérature de mœurs est de bas étage. On y met autant de philosophie que dans les œuvres de Diderot et de Rousseau.

Le fiacre dépassa une compagnie de chasseurs à pied. Antoine de Phélippeaux réprima un mouvement de recul, comme pour se cacher.

– Nous ne craignons rien, dit Rochecotte, Restif est avec nous.

Antoine se laissa aller à une profonde nostalgie. Il se souvint de ses soldats en sabots, de ses cavaliers juchés sur des chevaux de labour, de ses fantassins nantis de piques et de fourches, plus quelques mauvais fusils récupérés sur les cadavres. Admirant les uniformes neufs des chasseurs à pied, il repensa aux guenilles de ses hommes, au pain qui manquait, à l'angoisse pour ces villageois et volontaires de toutes les terres de ne plus revoir leur hameau et leur pauvre demeure. « Nous sommes des généraux sans armée », murmura-t-il.

Quelques instants plus tard, le fiacre déboucha dans la rue d'Anjou et s'arrêta devant un hôtel particulier aux portes massives. Le cocher déposa ses trois passagers et disparut dans la lumière de l'aube.

Un homme attendait les visiteurs avec une mine de

conspirateur. Dans la deuxième cour, un immense escalier était éclairé par des chandeliers. Des femmes montaient et descendaient en riant. Des serviteurs portaient sur des plateaux en argent vins et victuailles aux étages. Une femme d'âge mûr arborant un médaillon étoilé autour du cou s'avança, l'air souverain.

– Bienvenue dans l'hôtel de la comtesse de Pontarlier, dit la dame en présentant sa main.

Rochecotte se pencha et lui fit le baisemain. Un carnet à la main, sur lequel il griffonnait de temps à autre des notes pour un prochain roman, Restif de La Bretonne, lui, était déjà au premier où il attendait Antoine.

– Venez, il y a fort à faire ici !

C'était un salon de courtoisie, un hôtel de charme où l'on venait négocier quelque clandestin plaisir, chercher l'âme sœur pour une bourse de francs, prendre le thé afin de mieux goûter à la volupté du petit matin. Une demoiselle passa, vêtue d'une simple robe blanche qui épousait ses formes, les cheveux non retenus. Une autre sortit d'une grande chambre à la porte décorée de deux rideaux de velours rouge, une bassine à la main. Deux hommes attendaient sur un canapé devant l'escalier de fer forgé. Celui de droite à la veste froissée ne parvenait pas à ajuster sa perruque.

Antoine de Phélippeaux entendait la comtesse deviser avec Rochecotte dans l'escalier :

– ... notre fleuron est une Indienne, Catherine, dont le mari, négociant de la Compagnie des Indes, navigue entre Lorient et Pondichéry. Il trouve là son compte et peut agir à sa guise dans ses ports d'escale. Son épouse, croyez-moi, est au mieux ici. Quand elle s'ennuie dans son hôtel du Sentier, elle nous rejoint pour quelques heures de petits et grands plaisirs.

Rochecotte s'approcha d'Antoine à qui on avait servi une tasse de thé de Chine.

– N'y touche pas, à cette Indienne en robe de crêpe blanc. C'est l'une des protégées de Talleyrand. Viens, on nous attend un peu plus loin.

Rochecotte emmena son compagnon dans le salon, tandis que Restif de La Bretonne, l'air guilleret, s'éclipsait vers une chambre. Ils franchirent un vestibule et pénétrèrent dans un vaste salon décoré de tableaux et orné de lourdes tentures. Le jour se levait à présent. Un homme sortit d'un coin de la pièce. Antoine reconnut aussitôt la silhouette.

– Émile, toi ici !

– Mon maître, enfin ! Cela fait une éternité...

Émile et Antoine se jetèrent dans les bras l'un de l'autre. Le compagnon d'Antoine n'avait point changé, juste un peu vieilli, après une année de combats puis des mois de clandestinité. C'était un homme de grande taille aux cheveux drus et aux yeux noirs qui, malgré son âge, la quarantaine passée, n'était pas sans beauté. Une femme sortit d'un petit salon, vêtue d'une simple jupe en taffetas. Elle les aperçut et sourit.

– Alors, demanda Antoine, quelle est la couverture que tu as choisie pour errer à ta guise dans Paris ?

– Maître, tu connais mon goût pour la dissimulation. Je suis cette fois artisan imprimeur, rue du Vieux-Colombier, non loin du séminaire Saint-Sulpice et de la Miséricorde.

– Et tu imprimes quoi, l'ami ?

– De tout, même les textes du Directoire. Il faut bien vivre ! Cela me permet d'être mieux renseigné. Il m'arrive aussi, quand Restif est trop endetté pour imprimer ses livres graveleux, de les mettre moi-même sous presse.

– Tu imprimeras bientôt les états de nos victoires.

– Soit ! Et toi, raconte-moi ton évasion. J'ai ouï dire que le comte de Rochecotte s'est montré remarquable dans cette affaire.

Les deux compères s'assirent dans le salon, tandis qu'une domestique leur servait de la brioche. Antoine était particulièrement heureux de retrouver Émile, qui n'avait rien perdu de son audace ni de sa faconde. Ensemble, ils avaient ferraillé dans le Sancerrois, échafaudé mille plans pour rallier bourgeois et paysans à l'insurrection, connu la trahison, la fuite, l'espoir de cette république libre de Sancerre. Émile n'était pas royaliste mais s'était joint à la grande jacquerie, comme Antoine de Phélippeaux, car il estimait que la Révolution avait été dévoyée et avait sombré dans une effroyable terreur. Antoine en vint à la question qui lui brûlait les lèvres depuis des jours et des jours :

– Et Hortense ? Que sais-tu des carmélites ?

Émile avala un bout de brioche et jeta un coup d'œil vers le couloir pour voir si personne n'écoutait.

– Tu sais que Grandbastien, notre homme de Quiberon, a un frère prévôt qui a pu approcher les carmélites dans la cour de la Conciergerie. Eh bien, j'ai appris voici quelques semaines par un mouchard qu'un autre homme avait réussi à pénétrer dans la cour. Ces pauvres sœurs n'avaient même pas le droit de revêtir leur robe et traînaient en simple bure sur le pavé. L'homme a pu converser avec elles, du moins avec plusieurs.

– Au fait, au fait, l'interrompit Antoine, de plus en plus impatient. A-t-il aperçu Hortense ?

– J'y viens. De cette sœur Hortense, ou du moins d'une personne correspondant à son signalement, nulle trace. Mais l'homme n'était pas formel. Ce sont bien sûr des témoignages de seconde main. L'homme est repérable par une clé dorée assez grosse qu'il porte en sautoir et qu'il ne cache nullement, comme un signe de reconnaissance.

À ces mots, Antoine de Phélippeaux tressaillit.

– Une clé dorée ? En es-tu sûr ?

– Oh là, l'ami, ce mouchard ne ment pas, il n'y a aucun intérêt, nous le tenons par la bourse ! Une clé dorée ça te dirait donc quelque chose ?

Antoine soupira.

– Oh oui. C'était à l'Hôtel-Dieu. Je me souviens d'une altercation entre Hortense et un homme venu la voir dans la grande salle de soins. Elle m'a paru ce jour-là fort contrariée. Très vite, l'homme a manifesté un certain énervement et haussé le ton. Je ne comprenais rien à leur dialogue mais percevais seulement quelques bribes, « couvent », « carmélites », autant de mots qui avaient l'air d'effrayer Hortense. Je me demandais ce qu'il lui voulait. J'ai décidé de m'éclipser car ma présence n'allait pas tarder à être remarquée. À cet instant précis, l'homme a crié : « Vous devez ! », et il a saisi le bras d'Hortense. C'est alors que j'ai choisi d'intervenir.

– Tu l'as provoqué en duel ?

– Non pas. Je n'en ai point eu le temps. J'ai lancé à Hortense : « Auriez-vous besoin d'aide ? » Gênée, elle a bredouillé, esquissé un geste de la main, puis elle m'a dit : « Non, ce n'est rien, une querelle de famille », et elle a disparu dans le couloir au bras de l'homme. Il portait une grosse clé dorée autour du cou.

– Son visage était-il poupin ?

– Oui, rougeaud même, répondit Antoine, troublé.

– C'est cela. Et son nez était-il plutôt important ?

– Pour le peu que j'en ai vu, il me semble bien.

– Eh bien, c'est notre homme. Mais quelle est la

raison de sa présence à la fois à l'Hôtel-Dieu et à la Conciergerie lors du procès des carmélites ?

– Je n'en sais rien, et j'aimerais obtenir des réponses de ta bouche ! s'exclama Antoine.

– Cela expliquerait pourquoi Hortense n'était pas à la Conciergerie. Nulle trace non plus d'elle à Picpus.

– Il ne peut y en avoir, lâcha Antoine. Toutes les sœurs ont été enterrées dans une fosse commune.

– Mais des témoins ont parlé.

– C'est mon seul espoir. Y aurait-il une piste ?

– Le mouchard dit que cet homme à la clé d'or en sait beaucoup.

– Il nous faut donc le retrouver.

– Nous remonterons le chemin, Antoine. Tu connais mon goût pour les enquêtes. Et celui de Restif de La Bretonne !

– Je ne sais si on peut lui faire confiance.

– Il est des nôtres, comme Rochecotte a dû te le dire. Il ne reçoit qu'une pension de cinq livres de pain par jour. Il en est réduit à vendre à la police ses renseignements récoltés dans les bordels. Pour faire double emploi, et aussi pour tromper l'ennemi, lui qui a vu tant de têtes sur des piques, tant de viscères et de boyaux jetés dans la Seine, il nous offre aussi ses bons et loyaux services.

Antoine se leva.

– Qu'on aille le chercher !

Restif de La Bretonne parut quelques instants plus tard, les cheveux ébouriffés, ragaillardi, son carnet de notes sous le bras.

– Voyons, messieurs, quelle mine ! Venez donc goûter aux charmes de Paris la nuit, ou au petit matin, ce qui est encore plus émouvant !

– Nous préférons, Émile et moi, goûter aux charmes

de la vérité, à défaut de ceux de la vengeance ! Nous vous demandons de nous mettre sans plus attendre sur la piste de l'homme à la clé d'or.

Restif de La Bretonne croisa ses mains derrière le dos et fit les cent pas devant les deux compagnons.

– Je crains que cet homme n'ait quelque secret à garder.

– Telle est justement la raison de notre quête.

– Bon, nous verrons. Sachez que ce chemin nous mènera sur la route de Talleyrand, l'évêque pied-bot.

– Nous en ferons notre affaire, dit Antoine.

Une femme souleva une tenture verte. Elle était habillée d'une robe légère de crêpe avec un ruban blanc dans ses cheveux à peine coiffés. Elle adressa un large sourire à Restif de La Bretonne.

– Mes amis, j'ai une mission à mener !

Il s'enfuit vers la tenture, déposa en passant son carnet sur la commode et disparut dans l'ombre.

Antoine s'assit sur le canapé, les yeux hagards.

– Les sœurs de Compiègne ont été assassinées en place publique, murmura-t-il. Mais personne n'a jamais vu Hortense...

8

Les grands reclus ont beau le nier, ce sont souvent les plus curieux des hommes. De la fenêtre aux larges barreaux de sa cellule, Sidney Smith pouvait admirer une bonne partie du quartier du Temple. La rue Notre-Dame-de-Nazareth était particulièrement animée, tout comme la rue du Temple sur laquelle elle donnait. Le prisonnier anglais distinguait nettement les lavandières et les soldats qui se rendaient à la caserne des gardes francs. Des fleuristes vantaient leurs étals tandis que des charlatans tiraient le passant par la manche afin de lui conter dans la ruelle adjacente les vertus d'une poudre d'Arabie.

Sidney Smith soupira. Il sortait trop, fréquentait la société parisienne le jour et rentrait fort tard. Barras, l'un des cinq membres du Directoire, entendait le traiter en criminel de guerre et tenait à ce qu'il soit au secret dans la tour du Temple, là même où le roi Louis XVI avait été emprisonné jusqu'à la veille de sa mort, en janvier 1793. Mais l'ordre au bout de quelques semaines avait été oublié. Le nouveau préposé à la garde de la prison du Temple, le citoyen Boniface, s'était pris d'affection pour ce détenu courtois qui parlait un excellent français et l'entretenait de son amour pour le peuple gaulois. Le capitaine de haut bord avait alors joué de son entregent et quelques dames étaient venues à son aide. Au fil des semaines, Sidney Smith était parvenu à ses fins : il sortait le matin et rentrait à la maison d'arrêt le soir après avoir pris les eaux dans un bain public de la rue Vivienne ou sur le quai de la Mégisserie et déjeuné en charmante compagnie. Lorsqu'il revenait au Temple, le prisonnier avait déjà dîné, voire dormi. S'il avait dû continuer à espionner pour le compte de la Couronne, le sieur Sidney Smith n'eût pas fait mieux. À défaut d'écumer les mers, il se contentait de fréquenter les coteries.

Âgé d'une trentaine d'années, avec son visage fin et son nez légèrement busqué, Sidney Smith présentait un profil de médaille antique que rehaussaient ses cheveux légèrement frisés. Il respirait la franchise et une certaine grandeur d'âme, dans ses habits toujours parfaitement repassés, surtout sa redingote et ses chemises, ce à quoi veillaient les femmes des geôliers pour quelques sous en fin de semaine. Au troisième étage de la prison, sinistre tour bâtie par les chevaliers du Temple, la vie du « Lion des mers » n'était pas si désagréable, notamment lorsque le soleil le matin venait inonder sa chambre et les appartements de feu Louis XVI, à l'étage inférieur. Le soir, sa vaste cellule était éclairée fort tard grâce aux flambeaux d'argent qu'il payait de sa besace. Il tenait aussi à s'acquitter de son eau, un sou le seau de quinze litres.

Le gardien Boniface était toujours certain que son prisonnier reviendrait le soir même et ne trahirait point. Les salons le demandaient, les dames de compagnie disaient le plus grand bien de lui. En ces temps agités de règne du Directoire où les nouveaux maîtres du pays sombraient dans la concussion, il lui était aisé de se mouvoir. Naviguer en eaux troubles était une vieille habitude pour lui, et même un défi qui s'inscrivait dans une longue tradition d'audaces dont la dernière, le pari de prendre un café sur les quais du Havre, l'avait conduit au Temple. Son accent anglais et ses manières élégantes augmentaient encore l'intérêt qu'on lui portait dans les hôtels à la mode. Ses escapades l'avaient d'abord mené à l'hôtel de Beauvilliers, rue Avoie, à quelques dizaines de pas de la prison du Temple et aux abords d'un ancien couvent de carmélites, au coin de la rue Chapon. Puis il avait poussé l'aventure un peu plus loin, quand la princesse de Trémoille lui avait envoyé un fiacre.

Cependant, Sidney Smith renâclait depuis quelques jours à sortir de sa prison dorée. Il avait fort à faire sur sa table de travail. Après avoir lu quantité de livres, dont les *Contes* de Marmontel, *Gil Blas* de Lesage, les *Mémoires* de Sully, le livret de l'opéra de Mozart *La Flûte enchantée*, il s'était mis à écrire, du moins était-ce la version officielle. En fait, il avait découvert, caché dans les interstices d'un mur, un bout de papier plié en huit et rongé par l'humidité qui évoquait l'existence d'un ordre de chevalerie ancien.

Le parchemin jauni intrigua Sidney Smith au point qu'il diminua grandement ses sorties. Il consacrait davantage d'heures aux notes et soliloques, mais il n'osait pas parler de cette étrange lettre à ses amis, de peur de trahir quelque secret. Il préférait évoquer ses aventures en mer ou raconter avec un luxe de détails non pas l'incendie de Toulon, afin de ne pas échauffer les esprits, mais ses escapades sur la côte d'Amérique destinées à mater la révolte des colons américains. Un soir, tandis que plusieurs conversations roulaient autour de la table de la rue Neuve-du-Luxembourg, la comtesse Pauline de Beaumont le questionna sur ses plus belles expéditions de mer. Il se mit à évoquer ses errances à Constantinople au service du sultan ottoman. Les autres conversations cessèrent et les regards des femmes se tournèrent vers l'Anglais qui ne détestait pas attirer leur attention.

Tout en surveillant du coin de l'œil l'horloge posée sur la cheminée, Sidney Smith s'envola pour l'Empire ottoman, évoqua la légende dorée de la Sublime Porte, esquissa la vie du terrible sultan Sélim III, partisan de la réforme et guerrier ombrageux au point d'ordonner la décapitation de tel uléma ou tel pacha. Les femmes autour de la table en redemandaient, voulaient tout savoir sur la vie dans le harem du palais impérial, posaient des questions sur la garde des eunuques. Le récit des atrocités commises de part et d'autre ne les gênait aucunement.

– Et les corps, sont-ils jetés dans le Bosphore ?

– Les hammams seraient-ils des lieux de rencontre ?

– Et les janissaires, peuvent-ils prendre femme ?

Sidney Smith prenait un malin plaisir à tenir en haleine les convives. Il aimait cette comtesse Pauline âgée de vingt-neuf ans, de quatre ans sa cadette. À dix-huit ans, elle avait épousé un comte, mais elle l'avait quitté quelques mois plus tard pour emménager dans l'hôtel de son père, ambassadeur sous Louis XVI, dont elle avait hérité. Afin de s'assurer un train de vie agréable, elle avait pris quelques amants, parmi lesquels l'abbé Louis. Sous la Terreur, cachée par des serviteurs, elle avait réussi à échapper à la guillotine, puis elle avait profité de la clémence de Barras pour revenir dans la société mondaine. Dans son salon se croisaient d'anciens conventionnels heureux d'avoir échappé au couperet de la Concorde, des thermidoriens fiers de renouer avec leurs habitudes bourgeoises, des administrateurs d'hospices et hôpitaux militaires, quelques députés en goguette qui adoraient s'entourer de belles femmes, et des épouses plus ou moins volages à la recherche d'un parrain généreux. Une sorte de correspondance s'établissait entre les invités. Il s'agissait de ne point agonir d'insultes la Révolution tout en couvrant d'éloges Barras et les quatre autres directeurs considérés comme les sauveurs de l'esprit de 1789. Des piques fusaient çà et là cependant et les critiques s'exprimaient aisément par métaphores. Sidney Smith ne se gênait en rien pour participer à ces discussions. Quand Pauline de Beaumont lui demandait ce qu'il pensait de l'esprit ottoman, il répondait par un trait vif :

– Des coupeurs de têtes qui font semblant de se lancer dans la réforme, si ce n'est dans une révolution...

– Et le trône du sultan, est-il solide ?

– Le Grand Seigneur est un homme qui sait composer avec ses troupes, janissaires et mamelouks. Il n'a guère d'ennemis, lui, aux frontières...

– Quant aux vizirs dont vous nous entretenez, jouissent-ils d'une longue vie ?

– Leur tête est sauve tant qu'ils se livrent à la flatterie, une activité universelle qui traverse les siècles et les régimes...

La table pouffait de rire. L'exposé des exactions ottomanes n'était que nouvelle occasion de vilipender la Révolution, ses excès et bévues.

On assistait dans la capitale à un curieux bal entre les méandres de la Révolution et l'annonce d'un siècle nouveau. Thermidor avait permis à certains émigrés de rentrer au pays. Maints révolutionnaires d'hier tablaient sur un retour de la monarchie. Beaucoup redoutaient l'avènement d'un despote après la corruption des directeurs et de Barras en particulier.

Sidney Smith s'amusait beaucoup de cette ambiance délétère. Les mœurs libertines étaient d'autant plus en vogue que la religion était combattue par les tenants de la Raison. La foi n'avait plus cours sur la place publique et se dessinait une sorte de piété nouvelle faite d'espérance et de déliquescence. Sidney Smith s'en accommodait fort bien.

9

Un individu aussi à l'aise qu'un hussard sur un champ de bataille hantait les salons de Pauline de Beaumont. La joue gauche barrée d'une cicatrice, le visage ascétique, la démarche chaloupée, l'homme portait un large chapeau à la main et arborait une cocarde à la boutonnière. Antoine de Phélippeaux le prit pour un traître.

– Mieux encore ! dit Rochecotte. Il s'agit d'un grand agent, d'un pilier du Directoire !

– Alors, il est notre meilleur ennemi, conclut Antoine.

– Tu sais combien le Directoire est perverti. Cet homme ravitaille maints directeurs. C'est presque le bras droit de Barras ! Il ne se gêne pas non plus pour renseigner les Anglais...

L'homme descendait les marches du grand escalier. Rochecotte et Antoine le suivirent dans la cour.

– Viskowitch, je voudrais te présenter l'ami Antoine de Phélippeaux.

L'homme se retourna et sourit en apercevant Rochecotte.

– Alors, Viskowitch, on négocie encore pour Barras ?

– Et toi, que complotes-tu ?

À ces mots, Rochecotte prit l'homme par le bras et l'entraîna dans la rue, suivi d'Antoine.

– Ne t'inquiète pas, Phélippeaux est un homme de confiance, dit Rochecotte. Émigré à Coblence, chef de l'armée des insurgés dans le Sancerrois, arrêté puis libéré, il est ici pour retrouver un être cher.

Les trois hommes marchaient d'un pas pressé en prenant soin de n'être point entendus. Ils ressemblaient à des marchands de biens se rendant à une saisie.

– Nous pourrions faire cause commune, continua Viskowitch. Tu dois savoir par Hyde de Neuville que nous nous attelons à faire sortir un homme de sa geôle.

Rochecotte s'arrêta brusquement.

– Hyde de Neuville ? Il est à Paris ?

– Pardonne-moi, je te croyais averti. La Manufacture se porte au plus mal. Lui a préféré revenir de Londres. Nous en saurons davantage dans les jours prochains.

– Monsieur, intervint Antoine, même si la Manufacture se porte mal, nous avons fort à faire à Paris. Le temps presse. Nous aurons recours à nos hommes dans la place.

– La place, je la connais ! Je vends à Barras tout ce qu'il désire, depuis les habits pour ses mignons jusqu'aux souliers de carton pour les armées, comme je l'ai fait pour la campagne d'Italie ! Ce régime tombera de lui-même.

– Il ne tombera pas, dit Antoine. Il se relèvera par la force d'un autre homme. Un général de l'armée d'Italie.

– J'en viens !

– Alors, vous devez le connaître, ce Bonaparte, lança Antoine.

– Barras le connaît mieux que moi. Mais je sais qu'il est prêt à tout pour s'emparer du trône.

– Plus que transformer le Directoire, il veut en faire un instrument à sa botte !

Viskowitch jeta un coup d'œil dans la rue de Vaugirard qu'empruntaient des carrosses et des charrettes de commerçants.

– Messieurs, j'ai une mission urgente, une livraison pour le palais du Luxembourg. Nous nous verrons bientôt.

Rochecotte lui dit à l'oreille :

– Tâche de nous amener vite fait Hyde de Neuville. Il peut nous aider et aider ce jeune homme mal en point.

– Nous nous verrons alors dans les jardins du Luxembourg, entre les Chartreux et la foire Saint-Germain. C'est mon domaine, Barras m'y laisse tranquille et ses agents, mes amis, sont bien trop contents de toucher leur quote-part.

Sur ces paroles, Viskowitch s'enfuit aussi prestement qu'il était apparu dans les salons de Pauline de Beaumont.

– Cet homme nous est précieux, dit Rochecotte.

– Ce nom... est-ce un Slave ? demanda Antoine.

– Un Dalmate de Venise. Un homme qui n'a peur de rien, hormis des mauvaises maladies de chair. Cet aventurier a rendu de nombreux services pendant les campagnes d'Italie et il a approché votre Bonaparte. Il s'est introduit ensuite auprès de Barras et de Reubell. Bref, un homme de culture et de négoce à la fois, un homme à tout faire comme ce régime de corrompus les aime.

Antoine entraîna Rochecotte vers la rue voisine.

– Viskowitch, reprit Rochecotte, s'est brouillé avec Bonaparte. Il joue Barras, qui a reçu six cent mille francs pour que la république de Venise demeure sous protection française. Bonaparte, lui, se moque de Venise. Peu lui importe qu'elle revienne aux Autrichiens. Ce qu'il désire, c'est obtenir des territoires sur la rive gauche du Rhin, les Pays-Bas autrichiens et Coblence.

– Si Viskowitch est le protégé de Barras, Bonaparte ne pourra rien contre lui, répliqua Antoine.

– Bonaparte fait ce qu'il veut.

– Il attend surtout son heure et veut éviter le moindre faux pas.

– Alors, nous jouerons serré.

La salle d'armes battait son plein. Le maître d'escrime avait réuni là quelques fines lames, qui se donnaient de la quinte et de la tierce sous l'œil intéressé de plusieurs dames.

Antoine avait retrouvé la main et ferraillait dur contre son bretteur d'ami, Rochecotte. Malgré son regard de cyclope, il parait les coups, surveillait son public, recherchait un sourire, observait les autres porteurs de rapière qui, pour quelques francs, attendaient leur tour et rêvaient d'en découdre. Antoine portait les coups, Rochecotte se rassemblait, sautait sur ses pieds joints, esquivait, se lançait dans une prise de fer sur le bras fendu. Assauts, parades, revers n'avaient pour lui aucun secret. Mieux, il innovait, il mélangeait les feintes et les pointes, les coups fourrés et croisés au flanc. Antoine ne le ménageait guère et aimait la fougue de Rochecotte.

Tout en croisant le fer, Antoine de Phélippeaux aperçut sur les bancs de la salle d'armes une jeune femme qui regardait attentivement les ferrailleurs. Elle détaillait les corps, les manœuvres, et Antoine ne savait ce qui lui plaisait le plus, des hommes ou des passes.

Cette salle d'armes, pensa Antoine entre deux attaques de Rochecotte, doit abriter autant d'indicateurs que de bourreaux. Il se méfiait des agents du Directoire, des mouchards de la République bourgeoise. La Révolution avait dérivé vers la République des corrompus et l'horizon se brouillait avec les régicides qui fréquentaient les anciens royalistes, les fidèles de Barras paradant aux côtés des ennemis de la royauté et les conventionnels au bras des merveilleuses vêtues à l'antique.

Antoine de Phélippeaux abhorrait ces mélanges. Il s'en accommodait aussi. Après tout, le Directoire des bourgeois révolutionnaires était le meilleur garant de sa cache. Sur les quais de la Seine s'annulaient les inimitiés. Royalistes et Jacobins marchaient main dans la main en attendant leur heure.

Le visage caché par un masque de cuir, un homme sortit du rang et bondit au milieu de la salle d'armes, la pointe de son épée dirigée vers Phélippeaux. Rochecotte crut à une provocation.

– En garde ! lança l'homme masqué d'une voix impétueuse.

Antoine se fendit et murmura à l'oreille de Rochecotte :

– Que cela signifie-t-il ?

– Un jeu, sans doute, répondit Rochecotte.

– Laisse-moi l'occire.

L'adversaire se révéla très souple. Plusieurs maîtres d'armes s'étaient arrêtés afin de regarder la partie de lames. Les deux bretteurs virevoltaient, occupaient une grande largeur de la salle, tournaient l'un autour de l'autre.

– Ah ça, me direz-vous ? lâcha Antoine.

La silhouette masquée accéléra la danse. Antoine en redemanda, engagea à maintes reprises. Le masque se replia, revint à l'assaut, para deux belles bottes. Il se lançait dans une véritable gigue qui donnait le tournis à Rochecotte.

– Chevalier, du nerf ! dit l'inconnu.

Cette voix, ce timbre doux et puissant en même temps, lui était familière.

– Le mont Carmel vous attend, continua la voix entre deux passes.

– Diable, qui êtes-vous ? Dois-je vous enlever ce masque à la pointe de mon épée, vous humilier jusqu'à ce que vous demandiez grâce ?

– Essayez donc de me faire rendre gorge.

Les coups redoublèrent. Antoine passa sous le bras de l'adversaire, se retourna, gêna le masque. Celui-ci se rétablit, reprit l'initiative, frôla le bas-ventre d'Antoine, continua sa sarabande. Il s'essoufflait aussi. Alors, Antoine porta l'estocade et l'érafla au bras. Sa lame vola dans l'air et vint se planter dans le plancher de vieux chêne, entre les deux sabreurs. Les dames applaudirent. Un maître d'armes salua la prouesse, tandis que les autres avaient déjà repris leurs attaques.

– Alors, avouerez-vous ?

L'homme enleva son masque.

– Hyde de Neuville, baron, pour vous servir.

– Il s'en fallait de peu que je ne vous tue, à défaut d'être servi !

– Disons que j'ai passé ma vie à la jouer. J'ai déjà la panse percée. Je ne crains pas un coup de fleuret dans le bras.

– Cela aurait pu être la tête ! Allons, que venez-vous faire en ce lieu ?

Rochecotte s'approcha.

– Hyde de Neuville est un farceur. Il connaît le beau monde parisien.

– Ses combines et ses intrigues, surtout, ajouta le démasqué. Ses secrets aussi...

Rochecotte saisit les deux hommes par le bras et les entraîna vers les jardins de la salle d'armes ouverts sur la rue Transnonain.

– Hyde de Neuville a des choses importantes à nous confier, dit Rochecotte.

Le jardin donnait sur un couvent aux pierres sales. L'endroit semblait désaffecté.

– Chevalier Phélippeaux, je ne vous connais pas encore, reprit le baron, mais j'entends parler de vous depuis longtemps, à Paris, à Londres même.

– Cela n'exigeait pas une passe d'armes, et un tel risque !

– C'est ma manière de rencontrer les gens. Au moins avons-nous déjà réglé nos comptes avant même que d'en avoir.

– Certes, mais que nous vaut cette brillante prise de contact ?

Les trois hommes s'assirent sur un banc, tandis qu'un homme entraînait une demoiselle vers un taillis.

– Une telle promiscuité entre le libertinage et la foi m'échauffera toujours, persifla Rochecotte en désignant le couvent voisin.

– Voilà de quoi il ressort, continua Hyde de Neuville. Il s'agit justement de ce bâtiment voisin.

– Le couvent ?

– Oui, celui des carmélites.

Antoine marqua un moment de stupeur.

– Ce fut donc ici l'une de leurs caches ?

– Les sœurs l'ont quitté avant la Terreur. Je conçois que votre cœur a saigné quand les sœurs de Compiègne ont été guillotinées. Sachez que j'ai du nouveau.

– Du nouveau ? De grâce, épargnez-moi le supplice de l'attente !

– Nous avons besoin de vous, comme vous avez besoin de moi.

– De vous ?

– La Manufacture, qui est au plus mal. Il s'agit de réussir un coup d'éclat, d'aider un sir à s'évader.

– Je vous suis acquis. Quel est son nom ?

– Sidney Smith. Un commandeur anglais, une épée des océans, un bretteur des mers, aussi vif que l'éclair.

– Je sais, l'incendiaire de Toulon..., murmura Antoine.

– Lui-même !

– L'ennemi de Bonaparte, ajouta Antoine.

– Il n'est pas le seul !

– Je le reconnais. J'en suis aussi.

– Parbleu, voilà qui va nous aider.

– Et en quoi pourriez-vous à votre tour m'aider ?

– Hortense...

À ce nom, le silence se fit. Rochecotte se leva et s'éloigna, prétextant un combat. Hyde de Neuville prit sa respiration. Personnage hybride, racé, aux traits anguleux, le baron était un comédien-né dont le sang mêlait des origines d'aristocrate et de nomade. Son regard pouvait exprimer tout aussi bien la ruse que la plus grande loyauté.

Il avait eu vent du martyre des sœurs, enterrées dans une fosse commune à Picpus. Ses hommes avaient sondé les habitants du quartier, les maraîchers de la barrière de Vincennes, les porteurs, les lavandières, les boulangers venus livrer leur pain à la place du Trône-Renversé. Ils s'étaient tous arrêtés devant la guillotine ce matin de juillet. La rumeur de la disparition d'une des religieuses, remplacée par sa propre sœur, avait parcouru l'assistance. Hyde de Neuville et ses agents avaient cru un moment à une manœuvre des ecclésiastiques, jusqu'au jour où une amie des religieuses, présente à l'exécution à la place du Trône-Renversé, avait évoqué une étrange scène. Le bourreau avait appelé les sœurs par leur nom de baptême en ajoutant la mention « ennemie du peuple », conformément à la décision du tribunal révolutionnaire. Au nom d'Hortense Saint-Meri, un silence s'était abattu sur la foule. La condamnée avait marqué un temps d'attente avant de s'avancer. Elle était parfaitement résolue, son visage exprimait même l'allégresse. Un chant, le *Veni Creator*, s'était élevé de la troupe des carmélites. La garde autour de la guillotine ne disait mot et le bourreau, chemise ouverte sur le poitrail, pantalon court, semblait hésiter. Il tenait dans ses mains une cordelette. Elle lui fit non de la tête. Le bourreau regarda le citoyen envoyé par le tribunal révolutionnaire et il fut acquis qu'elle mourrait non attachée.

– La femme présente à l'exécution, l'amie des religieuses, continua de Neuville, affirme qu'il ne s'agissait pas d'Hortense Saint-Meri. Rien ne correspondait à sa description, ni son visage, ni sa chevelure.

– Comment expliquer alors sa... sa disparition ? demanda Antoine avec émotion.

– Nous avons des pistes, à la Manufacture. Un relais au sein du tribunal révolutionnaire aurait pu faire sortir Hortense de la Conciergerie.

– Un relais ?

– Oui, un homme qui travaillerait pour les deux bords. Vous savez combien les frontières sont devenues floues entre les révolutionnaires et les insurgés. La concussion, les listes de la Terreur ont mélangé tout cela. Les gens de Robespierre ont été anéantis. Barras triomphe dans la mollesse et le délabrement. Tout le monde y trouve son compte. Tout le monde et personne...

Antoine serra les poings. Hyde de Neuville s'approcha de lui.

– Je veux la retrouver, lâcha Antoine.

– Oui, nous avons besoin d'elle.

– Pas autant que moi.

– Détrompez-vous.

– Et pourquoi cela ? L'enjeu vaudrait-il celui de la passion ?

– Cette rescapée détient la clé de la Règle de vie...

Antoine tressaillit. Hortense était vivante, il en avait désormais la certitude.

Le décor se brouilla devant ses yeux.

10

La Manufacture battait de l'aile. Le réseau clandestin des monarchistes rassemblait à la fois des émigrés, maints déchus de la Révolution, des insurgés et des cohortes de revanchards qui ne voulaient pas de Louis XVIII. Les volontaires étaient nombreux, cependant les fonds manquaient malgré les promesses des Anglais d'envoyer quelques trésors et de faux assignats.

Antoine de Phélippeaux tentait de reprendre en main le réseau. Il mandait des représentants de l'insurrection vendéenne, envoyait des courriers par estafette, convoquait des réunions dans l'hôtel de Pauline de Beaumont. La répression était moindre désormais dans le bocage et les émissaires du Directoire avaient pour ordre de ne plus entraver l'exercice de la religion. Ces nouvelles laissaient Antoine de marbre. Il observait les royalistes avec amertume. Seule les intéressait la restauration de leurs privilèges. Rochecotte partageait la même opinion. Peu de ces comploteurs se révélaient capables de manier l'épée ou de risquer leur peau, plus habitués aux maisons de plaisirs qu'aux salles d'armes. Une sorte d'entente tacite s'était depuis nouée entre royalistes et révolutionnaires, ou du moins leurs héritiers du Directoire, plus soucieux de garnir leur bourse que de suivre les principes de Robespierre.

Un soir, dans le salon de Pauline de Beaumont, tandis qu'un joueur de harpe égrenait des notes au fond de la pièce, une altercation survint. Une femme élégante évoquait le sort des prisonniers du Temple :

– Ils l'ont bien mérité. Ils ont voulu renverser ce régime qui finalement nous convient bien !

Antoine de Phélippeaux répliqua vertement :

– Sachez, madame, que des détenus souffrent au Temple et que des geôliers infâmes égorgent comme un rien.

– Pas tous, certains détenus sont bien traités, répondit-elle.

Une jeune femme d'une rare beauté prit alors la parole :

– Je peux témoigner que, même si des arrangements existent, les atrocités sont nombreuses. Et le couteau des égorgeurs envoyés par le Directoire est bien affûté.

C'était madame de Tromelin, une comtesse de Bretagne dont le mari avait été détenu au Temple.

– Racontez-nous l'histoire, dit Rochecotte, ami de son époux.

Le silence se fit autour de la table. La comtesse Pauline de Beaumont ébaucha un signe de la main et le harpiste cessa de jouer. Madame de Tromelin, le regard fixé sur le bouquet de roses posé au milieu de la table, commença son récit d'une voix douce :

– Mon mari le comte-chevalier de Tromelin a été incarcéré à la prison du Temple avec un dénommé Sidney Smith, commandeur de la flotte d'Angleterre. Tous les deux ont été arrêtés au Havre, alors que Smith venait d'incendier un navire. Mon mari fut sauf car il décida de ne jamais décliner son identité. Sur les registres, il a toujours été appelé John Bromley, de citoyenneté canadienne, domestique de Smith. Personne n'a jamais pu percer le secret, ni les gendarmes, ni les juges du Directoire. Sinon, il croupirait encore dans sa geôle ou aurait été guillotiné, vu son rôle dans l'armée des princes et son amitié avec le comte Louis de Frotté.

Rochecotte, qui guettait les réactions d'Antoine, vit une lumière briller au fond de ses yeux.

– Mon époux a réussi à masquer son identité, continua madame de Tromelin, malgré les pressions, le témoignage de certains de ses lieutenants et la délation dûment monnayée.

– Et qu'est-il advenu de lui ? demanda Antoine.

– Il a pu être libéré voici quelques semaines. Sidney Smith, que les geôliers continuent d'appeler « Sidenay Chemitte », lui a donné un ordre de mission.

– Dites-nous donc où se trouve votre époux aujourd'hui ! intervint Rochecotte.

– Il a pu s'échapper vers l'Angleterre, mais il est revenu depuis en France, dans un endroit dont je tairai le nom, par mesure de sécurité. En tout cas, ce n'est pas notre manoir de Coatserho, près de Morlaix.

À ces mots, Antoine de Phélippeaux tressaillit. Le manoir de Coatserho !... Tromelin... Une image lui revint en tête, celle d'un émigré de son âge qui se battait dans le bocage vendéen.

– Votre mari n'avait-il pas pour nom Jacques-Jean-Marie Boudin ?

Madame de Tromelin se tourna vers Antoine.

– Oui, c'est cela. Le connaissez-vous ?

– Il fut mon compagnon d'armes lors de la bataille de Machecoul. Il a réussi à s'enfuir quand les troupes de Hoche ont repris le dessus. Il se serait réfugié à Jersey.

– Il a en effet rencontré à Jersey le commodore

Sidney Smith, par l'intermédiaire du prince de Bouillon.

– Et que compte-t-il faire maintenant ?

– Il n'a qu'une seule idée en tête : libérer Smith. Il ne pourra jouir pleinement de sa liberté que lorsque sa promesse sera accomplie.

– Notre commodore, lui, n'a pas réussi à masquer son identité, ironisa la comtesse de Beaumont.

Rochecotte vint à la rescousse de madame de Tromelin :

– La cause était sûrement entendue entre les deux hommes. Tromelin dehors, c'est le meilleur moyen pour Smith de s'évader.

– Nous nous attellerons à cette évasion, madame, continua Antoine. Je m'y engage. Votre mari fut un excellent combattant, il valait à lui seul une bonne compagnie.

Quand il vit briller à son cou un pendentif, jusque-là masqué par sa robe, Antoine sursauta légèrement. C'était un camée vert avec une croix qui ressemblait étrangement à celle de l'ordre du Mont-Carmel. Madame de Tromelin surprit le trouble d'Antoine et détourna les yeux.

– Allons boire le café dans le salon, un moka qui nous vient d'Arabie, dit alors la comtesse de Beaumont.

Rochecotte se pencha vers Antoine.

– Décidément, ce Sidney Smith est surprenant. Il se fait passer pour français sur les quais du Havre et donne son lieutenant français pour canadien. Voilà un gentilhomme qui aime brouiller les pistes.

– Il est des nôtres. Et ce chevalier de Tromelin aussi. Il déteste autant les royalistes que les hommes du Directoire.

– Il n'a pas tort, murmura Rochecotte. Les deux conduiront la France à sa perte. Mais ne le crions point trop fort dans ces lieux. Les agents de Louis XVIII ont de l'oreille...

L'évasion du Lion des mers se préparait dans le plus grand secret. Une course de vitesse s'était engagée entre les royalistes du comte Louis de Frotté et les amis de Phélippeaux. Frotté fournit de l'argent, et une partie échoua dans les mains d'Antoine. Rochecotte, lui, jouait sur les deux tableaux. Il servait d'intermédiaire et cherchait à rassurer les royalistes qui ne voyaient pas d'un bon œil que Phélippeaux s'occupe de cette affaire.

Hyde de Neuville avait son plan : creuser un souterrain et s'approcher au plus près de la cour du Temple. Une maison fut louée rue de Beaujolais. Elle était contiguë à la prison et sa vaste cave permettait de se lancer aussitôt dans les travaux de galeries. Grâce à Émile, Antoine recruta quelques terrassiers acquis à la cause, dûment payés, contraints de dormir sur place, au rez-de-chaussée, et chargés de se relayer nuit et jour afin de dégager la terre. Hyde de Neuville, lui, ne voulait rien laisser au hasard. Pour faire bonne figure dans le quartier, le baron y emménagea avec une maîtresse, Denise, et sa fille de sept ans. Sous le nom d'emprunt de Charles Loiseau, il débarquait d'un fiacre tous les matins devant la maison et les habitants de la rue s'amusèrent bien vite de ce ballet incessant. Le cocher, en la personne d'Émile, rendait compte chaque jour de l'avancement de l'ouvrage, un petit tunnel étayé de bouts de bois.

« Alors ? demandait Antoine à Émile lorsqu'il revenait avec son fiacre.

– Cela avance, cela avance... »

Émile répéta à l'envi ces mots optimistes jusqu'au jour où il revint le visage décomposé.

– Quoi, que se passe-t-il ? Une patrouille de police dans la rue ?

– Non pas, mon cher maître. Nous ouvrons l'œil. Ces diablotins de la maréchaussée, nous n'en ferions qu'une bouchée en cas de grabuge.

– Au fait !

– Voilà, nous n'arrivions pas à trouver la sortie. Hyde de Neuville pensait avoir attaqué trop bas. En fait, nous étions trop haut ! Nous avons donné un grand coup sur une pierre et celle-ci est tombée... dans la cour du Temple !

– Grands dieux ! Cela veut dire que nous avons échoué.

– Nous avons dû détaler avec les ouvriers et la maîtresse de Hyde de Neuville. À l'heure qu'il est, les agents du quartier sont sûrement dans la maison de la rue de Beaujolais.

Émile s'assombrit un peu plus.

– Ce Sidney Smith avait pourtant tout l'heur de s'évader par la grande porte, puisqu'on le laissait sortir chaque jour.

– C'en est fini, répondit Antoine. Les gardes vont recevoir l'ordre de ne plus le laisser errer dans Paris. Et Sidney Smith est trop fier pour trahir sa parole. Gageons que la découverte de notre souterrain va accroître son isolement.

– Alors, que nous reste-t-il à faire ?

– Aller le chercher à l'intérieur...

– Tu n'y penses pas ! se lamenta Émile. C'est du

suicide ! Autant se battre en duel contre la meilleure lame de France et de Navarre !

– Il n'est plus question de nous battre. J'ai un plan d'évasion plus efficace. Cette fois-ci, nous n'aurons nul besoin de percer les murs.

11

Tromelin était un comédien-né. Quand Antoine le rencontra dans un estaminet de la rue du Pot-au-Diable, il était habillé en abbé avec des manières laissant à penser qu'il courait après les plaisirs. De haute taille, il se tenait voûté, sans doute pour paraître plus âgé. Il portait une perruque afin de ne pas être reconnu des agents de police. Quand il retrouva Antoine et Émile au fond de l'établissement, alors que le vin coulait à flots, il prit un léger accent canadien pour rappeler le tour qu'il avait joué aux juges de la Conciergerie.

– Dans mon cœur, voyez-vous, je reste John Bromley, domestique canadien au service de Sidney Smith.

– Comment se porte-t-il ? demanda Antoine.

– Au plus mal, ou presque ! Le commodore de Sa Majesté le roi d'Angleterre ne supporte pas l'absence de bains. Les seaux achetés au geôlier n'y suffisent plus.

– J'imagine que vous cherchez à le revoir au parloir.

– Je ne suis point autorisé à pénétrer dans la prison du Temple. J'en suis sorti, mieux vaut rester dehors ! Nous communiquons presque chaque soir au moyen d'une lanterne magique. Avec mon épouse, nous avons loué une chambre en face de la prison et nous projetons grâce à la lumière d'une lanterne des lettres sur un drap. Nous arrivons ainsi à composer des messages. Sidney Smith est désormais informé de nos tentatives.

– Manquées pour le moment, ajouta Antoine.

Un fumet sortit de la cuisine. Il était l'heure de déjeuner et les trois hommes s'assirent près d'une fenêtre d'où ils pouvaient observer les alentours sans être vus.

Vers midi, un proche de Tromelin débarqua. Boisgirard avait combattu comme Antoine de Phélippeaux en Vendée puis il était devenu danseur à l'Opéra, plus pour s'amuser que par nécessité financière. C'était un homme élégant qui aimait constamment jouer, avec les mots et avec sa vie. Depuis plusieurs mois, il dansait le soir à la Porte Saint-Martin ou au théâtre des Variétés amusantes, et le jour il œuvrait pour la Manufacture, sans illusion aucune, dégoûté lui aussi par les manières des anciens nobles.

– Il n'existe pas trente-six moyens de sortir Smith de sa bastille, lança Antoine.

– Auriez-vous une idée ? demanda Boisgirard.

– Oui, et elle est risquée. C'est à la fois la plus audacieuse et la plus facile.

Antoine promena son regard au-dessus des têtes pour surveiller les allers et venues dans l'estaminet.

– Grands dieux, s'impatienta Émile, présente-nous ton plan, tu ne vas pas ainsi nous laisser languir !

– Ce moyen, poursuivit Antoine, ce n'est pas l'entrée des artistes, ce n'est pas le sous-sol, la fenêtre aux épais barreaux que deux bombes ne sauraient faire sauter, pas plus que le toit.

– Il ne reste plus que la grande porte ! lança Tromelin.

Antoine marqua une pause en le regardant dans les yeux :

– C’est cela même. La grande porte !

– Alors là, ce ne sont pas deux bœufs mais vingt dont nous aurions besoin, commenta Émile.

– Il n’est pas question d’arracher les gonds, de brûler la porte du Temple ou de bombarder les murailles de cette maudite prison, mais tout simplement d’en franchir le seuil avec un laissez-passer.

– Pourquoi pas déguisés en gardes de la maréchaussée, tant que tu y es, ironisa Émile.

Boisgirard se porta au secours d’Antoine :

– Non... mais en agents du Directoire !

– Vous vous rendez trop souvent à l’Opéra !

– C’est justement là que l’on en apprend le plus. Tout le Directoire s’y rend en fin de semaine.

– Nous n’avons plus qu’à nous présenter avec une levée d’écrou signée de la main de ce sacripant de Barras ! dit Antoine.

La remarque provoqua un éclat de rire autour de la table. Boisgirard baissa la voix :

– C’est précisément ce que nous allons faire. À la différence près que la levée d’écrou ne sera pas signée de la main de Barras mais de celle de Pléville Le Pelley, le ministre de la Marine.

– Impossible ! dit Émile. Il est à Lille depuis au moins deux mois pour négocier avec les Anglais.

– Voilà pourquoi nous allons obtenir la lettre.

Boisgirard expliqua le stratagème. L’agent Viskowitch, en cours auprès de Barras et aussi corrompu que lui, pouvait se procurer un blanc-seing signé de la main du ministre de la Marine. Pléville Le Pelley avait paraphé un certain nombre de missives pour son cabinet avant de s’éloigner de Paris et Viskowitch se faisait fort de s’en procurer une. Au bout de la table, Tromelin hocha la tête.

– La garde a dû être doublée au Temple. Le Directoire doit se douter de quelque chose.

– Ils vous ont pourtant bien libéré, objecta Antoine.

– Seulement parce qu'ils m'ont pris pour le domestique canadien. L'enjeu de ce Smith est trop important pour eux.

– Cela, nous le savons, comte. L'incendie du port de Toulon, les bombardements au boulet soufré des vaisseaux ancrés au Havre, son grade de commodore...

– Il y a bien plus grave aux yeux du Directoire.

– Quoi donc ? demanda Émile, friand d'un nouveau complot.

– Sidney Smith a séjourné un an à Constantinople, auprès du sultan. Au retour de son voyage en Suède, en 1792, où il avait réussi à obtenir la faveur du roi, Smith a reçu l'ordre d'effectuer une mission secrète dans l'Empire ottoman. À Constantinople, il a retrouvé une vieille connaissance, le ministre d'Angleterre, lord Liston, rencontré à Stockholm. Nul n'a jamais su ce qu'il tramait là-bas.

– Même pas vous ? Vous l'avez pourtant côtoyé longtemps dans la prison du Temple.

– Je ne peux tout vous dire. La solitude des geôles favorise, il est vrai, les confidences, mais certaines sont faites sous serment. Je peux vous avouer, en revanche, que l'évasion de Sidney Smith compromettrait bien des espoirs du Directoire, ceux de Barras mais aussi ceux de son protégé.

À ces mots, Antoine de Phélippeaux releva la tête, mû par un pressentiment.

– Bonaparte ?

– Celui-là même, répondit Tromelin.

– Qu'a-t-il à voir avec Constantinople ?

– Lui et Barras veulent mettre la main sur l'Orient.

– Rien que cela !

– Vous savez, pour l'avoir connu à l'École militaire, qu'il a de la suite dans les idées.

– Je sais surtout une chose, c'est qu'il est prêt à tout ! Comme Barras !

– Voilà pourquoi ils s'allient et se détestent.

– Cette alliance ne durera pas longtemps.

– Vous avez entièrement raison. Leur Joséphine commune se chargera de semer la discorde.

– Barras s'en moque, de cette Joséphine de Beauharnais. Il est bien trop occupé. Ce qui lui importe, c'est de garder le trône. Et ce qui intéresse Bonaparte, c'est de le gagner.

– J'y viens, j'y viens, l'interrompit Tromelin.

À ces mots, son épouse apparut. Elle était simplement vêtue, afin de ne pas attirer l'attention, d'une robe grossière surmontée d'une chemise de laine. Pourtant, sa grâce naturelle et sa beauté n'échappèrent à personne dans la pénombre de l'établissement. Elle vint s'asseoir aux côtés de Tromelin et, pour faire bonne figure, commanda un pichet de vin rouge.

– Ce Bonaparte veut naviguer vers l'Orient, dans quelques mois tout au plus. Barras lui a donné son accord car il voit là une parfaite occasion de l'éloigner pour mieux asseoir son pouvoir. Bonaparte, quant à lui, rêve de se rendre à Constantinople et de prendre la Sublime Porte, à la tête de ses troupes.

– Comme si l'on pouvait ravir aussi facilement le sérail du Grand Seigneur, releva Émile.

– Bonaparte a beau rêver, il n'a peut-être pas tort, reprit Tromelin. Selon Sidney Smith, cet empire, malgré la poigne de Sélim III, est miné de l'intérieur et en proie à toutes les rixes de vassaux. Avec une petite armée, il n'est pas exclu de pouvoir s'emparer de quelques fiefs ottomans. Constantinople est une autre affaire, mais, outre la citadelle du commandeur des croyants, il y a des provinces riches, la Palestine, la Terre sainte. Et pour cela, Bonaparte a besoin de quelques alliés dans la place.

– Il n'en manque pas, avec les populations chrétiennes, souligna Antoine.

– C'est là où nous devons intervenir. Sur la côte de Palestine, on trouve des foyers juifs et des religieux chrétiens. Nous devons savoir sur lesquels Bonaparte veut s'appuyer.

Antoine dévisagea le comte de Tromelin, avant de lancer :

– Les carmes et les carmélites y ont longtemps eu des attaches...

Le comte de Tromelin hésita un instant. Il paraissait peser chacun de ses mots :

– Ils en ont toujours.

– Sans avoir les hommes et les femmes sur place. L'ordre a quitté les lieux après les croisades.

– Je crois que vous vous trompez, monsieur de Phélippeaux, malgré votre appartenance, me dit-on, aux chevaliers de Notre-Dame du Mont-Carmel, qui a si peu à voir avec l'ordre religieux. Les moines et les religieuses ont continué à voyager par les siècles en Terre sainte, secrètement. Et aujourd'hui même...

Antoine tenait à répliquer point par point, à préciser par le menu le code des chevaliers du Mont-Carmel. Il était troublé cependant par le ton de Tromelin. Des carmes et des carmélites s'aventuraient encore en Terre sainte...

– Revenons-en à Smith. Ce blanc-seing, il m'est avis que nous devons l'obtenir rapidement.

– Il faut agir sans tarder, approuva Tromelin. La garde a été doublée au Temple. La prison est truffée d'agents. Les cellules regorgent de nos compagnons, des gens de la Manufacture, l'abbé Brottier, Duverne de Praile, Berthelot de La Villeheurnoy...

Antoine se redressa.

– Je suis candidat pour commander la mission. Cette évasion, je m'en charge.

Tromelin parut soulagé. Il soupira cependant.

– Les choses ne seront pas aisées. Nous devons jouer finement et tromper la garde.

– Quand est-ce que nous aurons la lettre ?

– Viskowitch y travaille. C'est un jeu d'enfant. Le plus dur sera de passer par la grande porte... Nous aurons besoin de vous tous.

12

Sidney Smith bouillonnait derrière ses barreaux. Tout laissait espérer son évasion pour bientôt, et notamment les messages envoyés depuis la rue de Beaujolais. Grâce à sa lanterne magique, madame de Tromelin continuait de projeter depuis le petit appartement loué des mots sur un drap tendu au fond de la pièce. Nul autre que Smith ne pouvait les apercevoir, pas même les gardiens, postés trop haut ou trop bas dans la tour du Temple. De courtes phrases s'affichaient, telles que : « Pour bientôt », « Tenez bon, arrivons », ou « Visko lettre signée ». À peine affichées, les lettres disparaissaient. Smith, par mesure de sécurité, les apprenait par cœur, afin de mieux se répéter les nouvelles la journée durant.

De tous les messages projetés de cette manière à hauteur de sa cellule, ce fut celui mentionnant le nom de Viskowitch qui le perturba le plus. Que pouvait concocter cet agent de Barras, cet intrigant enrichi par la campagne de Bonaparte en Italie ? Smith savait pourtant que les mondes se mêlaient dans ce décor étrange de fin de siècle où révolutionnaires usés et royalistes défaits se donnaient la main, se rendaient ensemble aux mêmes parties de plaisir et échafaudaient de concert des plans pour s'enrichir. Ce ballet l'amusait. Quand le gardien Boniface lui apportait une bonne bouteille, choisie par son épouse à un prix raisonnable, le prisonnier anglais parvenait même à entrevoir la chute prochaine des murs du Temple, semblable à la forteresse de Jéricho sapée par la trompette de Josué. Un soir, il se rappela ainsi que l'Orient l'attendait, celui de la Terre sainte et des rivages de Palestine.

Une lumière brumeuse éclairait le jardin du Palais-Royal, donnant plus de relief encore aux bâtiments, un endroit idéal pour des retrouvailles de conspirateurs. Les agents du Directoire y venaient en nombre, mais davantage pour croiser le regard d'une belle près du grand escalier que pour laisser traîner leurs oreilles.

Viskowitch retrouva Antoine au Caveau, établissement prisé par les dames à la mode. Ils commandèrent des glaces et madame de Tromelin les rejoignit afin de donner une contenance aux deux hommes.

De la librairie voisine, dans la galerie marchande, sortaient des couples, livres sous le bras, absorbés par des discussions sur les dernières parutions. Antoine remarqua alors un bossu, la main tendue, à l'affût.

Viskowitch exposa les préparatifs de l'évasion et annonça qu'il était sur le point d'obtenir le blanc-seing.

– Ne sera-t-il pas étrange de montrer une levée d'écrou signée du ministre de la Marine et non de la Justice ou de l'Intérieur ? demanda madame de Tromelin.

Ce stratagème la dépassait. Elle avait pourtant réussi à faire sortir son époux du Temple à force d'entregent, de dîners avec Talleyrand et Barras. Viskowitch lui rétorqua qu'il n'avait guère le choix. En outre, étant marin, Sidney Smith dépendait autant du ministère de Pléville Le Pelley que de celui des Armées.

– Nous aurons encore besoin d'un peu d'argent, dit Antoine.

Il distribua les rôles aux uns et aux autres. Restif de La Bretonne serait chargé de se renseigner sur l'état de la garde à l'intérieur du Temple. Rochecotte, lui, préparerait le carrosse de louage et les uniformes pour les déguisements, tandis qu'Émile s'occuperait de repérer minutieusement l'itinéraire. En exposant son plan, Antoine remarqua que le bossu s'était approché de la table du glacier.

– Les prisonniers du Temple sont désormais placés au secret. Il y a en outre deux enceintes dans cette sinistre forteresse..., dit madame de Tromelin.

Antoine de Phélippeaux la rassura, tout en demandant à ses deux voisins de table de baisser la voix.

– Cette surveillance, madame, s'est relâchée avec le temps. Sidney Smith peut même recevoir quelques visites.

Madame de Tromelin étrangement retrouva son aplomb.

– Et... lesquelles ?

– Miss Cosway a réussi à pénétrer dans la prison du Temple, dit Viskowitch. Elle a pu ainsi peindre son portrait.

Il sortit de sa sacoche un dessin au crayon, esquisse du tableau de miss Cosway. Smith était représenté assis sur une chaise de paille, éclairé par les rayons du soleil, un ouvrage à la main, face aux barreaux, un bras derrière le dossier. Il paraissait serein et pensif à la fois. Vêtu d'une longue jaquette, d'un gilet et d'une chemise avec un triple nœud, il portait une croix militaire sur le côté gauche. Le commodore semblait heureux dans sa geôle ensoleillée.

– Cette miss Cosway en a rajouté, commenta

madame de Tromelin. Il est étonnant qu'un prisonnier de cette importance puisse évoquer une si belle humeur.

– S'il a l'assurance de sortir de temps à autre et l'espoir secret de s'évader, objecta Phélippeaux.

– On ne peut être heureux lorsque l'on porte un tel secret...

Viskowitch esquissa un signe de la tête et madame de Tromelin se tut. Antoine en déduisit qu'il serait inconvenant de lui demander des précisions. Les trois personnages commandèrent une nouvelle glace et Viskowitch raconta encore que Smith était libre d'écrire et qu'il avait noué une relation épistolaire avec une certaine demoiselle de Clermont-Tonnerre.

– Son charme lui permet de séduire même à distance, dit Viskowitch, et cela irrite les autorités. J'ai appris par Barras qu'il est question de transférer maints prisonniers hors de Paris, dont le sieur Smith.

– Voilà l'occasion rêvée pour le sortir de ce trou ! l'interrompit Antoine, qui ne perdait pas des yeux le bossu.

– Encore nous faut-il des moyens.

– J'irai voir les gens de la banque Harris, rue du Bac. Un certain Thompson serait prêt à nous renflouer, avec l'accord de Londres.

– C'est notre dernière chance, trancha Viskowitch. Mes hommes dans les ministères sont gourmands. Rien ne les arrête à la vue d'une tabatière en or ou d'une bourse bien garnie !

Un cri s'éleva dans la foule :

– Au tire-laine, au tire-laine !

Un homme élégant tonnait dans la galerie et indiquait la sortie du Palais-Royal. Antoine et Viskowitch remarquèrent alors que le bossu avait décampé.

– Un vide-gousset, un de plus, soupira Viskowitch.

Prendre les eaux est un pis-aller pour un commodore en escale prolongée, mais Sidney Smith n'était plus autorisé à se rendre aux bains publics de la rue Saint-Paul ou à dîner en ville.

Il avait gravé en français quelques vers sur les murs de sa vaste cellule, pour le grand plaisir du gardien Boniface et surtout de sa femme, ravie d'héberger un hôte si cultivé. Ce fut en gravant de la sorte un poème de sa composition débutant par « Qui a peur du mal » qu'il descella une pierre. Il l'enleva, non sans s'être assuré que le couloir était désert. Une petite cache d'un pied de large abritait quelques papiers. Une dizaine de lettres jaunies se retrouvèrent entre ses doigts fébriles et il en déchiffra la fine écriture à l'encre, parfois décolorée par l'humidité. L'auteur des lettres devait être un membre de la famille royale. Il se remémora les mots de madame Boniface. Un soir, passablement éméchée, elle lui avait assuré que le roi avait séjourné quelques jours dans cette cellule avant d'être transféré dans la grande tour. Smith prit soin de les dissimuler sous sa chemise et entreprit de refermer délicatement le réduit.

L'agent de change Thompson fréquentait souvent, rue de la Loi, le salon de madame Seguin, elle-même d'origine irlandaise. Grâce à Pauline de Beaumont, Antoine de Phélippeaux n'eut guère de mal à le retrouver. L'Anglais accordait des prêts à certains membres du Directoire. Il connaissait déjà les besoins financiers de Smith et concéda un million de francs à Antoine, sur présentation d'un papier signé de Tromelin. Phélippeaux n'en espérait pas tant. Avec une pareille somme, il pouvait acheter la moitié du Temple.

Il passa les deux semaines suivantes à monter l'opération, à revoir chaque détail, assisté d'Émile. Tromelin fournissait maints détails sur la prison et ses geôliers. Un soir, Viskowitch apparut dans l'estaminet où l'attendait Phélippeaux, non loin de l'hôtel où il louait une chambre. Le sourire de Viskowitch en disait long sur son succès. Il avait réussi à obtenir une lettre vierge signée du ministre de la Marine.

– Il ne nous reste plus qu'à remplir l'ordre de transfert des prisonniers, murmura Antoine avec joie.

Il leur fallait agir vite. Au ministère de la Marine, on se doutait du projet d'évasion. Paris bruissait de mille rumeurs.

La crainte des autorités facilita en fait le projet d'évasion. Sidney Smith, jugé mieux surveillé au Temple, échappa ainsi à un véritable transfert. Le Directoire alla même jusqu'à ordonner la surveillance des ports de la Manche.

– Allons, ne perdons pas de temps, lança Phélippeaux, tout peut être découvert d'un jour à l'autre.

Le danseur Boisgirard avait achevé sa préparation avec autant de méticulosité que s'il se fût agi d'un ballet à l'Opéra. Il commanderait l'escorte chargée de récupérer le prisonnier pour l'emmener à Fontainebleau. Une nouvelle colportée par Tromelin vint encore brusquer le cours des événements :

– Pléville Le Pelley, le ministre de la Marine, vient de démissionner ! La lettre signée par lui n'a plus de valeur ! Nous sommes perdus...

– Pas si vite, dit Antoine. On ne change pas les ministres en un clin d'œil. Renseignons-nous d'abord sur son successeur.

Hyde de Neuville revint le lendemain avec une précision : l'amiral Bruix, désigné pour remplacer Pléville Le Pelley, n'arriverait qu'à la fin du mois et la signature du sortant resterait valable pendant toute cette durée, soit encore dix-sept jours.

– Après-demain, nous serons prêts, trancha Phélippeaux.

Antoine passa les deux jours suivants à peaufiner les ultimes détails. Il examina avec minutie les uniformes d'Émile et de Boisgirard, dans le rôle du colonel. Il demanda à ses hommes de répéter dans une chambre louée à deux pas de la place de Grève, rue Jean-Pain-Molet, et leur fit lire la lettre de transfert du prisonnier à haute voix. Un chouan, Collinet de Labau, vint renforcer l'équipe avec le titre de capitaine. Tromelin, quant à lui, avait déjà quitté Paris afin d'organiser les caches sur la route de Normandie et de préparer la traversée de la Manche avec un bateau de pêche. Antoine craignait cependant que son stratagème ne fût découvert au dernier moment. L'ordre de mission correspondait bien à un décret visant à regrouper les prisonniers de guerre anglais, mais Sidney Smith en était exclu.

Le soir même, un incident faillit tout faire capoter : Antoine de Phélippeaux fut interpellé rue Mouffetard par un agent du Directoire, un ancien insurgé du Sancerrois qui l'avait reconnu. Antoine s'assura aussitôt de son silence en lui glissant cinq louis d'or dans la main. L'agent disparut sans un mot vers la rue de l'Épée-de-Bois et manqua renverser une crémière devant son étal.

13

Les lettres évoquaient la mort prochaine du roi, à la troisième personne du singulier. L'une d'elles leva les derniers doutes de Sidney Smith : elle était écrite à la première personne. « Bientôt je vais mourir et je m'y prépare sans joie mais avec dignité. » Se pouvait-il que le dernier des Capétiens eût envisagé sa fin prochaine avec autant de détachement ? Une autre lettre retint particulièrement son attention. Le roi, s'il s'agissait bien de lui ou du scribe qui écrivait sous sa conduite, parlait du sort du royaume : « Le destin de la France se décidera en Orient. » S'ensuivait toute une série de considérations sur les intérêts des Français à déclarer la guerre au sultan de Constantinople afin de s'allier la Russie du tsar. Il était même question dans cette lettre de l'Égypte et de la Terre sainte, ainsi que d'un ordre de chevalerie, les chevaliers de Notre-Dame du Mont-Carmel, prompt à défendre la patrie si elle était en danger.

Ces lettres redonnèrent au commodore le goût de l'intrigue, celui qu'il avait développé non sur les mers mais dans les cours et les sérails, à Stockholm et à Constantinople, le palais de Londres lui paraissant bien trop sénile et décadent pour mériter un quelconque effort. Que représentait cet ordre ? Pourquoi le roi ou l'un de ses fidèles lieutenants évoquait-il l'Orient alors que se dessinait le couperet de la guillotine ?

Depuis ce jour, Sidney Smith n'eut de cesse d'apprendre par cœur les missives les plus importantes. Il redoutait d'être fouillé et que l'on découvrît les précieux feuillets. Il entreprit de sonder chaque pierre de sa cellule et découvrit une autre cache qui renfermait plusieurs autres lettres. Il s'agissait de la même écriture, irrégulière, nerveuse, trahissant l'inquiétude. Il y était question d'un ancêtre du roi, Philippe le Bel, qui avait eu raison dans cette même tour des chevaliers du Temple, au XIVe siècle. La lettre laissait entendre que la demeure des Templiers était désormais hantée, habitée par le grand maître Jacques de Molay, brûlé sur le bûcher en l'an de disgrâce 1314. Il s'agissait là d'une vengeance un siècle après la mort de Saint Louis.

Une étrange fébrilité s'empara de Sidney Smith. Peu lui importait de ne plus sortir en ville. Sous le sceau du secret, il commanda à grands frais plusieurs livres à Boniface, s'informa sur les croisades, se plongea dans les œuvres des chevaliers chroniqueurs, dévora une étude sur Saint-Jean-d'Acre et ses ordres religieux.

Antoine de Phélippeaux avait hâte de vivre une nouvelle évasion, comme à Bourges, mais côté rue cette fois-ci, et revêtit pour l'occasion un uniforme de gendarme.

À la tombée de la nuit, il commanda un carrosse de louage qui passa prendre le danseur Boisgirard et son ami Labau près de la place de Grève. Les deux hommes tirèrent les rideaux et s'habillèrent sur les banquettes.

Antoine de Phélippeaux tendit à Boisgirard son ordre de mission. Le danseur le connaissait par cœur.

Il leur restait à se diriger vers la prison du Temple. Le cocher fouetta ses chevaux. La nuit était déjà étoilée.

Sidney Smith reçut le dernier signal de madame de Tromelin vers huit heures du soir. Il avait pris soin de dîner copieusement, à la même heure que d'habitude, sept heures, prétextant un appétit nouveau à la lecture des pages de *Gil Blas*. Il ne montra aucun signe de nervosité à Boniface qui empocha son pourboire comme à l'accoutumée. La nuit était déjà fraîche quand le commodore anglais entendit du bruit dans l'enceinte de la forteresse. Il prit soin de marquer la page de son livre à l'aide d'un signet et se rappela l'anecdote colportée par *La Dépêche de Londres* lors de la Terreur de Robespierre. Un prêtre, appelé par le bourreau à s'avancer vers la guillotine dressée place de la Révolution, interrompit la lecture de la Bible. Comme si de rien n'était, il corna la page au chapitre trois de l'Évangile selon saint Matthieu et monta sur l'échafaud.

Vers neuf heures, Rochecotte et Antoine de Phélippeaux se rejoignirent à l'hôtel d'Orléans. Pendant ce temps, le carrosse de louage parvint à la prison du Temple, devant le portail du Grand-Prieur. Dans la rue, Hyde de Neuville surveillait le manège, le visage dissimulé par le revers de sa cape.

Dans sa superbe tenue de colonel, plumet au chapeau, Boisgirard descendit solennellement, s'avança vers la prison et ordonna, brandissant sa lettre, l'ouverture de la porte.

– Adjudant général Auger, clama-t-il. Nous avons ordre de transférer un prisonnier vers Fontainebleau !

Le gardien laissa pénétrer le carrosse dans la première enceinte de la prison puis manda l'officier de garde. Celui-ci, un peu éméché, descendit de sa chambre et regarda d'un œil las l'ordre de mission. Il en lut lentement l'en-tête, dévisagea les deux messagers, puis reprit sa lecture :

Paris, le 5 floréal an VI

Le ministre de la Marine et des Colonies
au citoyen Boniface, préposé à la garde du Temple

Le Directoire exécutif ayant ordonné, par son arrêté du 28 ventôse ci-joint, la réunion de tous les prisonniers de guerre anglais sans distinction de grade, je vous charge, citoyen, de remettre sur-le-champ sous la garde du citoyen Étienne-Armand Auger, porteur du présent ordre, le commodore Sidney Smith, prisonnier de guerre, pour qu'il soit transféré au dépôt général du département de Seine-et-Marne à Fontainebleau.
Il vous est enjoint, citoyen, d'observer le plus grand secret dans l'exécution du présent ordre dont j'avertis le ministre de la Police générale, afin d'empêcher toute tentative d'enlever ces prisonniers en route.

Le ministre de la Marine et des Colonies.
Signé : Pléville Le Pelley.

Le gardien se gratta la tête. L'ordre de mission correspondait aux dernières directives destinées à regrouper les prisonniers de guerre anglais, « sans distinction de grade ». Il informa le commis greffier, puis envoya un guichetier chercher le détenu. Sidney Smith se leva, prit un manteau et n'éteignit pas la bougie.

– Et la baignoire que j'ai commandée, alors ?

– Ne vous inquiétez pas, vous pourrez toujours en commander une autre là où on vous emmène.

– Et où m'emmène-t-on ?

– Au secret, monsieur, au secret !

Sidney Smith feignit la crainte.

– Mais... je m'étais habitué à cette demeure, et même à vous tous, si prévenants ! Quant à l'escorte, êtes-vous sûr de ces hommes ?

Le garde esquissa un sourire, puis se reprit.

– Monsieur, la République a ce qu'il faut en la matière !

– Qui me dit que l'on ne me guette point au détour d'un bosquet ?

– Ceux qui vous guettent sont les nôtres, de la maréchaussée !

Sidney Smith jouait si bien la comédie qu'il parvint à communiquer son inquiétude au guichetier, lequel afficha bientôt une triste mine.

Le carrosse trônait dans la cour, les chevaux piaffant d'impatience. Les deux envoyés du ministre de la Marine saisirent Smith par le bras.

– Messieurs, en route ! lança Boisgirard d'une voix sans appel.

Tandis que le commis greffier consignait la sortie sur le registre d'écrou, la femme de Boniface ne cachait plus son émotion. Qu'allait-il arriver à ce sieur anglais, cet homme si attachant ? Son époux la rassura. Lui aussi était très ému.

– On vous enverra vos effets à Fontainebleau, ne vous inquiétez pas !

– Pressons, pressons, le coupa Boisgirard.

Smith plongea la main dans sa besace et laissa un pourboire à chacun des préposés et gardiens.

Le prisonnier anglais monta dans la voiture, non sans s'être épousseté pour mieux rappeler que les gardes chargés de l'escorte ne pouvaient ainsi s'emparer de lui.

– Attendez ! lança tout à coup le commandant du poste. Les routes ne sont pas sûres, il vous faut une escorte. Nous allons en chercher une sur-le-champ, de six hommes, pour vous servir !

Boisgirard eut du mal à cacher son trouble. Il répondit de sa voix la plus assurée :

– Commandant, il est stipulé dans la lettre du ministre que cette opération doit se mener dans la plus grande discrétion. Les ennemis de la République sont partout, sur la route de Fontainebleau comme dans les rues de Paris, et même alentour.

Boisgirard désigna la rue, au-delà du portail du Grand-Prieur, puis baissa la voix :

– Il nous faut donc, et croyez-moi à mon grand regret, nous passer de votre escorte. Mais soyez avisé que votre prévenance sera connue au ministère !

À ces mots, le commandant du poste se rasséréna. Se tournant vers Smith, Boisgirard ajouta :

– Cet homme d'ailleurs est de parole. Me la donnerez-vous, afin que je me passe d'un accompagnement ?

– Soyez-en certain, monsieur, je ne tiens pas à tomber entre les mains de quelconques brigands ou à subir les assauts d'une bataille rangée !

Sidney Smith jeta un dernier coup d'œil à la sinistre tour dont les pierres luisantes reflétaient l'éclat de la lanterne.

– N'oubliez pas de me faire porter mes livres et ma malle par la première estafette venue, lança-t-il à Boniface. Je saurai me montrer généreux !

Les gardes du Temple reculèrent respectueusement. Ce Sidney Smith décidément ne manquait pas de panache, même si la crainte se lisait dans son regard. Il s'évertua en signe d'adieu à agiter son mouchoir blanc par la portière.

Dans sa chambre de l'hôtel d'Orléans, Antoine rongeait son frein. Le carrosse était parti depuis un long moment et nul message ne lui était encore parvenu. Que tramait Viskowitch ? Ce bandit appâté par le gain avait-il trahi ? S'était-il rallié aux intérêts du Directoire ? Madame de Tromelin se trouvait à ses côtés et se forçait à le rassurer. Non, ce Dalmate ne pouvait trahir davantage. Et puis, Barras était trop compromis dans toutes ses manigances depuis l'affaire des souliers destinés à l'armée d'Italie pour exiger quoi que ce fût. Talleyrand lui-même, depuis son ministère des Affaires étrangères, était impliqué dans ces négoces douteux.

Antoine entendit un bruit à la porte. Il bondit, l'épée à la main. C'était Émile qui rentrait en silence dans le petit appartement.

– Nous y sommes ! L'ami, nous avons réussi ! Cette satanée prison n'est qu'une passoire...

Antoine bondit de joie. Par deux fois, à Bourges et à Paris, il avait réussi à berner le Directoire. Les représailles n'allaient guère tarder. Lui et Émile s'en moquaient. Il n'avait pour l'heure qu'une envie : rencontrer le sieur Sidney Smith, désormais prisonnier évadé.

Le carrosse de louage se dirigea au point de rendez-vous, rue de Sévigné. Antoine s'y engouffra et salua Sidney Smith.

– Enchanté, monsieur du Temple. Ravi que vous soyez de l'escapade.

Sidney Smith n'avait rien perdu de son flegme. Il regarda par la fenêtre et dit :

– Vos hommes auraient quand même pu attendre que ma baignoire me soit livrée...

Un hennissement l'interrompit. Le carrosse, après avoir tourné dans la rue de la Culture-Sainte-Catherine, venait de s'arrêter dans le quartier Saint-Antoine, non loin du marché. Dans sa précipitation, le cocher avait heurté une borne, cassé une roue et renversé un portefaix. Un attroupement se produisit. Antoine comprit aussitôt la gravité de la situation. Il n'y avait pas un instant à perdre. Déjà un passant appelait la garde qui patrouillait souvent aux abords du marché Sainte-Catherine. Antoine de Phélippeaux serra les poings et murmura : « Si près du but... » Il tendit aussitôt deux pièces d'un louis au cocher et descendit du carrosse en empoignant Sidney Smith. Suivis de Boisgirard, ils détalèrent comme des lapins.

L'incident présentait un sérieux risque. Le cocher pouvait à tout moment donner leur signalement. Quand ils parvinrent au second lieu de rendez-vous, l'hostellerie d'Orléans, rue du Paon, Rochecotte attendait dans la cour avec les chevaux. Les quatre hommes montèrent d'abord dans la chambre pour enlever leurs uniformes, puis ils se ruèrent vers le premier relais, la somptueuse demeure de Clermont-Tonnerre.

– Enfin, je vais rencontrer la belle ! soupira Sidney Smith en pénétrant dans l'hôtel particulier de la rue de l'Université.

Il brûlait d'envie de voir la fille du vicomte avec qui il avait entrepris une relation épistolaire. Il ne savait plus lequel des deux s'était laissé séduire par l'autre. Dans un souci de prudence, il s'était montré réticent à la réception des premières lettres, refusant même de répondre à certaines d'entre elles. Puis la grâce de l'écriture, le charme des phrases avaient fini par l'emporter.

Il eut à peine le temps de la voir mais cela suffit. Mademoiselle de Clermont-Tonnerre apparut au côté d'une servante. Elle prononça quelques mots et l'évadé anglais lui répondit par :

– Vous, si jeune...

Son visage semblait tout juste sorti de l'enfance.

– Restons prudents et discrets, lâcha Antoine de Phélippeaux, de peur que les portes de Paris ne soient prévenues de l'affaire.

Les gardes du marché Sainte-Catherine avaient-ils déjà donné l'alerte ? Et le commandant du poste du Temple se doutait-il de quelque chose, au point d'envoyer un messager au ministère ? Antoine paria sur la nuit. Les quelques heures avant l'aube furent passées dans les salons du vicomte, où Sidney Smith s'affaira à écrire une dernière lettre à la fille du maître de céans. Il était doublement troublé par sa beauté et sa jeunesse. Les lettres de la jeune femme étaient si bien tournées qu'il ne s'était pas douté un seul instant de cette fraîcheur d'âge.

Antoine se réveilla fort tôt, secoué par Émile. Dans la pièce voisine, Sidney Smith continuait à écrire à la lueur d'une chandelle.

– La prison fut-elle si pénible à endurer que son absence désormais vous empêche de dormir ? demanda Antoine en riant.

L'entrée de Rochecotte ne permit pas à Smith de répondre.

– La voie de Nanterre est libre. Carlos Sourdat s'est rendu sur les lieux. Mais faisons au plus vite !

Antoine reconnaissait bien là le compagnon des dernières batailles. Rochecotte avait retrouvé sa flamme. Il semblait prêt à tout, même à courir jusqu'en Angleterre. Quant à Smith, Antoine pensa qu'il aurait tout le temps de s'entretenir avec lui avant les rivages de la Manche.

Les fugitifs s'engouffrèrent dans deux fiacres et partirent pour Nanterre. Smith, Antoine et Émile se retrouvèrent côte à côte, tandis que Rochecotte, Boisgirard et Labau se dissimulaient derrière les rideaux de la seconde voiture. En ordre dispersé, ils passèrent sans encombre les portes de Paris, puis empruntèrent des chemins de traverse aux abords de Nanterre.

Antoine retrouvait le goût de la chevauchée. Il observait Sidney Smith et se rappelait sa propre jubilation lorsque Rochecotte lui avait offert la liberté. L'Anglais se contentait de sourire et regardait par la fenêtre le paysage. Le cocher ne s'arrêta que pour de courtes haltes, destinées à alimenter les chevaux, fourbus. Antoine leur imposait un train d'enfer, mais il n'avait guère le choix. Il s'agissait d'être au rendez-vous d'Honfleur afin d'embarquer à temps avec Rochecotte et Tromelin pour l'Angleterre. Peu lui importait de devoir se rendre en pays ennemi. Deux choses l'obsédaient désormais : entraver les complots du régime menés par Talleyrand et son nouvel allié, Bonaparte, et retrouver Hortense, qui était en vie.

À Honfleur, l'attelage s'arrêta dans la cour d'une ferme tenue par un ancien insurgé au service de l'armée de Condé, rentré incognito en France. Ses origines bretonnes l'avaient rapproché de Tromelin lors de son séjour dans les armées émigrées. Il s'appelait Menestret et tout le monde à Honfleur l'avait surnommé « le fermier breton ».

Tromelin était déjà là.

– Seigneur, que vous avez fait vite ! Belle cavalcade, cher Antoine. Le bateau sera bientôt au lieu convenu, à une lieue d'ici. Nous sommes loin du Havre. Peu de gendarmes et de gardes champêtres alentour. Les hommes de notre hôte ont vérifié.

À l'évocation du Havre, Sidney Smith tressaillit légèrement, mais ne perdit en rien sa faconde.

– J'aurais aimé revoir le port et souffleter ceux qui m'ont jeté en prison. Mais enfin, on m'a toujours appris à pardonner.

Les complices se restaurèrent rapidement d'une soupe aux choux et d'une miche de pain devant l'immense cheminée en pierres blanches. Antoine entendit les paysans du fermier se précipiter vers le portail.

– C'est Rochecotte !

Le comte apparut dans l'encadrement de la porte, plus fier que jamais.

– De bonnes nouvelles, rien que de bonnes nouvelles ! dit-il en lançant son chapeau sur la table.

– Raconte-nous vite ! demanda Antoine.

– Deux gendarmes occis après Nanterre.

– Grands dieux ! N'as-tu point ainsi donné l'alerte ?

Rochecotte s'approcha de la cheminée et, invité par le maître de céans, s'empara d'un morceau de pain.

– Je n'avais guère le choix. Sinon, ils nous arrêtaient.

– Ils n'ont pourtant pas eu le temps de recevoir un ordre de Paris.

– Il ne s'agit pas de Paris, mais apparemment d'un ordre de rechercher des émigrés dans toutes les voitures passant par Nanterre.

– À moins que nous ayons un traître parmi nous, intervint Boisgirard.

Rochecotte se leva d'un bond.

– Impossible, tous nos hommes sont sûrs.

Antoine s'assit devant la grosse marmite noire suspendue au-dessus du feu.

– Nous verrons bien, cher Rochecotte. Nous sommes si près du but.

Sidney Smith secoua la tête. Il regarda par la fenêtre afin de chercher l'horizon de la mer, mais il n'aperçut que des bocages.

– Allons-y, messieurs ! lança Antoine de Phélippeaux. Il est grand temps de se frotter aux frimas du royaume d'Angleterre !

14

Hortense Saint-Meri regarda furtivement par la fenêtre de la bibliothèque Mazarine. Le fiacre stationné près de l'entrée ne lui disait rien qui vaille. Un homme en redingote noire sortit de la voiture, paya le cocher et s'engouffra sous un porche. Lorsque le fiacre reprit sa course, elle se plongea à nouveau dans la lecture de son livre.

L'ouvrage relié de pleine peau était abîmé sur les côtés. Hortense aimait côtoyer ces vieux exemplaires au cuir ancien tanné par les siècles. Elle ajusta sur sa chaise la robe noire revêtue pour tenir son rôle de veuve. Ses longs cheveux étaient retenus par une mantille blanche. Elle se rappelait sa coiffe de religieuse abandonnée sur ordre de la supérieure des carmélites pour quitter Compiègne. Depuis, elle n'avait cessé de fuir.

À présent, elle se cachait à Paris, vivant des subsides donnés par un ancien évêque reconverti dans le commerce de céréales. « Les évêques, disait celui-ci, ont le choix entre dissimuler leur croyance et devenir négociants ou marquer leur amour du pouvoir et devenir des petits Talleyrand. »

Hortense l'aidait de temps à autre dans la soupente de la rue Cadet. Elle avait vu défiler d'une humeur égale toutes les victimes de la Révolution, les royalistes, les hébertistes, les dantonistes, les partisans de Babeuf. Plus rien ne lui importait que la tâche qu'elle s'était assignée : retrouver la trace de la Règle de vie, celle qui dictait depuis 1206 la conduite des carmes et des carmélites.

Elle avait lu les livres de Juan de la Cruz, un Espagnol plus connu sous le nom de Jean de la Croix, qui avait rencontré Thérèse d'Avila. Une page l'avait amenée à s'intéresser à une peinture de Pietro Lorenzetti commandée par les carmes de Sienne en 1327. L'ouvrage, en latin, indiquait que la peinture se trouvait dans la ville italienne, au couvent de l'ordre.

Ensuite, elle n'avait eu de cesse de se rendre en Italie afin de retrouver le tableau. Elle s'était engagée dans l'armée de Bonaparte, au poste de cantinière, grâce à l'entregent de l'évêque. En route pour Mondovi et Bassano, elle avait dû résister aux avances de maints officiers et s'était aperçue bien vite que son statut de veuve la protégeait. La rumeur dans la troupe de l'armée d'Italie avait fait du défunt un ancien capitaine de l'armée royale devenu colonel, un brave qui s'était rallié pour ferrailler à Valmy en 1792 contre les Prussiens. Hortense se contentait de hocher la tête lorsque l'on évoquait devant elle le sort de son vaillant époux. Lors de la campagne de Valmy s'était joué le sort de la Révolution française et tout individu qui importunait la veuve du colonel ne pouvait être qu'un ennemi du peuple.

À Mondovi, Hortense s'était enfuie, à contrecœur. La troupe commençait à lui plaire, avec ces soldats qui ne manquaient de rien sauf du réconfort de Dieu et ces gradés au grand cœur qui rêvaient de rentrer dans leurs foyers. Un soir, le jeune général Bonaparte s'était approché de son campement. Il avait goûté la soupe des hussards et s'était contenté de dire avec son fort accent : « Elle est bonne ! Que mes hommes se régalent ! » Puis il s'était assis, flanqué d'un autre général, pour parler à Hortense :

« Vous verrez, nous gagnerons la campagne d'Italie. Il y aura alors double ration. Et nous visiterons tous la Vénétie !

– Ce n'est pas l'important, avait répondu Hortense.

– Ah..., avait-il fait, un peu surpris, en se redressant. Alors quoi ? C'est vrai, j'oubliais, vous avez perdu votre époux à la guerre. Sachez que les veuves seront récompensées, quand l'or viendra, et cet or, nous l'aurons ! »

Il avait tourné les talons, suivi de son aide de camp. Hortense avait été impressionnée par la volonté et l'ambition du chef de l'armée d'Italie.

Le départ d'Hortense Saint-Meri fut aisé. Ses émoluments lui permirent de louer un fiacre jusqu'à Florence puis à Sienne. Elle fut admise sans difficulté au couvent de Sienne, où l'accueillit le père Dominico. Il était grand, vêtu d'une soutane noire. Sa tonsure régulière rehaussait ses traits fins et son regard vif. Quand il apprit qu'elle avait survécu au massacre des carmélites de Compiègne, il se prosterna et récita un Pater Noster. Puis il l'entraîna dans la bibliothèque du couvent.

« Soyez ici chez vous, dit-il dans un français mêlé de latin. Vous disposerez d'une cellule dans le monastère. Vous resterez aussi longtemps que vous le voudrez. »

Le lendemain, Hortense Saint-Meri expliqua au père la raison précise de sa visite. Elle devait, suivant l'injonction de la prieure de Compiègne, retrouver le manuscrit de la Règle de vie, celui signé par Albert, patriarche de Jérusalem au début du XIIIe siècle.

« D'après elle, cette quête est vitale pour la survie de l'ordre. Toutes les archives en France ont été brûlées. »

À ces mots, les traits du père Dominico s'étaient figés.

« La Règle ? Mais, ma chère enfant, vous n'y pensez pas ! C'est du plus haut péril ! Vous allez y perdre vos forces et peut-être votre vie.

– Et pourquoi cela serait-il si dangereux ?

– Parce que... »

Le père cherchait ses mots et Hortense ne sut s'il était réellement désarmé face à cette question.

« La Règle de vie, c'est... c'est... l'essence de notre ordre, sa sève ! Si on la dérange, tout peut s'écrouler !

– Voilà une raison de plus pour la retrouver. »

Le père était désemparé par la détermination de la jeune femme. Il s'approcha d'Hortense, les mains croisées dans les manches de sa robe, et tenta d'être plus convaincant :

« La Règle de vie est une fondation invisible, un pilier sur lequel repose notre Église. La Règle a été de tout temps trop convoitée. Des honnêtes hommes et femmes sont morts pour elle, ou en raison des passions qu'elle a engendrées.

– Je sais... c'est un texte sacré !

– Nul ne sait s'il existe encore ! Ce que nous avons, c'est un enregistrement à l'usage de la chancellerie pontificale, une copie en fait, qui date du 1er octobre 1247, intitulée *Priori et fratribus heremitis de Monte Carmeli*. Cela, je peux vous le montrer. »

Le père Dominico emmena Hortense dans la tour de la bibliothèque, à laquelle on accédait par un étroit escalier en colimaçon. Le livre se cachait derrière une rangée de vieilles bibles à enluminures. Le père prit le manuscrit avec d'infinies précautions, l'ouvrit et présenta les pages concernant la Règle de vie. Il s'agissait d'un commentaire destiné au Vatican.

« Nous ne savons pas si les articles décrivant la Règle de vie sont conformes à l'orignal, puisque celui-ci est perdu. Nous n'avons pu que le confronter à ce qu'il reste de tradition orale dans l'ordre. »

Hortense ne dit mot. Elle se rappelait les confidences de la prieure des carmélites de Compiègne. Thérèse de Saint-Augustin évoquait souvent les dits des prieures précédentes, qui transmettaient les usages des carmélites à travers les siècles.

Le père se racla la gorge. Il manifestait des signes d'impatience et tournait sans cesse la tête vers la porte de l'escalier en colimaçon. Hortense s'efforça de parcourir le plus vite possible les pages du manuscrit en latin. Il commençait par *Albertus Dei gracia* et finissait par *moderatrix*. Certaines des phrases lui étaient incompréhensibles, mais il lui paraissait difficile de demander l'aide du père, hormis pour deux ou trois éclaircissements. Les vingt et un rituels de la Règle de vie ainsi qu'elle était énoncée dans ce manuscrit de 1247 correspondaient pour la plupart aux enseignements de la prieure Thérèse de Saint-Augustin, tel l'article 4 : « Vous pourrez fixer votre résidence dans les déserts, ou en d'autres lieux qui vous seront donnés. » Étaient proclamés les vertus de l'obéissance au prieur ou à la prieure, de la charité et du renoncement à la propriété. Les articles suivaient une certaine progression et à un moment marquaient une rupture, comme si un ou deux paragraphes avaient été omis.

« Il est temps de partir, dit alors le père Dominico. Je ne me sens pas bien... »

Il ne jouait pas la comédie. Il semblait divaguer, et Hortense crut un instant que la cause de ce malaise était l'eau-de-vie. Il n'en était rien, ses yeux exprimaient réellement la crainte. Ils descendirent lentement les escaliers, le père soufflant tel un ours fatigué. Elle obtint le droit de se rendre dans la salle du réfectoire afin d'admirer le vieux retable de Lorenzetti, la peinture qu'elle recherchait depuis des mois. Elle passa de longs moments seule devant l'œuvre d'art du XIVe siècle, face au patriarche Albert de Jérusalem remettant la Règle de vie aux ermites du mont Carmel.

Le père s'était éclipsé, prétextant son malaise, et nul ne dérangea Hortense hormis un novice qui vint près d'elle avec un sourire doux au coin des lèvres, avant de repartir en soufflant « *È bello* ». Le retable tout en longueur, destiné à l'origine à l'église de Sienne, présentait différents niveaux de lecture. On y voyait d'abord le patriarche Albert de Jérusalem entouré de prélats et de chevaliers devant les ermites en bure agenouillés. On discernait les symboles de la religion, à droite les hommes pieux et une église, à gauche les moines-soldats et la forteresse, sans doute celle de Jérusalem. En y regardant de plus près, Hortense remarqua des persiennes dans les parties supérieures du tableau, quelques ermites dans des grottes, puis diverses scènes évoquant toute la tradition carmélitaine. Enfin la même fontaine se répétait d'un endroit à l'autre du tableau. Il s'agissait de la fontaine du prophète Élie, lieu de pèlerinage pour les carmes et tous les chrétiens en Terre sainte. Alentour, des lions rappelaient que la survie pour les ermites demeurait chose précaire.

Hortense repartit du couvent le lendemain avec l'idée de rejoindre en deux jours le comté de Nice récemment rallié à la République française. Lorsqu'elle quitta Sienne à bord d'un mauvais carrosse au toit troué, un homme se jeta sur le marchepied. Le cocher, qui avait déjà empoché quelques piécettes, n'y prêta pas attention, apparemment habitué à l'individu. Hortense esquissa un mouvement de peur mais le jeune homme porta son index à la bouche pour lui signifier de faire silence. Elle reconnut alors le novice entrevu la veille dans la salle du réfectoire, lorsqu'elle admirait le retable de Lorenzetti. Il était blond, ce qui était assez rare en Toscane, s'appelait Paulo, se rendait à Florence et parlait un excellent français.

« J'ai remarqué votre trouble hier devant le retable. C'est une remarquable œuvre d'art, mais aussi un bel outil de propagande. »

Le carrosse dévalait une pente caillouteuse et ses phrases étaient hachées. Il attendit que la voiture retrouvât son allure paisible pour continuer la conversation. Les vignes s'étalaient au-dessus des champs de blé. Couronne de verdure constellée de chemins vicinaux comme autant de stries, les terres de Toscane exhalaient une odeur généreuse de terreau et d'herbe mêlés.

« Ce tableau a une longue histoire... »

Le moine Paulo regarda quelques instants par la fenêtre afin d'admirer le paysage. Ce silence était parfaitement calculé. Le jeune homme possédait une certaine grâce et une nonchalance qui cadraient mal avec les vœux d'un moine.

« ... le retable était destiné au départ à représenter les origines de l'ordre des carmes et des carmélites, avec cette Règle de vie signée par le patriarche Albert.

Les carmes voulaient à l'époque se faire connaître car ils n'étaient pas acceptés dans maintes villes de la chrétienté.

– Et pourquoi ne l'étaient-ils pas ? demanda Hortense. »

Le jeune moine inspira profondément et son regard continua de virevolter entre les collines de Toscane et le visage d'Hortense.

« Parce que des erreurs ont été commises.

– Des erreurs ? Voulez-vous dire... »

Le moine l'interrompit :

« Des crimes ? Non pas. Des péchés, certes. L'ordre n'a dû sa survie à ses débuts qu'à une discipline très stricte, car nous vivions cachés. »

L'emploi de la première personne du pluriel surprit Hortense, comme si le moinillon s'identifiait aux ermites du mont Carmel.

« Les carmes ont pourtant quitté la Terre sainte, dit Hortense. Ils sont repartis en France avec Saint Louis...

– Que vous voilà mal renseignée ! De telles légendes circulent, certes, depuis bien longtemps. Mais si l'immense majorité des carmes sont partis avec Saint Louis, dont six sur le propre bateau du roi de France, lorsque les Sarrasins ont pris Saint-Jean-d'Acre, certains sont restés dans les grottes de Caïffa, au bout de la baie, appelé aujourd'hui Haïfa, dans ces niches peuplant la grande montagne du Carmel.

– Vous voulez dire que l'ordre n'a jamais abandonné la Terre sainte ? »

Les mères prieures de Paris et de Compiègne avaient toujours enseigné que l'ordre avait été contraint de fuir le mont Carmel et Saint-Jean-d'Acre sous les assauts répétés des musulmans.

« Jamais ! Les carmes n'ont jamais quitté la Palestine, et si vous avez en mémoire le tableau, vous devez vous souvenir de tous ces signes sur la partie supérieure.

– Les ermites ?

– Oui, les ermites. Il y a trois sortes de gens dans ce retable. Les chevaliers guident le patriarche de Jérusalem, les carmes sortent de l'église, et les ermites se terrent dans la montagne.

– Ermites et carmes, ce sont les mêmes, dit Hortense.

– Détrompez-vous. Saint Louis emmènera les carmes de l'église, mais les ermites refuseront. Le roi a pris ce refus comme un désaveu. On dit qu'il en fut gravement vexé.

– Et qu'est-il advenu de ces hommes restés en Terre sainte ? »

Le jeune moine poussa un soupir.

« Certains ont survécu, d'autres, nombreux, ont été massacrés. Malgré tout, l'ordre a perduré. Les ermites se contentaient de peu, ils vivaient dans leurs grottes, de fruits, de racines, de sacs de grain amassés l'été. Quand ils ne les dénonçaient pas, les Sarrasins leur apportaient même à manger.

– Et comment l'ordre a-t-il survécu à travers les siècles ?

– Je dirais que le plus cruel fut le premier siècle. Les ermites durent envoyer des messages au Vatican, des appels à l'aide. Rome ne répondit pas, mais des pèlerins qui se cachaient sous des masques de négociants et des moines prirent la relève. Il y eut ainsi une continuité. Les grottes du mont Carmel furent toujours habitées. Voilà ce que le retable de Lorenzetti a voulu indiquer.

– Vous voulez dire que tout cela fut caché pendant des siècles ? »

Paulo eut un sourire. Il regardait de temps à autre au-dehors et tournait la tête pour observer la piste qui serpentait dans les collines toscanes.

« Lorenzetti n'était pas un peintre comme les autres. La famille des Siennois comptait deux frères. Pietro, celui qui nous intéresse, était l'aîné, mais le moins connu des deux. Il a grandi à Sienne et a rarement quitté sa ville natale hormis pour se rendre à Assise et dans quelques autres villes afin de réaliser des commandes princières. Son frère Ambrogio, lui, a préféré émigrer et s'installer un peu partout. »

Hortense observait le moine avec attention. Il lui rappelait ce jeune homme qu'elle avait souvent croisé dans les couloirs et les salles de l'Hôtel-Dieu à Paris, Antoine de Phélippeaux. Une sorte d'audace commune les liait, une présence chaleureuse aussi qui suscitait l'enthousiasme dès les premières phrases, comme si les deux avaient un secret combat à mener du plus profond de leur cœur.

« Alors que son frère cadet était plus tourné vers les franciscains, continua le moine Paulo, Pietro, lui, était attiré par les carmes. Or les deux ordres, celui des franciscains et celui des carmes, avaient une Règle de vie signée par le même pape, Innocent III.

– Était-ce un hasard ?

– Innocent III fut souverain pontife de 1198 à 1216. Il n'a pas signé de règle pour les franciscains mais l'a reconnue oralement. Ce faisant, il a mis les deux ordres sur un pied d'égalité. Mais c'est l'un de ses successeurs, Innocent IV, qui signera véritablement la Règle de vie des carmes et carmélites. En fait, il se méfiait des deux ordres. Pourquoi ? me demanderez-vous. »

Paulo se pencha une nouvelle fois à la fenêtre. Les champs de blé balayés par le vent ondulaient comme des vaguelettes d'or sur un lac. Le moine ne cachait pas son inquiétude en regardant la piste, mais il reprit son air jovial pour continuer :

« Parce que franciscains et carmes avaient des liens avec les infidèles depuis des lustres. Les premiers en Égypte, quand saint François, ancien soldat dans l'armée, avait franchi les lignes pour parlementer avec le sultan. Les seconds dans les grottes du mont Carmel pour négocier leur survie. Tout cela a fait qu'au Vatican on a commencé à redouter ces moines trop proches à la fois de Dieu et des mécréants.

– Cela veut-il dire que le Vatican les a mis à l'écart ?

– Plus grave, Innocent IV a joué les uns contre les autres et ce sont les carmes qui en ont fait les frais.

– C'est pourtant bien lui qui a signé la Règle de vie.

– Il l'a signée parce qu'il n'avait plus le choix, après les engagements d'Innocent III. Mais nous ne savons pas quel est l'original, puisque le pape a paraphé alors une règle amendée. Voilà pourquoi je tenais à vous parler sur mon chemin de Florence.

– Excusez-moi, mais je ne vois toujours pas le lien avec le tableau qui est dans votre couvent. »

Le moine soupira et Hortense ne sut s'il s'agissait d'un signe d'impatience ou de soulagement.

« Le lien, c'est que Pietro Lorenzetti, qui était en conflit avec son frère au sujet des carmes et des franciscains, a voulu donner des clés. Si on regarde bien le retable, il y a un autre personnage capital dans le tableau. »

Tandis que le carrosse entamait un virage sur la route de Florence, Hortense fit un effort de mémoire pour se rappeler les détails de l'œuvre de Pietro Lorenzetti.

« Serait-ce l'un des chevaliers ?

– Non, il s'agit de la forteresse elle-même... »

Elle se souvint alors des épaisses murailles rouges, à gauche du tableau, qui laissaient apparaître dans l'enceinte un ou deux édifices religieux.

« Jérusalem serait-elle donc considérée comme un personnage de l'histoire ?

– Jérusalem, non, mais Saint-Jean-d'Acre, oui ! Car c'est bien de cette ville qu'il s'agit.

– Le patriarche Albert qui a remis la Règle était pourtant de Jérusalem, remarqua Hortense.

– Il n'avait que le titre de patriarche de Jérusalem. En réalité, la ville était entre les mains des infidèles depuis plusieurs années, et il dut exercer à Saint-Jean-d'Acre, la Ptolémaïs de l'Antiquité. Il y a cependant plus important dans le tableau. Pietro Lorenzetti s'opposait alors à son jeune frère, qui était sous l'influence de Giotto. Le retable de Sienne représente ainsi la réplique du tableau de Giotto, *Saint François chassant les démons d'Arezzo*. Connaissez-vous ce tableau ?

– Comment le pourrais-je ? Il doit être entreposé dans une des multiples églises de Toscane...

– À Assise, précisément. Je vais donc vous le décrire. On voit François à droite parler à des démons au-dessus de la ville d'Arezzo. Mais on s'aperçoit, en y regardant de plus près, que le vrai interlocuteur est la ville elle-même, Arezzo, représentée avec de multiples détails et des maisons jaunes, ocre, bleues. Or les murailles de Saint-Jean-d'Acre de notre peintre Pietro Lorenzetti ressemblent étrangement à celles d'Arezzo. »

Hortense était de plus en plus captivée par le récit de Paulo, à tel point que sa légère inquiétude s'envola. Lui, emporté par son récit, ne s'aperçut point de la présence sur la route, derrière le carrosse, de deux cavaliers qui se maintenaient à distance.

« Ainsi le retable que nous avons à Sienne est la réplique fidèle du tableau de Giotto, mais à l'envers, avec la forteresse à droite et non pas à gauche. De plus, les démons de Giotto sont remplacés par des lions. »

Hortense se remémora en effet la présence des trois lions sur la fresque de Lorenzetti.

« Et savez-vous ce que signifie la présence de ces fauves ?

– Non, sans doute le danger pour les pèlerins en Terre sainte et les ermites du mont Carmel.

– Eh bien, c'est tout le contraire ! Les trois lions représentent les trois religions qui protègent précisément les carmes : l'islam, le christianisme et le judaïsme.

– J'ai cru comprendre que les ermites étaient plutôt la proie des infidèles...

– Pas tous, au contraire. Nombre de musulmans, comme je vous l'ai dit, apportaient de la nourriture à ces gueux du mont Carmel. Certains chefs de guerre peu à peu ont placé ces moines sous leur protection.

– Et pour quelle raison ne les envoyaient-ils pas *ad patres* ?

– Parce qu'ils gardaient les lieux saints, en tout cas l'un d'eux, la fontaine d'Élie.

– Celle du prophète Élie ?

– Parfaitement ! C'est sur le mont Carmel qu'il a chassé les quatre cent cinquante faux prophètes. Et vous savez qu'il est vénéré par les trois religions. À Jérusalem, les trois cultes s'entre-déchirent. Mais sur le mont Carmel, ils s'entendent à merveille. Voilà ce que Pietro Lorenzetti a voulu célébrer. »

À ces mots, le moine Paulo se retourna. Un bruit de cavalcade se rapprochait, tel un roulement de tambour.

Paulo sortit la tête et entendit le cocher crier : « *Al ladro, al ladro !* », « Au voleur, au voleur ! » Deux cavaliers s'approchèrent très près du carrosse et Hortense aperçut le visage de l'un d'eux, ou plutôt son ombre dans les plis d'une capuche de religieux. Ils portaient des épées et commençaient à frapper les rebords de la voiture.

« Ne bougez pas », lança Paulo.

En un clin d'œil, il s'extirpa de l'habitacle par l'autre fenêtre, monta sur le toit, se saisit d'un long bout de bois et frappa violemment le premier cavalier qui tomba à terre. Le second s'était déjà jeté sur le siège du cocher, mais celui-ci l'empêcha de prendre les rênes. Paulo s'approcha et une violente lutte opposa les deux hommes. Hortense, qui avait sorti la tête de l'habitacle, fut surprise par tant d'agilité et de force chez un moine en principe davantage rompu aux Saintes Écritures que porté sur l'art de la guerre. L'assaillant prit le dessus et se saisit d'un poignard glissé dans la corde de sa robe, mais Paulo parvint à attraper les rênes et à les enrouler autour du cou du bandit, ce qui eut pour effet de le stopper dans son élan et d'arrêter les chevaux. À moitié étranglé, l'assaillant s'évanouit un instant. Quand il reprit ses esprits, Paulo le menaçait à son tour avec son propre couteau.

« Fiche le camp d'ici ou ta dernière heure est arrivée ! »

Le bandit ne demanda pas son reste et s'enfuit vers la forêt.

« Pourquoi l'avoir laissé filer ? On ne sait même pas qui l'a envoyé, dit Hortense.

– Il n'est plus en mesure de nuire avant demain matin. Quant à savoir qui l'a mandé, nul ne le sait, pas même lui qui reçoit une bourse d'un manant ou d'un seigneur pour détrousser les voyageurs et empêcher le négoce entre les fiefs d'Italie. Bah, sûrement un coup des franciscains... »

Ils reprirent leur allure afin de quitter les lieux le plus rapidement possible. Pour se donner du baume au cœur, le cocher sortit de sa poche une fiole d'eau-de-vie qu'il vida d'un trait.

« Nous allons nous séparer bientôt, dit Paulo. Je continuerai à dos d'âne jusqu'aux portes de Florence. Il vaut mieux que vous filiez plus avant, dans la ville même, et que nul ne nous voie ensemble.

– Mais... qui êtes-vous véritablement ? osa demander Hortense. »

Le moine Paulo esquissa à nouveau un sourire étrange mais dénué de tout mauvais sentiment.

« Ce que je suis ? Cherchez du côté de la bibliothèque Mazarine, dans votre bonne ville de Paris ! Et demandez les livres de Jean de la Croix, lorsqu'il parle du *nada*, du rien. Lui a livré une partie des clés de la règle carmélitaine. Et il vous conduira à Saint-Jean-d'Acre. »

Avant de s'enfuir vers la ferme à l'orée d'un champ de maïs, il se retourna pour ajouter encore :

« Et sachez que le père Dominico a été prieur à Saint-Jean ! »

Hortense ne dit mot. Ainsi le prieur du couvent de Sienne avait vécu en Terre sainte et il n'en avait rien dit. Sans doute était-ce là l'explication de son trouble lorsqu'elle avait évoqué le mystère de la Règle de vie.

Paulo s'était déjà engagé sur le chemin qui délimitait les champs comme une flèche dans la mer des épis. Avec son pas vif, sa robe qui flottait dans le vent, ce moine avait fière allure. Le vent mêla les longues tiges et sa trace disparut dans le velours vert de la campagne toscane.

15

Antoine de Phélippeaux s'arrêta au bord de la falaise de Grandcamp. La nuit était noire et il distinguait à peine la mer en contrebas. Smith et Rochecotte attendaient à quelques pas, sous un arbre, exténués par leur folle course depuis Paris, tandis qu'Émile surveillait plus loin le chemin. La campagne regorgeait de gendarmes et de bandits. Rochecotte avait prévu quelques haltes chez des fermiers amis, mais ceux-ci, aux abords de la Normandie et aux alentours de Caen, les avaient prévenus du danger : le général Delarue, commandant du département du Calvados, chassait de façon implacable les émigrés, les royalistes et les agents des Anglais.

Au bord de la falaise, Antoine tenta de distinguer la barque censée les attendre, à deux cents mètres de la côte. Il n'apercevait pas le lumignon comme cela était prévu, mais il disposait encore d'un peu de temps avant l'heure convenue avec l'abbé Humbert. L'absence de Tromelin l'inquiétait davantage. Avait-il été arrêté à Caen, alors qu'il attendait dans sa cache habituelle ? Il tira la montre de son gousset. Il était presque neuf heures du soir. Il fit signe à Smith et Rochecotte de le rejoindre, lança une corde à nœuds dans le vide et commença à descendre le long de la falaise, dans les rochers escarpés que rendait encore plus hasardeux la nuit noire. Sur la petite plage de grève, il alluma un lumignon et émit le signal convenu en couvrant et découvrant la lanterne de son foulard. Au loin, une lampe répondit. La barque de l'abbé Humbert était au rendez-vous.

– Et Tromelin ? demanda Smith.

– Nous ne pouvons l'attendre, trancha Antoine. Notre ami connaît votre Angleterre. Il trouvera le chemin.

Sidney Smith n'exprimait aucune inquiétude, mais il n'aimait pas l'idée d'abandonner son complice de la prison du Temple à un sort incertain.

La barque s'approcha, conduite par deux marins de Grandcamp. L'abbé Humbert se tenait à la proue.

– Allons, faites vite, les gardes-côtes ne chôment pas par ici !

La barque s'éloigna en direction du large et rejoignit un navire anglais, l'*Argo*, à une encablure. Antoine admira l'aisance de ces marins qui bravaient les bâtiments de la République et les embarcations du général Delarue pour effectuer la liaison entre la marine de la Couronne et les hommes de la Manufacture à terre. Sur le pont de la frégate anglaise, il respira enfin. Le plus dur était fait. Restait à gagner l'Angleterre.

Ils y parvinrent quatre jours plus tard, après maints détours pour éviter la flotte française. À Portsmouth, la nouvelle de leur arrivée se répandit comme une traînée de poudre. Les habitants de la ville leur réservèrent un accueil sans égal. Les paysans des villages avoisinants étaient venus en nombre pour acclamer le héros Sidney Smith qui avait pu échapper aux geôliers français. Les gazettes évoquèrent par le menu les exploits du commodore et de son complice Phélippeaux, acclamés dans les rues comme sur les quais du port. Ils gagnèrent Londres et leur entrée dans la capitale fut un triomphe.

Cet accueil devait autant à la personnalité de Smith, surnommé à Londres « Cœur de lion », qu'au pied de nez adressé aux Français. Guidé par Smith, qui avait retrouvé toute sa faconde et fréquentait de belles femmes qui adoraient ses récits de marin évadé, Antoine de Phélippeaux découvrit avec émerveillement les richesses de Londres, ses palais fastueux, les demeures des négociants des Indes et les parcs où les dames déambulaient avec la nonchalance de patriciennes sans souci. Il s'attardait devant le palais de George III, adorait prendre le thé avec Émile et Rochecotte dans les salons, où Sidney Smith les rejoignait pour les convier à un souper de prince et parfois à un concert de Mozart.

Antoine s'acheta un violon chez le marchand Woods près de Saint James's Park pour l'équivalent de quatre-vingts écus et quelques partitions. L'une d'elles retint son attention, *La Flûte enchantée*, dont Sidney lui avait vanté les mérites. « Mozart est un frère ! s'était écrié l'amiral britannique. Il évoque dans cet opéra extraordinaire le sort d'un homme, Sarastro, qui devient bon. Vous verrez, vos révolutionnaires aussi réussiront à se bonifier ! »

Louis XVIII, réfugié à Coblence avec l'armée de Condé, avait dépêché au royaume d'Angleterre une foule de nobles, des parasites qui vivaient aux crochets de George III et du duc d'Harcourt. Phélippeaux les fréquenta un temps, puis avoua à Émile son écœurement :

– Ces royalistes ne feront jamais rien pour la France. Ils ne songent qu'à récupérer ici leurs privilèges perdus. Ils ignorent tout des combats, de l'insurrection, du danger d'être pris et fusillé. Ils passent leur vie à dépenser l'argent des autres. Ils sont pires encore que les gens de la Manufacture !

Rochecotte ne le démentit point. Sidney Smith logea les deux amis français dans un pavillon d'hôte de l'Amirauté, non loin de Saint James's Park. Le comte Spencer, premier lord de l'Amirauté, les reçut et les invita au palais de Buckingham pour une réception en leur honneur.

La cérémonie fut fastueuse. L'Angleterre avait dépêché tous ses amiraux présents à Londres et certains de Portsmouth. Des dizaines de serviteurs en livrée apportèrent les victuailles, tandis que des roulements de tambours annonçaient l'entrée des officiers. À la fin du repas, Antoine de Phélippeaux fut nommé colonel de l'armée de Sa Majesté. Émile en fut ému au point de verser une larme dans le verre de vin qu'il tenait à la main.

Antoine lut un petit discours où il fut question d'une entente nouvelle entre la France et l'Angleterre. Le soir même, Smith et lui eurent droit à tous les honneurs de la ville. Un splendide feu d'artifice, dont les gerbes représentaient autant d'épisodes de l'évasion du Temple, fut allumé sur la Tamise. Antoine était heureux. Il crut discerner dans les flammes bleues du bouquet le sourire d'Hortense.

Quelques jours plus tard, Antoine vit débarquer à Londres un autre complice de l'affaire du Temple, Viskowitch, le pourvoyeur des faux papiers.

– Quel bonheur ! s'exclama Sidney Smith. Nous vous avions cru arrêté !

– Mais je l'ai été ! répondit le Dalmate. Ils m'ont démasqué à l'hôtel d'Orléans. Un traître, sûrement.

– Nous nous en doutions. Dites-nous qui vous soupçonnez.

Par un étrange coup du sort, Viskowitch avait été à son tour incarcéré au Temple. Sidney Smith ne put s'empêcher de se sentir coupable.

– Comment avez-vous fait pour vous en sortir, cette fois-ci ? demanda Antoine.

Viskowitch haussa le menton.

– Des amis du Directoire. Un arrêté m'a permis de m'extraire de la place au bout de quelques jours.

– Vous avez donc le bras si long ?

Smith exprima une moue de surprise. Ainsi Antoine de Phélippeaux mettait en doute le récit de Viskowitch, l'ami de Barras, l'homme des tractations secrètes, l'intermédiaire qui avait fourni l'armée d'Italie du général Bonaparte en souliers de carton.

– Ce n'est pas moi qui ai le bras long, répliqua-t-il, mais le Directoire !

Sidney Smith trouva un beau logement au Dalmate, une aile d'un hôtel particulier non loin de Buckingham. Viskowitch semblait déjà connaître Londres et se rendait le soir à des dîners en ville chez des négociants et armateurs de la Compagnie anglaise des Indes orientales, depuis peu sous le contrôle de la Couronne. Antoine le vit mener grand train, avec domestiques, carrosse, soirées mémorables dans son vaste appartement, concerts et opéras. Bénéficiant d'une subite clémence, le Dalmate avait disposé d'un délai de trois jours après sa libération du Temple pour arranger ses affaires parisiennes avant d'être expulsé à la frontière allemande. Antoine ne pouvait s'empêcher d'éprouver de la méfiance pour ce comploteur-né, qui pourtant avait permis la réussite de l'évasion. Selon la rumeur qui parvenait à Londres via les émigrés, Viskowitch avait passé ces trois jours à rechercher des dossiers chez lui et dans divers appartements parisiens. Antoine en déduisit que le Dalmate avait voulu détruire les documents impliquant Barras dans ses différents trafics.

Antoine apprit aussi que Viskowitch se rendait de temps à autre chez Isaac Disraeli, un critique littéraire à la notoriété naissante en affaire avec des familles juives d'Afrique du Nord.

« Il faut bien que notre ami vive ! avait lancé Smith à Antoine. Ce ne sont pas des Anglais qui vont s'opposer à quelque secret négoce ! »

Smith, il est vrai, avait d'autres chats à fouetter. L'Amirauté venait d'apprendre que Bonaparte préparait une expédition en Égypte. Pendant plusieurs jours, voire plusieurs semaines, le duc d'Harcourt, bras droit du roi George III, pensa qu'il s'agissait d'une manœuvre dont le vrai but était l'invasion de l'Angleterre. Sidney Smith pencha pour la même idée, puis se ravisa. Ses informateurs à Marseille lui envoyaient régulièrement des missives, indiquant que le gros de la marine française était concentré à Toulon.

Une armada de deux cent soixante-dix navires se préparait à appareiller. Les intendants de Bonaparte avaient commandé des barriques de vin du Var, de gigantesques rouleaux de toile légère, sans doute pour confectionner des habits, divers instruments scientifiques. Trente mille hommes avaient déjà rallié Toulon pour embarquer sous les ordres de Bonaparte, qui avait affrété *L'Orient* comme navire amiral. Mille canons étaient entreposés sur les quais, non loin d'écuries improvisées où patientaient six cents chevaux. Il fallait à tout prix contrer le Corse dans sa grande ambition.

– On n'envahit pas l'Angleterre avec une armée de

savants ! s'exclama un jour Sidney Smith devant le duc d'Harcourt. Notre ennemi Bonaparte ne vise pas notre vieux pays, mais des contrées lointaines. Le Directoire veut l'éloigner de la terre de France.

– Les contrées lointaines..., bougonna le duc d'Harcourt. Voyons, ce ne peut être que l'Orient.

– L'Orient, et sans aucun doute l'Égypte, vassale de Constantinople faussement soumise. Puis ce sera le cœur de l'Empire ottoman.

– Constantinople ? Mais vous n'y pensez pas !

– Lui y pense, en tout cas.

– N'ayez crainte, notre brave Nelson veille au grain, avec sa flotte en Méditerranée.

À ces mots, Sidney Smith esquissa une moue. Nelson ne l'aimait guère depuis qu'il lui avait ravi la vedette à Toulon. L'amiral avait certes un incroyable talent et présentait une audace déjà légendaire, avec son œil et son bras droit manquants, mais il ne pouvait contrer à lui seul la destinée de ce Bonaparte, qui risquait de se révéler plus intrépide sur mer que sur terre.

– Sire, la Méditerranée est une mer immense, avec de nombreux ports, des caches, des principautés italiennes prêtes à pactiser avec la France et à offrir autant de havres.

– D'où tenez-vous tout cela, lord Smith ? de vos amis français ?

– De mes agents, oui, et d'un ami, Phélippeaux, qui a connu Bonaparte sur les bancs de l'École militaire de Paris. Mes agents m'informent. Phélippeaux, lui, anticipe. Pour l'heure, il ne s'est guère trompé. Faites-nous confiance, et nous aurons une longueur d'avance sur Bonaparte. Sinon, il détruira l'Empire ottoman, puis notre route d'Orient, et ainsi notre empire des Indes.

Un soir, dans le salon du comte de Leicester, Sidney Smith confia à Antoine de Phélippeaux que l'Angleterre ne l'intéressait pas.

– Allons en Orient, lui lança Antoine. C'est là-bas que les fortunes se font. Moi, j'y chercherai de quoi oublier l'amour que j'ai perdu.

– J'irai moi aussi. Mon frère lord Spencer est ambassadeur à Constantinople et j'y ai déjà servi le sultan.

– Alors, mon cher Sidney, je vous y invite. Nous nous mettrons au service du Grand Turc.

– Il a besoin d'officiers. Nous ne serons pas les premiers Occidentaux à nous battre à ses côtés.

– Nous trouverons Bonaparte sur notre chemin, répondit Antoine de Phélippeaux.

– Bonaparte ? Il sera loin, en Égypte.

– Sachez que l'Égypte est la terre des mamelouks, sujets du sultan de Constantinople, répondit Antoine.

– Sujets, oui, mais rebelles avant tout ! Ce sont eux qui gèrent tout.

– C'est bien pourquoi Bonaparte a choisi l'Égypte. Il compte s'allier au sultan, ou du moins bénéficier d'un certain laisser-faire, car l'Empire ottoman ne verrait pas d'un mauvais œil que l'on mate les mamelouks. Cet homme ne va pas se contenter de l'Égypte. Vous verrez, il n'a qu'une envie, s'attaquer à la route des Indes, et à votre empire là-bas.

– Le Corse sait pourtant que nous ne le laisserons pas faire.

– Bonaparte est à la fois un grand stratège et un homme aveuglé par son ambition. Il pense qu'il est né sous une bonne étoile et que rien n'entravera son dessein.

– Nous lui barrerons la route.

– Il nous faut d'abord voguer jusqu'à Constantinople. Vous en êtes ? demanda Phélippeaux.

– J'en suis. Mon frère nous attend !

16

Le sentiment d'être espionné rejaillit souvent sur celui ou celle qui remonte une piste étrange. Hortense Saint-Meri se retourna plusieurs fois. Elle craignait d'être épiée et ne voulait point que l'on sût quels étaient les livres posés sur son écritoire. La bibliothèque Mazarine, l'une des plus anciennes de Paris, fleurait bon la reliure de cuir. Des employés époussetaient sur leurs échelles les vieux livres et incunables, dont maints ouvrages légués par le cardinal Mazarin. Peu de savants se présentaient à l'entrée depuis la Révolution. Un astronome de Quiberon venait de temps à autre, ainsi que des apothicaires, un médecin, des enseignants de l'université. Hortense se méfiait par-dessus tout des espions du Directoire, ces hommes qui furetaient dans les estaminets, les institutions, les lieux publics, prêts à vendre père et mère pour quelque petite fortune. L'astronome de Quiberon en particulier ne lui inspirait pas confiance. Il montrait malgré son âge une certaine nervosité, comme s'il était sur ses gardes, épiant les uns et les autres. Il croisa à deux reprises le regard d'Hortense, puis se replongea dans ses lectures avec une fébrilité renouvelée.

Nantie d'une lettre de recommandation signée par son oncle, apothicaire aux portes de La Salpêtrière qui l'hébergeait dans son appartement de la rue du Fer-à-Moulin, Hortense avait pu retrouver quelques livres anciens dont l'un évoquait la Règle de vie des carmes et carmélites. Ce livre en latin ressemblait à l'ouvrage consulté au couvent de Sienne, mais dans une version différente. Plusieurs paragraphes avaient été là encore effacés. Elle fit un effort de mémoire pour se souvenir de ce qui manquait à Sienne. Elle se souvint alors du malaise du père Dominico, qui n'avait pas voulu qu'elle restât.

Chaque jour, Hortense consultait de nombreux ouvrages et consignait des notes dans un carnet acheté sur le Pont-Neuf, qu'elle prenait soin de dissimuler dans son corsage. Elle éprouvait un certain plaisir à parcourir ces pages fatiguées, usées par le temps et la curiosité de l'homme, qui lui rappelaient les soirées dans la bibliothèque de son père, drapier fortuné, collectionneur de manuscrits à ses heures. Elle s'intéressa ainsi au *Journal* d'Edmond-Jean-François Martin, qui évoquait le supplice d'un dénommé Damiens, condamné pour avoir voulu tuer le roi Henri IV. Martin, avocat à la Cour dont le loisir consistait à observer la vie parisienne, avait longuement détaillé les souffrances de l'individu qui avait porté des coups de couteau au monarque et fini écartelé en place de Grève. Malgré la question et les longues séances de torture, il n'avait jamais rien avoué, ni accusé aucun complice, ce qui lui avait assuré quelque sursis. Le détail du supplice était épouvantable, membres craquant, mains brûlées, tenaillement au plomb fondu. L'écartèlement avait pris un certain temps, malgré l'emploi de quatre chevaux vigoureux, auxquels furent ajoutés deux percherons. Quand un huissier avait demandé, dans un concert de cris horribles, que le condamné fût achevé à la hache et ses jointures fendues, le bourreau avait refusé. La cuisse gauche avait cédé la première, puis le bras droit, enfin l'autre jambe, et le condamné avait expiré dans un dernier râle, sur une place rouge de sang. L'écartèlement avait duré trois quarts d'heure et la foule nombreuse n'avait pas dit un mot. Les annotations au crayon dans la marge avaient davantage attiré l'attention d'Hortense que le supplice lui-même :

« Condamné pour avoir voulu assassiner le grand maître des chevaliers du Mont-Carmel. » « Qui l'a envoyé sur la route du grand maître ? » « Nous retrouverons les commanditaires. »

Ces mots résonnaient étrangement dans l'esprit d'Hortense. La personne qui avait annoté le livre avait tenu à présenter Henri IV sous son titre de grand maître et non de roi de France. Hortense chercha dans les livres le lien entre l'ordre des carmes et les chevaliers du Mont-Carmel. Les premiers étaient des religieux ou des religieuses, les carmélites, et les seconds des chevaliers, ou descendants des croisés, moines-soldats de la Terre sainte. Le point commun ne pouvait être que le mont Carmel, vénéré pour la présence en ses flancs de la grotte d'Élie.

Hortense réussit à trouver quelques mentions de l'ordre des chevaliers du Mont-Carmel dans plusieurs livres, y compris dans une biographie d'Henri IV. L'ordre avait pratiquement disparu avant la Révolution, transformé en donation de bourses pour élèves de l'École militaire. Certains de ces chevaliers s'évertuaient cependant à perpétuer l'esprit de l'ordre, par la charité et l'humilité. Hortense se souvint alors de ce jeune officier, Antoine de Phélippeaux, qu'elle avait croisé à maintes reprises à l'Hôtel-Dieu et qu'elle avait secrètement aimé avant de rejoindre le couvent. Il lui avait avoué appartenir à l'ordre des chevaliers du Mont-Carmel. À chaque fois qu'il lui parlait de la Terre sainte, la gravité de son visage s'effaçait pour laisser place à un sourire de bienheureux. Elle-même avait répondu plusieurs fois à ce sourire, et l'amour ainsi était né, sans qu'ils pussent s'effleurer, simplement par le regard et une lueur au fond des yeux. Qu'était devenu ce jeune homme aussi mystérieux que l'origine de son ordre ?

Le soir, lorsqu'elle rentrait dans l'appartement de la rue du Fer-à-Moulin, elle s'ouvrait à son oncle de ses recherches du jour. Hubert Saint-Meri, homme érudit, avait versé dans le métier d'apothicaire après avoir tenté des études de médecine. L'absence de sang noble dans sa famille lui avait bloqué les portes de la faculté. De ce rejet, il n'avait ressenti nulle frustration, s'accommodant au contraire de sa profession et passant ses heures de loisir à s'instruire dans l'arrière-boutique ou dans son salon. Son frère, le père d'Hortense, ami de Beaumarchais, lui avait légué plusieurs manuscrits, livres d'histoire et de science. Jamais les deux frères ne s'étaient séparés, malgré leurs divergences, le drapier fortuné exprimant maintes critiques de la Révolution, l'apothicaire préférant fréquenter le club des Jacobins. Hubert Saint-Meri s'en était éloigné à force d'être témoin de règlements de comptes entre factions, entre Montagnards et Girondins. Il avait toujours détesté les discours de Robespierre, estimant qu'il s'expédierait lui-même à l'échafaud, ce qui fut fait lors de la réaction de Thermidor de l'an II, en juillet 1794. Quand il avait appris que les carmélites de Compiègne allaient connaître la mort, après le procès mené par Fouquier-Tinville, l'apothicaire s'était arrangé pour extraire sa nièce du lot des condamnés. Il avait dû pour cela contacter d'anciens Jacobins, passés au club des Feuillants.

De fil en aiguille, il avait pu remonter une filière grâce aux francs-maçons et à la loge des Frères asiatiques. Un certain Viskowitch, proche de Barras, lui avait été présenté. Il exigeait un bon poids d'or et Hubert Saint-Meri avait dû hypothéquer sa pharmacie. Quant à Hortense, elle put s'enfuir de la Conciergerie, escortée par deux sergents de police délégués par Viskowitch. Celui-ci cependant ne livra jamais les détails de l'affaire. Tout juste Hortense apprit-elle par son oncle Hubert que le Dalmate avait fréquenté un baron de Moravie proche des révolutionnaires français, un certain Junius Frey, de son vrai nom Moses Dobrushka, mort lui aussi sur l'échafaud. Or Hubert connaissait son frère, Franz, membre de la loge des Frères asiatiques, qui lui avait raconté l'histoire de sa famille, originaire de Moravie et amie de Mozart.

– C'est une aventure compliquée, Hortense, qui fait appel à un mouvement messianique de juifs.

– Messianique ? Cela signifie qu'ils veulent s'installer...

– Oui, en Terre promise. Mais l'affaire n'est pas simple, car ce mouvement, que l'on appelle le mouvement des frankistes, du nom du rabbin Jacob Frank, a été traversé par des courants contraires. Celui qui fut exécuté en place de Grève, Junius Frey, avait un ami ici à Paris, Louis-Claude de Saint-Martin, partisan des théosophes, c'est-à-dire de ceux qui prétendent parvenir à une union entière avec le divin.

– Quelle étrange alliance, oncle, entre les juifs et ces théosophes...

– Dans un premier temps, certes. Mais les frankistes et les théosophes n'étaient pas si éloignés que cela, en fait. Louis-Claude de Saint-Martin lui-même s'intéressait de près à la kabbale et il parlait l'hébreu.

– La kabbale... Oui, j'en ai entendu parler, mais je ne me souviens plus où.

– Sans doute dans tous ces livres que nous aimons. La kabbale est une doctrine mystique du judaïsme. Elle est très ancienne, et remonte au moins aux écrits apocalyptiques des IIe et Ier siècles avant Jésus-Christ et aux Esséniens.

Hortense tenta de se rappeler où elle avait pu lire des pages sur ce mouvement.

– La doctrine, continua Hubert Saint-Meri, s'est épanouie en Espagne au XIVe siècle et dans le sud de la France, puis à Safed en Palestine au XVIe siècle.

– Je m'en souviens, oncle, c'est la mère prieure du couvent de Compiègne qui nous a longuement expliqué ce qu'est la kabbale.

– La mère prieure ? Peut-être avait-elle découvert les mystiques juifs.

Hortense observait les flammes de la cheminée tout en essayant de se remémorer le récit de Thérèse de Saint-Augustin. Elle parla lentement pour permettre aux mots de remonter à la surface comme l'huile légère dans les préparations de l'oncle Hubert.

– La mère prieure disait deux choses à propos de la kabbale. D'abord, elle évoquait le mont Carmel, car, disait-elle, les moines carmes furent longtemps en contact avec des rabbins de la cité que vous évoquiez à l'instant, en Palestine, à Safed.

– Il est vrai que sur les cartes, le mont Carmel et Safed ne sont guère distants, quelques lieues que l'on peut franchir en une journée de voyage.

– L'autre chose que la mère prieure évoquait était la Règle de vie.

– La ligne de conduite des carmes et carmélites ? demanda l'apothicaire.

– Cela même. Thérèse de Saint-Augustin en parlait souvent durant notre captivité à Compiègne, puis à la Conciergerie. L'ordre ne pouvait survivre que si l'on retrouvait un jour l'original de la Règle de vie daté de 1207, qui a disparu et dont le Vatican ne possède pas même une copie, seulement un texte de 1247.

– Mais quel rapport avec la kabbale et les juifs frankistes ?

– Je ne sais point, oncle, mais la mère prieure disait que les juifs de Safed nous donneraient la clé.

– La clé... Une image, sans doute. À ce propos, voilà une chose qui me revient, les partisans de Junius Frey et les frankistes portent souvent une clé dorée autour du cou.

Hortense pâlit. Dans la cour de la Conciergerie, un homme l'avait conduite à deux sergents de police. Elle avait supplié qu'on la laissât avec les autres sœurs, mais la mère prieure, dont les yeux demeuraient fixés sur une clé dorée portée par l'émissaire, lui avait signifié qu'elle ne pouvait rester. « Je veux mourir avec vous », avait lancé Hortense. « Allez, sœur Hortense, la Règle de vie est entre vos mains », avait répondu Thérèse de Saint-Augustin. Hortense avait quitté la cour en larmes, entre les deux sergents et précédée de l'homme à la clé dorée.

– Qu'as-tu, Hortense ? Tu sembles défaillir...

– Je... je commence à comprendre... Quand vous avez envoyé un émissaire me chercher à la Conciergerie, celui qui a pu pénétrer dans la cour portait une clé autour du cou. Je ne voyais pas pourquoi la mère prieure attachait autant d'importance à ce pendentif.

L'oncle hésita un instant et plongea son regard dans l'âtre aux bûches crépitantes.

– Cet homme t'a emmenée, je m'en souviens, jusqu'à l'hôtel des Clermont-Tonnerre, où je t'ai rejointe deux jours plus tard. Ne te souviens-tu pas d'un détail ?

Hortense fit un effort de mémoire.

– Non, rien de particulier. Je n'ai pas eu le temps de l'observer, j'étais si bouleversée. Et aussitôt que je suis parvenue à l'hôtel des Clermont-Tonnerre, il a disparu.

Enfoncé dans son fauteuil de velours vert, Hubert Saint-Meri passa sa main droite sur ses lèvres.

– Cet homme à la clé dorée devait être lié à Junius Frey, ou du moins à ses partisans. Je ne sais plus quand il a été exécuté, mais cela correspond à la Terreur, c'est-à-dire au massacre des sœurs de ton couvent.

Son couvent... Hortense ne sut que répondre. Depuis longtemps, le couvent n'existait plus. Les carmélites avaient été dispersées dans la nature, se cachant chez des fermiers et des amis de l'ordre. Hortense avait reçu pour mission de mettre la main sur la Règle de vie et depuis quatre ans ne retrouvait que des bribes, quelques indices disparates qu'elle ne parvenait pas à rassembler. Elle-même avait quitté l'habit religieux et renoncé à être sœur, afin de mieux mener sa quête. Cette renonciation n'avait pas été un sacrifice. Elle aimait plus que tout la vie, et sa foi s'accommodait de cette certitude. Elle n'en accomplissait pas moins sa tâche, facilitée depuis qu'elle avait pris ses distances avec les carmélites. Souvent, elle pensait à ce jeune homme à la fine silhouette rencontré dans les couloirs de l'Hôtel-Dieu et qui lui avait longuement parlé des chevaliers du Mont-Carmel avant qu'elle n'éprouvât pour lui une grande passion. Chaque jour, chaque nuit, elle s'efforçait de l'oublier par la prière, mais cela lui était impossible, ne fût-ce qu'un seul instant. Il revenait dans son esprit le matin lorsqu'elle ouvrait les volets, apercevait la lumière, quand elle voyait briller les tuiles d'ardoise et les toits en zinc. L'amour se souvient toujours de la lumière. Elle ferma les yeux pour s'en approcher à nouveau. Nul doute que s'ils se croisaient à nouveau, Antoine de Phélippeaux l'aiderait dans sa mission.

17

Le temps était beau sur les quais de Londres et Antoine passait ses journées à marcher le long de la Tamise en compagnie d'Émile. Il aimait cette animation des bords du fleuve qui offraient un ballet coloré et plaisant, avec les joueurs de cartes, les marchandes de légumes, les bateliers aux embarcations chargées de victuailles de Gloucester, des Chiltern Hills et d'Eton.

Le soir, il rejoignait Smith à l'Amirauté ou dans les salons londoniens, et ils parlaient des Ottomans, de la politique de la Sublime Porte et du Grand Seigneur qui enrôlait officiers et mercenaires.

– Allons nous battre sur les bords du Bosphore ! tonnait Smith, un verre à la main, tandis que deux belles femmes s'approchaient.

Antoine, lui, n'avait de cesse de parler de la Terre sainte :

– Constantinople est sans doute une des plus belles villes du monde, pourtant l'avenir de l'Europe ne se jouera pas dans l'Empire ottoman, mais bien plutôt en Terre sainte.

– Et pourquoi ? demanda le maître de maison, le comte de Leicester.

– Parce que Bonaparte va s'y rendre.

– Il est en Égypte maintenant.

– C'est la porte à côté, si j'ose dire.

– Et quel intérêt a-t-il à s'aventurer en Palestine ?

Phélippeaux prit un air solennel pour répondre :

– Pour vous couper la voie, messieurs les Anglais !

Sa remarque déclencha un torrent de rires alentour. Il rit lui aussi, attendit que cessent les remarques plus ou moins amusées et reprit :

– Prendre la route des Indes, oui, tel est le dessein de Bonaparte !

– La route des Indes ? Vous n'y pensez pas ! C'est un empire que nous avons là-bas, s'exclama un négociant qui avait fait fortune dans l'importation de thé.

– Justement. C'est l'empire qu'il veut. Il entend prendre aussi Constantinople, rien de moins.

Deux ou trois rires fusèrent encore, mais la table était moins goguenarde. Les convives prenaient au sérieux ce Français qui s'exprimait avec un fort accent.

– Dites-nous, interrogea le comte de Leicester, ce Bonaparte vous paraît vraiment capable de s'emparer de Constantinople ?

– Son ambition n'a d'égale que la grandeur du désert. Il a vingt-neuf ans et rêve déjà de conquérir le monde.

– Ce n'est plus une ambition, c'est une maladie ! lança la comtesse de Gloucester.

– Cela pourrait être une réalité, poursuivit Antoine. Bonaparte s'est intéressé à l'Égypte pour y mener une expédition scientifique. C'est un motif de gloire, mais pas suffisant pour lui. L'Égypte est le ventre mou de l'Empire ottoman. Le sultan Sélim III n'y exerce plus d'autorité, la terre du Nil est trop éloignée de la Porte, et les mamelouks, ces miliciens du Caucase montés sur le trône du Caire, s'avèrent trop turbulents. Leur pacha a refusé maintes fois de payer l'impôt au sultan de

Constantinople. Si Bonaparte s'aventure en Égypte, c'est pour commencer sa marche dans tout l'Orient. Et le sultan ne s'y opposera pas...

Sidney Smith, qui hochait jusque-là la tête, manifesta sa désapprobation :

– Quand même, cher Antoine, Constantinople est bien défendue...

– Constantinople oui, mais pas l'Empire ottoman. La puissance des sultans a décliné au cours des siècles. Des émeutes couvent dans les Balkans. En Terre sainte et aussi en Syrie, les Druzes, les chrétiens et les juifs n'attendent qu'un signal pour déclencher la révolte et chasser les Ottomans ou leurs pachas indigènes.

– Et ce signal, vous voulez dire que Bonaparte pourrait le lancer ?

– C'est plus que probable, dit Antoine. Il est assez fin pour se rallier les peuplades locales, et assez manipulateur pour laisser entendre qu'il leur accordera la liberté.

– Encore faudrait-il qu'il puisse se rallier les tribus les plus importantes.

– Messieurs et mesdames, je puis vous annoncer ce soir que Bonaparte fait tout pour se rallier les juifs.

– Les juifs ne seront pas dupes. Du reste, ils ne sont pas si nombreux en Terre sainte, intervint le comte de Gloucester.

Sidney Smith ne perdait pas une miette des propos d'Antoine de Phélippeaux. Il admirait son éloquence, sa fraîcheur, sa grandeur d'âme, son courage aussi, comme si quelque secret destin le poussait à mener l'aventure toujours plus loin, après l'émigration dans les armées de Condé, l'insurrection en Vendée et dans le Sancerrois, l'évasion de la prison de Bourges et l'affaire du Temple menée avec tant d'audace. Que pouvait encore réserver Antoine ?

– Oui, mais Bonaparte est considéré comme un sauveur par les juifs italiens, car c'est lui qui a fait fermer le ghetto de Venise.

– Les juifs étaient pourtant eux-mêmes volontaires pour créer ce ghetto.

– Il y a de cela bien longtemps. Ensuite, de protection, ce ghetto est devenu une bastille pour les juifs de la Sérénissime. Bonaparte se servira de son charisme auprès d'eux pour mener la guerre en Terre sainte.

– Mais... que peut-il faire ? leur promettre la lune ?

– En quelque sorte. Il se servira de quelque message concocté par des juifs d'Italie ou d'autres nations d'Occident pour mener à bien sa mission et leur faire miroiter la lune. Et la lune, en l'occurrence, c'est un État juif.

– Un État juif ? Ce serait un autre ghetto !

– Non pas. Une République indépendante, plutôt.

– Qui échapperait à Bonaparte.

– Pas sûr. Et puis il s'en moque. Il veut avant tout soulever les autochtones. Cela est aisément réalisable. Avec les juifs, il pourra aller plus loin et promettre à ceux qui vivent en Europe d'émigrer en Palestine.

– Ma foi, commenta le comte de Gloucester, je parie que notre célèbre critique Isaac Disraeli n'a pas songé à cela...

Sidney Smith sourit. Il aimait les juifs. Lorsqu'il était enfant, son père évoquait souvent Douglas Stern, un pasteur anglican et écrivain, qui ne cachait pas ses origines juives par sa mère. Il s'était rendu célèbre avec un livre étrange, au style décousu, *Un messie en Méditerranée*, à la fois illisible et désopilant, que son père avait défendu dans la gazette de Londres. Il évoquait de temps à autre le retour du peuple juif en Terre sainte. Sa mort, en 1768, avait plongé la famille Smith dans une profonde tristesse.

– Alors, si je comprends bien notre ami français, intervint-il, il nous reste à empêcher les juifs de se rallier à Bonaparte.

– C'est l'un des plus sûrs moyens de lui barrer la route. À Constantinople, nous nous y attellerons.

– Constantinople ? Cette ville d'infidèles ! s'exclama le comte de Gloucester.

– Une terre d'infidèles qui a su protéger ses juifs, corrigea Sidney Smith. Ils occupent des fonctions importantes là-bas. Gardes et soldats de l'Empire ottoman sont sommés de ne pas les harceler. Reste à savoir si les juifs de Constantinople savent ce qui se trame en Terre sainte. Nous irons bientôt sur les bords du Bosphore rejoindre mon frère, avec une lettre du roi.

– Je vous y suivrai, dit Antoine, mais sachez que Constantinople ne sera qu'une escale. Mon port d'attache sera près de Haïfa.

– Haïfa, c'est bien la baie dominée par le mont Carmel, ce havre de paix évoqué dans la Bible et le livre des Rois ? demanda la voisine de Sidney Smith.

– Oui, le mont Carmel, fit Antoine, comme absorbé dans un rêve. La bataille se jouera là, et précisément à Saint-Jean-d'Acre.

18

Hortense revenait presque chaque jour à la bibliothèque Mazarine, nantie de la recommandation de son oncle. Les rangées de livres ressemblaient à des clairières dans une forêt obscure et ses promenades dans les travées étaient autant d'escapades dans la mémoire, celle des hommes, mais aussi la sienne. En feuilletant les vieux ouvrages, elle se souvenait de son enfance et de la bibliothèque paternelle, des voyages en Perse et en Barbarie qui l'avaient bercée des années durant. Tandis que l'odeur des reliures et du papier ancien exerçait sur elle un attrait magique, sa séparation d'avec l'ordre des carmélites lui semblait de plus en plus naturelle. Et sa mission prenait chaque jour un tour plus précis.

Elle aimait aussi fréquenter le Pont-Neuf lorsqu'elle quittait la bibliothèque. Cet endroit représentait une sorte de poumon de la ville, un lieu où les bonimenteurs avaient pris l'habitude de railler les nouveaux rois, les membres du Directoire. Tout un monde se rassemblait là, attiré par les invectives des uns et des autres, tolérées par la maréchaussée. Parfois, Hortense se rendait jusqu'à la Samaritaine, de l'autre côté du pont, où les porteurs d'eau attendaient leur tour devant la grande pompe qui plongeait ses tuyaux dans la

Seine tels des tentacules de pieuvre. Des marchandes vendaient leurs oranges montées en pyramides à dix sous la pièce.

Un jour, en prenant le pont, Hortense regarda le socle de l'ancienne statue d'Henri IV. Elle n'y avait jamais prêté attention, mais elle se demanda cette fois-ci pourquoi cette sculpture était restée debout aussi longtemps, trois ans après la Révolution. Nul n'avait osé la mettre à terre en 1789. Les badauds étaient désormais nombreux à s'arrêter à la pointe de l'île de la Cité pour admirer Paris et la Seine. Beaucoup en profitaient pour caresser le socle de la statue qui rappelait les riches heures du royaume de France. D'autres apportaient des fleurs achetées quai de la Mégisserie. Il se créait ainsi une confrérie des partisans d'Henri IV qui se ralliaient aux bonimenteurs, une foule qui grossissait, venue des faubourgs mais aussi des bas quartiers, et qui ne craignait pas d'affronter les espions et les mouchards.

De retour à la bibliothèque Mazarine, Hortense aperçut un signet glissé dans le livre qu'elle consultait. Elle crut d'abord à un oubli de la part d'un lecteur, puis remarqua que le message lui était adressé : « Ouvrez le livre de Restif de La Bretonne, *Les Nuits de Paris*. Et lisez-en la fin. » Hortense se retourna pour sonder la salle de lecture et ne vit personne, hormis un homme aux cheveux blancs qui ressemblait davantage à un ancien ecclésiastique déguisé sous des habits à la mode du Directoire qu'à un apprenti espion. Elle demanda au préposé s'il avait aperçu quelque lecteur nouveau, mais nul inconnu n'avait été signalé ces derniers jours.

Hortense s'empara du volume de Restif de La Bretonne et consulta les dernières pages, ajoutées manifestement lors d'une nouvelle édition. Restif y encensait les maîtres de la Révolution, comme pour se dédouaner de ses compromissions avec l'Ancien Régime. Il accusait tous les anciens rois de France de tyrannie : « La mort de Louis Capet a été juste et nécessaire ; que lorsqu'on a dit qu'il n'était pas tyran, étant né sur le trône, on a seulement voulu dire qu'il n'y était pas monté par violence ; mais on soutient à présent que tous les anciens rois français doivent être nommés des tyrans. »

« Sans doute l'auteur du billet a-t-il voulu me mettre sur la piste de cet auteur jugé grivois », pensa Hortense. L'une des phrases avait été légèrement soulignée à la mine de crayon. Restif proclamait : « Je crois que la vraie représentation nationale est dans la Montagne. » Le crayon de papier avait ajouté dans la marge, à la suite du mot « Montagne », « du mont Carmel ». Que signifiait cet ajout ? Hortense tourna la page et vit une autre annotation, toujours au crayon à papier, qui renvoyait à un chapitre intitulé « Assaut prétendu des Tuileries ». La main anonyme avait souligné ce passage : « Tout ce qui m'arrive, la pauvreté, les malheurs, les peines de famille, a un avantage ; cela aide à mourir. » Hortense ne put s'empêcher de penser à son propre sort, à ce mariage dont elle ne voulait pas, à l'altercation à l'Hôtel-Dieu, à ce jeune homme nommé Antoine de Phélippeaux qu'elle avait peu revu mais qu'elle aimait encore, aux baisers échangés dans les couloirs adjacents, à la tête de son père sur une fourche en place de Grève. Et elle songea que ses maux l'avaient aidée non pas à mourir, mais au contraire à vivre et à répondre au vœu de la mère prieure de retrouver la Règle de vie, même si elle avait quitté l'ordre des carmélites. Les annotations au crayon de papier la renvoyaient de page en page et elle éprouvait une joie certaine à virevolter ainsi dans les chapitres du livre de Restif de La Bretonne.

La dernière référence était plus grave : elle s'intitulait « L'*Ô Filli* des carmes », du nom d'un cantique chanté à Pâques. Dans ce récit, l'écrivain décrivait son attachement à l'église des Carmes, rue de Vaugirard, où il avait pénétré en compagnie d'une jeune femme, Rosalie, suivie depuis la rue de l'Arbre-Sec et qu'il avait fini par aborder. Le souvenir du couvent des Carmes de la rue de Vaugirard était douloureux pour Hortense. Un autre massacre s'y était produit et les révolutionnaires avaient envoyé à l'échafaud plusieurs dizaines de citoyens. Après s'être assurée que personne ne l'épiait, Hortense releva les annotations dans la marge et les mots soulignés.

L'affaire se corsait. La main anonyme mettait en exergue des éléments de phrase, tels que « Pensez-vous me mettre au couvent ? », et les affublait de numéros. Elle avait ainsi souligné *Pâques*, *couvent*, *onze*, *ange*, *Rosalie*, dont quelques lettres avaient été barrées, ce qui donnait *Rose*. L'historiette décrite par Restif de La Bretonne ressemblait étrangement à l'histoire d'Hortense et d'Antoine de Phélippeaux. Outre le couvent des carmes et la ville de Soissons, qui lui rappelait le Compiègne voisin des carmélites, Hortense y découvrit le sort d'une jeune fille promise à un mariage dont elle ne voulait pas. L'héroïne désirait entrer au couvent et avait été présentée à une dame de placement, la marquise de M***, qui l'avait gardée auprès d'elle. Restif évoquait aussi un ordre, celui des chevaliers de Saint-Louis. Hortense y vit l'équivalent des chevaliers de Notre-Dame du Mont-Carmel, auxquels appartenait Antoine.

Une seconde histoire était mêlée à la première, dans laquelle Restif décrivait le sort d'un jeune homme qui avait tout perdu, ses vingt-cinq écus de six francs, une montre et une boîte en argent, escroqué par deux bandits. La main anonyme avait souligné plusieurs mots, dont *charretier, blanchisseuse, ruban, dépôt* et *Châtelet.*

Elle rentra prestement chez l'oncle Hubert, rue du Fer-à-Moulin, et lui lut ses notes.

– Je me demande qui a pu souligner tous ces mots, dit-elle fébrilement.

L'oncle Hubert, qui venait de terminer deux préparations pharmaceutiques pour La Salpêtrière, s'amusa à recopier les notes sur son vaste bureau de noyer teinté et à faire jouer les numéros correspondants.

– Voyons... Il y a là *Pâques, couvent* et *rose.* Ce qui signifie que tu devrais te trouver devant un couvent à cette date, un couvent signalé par une rose.

– Mais lequel ?

– Cela, nous le saurons plus tard. Là, il y a *charretier*, *Châtelet*, *blanchisseuse*, *ruban* et *dépôt* ; ainsi que le chiffre *onze.* Vu leur numérotation, il s'agit d'abord de se rendre auprès d'un charretier du Châtelet. Puis de voir s'il n'y a pas une blanchisseuse qui vendrait des rubans. Mais pourquoi le chiffre onze ? Je ne sais...

Il se frotta le front.

– J'avoue que tout cela est du charabia, comme on dit dans notre Auvergne, mais c'est diablement excitant.

– Peut-être un mot de passe, dit Hortense.

– Eh bien, nous n'avons plus qu'à essayer...

19

La mer se rétrécissait entre les deux continents. Accoudé au bastingage de la frégate anglaise le *Tigre*, Antoine de Phélippeaux pouvait contempler à tribord l'Asie et à bâbord l'Europe. Dans le détroit du Bosphore, il n'allait pas tarder à apercevoir les faubourgs de la grande ville.

En provenance de Plymouth, armé de soixante-quatorze canons, le *Tigre* avait quitté Gibraltar cinq semaines plus tôt et traversé la Méditerranée avant de remonter vers les côtes grecques le long du Péloponnèse, avec à son bord le chevalier de Tromelin et son épouse. Chaque jour, celle-ci essayait de lutter contre le mal de mer en se tenant au mitan du navire. Le soir, lors du dîner dans le salon, Tromelin amusait le commandant de bord et les officiers en prenant l'accent canadien pour raconter comment Sidney Smith, lors de sa capture, l'avait déclaré domestique originaire du Québec.

Au fur et à mesure que la frégate s'approchait des côtes de l'Empire ottoman, Sidney Smith dévoilait ses plans. Il livra ainsi à Tromelin le secret de son expédition : monter une mission depuis Constantinople pour se rendre en Orient.

– Tromelin, vous aurez le grade de major dans l'armée turque !

– Et pourquoi pas ? Ce serait une belle promotion pour un esclave québécois !

Antoine de Phélippeaux avait déjà reçu le grade de colonel à Londres et ne voulait point être trop lié à l'armée du Grand Seigneur, ni à la mission du commodore Sidney Smith, même s'il n'en connaissait pas encore tous les tenants. Il savait toutefois qu'il ne disposait pas de grands moyens pour voguer jusqu'à Saint-Jean-d'Acre et qu'il devait d'abord compter sur le talent du Lion des mers afin de se constituer une petite armée.

Il avait apporté dans sa malle quelques partitions de Mozart et de Gluck et se lançait souvent dans de longues improvisations sur son violon qui ne le quittait pas. Il regardait la mer et pouvait jouer des heures entières, pour le plus grand bonheur des Tromelin. Souvent, Antoine préférait rester seul. Il adaptait alors des œuvres qui n'étaient pas destinées au violon et recomposait des morceaux de choix, tel *Orfeo ed Euridice* de Gluck. Sa main semblait suivre le mouvement ondulant des vagues et caressait l'instrument avec une douceur infinie.

Madame de Tromelin avait très vite remarqué le vague à l'âme d'Antoine lorsqu'il égrenait les notes du violon. Ce jeune homme au profil élégant avait sans nul doute laissé son cœur dans l'un des ports de la lointaine France. « Cela s'arrangera avec le temps », pensait-elle. Mais au fil des semaines, par belle mer ou gros grain, la mélancolie ne quittait pas le violoniste.

20

Hortense se rendit sur la place du Châtelet en traversant le Pont-Neuf. Des oiseliers avaient sorti leurs cages sur le quai de la Mégisserie et des femmes élégantes débarquaient de leur calèche pour acheter des canaris. En chemin, elle vit un attroupement qui l'attrista. Une femme, les mains attachées dans le dos, était promenée sur un âne conduit par un sergent et précédé par deux hommes armés de piques. Un jeune tambour fermait la marche. La femme était juchée à l'envers, la tête tournée vers la queue de l'animal, et la foule l'invectivait. Une pancarte accrochée dans son dos indiquait en gros caractères tracés au fusain : « Prostituée ». Les badauds étaient tout en joie et redoublaient de malice pour lancer leurs insultes. Hortense trouva la sentence injuste.

Elle pressa le pas afin de dépasser la procession et parvint sur la place du Grand-Châtelet. Quelques marchands avaient installé là leurs étals. Elle chercha un charretier parmi les tripiers, bouchers et tanneurs. Il s'en trouvait plusieurs et elle se mit en quête d'une blanchisseuse, conformément aux indications recueillies à la bibliothèque Mazarine. Deux lavandières officiaient sur la place, avec du linge tout frais lavé qui ondulait sur des fils de chanvre.

Hortense se rappela les termes soulignés dans le livre

de Restif de La Bretonne, *charretier*, *blanchisseuse*, *ruban*, *Châtelet*, *dépôt*, *onze*. Le dépôt ne pouvait correspondre qu'à un poste de police. Cependant, elle ne vit aucune maison de la maréchaussée dans les environs. Que pouvait bien signifier ce mot ? Un dépôt de pain ou de vin, sans doute, mais les boulangeries et tavernes étaient nombreuses dans les environs. Un peu découragée, elle s'assit sur l'une des grosses pierres qui bornaient la place, à l'angle de la rue de l'Auxerrois. C'était une place qu'elle fréquentait enfant lorsque son père allait chercher des rubans pour son commerce de drap. Elle y passait aussi quand, novice chez les carmélites, elle rentrait au couvent après avoir œuvré à l'Hôtel-Dieu. Elle se souvint alors qu'un soir elle avait vu mener des détenus à la prison du Grand-Châtelet. Le dépôt ne pouvait être que la forteresse, destinée à la destruction selon le vœu de certains membres du Directoire, comme cela avait été le cas pour la geôle du Petit-Châtelet, de l'autre côté de la Seine. Hortense se leva prestement et s'approcha de la bâtisse de sinistre réputation, surtout pour ses cachots.

Une blanchisseuse avait pris place derrière un étal non loin de la porte, et un charretier vantait avec un certain talent les vertus d'une poudre pour rajeunir. Hortense s'approcha. De la femme ou de l'homme, lequel aborder ? se demanda-t-elle. Puis elle songea au chiffre onze signalé dans le livre de Restif. Serait-ce le jour du mois ? ou un mot de passe ? Elle avisa l'horloge qui trônait au coin de la rue Saint-Denis. Elle indiquait dix heures. Sans doute était-il plus sage d'attendre onze heures.

Une heure plus tard, Hortense vit qu'une autre blanchisseuse relayait la première. Plus jeune, de forte carrure, elle présentait un large cou, des joues roses et des nattes blondes sous une coiffe blanche et simple de fermière. Hortense fit quelques pas et lui demanda si elle vendait des draps. La blanchisseuse lui répondit que non.

– Des rubans, alors ?

La blanchisseuse la regarda fixement, tourna la tête pour voir si personne ne l'entendait et tira une lettre de son corsage.

– Des rubans écrits, oui !

Puis elle s'attela à décrocher le linge du fil de séchage. Hortense la regarda quelques instants et le visage aux joues roses disparut derrière les draps blancs.

Sur le quai de la Seine, Hortense déplia la missive. Quelques phrases avaient été couchées d'une écriture hâtive, des lettres avaient perdu leurs boucles, sans doute à cause de l'humidité. Quand cette lettre avait-elle été écrite ? Hortense se dit qu'il était inutile de demander des précisions à la blanchisseuse, qui ne devait rien savoir et avait dû se contenter d'empocher quelques francs.

« La Règle vit près du prophète du livre des Rois, devant sa grotte. Rose sera le chemin de Pâques. »

Hortense replia la lettre. Il serait toujours temps d'apprendre ces mots par cœur et de la détruire. Le message, avec les éléments soulignés dans le livre de Restif de La Bretonne, devenait clair. Le prophète du livre des Rois s'appelait Élie. Et la grotte d'Élie ne pouvait être que le mont Carmel, en Terre sainte. Sans doute une pierre rose devait-elle indiquer le nouveau chemin. L'oncle Hubert l'aiderait dans cette recherche.

Elle s'aperçut qu'un homme d'âge mûr la regardait, sans doute un mouchard de la police de Fouché. Hortense prit la lettre et la porta sur son cœur avec un sourire, comme pour signifier qu'il s'agissait d'un message d'amour. Puis elle disparut dans la foule du Pont-Neuf.

21

Constantinople approchait. La grande ville des seigneurs ottomans, le siège du commandeur des croyants, la Lumière du monde, s'annonçait par des signes qu'Antoine de Phélippeaux s'amusait à décrypter. Là-bas, à l'occident de la mer intérieure qui aspirait le Bosphore, s'élevait un palais de prince turc dont il distinguait les parois de marbre. Plus loin, on apercevait une mosquée à la coupole parfaite, sûrement une église byzantine passée dans le giron du Croissant. Sur une hauteur, se dressait une lance minérale de lignes parfaites, tel un doigt pointé vers le ciel, un minaret qui défiait l'impiété des hommes. Une caravane s'acheminait vers la tour de pierre. Phélippeaux se plut à imaginer quelque secret caravansérail à ses pieds avec des janissaires qui fermaient les portes à la nuit tombante et battaient tambour pour dissuader les bandits de la route de la Soie.

Antoine sentait déjà les parfums de l'Empire ottoman, effluves de terre lourde et d'épices que transportaient les caïques de plus en plus nombreux sur le détroit, tout en promenant les mains sur son violon, désirant entendre des musiques nouvelles, des airs d'Orient ressemblant à des parfums, des sérénades qui le transporteraient vers d'autres ciels, des mélodies légères qui lui rappelleraient par une scansion commune à tous les amoureux du monde le souvenir d'Hortense disparue.

Sur le pont, le chevalier de Tromelin piaffait d'impatience. Il mourait d'envie de galoper sur l'autre rive, vers le Levant et ses échelles, pour gagner un port reculé et s'embarquer à nouveau, vers la Terre sainte cette fois-ci. Il en parla le soir à Antoine et ensemble ils projetèrent de s'aventurer jusqu'à Saint-Jean-d'Acre, avec un viatique signé par le sultan qui leur ouvrirait les portes des forts et les anciens bastions des croisés. « Jérusalem, Jérusalem... » Quand il jouait du violon pour Tromelin, Antoine entendait son compagnon psalmodier le nom de la ville biblique et des ports imaginaires défilaient devant ses yeux ; quelque cité des sables, des chameaux chargés de pierres précieuses et d'encens surgissaient des profondeurs du désert. Antoine sentait qu'il aimerait cet Orient-là où il allait courir l'aventure et servir une cause. Bien sûr, on l'accuserait dans les gazettes de Paris de tous les maux, de tous les crimes, et surtout de trahison envers la France. Mais le vrai traître à ses yeux demeurait Bonaparte avec ses désirs d'empire et de conquêtes qui mèneraient le pays et sans doute une bonne partie de l'Europe vers le désastre, les massacres, la haine. « Où se situe la trahison ? se demandait-il en caressant le manche de son violon. À partir de quelle frontière défend-on ou combat-on la patrie ? » Il songeait aussi à ces royalistes de pacotille, ces « conspirateurs de la crème fouettée », selon le trait de Rochecotte. Ce monde-là l'écœurait, comme l'écœurait la folle ambition de Bonaparte. Un jour viendrait, pensait Phélippeaux, où le monde découvrirait la vraie nature du Corse, son génie militaire placé au service de sa seule ambition, un trône impérial qui s'élèverait sur des colonnes de crânes. Au fur et à mesure que le *Tigre* s'approchait des côtes de Constantinople, Antoine de Phélippeaux jetait des regards vers la haute mer, rêvant déjà de courir le large pour rallier Saint-Jean-d'Acre. La bataille, il le savait et l'avait maintes fois répété à Sidney Smith et à Rochecotte, se jouerait là-bas, dans cette citadelle des croisés abandonnée à ses tourments.

Les caïques turcs, armada d'embarcations colorées, foisonnaient à présent sur la mer du Bosphore. Une brume lointaine recouvrait au petit matin l'horizon et les côtes, puis se levait peu à peu, laissant apparaître les palais de Constantinople. Les marins s'étaient assemblés sur le pont avant, plongés dans un respectueux silence. Le détroit du Bosphore se rétrécissait et l'on voyait la ville s'étaler sur les deux rives.

– Là-bas, c'est l'Asie, dit Sidney Smith en montrant le côté oriental.

Des vaisseaux de la flotte ottomane apparurent, les voiles à moitié déployées, prêts à appareiller en rapaces des hautes eaux pour mener la chasse à un quelconque ennemi en provenance de la mer Noire ou de la Méditerranée, au-delà du détroit et de la tour de Léandre. À bâbord se dessinaient les contours du palais de Sélim III, dont les murailles dominaient le détroit. Sidney Smith désigna un mur gigantesque qui cernait le palais et s'étendait jusque vers le sud de la cité, l'enceinte de Constantin, le dernier empereur chrétien de la ville. À une encablure, Antoine repéra la sinistre forteresse des Sept-Tours, où l'on enfermait les récalcitrants, les janissaires rebelles, les ambassadeurs qui déplaisaient au sultan lorsqu'on ne les expédiait pas, enfermés dans un sac de jute, au fond du Bosphore. Une tour de marbre dominait l'édifice flanqué d'une herse en fer et adossé à l'ancien arc de triomphe de Constantin. Smith raconta comment un espion vénitien, Fra Paolo Biscotto, fut jeté dans une geôle des Sept-Tours malgré les protestations du baile, le représentant de la Sérénissime, qui n'eut pour consolation que la terrible agonie de son ressortissant empalé sur un pieu à quelques pas de ses fenêtres.

Sidney Smith semblait connaître chaque recoin de la ville, chaque anecdote de quartier.

– Les lettres de mon frère sont très précises. On croirait qu'il n'a que cela à faire ! Soyons sûrs qu'il nous réserve à tous un accueil de pacha.

Phélippeaux s'évertuait à distinguer les palais décrits par un autre Antoine, Antoine Galland, le traducteur des *Mille et Une Nuits*, interprète de l'ambassadeur de Louis XIV à Constantinople. Il en avait rapporté une fabuleuse relation de voyage qu'Antoine avait lue à l'École militaire et qui décrivait la vie sous les Ottomans, un siècle plus tôt. Certains des vaisseaux que Phélippeaux apercevait étaient sans doute des bâtiments barbaresques aux mains de corsaires sillonnant pour la Porte la Méditerranée, pillant, violant et expédiant allègrement par le fond mécréants et marchands.

Le *Tigre* s'ancra aux abords de la Corne d'Or, le bras de mer qui fend en deux tel un coup de cimeterre divin la ville européenne d'Istanbul. Un caïque chargé d'officiers ottomans vint les aborder pour vérifier l'état d'enrôlement. Les formalités furent brèves, car déjà pointait une embarcation envoyée par le ministre plénipotentiaire d'Angleterre, lord Spencer, le frère de Sidney Smith, qui les amena jusqu'à l'arsenal de Kasim-Pacha.

Pour monter à la légation d'Angleterre, Sidney Smith et Antoine de Phélippeaux préférèrent marcher, alors que leurs malles partaient sur un fiacre. Deux gardes anglais et deux Turcs les accompagnaient, selon les dispositions prévues par l'ambassade. Sur le chemin du palais d'Angleterre, dans le quartier chrétien de Péra, Antoine remarqua la foule colorée, les tissus en provenance de Bagdad et de Damas amoncelés sur les étals des marchands, les poissons séchés du Bosphore que s'offraient les notables de la place des Francs. Il croisa une cohorte de soldats du sultan aux longs caftans. L'officier qui les commandait avait, lui sembla-t-il, des traits européens.

– Vous ne vous trompez pas, mon cher, répondit Smith, ce ne peut être qu'un officier anglais, allemand ou français. Vous venez d'apercevoir une unité du nouveau corps d'infanterie, le *nizam-i djedid*, que le sultan Sélim III a voulu calquer sur les troupes d'Europe. Les conseillers militaires ici sont nombreux, des mercenaires, d'anciens généraux d'Angleterre fatigués de combattre, des émigrés de chez vous, peu à vrai dire car le climat ici est émollient et beaucoup finissent malades, victimes de la phtisie, ou dans les bras d'une concubine qui leur coûte cher. Vous êtes ici, Antoine, au pays des harems, des favorites et des eunuques. Mais cette volupté a un prix et il est élevé. Aux irrévérencieux envers la Porte, le tribut est lui aussi d'importance. On coupe la langue et on crève les yeux des récalcitrants, même si Sélim III se révèle un peu moins barbare que ses prédécesseurs : il a renoncé à trancher les abattis de ses victimes. Mourir n'est déjà pas une mince affaire, encore faut-il rester entier.

L'accueil du ministre plénipotentiaire anglais fut à la hauteur des attentes de Sidney Smith. Il n'avait pas revu son frère depuis des années et leurs retrouvailles furent à la fois simples et émouvantes. Lord Spencer avait commandé un somptueux dîner qui mêlait les senteurs de l'Orient aux mets les plus raffinés, préparés par un cuisinier turc qui avait séjourné en France, à la légation ottomane.

Dans l'attente de l'ambassadeur en titre, lord Elgin, guère pressé de prendre ses fonctions sur les rives du Bosphore, Spencer Smith agissait en véritable maître de l'ambassade. À ce titre, il avait ses entrées à la Porte et le sultan le convoquait régulièrement afin d'écouter ses conseils sur les alliances à rechercher avec les puissances européennes, quelques années après la guerre avec l'Autriche et la Russie. Ne voulant pas s'aventurer plus avant dans des conflits militaires, Sélim III cherchait à négocier avec les pays européens qui rivalisaient de plus belle dans la ville du commandeur des croyants. Lord Spencer se montrait d'une intelligence redoutable, prêt à toutes les compromissions, à la fois souple et ferme, soucieux de mettre en avant les intérêts de la Couronne face à cet empire vieillissant où dans les provinces reculées janissaires et vassaux commençaient à ruer dans les brancards.

– Le sultan est furieux contre Bonaparte, dit lord Spencer à Antoine de Phélippeaux, qui se délectait de cailles au safran après des semaines de nourriture frugale à bord du *Tigre*.

– Le contraire eût été étonnant, répondit Sidney Smith.

– Que l'on ne se méprenne pas, dit Antoine de Phélippeaux. Voilà justement le calcul de Bonaparte. Il comptait intriguer auprès de la cour du sultan pour que la Porte ne bouge pas le petit doigt et n'envoie nulle troupe en renfort en Égypte.

– Et pourquoi Sélim III autoriserait-il une telle intrusion dans son empire, fût-il éclaté ? demanda Sidney Smith.

Lord Spencer se fit servir une nouvelle caille avant d'intervenir :

– Bonaparte pensait, à juste titre je dois l'avouer, que le sultan en avait assez de ces mamelouks félons. Ces Circassiens n'en font qu'à leur tête, ils traitent les autochtones en esclaves et prélèvent des impôts iniques afin d'entretenir les fastes de leurs palais au Caire.

– Le sultan aurait pu lui-même arranger l'affaire par une expédition punitive.

– Certes, mais l'Égypte est loin, et ce n'est pas la seule province de l'Empire qui connaisse des troubles. Voilà pourquoi Bonaparte pense occuper l'Égypte sans coup férir.

– Est-ce possible ? demanda Antoine.

Quatre domestiques grecs apportèrent la suite du repas, des poissons bleus du Bosphore accompagnés de tomates, d'aubergines sucrées et de figues.

– Bonaparte doit y croire, répondit lord Spencer. Il a reçu à Paris quelques missives d'un de ses informateurs, un homme très influent auprès du Directoire, selon nos agents.

– Vous voulez dire...

– ... un personnage que Bonaparte voulait envoyer comme ministre plénipotentiaire ici même, à Constantinople, pour qu'il devienne mon homologue et puisse manipuler le sultan. Mais nous avons déjoué la ruse.

– Cet homme serait donc...

– Oui, Talleyrand lui-même.

Comment l'évêque défroqué, le pied-bot d'Autun, pouvait-il se retrouver aussi souvent sur sa route ? et sur celle de Bonaparte ? Talleyrand avait aidé le Corse à préparer son expédition d'Égypte. Il avait obéi aussi aux désirs du Directoire de voir s'éloigner ce général de moins de trente ans ivre de gloire qui rêvait de s'installer sur le trône.

– Et par qui avez-vous appris cela ? demanda Antoine.

– Vous avez sorti mon frère de sa geôle du Temple. Vous savez donc que nous disposons d'une foule d'hommes à notre compte... Et de femmes. Or cet ancien ecclésiastique est très porté sur la gent féminine. Cela nous a grandement aidés. Les caisses d'or envoyées à Paris y sont également pour beaucoup, car le diable boiteux est un homme endetté.

Antoine se souvint de son séjour à Quiberon dans le manoir de Charles de Grandbastien. D'après le savant astronome, l'évêque défroqué avait plaidé la confiscation des biens du clergé afin de pouvoir lui-même racheter des terres et spéculer. Le même Grandbastien lui avait signalé que l'homme à la clé d'or, le dernier à avoir vu Hortense vivante dans la cour de la Conciergerie, était un protégé de Talleyrand. Et voilà que l'ancien évêque, devenu ministre des Relations extérieures, manigançait pour négocier auprès de la Porte la conquête de l'Égypte vassale...

– Le vœu de Talleyrand, poursuivit lord Spencer, est d'affaiblir la Porte en créant des amitiés avec toutes les provinces un peu félonnes, de l'Égypte à la Macédoine, en passant par l'Albanie et la Grèce. De prendre sa part de profit dans un empire qu'il croit à l'agonie. D'ouvrir des comptoirs à Smyrne et à Constantinople.

– Et pourquoi n'est-il pas venu à Constantinople ?

– Selon ce que nous savons, mais je vous demande d'être discret, Talleyrand a fait mine d'accepter afin d'avoir les mains libres ensuite, avec ce Bonaparte déjà sur les mers. Le climat du Bosphore ne lui convient sans doute pas !

Sidney Smith sourit, ainsi que le conseiller du chargé d'affaires anglais. Lord Spencer ajouta :

– Talleyrand désire d'abord entrer au Directoire, ou suivre à tout le moins Bonaparte. Les favorites de Paris payées par la Couronne sont tellement belles que même les évêques ne savent y résister.

Antoine cherchait à comprendre le rôle de Talleyrand, son jeu étrange auprès du Directoire et de Bonaparte. Ces pensées le troublaient mais pour n'en rien laisser paraître, il demanda à lord Spencer :

– Et comment avez-vous convaincu la Porte de se méfier de Talleyrand ?

– Ce fut simple. Nous avons intercepté une missive envoyée à l'ambassadeur de France à Vienne, Bernadotte, signée Talleyrand. Elle disait, je cite de mémoire : « L'Égypte fut une province de la République romaine. Il faut qu'elle devienne République française. » Nous l'avons recopiée et la lettre, que j'ai reçue ici même six semaines plus tard, a été lue au vizir puis au sultan. Le Grand Seigneur n'a rien laissé transpirer de son courroux, mais je peux vous affirmer qu'il aurait été prêt à étrangler Talleyrand ou tout du moins à l'enfermer aux Sept-Tours. Gageons que Talleyrand a jugé plus prudent de ne pas se montrer sur les rives du Bosphore !

Sidney Smith dégusta un vin de Grèce puis reprit la parole :

– Mes amis, je ne puis m'empêcher de trouver ce Talleyrand fort sympathique. Voilà un marin hors pair qui sait naviguer en eaux troubles, louvoyer à l'envi, protéger ses intérêts et ceux de son pays...

– Quant à Bonaparte, intervint Antoine de Phélippeaux, il est prêt à détruire la patrie pour parvenir à ses fins.

– Talleyrand, lui, est plus calculateur, poursuivit Smith. En outre, il aime les femmes ! Non seulement il les aime, mais il sait s'en méfier, contrairement à votre Bonaparte à qui Barras a donné sa maîtresse, cette Joséphine de Beauharnais dont on dit qu'elle le mène par le bout du nez.

– Vous verrez, Bonaparte saura manœuvrer Talleyrand et se servir de lui.

Tandis que la conversation se poursuivait sur le sort de l'Empire ottoman, Antoine tentait de se remémorer les moments où Talleyrand était intervenu dans l'affaire d'Hortense. Peut-être Charles de Grandbastien en savait-il davantage. Mais comment lui écrire, de si loin ? Qui pouvait le renseigner depuis Constantinople ? Il n'avait d'autre choix pour l'heure que d'attendre.

Lord Spencer, en sirotant un thé noir, s'attarda longuement sur la maîtresse de Talleyrand, Catherine Grand, « la Belle Indienne ». Française née dans un comptoir près de Pondichéry, elle avait été mariée à un Anglais de la Compagnie des Indes. C'était une excentrique ravissante à couper le souffle et que maints peintres s'étaient évertués à représenter. Elle courait de salon en salon et recherchait amants et protecteurs avec une égale ferveur, comme s'il s'agissait d'une question de survie.

– Cela était évidemment périlleux pour lui, poursuivit lord Spencer, mais Talleyrand, qui est un retors, s'est servi de sa maîtresse pour nous faire passer maints messages. Il savait qu'elle rencontrait souvent notre homme, James Crawfurd, un as de l'espionnage qui passe son temps entre Hambourg, Londres et Paris.

Talleyrand en outre prenait sa maîtresse pour une idiote, ce qu'elle n'est pas, loin de là.

– À vous entendre, dit Antoine de Phélippeaux, on croirait que Talleyrand est un homme au service de la Couronne d'Angleterre.

– Vous savez, cher ami, les frontières sont parfois floues entre espionnage et raison d'État. Talleyrand a pu se rendre compte de ce que nous voulions, et de ce que nous ne voulions pas. Il a connu mon frère à Londres, en 1793, et il a réussi à intriguer grâce à sa belle maîtresse auprès du tsar de Russie Paul Ier. Talleyrand et nous avions un intérêt commun : que Bonaparte ne tente pas d'envahir l'Angleterre. Pour Talleyrand, c'eût été un désastre, et nos troupes se tenaient prêtes pour accueillir vos compatriotes. La tentative d'invasion aurait signé la fin de son ambition, Talleyrand n'aurait jamais pu continuer sa carrière sans un allié comme Bonaparte. Et nous, nous sommes ravis de le voir s'aventurer en Égypte !

– Bonaparte, croyez-moi, a d'autres intentions...

Lord Spencer ne put réprimer un sourire. Il se servit de pâtisseries ottomanes sur un lit de figues de Barbarie que lui présentait l'un des serveurs grecs. Un homme entra et se pencha à son oreille pour lui murmurer quelques mots. C'était le drogman, l'interprète de l'ambassade, vêtu d'un superbe caftan vert ourlé de bleu. Puis lord Spencer reprit la parole comme si de rien n'était, dégustant sa pâtisserie décorée de miel de Smyrne.

Antoine esquissa un geste d'impatience, puis se refréna avant de pouvoir lancer :

– Quand Bonaparte se trouvera dans les provinces de l'Empire, il sera déjà trop tard ! Vous n'imaginez pas ce dont il est capable, ce qu'il promettra aux uns et aux autres. Aux Druzes du mont Liban, aux orthodoxes de la Terre sainte, à tous ceux qui ont intérêt à combattre la Porte !

Sidney Smith ne perdait pas une bribe de l'échange, se gardant bien d'intervenir. Il écoutait les arguments de son frère et ceux de son ami Antoine avec un égal plaisir, ravi de cette passe d'armes. Ni l'un ni l'autre n'avaient raison à ses yeux. Il ne dit mot quand lord Spencer exprima sa stratégie : croiser le fer avec Bonaparte sur ses propres terres, du moins celles de Sélim III, puisqu'il confondait l'Empire ottoman avec sa baronnie. Pour le ministre d'Angleterre, la Porte n'était pas en décrépitude, elle gardait des réserves dans ses greniers, ses garnisons et les cassettes de ses pachas prompts à recruter des hordes de gueux aux marches de l'Empire. L'armée d'Orient du général Bonaparte pouvait se présenter aux portes du plus grand empire du monde, elle serait taillée en pièces.

Quand Antoine de Phélippeaux parla des trois religions présentes en Terre sainte, Smith devint encore plus attentif. Son ami français redoutait que Bonaparte ne levât les populations dévotes de Jérusalem et des alentours pour les rallier à son armée.

– Allons, le coupa lord Spencer, c'est impossible, elles sont toutes ennemies...

– Voilà bien pourquoi Bonaparte entend se servir d'elles, quitte à ensuite les trahir. Il leur promettra monts et merveilles. Croyez-moi, il faut l'arrêter là-bas, dans les ports de la Terre sainte.

Antoine de Phélippeaux n'obtint pas gain de cause. Sidney Smith, en bout de table, n'exprimait toujours aucun avis. Antoine crut lire cependant sur son visage un désir d'aventure, une envie folle de courir à nouveau les mers. Lui saurait se laisser convaincre.

22

En dépit d'une tour neuve et d'un bastion aux belles pierres blanches tout juste reconstruit, Toulon portait encore les stigmates de la bataille entre Bonaparte et les royalistes appuyés par les Anglais de Sidney Smith. Hortense aima dès le premier coup d'œil cette ville sans fard qui masquait à peine ses blessures. Des paysannes étaient descendues des villages de l'arrière-pays pour traverser les faubourgs encore en ruines et vanter sur les quais animés la qualité de leurs fruits gorgés de soleil. Des épiciers alpaguaient le chaland en montrant des racines et des plantes séchées venues d'Orient. Un bonimenteur sautait d'échoppe en échoppe pour vendre ses contes et insultait le commerçant qui le congédiait trop bruyamment. Hortense regardait à droite et à gauche et s'efforçait de graver dans sa mémoire les senteurs et les images de sa promenade. Il lui restait quelques provisions à acheter et bientôt la *Foudre* l'emmènerait loin, au-delà de cette belle rade, vers l'horizon incertain dont elle avait tant rêvé.

Elle s'était présentée trois jours plus tôt à l'arsenal, nantie d'une lettre signée par Talleyrand. La missive, remise par un certain Viskowitch avant qu'il ne se fût enfui vers une destination inconnue, la recommandait auprès des autorités militaires de Toulon pour l'enrôler comme cantinière dans l'armée du général Bonaparte. Le sergent de la prévôté qui l'avait accueillie avait considéré longuement la lettre et l'avait invitée à s'asseoir devant le bureau du lieutenant de recrutement, assisté de deux conseillers.

« Vous avez de la famille dans l'armée d'Orient ? » avait demandé le lieutenant.

Sans réfléchir, Hortense répondit que non. Elle savait que dans l'expédition d'Égypte s'étaient glissées maintes femmes, épouses d'officiers et prostituées, malgré les consignes du commandant en chef. Il valait mieux n'afficher aucun lien de parenté avec les membres du corps de Bonaparte.

« Vos états de service », reprit-il.

Calmement, Hortense récita ce qu'elle avait appris par cœur, son poste de cantinière à l'hôpital de La Salpêtrière, avec à l'appui la lettre d'un pharmacien et son poste d'aide à l'Hôtel-Dieu et son enrôlement dans l'armée d'Italie. Le lieutenant de recrutement la scrutait attentivement, cherchant à déceler les failles. Il lui posa encore quelques questions, l'avertit des risques auxquels elle allait s'exposer en Égypte, sur les bords du Nil et peut-être plus loin, la peste, les grandes chaleurs, la faim, les plaies purulentes, d'infâmes insectes, l'ennui, le mal de la patrie, le vol, les brigands, les infidèles... Hortense écoutait et contrait chaque mot, évoquait sa foi en l'armée d'Orient, sa volonté profonde, la bonne fortune. On eût dit que ses paroles enchantaient le sergent de la prévôté et les deux conseillers. La beauté d'Hortense les subjuguait. Seul le lieutenant avait quelque mal à se décider à signer le bon d'enrôlement. Mais lorsqu'elle évoqua la confiance qu'elle plaçait dans la destinée du général Bonaparte, enfin conquis par tant de charme et d'audace, il n'eut guère d'autre choix que de donner un avis favorable à une si enthousiaste recrue. Le capitaine de la *Foudre* aurait bien de la chance. Hortense se leva, prit vivement la lettre qu'on lui tendait et salua les militaires.

La voie de l'Orient était désormais libre.

Antoine découvrait peu à peu les charmes de la ville cosmopolite. Il visitait souvent le quartier chrétien de Constantinople en compagnie de Sidney Smith. Une élégante Danoise les accompagnait parfois, décoratrice et peintre des princes que Sidney avait rencontrée dans un salon de Péra aménagé par ses soins. Ensemble, ils se rendaient sur les bords du Bosphore, dans les maisons de maître et les demeures des notables de l'Empire. Ils marchaient longuement dans le jardin de l'arsenal du padichah, à Hasköy. Sur les pentes de Péra, ils sirotaient un café du Yémen dans un *kahvehane*, une maison de moka, que fréquentaient les riches marchands. Antoine ne cessait de savourer le spectacle s'offrant à ses yeux, les belles Européennes suivies de leurs domestiques, les Arméniens en procession, les orthodoxes montant vers les églises au sommet de la colline, les camelots aux poudres d'Orient. Parfois, un derviche en longue robe coiffé d'une toque de feutre s'arrêtait dans la rue et dansait devant la foule, une main tournée vers le ciel et l'autre vers la terre.

– Ce sont les derviches tourneurs de Roumi, notre *mevlana*, notre maître, dit le drogman de l'ambassade à Antoine. La paume tendue vers la voûte céleste est destinée à Dieu, l'autre à l'écorce terrestre des hommes. Ils dansent pour amener Dieu parmi nous.

Une grosse bâtisse aux pierres généreuses trônait au

coin de la rue. C'était un caravansérail, que le drogman leur recommanda d'éviter.

– La peste a sévi dans notre empire à cause des pouilleux qui ont résidé dans ce genre de *khan.* Voici vingt ans, la peste, appelée ici « l'ange de la mort », a dévasté toute la ville. Un habitant sur quatre a péri. Même votre ambassadeur, lord Winchilsea, y a perdu une fille. Et l'un de ses successeurs, Grenville, s'est enfui, aux alentours de minuit, lorsqu'un domestique lui a montré un de ses bubons. Il a pris le premier bateau pour l'Europe et n'est jamais revenu.

Le drogman Hussein Dey était un homme affable. Il avait séjourné à la légation ottomane de Paris afin de servir le *séfâret*, l'envoyé extraordinaire. Il avait été auparavant professeur à l'Académie impériale du génie et avait encore ses entrées dans les différents corps de l'armée du sultan. On le saluait avec révérence et il ne détestait pas ces marques de respect. Antoine et Sidney apprirent beaucoup à ses côtés. Bientôt, Constantinople n'eut plus de secret pour les deux amis. Ils connaissaient tout de la ville, son histoire tumultueuse, ses fastes, ses complots à l'ombre du sérail. Antoine se fit conter la tradition du fratricide, du temps où le sultan ordonnait l'étranglement de ses cadets. Mehmet III avait ainsi trucidé vingt-six frères, belles-sœurs et favorites.

Quand il remarqua la moue de la Danoise, Hussein Dey chercha à la rassurer :

– Oh, ce ne sont pas là des pratiques barbares, simplement de quoi permettre à l'Empire de survivre, avec la charge de veiller sur la foi des fidèles de par le monde, et ce jusqu'à La Mecque. En outre, cette tradition de fratricide a été abolie. Désormais, ce sont les janissaires qui assassinent, et non plus les sultans !

Nous n'avons fait là que reprendre une vieille tradition byzantine instaurée par les empereurs chrétiens.

– Une sultane n'a donc pas intérêt à trop procréer, tenta de plaisanter Smith.

– Votre remarque est fort juste. Les grandes familles dans le sérail sont plutôt limitées. Mais parfois les mères deviennent sultanes sans le savoir, au gré des complots et des conspirations des janissaires.

– Et qui sont ces janissaires ? demanda la Danoise.

– Une belle création du sérail. Des soldats chrétiens convertis, recrutés dès leur plus jeune âge dans les provinces de l'Empire. On appelle ce recrutement le *devchirme*, il permet à l'Empire de renouveler ses dirigeants. Je vous rappellerai que le grand vizir de Soliman, Ibrahim, était chrétien de souche.

– Les janissaires sont donc de fidèles combattants, ajouta Smith, qui connaissait les limites de la fidélité dans l'armée du sultan.

Le drogman jugea la remarque habile et l'esquiva.

– Les janissaires sont souvent révoltés, à ce que l'on dit en France, intervint Phélippeaux.

– Ce régiment exprime des revendications que le sultan écoute, répondit avec prudence Hussein Dey.

– La fronde couve sur plusieurs saisons, au palais...

– Ce sont des colères que le grand argentier calme en ouvrant sa cassette.

– Ou que le Grand Seigneur réprime par des massacres non moins grands...

Hussein Dey accusa le coup.

– Gouverner cet empire vaste comme la moitié du monde n'est certes guère aisé. Les récalcitrants passent souvent sur le billot, je le reconnais. Les janissaires parviennent toutefois à dicter leur conduite aux sultans, lesquels furent dans le passé maintes fois obligés de s'incliner.

Le drogman leur permit de visiter plusieurs palais, notamment la première cour du sérail, à Topkapi. S'il était amené à côtoyer des gens de basse condition, soldats et portefaix, le drogman s'aspergeait de vinaigre, comme tous les membres de l'élite musulmane, les juifs et les chrétiens d'Istanbul, soucieux de se préserver de la peste.

Au fil des jours, Hussein Dey se livrait davantage. Il accordait peu à peu sa confiance à Phélippeaux et Smith, surtout lorsque la Danoise restait dans sa demeure. Antoine apprit ainsi que l'Empire, contrairement au dire de lord Spencer, frôlait l'insurrection. Sélim III était un sultan à poigne, mais la folie le guettait. Les janissaires ruaient dans les brancards, ils avaient imposé leur loi à plusieurs reprises, refusant même de monter la garde devant le palais. Les pages de la Chambre, le harem du sultan, avaient même par un incroyable affront refusé ses cadeaux, prétextant un manque de générosité. Les populations assujetties tonnaient dans les campagnes et avaient coupé la tête à quelques fonctionnaires corrompus.

Un jour qu'Antoine et Sidney Smith prenaient le thé chez un notable dans sa *konak*, une vieille demeure décorée de gravures ottomanes près de la mosquée de Süleymanye, un homme entra dans le patio et cria : « *Yangan var !* – Au feu ! » Le notable s'éclipsa aussitôt pour rameuter les domestiques, qui inondèrent d'eau la façade sur la rue. Hussein Dey souffla à Antoine :

– Partons, le feu pourrait venir jusqu'ici !

– Non, nous allons rester pour honorer notre ami, répondit Phélippeaux.

Il se leva d'un bond et lança à Sidney Smith :

– Comme sur les bateaux, nous quitterons cette demeure les derniers !

Ils montèrent tous les trois sur les toits. Déjà, l'incendie gagnait du côté de la mosquée et léchait les abords du Grand Bazar. Hussein Dey, le visage horrifié, contempla les flammes.

– Le feu est le pire de nos ennemis, un ennemi qui couve dans l'ombre, siffla-t-il. Après le grand séisme, on a tout reconstruit en bois, et ce fut une erreur.

Des hordes de soldats parcouraient les ruelles pour prêter main-forte aux commerçants du *bedesten*, le marché couvert, tandis que des préposés au feu hurlaient leur peur : « *Yangan var, yangan var !* »

– Nul ne saura encore qui a allumé ce feu. À Constantinople, un incendie tue à la fois des hommes et l'Histoire. Il est toujours l'œuvre des ennemis de l'Empire, et parfois de ses généraux qui veulent imposer leur loi au sultan.

« *Yangan var, yangan var !* » Le feu progressait tel un sinistre combattant, détruisant l'œuvre des Ottomans avec une rare violence. Hussein Dey s'était ressaisi et donnait des ordres à la foule pour qu'elle aide les officiers d'incendie. La grande bataille avait commencé.

Elle dura longtemps. Pendant trois heures, les flammes avalèrent les échoppes et les *konak* de bois. « *Yangan var, yangan var !* » Près de la tour de Bajazet, une demeure de notable résistait, défendue par des domestiques qui se passaient des seaux d'eau depuis le *kiosk* voisin, un puits de pierre richement décoré. Les domestiques reculèrent devant le mur rouge sang qui se dressait comme une déferlante de fin du monde. La demeure s'effondra dans un bruit de tonnerre et le quartier voisin s'embrasa. Bientôt, il ne resta plus de cette avalanche de flammes que la fontaine aux céramiques bleues.

Sur le chemin du retour vers l'ambassade d'Angleterre, Hussein Dey raconta à Antoine et Smith combien le feu était devenu une arme de guerre à Constantinople. Une doléance, une demande d'augmentation de solde, un privilège menacé, et les marins ou les officiers de l'armée impériale ordonnaient des incendies d'un simple coup de tête. Un jour, ce fut le Trésor qui brûla ; un mois plus tard, la chancellerie. Au sérail, on ne s'y trompait pas. Le feu signifiait la grogne. Dès le lendemain, le sultan envoyait ses dignitaires négocier avec les félons. Lui-même ne se déplaçait plus, par peur de subir l'outrage des quolibets. Antoine de Phélippeaux songea aux bonimenteurs du Pont-Neuf près du socle de l'ancienne statue d'Henri IV à Paris. Leur liberté de ton n'était rien comparée à la véhémence des Stanbouliotes. À Constantinople, le peuple était souverain par le feu.

23

Les grands empires deviennent fragiles quand ils ne connaissent plus leurs frontières. Chaque jour, Antoine entendait que l'immense fief de Sélim III chancelait. Il en voulait pour preuve la haine qu'inspirait le sultan dans les tavernes et les *kahvehane*. Les Stanbouliotes avaient espéré un souverain neuf, éclairé, prompt à remettre l'Empire sur pied. Ils avaient trouvé en la personne de Sélim III un souverain capricieux, tyrannique, qui avait ordonné de nombreuses restrictions, y compris sur le port des vêtements, et imposé lourdement les pauvres. Les voyageurs venus des marches de l'Empire, de Podolie, de Grèce, de Hongrie, du Levant étaient encore plus catégoriques. Là-bas, toutes les révoltes grondaient.

Accompagné de Hussein Dey, Phélippeaux se rendait compte dans la rue de l'ampleur de la fronde, incarnée par les janissaires, guère plus valeureux que le sultan aux yeux du drogman.

– Ils ont fait fortune en demandant un tribut aux commerçants et aux gens du bazar, dit Hussein Dey en montrant les bâtisses des janissaires, des maisons de passe, des négoces importants, des salles de restauration. Les mauvais payeurs sont jetés en prison. Les janissaires ont même réussi à imposer les armateurs et capitaines de navires. Quand ils sauvent une femme de l'incendie, c'est pour abuser d'elle ou la jeter dans un de leurs bordels, comme celui-là.

Le drogman désignait un *konak* à la façade bleue. À l'étage, sur une terrasse couverte, des femmes alpaguaient les passants.

– C'est contraire à nos mœurs. Les janissaires, d'origine chrétienne pour nombre d'entre eux, obligent les croyants en votre Dieu d'Occident à boire et ils les rançonnent ensuite.

Le drogman souleva son caftan et cracha par terre.

– Le pire, poursuivit-il, c'est qu'ils sont incapables de se battre. Ils savent à peine se servir d'un fusil ! Quand ils se sont affrontés aux Russes, jusqu'en 1792, ils n'ont pas pu en venir à bout. Ce sont les paysans qui nous ont permis de remporter quelques victoires.

À écouter le drogman, Antoine se rendait compte que Bonaparte, s'il parvenait à lever les peuples d'Orient, n'aurait nulle peine à marcher sur Constantinople. Plus que jamais, il devait convaincre lord Spencer d'arrêter Bonaparte dans son élan. Les Anglais y trouveraient leur compte, les Ottomans aussi. Quant à la France, elle serait sauvée d'un nouveau despotisme.

Lord Spencer brûlait d'ambition et ne le cachait point, quitte à désavouer par une boutade son frère, trop aventurier à son goût. Il désirait entrer dans l'histoire de la Couronne comme vainqueur de Bonaparte et sauveur de l'Empire ottoman, qui échouerait dans l'escarcelle de l'Angleterre. Alors l'empire des Indes et celui de Constantinople ne feraient plus qu'un, sous la bannière du roi George III.

Sidney Smith ne s'inquiétait pas outre mesure des divagations de son frère aîné.

– Il est un peu comme Nelson, voyez-vous. Ils disposent tous les deux d'un champ de bataille trop vaste, l'un sur mer, l'autre sur terre. Ils n'ont pas assez de combats à mener et estiment qu'ils méritent mieux.

– Nous créerons nous-mêmes notre champ de bataille, répondit Antoine de Phélippeaux.

– Je crains fort que vous n'ayez raison. Et que suggérez-vous ?

– Je vous l'ai déjà dit, mon ami : Saint-Jean-d'Acre.

– Il nous faudra nous déguiser en croisés ! plaisanta Sidney, qui s'était déjà tourné vers sa belle Danoise.

– Demandons audience au sultan. Il nous conseillera.

– Et moi, je lui conseillerai d'entrer en guerre contre Bonaparte ! siffla Smith.

Il tourna les talons pour se ruer vers le palais voisin, où il entraîna sa compagne.

Les jours qui suivirent, Antoine de Phélippeaux s'évertua à convaincre des armateurs de le prendre à leur bord jusqu'à Saint-Jean-d'Acre. Les capitaines considérèrent sa bourse garnie d'or mais rappelèrent la règle : cet *effendi*, ce sieur, tout respectable qu'il fût, n'en était pas moins un *gavur*, un non-musulman, et se devait de présenter un firman, un édit frappé du sceau du sultan, ou un viatique signé par le grand vizir. Antoine revenait bredouille à l'ambassade et Sidney Smith s'en amusait.

– Je croyais pourtant que vous étiez partant ! lui lança Phélippeaux.

– Certes, mais pas tout de suite !

– Vous avez surtout fort à faire dans votre palais !

– Ne craignez rien. Ma Danoise restera à bon port ou je l'emmènerai, mais en tout cas mes affaires de cœur n'influeront jamais sur mes décisions. J'ai décidé de vous suivre, et je vous suivrai ! Quoi qu'il advienne ! Demain matin, pour préparer tout cela, nous irons au palais de Topkapi.

24

La volupté est souvent bonne conseillère. En observant son ami aux portes de Topkapi ou sur les bords du Bosphore, Antoine de Phélippeaux se rendit compte que pendant tout son séjour à Constantinople, Smith, loin de s'abandonner aux bras du désir, avait comploté en secret aux côtés de la belle Danoise.

Elle avait ses entrées au sérail grâce à son amitié avec l'épouse du *kadiasker*, le procureur d'Anatolie. Elle avait ainsi noué des liens avec Khadidje Sultane, sœur de Sélim III, qui la recevait de temps à autre dans le harem. La Danoise, qui vivait de ses talents d'illustratrice, avait réussi non seulement à peindre le portrait de maints dignitaires de la Cour, mais aussi à décorer les appartements de Khadidje Sultane et à dessiner des kiosques sur le Bosphore pour la mère de Sélim III. Khadidje Sultane était une femme plutôt forte qui passait son temps à intriguer. Son talent consistait à présenter des femmes à son frère afin d'en faire des *gözde*, terme signifiant littéralement « dans l'œil » et désignant les favorites qui avaient pu s'attirer les faveurs du souverain, au grand dam de son épouse.

Khadidje Sultane reçut Phélippeaux et Smith dans l'un des kiosques du sérail, entourée de courtisans et protégée par quatre *peyk*, les gardes du palais au casque doré. Elle lança à Antoine des regards appuyés que remarqua Sidney Smith. Il leur fallait rencontrer au plus vite le *reis effendi* et gagner sa confiance.

Le *reis effendi* les reçut trois jours plus tard. Homme affable et malin, premier secrétaire du divan impérial, il remplissait la fonction de ministre des Affaires étrangères et informait le sultan de toutes les tractations en cours. À ce titre, il demeurait en contact étroit avec les légations et s'efforçait de jouer les uns contre les autres, ce qu'il parvenait à faire avec bonheur. La force de l'Empire tenait davantage au talent de ce diplomate hors pair, esprit éclairé et connaisseur de l'Italie pour y avoir séjourné deux ans, qu'à l'appétit guerrier des janissaires ou de l'armée impériale qui souffrait de la faiblesse des soldes. Le *reis effendi* Fazil Murad aimait le travail, mais encore plus la chair et passait son temps entouré de jeunes éphèbes qu'il promenait dans les jardins du sérail et les ruelles du bazar. Il reçut Sidney Smith et Antoine de Phélippeaux assis sur un tapis de Perse, tandis qu'un conseiller lui lisait les dépêches envoyées par les provinces. Corpulent, les mains sur le ventre, les traits à la fois chaleureux et durs, il était capable de donner des ordres à la vitesse de l'éclair sans souffrir le moindre retard.

Sidney Smith fut le premier à parler. Le *reis effendi* Fazil Murad connaissait bien son frère mais se méfiait de lui, conscient des manœuvres de la Couronne d'Angleterre pour affaiblir l'Empire des croyants. Il rêvait d'une renaissance des Ottomans et de nouvelles conquêtes tout en demeurant réaliste. Le seul horizon raisonnable qu'il connaissait était celui des alliances avec les puissances européennes attirées par les richesses de l'Empire et ses clés pour l'Orient.

– Nous savons, sire, commença Sidney Smith, que vous ne voyez pas d'un mauvais œil l'aventure de Bonaparte en Égypte. Le Français permet par sa présence sur les rives du Nil d'affaiblir les mamelouks, lesquels représentent pour vous un péril. Mais nous sommes convaincus, le sieur Phélippeaux ici présent et moi-même, que ce général ne s'arrêtera pas là.

Affairé à fumer son narguilé, le *reis effendi* laissa parler longuement l'Anglais. Le conseiller du sultan reconnaissait à Smith un certain talent dans l'art de la persuasion et il en aurait bien fait, s'il eût été turc, l'un de ses diplomates favoris. Smith exposa ses vues et celles d'Antoine, décrivit l'intérêt de se porter à la rencontre de Bonaparte, s'attarda sur l'ambition du chef de l'armée d'Orient. Puis le *reis effendi* se tourna vers le Français, qui confirma ce point de vue. Ce dernier paraissait mieux connaître les intentions du général corse que son ami anglais et développa plusieurs détails qui attirèrent l'attention du premier secrétaire du divan impérial, notamment le désir prêté à Bonaparte de rallier les peuples autochtones à sa bannière. Mais l'argument le plus convaincant fut exploré un peu plus tard, quand Antoine de Phélippeaux évoqua le péril de voir tout le Levant basculer si Bonaparte parvenait à rassembler les dignitaires des trois religions, les musulmans, les chrétiens et les juifs. Le Français remarqua qu'au mot juif le *reis effendi* avait légèrement hoché la tête. Il engagea alors un dialogue avec les deux étrangers.

– La présence des trois religions à Constantinople est l'une des clés de voûte de l'Empire, dit Fazil Murad. Les sultans de par les siècles ont toujours offert l'asile aux minorités religieuses, aux chrétiens de Byzance et de Rome mais aussi aux juifs chassés d'Espagne par Isabelle la Catholique en 1492. Les trois religions ont coexisté en toute quiétude. Je peux même vous assurer que l'on voit fréquemment des rabbins et des prêtres assister aux processions funéraires des dignitaires de la Porte. Le divan envoie aussi son mufti aux enterrements des juifs et des Francs importants.

Le *reis effendi* expliqua que les drogmans de la Porte étaient pour beaucoup issus des autres religions du Livre, chrétiens ou juifs, prisés pour leur connaissance des langues étrangères. La *sultane validé*, la mère du souverain, disposait autour d'elle d'une kyrielle de femmes qui l'entretenaient des rumeurs de la ville. On les appelait les *kira* et elles étaient souvent israélites. Contester l'harmonie entre les trois religions du Livre dans l'Empire revenait à le fragiliser.

Au bout de deux heures, le *reis effendi* manifesta des signes d'impatience par des bâillements et Sidney Smith comprit que l'entretien devait bientôt se terminer. Doctement, devant ses deux conseillers, Fazil Murad approuva l'expédition que les deux hommes lui avaient dessinée à grands traits : cingler vers Saint-Jean-d'Acre à bord d'une flottille turque et rallier les navires anglais patrouillant en Méditerranée. Cette mission se présentait sous les meilleurs auspices. D'abord, le ministre pourrait justifier auprès du sultan Sélim III les dépenses nouvelles en matière de diplomatie vers le Levant. Ensuite, les forces ottomanes contrôleraient davantage le pacha d'Acre, un chrétien converti, le sanguinaire Djezzar Pacha qui n'en faisait qu'à sa guise et pouvait à tout moment prêter allégeance à des rivaux, mamelouks ou chrétiens. Le *reis effendi* dicta une lettre destinée à l'agha, le chef des janissaires, signifiant que la tâche des envoyés étrangers, soutenus par le sérail, devait être facilitée. Il expliqua ses arguments aux deux hommes, leur demandant d'être prudents avec Djezzar Pacha.

– Son nom signifie « le Boucher ». C'est un janissaire prêt à tout, un féodal belliqueux. Il s'est engagé adolescent dans la marine ottomane pour fuir ceux qui l'accusaient d'avoir voulu violer sa belle-sœur.

Fazil Murad leur demanda aussi de veiller à ce que ce Bonaparte de malheur ne pût être en mesure de courtiser les dignitaires des religions en Terre sainte. Raviver la question des lieux saints était hautement périlleux. Constantinople, gardienne des villes sacrées comme La Mecque, Médine et Jérusalem, ne pouvait souffrir la moindre contestation. Jérusalem était pour l'heure une ville calme. Les chrétiens s'entre-déchiraient pour des détails obscurs d'heures de processions et de protocole dans leur église du Saint-Sépulcre et cela suffisait à les dissuader de revendiquer davantage. Quant aux juifs, ils ne manifestaient nulle hostilité. Les propos d'Antoine de Phélippeaux confortaient le ministre des Affaires étrangères dans ses certitudes. Le Français ne parlait-il pas de Saint-Jean-d'Acre comme d'une cité oubliée ? Or cette bourgade se trouvait dans le giron de Haïfa, que les Francs appelaient parfois Caïffe. C'était pour cette ville que les trois religions devaient s'entre-déchirer, et non pas pour Jérusalem.

Les deux Francs remercièrent le *reis effendi* Fazil Murad pour son amabilité et sa clairvoyance.

– Votre approbation de la mission permettra à l'Empire de contrer les ambitions de Bonaparte, dit Antoine de Phélippeaux.

– Elle vous permettra aussi de batailler loin de Constantinople, dans une contrée où les provisions sont difficiles à trouver pour une armée ennemie, répondit Fazil Murad. Le sultan rêve d'une chose, que notre

Empire prenne sa revanche depuis la défaite de la bataille de Lépante. Cette fois-ci, ce sera avec des Francs, et le sultan en est heureux...

Le *reis effendi* prit congé des deux étrangers et s'en retourna vers ses appartements. Il riait sous cape car il avait bien manœuvré. Il s'était abstenu de donner la principale raison de son approbation à cette mission qui l'avait amené à signer le décret, lequel valait bien un firman, le cachet du sultan.

25

Le soir même, sur sa couche, Sidney Smith apprit que le *reis effendi* Fazil Murad était juif. La Danoise le tenait de sa domestique, une descendante d'une grande famille ashkénaze d'Espagne qui jouait aussi le rôle d'informatrice auprès de Khadidje Sultane. Sidney Smith en fut intrigué, mais Antoine de Phélippeaux ne fut pas étonné outre mesure.

– Rappelez-vous, Sidney, ce que l'on nous dit depuis le début de notre séjour à Constantinople. Les juifs ici sont bien traités, ils ont leur imprimerie, ils ont recours aux tribunaux musulmans et les cadis les traitent avec respect lorsqu'ils jugent leurs affaires, toujours avec équité. Ceux qui les maudissent sont bien souvent des chrétiens, les Grecs surtout, jaloux de leur vœu de s'installer un jour à Jérusalem. Eux n'hésitent pas, nous dit-on, à graisser la barbe d'un juif ou à y mettre le feu, surtout pendant la semaine sainte. Si ce *reis effendi* est juif, il ne peut que nous aider dans notre tâche.

– Je suis de cet avis. Mais restons sur nos gardes. Nous ne savons pas ce que peut tramer ce redoutable conseiller du sultan.

– Bientôt, nous serons loin, sur la Méditerranée, et l'aventure nous mènera jusqu'au port de Saint-Jean-d'Acre, nantis de tous les papiers nécessaires et guidés par des bâtiments turcs. Qu'espérer de mieux ?

– De toute façon, nous n'avons guère le choix si nous voulons mener à terme notre mission.

Quelques jours plus tard, Sidney Smith et Antoine de Phélippeaux reçurent une réponse favorable à leur demande d'audience auprès du sultan Sélim III. Ils se rendirent au palais en grande pompe, dans le carrosse du plénipotentiaire anglais et accompagnés de quatre gardes. Dans la cour de Topkapi, Antoine fut surpris par le nombre de courtisans. Des regards sombres s'échangeaient entre janissaires et gardes impériaux. Il admira le jardin des roses, les portes finement décorées, les allées pavées, mais constata que les façades de Topkapi s'effritaient. Le contraste était saisissant entre les riches tenues des passants et la déliquescence des murs. Sans doute est-ce ainsi que meurent les empires, lorsque les courtisans deviennent trop puissants.

L'agha des janissaires du sérail les conduisit jusqu'à la deuxième cour dûment gardée, puis à un petit palais où le sultan donnait audience, près d'un kiosque aux portes de verre. Antoine remarqua six pièces de canon jouxtant une terrasse de marbre poli qui ouvrait sur le détroit du Bosphore. Des fissures apparaissaient sur le sol, sans doute dues aux tremblements de terre. Au loin, il aperçut quelques voiles sur la Propontide, la mer de Marmara. Tout cela sentait la moisissure. Quelques jardiniers s'évertuaient à rafraîchir l'atmosphère. Par cette volonté de masquer, Antoine ressentit davantage encore la décrépitude des lieux et des âmes coincées dans le Louvre du Bosphore qui jadis dominait le monde mais qui désormais ressemblait à une prison pour régent.

Le rituel d'accueil fut lent et compliqué. Les deux visiteurs durent s'incliner par trois fois, baiser la main du grand vizir et s'avancer tête penchée vers le Grand Seigneur. Sélim III avait un visage long et une barbe taillée en carré. Le regard était perçant sans qu'il fût possible de savoir s'il s'agissait d'un signe de curiosité ou de peur. Il semblait surveiller constamment l'agha des janissaires et ses gardes, comme s'il redoutait une vieille fronde dans ce palais, théâtre de tant de massacres. Antoine remarqua la présence, derrière le premier rang de conseillers, du *reis effendi* Fazil Murad. Le grand chambellan et le grand argentier soufflaient tour à tour au sultan des propos qu'il approuvait d'un hochement de tête. Antoine savait que le Commandeur des croyants, le Maître du Bosphore, le Souverain de la Grande Ville, le Suzerain du monde, voulait avant tout réformer son empire. Il avait entretenu une correspondance avec Louis XVI et avait été le premier sultan ottoman à dépêcher des ambassadeurs permanents dans les capitales européennes, lui avait rappelé Smith.

Le sultan ne s'adressait qu'à son drogman, Mavrocordato, un Grec de Constantinople assisté par deux aides. Antoine compta une vingtaine de valets gravitant autour du sultan sous les ordres du *çavuch bachi*, le maître des serviteurs. L'un d'eux était chargé de couvrir les pieds de Sélim III d'une petite couverture lorsqu'il en exprimait le besoin, et Antoine se dit que telle était sa tâche pour le restant de ses jours. Un autre versait le thé, non sans l'avoir goûté devant Sa Seigneurie. Ces hommes-là avaient une certaine dignité dans leur asservissement. Il n'en était pas de même pour les nobles et patriciens qui déambulaient dans la cour, quêtant un regard du sultan.

– Votre Majesté, illuminée par la Lumière du monde, et auréolée de la gloire de ses ancêtres, doit savoir ce que trame Bonaparte en Égypte, qui est une province de votre très puissant empire, dit Sidney Smith.

Le sultan se montra intrigué par les menées de l'armée d'Orient sur ses terres. La France lui avait présenté l'expédition d'Égypte comme une mission scientifique et une aventure qui ne pouvait que plaire à Constantinople, soucieuse de la fronde des mamelouks au Caire. Pendant une heure, Antoine et Smith s'évertuèrent à lui ouvrir les yeux. Sélim III avait déjà exprimé de sérieux doutes lorsque ses agents d'Alexandrie lui avaient rapporté les menées du général français sur les rives du Nil. Sa conduite cachait une ambition folle, un désir de s'établir pour lontemps dans cette province rebelle. Antoine expliqua cependant que le vrai dessein de Bonaparte était de fondre sur Constantinople pour s'emparer ensuite de l'Europe et prendre de court les Prussiens ainsi que les Russes.

– Votre Majesté, le désir de Bonaparte est de reconstituer le *Mare Nostrum* des Romains : toute la Méditerranée à lui. Ce ne sont pas des souhaits de scientifique mais de maître du monde...

Les mots d'Antoine de Phélippeaux avaient frappé juste. Sélim III se redressa. Il murmura quelques paroles à son conseiller de droite, puis au *reis effendi*, qui s'était approché sur un signe de la main.

Sidney Smith fut appelé à exprimer la position de l'Angleterre en cas de conflit avec la France. Brandissant une lettre de son frère lord Spencer Smith, le commodore assura le sultan du soutien de la Couronne si l'Empire venait à être menacé.

Après de longs instants de conciliabule, Sélim III dit à ses deux visiteurs qu'il avait déjà envisagé des mesures de rétorsion à l'égard de Bonaparte et de ces traîtres de mamelouks, même si la province d'Égypte se situait bien loin du sérail de Constantinople. Après une heure d'audience, les deux invités s'inclinèrent avec respect et prirent congé du sultan, en baissant les yeux, à reculons.

Lorsque Sidney Smith et Antoine de Phélippeaux franchirent la porte du palais, ils ne cachèrent pas leur joie. Ils étaient assurés que l'Empire allait déclarer les hostilités à la France.

Le lendemain, un messager du *reis effendi* vint leur porter un message écrit en français :

Considérant que l'Empire est menacé par les menées du général Bonaparte et l'expédition de son armée en Égypte, territoire d'Empire, considérant que la France a trahi l'amitié avec la Sublime Porte, Son Auguste Majesté Sélim III, le Sultan des Sultans, le Souverain des Souverains, le Distributeur des Couronnes aux Monarques du Globe, l'Ombre de Dieu sur terre, le Sultan et le Padichah de la mer Blanche, de la mer Noire, de la Roumélie, de l'Anatolie, de la Caramanie, du pays de Roum, de Zulcadir, du Diyarbekir, du Kurdistan, de l'Azerbaïdjan, de la Perse, de Damas, du Caire, de La Mecque, de Médine, de Jérusalem, de toute l'Arabie, du Yémen et de plusieurs autres contrées que ses nobles aïeux et illustres ancêtres ont conquis par la force de leurs armes et que Sa Majesté a également conquises de son glaive flamboyant et de son sabre victorieux, déclare la guerre sainte à la France.

Sidney Smith poussa un soupir de soulagement en relisant la lettre. Antoine de Phélippeaux, lui, ne dit mot. Combien de soldats allaient périr en raison de cette déclaration de guerre ? Il pensait à ses compagnons d'armes à l'École militaire du Champ-de-Mars, aux cortèges de tueries à venir, en Égypte et en Terre sainte.

Les jours suivants furent consacrés à la préparation du voyage. Des janissaires vinrent prêter main-forte aux deux compagnons sur ordre de l'agha, le maître du corps d'armes, qui ne leur ménagea nullement son soutien. Trois bâtiments turcs furent réquisitionnés à l'arsenal de Kasim-Pacha, sur la Corne d'Or. La marine anglaise légua une frégate de la Couronne à la demande de lord Spencer, beau joueur devant les requêtes de son frère, convaincu surtout par le décret du *reis effendi*.

Le soir, Sidney Smith s'éclipsait tôt pour profiter de ses derniers instants avec la Danoise, à qui il promettait de revenir bien vite, le temps qu'elle dessinât deux ou trois palais et kiosques sur les rives du Bosphore.

Hussein Dey facilita grandement leurs démarches, notamment auprès du grand maître de l'arsenal, sommé de fournir ce que les deux aventuriers désiraient, des voiles de rechange, de l'étoupe, de la résine de pin pour calfater les cales, de la poudre à canon, toutes choses nécessaires au long cours et autorisées par le décret du divan impérial. Pour un peu, Hussein Dey aurait bien pris le large avec Phélippeaux et Smith, tout juste nommé commodore de la flotte anglaise au Levant, au grand dam de son rival Nelson. Sur les quais de l'arsenal chargés de victuailles et de boulets de canon, le drogman enseigna à Antoine des rudiments de la langue ottomane, quelques bribes de phrases, des ordres courts et des termes de marine, afin qu'il satisfasse ses désirs lors de la traversée jusqu'à Saint-Jean-d'Acre. Il rassura aussi les deux compagnons :

– Vous n'avez aucune chance de finir esclaves, capturés par les barbaresques, car les maîtres des esclaves sont pour une fois avec vous.

Antoine de Phélippeaux apprenait les mots tout en surveillant les chargements. Il trouvait cette langue fort belle, mâtinée de mots persans chantant à ses oreilles, et douce comme une poésie orientale. Les invectives des soldats, les ordres des maîtres, les harangues du *mimar bachi*, l'architecte en chef, composaient une mélodie envoûtante qui le transportait dans de nouveaux rêves. Il pensait souvent à Hortense dans ces moments de grâce. Bientôt, il aborderait les rivages de Saint-Jean et de Haïfa. Il apercevrait la montagne éternelle, celle du mont Carmel, avec ses forêts d'Éden. Il vengerait l'honneur perdu de la France et rendrait hommage aux carmélites. Vengerait ? Il estima que ce n'était pas le mot juste. Une force irrésistible le poussait vers les rivages de la Terre sainte. Un désir d'aventure et un besoin de se rendre aux sources, celles de sa confrérie, les chevaliers du Mont-Carmel, et de l'ordre d'Hortense, qui eût aimé prier dans le monastère au-dessus de Haïfa et se recueillir dans la grotte d'Élie. Il se rappela les mots du *reis effendi* Fazil Murad sur les trois religions du Livre vivant en parfaite harmonie à Constantinople plus qu'ailleurs. Élie aussi était vénéré par les trois religions, et les pèlerins juifs, musulmans et chrétiens se rendaient souvent dans la grotte, quand les trêves le permettaient et quand les bandits de grand chemin ne les tuaient pas. Ennemi du culte de Baal, Élie avait chassé les quatre cent cinquante faux prophètes du mont Carmel et ordonné leur massacre dans la rivière Qishon. Antoine regarda les navires ancrés dans la Corne d'Or, devant l'arsenal, qui se découpaient sur un décor de minarets et de palais. À sa gauche, caïques et barques traversaient le Bosphore, chargés de soieries, de cotonnades, de viande boucanée. Il pressentait une incroyable manœuvre de la part de Bonaparte. Il ne savait dire comment au juste, mais cette manœuvre affecterait l'Orient et même le monde. Le Corse devait songer lui aussi aux trois religions du mont Carmel et au prophète Élie, précurseur du Messie, comme l'abbé de l'École militaire l'avait enseigné aux élèves officiers en leur lisant le livre des Rois. Malgré les incertitudes, malgré les périls qui pesaient sur sa mission, Antoine était plus que jamais déterminé à cingler vers la Terre sainte, la contrée des vrais et faux prophètes.

La main de Hussein Dey posée sur son épaule le sortit de ses pensées. Une brume enveloppait le Bosphore et gommait les caïques au loin. Le geste du drogman signifiait sans doute qu'il était temps de rentrer à la légation d'Angleterre. Mais Hussein Dey prit le bras d'Antoine pour l'emmener vers un cordage épais qui leur servit de banc.

– Le *reis effendi* est un juif sabbatéen.

Hussein Dey se retourna pour voir s'ils n'étaient pas écoutés. Son visage exprimait à la fois l'excitation et la peur.

– Les sabbatéens sont les disciples de Sabbataï Tsevi. Ils ont préféré renier leur religion juive pour s'attirer les faveurs du sultan.

– Et... en quoi serait-ce un mal ?

– Ce n'est pas un mal, c'est pire ! Quand on parle d'harmonie entre les trois religions du Livre, c'est à condition que les croyants ne renient pas leur foi. Vous savez qu'en islam l'apostasie signifie la condamnation à mort.

– Mais là, il ne s'agit pas de renier la foi musulmane.

– Certes, certes, mais nous, musulmans, sommes inquiets et craignons que ces sabbatéens ne se servent de leur nouvelle foi pour convertir les musulmans à la religion des juifs.

– Je ne vois pas pourquoi ils prendraient de tels risques.

– C'est leur manière d'attendre le retour sur terre de Dieu.

– Pourquoi dès lors avoir embrassé le Coran ?

– Ainsi ils restent tranquilles, des siècles s'il le faut, pour mieux préparer le retour. Mais les oulémas ici ne sont pas dupes. Si l'agha des janissaires grogne, c'est à cause des privilèges concédés par le sultan aux sabbatéens, par l'entregent de ce *reis effendi* que vous avez vu et qui n'est guère aimé.

Antoine écoutait attentivement Hussein Dey qui prenait garde à ne pas hausser la voix. Le drogman lui paraissait sincère, mais lui-même avait des doutes quant à la mission des sabbatéens. Certains étaient des convertis de cœur et ne voulaient plus entendre parler de la Torah, le livre saint des juifs. Ils avaient juré fidélité au Coran car leur maître Sabbataï Tsevi avait été rejeté par les rabbins d'Europe centrale.

– Sabbataï Tsevi était un étrange bougre, continua Hussein Dey. L'année 1666 était pour lui mythique, annonciatrice de grands bouleversements, et cette année-là il se proclama le Messie des juifs. Quelques adeptes se rassemblèrent autour de lui et sa réputation s'étendit aux nations d'Occident. Mais ses ennemis veillaient. Les juifs d'Istanbul s'en plaignirent auprès du grand vizir Fazil Ahmed Pacha, qui les écouta attentivement. Le grand vizir convoqua alors Sabbataï Tsevi et lui demanda de choisir : la conversion à l'islam ou la mort.

Antoine de Phélippeaux dévisageait attentivement Hussein Dey. Ce choix lui semblait douloureux, comme si lui-même avait dû y faire face. Le clapotis de la Corne d'Or le sortit de sa réflexion.

– Et qu'a choisi ce Sabbataï Tsevi ?

– Il a choisi la conversion et il est devenu musulman.

– Je ne sais si l'on peut renier sa foi aussi facilement à Constantinople, répondit habilement Antoine, qui mit en avant l'ancestrale tolérance de l'Empire ottoman.

– Le grand vizir le lui a imposé. Mais Sabbataï Tsevi ne s'est pas fait prier car il détestait les rabbins orthodoxes. Il voulait même leur mort. Alors il s'est converti tout en continuant sa propagande. Les rites musulmans lui importaient peu. Il demanda à ses adeptes de les suivre et de continuer à le considérer comme le Messie, un Messie contraint de se cacher. Il fut finalement emprisonné.

– Le grand vizir est donc revenu sur sa parole. Je crois que ce genre de conversion a dû grandement effrayer les Ottomans...

Hussein Dey se redressa sur le cordage qui les accueillait et sourit. Le Franc avait vu juste.

– Le Divan impérial, que j'ai longtemps servi, craint par-dessus tout les croyances cachées. Ceux que l'on appelle les minoritaires ont toujours été acceptés, mais à condition de ne pas jouer un double jeu. Vous vous imaginez ce qu'il se passerait si les chrétiens commençaient à se convertir pour mieux perpétuer leur foi ? Et si les fidèles du Coran se livraient au même jeu chez vous en Occident ? Sabbataï Tsevi fut donc jeté dans une geôle. Il est mort vers l'an 1675.

– Dites-moi, qu'est-il advenu de ses adeptes ?

– Les *dönme*, les convertis, ont poursuivi leur culte secret. Mais cela a agacé les vizirs et nombre d'entre eux ont été chassés de leurs postes dans l'administration impériale au profit des Grecs et des Arméniens. Aujourd'hui, ils sont nombreux et une nouvelle secte est apparue.

– Le *reis effendi*, lui, a pu se maintenir.

– Il a fait allégeance à notre bien-aimé sultan, lequel a besoin de ses relations et de ses amitiés en Occident, à Venise, à Gênes, en France.

– Et quel est ce nouveau mouvement ?

– C'est la secte des frankistes, les adeptes de Jacob Frank, mort voici quelques années. Il est né en Podolie, entre notre mer Noire et les montagnes des Carpates, puis il a vécu en Turquie. Il s'est converti à l'islam à trente et un ans. Il a appelé cela le « sceau du silence », c'est-à-dire avoir Dieu dans son cœur. Cela a plu ici, puisque nous avons la même tradition avec les derviches tourneurs de Mevlana Roumi. Pour beaucoup, ses adeptes ont opté en faveur du catholicisme, comme le leur avait demandé Jacob Frank, pour qui la religion n'était qu'apparences. Il leur importait de suivre leur Messie, même mort, et de trouver la voie vers Édom.

– Édom...

Antoine tenta de se souvenir. Il avait lu plusieurs fois le nom de ce royaume dans le livre des Rois, là où précisément était évoqué le combat d'Élie contre les faux prophètes.

– Édom, reprit Antoine, il me semble que c'est Éden...

– Dans votre livre saint, je ne sais. Il doit s'agir de la Palestine, ou du sud de la Palestine, aux environs de la mer de Sel. Ces frankistes voulaient donc s'implanter là-bas.

Antoine, tout en écoutant Hussein Dey, tentait de nouer les fils de l'histoire. Le *reis effendi* Fazil Murad était un juif sabbatéen, de la secte des frankistes. Il devait prôner lui aussi la montée en Terre sainte pour les adeptes de la secte. Et il avait donné sa bénédiction à la mission que s'étaient fixés Phélippeaux et Sidney Smith. Antoine trouva ces coïncidences étranges. Il ne s'en ouvrit pas à Hussein Dey et préféra poser une question plus vague :

– Hussein Dey, le *reis effendi* n'aurait-il pas tout intérêt à laisser faire Bonaparte ? S'il soulève les peuples de la contrée, il peut accorder leur liberté aux juifs et inciter ceux de la Porte à s'implanter en Palestine.

Tandis qu'une frégate ottomane glissait sur les eaux de la Corne d'Or, Hussein Dey redressa la tête et esquissa un sourire de complicité, comme s'il avait compris la vraie interrogation du Français.

– Le *reis effendi* est sabbatéen, mais il obéit d'abord aux ordres. Si vous êtes désormais autorisé à voguer vers Saint-Jean-d'Acre, c'est avec l'aval du sultan notre Grand Seigneur.

Puis Hussein Dey baissa la voix et s'approcha de l'oreille d'Antoine de Phélippeaux :

– Le *reis effendi* est un bon diplomate et le propre d'un diplomate est de naviguer entre les récifs. Le divan impérial a laissé faire Bonaparte en Égypte car il a maté les mamelouks, les félons de l'Empire, ces chiens qui ne savent pas dire merci à leur maître !

Il cracha deux fois par terre. Le soleil se couchait au-delà de l'arsenal, et les eaux prirent une couleur de feuilles d'automne. Cette fente dans la ville de Constantinople méritait bien son nom de Corne d'Or, pensa Antoine.

– Pour la Palestine, poursuivit Hussein Dey, il en va

autrement. Les grandes puissances, le sultan en a conscience, préfèrent que le feu soit porté aux faubourgs de la ville, afin d'affaiblir davantage l'Empire, moribond à certains égards, et dont la grandeur est décadente. Le Divan impérial est partagé sur cette question. Pour l'heure, il s'agit d'arrêter Bonaparte là où son expédition aura le plus de mal à se ravitailler, le long de la côte de Palestine. Et vous êtes arrivés si je puis dire au bon moment. Pour contrer les visées du général français, l'homme fort du Levant, Djezzar, a été nommé non seulement pacha d'Acre mais aussi de Damas et de Tripoli. Si vous voulez en savoir plus, nous pourrions nous rendre à la bibliothèque de la mosquée Fatih, celle dédiée à notre sultan Mehmet II, le conquérant de Constantinople. Nous avons là des livres anciens, en grec, en araméen, en arabe, en hébreu et en ottoman. Je pourrai vous aider pour ces quatre dernières langues. Quant au grec, je crois que vous le lisez...

Le drogman se leva du cordage sur lequel il était assis et invita Antoine à quitter les lieux. Il était temps de déguster un café dans un *kahvehane* du quartier de Péra, au-dessus de l'arsenal de Kasim-Pacha.

26

La gloire ne s'interdit pas de commencer à fond de cale. Dans l'entrepont et les soutes de la *Foudre* s'étalaient toutes les ambitions de l'armée d'Orient. Des canons, de la poudre, des armes, des vivres soigneusement bâchés, des outils pour les savants de l'expédition. Hortense s'évertua à en dresser l'inventaire durant les longues journées de navigation, qui se déroulaient au gré des intuitions du capitaine. Il cherchait à éviter la flotte de Nelson patrouillant en Méditerranée, prête à fondre sur tout bâtiment français, et il louvoyait entre les ports, évitait la côte d'Italie, préférait le grand large. Nombre de passagers souffraient du mal de mer. Hortense Saint-Meri, elle, s'en était accommodée. À bord on parlait de Bonaparte du matin au soir, comme si son destin était inscrit dans ces caisses et ces malles, avec leurs promesses de fastes, de triomphes, de découvertes scientifiques et d'expédition coloniale. De l'autre côté de la Méditerranée, disait-on, se dessinait un empire, un début de conquête du monde qui engloberait Le Caire et d'autres cités mythiques de l'Orient. On murmurait aussi sur le pont que Bonaparte, déjà vainqueur des mamelouks d'Égypte, ne s'arrêterait pas là, qu'il porterait son étendard plus avant, sans que l'on pût savoir de quel point cardinal il s'agissait précisément.

Hortense avait appris par cœur la phrase de la missive reçue au Grand-Châtelet : « La Règle vit près du prophète du livre des Rois, devant sa grotte. Rose sera le chemin de Pâques. » Dans l'appartement de la rue du Fer-à-Moulin, l'oncle Hubert l'avait aidée à déchiffrer ce qui lui paraissait encore obscur. Plongé dans ses livres, il avait relevé la tête lorsque sa nièce l'avait informé de son désir de remonter cette piste « jusqu'au bout, fût-ce le bout du monde ». Il ne faisait plus de doute désormais pour l'oncle et Hortense que le message donnait des clés pour un voyage jusqu'au monastère du mont Carmel, en Terre sainte, dans la baie de Haïfa. Hubert Saint-Meri avait eu néanmoins quelques hésitations concernant la phrase « Rose sera le chemin de Pâques ».

« Il m'est avis, ma chère Hortense, que tu dois te rendre au mont Carmel avant Pâques.

– Certes, mon oncle, mais je ne sais toujours pas ce que signifie “rose”.

– Peut-être une pierre de cette couleur, ou tout simplement un rosier. Il te reste quatre mois pour y parvenir. Ce qui est peu et beaucoup. Tu sais bien que les mers ne sont pas sûres en ces temps. »

Elle avait annoncé le lendemain son souhait de partir pour Alexandrie ou Aboukir avec un navire de ravitaillement de l'armée de Bonaparte. Elle s'attendait à un refus, mais son oncle l'avait au contraire encouragée à entreprendre ce voyage. Elle avait été tellement surprise par cet aval qu'elle en avait eu les larmes aux yeux. Comment l'oncle Hubert avait-il pu l'élever avec tant d'abnégation puis consentir à la voir s'envoler si brusquement, vers l'inconnu, vers tous les périls et toutes les plaies d'Égypte, avec pour seul viatique la missive d'un messager qu'elle n'avait jamais vu ?

« Partir là-bas... », avait-il murmuré, les yeux à demi-fermés. Il avait semblé à Hortense ce jour-là que le vieil oncle revivait ses désirs de jeunesse et des envies d'aventure qu'il avait trop longtemps refoulées.

La traversée de la Méditerranée fut sans histoires jusqu'aux abords de Malte, contournée au loin par le commandant de la *Foudre* qui ignorait si l'île était toujours aux mains des Français ou si elle avait été prise par les Anglais. Au large de la côte tripolitaine, une voile à l'horizon suscita un début de panique sur le pont. La *Foudre* naviguait en compagnie d'un seul autre bâtiment, le brick le *Landy*, ce qui constituait une petite flotte très vulnérable.

La Méditerranée à cette époque était encore une mer mal famée car au large continuaient à sévir, malgré les engagements de la Sublime Porte, les pirates barbaresques. La France se méfiait surtout des navires d'Alger aux mains des janissaires dont la mission consistait à harceler la marine française. L'arsenal de Toulon avait reçu très peu de nouvelles de l'armée de Bonaparte, hormis de rares messages passés entre les mailles du filet tendu par Nelson. Les membres du Directoire apprirent ainsi que le chef de l'armée en Égypte avait un besoin urgent de renforts et de matériel scientifique et militaire. Mais envoyer des convois eût été une entreprise hautement périlleuse. Ne partirent que quelques bâtiments, sans plus. Après tout, Bonaparte avait parié de se nourrir sur la bête et de vivre au gré des pillages et des richesses accumulées sur les rives du Nil.

La voile aperçue entre Malte et la côte tripolitaine se rapprochait. Le capitaine du navire, Desessard, ne pouvait prendre le risque d'être abordé, même si le bâtiment en vue était solitaire. Était-ce un navire anglais, une frégate ottomane, un vaisseau de pirates ? Desessard augmenta la voilure et préféra filer vers la côte, quitte à se frotter à un autre bâtiment.

Hortense ne doutait pas un seul instant que le capitaine de frégate pût l'emmener jusque sur les rivages d'Égypte. Cet homme charmant avait gardé de bonnes manières et il était parvenu en dépit de ses nobles origines à traverser sans trop d'encombres la Révolution. Son nom avait été placé sur la liste de la Terreur. Comme il était en mer, on l'avait oublié, puis son patronyme avait disparu de la liste lorsque la tête de Robespierre avait été tranchée. Il portait une tresse sur le côté de son bicorne, un pantalon de drap blanc et une cravate de soie noire sous sa jaquette. Une boucle d'argent ornait ses souliers pointus.

Le soir, il invitait souvent Hortense à sa table, malgré leur différence de rang. Une sorte de complicité le portait vers cette belle et jeune femme au sourire parfois triste, gardienne de quelque secret. Les mystères de l'amour naissent aussi dans les tragédies que l'on cherche à effacer. Ses officiers prirent ces invitations pour une simple galanterie. Mais quand l'un d'eux, lieutenant de vaisseau, lui signifia qu'Hortense était une cantinière qui finirait bientôt avec la troupe, Desessard le tança vertement et l'outrecuidant se tut durant toute la soirée.

Hortense apprit beaucoup des secrets de la mer pendant la traversée. Desessard lui montra comment tracer un cap, ordonner une manœuvre, soulager les mâts lorsque forcissait le vent. Il ne craignait ni la bourrasque ni la guerre, et Hortense s'aperçut au fil des semaines qu'il ne s'agissait pas d'une bravade. Elle se souvint qu'Antoine de Phélippeaux, encore élève à l'École royale militaire, se destinait à la marine, comme Bonaparte.

Quand Hortense aperçut les côtes d'Égypte, après le cri de la vigie, elle s'agrippa à la rambarde de la *Foudre*. Alors que les matelots se démenaient sur le pont, elle affichait un calme olympien que le capitaine de frégate Desessard prit pour de la sagesse. Tous étaient heureux d'arriver à bon port, après les périls de la haute mer. Le capitaine était un roi de la manœuvre. Toutes voiles déployées, la *Foudre* avait réussi à trois reprises à semer ses poursuivants, dont un bâtiment anglais. Desessard n'avait voulu prendre aucun risque. Son chargement, dont une trentaine de malles cachetées par le Directoire, était bien trop précieux. Deux soldats veillaient sur ces malles à tour de rôle et personne ne pouvait s'en approcher. Desessard lui-même en ignorait le contenu.

Le capitaine s'était épris d'Hortense. Il lui avait manifesté maints égards dont elle n'avait pas abusé, acceptant simplement ses invitations au carré le soir où les discussions portaient sur les découvertes d'Égypte, les mamelouks, la mission scientifique que dirigeait Bonaparte, sa popularité soudaine en France où l'on se passionnait pour cette aventure lointaine et mythique. Le capitaine Desessard la conviait souvent à prendre la parole pour s'exprimer sur les sujets abordés à table et Desessard aimait l'écouter. Jamais la conversation ne portait sur les affaires de pouvoir. Parmi les officiers se cachaient nombre de nobles, ralliés ou non à la Révolution. Quelques-uns de ces officiers laissaient deviner sans le vouloir leur haine pour le Directoire et sa république de notables. Ils attendaient beaucoup de Bonaparte, qui seul pouvait s'opposer à ce pouvoir de fin de siècle à la dérive et prétendre au trône afin de ramener dans le pays un semblant de discipline.

Desessard s'était aperçu au fil des jours que sa passagère manifestait une grande force intérieure. Sa grâce était naturelle, elle discutait à la table des officiers avec aisance, tout en ne rechignant pas à s'adresser aux matelots, qui la respectaient. Elle ne parlait pas de son passé, évoquant simplement quelques états de service à l'hôpital de La Salpêtrière et à l'Hôtel-Dieu. Desessard ne pouvait se résigner à penser qu'elle était cantinière. Cette jeune femme devait cacher un drame, fuir une passion, tenter d'oublier la mort d'un proche. Il la savait veuve depuis plusieurs années, mais ne se contentait pas de cette explication. Un mystère l'entourait et il ne cherchait pas à le percer.

27

Antoine de Phélippeaux avait appris à aimer Constantinople. À trois jours du départ, il explorait ses bas quartiers, s'aventurait à Tophane, le quartier de la fonderie de canons, le long du Bosphore, montait à Cihangir pour admirer les vieilles maisons à encorbellements. Des tanneries des Sept-Tours qui jouxtaient la sinistre prison où agonisaient nombre de maraudeurs à la douane de Narli Kapu, des pêcheurs sur leurs caïques à Ahur Kapi jusqu'aux fumeurs de narguilé à Sinan Pacha, l'ancienne Byzance n'avait plus de secret pour lui. Il lui trouvait des airs de Babel, et s'amusait à répertorier toutes les races et religions qui s'y côtoyaient. Les minorités, ainsi dénommées au sérail, n'étaient pas aussi bien traitées que le laissait entendre Hussein Dey. Juifs et chrétiens devaient obéir à des règles contraignantes, porter des vêtements d'une couleur distincte, ne pas arborer de vert, et leurs maisons de culte, églises et synagogues, ne pouvaient excéder en hauteur les mosquées.

Sidney Smith, lui, ne quittait plus sa Danoise, qui l'introduisait dans les salons de Péra et de Galata. Antoine y était convié de temps à autre, et il y observait son ami anglais. Cette idylle était sincère sans être profonde, Sidney Smith vivait là ses dernières heures avant l'aventure. Que leur réservait l'avenir ? Antoine de Phélippeaux ne s'en souciait pas le moins du monde, irrésistiblement attiré par la mission qu'il s'était fixée. Durant ses promenades au bord du Bosphore, entre les maisons de dignitaires dont les fondations plongeaient dans l'eau, il s'interrogeait sur cette attirance pour Saint-Jean-d'Acre. Il y voyait pêle-mêle le désir de remonter aux sources, de fouler cette Terre sainte qui fascinait l'Occident depuis des siècles, de découvrir aussi le mont Carmel afin d'honorer sa fonction de chevalier de l'ordre. Peut-être trouverait-il là-haut, audessus de la baie de Haïfa, des trésors bibliques faits d'or et de sang, de terre et de larmes. « Mont Carmel », ce nom résonnait étrangement à ses oreilles, telle une lointaine prophétie.

Chaque jour il savourait le spectacle qui s'offrait à lui et s'enivrait d'odeurs. Parfois, il entendait le refrain d'une chanson populaire en italien : « *Pera, Pera, dei scelerati il nido* – Péra, Péra, le nid des scélérats ». Il ne remarquait plus le sourire des charmantes houris, les gestes aguicheurs des belles prostituées qui tentaient de l'attirer dans les bordels de Galata et les maisons de plaisirs où l'on servait du thé, tandis que les âmes se perdaient à l'ombre des minarets et des églises de la grande ville. En frôlant ces antres de perdition, Antoine se sentait à nouveau coupable de trahison, un sentiment maintes fois éprouvé et repoussé. Nul doute qu'en France et au Caire on l'accuserait de servir les intérêts d'un autre pays, de s'opposer aux destinées victorieuses de sa patrie.

Au gré des cheminements, il entrevit une vérité longtemps enfouie. Cet attrait pour le mont Carmel signifiait aussi, outre la certitude de rencontrer un jour son rival, le culte du souvenir. Le mont Carmel était une sorte de patrie d'adoption pour Hortense qui avait rejoint l'ordre des carmélites. Si elle était vivante, ce dont il était désormais certain, elle devait songer au prophète Élie et aux versets de la Bible qui évoquaient son combat. Lui aussi luttait contre un faux prophète, un homme qui avait compris tous les ressorts de la propagande et entraînait dans son sillage de mensonges une horde d'enthousiastes dont la seule fonction était de servir ses intérêts, quitte à semer l'effroi et la mort en chemin.

28

Sidney Smith appréciait les marques d'estime du sultan pour ses hôtes : il ne manquait rien à bord du *Tigre*, ni le café du Levant ni le vin de Grèce. Des draps de Damas garnissaient les caisses des officiers. Les hommes de l'*emin*, l'intendant du port, n'avaient laissé nulle place au hasard.

Durant son séjour, Smith avait pu rencontrer des mercenaires et officiers allemands, anglais ou scandinaves. Quant aux Français, nombreux à servir Sélim III, il les avait soigneusement évités, à la demande de son compagnon. Antoine de Phélippeaux savait que les espions étaient nombreux à se cacher parmi les émigrés dont les compétences se monnayaient cher auprès de la Porte ou au royaume du Maroc. Les royalistes côtoyaient les agents du Directoire, et les nobles, les plus vils soldats, alléchés par des primes conséquentes.

Avant de les voir s'éloigner des rives de Constantinople, la Danoise avait tenu à convier les deux compagnons et les Tromelin à un mariage ottoman, dans une magnifique demeure qui dominait le Bosphore.

– Vous verrez, cher Antoine, vous ne serez pas déçu. On donne là les soirées les plus belles de tout l'Empire.

– Espérons que notre tête n'y sera pas mise à prix.

– Votre tête, non, mais votre cœur, oui !

– Vous signifiez ainsi que nos cœurs sont à vendre.

– Celui de Sidney est déjà vendu, et même acheté, dit-elle dans un éclat de rire, qui ne suscita aucune réaction de l'intéressé.

– Il reste alors le mien.

– Cela même. Les soupirantes sont nombreuses par ici à vouloir gagner les faveurs d'un si charmant jeune homme, qu'elles soient arméniennes, grecques, stanbouliotes, ou filles d'un notable des provinces.

Antoine préféra ne rien répondre. La soirée se déroula non loin des « vignes de Péra », au-dessus de l'arsenal. La mariée était la fille d'un dignitaire de la Cour qui avait tenu à célébrer l'événement avec faste. Dans les jardins du petit palais avait été installée une immense tente que les braseros protégeaient des frimas. La Cour avait dépêché maints esclaves pour préparer la cérémonie et l'on comptait parmi les invités des *ayan*, notables de l'Empire, des ambassadeurs, le préfet de la ville, le *defterdar*, le chef de l'administration financière, qui franchit le portail en marbre avec une foule de présents, et le grand amiral, qui arriva fort tard.

Dans l'immense jardin du *saray* s'élevaient des montagnes de victuailles. Cinq moutons à la broche étaient portés par des domestiques ; les sorbets à la pistache s'étalaient à côté des canards du Bosphore farcis à l'aubergine ; les pâtisseries préparées par un cuisinier originaire du pachalik de Damas et plusieurs dizaines de plats différents présentaient tous les secrets des provinces ottomanes. Hormis les invités du sultan habitués aux splendeurs de la Cour, les hôtes s'étonnaient de tant d'ingéniosité culinaire. Les hommes et les femmes parées de fabuleuses pierreries bavardaient au fond des jardins, près des volières qui abritaient des oiseaux des tropiques. Le vin coulait à flots et même les dignitaires du palais ne s'en privaient pas. Antoine remarqua que le *capidgi pacha*, le chef des huissiers du sérail, était ivre.

– Le vin permet de délier toutes les langues, dit Hussein Dey à l'oreille d'Antoine. C'est pour cela que les dignitaires viennent si nombreux aux fêtes. C'est pour cela aussi que les ambassades nous invitent...

Dans la soirée, le maître de cérémonie dépêché par le sultan Sélim III présenta sur l'estrade des garçons déguisés en femmes. Ils se lancèrent dans des pas de danse d'une légèreté rare face à l'assistance conquise par tant de grâce. La fête n'était que volupté, comme toutes les fêtes dignes de ce nom à Constantinople, mais Antoine commençait à trouver cette atmosphère pesante. Il avait hâte de larguer les amarres et de cingler vers Saint-Jean-d'Acre.

Hussein Dey s'approcha de lui pour désigner la kyrielle d'ambassadeurs qui défilaient auprès du *defterdar* et du grand amiral. Il portait son habit d'apparat et sirotait un thé à la cardamome.

– Tout cela est destiné à montrer le respect des puissances pour la Porte, siffla le drogman entre ses dents. En fait, ce ne sont que de fausses courbettes pour mieux nous asservir. Ils sont là pour dépecer l'Empire, ou ce qu'il en reste.

– Mais votre sultan Sélim III veille au grain.

– Lui-même ne peut faire grand-chose. Notre Grand Seigneur, Cœur de l'univers, Commandeur des croyants, est condamné à manœuvrer entre toutes ces bassesses.

– Vous êtes attaqués au cœur de l'Empire, ici, à Constantinople, et demain ce sera dans les provinces, dit Antoine.

Il commanda lui aussi un thé qu'il sirota lentement. Il aimait cette boisson chaude et sucrée lorsque le temps était froid.

– Vous voulez parler de votre Bonaparte ? s'enquit le drogman.

Lord Spencer s'approcha. Il était plus élégant que jamais sans avoir l'excentricité de son frère Sidney qui méritait pleinement son surnom de « Milord fantôme ».

– Messieurs, laissez-moi porter un toast à l'amitié qui lie l'Angleterre et la Porte !

Lord Spencer savait ce que pensait son drogman. Il le respectait pour ses états de service avant qu'il ne rejoignît l'ambassade. Son ancien poste à l'Académie impériale du Génie permettait au chargé d'affaires britannique de jouer de ses relations au Divan et dans divers palais de dignitaires ottomans. Mais il n'accordait pas toute sa confiance au drogman, car il pensait qu'il servait d'agent au sérail. Au bénéfice du doute, il laissait filtrer quelques faits plus ou moins secrets qui circulaient très vite ensuite dans les résidences impériales. Le drogman lui-même n'était pas dupe et choisissait les prétendues rumeurs d'État qu'il devait colporter. La nouvelle revenait aux oreilles du chargé d'affaires par le biais de l'un de ses conseillers ou d'un dignitaire qu'il rencontrait, et lord Spencer affirmait, démentait, rectifiait au gré des envies ou des besoins de la Couronne. Lorsqu'il avait averti la Cour de la nomination probable de Talleyrand comme plénipotentiaire de la France à Constantinople, le grand vizir avait émis les plus fortes réserves. Lord Spencer n'avait pas fait dans la demi-mesure. Il estimait que l'arrivée de Talleyrand ne pouvait que signifier un dépeçage précoce de l'Empire et une volonté de s'accaparer quelques provinces, dont celles du Levant.

Le grand vizir comme le *reis effendi* redoutaient en effet que la Porte ne dût consentir quelques nouvelles capitulations face aux nations d'Occident. L'Empire était déjà exsangue en raison de ce régime particulier qui accordait des concessions dans les échelles du Levant aux puissances d'Europe. Les Autrichiens disposaient d'une flotte dans les eaux ottomanes. Les Toscans avaient acquis la liberté d'y faire du commerce, tandis que les Russes pouvaient naviguer en toute quiétude sous leur pavillon dans le détroit du Bosphore. Le régime des capitulations amenait les dignitaires de l'Empire à considérer la fragilité de la Porte et à concéder davantage encore, cherchant aussi des prébendes pour leur propre jouissance. L'Empire ottoman ressemblait à une proie contrainte de présenter ses membres aux prédateurs afin de survivre un peu plus longtemps.

Lord Spencer ne chercha pas à dissimuler l'objet de sa conversation avec Antoine :

– Sire de Phélippeaux, je me suis rallié au bien-fondé de votre mission. Vous allez vivre une fabuleuse aventure. Et vous tenez entre vos mains une part du destin de la Sublime Porte.

Antoine n'ignorait rien des manœuvres de la Couronne. Il n'était pas dupe non plus des talents diplomatiques de lord Spencer.

– Excellence, je n'en demande pas tant. Contrer les visées de Bonaparte en Terre sainte me suffirait.

– Il faudra aussi contrer les manœuvres des juifs...

À ces mots, le drogman eut un mouvement de répulsion qui n'échappa point à Phélippeaux. Hussein Dey était-il lui aussi sabbatéen, un juif converti qui dissimulait ses convictions pour mieux pratiquer son culte ou vénérer quelque messie caché ?

– Les juifs, répondit habilement Antoine, sont de fidèles sujets du sultan...

– J'en conviens, mais certains éléments sont, disons, perturbateurs.

Il insista sur ces mots en regardant Hussein Dey.

– L'Empire, Excellence, ne peut tout contrôler, répondit le drogman. Les garnisons et les foyers le sont déjà bien assez. Quant aux âmes, Dieu s'en charge !

– Monsieur Phélippeaux, poursuivit lord Spencer, vous penserez évidemment aux intérêts de la Porte quand vous serez en Terre sainte.

Antoine se demanda sur quel terrain le plénipotentiaire anglais voulait l'entraîner. Sa remarque était destinée au drogman, censé rapporter chacune des phrases prononcées par les deux Européens.

– Vous savez bien, Excellence, que le sultan peut compter sur cette mission.

– Compter sur cette mission, oui, mais il doit surtout compter sur vous personnellement.

– Les péripéties et les embûches seront nombreuses. Nul ne peut prédire quelle sera la suite de notre équipée.

Lord Spencer esquiva et se servit un baklava aux noix présenté par un domestique originaire du Yémen.

– Nous ne savons toujours pas si Bonaparte se rendra en Terre sainte, ce que j'espère pour vous si vous désirez parvenir à vos fins. S'il y parvient, il fera tout pour soulever juifs et chrétiens.

– Pour l'heure, ce n'est que pure supposition, répondit Antoine, qui cherchait à sonder les intentions de son interlocuteur. Bonaparte a certes les pleins pouvoirs en Orient, mais il lui faut en référer.

– La flotte de Nelson veille à ce que ses messages ne passent pas. Cela effraie Bonaparte ! Quand nous avons intercepté un de ses bâtiments de retour vers la France avec à son bord un général, nos renseignements étaient bons. Ce Bonaparte n'a pas de contacts avec le Directoire. Et en Terre sainte, il n'en fera qu'à sa tête. Vous devez penser à cela.

– Vous demandez donc, Excellence, si je comprends bien votre requête, de contrer toute velléité d'affranchir les juifs.

Lord Spencer ne voulait pas être accusé d'entraver l'émancipation des juifs, avec ces sabbatéens si puissants auprès de la Cour.

– Monsieur, il s'agit d'abord de maintenir la cohésion de l'Empire. Peu importent les moyens. Si la Porte marque quelque signe de faiblesse, ce sera la curée.

– La Couronne pourrait participer à cette curée, répliqua Phélippeaux.

Il fit mouche et lord Spencer accusa le coup, alors qu'il cherchait à ne pas brusquer les choses devant le drogman. Antoine avait réussi à le ferrer comme un vulgaire poisson du Bosphore.

– Il n'est pas question de tirer... disons un quelconque bénéfice des coups portés à l'Empire, souffla lord Spencer.

– Je propose donc, Excellence, devant nos amis du sérail du sultan ici présents, de laisser libre cours à notre expédition vers la Terre sainte qui nous portera où bon semblera au vent de la Méditerranée. Lord Elgin, quand il prendra ses fonctions à Constantinople, saura trouver une solution à cette délicate question d'Orient...

Lord Spencer se contenta d'acquiescer pour sauver la face, puis tourna les talons pour se diriger vers l'un de ses conseillers, lequel avait fort à faire avec une Levantine d'origine italienne, fille d'un marchand de soie. Antoine esquissa un sourire auquel répondit le drogman. Il n'était pas mécontent d'avoir pris le chargé d'affaires à son propre piège.

Demeurer libre de toute entrave et ne supporter aucune allégeance à une officine quelconque, voilà comment Antoine de Phélippeaux concevait sa mission et sa vie. Il n'avait point de besoins, ou si peu. Il ne s'estimait lié à aucune puissance, à aucune ambassade. Les Anglais et les Français se livraient à un jeu trouble au Levant, ainsi que le sultan ottoman, contraint de manœuvrer pour préserver ce qui pouvait l'être, et tout se mélangeait tel le paysage brouillé par la brume matinale sur la Corne d'Or.

L'ambassadeur d'Espagne Joseph de Bouligny, qui représentait les intérêts de la France, avait cependant propagé la rumeur qu'un traître se trouvait à la légation britannique. Antoine de Phélippeaux avait voulu parer le coup et se présenter à l'ambassade pour provoquer en duel le plénipotentiaire, mais il s'était abstenu. Les volontaires français après tout étaient nombreux à servir le sultan, sur terre comme sur mer. Il se contenta de colporter un autre bruit, par l'intermédiaire de Hussein Dey, excellent en la matière : les Français cherchaient à s'approprier la flotte ottomane. Le grand amiral turc se raidit quand il l'apprit et menaça Joseph de Bouligny de le priver de la concession de Smyrne, au canon s'il le fallait. Le représentant de la France et de l'Espagne craignit de finir à la prison des Sept-Tours. Il préféra présenter ses excuses et ne plus jamais vouer aux gémonies ce redoutable Antoine de Phélippeaux.

29

Les vieux marins le savent : les grands ports permettent les rencontres les plus improbables. Trois jours avant de monter à bord du *Tigre*, Phélippeaux eut la joie de rencontrer sur les quais une silhouette familière. C'était Émile, qu'il n'avait pas revu depuis Londres.

– Émile ! Comment es-tu parvenu à me retrouver là ?

– Ce n'était guère difficile, cher Antoine, il suffisait de traverser la Méditerranée... En fait, la Manufacture a toujours ses entrées à Constantinople, puisque ce sont ses hommes qui ont formé les troupes du sultan à l'art de la canonnade. Même Bonaparte, tu le sais bien, avait fait vœu de venir ici avant de se rétracter !

Les retrouvailles furent chaleureuses, à la hauteur de leur amitié. Ils avaient l'impression de s'être quittés la veille. Le fidèle compagnon d'Antoine était reparti pour la France afin de voir ce que devenaient les réseaux de la Manufacture. Ses observations correspondaient malheureusement à ce que pensait Antoine : les opposants au Directoire se révélaient plus corrompus que jamais. Certains avaient été achetés, d'autres se contentaient de commercer avec les maîtres des finances. Barras se révélait particulièrement talentueux dans la manœuvre. Lui-même était impliqué dans maintes affaires et tenait à mêler à ses malversations nombre d'intrigants, de courtisans et d'intermédiaires afin de diluer ses fautes.

Émile n'avait pas changé, hormis sa chevelure qui avait légèrement blanchi.

– La faute à la peur, j'ai failli plusieurs fois être arrêté par les sbires de Barras. Tu n'aurais pas eu le bras assez long, cette fois-ci, depuis le Bosphore, pour me faire sortir du Temple !

Les deux amis se rendirent le soir même dans une taverne près du bazar, là où les ruelles s'assemblaient en un entrelacs digne d'un coupe-gorge. Ils burent du vin de Crète non loin des habitués, regroupés dans l'arrière-salle pour fumer de l'opium. Parmi les *tariakis*, adeptes de la fumée âcre, il y avait de grands négociants, des fonctionnaires du palais, des janissaires eux-mêmes pourvoyeurs de la pâte opiacée en provenance d'Anatolie et de Perse. Deux gardes surveillaient la porte de l'auberge afin que les clients jouissent agréablement de leurs rêveries.

Antoine de Phélippeaux ne cessait de presser son ami de questions :

– Alors, raconte-moi tes aventures parisiennes...

Émile commença par ses aventures galantes et énuméra les trois conquêtes qu'il avait faites dans les auberges et salons de Paris. Il avait cette habileté propre aux serviteurs fidèles non pas d'imiter leur maître mais de s'inspirer de ce qu'il a de meilleur. Émile excellait ainsi à déambuler dans le grand monde avec la même aisance naturelle que Phélippeaux, né sans fortune, affichait dans tout milieu, puisqu'il n'appartenait à aucun.

– Antoine, nous avons bien fait de nous laisser porter jusqu'en Orient. Paris est plus que jamais un chaudron de corrompus. Il se prépare là-bas toutes les compromissions, et ainsi toutes les dictatures. Talleyrand s'y attelle, désireux d'entrer au Directoire. Quant à Bonaparte, les directeurs se livrent à une foire d'empoigne. Certains veulent le tenir éloigné de France, d'autres le proclament plus dangereux encore en Égypte ou ailleurs, surtout s'il revient couvert de gloire. C'en serait alors fini de leur pouvoir.

Émile prenait un malin plaisir à arborer des airs de conspirateur. Il signifia à Antoine à deux reprises qu'il voulait visiter l'arrière-salle des *tariakis* afin de goûter le suc de pavot, consommé en dragées, mais Antoine le retint par la manche.

– Ne te perds pas dans ces antres de malédiction, l'ami. Tu y engloutirais tout ce qu'il te reste !

– Si tu parles de ma bourse, elle est déjà bien plate. Quant à ma foi, tu t'en souviens, je l'ai reniée et je ne suis plus croyant.

– Malheureux, abstiens-toi de prononcer ces mots dans l'Empire du sultan. Cette ville est hantée par tous les espions du monde, et d'abord ceux du sérail. Constantinople demeure la ville du Commandeur des croyants, car le sultan s'apparente au pape des musulmans, il est le gouverneur de leurs âmes, le gardien des Lieux saints. Parle-moi plutôt de nos compagnons de Paris.

– Rochecotte a été arrêté..., murmura Émile.

– Je le sais. Bah, nous le ferons sortir. Ou nous paierons ces forbans du Directoire pour le laisser s'échapper.

– Il y a plus grave.

– Quoi donc ?

Antoine avait élevé la voix. Il se retourna pour

observer les clients de la taverne, dont la plupart restaient absorbés dans leurs rêveries.

– Bonaparte va se rendre en Terre sainte.

– Cela aussi, je le savais, le coupa Antoine. Il n'est point besoin d'être grand clerc pour deviner ses intentions.

– Il a de nouveaux appuis, inconnus de Bonaparte lui-même, continua Émile à voix basse.

– Mais de quel secret réseau veux-tu me parler ?

– Des francs-maçons, maître. D'une loge intitulée les Frères asiatiques.

– Les Frères asiatiques ? Qu'ont-ils à voir avec l'expédition d'Égypte ou l'Empire ottoman ?

– Il s'agit d'une loge vénérant les mystiques de la kabbale.

– La kabbale ? Ce mouvement ésotérique des juifs...

– Cela même. Cette loge a succédé à la loge des chevaliers de la Vraie Lumière. Un certain Moses Dobrushka, juif de Moravie, en est le fondateur. Il est le petit-neveu d'un excentrique qui se prenait pour le Messie, Jacob Frank, et il a rallié la France de la Révolution. Pour ce faire, il a pris pour nom Junius Brutus Frey.

– Avait-il renié pour sa loge la religion des juifs ?

– Je ne peux répondre, mais pour sûr, c'était un fieffé partisan de la secte de son grand-oncle. Viskowitch est formel là-dessus. Ce Jacob Frank avait fondé une secte et fut rejeté par les rabbins de sa contrée, la Podolie, non loin des Carpates. Les siens, sous sa coupe, se sont convertis au catholicisme. Il a créé aussi une nouvelle tradition de la kabbale. En fait, ce bougre voulait rejeter les religions. Tu comprends comme il a pu être jugé dangereux par les rabbins, mais aussi par les chrétiens !

– Je le comprends, mon cher Émile. Il voulait en quelque sorte anéantir les croyances, et ce n'est pas une mince affaire, j'en conviens. Surtout dans notre vieille Europe !

Émile commanda un verre de vin. Il le but d'un trait.

– Notre homme, poursuivit-il, voulait propager une nouvelle croyance. Il l'appelait la voie vers Esaü, ou vers Édom.

– Te voilà bien érudit, l'ami, comme je ne te connaissais guère ! Tu as là de quoi occuper toute une soirée dans nos salons de Paris ! Ce Jacob Frank, le drogman m'en a parlé. Mais je ne suis pas sûr que ses descendants soient hommes à servir Bonaparte.

– Tu ne crois pas si bien dire, et j'en viens. Jacob Frank s'est converti à l'islam à l'âge de trente et un ans, et sais-tu où ? Ici même, à Constantinople ! Viskowitch le tient de ses meilleurs informateurs auprès de Talleyrand. Jacob Frank avait rejeté le Talmud des juifs lors d'une violente controverse placée sous la conduite de l'évêque catholique Dembowski. Or cet évêque donna raison à Jacob Frank, contre les rabbins, et cela s'est fini par un autodafé, quand les soldats de Podolie ont fouillé les maisons juives et incendié les livres saints des juifs.

– Cet évêque compromettait un peu plus son protégé Jacob Frank, si j'entends bien.

– Chose incroyable, l'évêque est mort le 9 novembre 1757, le jour même de l'autodafé ! Et les rabbins se sont retournés contre les fidèles de Jacob Frank. Ils ont demandé la tête de ces hérétiques, coupables à leurs yeux d'orgies religieuses. On les appelait les zoharites, car ils reprenaient une tradition venue d'Espagne, ou encore les sabbatéens.

Antoine de Phélippeaux sursauta.

– Tu as bien dit « sabbatéens » ?

– Oui, maître, sabbatéens. Cela te dit quelque chose ?

Antoine repoussa son verre de vin, comme pour éviter toute griserie supplémentaire.

– Parbleu, si je connais ce mot ! On me parle des sabbatéens depuis plusieurs jours sans que j'en puisse mesurer l'importance. Ils sont ici, dans cette ville, la Lumière du monde. On dit...

Il baissa la voix pour poursuivre :

– On dit que le *reis effendi*, le ministre des Affaires étrangères du Divan, est lui-même sabbatéen, un juif converti pour mieux cacher ses vraies croyances. Ils sont à la fois honnis et craints. Le sultan se sert d'eux car il les soumet davantage à sa cause. N'étant soumis à aucune obligation religieuse, ils sont libres comme le vent.

– Je vois que mon maître en sait autant que moi, ou presque... Ces sabbatéens ont fait de nombreux émules, et Jacob Frank s'est présenté à eux comme le Seigneur saint, le Messie qui bientôt se rendrait en Terre promise. Sa secte comprenait toutes sortes de gens, et d'abord des débauchés.

L'œil d'Émile brilla d'une lueur particulière, comme chaque fois qu'il évoquait quelque galanterie.

– La propre fille de Jacob Frank, Eva, qui se faisait appeler la Sainte Dame, se livrait dans son château à des mœurs étranges. L'empereur d'Autriche Joseph II, qui l'avait rencontrée à Vienne en 1775, en était amoureux. Elle passait pour la fille illégitime de Catherine, l'impératrice de toutes les Russies. Dans son château d'Offenbach, près de Francfort, elle demandait à ses partisans de pratiquer l'amour libre, sans entraves. Elle-même avait une foule d'amants.

Antoine s'amusa de voir son compagnon prendre un air enjoué. Il lui était avis qu'Émile n'aurait pas détesté une visite de ce château d'Offenbach.

– Or, que se passe-t-il depuis quelques mois ? poursuivit Émile. Eh bien, cette Sainte Dame fait circuler dans toute l'Europe du mitan une lettre, appelée « la Lettre rouge ». Cette missive annonce de profonds changements pour l'an prochain, 1800, le tournant du siècle. Ses adeptes, venus pour étudier la kabbale, repartent du château en hussards et nantis de cette lettre. Elle stipule que bientôt apparaîtra le règne d'Édom, qui signifie rouge, la couleur des pays chrétiens. Ce qui veut dire que les juifs de Moravie, de Bohème et alentour doivent embrasser la religion chrétienne pour que le Messie puisse arriver sur terre.

Émile déplia soigneusement une lettre qu'il avait sortie de sa poche, puis la lut à voix basse :

– « Empereurs et autres souverains, y compris ceux du royaume de Frédéric, tous les nobles barons, les ducs, les fils de rois vous détesteront. Celui qui verra un juif l'insultera. La première missive vous a avertis. Je vous fais désormais savoir que cela ne changera pas, tant que la loi de Moïse ne sera pas accomplie, c'est-à-dire tant que les juifs ne seront pas croyants de la religion d'Édom. Ceux qui proviennent d'Abraham, d'Isaac et Jacob entreront dans la religion d'Édom et ils seront célébrés comme des saints. »

– Voilà qui est clair ! dit Antoine. Les juifs n'ont donc plus guère le choix. Je propose que nous fassions porter cette missive au *reis effendi*, qui est sans doute prêt à se convertir à la religion d'Édom.

– La meilleure solution si nous voulons que nos têtes roulent sur le billot, commenta Émile. Mais patience,

patience, je n'ai pas fini. Que veulent donc les sabbatéens ?

– Tu viens de me le dire, envoyer les leurs en Terre sainte.

– Ils veulent davantage. Désigner un nouveau messie. Pour cela, il leur faut un messie temporaire, si je puis dire. Ce Junius Frey recherchait en France une figure capable de jouer ce rôle, mais il est mort trop tôt, et sa tête a été tranchée sur l'échafaud de la Terreur. Je dois ajouter que Junius Frey était lui aussi amoureux d'Eva Frank, sa propre petite-cousine.

– J'ai l'impression qu'elle en a envoûté plus d'un et que toi-même tu aurais succombé à ses charmes...

– Pas si vite, je sais trier le bon grain de l'ivraie. Mais j'avoue que je suis prêt à braver l'excommunication pour conquérir un beau cœur. À propos d'excommunication, Jacob Frank l'a été par les rabbins de Pologne, au moyen d'un décret appelé *herem*. On peut ainsi penser qu'Eva elle-même a été excommuniée. Or la voici, après la mort de son prétendant Junius Frey, qui recherche des appuis auprès de la Révolution. Depuis quelques mois, les lettres d'Eva Frank ont aussi atteint les cercles des anciens révolutionnaires, dont Cambacérès.

– Cambacérès ? répéta Antoine avec un mouvement de recul. Il ne vaut guère mieux que Barras ! Prêt à tuer père et mère pour parvenir à ses fins. Et même à vendre la patrie !

– Cambacérès n'est donc pas hostile à la lettre d'Eva Frank. Il semble même avoir eu connaissance des intentions de Junius Frey, peu de temps avant sa mort sur l'échafaud de la place de Grève. Ce qui est étrange, c'est ce que m'a confié Viskowitch.

Il but lentement une lampée de vin crétois, comme pour mieux faire patienter son maître.

– Parbleu, que diable me caches-tu donc !

– Cher maître, ce Cambacérès est proche de la loge des Frères asiatiques, car lui-même est membre des loges de Saint-Jean. Or, d'où tirent-elles leur nom ? De l'union de la franc-maçonnerie avec les chevaliers de Saint-Jean de Jérusalem.

– Cela n'est pas nouveau, l'ami. Il pourrait même s'agir d'une union bien plus ancienne, à savoir un lien remontant aux croisés.

– J'en viens, précisément ! Le sieur André-Michel de Ramsay, qui était d'origine écossaise mais qui est mort voilà plus d'un demi-siècle, voulait poursuivre le rêve des croisés, réunir dans une même fraternité les sujets de toutes les nations. Les croisés, qui aimaient bien guerroyer, étaient aussi pour certains des bienfaiteurs et ils désiraient ainsi former une nation spirituelle. Or, que raconte cet Écossais, un grand mystique que raillait volontiers notre Voltaire ? Qu'il faut continuer sur cette utopie et créer un peuple nouveau, afin de rendre meilleurs les esprits et les cœurs. Il a ainsi concocté une charte, qu'il a appelée le *Discours*. Lui-même a délaissé le protestantisme pour se convertir au catholicisme, tout en gardant des liens avec l'Église anglicane. Il fallait aussi à ce moment-là renouveler les traditions de la franc-maçonnerie. C'est ce qu'entreprit le duc d'Antin afin de s'éloigner du libertinage de certaines loges, au XVIIIe siècle.

– Que de ressemblances avec le parcours des sabbatéens ! releva Antoine. La conversion, le libertinage, le mysticisme...

– Je ne te le fais pas dire. Mais ce qui nous intéresse, c'est le *Discours* de Ramsay. Les loges maçonniques ont servi de sociétés secrètes pour nombre de révolutionnaires et de contestataires de l'Ancien Régime. Étrangement, ces loges ont été mises en sommeil en 1789, apparemment par crainte d'une répression. Mais voilà qu'elles réapparaissent aujourd'hui, dix ans plus tard. Le *Discours* de Ramsay sert à relancer ces sociétés. Viskowitch m'a montré ce *Discours*, qui circule sous le manteau à Paris. Je ne sais ce qu'il voulait me signifier, mais toujours est-il qu'il savait que j'allais te rejoindre en Orient.

– Et que dit ce *Discours* ? Parle-t-il précisément de l'Orient ?

– Il évoque les saintes guerres en Palestine et les promesses qui liaient les croisés, rappelant que des paroles sacrées et des signes figuratifs permettaient aux hommes de se reconnaître. Le *Discours* a été largement accepté dans les loges car il donne un cadre de pensée et représente une véritable charte. Il établit aussi une filiation directe entre ces loges en Europe et ceux qui ont fait les croisades.

– Je ne comprends pas, mon cher Émile, le lien avec notre voyage.

– Notre voyage, maître, est chose secrète. Viskowitch n'en sait pas grand-chose, mais il m'a demandé de recueillir des éléments, si d'aventure je venais à approcher la Terre sainte. Il m'a confié ainsi un exemplaire du *Discours* que j'ai dans mon bagage.

– Grands dieux, l'as-tu caché ?

– Caché, et bien caché ! Dans la reliure d'un livre de Fénelon, les *Aventures de Télémaque*. Je ne pourrai pas l'oublier, car Fénelon était le père spirituel de Ramsay, et Ramsay a tout fait pour que les écrits de Fénelon soient connus, malgré la censure du royaume. Ce qui me frappe dans tout cela, maître, ce sont les coïncidences. Un certain comte de Clermont s'est emparé de la réforme de Ramsay. Il a même instauré un ordre supplémentaire, un système de quatre grades, écossais, novice, chevalier du Temple, Royal-Arch...

Antoine saisit son compagnon par le bras.

– Tu as bien dit Clermont ? Serait-ce notre ami Clermont-Tonnerre chez qui nous avons été cachés à Paris, rue de l'Université ?

– Je ne sais, mais il est possible qu'il s'agisse de son père. C'est cet homme en tout cas qui a instauré la loge Saint-Jean-de-Jérusalem comme modèle pour toutes les loges de France. Elles ont pris pour nom « Filles de Clermont ».

– Comme c'est étrange, murmura Antoine. Tu as raison, les choses sont troublantes. Ce grade de chevalier du Temple me rappelle Sidney Smith. Lui-même m'a avoué avoir entretenu une correspondance fort galante avec la fille du vicomte de Clermont-Tonnerre, cette fille si belle et si jeune que nous avons vue dans les salons de la rue de l'Université. Une beauté qui n'a pas dû t'échapper, à toi, si fin connaisseur...

– J'en conviens, mais je ne fus pas le seul troublé. Je dois te dire aussi que le premier grade chevaleresque qui soit apparu dans les loges est celui de chevalier d'Orient. Un chapitre a ensuite eu un grand rôle dans la propagation des idées des francs-maçons, voici quelques années : le Conseil des empereurs d'Orient et d'Occident. Lequel Conseil, si tu me suis toujours, a élaboré une hiérarchie de vingt-cinq degrés, que l'on appelle le *Rite de Perfection ou d'Hérédom.*

– Hérédom, cela évoque Édom...

– Je n'ai point trouvé ce que cela signifiait. Un nom inconnu, comme un code. Viskowitch n'a pu m'en dire plus ou n'a pas voulu.

– Édom, dit Antoine, c'est à la fois dans la Bible le nom d'Ésaü, le fils d'Isaac, et le nom d'une contrée de Palestine, non loin de la mer salée. C'est aussi la voie que recherchent les sabbatéens.

Derrière les deux compagnons, les opiomanes commençaient à sortir de leur léthargie. Quelques mouvements s'esquissèrent dans l'arrière-salle, comme si l'heure de la relève avait sonné. Antoine entraîna son ami dans la ruelle et lui dit en vérifiant qu'ils n'étaient pas suivis :

– Toujours est-il que notre Sidney nous aidera à démêler tout cela.

30

L'arrivée au large d'Alexandrie fut une fête, au terme d'une journée de vent fort passée à jouer aux cartes. Le pont tanguait à tribord à cause de l'afflux des passagers et le capitaine Desessard ordonna à chacun de rejoindre son poste afin de ne pas gêner la manœuvre. Les lueurs commençaient à décliner lorsque les chaloupes du rivage s'approchèrent de la *Foudre*. Des soldats français se présentèrent à bord. À quelques mètres, sur leurs felouques, des Bédouins vendaient des pastèques, des figues et du vin de palme.

Hortense porta son regard sur la côte, la rade d'Alexandrie et son fort pris aux mamelouks. Le soleil couchant imprimait des nuances douces au paysage. Huit cents lieues la séparaient désormais de la France mais elle ne se souciait guère de cet éloignement. Elle était heureuse de voguer vers son destin. Elle eût aimé partager ce charme de la découverte avec Antoine, approfondir en le diluant ce torrent d'impressions monté du fond de son cœur, comme si elle avait toujours attendu ces moments. Une telle attente devait être le secret des grands voyages.

Alexandrie était une ville cosmopolite où se mélangeaient juifs, Grecs, Italiens et Arabes. Les marchands bédouins ne craignaient plus l'armée française et venaient écouler leurs produits jusqu'au pied de la garnison. Hortense aima dès le premier soir le climat tranquille de la ville, malgré les rumeurs de batailles et d'assauts lancés par des cavaliers mamelouks.

Elle se rendit au Caire quelques jours plus tard avec les officiers et soldats venus en renfort. Les malles secrètement convoyées par Desessard n'étaient pas du voyage et Hortense ne chercha point à savoir ce qu'il en était advenu. Le convoi était escorté par le régiment des dromadaires, afin d'éviter les raids ennemis. À mi-chemin, le cortège embarqua à bord de plusieurs felouques et remonta le Nil au gré du vent et des coups de rames. La remontée était lente, paisible, à l'image du fleuve limoneux qui irriguait les champs alentour. Hortense passa des heures à regarder les paysans et les muletiers sur les rives à l'abri des palmiers. Elle connut le goût des dattes et des ananas qu'apportaient des fellahs en barque. Elle laissait glisser le temps comme l'eau sur sa main.

Le Caire était un paradis d'odeurs, un tumulte de couleurs d'Orient qui enivra Hortense. Elle venait d'arriver dans cette ville gardée par des cohortes de mamelouks ralliés à l'armée de Bonaparte, et déjà elle se sentait chez elle, comme si elle avait vécu des années au bord du Nil.

Grâce à l'entregent de Desessard, elle eut droit dès le premier soir à un spectacle sur l'île de Rodah. De jeunes officiers jouaient les rôles masculins et féminins, car les femmes de l'armée ne voulaient point se prêter à ce jeu. À l'entracte, on demanda à Hortense de revêtir un costume de soubrette, mais elle refusa.

Autour d'elle, dans la salle de spectacle de Rodah construite par les hommes du génie de Caffarelli, surnommé « général Jambe de Bois » depuis son amputation lors du siège de Mayence, les dames françaises ne se montraient pas indifférentes aux attentions des officiers. Quelques-uns osaient s'afficher avec des indigènes, souvent d'anciennes maîtresses de mamelouks qui avaient déserté leurs palais.

À la demande du capitaine de frégate, Hortense fut logée dans un pavillon au bord du Nil, où résidait François Bernoyer, le chef de l'atelier d'habillement. Le pavillon, une demeure de notable louée à l'armée d'Orient, était somptueux, avec un jardin de lauriers-roses et de grenadiers aux feuilles jaunes. Sur la table du grand salon, des fruits frais étaient disposés dans de multiples coupelles. Des livres à la reliure de cuir garnissaient les étagères de vieux bois poli. Bernoyer, un homme fort aimable et au fin profil, lui fit visiter les pièces d'un air enjoué. Il avait étalé des tissus dans maints recoins et s'essayait le soir à dessiner quelque nouvel uniforme pour cette armée qui serait un jour, disait-il, triomphante dans tout l'Orient. Hortense l'écoutait. Elle aimait sa passion des vêtements. Un soir, elle entendit un bruit derrière la tente qui donnait sur l'une des chambres. Une jeune Égyptienne sortit, lui adressa un sourire, puis s'allongea sur le divan recouvert de satin.

– C'est ma sultane favorite, déclara Bernoyer.

– Votre sultane ?

– Ceux qui vivent sur les bords du Nil voient le monde passer devant leurs yeux. Ce fleuve est la vie du pays, le cordon ombilical, la mère nourricière de toute l'Égypte, et sur les barques qui défilent devant le pavillon, je l'ai remarquée un matin de rosée.

La jeune fille prépara du café et en servit au maître des uniformes. Puis elle s'éclipsa sur la pointe des pieds vers l'étage, avec élégance et discrétion, comme elle était venue.

Le lendemain, une violente altercation réveilla Hortense. Sous son balcon, dans la rue surplombant le fleuve, la jeune fille était aux prises avec une autre Égyptienne, qui la rouait de coups. Bernoyer intervint aussitôt et sépara les deux femmes. L'inconnue fut emmenée par deux fusiliers au commissariat turc du quartier. Il s'agissait de la maîtresse d'un autre officier, Lallemant, furieuse de n'avoir pas été choisie par Bernoyer. Le maître des uniformes demanda une peine de quinze jours d'emprisonnement. Aussitôt, le commissaire turc se leva et ordonna qu'on emmenât la coupable. Elle fut attachée et jetée dans un sac. Bernoyer comprit qu'on allait la noyer dans le Nil et supplia qu'on la libérât. L'interprète ne savait plus où donner de la tête. Le commissaire turc, lui, semblait rire sous cape. L'Égyptienne s'en sortit avec une simple interdiction de séjourner dans l'île de Rodah. Hortense trouva ce spectacle pitoyable et décida de fuir Le Caire au plus vite.

Bonaparte s'apprêtait à quitter les ruines du Nil pour s'aventurer en Syrie. Cette rumeur courait dans la ville sans que l'on pût connaître exactement les intentions du « Grand Sultan ». Hortense chercha à l'approcher, en vain.

Bernoyer la présenta à l'intendant responsable de l'opération.

– Cantinière ? Jamais de la vie ! s'exclama l'officier. Vous avez trop d'élégance et à ce poste vous éveilleriez trop de convoitises. J'ai besoin d'une adjointe pour l'intendance de l'expédition en Palestine.

Hortense insista. Elle voulait ce poste de cantinière promis par le sergent recruteur de Toulon. Elle pourrait ainsi se désengager de la troupe et demeurer en Terre sainte. Cependant, l'intendant resta sur ses positions et elle dut s'incliner.

Il fut annoncé que l'armée de Bonaparte se mettrait en marche trois semaines plus tard, en février 1799. À son poste d'intendante adjointe, au cœur du Caire, Hortense disposait d'une bonne partie de ses journées. Les stocks furent vite réquisitionnés. Les marchandises ne prenaient guère de place, dans la mesure où l'expédition s'annonçait relativement légère, montée sur des dromadaires achetés trois francs pièce à une tribu du désert. « Nous vivrons sur la bête ! » disait l'intendant. L'armée se ravitaillerait dans les villages traversés, qu'elle pillerait allègrement. Bonaparte ne s'embarrassait guère de principes. Cette expédition-là serait sans nul doute meurtrière.

Hortense se rendait souvent au bazar en compagnie de Bernoyer, qui parlait un peu l'arabe. Des caravanes arrivaient des oasis et du delta, chargées de fruits, de légumes, de paniers d'osier. Des esclaves noirs étaient sur la place tel du bétail, à moitié nus, avec un pagne sale en guise de vêtement. Hortense apprit que les filles étaient vendues elles aussi, jusqu'à huit cents francs. Elle découvrit que Bonaparte se réservait les plus belles et qu'il ne supportait pas qu'un officier disposât du choix avant lui.

L'armée d'Orient s'enfonçait chaque jour davantage dans la débauche. Les officiers s'encanaillaient dans les bordels cairotes. Les soldats cherchaient des houris dans les bas-fonds de la ville. Parfois, ils récoltaient un coup de poignard. Les représailles étaient violentes et la population devenait chaque jour plus haineuse à l'égard des étrangers.

« Si Bonaparte ne s'en va pas rapidement du Nil, son armée sera exterminée par la vérole », avait coutume de dire Desessard.

Hortense occupa ses derniers jours à se promener le long du Nil, accompagnée par Desessard qui ne pouvait se résoudre à la voir prochainement quitter les lieux. Une amitié était née entre eux, mais le capitaine se montrait soucieux de préserver la part de mystère de la jeune fille. Elle semblait pourtant revivre au Caire et profiter de chaque instant. Elle souriait à la moindre occasion, comme si ce séjour en Orient l'épanouissait. Elle se contentait de peu et rêvait des heures durant en observant les oiseaux perchés sur les minarets ou les porteurs d'eau qui allaient et venaient de rue en rue. Elle prenait plaisir à regarder les préparateurs d'onguents et les parfumeurs enfermer leur secrets dans de petites fioles gravées d'or. Les flacons qu'elle achetait lui rappelleraient ces odeurs lorsqu'elle marcherait dans le désert, en route pour la Syrie et la Terre sainte. Le matin, elle se levait tôt et s'attardait sur la terrasse du pavillon de Bernoyer, face au Nil baigné d'une brume de commencement du monde, avec le désert en toile de fond. Les dunes de sable sur l'autre rive ressemblaient à un décor de toile allant de l'ocre au rouge sang.

Desessard rendait visite à Bernoyer en milieu de matinée. Il apercevait Hortense sur son balcon et la regardait en évitant de la déranger dans ses rêveries. Avec ses cheveux soigneusement peignés, son visage tendu vers les cieux, elle paraissait parler aux anges.

L'armée d'Orient s'ébranla par un frais matin de février dans le plus grand secret. Bonaparte emmenait avec lui treize mille hommes et une cohorte de dromadaires. L'armement était léger et quelques canons suivaient les cavaliers. Les deux malles volumineuses qui bordaient la selle d'Hortense étaient emplies de cartes, de carnets de commandes, d'outils légers. Desessard, resté au Caire afin de commander une flottille de bricks sur le Nil, avait glissé dans son sac un livre à son insu. Elle le découvrit le lendemain et en lut quelques pages à la lueur de la lampe à huile qui se reflétait faiblement sur la toile de sa tente. Il s'agissait du *Voyage en Égypte et en Syrie* de Volney.

31

La Terre sainte exerçait sur les passagers du *Tigre* une fascination que les périls de la mer ne parvenaient en rien à atténuer. Du matin au soir, une profonde dévotion saisissait marins et officiers, qui en oubliaient parfois les ordres du commodore Sidney Smith. Nul n'avait encore aperçu les rivages de la Palestine, mais chacun en rêvait en laissant libre cours à son imagination, même si on échangeait sur le pont et dans les cabines des relations de voyage.

Antoine de Phélippeaux était perdu dans d'autres chimères. Il s'abandonnait plus que jamais à deux songes, le désir d'entraver la marche de Bonaparte et l'espoir de retrouver la trace d'Hortense, grâce au couvent des carmélites situé au-dessus de la bourgade de Haïfa. Là-bas, il aurait sans doute vent par quelque pèlerin de ce qu'il était advenu des sœurs de Compiègne. Pour que ses pensées pussent mieux évoquer la Terre sainte, Antoine lut le livre de Volney, *Voyage en Égypte et en Syrie*, que lui avait offert Sidney Smith.

Antoine aimait voir son ami parader sur le gaillard d'avant, lunette en main, afin d'observer l'horizon. Sans cesse Sidney Smith portait son regard vers le grand large, à la recherche de quelque voile amie ou ennemie, puis à tribord, en direction de ces rivages encore invisibles. Smith jouait son rôle de commodore à merveille, traitant avec autant de respect et de rigueur les marins anglais et les soldats turcs embarqués à son bord. Deux autres bâtiments, le *Theseus* et l'*Alliance*, suivaient le *Tigre* et Smith transmettait ses ordres par fanion. Phélippeaux s'amusait à déchiffrer à la lunette le langage des couleurs et des petits drapeaux, farandole de signes. C'était là un excellent moyen de se faire obéir sans s'attirer quelque rancœur. Smith n'avait point de craintes en la matière. Antoine et lui s'imposaient auprès de leurs hommes avec cette force naturelle qui sied aux gens d'intuition.

Les deux compagnons évoquaient rarement leurs faits d'armes, mais une complicité silencieuse les réunissait, et cela suffisait.

– Il faut regarder vers le large, disait Antoine.

Cette phrase était devenue un rituel pour eux, une incitation à sourire. Le large signifiait aussi l'avenir, et l'interdiction qu'ils s'étaient fixée de regarder en arrière. Antoine de Phélippeaux laissait dans le sillage de la frégate une patrie, un château en ruine, des galons. Il gardait une médaille, celle de chevalier de Notre-Dame du Mont-Carmel, quelques livres et le souvenir d'Hortense.

« Auriez-vous le mal de mer ? » demandait parfois Sidney Smith.

La remarque du commodore n'était jamais un reproche, plutôt le constat que le Français entrait dans un moment de nostalgie. Il montait alors à la hune ou dans les voiles, prétextant une vérification avec un gabier, et plongeait son regard dans les flots durant de longs instants.

La relation entre les deux hommes se modifiait au fil des jours. Smith conservait toujours une dette envers son libérateur, ce jeune chouan fougueux, général à vingt-cinq ans, insurgé en permanence. Le commodore avait beau se moquer de ce lien, il le trouvait parfois pesant. Mais au fur et à mesure que le navire s'approchait des côtes de la Terre sainte et des périls, il retrouvait son rôle de commandant des hommes. La dette s'effaçait, seule l'amitié demeurait.

Antoine de Phélippeaux savait tout cela et n'avait jamais évoqué cette dette, ce qu'appréciait le commodore, convaincu depuis fort longtemps d'avoir affaire à un gentilhomme. Les deux hommes voguaient vers des rivages incertains, qu'ils imaginaient de brume et de fureur, de sainteté et de barbarie.

Un soir de mer calme, alors que les deux compagnons discutaient dans la cabine de Smith, Antoine de Phélippeaux voulut en savoir plus sur les liens de son ami avec les francs-maçons. Depuis plusieurs jours, il n'osait aborder avec lui ce sujet délicat, susceptible de déclencher la foudre du commodore aussi sûrement qu'une voile ennemie dans sa longue-vue.

Accoudé au bastingage orné de ferronneries, Smith semblait jubiler. Antoine pensa qu'il s'agissait une fois de plus du bon tour joué à Nelson, furieux de traiter d'égal à égal avec l'évadé du Temple nommé à la tête d'une escadre. Smith avait poussé la bravade jusqu'à écrire à l'amiral à Naples, qui goûtait auprès de sa maîtresse lady Hamilton un repos de quelques semaines, afin de le féliciter de ses dernières batailles, en ajoutant qu'il ne pouvait lui livrer les ressorts de sa mission en Méditerranée. Pour bien marquer ses distances, Smith avait pris soin de décliner ses titres en français : « Chevalier Grand Croix de l'Ordre royal et militaire de l'Épée de Suède, Ministre plénipotentiaire de Sa Majesté près la Porte ottomane et chef de son escadre dans les mers du Levant ». Nelson avait répliqué, furieux, en écrivant une missive incendiaire depuis Palerme.

Antoine de Phélippeaux ne prit cette fois-ci guère de gants pour entrer dans le vif du sujet :

– Sidney, vous savez comme moi que notre aventure en Terre sainte est folle. Avec peu d'hommes, quelques navires, nous voulons contrer les ambitions d'un homme qui entend conquérir tout l'Orient. Un général qui a déjà investi l'Égypte et que rien ne semble devoir arrêter.

– Je le sais, je le sais. C'est pour cela que nous sommes ensemble, mon cher ami, pour cette folie, pour une aventure insensée. Mais je crois qu'elle a tout son sens, en fait...

Sidney paraissait pressé que son compagnon aille droit au but, comme s'il connaissait déjà la teneur des questions.

– Émile m'a confié, poursuivit Antoine, que des loges franc-maçonnes ont été très actives ces derniers temps en France, après un silence long de dix ans, depuis les débuts de la Révolution.

Antoine guettait les réactions de Smith, mais ce dernier ne bougeait pas et continuait d'observer l'horizon avec sérénité.

– Or des juifs d'Europe centrale, dont un certain Junius Frey, membre de la loge des Frères asiatiques, ont tout fait pour se rapprocher des révolutionnaires. En particulier Cambacérès, lui-même franc-maçon. Tout aussi troublant, les loges des Frères asiatiques, qui ont permis à Junius Frey de s'introduire au cœur même de la Convention, font partie des loges de Saint-Jean, qui viennent de l'union des francs-maçons et des chevaliers de Saint-Jean. Et voilà que nous allons bientôt arriver devant Saint-Jean-d'Acre et les rivages de la Terre sainte, là où est née cette chevalerie, qui a engendré l'ordre des chevaliers de Malte...

– Et en quoi cela vous trouble-t-il ? dit Smith, sans bouger de sa rambarde.

Antoine marqua un silence avant de répondre, plongé dans des pensées qui le troublaient. La mer s'évertuait à avaler le soleil. Le ponant offrait des reflets moirés et des myriades de scintillements.

– Eh bien, je commence à trouver étranges ces coïncidences. Tout semble converger vers la Terre sainte, vers Saint-Jean-d'Acre...

Sidney Smith se redressa. Il gardait un calme olympien et régnait sur ces mers avec la même sérénité qu'un gardien de phare.

– Tout converge, en effet. Les loges, les juifs, ceux qui ont tenté de se rapprocher de la Révolution, avant de succomber à la Terreur. Et vous-même, cher Antoine, voyez ce qui vous arrive. Condisciple de Bonaparte à l'École militaire, vous voilà sur ses traces. Vous avez été adoubé chevalier de Notre-Dame du Mont-Carmel, et vous voilà précisément à quelques lieues du mont Carmel et de la baie de Haïfa, cette petite Malte infestée de pirates. Oui, vous avez raison, nous sommes face à beaucoup de convergences.

– Il faudra bien en trouver la clé.

– Sans doute l'avez-vous déjà.

Smith regardait au large. Il paraissait en savoir davantage.

– Sidney, cette aventure, nous l'avons préparée ensemble. Sans vous, sans votre fortune et votre entregent, je n'aurais jamais pu affréter un seul bâtiment. Dites-moi donc ce que vous savez.

Smith l'écoutait tout en maniant sa longue-vue en bronze marquée du sceau de la Couronne d'Angleterre.

– Je ne vous cache rien, Antoine. Je suis franc-maçon, et je pense que vous l'aviez déjà deviné. La loge des Frères asiatiques nous a demandé de porter un message aux juifs de Saint-Jean-d'Acre.

À ces mots, Antoine de Phélippaux se redressa.

– S'ils n'ont pas été exterminés par cet enragé de Djezzar Pacha, le Boucher de Saint-Jean-d'Acre qui effraie même les princes du sérail à Constantinople ! Un homme dont Volney dit qu'il est capable de tout. Il a vendu son protecteur Youssouf lorsqu'il s'est emparé de Beyrouth avec cinquante mercenaires, il s'est allié à son ennemi Omar el-Daher avant de trahir cette nouvelle alliance, il s'est constitué une armée de mercenaires sanguinaires de Bosnie et d'Albanie et de Barbaresques redoutables. Il aurait muré dans les remparts de Beyrouth des têtes de Grecs dont les crânes dépassent encore. Il aurait ferré lui-même des prisonniers en leur plantant des clous dans la pointe des pieds comme à de vulgaires chevaux...

– Pas si vite, cher Antoine ! Méfions-nous des rumeurs orientales, propices à glacer les révoltes. Le consul de France à Saint-Jean-d'Acre écrivait aussi il y a dix ans que Djezzar Pacha s'était considérablement adouci. Son ministre des Finances Haïm Farhi est juif, fils de banquiers de Damas, et il est indispensable au pacha d'Acre de par ses liens avec la Syrie. Tenir les cordons de la bourse est encore le plus sûr moyen de survivre dans les fiefs félons de l'Empire ottoman.

Antoine à son tour regardait l'horizon. Il parvenait à présent à établir des liens, à assembler des éléments qui n'avaient au départ de la mission aucun rapport entre eux.

– Sidney, vous savez combien m'est chère la Terre sainte. J'ai dans le cœur le souvenir d'un être que j'ai aimé, Hortense Saint-Meri. J'ai longtemps cru qu'elle avait été guillotinée place du Trône-Renversé, alors qu'elle est en vie. Elle serait chargée de retrouver la Règle de vie des carmélites sur la requête de la mère prieure, morte elle aussi. Je ne sais pourquoi, mais une force, peut-être une intuition, me pousse vers ces rivages du mont Carmel.

– Alors, nous avons une mission commune, celle de faire revivre cette Terre sainte si convoitée !

Quand ils rentrèrent dans le salon du commodore, la mer avait déjà englouti la dernière portion de soleil. Antoine regarda un instant les lueurs roses à l'horizon. Puis il s'avança vers la table. Sidney Smith venait de déboucher une bouteille de vin de Naples.

32

Le premier, Antoine reconnut le mont Carmel. Il avait dormi sur le gaillard d'arrière et se leva d'un bond, mû par un pressentiment. Cette silhouette imposante arc-boutée sur la mer ne pouvait être que le domaine d'Élie. Une telle franchise de relief avait dû plaire au combattant des faux prophètes. Phélippeaux, lui, en savoura la générosité. À plusieurs lieues du *Tigre*, la montagne arborait une teinte violacée que pâlissait la montée du soleil. Le joyau de roche surgissait des flots telle une offrande de la mer.

Les marins anglais et les soldats turcs se rassemblèrent sur le pont dans un même élan de dévotion. Ils attendaient le premier signe de la Terre sainte, le premier cadeau que leur offriraient ces rivages tant espérés. Les Britanniques arrivaient en pèlerins, les Turcs en maîtres des lieux, soucieux de préserver les intérêts de la Porte. Mais tous se sentaient émus face à la côte qui se rapprochait lentement, dans une lumière de demi-jour.

Bercé par la brise, aveuglé par la mer scintillante, Antoine fut émerveillé par la lueur bénie du ciel qui inondait la côte. Il y vit un auguste présage. La montagne se détachait nettement, massive et sombre. La mer était vide, hormis quelques barques de pêcheurs et caïques de faible voilure sans doute rattachés à l'échelle de Tripoli de Syrie. Une joie indicible l'envahissait. Pour la première fois, il se sentait délivré de ses souvenirs maudits. Il effaçait de son esprit les batailles et les trahisons, les chouanneries et les évasions. Il revivait, ou plutôt se lançait dans une nouvelle vie. Ces contours de terre rouge et ocre étaient magiques et son attrait pour les rivages de Palestine ne faisait que s'accroître. Combien d'hommes pieux étaient venus s'échouer ici, sur ces rives sauvages ?

Le *Tigre* longea la côte puis s'en approcha lentement de biais, comme pour sonder des rivages incertains et démasquer d'éventuels conquérants. Rien ne signalait une présence étrangère à Haïfa, dont on apercevait à la lunette les minarets. Tandis que le bâtiment filait vers Saint-Jean-d'Acre, Antoine eut le temps d'admirer le mont Carmel, qui se profilait en oblique. Il relut les quelques pages de Volney qui s'était aventuré quinze ans plus tôt jusque-là. Le voyageur décrivait les mœurs des Druzes, des Bédouins, des Arabes, des maronites, des Kurdes. Il racontait aussi le règne de Djezzar Pacha, sans complaisance aucune mais sans coups de griffe non plus. Volney évoquait encore les soldats ottomans, détenteurs de deux qualités précieuses : « une frugalité capable de les faire vivre dans le pays le plus ruiné et une santé qui résiste aux plus grandes fatigues ». Le regard d'Antoine fut soudainement attiré par une note en bas de page, signalant l'amitié de l'auteur pour Venture de Paradis, que Bonaparte avait décidé d'embarquer à son bord. Volney tenait maints textes arabes des mains de cet orientaliste, traduits par ses soins.

Antoine de Phélippeaux se retourna vivement, cherchant Émile des yeux. Il le retrouva attablé dans le grand carré, face à une bouteille de vin crétois.

– Eh bien, tu ne viens pas célébrer notre arrivée en Terre sainte ?

– J'essaie plutôt d'oublier que je ne suis point croyant.

– Alors, tu ne seras pas le seul, l'ami, sur ce bateau. Trop de croyances tuent souvent la foi !

Émile n'était pas ivre, simplement un peu égayé par ses trois verres de vin. Il persistait à regarder le grand large et non pas la côte.

– Émile, est-ce bien toi qui m'as parlé de Venture de Paradis ?

– Ah, ce Venture qui rime avec aventure... Un drôle de lascar. Né à Marseille de parents diplomates, il a étudié les langues à l'École orientale et se trouve désormais dans les rangs de Bonaparte, comme premier interprète de l'armée d'Orient.

– Diable, je le sais, tout cela, mais n'as-tu pas prononcé son nom au sujet des juifs ralliés à la Révolution ?

Émile se concentra en regardant la bouteille de vin et se resservit un demi-verre pour mieux réfléchir.

– On dit que Venture de Paradis est juif, sans qu'on puisse en être certain. Il est possible qu'il le laisse croire.

– Qu'est-ce ? Veut-il brouiller les pistes ?

– Viskowitch, si tu veux tout savoir, ne croit pas que Venture de Paradis soit juif. J'en déduis que cet orientaliste, qui a connu la Libye et la Syrie lors de précédentes missions, a eu pour tâche d'infiltrer les loges maçonniques où les juifs étaient présents, tel Junius Frey.

– Mon bon ami, tu vois de l'espion et de l'indicateur partout...

– Le Directoire soudoie des agents de tous bords.

– Je ne sais, mon Émile, jusqu'où tout cela nous mènera. Nous n'avons pas fini d'entendre parler de Junius Frey ni de ses amis disciples de Jacob Frank et des sabbatéens. S'il a vent de leur désir de revenir un jour en Terre sainte, nul doute que Bonaparte s'en servira.

– Mais Bonaparte ignore que nous sommes là !

– Il le saura bientôt, crois-moi, et en temps utile. Nous aurons du pain sur la planche.

Antoine prit son ami par le bras et l'entraîna sur le pont avant.

– Et d'abord, poursuivit-il, nous nous devons d'admirer ce spectacle. As-tu jamais vu rien de plus beau ?

Émile se pencha sur le bastingage pour regarder la Terre sainte, sans passion. Il avait laissé son cœur en France. Antoine continua de détailler cette côte, tandis que se profilaient les remparts de Saint-Jean-d'Acre. Il murmura pour lui-même :

– Cette terre est celle de Salomon, celle de David. Celle aussi d'Hortense.

L'écume venait frapper les murailles de la citadelle. Une lumière limpide reflétait tous les ocres de la ville. Vu du large, Saint-Jean-d'Acre dressait ses barrières de pierre épaisse aux voyageurs arrivant de terre mais accueillait les bateaux par son port ouvert sur une digue avec des voiles qui se mélangeaient en une farandole lente.

Dans cette forteresse avaient défilé tous les croisés de la Terre sainte, les rois et seigneurs, les va-nu-pieds et les moines-soldats en lourde armure, la foi au cœur et l'épée à la ceinture. Ce mariage des siècles dans les pierres tira Antoine de sa torpeur : l'Orient qu'il allait découvrir serait-il celui des chimères, des souvenirs anciens confiés par les pages de Volney, des royaumes bibliques ? Ou celui des massacres, des terribles batailles livrées par les religions au nom de la foi absolue ?

Il se redressa. À sa gauche, un Turc contemplait la rive avec une avidité de conquérant, un chapelet en main. À sa droite, un matelot anglais commençait une prière et avait posé sur les planches du pont son pistolet.

Le navire s'approchait dans le crissement des haubans. Reconnaissables à leurs larges turbans, des officiers ottomans s'étaient massés sur le rempart léché par la mer. Antoine distingua quelques ruines. Des ombres couraient, noires et légères à la fois. La mer et les cieux communiaient dans la même nuance de bleu-vert. Antoine se dit que la forteresse constituait un trait d'union entre les deux éléments, avec des pierres qui semblaient surgir des flots. Saint-Jean-d'Acre était une ville née de la mer et offerte aux pèlerins telle une halte magique.

Le *Tigre* et les deux bâtiments de la petite escadre jetèrent l'ancre face à la digue. À l'opposé s'approchait un caïque chargé de janissaires.

Antoine de Phélippeaux et Sidney Smith furent invités à monter dans l'embarcation pour se rendre au port, encadrés par des hommes en armes et une dizaine d'officiers musulmans présents à bord du *Tigre*.

En pénétrant dans le port fortifié, Antoine fut surpris par la solidité des remparts. La citadelle, bâtie sur un semblant de presqu'île, présentait peu de points de faiblesse. Il se souvint des pages de Volney lues à la lumière de la lampe à huile à bord du *Tigre*. Le voyageur s'était trompé, qui décrivait une ville aux défenses dérisoires. Si Bonaparte disposait du même ouvrage, il serait induit en erreur lui aussi, ce qui, pour un conquérant, s'avérait nettement plus grave.

L'armée d'Orient progressait lentement. L'avant-garde de Bonaparte craignait des attaques lancées par des cavaliers mamelouks et s'aventurait dans les villages afin d'en déloger d'éventuels conspirateurs. Les combattants surpris par le régiment des dromadaires avaient la tête tranchée sur-le-champ. Souvent, les villages étaient vides. Toujours, les paysans et les Bédouins se taisaient. L'un d'eux, nomade perdu sous sa tente, avait la langue coupée. Un interprète signifia à Bonaparte que l'homme avait dû jadis en savoir un peu trop.

Venture de Paradis passait son temps à houspiller les traducteurs recrutés au Caire, des Égyptiens coptes et deux Arméniens. Quant aux trois juifs d'Alexandrie qui s'y entendaient eux aussi dans la langue du prophète Mahomet, il les ménageait, les autorisant même à partager la soupe et son vin le soir sous sa tente de campagne. Il accordait aussi tous ses égards au prêtre syrien de rite grec, Dom Raphaël de Monachis, que Bonaparte avait recruté dans une église cairote et qu'il rêvait d'emmener avec lui en France, aux côtés de quelques mamelouks.

Venture de Paradis n'était pas un homme de caractère facile, mais ses hommes reconnaissaient sa droiture et son sens de la justice. Âgé d'une soixantaine d'années, le drogman alliait aux grâces de l'esprit les vertus du cœur et possédait une remarquable expérience de l'Orient après plusieurs missions au Maroc, à Alger et à Constantinople, où il avait appris le turc. Il avait même rencontré Djezzar Pacha au cours d'une mission et ne désespérait pas que le maître d'Acre, en fronde ouverte avec la Porte pour des questions de tribut, se ralliât un jour à la bannière de Bonaparte. Venture oscillait constamment entre son goût pour l'étude et sa passion pour les missions au long cours, faites de périls et d'incertitudes. Lorsqu'il officiait à la chaire de turc à l'École orientale, il rêvait d'aventures en terre barbaresque. Quand il séjournait en Syrie ou en Égypte, il n'avait qu'une hâte, rentrer à Paris et fréquenter les bibliothèques afin de peaufiner ses recherches. Il se lançait parfois dans des discussions fort vives avec l'un des scientifiques de l'expédition ou le chirurgien Larrey, car il aimait les joutes verbales. Bonaparte avait appris à estimer cet érudit un peu fantasque, qui, malgré la maîtrise de multiples langues, n'avait pas perdu son accent provençal. À tout prendre, le général en chef préférait les incartades et les outrances de son interprète que les mollesses de certains de ses lieutenants, tel Berthollet, jugé trop froid.

À l'avant-garde de la colonne qui montait vers Jaffa dans un paysage d'ors brunis, Venture de Paradis s'évertuait à rassembler les données sur la Palestine et à séparer le faux du vrai. Le désert avait beau être d'une limpidité propre à engendrer des raisonnements clairs, bordé par la mer à gauche et de petites dunes à droite venant mourir aux pieds des dromadaires, Venture de Paradis avait l'impression d'errer dans un monde profondément hostile, où se mariaient le jour et la nuit, le clair et l'obscur, le sordide et le beau. Dans ce pays perdu aux immensités minérales, les frontières demeuraient troubles. Les connaissances rapportées des confins par ses hommes étaient floues, et l'interprète en chef s'efforçait de tirer de cette lave d'éléments un semblant de ligne de conduite pour Bonaparte.

Comme à l'École des langues, Venture de Paradis le soir prenait des notes, rassemblait les bribes d'informations obtenues par la palabre ou l'épée et tentait d'esquisser un portrait de la Palestine. L'orientaliste n'était pas tant effrayé par la difficulté de la tâche que par l'écart entre ses propres observations et la relation de voyage de Volney, sur laquelle s'était fondé le général en chef pour préparer son expédition. De jour en jour, Venture de Paradis en avait davantage la certitude : le *Voyage en Égypte et en Syrie* était un livre dépassé, erroné.

Déjà l'armée d'Orient avait perdu de précieux jours devant le fort d'El-Arich, aux portes du Sinaï. Là où Volney avait décrit un village de pêcheurs et une misérable bâtisse aux murailles en ruines, les soldats français avaient découvert une citadelle remarquablement défendue par six cents cavaliers mamelouks enragés et mille deux cents fantassins d'Albanie envoyés par le pacha d'Acre, qui avaient décidé de résister jusqu'au dernier. Ces bougres avaient donné bien du fil à retordre aux assaillants et provoqué la colère de Bonaparte, furieux que l'on s'opposât si tôt à sa conquête de la Terre sainte. Dix jours de siège avaient eu raison de ces briseurs de rêves, mais l'expédition devrait désormais effectuer des traites plus longues, d'une lieue voire plus par jour, afin de combler le retard. La chaleur arriverait très vite en ce printemps 1799, et le chirurgien Larrey redoutait la venue de grandes maladies et d'un fléau redoutable, la peste. L'ange noir, comme l'appelait le docteur Desgenettes, volait déjà au-dessus de la troupe. Il était dans les esprits, s'insinuait dans les songes, la nuit, se muait en cauchemar.

Oui, plus il cheminait vers la Terre sainte, plus Venture de Paradis maudissait son ami Volney. D'autres descriptions étaient fausses. Les points d'eau étaient approximativement décrits et les éclaireurs perdaient des heures à chercher leurs emplacements, lorsqu'ils existaient. Mais peu à peu, Venture de Paradis en voulut encore davantage à Bonaparte, qui avait fondé ses certitudes de conquérant sur des descriptions anciennes de trois lustres.

Venture de Paradis se retourna. Comme pour confirmer ses doutes, la colonne s'étalait sur une demi-lieue, avec des charrettes d'eau, de fourrage et de bois. Bonaparte comptait vivre de pillages. Or il n'avait trouvé que de pauvres bourgades dénuées de tout. Les espions du général Lagrange, des bougres loyaux et grassement payés, ramenaient de précieuses informations, mais les lieutenants de Bonaparte ne les écoutaient guère, se méfiant de ces Bédouins hirsutes et sales. Venture de Paradis ne se plaignait pas de ces longues étapes, de ces courses dans le désert où l'eau se cachait tel un serpent sous les replis de la dune. Il maugréait cependant contre ces incapables de l'armée, ces jean-foutre plus préoccupés par leur carrière que par la réussite de l'expédition. Maints d'entre eux avaient leur bâton de maréchal dans la giberne. Il avait l'impression que tous s'épiaient, prêts à sortir leur sabre non pour trancher l'ennemi mais pour contrer le rival, avec en ligne de mire un horizon flou de médailles, de décorations et de galons.

Devant lui, en tête de colonne, les cavaliers du régiment des dromadaires, nantis chacun de quatre pistolets reliés à la selle par des filins de soie, commençaient à s'inquiéter de la rareté des puits. Dotés d'un fusil et d'une lance, en turban et manteau arabe, ils avançaient tels les éclaireurs de l'armée d'Alexandre. Les provisions embarquées étaient maigres et ils n'avaient guère d'autre choix que de maintenir le cap jusqu'à la prochaine escale, synonyme de pillages, de têtes tranchées et de femmes abusées.

À force de petites batailles, les guerriers sont parfois nostalgiques de la vraie guerre. Sur son dromadaire, Venture de Paradis maugréait. L'armée d'Orient se fatiguait de ne point se frotter à l'adversaire. De faux combats épuisaient ces soldats sur le qui-vive jour et nuit, harcelés de toutes parts, en route ou au repos. L'avant-garde partait en reconnaissance pour chasser les cavaliers arabes signalés au loin. Lorsqu'ils revenaient, bredouilles, de leur chevauchée, ils découvraient que d'autres assaillants avaient livré une escarmouche sur la colonne. Ce n'était pas une guerre, mais une suite de piqûres d'insecte qui à la longue harassaient les corps et les esprits.

Pour se venger, Kléber avait voulu impressionner les autochtones. Quand il avait su que des voleurs avaient été arrêtés, il avait fait mander leurs chefs, quatre cheikhs.

– Rassemblez-moi toute la division !

Les soldats de Kléber comprirent qu'un moment solennel avait sonné. Ils se formèrent en carré dans le plus grand silence.

– Amenez-moi les dés ! hurla Kléber.

Venture de Paradis demanda aux interprètes de traduire les propos du général. Les quatre cheikhs devaient lancer les dés chacun à leur tour. Celui qui obtiendrait le nombre le plus élevé serait fusillé pour l'exemple. Les trois autres devraient payer six bœufs pour avoir la vie sauve. Le deuxième cheikh obtint le nombre six. Il éleva la voix, tenta de protester.

– Il dit que ce n'est pas juste, traduisit Venture de Paradis, il ne mérite que la main coupée, deux au plus, mais pas la vie !

– Dites-lui que nous sommes en temps de guerre, et que la loi, c'est ma loi !

Le cheikh fut aussitôt fusillé. Deux Albanais capturés dans le fort El-Arich et qui avaient été épargnés en s'enrôlant dans l'armée française voulurent se livrer à un excès de zèle et trancher la tête du cheikh, mais Kléber s'interposa.

– Pas encore, lança-t-il à Venture de Paradis, dites-leur d'attendre quelques jours !

Les allées et venues du chirurgien Larrey inquiétaient plus que tout les officiers. Le médecin était un homme plaisant et joyeux malgré ses humeurs et ses nostalgies. Cependant personne n'aimait son regard inquisiteur, son expression dubitative lorsqu'il observait une joue, un cou, une main, guettant une tache sombre. On redoutait ses traits, ses remarques.

– Oh là, soldat, viens un peu ici, qu'as-tu au bras ?

Et le soldat montrait son bras, soumis et terrorisé dans l'attente du verdict. Le chirurgien ressemblait à un vautour qui extrayait du lot son cortège de galeux et de pestiférés.

Le soir, au bivouac, il n'était guère apprécié et personne ne le conviait à s'asseoir. Au-delà de Gaza, lors d'une halte à onze heures de la nuit, il entendit près d'un feu de camp son surnom voler au-dessus des escarbilles : « Voilà le docteur la Peste. »

33

L'Au-delà, disent les vieux nomades du Sinaï, remplace l'absence de puits mais point le plaisir de se désaltérer. L'armée d'Orient avait grand soif. Les points d'eau étaient de plus en plus espacés. Les rares *bir* ne suffisaient pas pour toute la troupe de Bonaparte. Certains se firent brûler la cervelle, la langue pendante. Trente autres, sous-officiers et hommes du rang arrivés près d'une margelle, moururent étouffés sous le poids de la cohorte derrière eux, qui se pressait pour étancher sa soif. Plusieurs dizaines ne purent se relever pour continuer la marche. Le général Reynier leur ordonna de se rendre dans un bois de dattiers, à deux lieues de là. Mais les hommes assoiffés étaient incapables de bouger un orteil. Alors le général se mit à genoux, gratta le sol pendant une heure et découvrit comme par miracle une eau saumâtre. Tous les soldats en firent autant et des dizaines de points d'eau virent le jour, bordés par cent cadavres qui ne trouvèrent nul volontaire pour leur offrir une sépulture.

Venture de Paradis se rassurait en regardant le visage de la jeune intendante. Il appréciait grandement cette femme réservée qui aurait pu être sa fille. Hortense Saint-Meri semblait ne rien craindre, ni les assauts des cavaliers arabes ni la faim ou les frémissements de l'« ange noir ». Elle admirait la mer et laissait son esprit se perdre dans les méandres des vagues de sable. Que venait-elle faire dans cette armée ? Venture de Paradis ne se contentait pas de ses arguties le soir lorsqu'il l'invitait sous la tente des interprètes. La solde ne pouvait représenter sa seule motivation. Elle cachait une secrète mission, à moins qu'elle n'eût entrepris ce voyage par rédemption et amour de Dieu à la fois. Elle était chaque jour plus radieuse alors que l'armée dépérissait ou que la troupe demandait à boire du vin pour calmer sa soif de sang et de rapines. Était-ce l'approche de la Terre sainte qui la mettait en joie ? Venture de Paradis l'observait à la dérobée. Même la peste n'aurait su détourner cette jeune créature de son chemin de croix. Les hommes du rang lui témoignaient du respect. Jamais Venture de Paradis n'avait entendu sur elle une remarque grivoise, un propos déplacé. Les cantinières, elles, étaient aptes à la repartie, et promptes à attirer le regard pour exiger un écot. Le stoïcisme de l'intendante en imposait. Nul ne savait ce qui se cachait derrière son regard embué de songes.

La grogne montait dans la troupe. Les trois quarts des généraux, avait dit Bernoyer à Venture de Paradis, ne voyaient pas d'un œil favorable cette expédition périlleuse, alors que les flottes turque et britannique bombardaient Alexandrie. Mais seul le général Lagrange avait eu l'audace de s'opposer au rêve de conquête de Bonaparte. Aller au-devant de Djezzar Pacha, le pacha d'Acre, exigeait d'affaiblir la garnison du Caire. S'aventurer loin des rives du Nil signifiait abandonner la troupe au fanatisme de la population, travaillée au corps par des mollahs acquis à la cause des mamelouks. Bonaparte cependant n'avait pas écouté

Lagrange. En bon traducteur, Venture de Paradis s'amusait à décrypter les états d'âme du chef de l'armée : il ne pensait qu'à devenir empereur de l'Orient.

Venture de Paradis, lui, songeait à sa mission. Chaque jour ou presque, il parvenait à gagner un peu plus la confiance du général en chef, qui ne cessait de le consulter :

– Venture, dis-nous ce que tu as appris aujourd'hui.

Le drogman livrait l'essentiel de ses informations, disséquées, analysées. Il s'amusait à donner le meilleur et à retenir le pire, ou l'inverse, selon son humeur du jour.

– Général, vous aurez la tâche difficile à Jaffa.

– Quoi ? Cette misérable forteresse au-dessus de la mer ! Nous la raserons. Mes hommes n'en feront qu'une bouchée !

Bonaparte arpentait le tapis de sa vaste tente. Il s'approchait sans cesse des cartes dépliées sur la table, puis revenait vers Venture de Paradis. Ses cheveux sales tombant sur sa redingote de toile bleue, le chef de l'armée d'Orient avait l'œil vif et ne cachait pas son énervement.

– Vous rencontrerez de la résistance, général, insista le drogman. Les mamelouks ne se rendront pas si aisément.

– Nous materons, mon cher Venture, tous ces vauriens qui se battent pour la Porte !

– Ils ne se battent pas pour la Porte, mais pour le pacha d'Acre.

– Raison de plus. La Porte en a assez de ce gredin qui n'en fait qu'à sa tête !

– Sa tête, il l'a entièrement, général. Mes agents me disent qu'il a fait redresser tous les vieux murs de Saint-Jean-d'Acre tombés depuis la défaite des croisés.

– Alors, je ferai tomber sa tête ! Pour venger les croisés, j'ai des chevaliers de Malte à mon service depuis la prise de La Valette et ils composeront l'avant-garde. Ce Djezzar Pacha n'a qu'à bien se tenir.

Bonaparte détailla la carte dessinée par son état-major sur la foi des agents de Venture et des constats dressés par Volney. Il pointa du doigt Jaffa, puis Saint-Jean-d'Acre.

– Jaffa, c'est le verrou. Il doit sauter très vite. Les grandes chaleurs arrivent, à côté desquelles l'été de ma Corse est une galéjade. Nous allons raser tout cela en moins de deux !

Venture de Paradis laissait planer de longs silences avant de répondre au général en chef, ce qui ne faisait qu'accroître sa fureur. Bonaparte semblait parfois regretter de ne pas avoir assez préparé sa conquête. Il avait négligé l'intendance, préférant s'en remettre à sa bonne fortune et aux provisions abandonnées par les Ottomans, lesquelles étaient misérables en nombre et de qualité avariée, hormis les dix mille rations de biscuit noir et les sacs de riz récoltés à Gaza.

– Il est vrai que nous devons faire vite, général. Nos soldats sont contraints de manger des ânes et des chameaux.

– Eh bien, pour la gloire de la France, ils devraient même manger des rats !

– Vos généraux mangent déjà des chevaux.

– Cela ne leur fait pas de mal, et encore moins à ce fat de Lagrange !

Venture de Paradis estima qu'il était temps de lui parler de son dessein, quand Berthier pénétra sous la tente, l'air fougueux.

– Général, nos hommes ont le ventre creux !

– Je le sais, Berthier. Mais encore ?

– Ils n'ont rien.

– Ils auront ! Demain, nous investissons Jaffa.

– Ce n'est pas si sûr ! L'ennemi risque de tenir.

– Alors, nos ventres tiendront aussi. Prenez sur les réserves de ma garde et augmentez les rations.

Furieux, Berthier tourna les talons. Bonaparte aimait et détestait à la fois ce général tonitruant qui le rudoyait à l'occasion, dans les limites de l'art, avec force et respect.

– Venture, dis-moi ce que tu as sur le cœur.

– Général, nous devons nous rallier les populations locales.

– J'œuvre pour cette concorde depuis que j'ai quitté Le Caire ! Nous marcherons sur Damas et amadouerons les Druzes et les maronites. Les Arabes ont besoin d'un chef, de quelqu'un qui ne soit ni ottoman ni mamelouk. Je serai celui-là !

– Il y a d'autres populations, général.

– Les chrétiens ? Je viens de te dire que nous aurons avec nous les maronites du mont Liban.

– Non, d'autres encore...

– Les juifs ?

– Oui, les juifs. Ils peuvent nous aider. Nous devons leur promettre la libération.

– Je n'ai fait que cela en Italie, et d'abord à Venise, avec ce ghetto dont j'ai ouvert les portes. Les juifs peuvent me remercier !

– Ils vous remercient, avança Venture de Paradis.

Bonaparte, qui faisait les cent pas sous la tente, s'arrêta et regarda le drogman, puis Bourrienne, son aide de camp. Venture de Paradis se méfiait de ce secrétaire particulier, qu'il jugeait mesquin et trop servile.

– Au fait, au fait, Venture ! Dis-moi ce que tu as à me dire.

– Les juifs, général, se sont longtemps contentés de la tutelle des Ottomans. Ils remercient en public les sultans de Constantinople de les avoir protégés depuis leur fuite d'Espagne, mais beaucoup disent en privé que les vexations sont légion. Des juifs d'Europe centrale arrivent aux abords de Jérusalem et à Safed, haut lieu du judaïsme et de la kabbale, en Galilée.

– Eh bien, que pouvons-nous faire ?

– Les aider, général, leur donner leur liberté. Les émanciper.

– Certes, comme la Révolution l'a fait en 1791. Mais qu'avons-nous à y gagner ?

– À y gagner ? Mais tout, général ! Si nous leur donnons une terre, si nous leur garantissons une République, ils seront acquis à notre cause.

– Ils ne sont guère nombreux en Palestine.

– Certes, mais quelques-uns tiennent les cordons de la bourse de toute la contrée, les trésors des pachas du Levant. Le ministre des Finances de Djezzar Pacha est un homme puissant. Il s'appelle Haïm Farhi, il est juif et issu d'une grande famille de banquiers damascènes. Si les financiers et les rabbins se rallient, les Ottomans se sentiront isolés.

– Que doit-on leur donner ?

– La Terre promise, la Terre sainte pour eux. Et demander aux juifs d'Europe de venir dans cette République vénérée sous le nom d'*Erets Israël*, l'ancien royaume de Jérusalem...

Bonaparte continuait de marcher sous sa tente. Il jetait de temps à autre des coups d'œil aux cartes dépliées, à côté desquelles étaient posées *Les Souffrances du jeune Werther*, un livre qu'il avait confisqué à Berthier pour en lire quelques pages avant de délaisser ce « roman pour mijaurées ».

Il convoqua Monge, le compagnon de toujours, le savant qui avait enseigné à l'École militaire du Champ-de-Mars, et le pria de déclamer quelques pages des Saintes Écritures. À écouter les paroles bibliques, ces descriptions simples et précises, le général en chef se demanda s'il n'aurait pas mieux fait de se fier aux Évangiles plutôt qu'à ce maudit Volney. Il écrivit quelques notes sur son carnet avant de congédier Venture de Paradis.

34

Djezzar Pacha toisait ses hôtes avec un air de défiance. Le visage massif, vêtu d'une longue djellaba blanche, coiffé d'un turban qui cachait en grande partie ses cheveux blancs de septuagénaire, le ventre ceint d'une étoffe de flanelle, il inspirait naturellement la crainte à ses conseillers. Les serviteurs guettaient le moindre de ses gestes et redoublaient d'imagination pour deviner ce qu'il signifiait par un simple haussement de sourcils.

Le palais de Djezzar Pacha jouxtait la mosquée. Des arcades entouraient un patio où abondaient figuiers, araucarias et rosiers. Des jardiniers virevoltaient autour du massif de fleurs car il était dit dans tout le pachalik d'Acre, qui s'étendait jusqu'à Tibériade, Sidon, Beyrouth, Damas, Jérusalem et Césarée, que le maître de la citadelle aimait les roses. Les marchands et riches négociants venant acheter des biens dans le port d'Acre lui offraient des pétales séchés, des herbiers, des cadres avec des fleurs collées. Djezzar Pacha ne détestait pas qu'on le flattât, même lorsque les manœuvres se révélaient trop évidentes. Toujours le flatteur demeurait soumis au bon vouloir du prince, qui tranchait les têtes comme on coupe une bouture.

Les émirs et les cheikhs défaits venaient lui promettre fidélité avec la peur de repartir enchaînés, voire avec une condamnation pour l'échafaud. Djezzar Pacha cependant ne dévoilait jamais ses intentions dès le premier instant. Fidèle à sa réputation de « Boucher de Saint-Jean-d'Acre », il réservait le meilleur pour la fin et d'un mouvement de la main laissait son vassal en vie ou ordonnait sa mise à mort. Lors de ses accès de magnanimité, surtout pendant le ramadan, il commuait la peine de mort en détention dans un cachot sordide. Les condamnés préféraient parfois le billot à cette descente aux enfers.

Quand ils pénétrèrent dans le palais de Djezzar Pacha, Antoine de Phélippeaux et Sidney Smith n'ignoraient rien de tout cela. Né dans une famille de gueux en Esclavonie, le pays des esclaves entre la Bosnie et la Hongrie, chrétien converti à l'islam dès le plus jeune âge, Djezzar Pacha manifestait des signes d'affection pour les gens capturés par sa flottille de caïques. Plusieurs d'entre eux étaient à son service. D'autres avaient été nommés officiers de son armée et mataient les félons dans les villes insoumises. Leur tâche la plus difficile pour l'heure consistait à empêcher les Druzes de descendre de leurs montagnes du Liban. Mais un autre péril menaçait, au septentrion d'Acre cette fois.

Djezzar Pacha plongea la main dans la coupe de raisins que lui tendait un jeune domestique. Deux poignards sertis de diamants dépassaient de la large ceinture qui ceignait sa djellaba blanche. Un crachoir était disposé à ses pieds, dont il se servait allègrement. Il invita les deux Francs à s'asseoir tout en les détaillant longuement. Il aimait les silences car ils lui permettaient de jauger ses invités, de mesurer leur crainte ou leur outrecuidance. Antoine et Sidney Smith adoptèrent un juste milieu, se montrant à la fois confiants et respectueux. Eux aussi savaient compter avec ces longs instants, où le moindre geste était plus éloquent qu'un discours.

Après avoir bu un thé et dégusté une pâtisserie, Antoine de Phélippeaux tendit au pacha la lettre du sultan de Constantinople. Djezzar Pacha se la fit décacheter par un conseiller qui la lut lentement. Elle annonçait des renforts anglais et turcs pour les troupes de Djezzar, « placées sous l'autorité de la Porte », termes qui engendrèrent sur le visage du potentat une expression de mauvaise humeur. Tout ce qui rappelait le pouvoir du sultan ottoman lui déplaisait grandement. La lettre évoquait aussi l'imminence de l'arrivée des troupes françaises dans un paragraphe qui suscita une éructation du pacha et un commentaire :

– Cela, nous le savons déjà ! Nous avons des hommes dans chaque village jusqu'à El-Arich, et même des agents dans la troupe de ce maudit Français.

Le firman de Sélim III rappelait habilement que le maître de la place avait toute latitude pour décider des efforts à déployer afin de contrer l'avancée de l'ennemi. Il pouvait à sa guise se porter à la rencontre de l'armée française ou subir un siège dans la place forte.

– Nous avons bien sûr quantité de munitions à notre bord et des canons qui peuvent servir sur mer comme sur terre, dit Sidney Smith, guettant la moindre réaction du maître de céans.

– Des canons, nous en aurons besoin lorsque ces bâtards parviendront dans mon pachalik ! Mais il faudra beaucoup d'audace à ce Bonaparte pour passer le barrage de Jaffa. Là-bas, mes hommes l'attendent de pied ferme !

– Si Votre Excellence le permet, nous l'attendrons ici, lança Antoine de Phélippeaux. Les colonnes de Bonaparte vont s'étirer sur des lieues. Il n'aura guère l'opportunité de s'approvisionner en chemin. Quant au ravitaillement par mer, nous y veillerons. Le *Tigre* est assez bien armé pour couler tout bâtiment français qui oserait s'aventurer jusque sur vos côtes.

Encadré par deux drogmans qui se relayaient pour traduire, Djezzar Pacha écoutait le Français, qui avait pris soin d'épingler sur sa veste la médaille britannique remise à l'Amirauté de Londres. Le seigneur de Saint-Jean-d'Acre pesait les arguments de Phélippeaux et les avantages de compter sur ces forces étrangères. Certes, l'arrivée des soldats anglais et du *Fransawi* pouvait porter ombrage à son prestige dans les contrées du Levant sur lesquelles régnait son orgueil. Mais, à tout prendre, une égratignure à son pouvoir absolu n'était rien au regard des périls qui s'annonçaient au sud. Il lui fallait mettre toutes les chances de son côté et contrer les visées de ce Bonaparte qui menaçait son trône. Il se méfiait cependant du firman de Sélim III, et pensait que le sultan de Constantinople n'attendait qu'une chose, placer un rival dans ce fief qui commandait l'accès à la Palestine et verrouillait le Levant. Mais l'immense domaine de la Porte était désormais trop fragile, vacillant sur des fondations de sable. Les marches de l'Empire grognaient, les vassaux se révélaient de plus en plus félons et vouaient aux gémonies leur lointain suzerain. Les collecteurs d'impôts n'osaient plus s'aventurer dans nombre de bourgades de peur d'être sabrés, et le pacha recueillait sa propre gabelle, au détriment du sérail. Pour entretenir sa cour et son armée, Djezzar Pacha avait de grands besoins. Il imposait tout commerce, et les pèlerins chrétiens devaient s'acquitter d'un écot d'une piastre pour se rendre en Terre sainte.

Phélippeaux laissa Sidney Smith exposer ses plans de défense du bastion, dont les murailles étaient à présent trop lézardées pour résister à l'artillerie de Bonaparte. Puis il reprit la parole et détailla son projet :

– Il nous faut, Votre Excellence, attaquer Bonaparte sur ses flancs. Même si la vaillance de vos armées n'est pas en question, nous ne pouvons nous permettre de perdre des forces dans l'assaut frontal. Or la colonne de l'armée d'Orient, ainsi qu'elle se dénomme elle-même, s'étire sur une lieue au moins. Bonaparte sera contraint de laisser des hommes en chemin, et là nous pourrons le harceler. Et surtout, nous devons rallier les populations locales.

Djezzar Pacha se redressa sur son sofa recouvert d'une étoffe rouge brodée d'or. Il pouvait passer de la quiétude au courroux d'un instant à l'autre, et toute la salle le savait. L'avantage que possédaient Phélippeaux et Smith sur les conseillers et lieutenants du pacha était qu'ils se souciaient fort peu de ces effets de manche, protégés par le firman du sultan de Constantinople. Leur flottille représentait leur autre blanc-seing, trois vaisseaux, autant de forts flottants face aux murailles de Saint-Jean-d'Acre.

– Rallier les populations locales ? Mais elles me sont déjà acquises ! tonna Djezzar Pacha. Si elles bougent le petit doigt, leur sort est scellé. Le cimeterre est la seule loi qui vaille par ici !

– Nous l'entendons bien ainsi, monseigneur, dit Sidney Smith. Nous savons votre puissance et votre aura est connue jusqu'aux remparts du sérail de Constantinople.

À ces mots, le pacha esquissa un geste afin qu'on lui versât de l'eau parfumée sur les mains. Antoine contemplait son turban irradié par la lumière douce et ne savait s'il devait éprouver de l'admiration pour le personnage ou de la méfiance. Il opta pour la prudence et préféra attendre.

– Monseigneur, si nous ne faisons pas connaître nos desseins aux populations environnantes, nous les livrerons sans le vouloir à Bonaparte, reprit Antoine. Nous savons déjà qu'il va se rapprocher des juifs. La paternité d'une fausse lettre va lui être attribuée. La vraie missive, appelée « la Lettre rouge », vient d'Europe centrale et proclame l'avènement d'un messie. Il s'empressera, sitôt la nouvelle proclamée, d'endosser ce rôle et promettra de rétablir l'ancien royaume de Jérusalem.

Djezzar Pacha caressait les poils de sa barbe. Soucieux, le front barré par des rides d'inquiétude, il ne perdait pas une miette des propos traduits par ses deux drogmans.

– Vous savez que les juifs sont mes amis. Ali, va me chercher Haïm Farhi !

Quelques instants plus tard, un dignitaire apparut, noblement vêtu d'une cape verte et d'un turban bleu. Ses gestes et sa démarche leur semblèrent d'une grâce infinie.

– Voilà mon ministre des Finances, Haïm Farhi. Il est juif, comme vous le voyez à la couleur de son turban, et il jouit ici de toute liberté.

Antoine se souvint des paroles de Sidney Smith à bord du *Tigre*, à l'approche des côtes de la Terre sainte. Haïm Farhi tenait les cordons de la bourse d'Acre. Il contrôlait le Trésor, surveillait les dépenses du palais, donnait son avis sur le montant des impôts, péages et octrois. Avec noblesse et lenteur, le ministre des

Finances vint s'asseoir à la droite du pacha. Il était d'une souplesse étonnante pour son âge. Son visage se découvrit avec la lumière qui descendait des moucharabiehs et de l'étage supérieur. Antoine réprima un sursaut. Il manquait au ministre une oreille et une portion du nez. Antoine comprit qui avait tenu le sabre.

– Nous avons de fidèles conseillers entre les hauts murs d'Acre, poursuivit Djezzar Pacha en parcourant de la main gauche le fourreau du poignard orné de pierres précieuses qu'il portait à la ceinture. Une telle constance a certes exigé son lot de pénitences, mais je dois dire que les récalcitrants demeurent quand même mieux traités ici qu'aux Sept-Tours d'Istanbul. Les juifs sont donc nos amis et le ministre Haïm Farhi peut en témoigner.

Haïm Farhi s'inclina, puis regarda droit dans les yeux Antoine de Phélippeaux. Malgré son profil au nez coupé, il se dégageait de sa personne un certain charme, une élégance de vieux meurtri qui aurait gardé sa dignité.

– Les juifs peuvent compter sur la protection de notre maître Djezzar Pacha, assura Haïm Farhi d'une voix posée et ferme en même temps. Fidèle à l'esprit de la Porte et de nos sultans, Son Excellence nous permet de pratiquer notre culte et nous avons ici, dans les vieilles rues d'Acre, une synagogue que mes coreligionnaires des villages avoisinants fréquentent le jour du sabbat.

Haïm Farhi s'exprimait avec éloquence, en déployant ses mains qui sortaient des larges manches de son caftan. Curieusement, il semblait ne pas craindre Djezzar Pacha, même s'il n'avait d'autre choix que de le servir. Antoine de Phélippeaux comprit que l'un et l'autre étaient liés comme les pierres de la citadelle.

Indispensable à Djezzar pour ses liens avec les banquiers de Damas, Haïm Farhi avait besoin du seigneur pour protéger les siens. Saint-Jean-d'Acre était le seul port sur des lieues de distance et l'un des rares havres protégés du Levant pour les pèlerins chrétiens, juifs et musulmans. Avoir rang de ministre des Finances dans la place équivalait à détenir les clés d'un incroyable trésor. Régner sur cette cassette conférait non seulement un prestige considérable, mais aussi la certitude de léguer aux siens un statut de citoyens importants, fût-ce dans les bourgades les plus reculées, comme Tibériade et Safed.

– Les juifs sont mes protégés, reprit Djezzar Pacha, et je ne vois pas comment ce misérable général français, qui aurait pu être sous mes ordres s'il avait donné suite à son désir de servir notre sultan de Constantinople, pourrait manœuvrer afin de les rallier à son petit panache.

– Je crois, monseigneur, qu'il essaiera non seulement avec les juifs, répondit de Phélippeaux, mais aussi avec les Druzes, les maronites et les Arabes...

À ces mots, Djezzar Pacha saisit une baguette de bois posée sur la table basse face à lui et la brisa.

– Qu'il ose ! Nul ne peut me défier sur ces terres et sur ces mers ! Ceux qui ont essayé sont encore en train de croupir dans mes geôles ou sont enterrés, lorsqu'ils n'ont pas été dévorés par les vautours ! Ce chacal de Bonaparte aura le même sort.

Les conseillers et officiers du pacha ne bougeaient pas d'un pouce. Redoutant par-dessus tout les foudres de leur seigneur, ils préféraient rester cois que risquer une seule parole malheureuse.

– Votre Excellence, nous sommes là pour vous assister dans la défense d'Acre, poursuivit Antoine de

Phélippeaux. Le sultan compte sur vous pour sauver l'empire...

Djezzar Pacha reprit son calme. Les paroles du *Fransawi* l'avaient apaisé. Ce voyageur étrange, jeune et sûr de lui, avait raison : le sort de la Sublime Porte était entre ses mains. Si Bonaparte parvenait jusqu'à ces rivages, cela signifierait que Jaffa était tombé, comme El-Arich et Gaza. Il prendrait appui sur le mont Carmel et bataillerait pour couper les arrières du pachalik, par la route de Nazareth. Que pouvaient manigancer les chrétiens de cette côte ? Et les juifs de Safed ou de Tibériade ? Quant aux Arabes, aucun de ses conseillers ne pouvait le rassurer sur ce point. Eux-mêmes étaient manipulés par ces maudits Druzes et les hommes d'Omar el-Daher, ce sacripant qui méritait de mordre la poussière.

Djezzar Pacha considéra à nouveau ses deux interlocuteurs. Le Français et le Britannique semblaient être de bons guerriers, aptes au commandement, l'un sur terre, l'autre sur mer. Il songea aussi au firman du sultan qui trônait sur la table basse. Rien ne l'obligeait à suivre les ordres du sérail. Il se ferait un malin plaisir, au contraire, à désobéir, comme nombre de satrapes dans les provinces en tumulte. Il avait déjà eu maille à partir avec Sélim III, mais le sultan ne pouvait se permettre d'envoyer de nouvelles troupes pour occuper la citadelle, au risque d'amoindrir ses forces dans d'autres gouvernorats.

Sidney Smith assura le pacha de sa loyauté. Il détailla les armes de sa flottille et lui proposa de défendre les murailles depuis la mer par des tirs de barrage sur un éventuel assaillant, quitte à descendre vers le sud et le bourg de Haïfa. Antoine l'écoutait tout en méditant sur sa présence à Saint-Jean-d'Acre.

Il se souvenait du jour où il avait été nommé chevalier de Notre-Dame du Mont-Carmel sans pouvoir saisir alors toute la puissance de cette nomination. Il se sentait si proche désormais de cette terre, à quatre lieues de Saint-Jean-d'Acre. Sans doute la bataille avec Bonaparte allait-elle se dérouler sur le mont même du Carmel, lieu béni des chrétiens, des musulmans et des juifs, qui tous vénéraient le prophète Élie.

35

La patience est une guerre qui se livre souvent avant la vraie bataille. Antoine de Phélippeaux passa la journée du lendemain à visiter Saint-Jean-d'Acre et ses murailles flanquées de tours en compagnie de Sidney Smith, dont la mine était resplendissante. La place n'était pas aussi bien défendue qu'il y paraissait vu du *Tigre*. Si des canons de mitraille avaient été hissés sur les fortifications et des pièces d'artillerie sur les postes d'observation, certains remparts étaient en mauvais état. Les pierres jaunes semblaient disjointes et les assauts de la mer avaient déjà sapé maintes fondations. Mais l'essentiel des murailles avait été redressé par Djezzar Pacha, depuis son arrivée au pouvoir en 1775.

Volney s'était donc trompé. Il avait décrit une ville en ruine. Or elle se révélerait citadelle imprenable, après quelques aménagements de rigueur. Le disciple de Condillac et des idéologues s'était-il réellement aventuré jusqu'ici, se demanda Antoine, ou s'était-il appuyé sur le récit d'un autre voyageur ?

– Il m'est avis, mon cher Sidney, que notre Bonaparte a sans doute la même relation de voyage entre les mains et que ce Volney l'aura floué lui aussi.

– Portons la bataille au plus près, descendons à Jaffa ! s'impatienta le Lion des mers.

– Pas si vite, répliqua Phélippeaux. Nous saurons bien assez vite où il se terre, ne brusquons pas le cours des événements. Nous pourrions au mieux croiser le fer sur le mont Carmel, position favorable car en hauteur. Les tirs croisés de nos trois bâtiments nous y aideront.

– À condition de monter les canons au-dessus de Haïfa.

– Je sais. Je dois m'y rendre. L'autre solution est de l'attendre ici.

– Alors, ce Bonaparte gagnera du temps, et il pourra rallier davantage d'indigènes !

– Patience, amiral ! Nous avons sur lui au moins un avantage. Bonaparte croit sans doute que ces remparts sont délabrés. Nous allons les fortifier. Et advienne que pourra.

Les deux hommes déambulèrent longtemps dans les ruelles de la ville baignée par une belle lumière de printemps. Ils levaient de temps à autre la tête et apercevaient des femmes cachées derrière des vantaux de bois. Ils longèrent la muraille qui jouxtait la digue et marchèrent par un jeu de passerelles au-dessus du port des Pisans. Au fil des croisades, les Francs avaient construit différents quartiers. Les Templiers possédaient le leur, le long de la mer. Les chevaliers de Saint-Jean disposaient de la citadelle, devenue le palais de Djezzar Pacha. Les Pisans bénéficiaient d'un carré entier défendu par des gardes exigeant un octroi, ce qui avait incité les Templiers à creuser un tunnel sous leur concession jusqu'au port.

Antoine de Phélippeaux et Sidney Smith parvinrent sur les remparts de la petite église Saint-Jean bâtie sur les vestiges d'une chapelle détruite par les mamelouks après le départ des croisés et des hospitaliers à la fin du XIIIe siècle. Les deux compagnons pénétrèrent dans le lieu de culte qui dominait la mer, à la pointe sud de la ville. Antoine fut ému dès les premiers pas. Dans cette église aux murs épais de pierres blanches se lisait toute l'histoire de la ville, le règne des croisés, la création de comptoirs par les négociants de Venise, de Gênes et de Pise, les ordres de chevaliers. Une fenêtre donnait sur le large, vide de toute voile. Une vieille citerne conservait de l'eau en abondance. Plus loin, quatre colonnes de granit étaient décorées de céramiques grecques. L'endroit était magique, et Antoine crut voir déferler sur les remparts, à l'entrée de l'église, des hordes de cavaliers, des moines-soldats, des franciscains subissant un siège. Une excavation dans une colonne assez large pour qu'un homme pût s'y glisser donnait sur un puits à l'ouverture étroite. Était-ce un confessionnal ou un endroit réservé aux musulmans afin qu'ils accèdent au puits sans fouler le sol de l'église ? Smith lui aussi était entré dans un silence envahi de songes, comme s'il avait lui-même vécu les croisades. Pendant cinq siècles, jusqu'à sa reconstruction cinquante ans plus tôt, cette église avait dû servir à toutes sortes de fins, entrepôt, arsenal, cache, magasin pour les commerçants de ce port ouvert sur la Terre sainte, garnison pour mamelouks et Ottomans.

En sortant sur la muraille, Antoine porta son regard vers le mont Carmel. Il s'aperçut que le récif de la tour des Mouches, dans la baie, pouvait fournir un excellent point d'appui pour l'artillerie. Il décida d'y placer un canon afin de balayer le rivage de sable.

Les deux hommes s'en retournèrent vers les ruelles ombragées aux multiples petits ponts, impasses, contreforts formant un véritable labyrinthe. Antoine se sentait bien dans cette ville hybride. Il aimait ce mélange de religions, d'architectures, de siècles, de gens. Malgré sa cruauté, Djezzar Pacha avait invité les chrétiens, les juifs et les chiites à demeurer dans la cité fortifiée. Les fastes et les splendeurs d'hier étaient cristallisés dans les pierres et les murailles, afin de rappeler au voyageur et au pèlerin que Saint-Jean-d'Acre avait été la capitale du royaume latin de Palestine, lorsque Jérusalem était tombée entre les mains de Saladin. La ville portait encore les stigmates des conquêtes et reconquêtes, razzias de pillards, vengeances au glaive et pardons devant la croix.

Antoine rentra dans ses appartements, à l'intérieur d'une vaste maison bâtie sur un remblai avec une avancée en bois et en verre surmontée d'une glycine. Les arcades en ogive qui ouvraient sur une mosquée étaient bordées d'un vieux figuier qui exhalait des senteurs fortes. À l'intérieur, les salons se prêtaient au jeu de la lumière reflétée par la mer grâce à de grandes fenêtres aux arches intérieures. Dans la cour, une treille virevoltait sur des ferronneries aux arabesques compliquées. Antoine discernait dans ce déferlement de courbes et de nuances quelques réminiscences de Venise et de Byzance, fantaisies ottomanes et caprices des architectes mahométans. Le souverain de Constantinople était omniprésent dans les pierres de la cité fortifiée. Là-bas, Antoine pouvait compter sur un homme sûr : le chevalier de Tromelin, de retour sur les rives du Bosphore pour le tenir informé des agissements du sultan.

Émile occupait une petite maison adjacente de deux pièces, où il conviait régulièrement de belles houris. Antoine avait fini par lui interdire de tels usages.

– Oh là, veux-tu avec de telles fréquentations que nous finissions empalés sur les remparts ?

– Je crois, au contraire, mon maître chaste, qu'il est recommandé d'adopter les coutumes de ce pays si nous ne voulons pas dépérir. Et à défaut de harem, je me contenterai de ces gentilles filles de nuit !

– Compagnon, ne plaisante pas avec ces choses-là, tu ne sais pas à quelles épreuves on nous soumet. Dis-toi qu'un seul conseiller malintentionné de Djezzar Pacha peut nous envoyer aux oubliettes s'il invente une histoire avec une femme du cru !

– Certes, certes, je dois avouer que l'argument est recevable. Cependant, je demande à pouvoir jouir de ma liberté en dehors de ces appartements. Je réserverai mes attentions aux seules filles vénales.

– Si je ne puis m'y opposer, au moins, sois prudent ! Mais gare à toi si tu fréquentes les hammams les plus crasseux et les bouges où se mélangent la gale et le pèlerin !

Ils rirent de bon cœur et ainsi fut signé le pacte entre les deux amis. À la nuit tombante, Émile disparut pour s'aventurer sur des couches mal famées.

Sidney Smith logeait plus loin avec ses officiers, dans la cour du khan al Faranj. Le caravansérail des Francs se nichait au-delà du bazar aux ruelles quasiment souterraines des toits et des édifices reliant les maisons les unes aux autres en un entrelacs délicat. À l'étage, des chambres avaient été aménagées sur la coursive, meublées de tapis, de sofas et de meubles à l'occidentale : tables, armoires et fauteuils. Quand il rejoignit son ami, Antoine remarqua des signes gravés dans la pierre au rez-de-chaussée, sur l'ogive des cellules. Le drogman du pacha, un homme sans turban et au visage émacié qui s'appelait Élias, lui signifia qu'il s'agissait de la marque d'un ordre religieux chrétien.

– Sans doute la signature d'un homme arrivé de Rome.

– Je reconnais ce signe..., dit Antoine, surpris.

Sur la coursive supérieure, Smith discutait avec un négociant en habit de soie bleue venu de Pise et le baile de Venise. Les fenêtres de la galerie, arquées à la byzantine, donnaient sur la cour du khan. Elle était emplie de muletiers et de marchands accourus des montagnes du Liban ou des collines de Galilée.

Le drogman s'approcha d'Antoine pour lui parler à voix basse :

– Il s'agit en effet d'un signe chrétien, moi-même j'appartiens à la chrétienté.

– Ce ne peut être que l'estampille des carmes et des carmélites effacée par les siècles, dit Antoine d'une voix emplie d'émotion.

– C'est exact, il s'agit bien de leur ordre. Regardez au-dessus de la gravure.

Antoine distingua au-delà du linteau, à côté d'une petite sculpture représentant une étoile de mer, des chiffres romains rongés par les pluies et le vent du large. Il réussit à lire six chiffres, ce qui correspondait à l'an 1596, mais il lui sembla discerner un septième symbole, C, celui des centaines. Il était à moitié effacé par une lente érosion et indiquait qu'il pouvait aussi bien s'agir de la date de 1696.

– Nous ne savons pas s'il s'agit de 1596 ou de 1696, reprit le drogman Élias, devinant les pensées de son interlocuteur. Je penche plutôt pour la première date. Le chiffre C semble avoir été ajouté, en plus petit. C'est étonnant, car l'ordre des carmes n'a été réintroduit en Terre sainte qu'en 1631, quand Prosper du

Saint-Esprit, en provenance de Rome, s'est établi sur le mont Carmel. Il s'agit sans doute d'une étrangeté de l'histoire. Un marchand ayant séjourné ici connaissait peut-être un carme ou une carmélite. Le père Carlos vous en dira plus.

Le père Carlos, un franciscain, vivait lui aussi dans le khan al Faranj. Il disposait d'une petite chapelle dans le caravansérail et d'une église dans la rue adjacente, bordant les murs de l'auberge. Antoine entreprit de lui rendre visite le soir même, après le repas dans le salon de Sidney.

Le Lion des mers était pressé. Les agents du pacha étaient formels : Bonaparte se trouvait aux portes de Saint-Jean-d'Acre. Il avait balayé Gaza et Jaffa mais, à chaque étape guerrière depuis El-Arich, le petit caporal avait été contraint de laisser en la place plusieurs centaines d'hommes, dégarnissant d'autant son armée de conquête.

– Antoine, ce Bonaparte va tout faire pour envoyer des renforts par mer depuis Alexandrie, à quatre-vingts lieues d'ici. Il faut lui couper la route.

– Nous le ferons sur terre.

– Et sur mer aussi.

36

Les remparts de Jaffa flanqués de tours à leurs angles se dressaient face à l'armée française en un admirable défi. Sur les hauteurs de la colline adossée à la mer et entourée de jardins et d'arbres à cédrats, les éclaireurs de Bonaparte pouvaient distinguer les soldats mamelouks, qui s'étaient prestement retranchés dans la garnison. Venture de Paradis s'avança jusqu'aux avant-postes pour admirer le fabuleux décor de quais généreux accueillant les caïques et voiliers venus de Damiette ou de Constantinople. Les caravaniers s'étaient volatilisés, les paysans venus vendre leurs chèvres et leurs chameaux avaient disparu.

Chacun pressentait l'imminence d'une grande bataille.

Hortense s'inquiétait elle aussi de la tournure des événements. La veille et l'avant-veille, elle avait croisé à plusieurs reprises Bonaparte dans le campement de Ramleh, une vieille ville à sept lieues de Jérusalem qui abritait des couvents de moines. Le général en chef paraissait ivre de vengeance et frappait les dunes de ses bottes de cavalier.

« A-t-on assassiné plusieurs hommes de sa garde ? avait demandé Hortense à Venture de Paradis.

– Non pas, mais il désire impressionner l'ennemi et

cherche le moyen de lui faire rendre gorge. Il veut motiver notre armée, rendre nos soldats plus valeureux. Regardez ce qu'ont subi nos montures ! »

Hortense savait la tourmente du régiment des dromadaires. Depuis plusieurs jours, la pluie n'avait cessé et les bêtes ne supportaient plus l'herbe humide. Les ventres se gonflaient et nombre de bêtes périssaient au bord de la route. Les hommes eux-mêmes s'étaient affaiblis. Ils croyaient découvrir Jérusalem, ils ne voyaient que villages dévastés au nom de la politique de la terre brûlée.

À Ramleh, Bonaparte avait voulu obliquer vers les hauteurs de Judée et la ville sainte de Jérusalem. Venture de Paradis l'avait à nouveau incité à y proclamer l'avènement d'une République pour les juifs. Puis il s'était ravisé. Selon les Bédouins renseignant l'armée d'Orient, la garnison de Jaffa avait entamé des travaux de fortifications. Il ne fallait guère perdre de temps. Le devoir de Bonaparte était d'investir ce port, la seule rade digne de ce nom depuis le delta du Nil.

« Lorsque nous contrôlerons Jaffa, nous pourrons nous ravitailler par mer en riz et en biscuit, avait lancé Bonaparte à Venture de Paradis. Pas avant ! Pour l'heure, préparons la grande bataille ! »

Tandis qu'Hortense contemplait elle aussi les murailles de Jaffa et ses quarante tours, un homme galopait vers Jérusalem. Il n'avait pas vingt ans et filait entre les collines à la tête d'une colonne de vingt-cinq cavaliers, évitant les villages, s'insinuant dans les vallons, grimpant les hauteurs à pied, les rênes à la main, devant son cheval blanc essoufflé.

Le lieutenant Eugène de Beauharnais avait à l'esprit les récits des croisades. Les noms défilaient dans sa tête telle une litanie de chansons de geste, Godefroy de Bouillon, Philippe Auguste, Guy de Lusignan. Élégant dans sa tenue de hussard, le profil racé, le beau-fils et aide de camp de Bonaparte ne comptait pas que des amis dans l'armée d'Orient. Au Caire, il avait conquis le cœur de nombre d'Égyptiennes et ravi la favorite de Bernoyer, le chef de l'atelier d'habillement. Il prenait un malin plaisir à contempler les belles du Nil au couvent des Capucins, où le père Félix en faisait grand commerce, moyennant une rétribution de dix francs.

À son beau-fils, Bonaparte avait confié la délicate mission d'observer tout mouvement aux abords de Jérusalem et de prendre langue avec les rabbins de la ville. Ce jeune cavalier, fils de Joséphine, était pour le général en chef comme son enfant. Venture de Paradis, qui ne pouvait plus se fier à la relation de Volney, lui avait donné quelques indications sur la route à suivre.

Les cavaliers d'Eugène de Beauharnais ne rencontrèrent aucune résistance en route. Quelques Bédouins s'enfuirent à la vue de cette chevauchée qui présentait des sabres étincelants. Aux abords de Jérusalem, près d'un hameau, Beauharnais et ses hommes croisèrent une colonne de dix mamelouks, qu'ils taillèrent en pièces. Trois soldats en profitèrent pour changer de tenue, large turban sur le crâne, tapis de selle brodé et cimeterre ottoman à lame gravée.

La troupe de reconnaissance s'arrêta en haut d'une colline, face à la Ville sainte. Les soldats en eurent le souffle coupé : Jérusalem était magnifique avec ses dômes, ses minarets, ses églises, le Saint-Sépulcre, que l'on ne voyait pas mais que l'on devinait. Beauharnais inspecta la ville à la lunette, s'attarda sur la porte de David, aperçut le dôme du Rocher. Jamais il n'avait vu une telle splendeur. Lui et ses hommes étaient subjugués par la magnificence paisible de ces lieux. Tant d'hommes s'étaient battus pour ces quelques murailles et ces toits enchevêtrés...

Un nuage de poussière sur la route de Ramleh le tira de sa méditation. Sans doute s'agissait-il de janissaires partis renforcer la garnison de Jaffa, ou de soldats en chemin pour Saint-Jean-d'Acre.

Il décida d'agir sur-le-champ et revêtit lui aussi le costume d'un Ottoman décapité dans le hameau.

– Vous resterez là et vous attendrez, lança-t-il aux cavaliers. Nous serons de retour avant la tombée du jour.

Il avait repéré la porte de Damas, moins surveillée que les autres. Par-là, il pénétrerait avec trois de ses hommes dans le quartier chrétien, puis remonterait jusqu'à une synagogue où il pourrait délivrer un message aux juifs de Jérusalem. Au moment où il s'apprêtait à dévaler la pente de la colline, un messager parvint jusqu'à lui.

– Ordre du général en chef, vous devez rebrousser chemin, dit l'estafette.

– Et pourquoi cela ?

– J'ai là un pli. Nous devons rester discrets jusqu'à la chute de Jaffa. Ce n'est qu'ensuite que nous monterons sur Jérusalem !

Eugène de Beauharnais déplia la missive. Bonaparte lui signifiait de rentrer sur-le-champ à Ramleh puis de se joindre à l'attaque de la garnison de Jaffa :

J'en suis désolé, mon cher Eugène, mais nous ne devons en aucun cas ébruiter notre affaire. Il vaut mieux agir au coup par coup et réduire cette forteresse de Jaffa afin d'assurer notre ravitaillement par mer depuis Damiette, qui est à quatre-vingt-dix lieues. Jérusalem a attendu des siècles, elle pourra bien attendre encore quelques jours !

Eugène de Beauharnais était furieux. Jérusalem étalait ses bijoux à ses pieds ; ses cavaliers et lui rêvaient de fouler les pierres ancestrales, et on lui demandait de rebrousser chemin... Qui allait s'entretenir désormais avec les rabbins de la Ville sainte ? Qui demanderait aux chrétiens de se rebeller contre le pacha d'Acre, souverain de la contrée ? Il pesta et se promit de revenir à Jérusalem plus vite que son beau-père ne le laissait entendre.

Le lieutenant et ses hommes rentrèrent à vive allure à Ramleh, puis rejoignirent les troupes stationnées devant Jaffa. Eugène de Beauharnais ne put épancher son courroux auprès du général en chef. L'assaut était imminent et Bonaparte consultait Venture de Paradis.

Sous la tente dressée devant une oliveraie, Hortense avait été mandée avec l'intendant des armées. L'heure était grave. Les magasins étaient vides, les provisions de biscuit réduites à la portion congrue. La peste se signalait par des taches sur les membres de plusieurs soldats. Tandis que le secrétaire Bourrienne notait ses consignes, Bonaparte tournait en rond, les mains dans le dos. Ses traits étaient tendus. Hortense remarqua des cernes sous ses yeux.

– Venture, nous devons gagner du temps. Ces foutus mamelouks veulent nous en faire perdre. Ils savent que la peste peut gagner toute la troupe. Dites-moi tout. D'abord, je veux impressionner l'ennemi. Ces Turcs répondent aux ordres de leur pacha. On fera pendre ce Djezzar quand la place sera investie. Tes hommes ont rapporté que ce pacha ne tenait que par la crainte. Est-ce vrai ?

– Tels sont les récits de nos agents, général. Djezzar Pacha a assis son pouvoir sur la cruauté. Il a fait trancher des têtes, il a coupé des nez, des oreilles. Il a étranglé de ses propres mains l'architecte de la mosquée de Tyr parce qu'elle n'était pas assez belle...

– Eh bien, nous ferons pareil ! lança Bonaparte en battant le tapis d'un coup de botte.

Bourrienne assistait médusé à l'échange. Dans le fond de la tente, l'intendant, aux côtés d'Hortense, avait préparé un résumé pour expliquer au général de l'armée d'Orient jusqu'où ses troupes pouvaient aller. Le chirurgien Larrey avait été lui aussi convoqué afin d'exposer le péril de la peste. Il s'avança pour intervenir :

– Général, si nous appliquons aux populations le même joug que les Turcs, nous perdrons leur sympathie.

– Larrey, il ne s'agit pas des populations, mais des seuls Ottomans et mamelouks, les occupants de ce pays ! Ils ont tranché des têtes ? Eh bien, nous leur ferons subir le même sort ! Ils ont mutilé ? Eh bien, eux-mêmes seront mutilés !

Venture de Paradis ne savait que dire. Il était partagé entre sa conviction de ne point donner chair à l'esprit de vengeance et le désir de certains de ses agents, des chiites arabes qui voulaient en découdre avec les Ottomans. Que penseraient les juifs de Safed et de Jérusalem ? Il était trop tôt encore pour le savoir. Il tenta de gagner du temps :

– Général, si nous massacrons ne serait-ce que des mamelouks, les hommes de Djezzar Pacha risquent de faire de même avec les habitants de Saint-Jean-d'Acre.

Ce n'est pas un hasard si son nom signifie « boucher ». En outre, les gens de la contrée risquent de croire qu'ils subiront le même sort. Nous devons prendre des précautions.

Bonaparte laissa retomber sa rage, puis demanda à l'intendant de lui dresser l'état des lieux. Celui-ci avait trouvé de l'huile, des figues, des raisins et du savon à Ramleh, et même du vin acheté à des chrétiens de la ville. Les Turcs avaient abandonné leur arsenal sans coup férir et l'on avait pu récupérer quelques armes et de la poudre.

Mais tout cela ne suffirait pas à alimenter une armée de dix mille hommes en campagne et sans magasins à l'arrière. L'armée ne pourrait soutenir un siège.

Hortense observait le visage de Bonaparte. Il semblait obsédé par la question de Jérusalem, qu'il avait renoncé à investir pour l'heure. Elle était fascinée par le personnage, qui ne se ménageait pas et bouillonnait telle une marmite sur le feu, tendu entièrement vers son but, dévoué à la seule cause de la conquête. Tant de volonté la subjuguait mais l'effrayait aussi, car l'homme lui paraissait sans limites.

Bonaparte convoqua Lagrange et Murat, qui commandait la cavalerie. Il se fit apporter les plans de Jaffa et pointa du doigt les murailles sans fossé.

– Les soldats sont fatigués, dit Lagrange, qui ne perdait pas une occasion de contredire Bonaparte. Ils sont venus de Gaza, puis d'Ascalon et d'Esdoud à marches forcées.

– Raison de plus pour ne pas attendre, Lagrange !

– Il nous faudra investir ensuite Jérusalem.

– Tout dépendra de Saint-Jean-d'Acre.

– Si nous entrons dans Jérusalem, je vous rallie cent mille hommes, dix fois notre armée !

– Lagrange, si nous ne prenons pas Saint-Jean-d'Acre, nous perdrons tout. Il faut préparer notre venue entre ces murs saints. Nous devons d'abord remporter deux victoires éclatantes. À Jaffa et à Saint-Jean-d'Acre.

La foi offre des remparts qu'ignorent les plus hautes des murailles. Le père Carlos subsistait parmi ses reliques tel un naufragé au milieu de quelques caisses sauvées. Son domaine était vaste, composé de plusieurs cellules, d'une chapelle et de l'église Saint-Jean-Baptiste dans la rue voisine. Le religieux, d'origine espagnole, vivait entouré de ses deux novices qu'il houspillait régulièrement, en arabe, en espagnol et en italien. Dans son petit domaine que les franciscains avaient appelé « la Custodia di Terra santa », il vénérait chaque jour les quatorze frères franciscains et les soixante sœurs clarisses qui avaient été massacrés au XIIIe siècle dans l'autre caravansérail de Saint-Jean-d'Acre, le khan es-Shawarda. C'était un homme nerveux qui pratiquait encore la tonsure et ponctuait ses phrases de nombreux *Madre de Dios*. Sa frénésie était pathétique et Antoine craignait que le religieux ne fasse un malaise à chacune de ses remarques.

– Je viens vous voir, mon père, de la part du drogman Élias, dit Antoine dans la sacristie fraîche où le père Carlos recopiait une bible avec des enluminures à la mode antique.

Le franciscain continua de promener sa plume sur le parchemin tout en psalmodiant une prière.

– Élias est un bon chrétien, bien qu'il ait des amitiés suspectes avec les juifs et les mahométans, *Madre de Dios*. Qu'il prenne garde à ne pas s'égarer ! Mais soyez le bienvenu. Les voyageurs de nos jours se font rares. Que puis-je donc faire pour vous ?

– J'ai discerné près de vos cellules, dans la cour, une inscription qui m'a paru être celle de l'ordre des carmes et carmélites. Élias me l'a confirmé.

– Je confirme aussi, que cela vous fasse plaisir ou non, dit le père en plongeant sa plume dans un encrier de marbre.

– Si je viens vous voir, mon père, c'est seulement pour savoir quelle est cette étrange date qui, selon Élias, est 1596 et non 1696, comme je le croyais. Or l'ordre n'est revenu en Terre sainte qu'avec Prosper du Saint-Esprit, en 1631.

Le père franciscain haussa le ton.

– Prosper du Saint-Esprit était un illuminé !

Il remarqua qu'Antoine avait frémis, surpris par cette réplique, puis se remit à la tâche.

– Je devrais dire plutôt un manipulé, ajouta le père Carlos. Manipulé par certains à Rome ! Avant le retour des carmes, nous, les franciscains, avions la primauté en Terre sainte. Quand les carmes ont voulu se réinstaller ici, à la fin du XVIe siècle, le pape s'y est opposé. Et savez-vous ce qu'ils ont fait ? Eh bien, ils ont envoyé quelques pèlerins clandestinement, et même des pères cachés sous des habits de laïcs. Ils ont voulu marquer leur territoire tout de suite, avant même de se rendre au mont Carmel. C'est la raison pour laquelle vous avez pu déchiffrer cette date de 1596, trente-cinq ans avant l'arrivée de Prosper du Saint-Esprit.

Une lumière chaude adoucissait les traits du père Carlos. En dépit de ses airs bougons, Antoine le trouvait attachant.

– L'idée de se réinstaller en Terre sainte est venue

de Naples, et a été reprise par Paul Simon de Jésus Marie Rivarola.

– Permettez-moi, mon père, mais je vois mal les carmes désobéir au pape.

– Eh bien si, ou plutôt ils ont été assez malins pour contourner la décision papale. En dépit du veto du pape, qui estimait que la présence de nos franciscains était suffisante, Paul Simon de Jésus Marie Rivarola et d'autres carmes ont décidé de passer outre, sans désobéir toutefois puisque Sa Sainteté leur avait demandé de partir en mission en Perse. Ils se sont simplement arrêtés en cours de route, même si certains ont continué jusqu'à Ispahan et aux Indes. C'est ainsi qu'est entré en scène Prosper du Saint-Esprit...

Le père Carlos entendit du bruit dans la pièce voisine et se leva pour ordonner à l'un de ses deux novices d'aller prier en silence dans une cellule du khan al Faranj.

– Ah, ces novices, si on ne s'en occupe pas, ils se rendraient coupables des pires péchés !

Il reprit place à son bureau de copiste et poursuivit la discussion :

– L'ordre des carmes était alors entre les mains des Italiens, mais Prosper du Saint-Esprit, lui, était comme moi d'origine espagnole. À cette différence près qu'il est né dans le diocèse de Calahorra. Et ce diocèse est d'une extrême importance pour le Vatican, car c'est là où vit le jour le poète Prudence, dont le *Psychomania* met en scène les batailles de l'âme entre le bien et le mal. C'est une œuvre qui a été souvent imitée au Moyen Âge ! Prosper du Saint-Esprit a été éduqué dans cette tradition, puis il a quitté l'Espagne pour Rome, où les carmes l'ont récupéré. Il a été ensuite envoyé en Perse, puis en Syrie, et il a fini par s'installer au mont Carmel, avec ces moines clandestins qui poursuivaient leur œuvre secrète depuis plusieurs décennies.

Antoine hésita avant d'interrompre le père Carlos, mais considéra que ses propos illustraient davantage la querelle entre les ordres que l'entente sur la Terre sainte.

– Les carmes, mon père, ont au moins eu le mérite de prêcher l'harmonie entre les religions sur le mont Carmel.

– Erreur, erreur, *Madre de Dios* ! Prosper du Saint-Esprit s'est illustré par ses mauvaises appréciations sur la vie des communautés dans les parages ! Il a consacré une grotte du mont dans un endroit appelé l'École des prophètes. Mais les mahométans s'en sont plaints parce qu'ils considéraient la grotte comme la leur et ils ont menacé toute la chrétienté d'Orient de représailles.

– Je croyais au contraire que les trois religions s'entendaient à merveille sur les pentes du mont Carmel.

– Pas au temps de Prosper du Saint-Esprit ! Il n'a fait qu'attiser les conflits. Heureusement que les franciscains ici à Saint-Jean ont œuvré dans le sens de l'entente ! Nous sommes arrivés ici en 1620, soit onze ans avant lui, et nous avons vu la déchéance de cette entente. Nous avons fait alliance avec l'émir des Druzes, Fakhr ed-Din, qui nous a permis d'exercer notre culte en toute quiétude. Jusqu'au jour où est arrivé le père Prosper du Saint-Esprit avec ses idées missionnaires. Des foutaises !

– Les ordres, si j'en crois ce que j'ai appris, ont pourtant bien pour vocation de convertir les âmes, dit Antoine.

– Pas si cela doit conduire à la guerre, *Madre de Dios* ! Prosper du Saint-Esprit lui même s'en est rendu compte, il a dû changer de grotte et en trouver une autre, plus haut, qu'il a appelée la grotte du Fils des prophètes et où les carmes sont restés pendant cent trente ans.

– Pardonnez-moi, mon père, l'interrompit Antoine, mais les carmes ont au moins réussi à récupérer le mont Carmel.

– Bien sûr, et nous leur en rendons grâces. Mais nous pensons, chez les franciscains, qu'il valait mieux s'installer à Saint-Jean-d'Acre, avec les émirs et les pachas. Les carmes, eux, veulent la contemplation au sein des orages, dans une contrée qui a longtemps massacré les croyants de Dieu et où l'on a interdit de faire sonner les cloches lorsque Saint-Jean est tombé aux mains des infidèles. La Terre sainte n'est pas le royaume des cieux. Les franciscains ont préféré la béatitude, *Madre de Dios*. Nous, nous avons voulu éviter les décapitations.

Antoine regarda l'icône de saint François d'Assise au mur et observa :

– Je ne pense pas que cela soit l'unique motif de querelle entre votre ordre et celui des carmes.

– J'en conviens, il y en a bien d'autres.

– D'abord, le fait que les envoyés des carmes aient reçu le soutien de la France, de son ambassadeur à Constantinople et du consul à Alep.

Le père Carlos releva la tête, étonné de la remarque.

– Je vois que vous êtes bien renseigné. Nous avons pris ombrage d'une telle protection, car les sultans de la Porte et leurs vassaux en Terre sainte ont davantage accordé leur attention aux carmes qu'aux autres ordres.

– Gageons que cette protection des plénipotentiaires a beaucoup fait pour les autres religieux dans la région, répliqua Antoine.

– Ma foi, je dois le reconnaître, et reconnaître aussi que vous êtes adroit et doté d'un bon sens de la repartie. Cependant, le ministre de France n'est pas le seul à avoir accordé sa protection aux carmes. Il y a également le consul de Venise à Alep ainsi que son baile ici même à Saint-Jean-d'Acre. Et savez-vous pourquoi ? Parce que, en fait, les commerçants chrétiens avaient perdu leur puissant monopole entre ces murs, et les deux consuls s'amusaient à rivaliser auprès de la Porte. En intriguant ainsi, ils attiraient l'attention des sultans, qui avaient accordé une trop grande liberté aux pachas d'Acre. En demandant la protection des carmes, Venise et la France protégeaient en fait les intérêts de leur négoce.

– Certes, certes, dit Antoine, conscient que les puissances présentes au Levant pensaient davantage aux richesses des échelles qu'à la sauvegarde des âmes. Toutefois, mon père, nous pouvons penser que les deux allaient de pair.

– Bien sûr, cher monsieur, et cela était tellement naturel pour nous franciscains que nos frères de Nazareth ont prêté assistance à Prosper du Saint-Esprit lorsqu'il s'est aventuré en Galilée. Mais nous nous sommes aperçus alors, en 1631, que Prosper du Saint-Esprit s'appuyait sur l'émir de Haïfa, Ahmed Turabay, un Bédouin du clan du même nom venu d'Arabie.

– Eh bien, voilà de quoi protéger davantage la chrétienté en Terre sainte !

– Vous n'avez pas tort, monsieur, mais ce clan se trouvait en butte aux mamelouks, aux Turcs et aux pillards. Personne ne pouvait approcher de Haïfa, où l'émir Turabay se contentait de prélever son impôt sans occire les juifs et les chrétiens. Cependant, au-delà des remparts de la ville, les bandits et les Turcs s'en donnaient à cœur joie. Lorsque les carmes dans leurs nouveaux sanctuaires du mont Carmel étaient soumis à trop d'assauts, ils se réfugiaient dans les murs de Haïfa, qui n'était qu'un village d'une centaine d'habitants entouré de pirates.

– Eh bien, mon cher père, pardonnez-moi, mais je ne vois toujours pas où est le mal !

– J'y viens, patience ! Les carmes étaient certes sauvés et protégés par le décret signé de la main de l'émir Turabay. Il n'en allait pas de même des autres chrétiens. Nombre d'entre eux, dont certains franciscains, furent tués sur les pentes du mont Carmel ou en Galilée par les pillards, les Turcs, les mamelouks. Mais je vous en ai trop dit, même si vous venez de la part d'Élias.

Le père se leva et raccompagna Phélippeaux à la porte de la sacristie.

– Pardonnez-moi, je sais que votre cœur est empli de bonnes intentions, poursuivit le père, mais il est des secrets que nous ne pouvons divulguer. Cette Terre sainte est en ébullition. Les trois religions vivent en harmonie pour l'heure, malgré les férocités qui se sont déroulées de tous côtés des siècles durant. Mais nul ne sait quand cette harmonie volera à nouveau en éclats.

– Merci, mon père, pour vos éclaircissements, répondit Antoine sur le perron de l'église. Je poursuivrai mon chemin ici à Saint-Jean et en Galilée s'il le faut. Sachez cependant qu'en cas de grabuge, ou si l'assaut était donné par les troupes de Bonaparte, je vous protégerais auprès du pacha d'Acre.

Le père se signa devant la croix à l'entrée de l'église et repartit s'enfermer dans la sacristie, afin non pas de poursuivre son œuvre de copiste mais d'écrire une missive de la plus haute importance aux frères franciscains du couvent de Nazareth.

37

Hortense ne dormit pas de la nuit, hormis sur le matin. Quand elle se leva, dès les premiers rayons du soleil, les soldats avaient déjà quitté le campement de Lydda et elle entendit le bruit d'une canonnade au loin. Le chef de l'habillement Bernoyer lui tendit sa jumelle et elle put distinguer les salves tirées par les mamelouks retranchés dans la forteresse des hauteurs de Jaffa.

– Il y a là des Turcs, murmura Bernoyer, mais aussi des Tchorbadjis, les redoutables canonniers de la Porte. Plus des Albanais, des Kurdes, des Anatoliens, des Damasquins, des Caramaniens, des Moghrébins, des Alépins, et que sais-je encore. Ils sont commandés par Abdallah. Selon Venture, c'est le pire de tous les chefs, d'Ashdod jusqu'à Jérusalem. Dix nations sous sa coupe ! Autant de costumes ! Vous vous imaginez, Hortense, le bal que cela représenterait ? C'est une épiphanie de couleurs qui se joue là-haut, une farandole de vêtements, de turbans, d'uniformes ! Je veux être l'un des premiers à reconnaître les cadavres, à prélever ma part de butin. Il sera fait de soieries, de cotonnades et de damas. D'autres veulent l'or, je veux les broderies ! Avec elles, vous pouvez conquérir le monde.

Hortense vit une jeune femme sortir de la tente de Bonaparte.

– C'est une ancienne cantinière de l'armée française devenue la femme de l'agha de Jérusalem, le chef des janissaires, dit Bernoyer.

– Et comment s'est-elle retrouvée là ? demanda Hortense.

– Elle s'est aventurée jusqu'à Constantinople, puis elle a été vendue à l'agha de Jérusalem, expliqua Bernoyer tout en continuant d'observer les murailles de Jaffa. Le maître des janissaires, selon les dires de Lagrange, est un homme malin. Vous l'ignorez, mais il est venu en personne à Gaza négocier avec Bonaparte. C'est la raison pour laquelle nous ne voulons pas prendre pour le moment Jérusalem. Cette ville tombera au premier coup de fusil, l'agha nous l'a assuré.

– En êtes-vous sûr ? Ne craignez-vous pas plutôt une feinte ?

– Tout est possible sur ces collines, mais dans ce cas, l'agha de Jérusalem n'aurait pas risqué de venir jusqu'à Gaza. Il sent que la fin est proche pour Djezzar Pacha, il sent aussi que les populations de Jérusalem sont prêtes à se révolter ou du moins à se rallier à la prochaine armée qui se réclamerait des croisades !

– Trahir pour trahir... Cet agha serait donc prêt à tout.

– C'est la raison pour laquelle nous lui faisons confiance, ou disons à moitié confiance. Et, en signe de gage, il a offert l'une de ses femmes à notre Bonaparte...

Bernoyer sourit. Il se souvenait de ses agapes dans le pavillon des rives du Nil avec les houris fournies par le père des Capucins.

La cantinière n'était pas dépourvue de charme, avec

ses vêtements clairs qui rehaussaient ses cheveux bruns. Sa robe blanche contrastait avec la saleté du campement.

– Cette cantinière, ajouta Bernoyer tout en décrottant ses bottes faites au Caire, est pour beaucoup dans la décision de ne pas investir pour le moment Jérusalem. Elle a entrepris Bonaparte sur le sentiment des chrétiens, en majorité dans la Ville sainte. Ils craignent qu'en cas d'attaque les Turcs ne les égorgent avant de s'enfuir vers le Jourdain.

– C'est reculer pour mieux sauter. Rien ne les protégera si vous attaquez plus tard.

– Si, car l'agha veut sauver sa tête et garder son trésor. Il est prêt à faire allégeance au prochain conquérant. Djezzar Pacha est son rival. Il n'entend pas rester sous la coupe de ce converti. Vous apprendrez, chère Hortense, que tout musulman dans les parages préfère traiter avec un chrétien qu'avec un renégat !

Hortense songea à sa mission. Elle se sentait si près du but, de ce mont Carmel qui l'appelait. Chaque soir, elle se répétait les phrases apprises par cœur avec son oncle Hubert : « La Règle vit près du prophète du livre des Rois, devant sa grotte. Rose sera le chemin de Pâques. » Pâques approchait. Dans un mois, les cloches de la Terre sainte retentiraient pour fêter la résurrection du Christ. Il lui fallait rallier avant ce jour le mont Carmel et le monastère des carmes, s'il était encore debout. Elle devait donc abandonner au plus vite l'armée d'Orient qui, malgré ses savants, malgré Monge et Malus, semait le désastre sur son chemin.

Une canonnade plus forte que les autres la tira de ses réflexions. Les trois batteries de vingt pièces de canon placées devant la forteresse de Jaffa, non loin de la mer, entraient en action. Les murailles tremblaient, des têtes chaviraient sur les hauteurs. Bernoyer se tenait prêt à investir la place pour recueillir ses uniformes. Une dizaine de lanciers vinrent à sa rencontre avec deux prisonniers vêtus de grandes robes richement décorées.

– Oh là, quels jolis costumes ! lança le chef de l'habillement à la garde. Je suis preneur.

– Touche pas à ça, lança un lieutenant. C'est notre butin !

– Hé, ce sont des prises de guerre, et nous avons tous droit à notre part ! répliqua Bernoyer.

– Il n'en est pas question, dit l'officier à cheval. Je dois les interroger. Sais-tu donc qui ils sont ? Des Albanais du fort d'El-Arich. Des gardes à qui on a rendu la liberté après la bataille à condition qu'ils ne remettent pas les pieds dans les parages. Et les voilà à nouveau contre nous ! Fichtre, on les tuera pour l'exemple !

Le lieutenant et la garde s'éloignèrent à cheval, suivis par les deux prisonniers enchaînés. Devant, le chef de bataillon du génie Lazowski, avec ses vingt-cinq carabiniers et ses quinze sapeurs, continuait son œuvre en minant le pied de la forteresse sous un déluge de feu, tandis que le 22e régiment d'infanterie légère menait une manœuvre de diversion. Lejeune n'attendait qu'un geste de Bonaparte pour lancer ses soldats à l'assaut des murs ocre.

Alors que Berthier criait l'ordre de tirer une salve de canon de deux coups par pièce, Bonaparte envoyait devant la forteresse un parlementaire muni d'une offre de reddition avant sept heures du matin. L'homme s'avança dans la place, guère rassuré, suivi d'un trompette.

Quand les portes de la forteresse se refermèrent, les hommes de Bonaparte redoutèrent le pire.

– Horreur ! s'exclama Bernoyer.

Hortense faillit défaillir. Elle aperçut une calebasse sur les murailles pendant que les Turcs et leurs soldats dansaient. C'était la tête de l'émissaire français brandie sur une pique.

– Bonaparte n'attendait que ça, murmura Bernoyer, livide. Il l'a expédié exprès à la mort pour motiver ses troupes...

Ce fut aussitôt un déchaînement de violence. Les batteries à bombes et à brèches envoyèrent leurs boulets sur les murs de Jaffa. La terre des orangers et des oliveraies trembla. Un pan de la grande tour s'effondra.

Debout sur le terrassement protégeant la batterie, Bonaparte hurlait des ordres brefs aux troupes qui montaient à l'assaut sous la houlette du général Rambaud et de l'officier de génie Vernois. Une balle traversa alors le chapeau du général en chef et toucha derrière lui le colonel Lejeune, plus haut de huit pouces.

– Voila l'intérêt de ne mesurer que cinq pieds et deux pouces ! lança Bonaparte à Eugène de Beauharnais.

Lannes déjà investissait la forteresse avec le 22e d'infanterie légère, alors que les pièces de douze labouraient la tour carrée. Il avait pour mission de neutraliser toutes les tours puis de s'emparer de la citadelle, alors que Bon se lancerait dans une opération de contournement avec cordes et échelles. Les soldats étaient ivres de sang, ils sabraient jusqu'à épuisement dans les rues où se mêlaient mamelouks et habitants horrifiés. Des femmes et des enfants furent coupés en deux, d'autres violés. Des cris de vengeance fusaient de milliers de poitrines. Pour tous ces soldats de l'armée d'Orient, Jaffa était une forteresse entre ciel et terre, entre mer et désert, qu'il fallait raser, ruiner, piller jusqu'à ce que les coffres soient vides, les ventres rassasiés et les rues inondées de sang. Les mosquées ne furent pas épargnées et ceux qui parvinrent à y trouver refuge connurent le sort des vaincus : ils furent passés au fil de l'épée.

À minuit, devant une telle orgie de fureur, Bonaparte ordonna le cessez-le-feu. Mais des hordes de soldats en rage continuèrent à dévaler les ruelles qui surplombaient le petit port, face au rocher où la princesse Andromède avait été enchaînée. Ils taillèrent en pièces une vingtaine de familles. L'un des carabiniers était ivre. Quand il dessaoula, il s'aperçut qu'il avait tué plusieurs enfants. Aux premières lueurs, il se pendit sous un escalier de pierre.

Hortense tenta de s'endormir sous sa tente mais tout ce qu'elle avait vu durant la journée l'empêcha de fermer l'œil. Au petit matin, Bernoyer vint lui demander de l'accompagner.

– La place est investie, vous ne craignez rien.

– Ces batailles immondes ne vous suffisent-elles pas ?

– Je suis comme vous, Hortense, dégoûté par ces barbaries des deux bords. Je croyais suivre une armée de savants, je ne vois qu'une armée de soudards. Venez. Il y a plus grave.

Ils montèrent sur les murailles par une ruelle que Bernoyer avait pris soin de reconnaître. Fourbus, les soldats de Bonaparte avaient les yeux fiévreux. Du haut des remparts, on voyait des corps sans vie gisant dans des flaques de sang. Hortense réprima un haut-le-cœur.

– Regardez cette portion de la citadelle.

Hortense leva les yeux. Un drapeau blanc flottait sur une petite tour.

– Les derniers mamelouks se sont rendus. Ils craignaient d'être occis et ont demandé à parlementer. Bonaparte leur a promis la vie sauve. Et voyez maintenant.

Bernoyer se pencha. En contrebas, sur la plage qui jouxtait le petit port, trois mille Turcs et supplétifs de Djezzar Pacha étaient alignés face à des soldats en position de tir.

– Ce sont des prisonniers, mais je crains un autre drame, souffla Bernoyer, les poings serrés.

Hortense remarqua le manège des officiers autour des soldats français. Des munitions étaient apportées par charrettes entières. Les baïonnettes luisaient, pareilles à des poissons argentés.

– Vous voulez dire... qu'ils vont être exécutés ?

– C'est la folle rumeur qui parcourt le camp depuis ce matin. Seuls quelques centaines d'entre eux ont été bien traités, car ils sont égyptiens et seront renvoyés au Caire pour que les habitants du Nil proclament la bonté de Bonaparte. Quant aux autres, ils vont être passés par les armes.

– Mais puisque vous dites que Bonaparte leur a donné sa parole...

– Son aide de camp Eugène de Beauharnais aussi. Mais ils ne savent pas quoi en faire.

– Bonaparte n'a qu'à les garder ici.

– Pas assez d'hommes. Il ne veut pas prendre non plus le risque de les renvoyer dans le désert, car ils se retrouveraient tous dans le bastion de Saint-Jean-d'Acre, droit au nord. Bonaparte veut surtout impressionner les populations, faire savoir qu'il est un homme de la trempe de Djezzar Pacha, capable comme lui des pires barbaries.

Il veut aussi terroriser la garnison de Saint-Jean-d'Acre et inciter les mamelouks et les Turcs du pacha à déserter.

Les prisonniers sur la plage avaient compris leur sort. Certains suppliaient, d'autres priaient. Quelques-uns tentèrent de s'enfuir vers la mer et furent abattus sur-le-champ. Un jeune mamelouk se noya.

Puis le massacre commença. La salve faucha le premier rang. Une autre suivit aussitôt.

Les soldats s'en donnaient à cœur joie et fusillaient à tour de rôle dans un déchaînement de furie. Les corps tombaient les uns sur les autres. Puis l'orage de mitraille se calma. Les munitions venaient à manquer. Alors la troupe égorgea au couteau, décapita à la hache, coupa quelques membres. Les bourreaux commencèrent à tourner de l'œil. L'un d'eux, épuisé, ne parvenait pas à trancher la gorge de son captif, qui se débattait comme un beau diable. Il l'assomma d'un coup de galet puis il prit son temps pour planter un large couteau dans la carotide, s'aspergeant de sang. Il se leva et s'élança vers la mer pour se laver. Il en ressortit nu, délirant, son regard allant sans cesse de ses mains aux suppliciés à l'agonie.

Un grenadier demanda grâce pour les survivants, hurlant qu'il n'en pouvait plus. Hortense put entendre son cri courir sur les remparts de Jaffa la rouge. Son lieutenant lui ordonna de reprendre son poste et de continuer à égorger au couteau. Il s'évanouit et son supérieur, la main sur son sabre, lui donna un coup de pied dans les flancs. Un carabinier tenta de se donner du cœur à l'ouvrage en buvant quelques rasades d'eau-de-vie de dattes. Il égorgea une quarantaine de Turcs, dont un janissaire qui se débattait et avait agrippé son pantalon, le déshabillant pour quelques instants. Le carabinier titubant lui asséna un coup de crosse avant de finir ses basses œuvres. Puis il se resservit une longue rasade d'alcool et s'écroula ivre mort.

Sur le rempart, Bernoyer et Hortense ne disaient mot. Ils repartirent vers le campement pendant que les pillages continuaient. De temps à autre, ils entendaient les gémissements d'un supplicié et les pleurs d'une femme. Une oreille avait été clouée sur la porte d'une maison. Plus loin, un chapelet d'yeux enfilés sur un fil pendaient d'un balcon de fer forgé. Les organes génitaux d'un soldat, français ou mamelouk, traînaient dans le caniveau, deux chiots se les disputaient. Des boyaux soigneusement alignés séchaient au soleil. Une tête décapitée surmontait deux pieds coupés en une offrande macabre. Les murs de la citadelle paraissaient tous teintés de sang. Les pavés chaviraient devant Hortense et les demeures semblaient s'effondrer. Jamais elle n'aurait cru l'armée de Bonaparte capable d'une telle sauvagerie. Le général en chef lui-même avait tout fait pour laisser libre cours à cette débauche de vengeance et ce besoin barbare d'imposer la terreur, afin que la nouvelle dépassât les murailles et atteignît les villages, les hameaux, les monts de Judée, de Samarie et de Galilée. « La barbarie appelle la barbarie, songeat-elle en déambulant, hagarde, et Bonaparte excelle en la matière. Qui sait quelles seront les représailles sous ces cieux bibliques et sur cette terre déjà trop gorgée de sang. »

Bernoyer partageait les mêmes sentiments. Il marchait en silence, entraînant Hortense vers la sortie de la forteresse. Un grenadier au visage défait surgit d'une maison en hurlant :

– Ça sent mauvais ! La peste ! Voilà comment y vont s'venger !

Dans la rue voisine, Bernoyer et Hortense aperçurent

deux ouvriers d'artillerie traînant derrière eux quatre jeunes filles aux mains attachées.

– Holà, que faites-vous ?

Le premier ouvrier releva à peine la tête.

– Oh, mais c'est un officier qui a pas l'air content ! Laissez-nous faire notre besogne, on les a déjà essayées. Ces putains, on va les vendre, cinquante francs par tête ! Sûr que c'est des beaux partis !

Hortense porta la main à sa bouche. Elle ne pouvait supporter ce spectacle. Les filles avaient le visage marqué de coups, leurs vêtements étaient déchirés, et la poitrine de l'une d'elles sortait de ses hardes. Celle qui paraissait la plus jeune se tenait le ventre en pleurant. Bernoyer prit l'ouvrier d'artillerie par le col.

– Tu les libères ou je te fracasse la tête !

L'ouvrier se dégagea et l'autre saisit un couteau passé dans sa ceinture. Alors Bernoyer recula de deux pas, s'empara de son pistolet et visa la tête du premier. Hortense retint son souffle, tandis que les quatre filles paraissaient terrorisées. Les deux soldats ne savaient que faire. Quand l'un d'eux esquissa un geste, Bernoyer tira et le chapeau de l'assaillant vola. Le soudard le ramassa, proféra un juron et jeta un regard à son complice.

– On vous trouvera, l'officier. La guerre, elle est pas finie. À vot'place, j'dormirais plus sur mes deux oreilles.

Bernoyer tira un second coup de pistolet et les deux hommes détalèrent en le maudissant. Hortense délivra les quatre jeunes femmes qui s'enfuirent vers un porche.

Bernoyer prit Hortense par le bras et l'entraîna vers la sortie des remparts. Devant la batterie de brèche, le chirurgien Larrey agitait sa crinière pour se porter d'un blessé à l'autre. Quand il vit un fantassin avec des pelisses prises aux Turcs, il s'arrêta net et lui lança :

– Malheureux, jette cela dans le fossé, tu vas attraper la peste !

Puis il se tourna vers deux aides, dont l'un s'acharnait à amputer un grenadier. Le visage du blessé couché sur des feuilles de jonc était barré d'un bout de tissu afin de contenir ses cris. Médusée, Hortense voulut se porter à son chevet, mais Bernoyer la tira par le bras pour l'emmener vers le campement.

– Je sais ce que vous pensez, ma chère Hortense, et je compatis pour la bonne raison que j'éprouve les mêmes sentiments. Je suis venu dans cette ville pour prendre quelques soieries et damas. Je n'en prendrai aucun.

– Je crois que Bonaparte a déjà perdu la campagne de Palestine, souffla Hortense.

– Sans doute. Et la peste vengera tout cela.

38

Le chirurgien en chef Larrey était inquiet. Il n'aimait pas la brise qui balayait la brume de chaleur à l'horizon. Le *khamsin*, le vent qui soufflerait bientôt d'Égypte pendant cinquante jours, apporterait les fièvres. C'était un spectacle de désolation dans l'hôpital de Jaffa. Un sergent-major de vingt-trois ans, de nature solide, périt brusquement, le corps couvert de taches gangreneuses. Le chirurgien Rozel volait de brancard en lit et s'efforçait de soulager les suppurations. Un capitaine chauve se tordait de convulsions violentes, le visage décomposé, la bave aux lèvres. Sur le lit voisin, Rozel tenta d'inciser le corps puant d'un jeune volontaire qui venait de mourir, le bras gauche noir, le bas-ventre couvert de bubons. Le chirurgien de deuxième classe Betheil commençait à chanceler. On ne savait si c'était par sensibilité ou à cause de la peste.

L'ange noir entamait sa lente conquête des corps et des âmes.

Deux jours après le massacre de Jaffa, Hortense quitta en grand secret le campement en compagnie d'un Arabe appartenant au corps des interprètes, qu'elle paya sur sa solde. Il était chrétien de Nazareth et désirait retrouver sa ville. Lui aussi était écœuré par le massacre des prisonniers de Jaffa. La veille, il avait assisté à une horrible scène dans le campement. Un capitaine des dragons et un soldat s'étaient disputés une jeune fille, acquise par le premier auprès du second au prix de deux louis. Quand il avait livré son esclave, le soldat avait vu une bague à son doigt. Il avait voulu l'enlever mais l'officier s'y était opposé. La jeune fille s'était mise à pleurer et s'était présentée comme la fille du gouverneur de Jaffa, ce qu'avait confirmé Halachim, l'un des traducteurs de Venture de Paradis, lui-même de la famille du pacha. Furieux, le capitaine s'était alors élancé sur sa proie et son sabre avait traversé le cœur de la fille. Bernoyer avait tenté d'empêcher le geste, mais le capitaine avait hurlé : « Le parlementaire qui a eu la tête tranchée sur les remparts, c'était mon frère ! J'aimerais les envoyer tous en enfer par mon épée ! » Le chrétien de Nazareth avait essayé d'enlever le corps, mais deux soldats l'en avaient empêché. Quand il s'était relevé, le doigt qui portait la bague avait été coupé.

Georges Ibrahim, qui avait appris le français au couvent des franciscains de sa ville, craignait désormais les pires exactions en retour, un déferlement de haine sur la plaine d'Esdrelon et le mont Thabor, une vague de représailles contre le peuple de Jésus.

« Regardez, le mal commence à frapper », avait-il dit à Hortense la veille de leur fuite, en désignant la tente des pestiférés.

L'Arabe de Nazareth préféra filer à travers la plaine vers le nord plutôt que de prendre le chemin du bord de mer.

– Aux abords de Haïfa, nous ferons le contraire, dit-il. L'armée de Bonaparte prendra la route des collines. Nous, nous emprunterons la piste du rivage.

– En êtes-vous sûr ? demanda Hortense.

Elle portait une robe noire et un foulard sur la tête, comme les chrétiennes de Galilée. Les deux chevaux trottaient et la charrette légère allait à la vitesse d'un caïque. Il fallait éviter à la fois les éclaireurs de Bonaparte et les cavaliers turcs qui pouvaient arriver en renfort sans savoir que Jaffa était tombée.

– Bonaparte n'a pas le choix. S'il passe par les terres basses et les landes marécageuses, ses chariots vont s'enfoncer.

– Les nôtres aussi.

– Nous revendrons la charrette en chemin. Et puis, une autre plaie les guette sur ces terres du bord du mer.

– Quoi donc ? Les pillards ?

– Pire, un terrible fléau...

Georges Ibrahim craignait lui aussi une épidémie. Les Arabes du désert voisin de la mer étaient davantage touchés par le mal que ceux des montagnes de Naplouse et de Canaan. À elle seule, la peste valait l'armée de Constantinople et celle des Anglais.

Hortense et Georges Ibrahim croisèrent quelques Bédouins qui ne leur montrèrent aucun geste d'hostilité. L'air était pur, balayé par la brise du large, et au loin se découpaient les collines de Judée. Hortense parvenait peu à peu à oublier le cauchemar de Jaffa, la sauvagerie des hommes, leur cruauté inouïe. Elle songeait au mont Carmel qui bientôt se dessinerait entre mer et collines, comme une nouvelle porte de la Terre sainte.

Venture de Paradis fut profondément peiné lorsqu'il constata la fuite d'Hortense. Depuis le départ du Caire, il s'était attaché à cette jeune femme de l'âge de ses nièces. Une lettre traînait sur la table de sa tente. Il l'avait cachée sous ses vêtements et se promettait de la lire plus tard.

Plus grave était la disparition de Georges Ibrahim. À ce chrétien de Nazareth, le drogman avait accordé toute sa confiance et livré quelques secrets. Il partageait ses vues sur les peuples livrés au joug de la Porte, sur les conditions misérables dans lesquelles vivaient chrétiens et juifs soumis au moindre haussement de sourcils de Djezzar Pacha. Georges Ibrahim lui avait parlé de révolte, de l'espoir des chrétiens de Nazareth lorsqu'ils apprendraient la venue de Bonaparte dans la plaine d'Esdrelon. Alors, Venture de Paradis lui avait confié que la possibilité de renverser Djezzar Pacha reposait entre les mains des juifs, ceux de Safed, de Tibériade, et de Jérusalem. Eux pouvaient couper la route aux Ottomans en renfort et manœuvrer pour empêcher des alliances avec Damas, où les membres de la communauté comptaient de puissants banquiers, dont la famille Farhi. Venture de Paradis lui avait aussi annoncé son intention de presser Bonaparte de créer une République juive. Georges Ibrahim avait alors pâli. Venture de Paradis avait attribué ce trouble aux risques de l'entreprise. Puis il s'était rendu compte que les chrétiens de Nazareth redoutaient un tel dessein.

Lorsqu'il apprit l'affaire, Eugène de Beauharnais entra dans une profonde colère. Il vitupéra sous sa tente et promit le châtiment aux deux fuyards, avant de reconnaître qu'il avait d'autres chats à fouetter. Après tout, l'Arabe de Nazareth n'était qu'un pion parmi d'autres. Des interprètes, il en recrutait comme il voulait. Le couvent des Arméniens de Ramleh en avait formé plusieurs générations. Quant à cette jeune intendante qui lui avait plu dès le premier regard, elle n'avait aucune chance de survivre dans la contrée, sauf si elle avait disparu parce qu'elle avait une liaison avec l'homme de Nazareth.

Eugène de Beauharnais tut la nouvelle à Bonaparte. Son beau-père avait trop à faire. Déjà ses généraux préparaient la levée du camp pour monter sur Saint-Jean-d'Acre. Le général en chef avait ouï dire que des renforts se dirigeaient vers la place forte. Il voulait leur barrer la route et porter le fer sur les remparts mêmes de Djezzar Pacha. Nul doute que le potentat de Saint-Jean-d'Acre connaissait déjà l'ampleur des massacres de Jaffa. Ses mamelouks y réfléchiraient à deux fois avant de se lancer dans la bataille.

Les remparts de Saint-Jean-d'Acre étaient noirs de monde. Sur ordre de Djezzar Pacha, les mamelouks avaient réquisitionné tous les artisans de la ville et des villages avoisinants pour les placer sous la conduite d'Antoine de Phélippeaux, qui dirigeait les architectes, les maçons, les menuisiers, les charpentiers avec l'allégresse d'un chef d'orchestre. Au maître de la place, le Franc avait déjà démontré sa hardiesse. Il attendait Bonaparte de pied ferme et ne redoutait point de s'enfermer dans la presqu'île pour subir les assauts de ses compatriotes. Djezzar Pacha l'avait reçu à trois reprises dans son palais pour sonder ses intentions. La lettre de la Porte lui importait peu. Seul l'intéressait le sens du combat du *Faranj*. Son art de la guerre devait valoir celui de Bonaparte, son ancien condisciple à l'école des janissaires de Paris.

Antoine de Phélippeaux ne craignait pas de s'entretenir avec le potentat de Saint-Jean-d'Acre, malgré la terreur qu'il inspirait dans toute la ville. Ce guerrier paraissait aimer la repartie. Il ne souffrait pas la contradiction dans son sérail, mais ne détestait pas l'insolence des plénipotentiaires. Avec eux, il traitait d'égal à égal. Il aimait les rouler dans la farine lorsqu'il le désirait, négocier un statut de prince de la soie avec les marchands de Pise et de Venise, accorder quelques concessions aux envoyés de la Porte, qui se gardaient bien de le considérer comme un vassal, de peur de connaître le châtiment suprême. Phélippeaux lui paraissait plus énigmatique. Pourquoi venait-il s'enfermer ici ? Quelle secrète vengeance préparait-il ? Ce Franc était étrange autant qu'attachant. S'il montrait sa bravoure sur les remparts, il lui donnerait quelques femmes de l'endroit et le titre de chef des janissaires.

Phélippeaux cependant demeurait insaisissable. Le jour, il prouvait sa fougue, redoublait d'imagination pour consolider les défenses de la ville. Le soir, il déambulait dans les ruelles, entrait dans le hammam turc non loin du palais de Djezzar Pacha, s'adossait ensuite aux remparts pour s'abandonner à quelque rêverie. Les agents de Djezzar avaient eu pour mission les premiers temps de le suivre. Ils ne lui avaient trouvé aucun goût pour l'alcool de figue servi dans une taverne, contrairement à son compagnon Émile, ni pour les femmes du hammam qui proposaient leurs services aux pèlerins, aux mamelouks, aux officiers du fort, aux marins anglais de Sidney Smith. Antoine préférait visiter les églises ou du moins leurs ruines. Il s'arrêtait parfois devant la synagogue, puis pénétrait dans une mosquée. Il se disait que les trois religions cohabitaient parfaitement dans cette ville, qui pourrait devenir un havre pour les juifs s'ils s'affranchissaient de la tutelle ottomane.

Antoine était fréquemment invité à la table de Djezzar Pacha, en compagnie de Sidney Smith. Le despote aimait offrir en spectacle ses splendeurs.

Antoine s'en étonna auprès de ses amis, un soir à la fin du repas.

– Tant de fastes dans une ville si petite...

– Et bientôt assiégée ! répondit Smith.

– Gageons que la fête continuera quand la bataille aura commencé. À moins que Djezzar Pacha ne choisisse de fuir par la mer.

– Le croyez-vous ? Il est vrai que nous ne pourrons guère le forcer à rester, même avec les canons de ma flotte ! s'enhardit Smith.

– Djezzar Pacha n'est pas un pleutre. Il craint moins de croiser le fer avec Bonaparte et sa troupe que de se frotter à la population de Saint-Jean, qui lui en veut.

– Elle a certes des raisons de lui en vouloir...

Djezzar Pacha avait convié dans son palais les notables de la ville et ses fidèles conseillers. Il y avait là des consuls, dont l'Autrichien Catafago et le baile de Venise. Celui-ci n'en menait pas large depuis qu'il avait appris le désir de Bonaparte de porter ses troupes vers Saint-Jean-d'Acre. La paupière lourde, les mains fripées, le représentant de la Sérénissime n'avait guère d'appétit malgré son embonpoint et repoussait les plats. Il manifestait constamment des signes de nervosité, ce qui poussait Djezzar Pacha à le houspiller :

– Alors, Son Excellence de Venise peut-elle nous dire si les affaires sont bonnes ?

– Euh... oui, oui, monseigneur, elles sont bonnes... mais elles pourraient être meilleures...

Pendant que le drogman, un Grec de Corfou, s'efforçait de traduire les propos parfois incompréhensibles du Vénitien, Djezzar Pacha repartait de plus belle :

– Les affaires, Venise les connaît depuis longtemps. Vous êtes même arrivés à piller Constantinople et à lancer une croisade contre les chrétiens !

Des éclats de rire accompagnèrent la réplique. Le Vénitien n'aimait pas que l'on évoquât cette période sombre de l'histoire de la Sérénissime, lorsque la quatrième croisade avait cinglé vers le Bosphore et provoqué le sac de Constantinople de 1204.

À force de se rendre au palais, Antoine avait appris à reconnaître les conseillers du pacha. Il distingua l'*alay bashi jawish*, le maître des cérémonies, un homme maigre au visage ascétique prolongé par une barbichette taillée en pointe. Le *mihrdâr*, le gardien du sceau, un obèse, se gavait de galettes de pain. Le chef du courrier, assis à une table en retrait avec d'autres scribes, régnait sur une troupe de trente estafettes chargées de porter les messages du pacha dans toutes les villes de Palestine et de Syrie. Debout près de la porte, le *shubâsi bashi* Hadj Ali, chef de la police, surveillait tout ce beau monde et prêtait l'oreille de temps à autre aux murmures d'un serviteur. Lorsqu'il le jugeait opportun, il s'approchait de Djezzar Pacha pour l'informer des dernières rumeurs. Le ministre des Finances Haïm Farhi s'entretenait avec ses fonctionnaires du Trésor, tandis que le *nazir*, le surintendant de la mosquée, était penché vers le mufti. Trois jolies femmes entouraient le pacha, amenées par Abdallah Agha, le *haram aghasi*, le chef des services du harem, qui patientait près de la porte voûtée construite par les croisés. Antoine aimait aussi contempler les lieux : chaque arceau, chaque niche ou crypte rappelait l'ordre des chevaliers hospitaliers.

– Alors, messire Phélippeaux, vos compatriotes ne sont pas très loin de mon fief ! lança brusquement le pacha, les mains affairées à décortiquer un poulet dégoulinant d'huile.

Ce mélange de raffinement et de vulgarité déplaisait autant à Smith qu'il l'amusait, mais il n'en montrait rien, trop habitué aux bombances de ses marins à bord du *Tigre*.

– Nous attendrons Bonaparte de pied ferme, répondit Phélippeaux.

– Voilà qui est bien parlé. Votre engagement à nos côtés nous étonnera toujours, mais nous l'apprécions à sa juste valeur. Peut-être pourriez-vous le rappeler ici...

Antoine de Phélippeaux sentit la manœuvre. Le pacha cherchait à le débusquer et à mieux sonder ses intentions devant le baile de Venise, le consul d'Autriche et Haïm Farhi. Il répondit avec naturel et franchise. Le silence se fit autour de la table, comme si un firman du pacha était lu au peuple.

– Bonaparte entend devenir empereur et suivre les traces d'Alexandre le Grand. Il veut pour cela envahir la Palestine, gagner l'Empire ottoman, puis couper la route des Indes aux Anglais. Il a aussi l'intention de s'allier avec le sultan de Mysore, Tipoo Sahib, qui s'oppose à la Couronne d'Angleterre.

– Il y a là de quoi nourrir trois vies de général ! lança Djezzar Pacha.

– Bonaparte ne craint rien, poursuivit Antoine d'une voix posée. Pas même les janissaires de la Porte et les nouveaux bataillons de votre grand sultan Sélim III.

– Nous lui ferons mordre la poussière !

– Si vous permettez, Excellence, je vais vous présenter les raisons de mon engagement auprès de vous.

Le baile de Venise tendit son cou grassouillet afin de ne pas perdre une bribe des paroles du Français :

– Pour moi, la trahison est incarnée par Bonaparte. Et même par les membres du Directoire, les gouverneurs français. Nos pachas de Paris ont perverti l'esprit de la Révolution française. Ils ont transformé l'idéal de l'égalité en une aventure coloniale. Et Bonaparte est leur instrument, autant que lui se sert d'eux. Or la question de l'Empire ottoman est pour eux vitale, même s'ils se partagent en deux clans. D'un côté, il y a ceux qui suivent l'esprit de Rousseau, estimant que l'Orient islamique est égalitaire, et de l'autre ceux qu'on appelle les Idéologues, tel Volney, qui pensent que la Porte est une société despotique, à abattre. Les deux clans s'accordent toutefois sur un point : ils considèrent d'une importance primordiale l'avenir de votre empire, comme s'il s'agissait de la survie de la Révolution française. Pour l'heure, ce sont les Idéologues qui sont en passe de gagner.

Djezzar Pacha s'irritait et s'amusait à la fois des propos du jeune Français. Qu'il remît en cause l'avenir de l'Empire équivalait à une insolence. Mais qu'il évoquât la fragilité de la Porte réjouissait le potentat passé maître dans l'art de résister aux édits du sérail de Constantinople.

– Et que signifierait la victoire des Idéologues ? demanda-t-il, intrigué.

– Qu'il faut amener les peuples orientaux sous la tutelle de la Porte à la révolte. Arméniens, Arabes, Bosniaques, Grecs, Kurdes doivent lever l'étendard de la rébellion.

Djezzar Pacha rejeta la tête en arrière, piqué au vif. Il oscillait entre ses origines bosniaques et sa conversion à l'islam, son pedigree d'enfant chrétien et son serment de fidélité au sérail du Bosphore. Antoine le regardait dans les yeux, sans le défier. Il savait que sur un geste le potentat pouvait ordonner sa mise à mort. Hafiz Bachir, le chef du divan, n'attendait qu'un signe pour envoyer ses gardes à la curée.

– Jusqu'à la campagne d'Italie, la France ménageait la Porte, poursuivit Antoine. L'Empire ottoman, qui fut en guerre avec la Russie, avait besoin de la France et la France voulait que l'Empire poursuive les hostilités avec l'Autriche et les tsars. Il en va tout autrement depuis que Bonaparte a gagné en Italie. Désormais, la France est voisine de l'Empire. Et Bonaparte ne veut qu'une chose : transformer la Révolution en conquêtes militaires. Voilà le sens de ce qui est appelé « la grande nation ». Regardez les peuples des Balkans, ils se sont déjà révoltés contre la Porte. Bonaparte cherchera même à nouer des alliances avec les provinces pour en faire des Républiques sœurs. Mais prenez garde. Ce n'est pas à la liberté des peuples qu'aspire Bonaparte, mais à sa seule victoire personnelle.

– Que nous proposez-vous, alors ? s'impatienta Djezzar Pacha.

Sidney Smith, qui jusqu'à présent s'était contenté d'écouter son compagnon, jugea bon d'intervenir pour éviter à Antoine de se mettre dans une mauvaise passe :

– Votre Excellence sait que l'Angleterre lui prête main-forte. Cependant, ma modeste flotte présente dans la baie d'Acre sera peut-être insuffisante face aux canons de Bonaparte. Vous avez certes la mer comme rempart et comme porte de ravitaillement. Mais je crois qu'il faut porter le fer sur les arrières de Bonaparte. Et donc lui couper la route en l'empêchant de rallier les populations locales.

– Cela, nous savons le faire ! tonna Djezzar Pacha. Les récalcitrants ne méritent qu'une chose, le sabre !

– Il ne s'agit pas de punir, se permit d'ajouter le commodore anglais. Sinon, Bonaparte raflera la mise.

Antoine de Phélippeaux reprit la parole :

– Je vous demanderais l'autorisation de me rendre dans l'arrière-pays afin de sonder ces peuples. Je partirais en caïque vers les rivages du nord. Je n'aurais besoin que d'une petite garde et d'un éclaireur pour me frayer un chemin.

Djezzar Pacha marqua un silence avant d'approuver la mission du *Faranj*. Au fond, il ne détestait pas l'audace de ce Français, qui lui rappelait ses jeunes années.

– Qu'il parte s'il le désire, dit-il à son conseiller. Nous verrons bien ce qu'il nous ramènera.

Les agapes se poursuivirent avec un spectacle de danseuses circassiennes. Quand la danse fut terminée, Djezzar Pacha se leva et emmena dans les couloirs du palais deux des femmes qui l'entouraient. L'*alay bashi jawish*, le maître des cérémonies au visage ascétique, referma la lourde tenture de soie et de laine aux deux poignées de cuir derrière son maître.

39

– Ce Djezzar Pacha est un bourreau !

Dans le salon aux larges portes vitrées ouvertes sur le jardin aux hibiscus, Antoine fulminait. Assis dans un fauteuil ottoman, Sidney Smith tentait de le calmer pendant qu'Émile recopiait sur une table les plans des fortifications dessinés par son maître. Le matin même, de la bouche du père Carlos, ils avaient appris les dernières exactions de Djezzar Pacha. Six ans plus tôt, le maître d'Acre avait entendu dire que le muezzin de la mosquée profitait de ses ascensions au sommet du minaret pour observer une femme lors de sa toilette dans la cour. Après l'appel à la prière, le religieux lui avait fait des avances. Aussitôt informé, Djezzar Pacha avait convoqué tous les imams de la ville pour leur demander si monter dans un minaret pour un aveugle, fût-il homme de Dieu, dépassait l'entendement. La question avait suscité un silence gêné, puis les imams avaient reconnu que cela demeurait possible. Alors, Djezzar Pacha avait lancé un ordre bref et les gardes avaient crevé les yeux de tous les imams.

– Nous ne pouvons nous allier à lui ! pestait Phélippeaux. Je ne veux pas me salir à servir sa cause.

– Je sais, je sais, soupira Smith. Mais que pouvons-nous y faire ? Si nous partons, votre Bonaparte l'emportera et il gagnera son pari, il conquerra la Porte, l'Anatolie, puis l'empire des Indes.

– Si Bonaparte est vaincu, ce bourreau de pacha régnera d'une manière encore plus sanglante.

– Pour l'heure, il a surtout occis les siens, les imams plus que les chrétiens et les juifs.

– Rappelez-vous, mon cher Sidney, qu'il a demandé à ses mamelouks de massacrer quelques chrétiens avant notre arrivée.

Sidney Smith demeura coi. Il regarda Émile qui recopiait les plans de la citadelle sur des parchemins jaunis. Celui-ci releva ses lunettes et prit la parole :

– Volney a beau être Idéologue et partisan de la révolte des peuples, sur laquelle pourra s'appuyer Bonaparte, il risque d'être autant l'allié que l'ennemi de Bonaparte.

– Et pourquoi cela ? demanda Antoine, sans cesser de déambuler dans le salon.

– Parce que ses descriptions sont fausses ! répondit Émile. Il nous a induits en erreur. Il trompera donc aussi Bonaparte, et qu'il soit son ami n'y changera rien.

– Son ami ? s'étonna Sidney Smith.

– Oui, son ami, répéta Émile en continuant de copier les plans. Ils se sont connus en Corse, à Corte, il y a six ou sept ans, quand Volney a acheté le domaine de la Confina « Les Petites Indes ».

– Il y a six ou sept ans, comme c'est intéressant, dit Smith. Son *Voyage en Égypte et en Syrie* avait déjà été publié.

– Bonaparte a donc pu le lire, car depuis son maquis corse il appréciait beaucoup ce monsieur en vogue, qui alors était autant chéri que Mirabeau et Robespierre.

En tout cas, il s'est sûrement entretenu avec Volney de son périple oriental.

– Descriptions fausses ou pas, nous ne pouvons compter que sur nous-mêmes et non pas sur les erreurs des autres, trancha Antoine. Je crois qu'il est temps, messieurs, de galoper vers Safed !

Le lendemain, les éclaireurs du *kawas bashi*, le chef des messagers mamelouks, rentrèrent au galop dans la citadelle. Ils avaient aperçu la colonne de l'armée de Bonaparte aux abords de Haïfa, sous le mont Carmel.

– Dans un jour au plus, Excellence, l'ennemi sera aux portes de notre ville bien-aimée, balbutia le chef des messagers.

– Je le sais, idiot !

De fureur, Djezzar Pacha brisa une tasse, puis reprit son calme.

– Ils ne perdent rien pour attendre. Ils croient me tenir. Mais c'est nous qui les tenons !

Il demanda au maître du divan d'affréter aussitôt son voilier, où il dormit avec trois des femmes de son harem. Quand il apprit au milieu de la nuit que Phélippeaux le cherchait, il sortit de sa cale et se rendit sur les remparts pour converser avec le Français.

– Excellence, les remparts tiendront, déclara Phélippeaux. Nous avons de bons canons, plus ceux du commodore Smith. Cependant, nous avons une crainte.

– Laquelle ? tonna le pacha, encore ensommeillé.

– Ils ont coupé l'aqueduc...

– L'aqueduc ? Par Allah tout-puissant, nous les briserons. L'eau viendra donc à manquer.

– Nous avons des réserves dans les puits et les jarres.

– De quoi tenir quelques semaines au plus, pesta le pacha.

– Je veillerai alors à nous faire ravitailler par mer, grâce aux vaisseaux de Smith.

– C'est une noria de caïques qu'il nous faudra ! Tant pis, je rationnerai la population.

– Raison de plus pour prendre Bonaparte de vitesse. Il nous manque de l'eau, il lui manquera des munitions et des vivres.

Hortense avait dû contourner Haïfa, repère de pirates et de contrebandiers qui se vendaient au plus offrant. À une lieue de la bourgade, Georges Ibrahim lui avait signalé que des éclaireurs de Bonaparte se tenaient aux portes, au caravansérail de Qâqoun et à l'orée de la plaine d'Esdrelon, en contrebas du mont Carmel. Ils obliquèrent sur leurs chevaux fatigués vers la montagne et parvinrent après un grand détour au sommet du mont. Georges Ibrahim avait voulu rejoindre sa ville de Nazareth, mais Hortense l'avait supplié de l'emmener jusqu'au couvent des carmes, au-dessus de la mer. Il s'était laissé convaincre, au prix de la dernière bague que la jeune femme portait encore dans sa ceinture.

Lors d'une halte, sous un arbre, il lui confia pourquoi il désirait retourner au plus vite à Nazareth. Il tira de son turban une lettre écrite en arabe qu'il traduisit à haute voix. Cette lettre citait un article publié un an plus tôt par la revue des Idéologues de la Révolution française, *La Décade philosophique, littéraire et politique* des 20 et 30 germinal de l'an VI. Intitulé « Considérations sur l'Égypte, la Syrie et la puissance des Anglais dans l'Inde », il évoquait une révolution à venir dans les contrées du Levant et le rôle que les juifs pourraient tenir dans ces bouleversements :

– « On sait combien les juifs tiennent à leur ancienne patrie et à la cité de Jérusalem. Dispersés sur toute la terre par une persécution qui dure depuis dix-huit siècles, ils tournent encore leurs regards vers la Palestine, où ils espèrent que leur postérité plus heureuse sera ramenée par un prodige difficile à croire. Ils accourront des quatre parties du monde, si on leur donne le signal. On ne peut guère douter qu'ils ne fussent attachés à la nation qui les aurait relevés. »

Plongée dans une profonde réflexion, Hortense ne vit pas les deux buses qui planaient au-dessus d'eux. Elle demanda à Georges Ibrahim d'où venait la lettre.

– Venture de Paradis m'a demandé de la traduire en arabe afin que les chrétiens des montagnes et des collines en connaissent le contenu. Il voulait que les gens de Nazareth et de Bethléem viennent en aide aux juifs s'ils venaient à se soulever, comme l'espère votre Bonaparte.

Hortense tenta de relier les fils. Cette revue, *La Décade philosophique*, était proche des idées de Volney. L'Idéologue pouvait-il être lui-même associé à ce dessein de mettre sur pied une nation juive ? Son regard se perdit dans les feuillages des arbres qui bruissaient d'un doux murmure.

– Georges, dites-moi la vérité. Vous désirez porter ce message aux chrétiens de Nazareth et ainsi devancer Bonaparte ?

– Les nôtres ne voudront jamais d'une République juive en ces termes. D'abord, les juifs devraient leur liberté à une armée de conquérants barbares, aussi cruels que ceux de Djezzar Pacha. Ensuite, le statut des chrétiens ne serait pas mieux défini que sous les Ottomans et leurs valets mamelouks. Je vais donc vous quitter pour porter la nouvelle. Nous prendrons les dispositions nécessaires.

– Attendez... Accompagnez-moi d'abord au couvent des carmes, à la pointe du mont Carmel. Et dites-moi qui a signé cet article.

Georges Ibrahim se leva et regarda au loin, par une trouée dans les branchages, la pointe du mont Carmel dominant la mer.

– C'est signé L.B.

Elle se souvint alors du prénom du frère de Bonaparte.

– Lucien, Lucien Bonaparte, dit-elle. L'auteur de l'article ne peut être que lui. Je comprends maintenant pourquoi le général en chef veut œuvrer en faveur d'une République libre pour les juifs.

Georges Ibrahim remit en place les selles des montures et tous deux partirent vers le couvent des carmes à travers les chemins tracés par les chèvres des bergers druzes. Hortense se laissa peu à peu bercer par la beauté des paysages et respira les senteurs des sous-bois, qui lui rappelaient le thym et la sauge de la boutique de son oncle Hubert. Elle se souvint du Cantique des cantiques, le livre de la Bible que Jean de la Croix s'était fait lire étrangement le jour de sa mort. Était-ce pour célébrer son amour, charnel ou mystique, pour Thérèse d'Avila ? Était-ce pour rappeler à Thérèse ses racines avec ce chant d'amour que discutaient les kabbalistes de Tolède ? Ces poèmes bibliques célébrant l'amour entre deux êtres, le Bien-Aimé et la Bien-Aimée, l'avaient toujours troublée, au point qu'elle en rêvait la nuit. Il lui plaisait que l'homme soit appelé au gré des poèmes le Pacifique et la femme la Pacifiée. Au septième verset, le Bien-Aimé décrivait la Pacifiée ainsi : « Ton chef se dresse, semblable au Carmel, et les nattes de ta tête sont comme la pourpre. » Elle aimait se réciter ces beaux passages, simples comme la pluie. Ce poème éveillait des sensations profondes au fond de son âme ou de son corps, sans qu'elle pût toujours distinguer les deux, surtout lorsque le Bien-Aimé évoquait la courbe des flancs de la Pacifiée, son giron en coupe arrondie, son ventre tel un monceau de froment et ses deux seins pareils à deux faons. Ce poème longtemps lui avait permis d'espérer dans la quête vers le Carmel et dans l'amour du Bien-Aimé, cet Antoine de Phélippeaux qui hantait toujours ses nuits. Voilà que confluaient la quête et le désir, chantés dans le poème du Carmel.

Les deux cavaliers parvinrent à la pointe du mont, que Georges Ibrahim appelait à l'instar des Naplousains l'*Anf-el-jebel*, le Nez de la montagne. Le ciel accueillait des lumières roses dans les volutes de sa gaze. « La Règle vit près du prophète du livre des Rois, devant sa grotte. Rose sera le chemin de Pâques. »

Hortense admira les dernières lueurs du jour. Puis elle ferma les yeux et inspira profondément, un sourire aux lèvres, comme pour mieux se convaincre que sa mission commençait véritablement ici, au surplomb de la mer.

40

Hortense et Georges Ibrahim arrivèrent à la nuit tombante au couvent des Carmes qui dominait la mer. L'endroit était de toute beauté, sauvage comme un paysage de la Genèse, empli de broussailles et d'arbustes qui dressaient leurs épines vers le ciel telle une couronne de supplicié. Hortense en resta bouche bée. Elle attendait depuis si longtemps ce moment. Les cyprès balançaient leurs cimes vers la mer, en contrebas. Les feuilles des oliviers miroitaient au gré de la brise qui caressait la bruyère en une étreinte de toute éternité. Des senteurs de fleurs embaumaient l'air, plus frais que sur le rivage. Les flots de la baie de Haïfa déferlaient sur le rivage de sable et les collines au loin se fondaient dans une brume légère. Était-ce ici la fin du voyage, ou plutôt le début de sa quête ? Le couvent, situé sur le promontoire du Carmel, mariait mer et cieux. Il en ressortait une profonde quiétude, propice à l'apaisement de l'âme.

Entouré de plusieurs carmes, le père supérieur du monastère fut fort surpris de la visite des deux voyageurs.

– La deuxième en moins d'une journée, moi qui ne reçois plus guère de pèlerins en ces temps si troublés. Mais entrez donc, je vais vous préparer vos couches. Frère Matteo, donnons-leur les deux cellules du fond, au premier étage, dit-il en s'adressant à un jeune religieux.

Le père Silvano se retourna vers ses invités, tandis que le jeune religieux s'éclipsait.

– Frère Matteo est un jeune homme prometteur. Il parle déjà l'hébreu et l'arabe. La montagne d'Élie suscite encore des vocations ! Il allait abandonner l'ordre des franciscains pour s'embarquer à Haïfa à destination de Gênes lorsque nous l'avons recueilli. Depuis, sa foi est sans limites... Je dois dire qu'il a de qui tenir, puisqu'il descend de l'empereur Frédéric II, couronné roi de Jérusalem en 1229.

Originaire de Florence, le père Silvano avait été envoyé en Terre sainte une dizaine d'années auparavant. Il portait une large soutane noire et une longue barbe blanche. Sa grande carcasse était voûtée par les ans. Il parlait lentement, comme pour mieux savourer cette rencontre avec les voyageurs.

Hortense apprit de sa bouche que des émissaires de Bonaparte avaient effectué une brève reconnaissance du monastère quelques heures plus tôt. Les soldats de l'armée d'Orient comptaient réquisitionner une partie des bâtiments pour les transformer en hôpital de campagne.

– Cela ne me gêne en rien puisque je n'ai guère le choix, plaisanta le religieux.

Hortense était émue aux larmes d'avoir enfin atteint le couvent tant désiré. Elle ressentait une force profonde à évoquer l'épopée des pèlerins du Moyen Âge.

Le père Silvano demanda au novice et à frère Matteo de préparer de la soupe et une assiette de blé cuit. Il était heureux d'ouvrir les coffres de son garde-manger à ces deux voyageurs. L'un était originaire de la Terre sainte de Nazareth, l'autre de la terre de France. Il avait eu l'occasion de visiter une seule fois la ville de Jésus, pour s'entretenir de l'avenir de la chrétienté en Judée et en Galilée avec les pères du couvent franciscain.

Hortense attendit le soir pour se confier au père. Assis en face d'elle dans le réfectoire aux murs épais, il lui demanda ce qu'elle était venue chercher au mont Carmel.

Devant tant de bonté, elle n'osa mentir et ne pécha que par omission. Elle désirait depuis des lustres découvrir la terre des pieux, ce qui était vrai. L'une de ses amies avait rejoint le couvent des carmélites de Compiègne sous le nom de sœur Henriette et avait été guillotinée à Paris en 1794. Depuis, elle voulait tout savoir de l'ordre et de ses origines, en raison précisément des martyres de Compiègne. Le père Silvano se servit une rasade de vin. Il était bouleversé par le récit et l'audace de cette jeune femme, qui n'avait pas craint d'affronter les Bédouins, les cavaliers de Djezzar Pacha et les bandits en chemin. Lui craignait pour elle, et aussi pour son monastère.

– Les foudres de la guerre vont frapper cette portion de Terre sainte, dit-il, et Dieu sait ce qui va nous protéger des uns et des autres.

Hortense ne pouvait s'empêcher d'admirer la beauté des traits de frère Matteo, qui allait et venait, bien que cette grâce fût altérée par la sévérité de son expression. Que frère Matteo ait eu pour aïeul le roi de Jérusalem ne l'étonnait guère. Les religieux en Terre sainte cachaient parfois de fabuleuses ascendances.

Le père Silvano prit lui aussi une assiette de blé cuit et raconta comment l'ordre des carmes était revenu ici un siècle et demi auparavant. Le vénérable Prosper du Saint-Esprit avait été chargé de cette délicate mission, en 1631, dans une contrée réputée hostile et peuplée d'infidèles.

– Cet homme pieux venait d'Espagne. Il devait restaurer dans ces montagnes la vie religieuse, qui avait officiellement cessé quatre siècles et demi plus tôt.

– Officiellement ? Vous voulez dire qu'il y aurait une autre vérité ? demanda Hortense.

Frère Matteo à nouveau frôla la table du père Silvano, qui attendit que le calme revînt.

– L'histoire des carmes et donc des carmélites est riche en rebondissements. Quand Saint Louis, votre bon roi, quitte la Terre sainte au terme de la septième croisade, en l'an 1254, il emmène avec lui les carmes qui risquent la mort. Notre ordre venait d'avoir, quelques dizaines d'années plus tôt, enfin sa Règle de vie, signée par le patriarche Albert de Jérusalem...

À ces mots, Hortense ressentit une vive émotion, qu'elle tenta de dissimuler. Elle brûlait d'envie de confier à ce père son secret dessein, de lui raconter ses origines, sa vie de carmélite, mais elle s'abstint. Le père supérieur n'aurait pas compris qu'elle eût quitté l'ordre.

– Le roi Saint Louis avait été très affecté par l'échec de sa croisade contre les infidèles, échec qu'il considéra comme la punition de ses péchés. De là date son règne dit de pénitence. Il promulgua maintes ordonnances et bannit les jeux d'argent, la prostitution, le blasphème. De là datent aussi ses édits contre les juifs. Quand il repartit pour une autre croisade, la huitième, son armée fut affectée par un mal terrible et lui-même périt à Tunis.

– Le mal, je crois savoir...

– Oui, ma chère enfant, vous avez deviné, il s'agit de la peste. Ce terrible fléau a entravé le cours de la huitième croisade et a décimé le peuple des croisés, tout comme il a emporté Saint Louis.

– Et que sont devenus les carmes qu'il a convoyés vers la France ?

– Ils ont perpétué l'esprit de l'ordre. Mais le plus beau, c'est qu'ils ne sont pas tous partis du mont Carmel. On a longtemps cru que l'ordre des carmes n'existait plus en Terre sainte. Au Vatican, on en est toujours persuadé ! Rien n'est plus faux, et nous l'avons découvert peu à peu. Les carmes sont restés ici, dans la montagne et dans la grotte d'Élie, là, au-dessous de notre monastère, au bout du promontoire que vous pourrez visiter demain. Ils se sont cachés pendant des décennies, pendant des siècles, ils se sont nourris de peu, ils ont vécu de l'aumône des rares pèlerins et parfois des paysans musulmans qui leur donnaient des sacs de farine ou quelques miches de pain. N'ayant rien que leurs nattes et des grottes pour abris, ils ne suscitaient pas de convoitises et les bandits et cavaliers mahométans les laissaient tranquilles.

– Cela signifie que les ermites ont pu entretenir une sorte de... confrérie ?

– Oui, c'est cela, bien que nous n'aimions pas le mot. Des pèlerins s'arrêtaient dans ces grottes et devenaient eux-mêmes ermites, de manière à ce que le flambeau puisse passer de main en main. D'autres pèlerins rapportaient en France, en Italie et en Espagne des missives cachées, afin que des carmes puissent envoyer les leurs prendre la relève.

– Et jamais la ligne ne s'est interrompue...

– Jamais ! Même lors des pires règnes de despotes dans la contrée, même sous Omar el-Daher, massacreur des chrétiens de Naplouse, de Nazareth et d'ailleurs.

– Comment expliquer que cet ordre ait pu trouver assez de ressources pour perdurer ?

– La Règle de vie...

Le père Silvano baissa encore la voix. La lumière de la chandelle vacilla, comme si un courant d'air avait pénétré dans le réfectoire. Il tourna la tête vers la gauche et vit un moine sortir, un chandelier dans la main.

– La Règle de vie a permis à tous ces hommes pieux de tenir. Nul ne sait où est l'original. Certains érudits pensèrent qu'elle se trouvait dans les archives du Vatican, mais il ne s'agissait que d'une copie.

Hortense connaissait cette histoire, racontée par la mère Thérèse de Saint-Augustin lors de la captivité des carmélites à Compiègne, puis à la Conciergerie. La mère prieure lui avait parlé des juifs de Safed, qui détenaient la clé pour remonter le chemin de la connaissance.

– Cette Règle de vie, nous la cherchons encore, reprit le père Silvano. Peut-être est-elle cachée dans un couvent de France ou d'Italie, peut-être même chez les disciples de Thérèse d'Avila ou de Jean de la Croix en Espagne. Celui qui la trouvera pourra relever l'esprit des carmes et donner un peu plus d'amour sur cette Terre sainte où les trois religions s'entre-tuent. Notre mission est là, chère voyageuse : porter un message d'amour et de paix.

La lumière de la chandelle continuait de vaciller alors que les portes demeuraient fermées. Le père Silvano inspecta la pièce du regard, mais Hortense n'entendait nul bruit.

– Pardonnez-moi, j'ai cru voir une ombre, dit le religieux avec un sourire qui illumina son visage. C'est sans doute l'habitude d'être épié... Il faut dire que frère

Matteo est tellement impatient d'apprendre qu'il laisse traîner ses oreilles partout. Ah, espérons que la sagesse aura raison un jour de sa jeunesse fougueuse.

– Pensez-vous, père, que la Règle de vie a une chance d'être ici ?

– Je ne sais, au juste. Pendant des siècles, la tradition carmélitaine a laissé entendre qu'elle se trouvait aux alentours. Certains pères de l'ordre et ceux d'autres ordres estimaient en revanche qu'elle ne pouvait que se trouver « en exil », au-delà de notre saint Carmel. Mais la traduction en grec de la Bible, dite des Septante, nous a redonné espoir. Il s'agit du passage du livre d'Isaïe, l'un des prophètes de l'Ancien Testament. Auparavant, on pouvait lire ceci.

Il ferma les yeux et récita le passage du livre d'Isaïe :

– « Le désert deviendra un maquis et le maquis sera considéré comme une forêt ; dans le désert s'établira le droit et la justice habitera le maquis. »

Le père rouvrit les yeux. Il but une rasade de vin du Carmel, que les frères embouteillaient dans la cave du monastère.

– C'est un beau passage, poursuivit-il, car il évoque le retour de la justice, donc de la paix et de l'entente entre les hommes. Le mot « désert » dans ce texte prête à confusion. Il vient du mot « *karmel* », qui signifie désert ou maquis. Toutefois, les auteurs des Septante, qui ont traduit la Bible en grec, ont préféré non pas le vocable commun, mais le nom propre. Il ne s'agit donc plus du désert, mais du mont Carmel lui-même. C'est une découverte capitale ! Le passage d'Isaïe doit donc se lire ainsi : « Le désert deviendra le Carmel et le Carmel sera considéré comme une forêt ; dans le désert s'établira le droit et la justice habitera le Carmel. » Vous voyez, la signification est tout autre !

– Pardonnez-moi, mon père, mais en quoi cela signifie-t-il qu'il existe un espoir de retrouver la Règle de vie ? Elle date du XIIIe siècle, soit bien longtemps après la tradition des Septante, qui remonte aux Ptolémées d'Égypte.

Le père releva la tête, surpris par l'érudition de la voyageuse, tandis que frère Matteo lui servait une autre assiette de soupe. Il semblait écouter la conversation, mais ne s'attarda guère quand il vit le regard sourcilleux du supérieur.

– Ce frère Matteo est très curieux ! murmura le père Silvano, dont la voix avait retrouvé sa douceur. Je préfère être discret, même si je prends sa curiosité pour une bonne chose.

– Il est vraiment descendant d'un roi de Jérusalem ?

– Oui, et pas n'importe lequel ! Frédéric II Hohenstaufen était davantage italien qu'allemand. Il a vécu son enfance sous la tutelle du pape Innocent III, celui-là même qui a ratifié notre Règle de vie. Il se considérait comme empereur romain et de là vint le drame avec la papauté. Il fut excommunié deux fois. C'est un vieux conflit entre le pouvoir temporel et le pouvoir spirituel que nous retrouvons ici même, en Terre sainte ! Voilà pourquoi je pardonne à frère Matteo sa curiosité. Son aïeul, qui fut soutenu par les chevaliers teutoniques de Saint-Jean-d'Acre, était lui-même très ouvert et très tolérant. Il fut élevé à Palerme, au milieu des communautés chrétienne, arabe et juive. Mais revenons à votre question sur la Règle de vie. Vous avez raison. La version grecque des Septante est ancienne, très ancienne, d'avant même le Christ, quand Ptolémée II a encouragé la traduction de l'Ancien Testament par les Septante, les soixante-douze auteurs juifs. Pendant longtemps, ici au Carmel, nous n'avons eu que l'autre traduction, celle de la *vulgata versio*, la vulgate, reconnue par le Vatican en 1546.

– Donc bien longtemps après la création de l'ordre des carmes...

– Oui, bien longtemps. Les ermites du mont Carmel disposaient de la traduction des Septante, mais personne n'avait fait attention à ce passage sur la traduction des mots « maquis » ou « désert ». Quand Prosper du Saint-Esprit a débarqué sur ces rivages pour réinstaller l'ordre, il avait pris avec lui la traduction des Septante.

– Je pense qu'il lui manquait la Règle de vie...

– Exactement, mon enfant ! Je vois que vous avez vite compris les enjeux pour notre ordre. Ce passage de la Bible des Septante permettait à ceux qui s'établiraient sur la montagne d'Élie de prêcher le droit et la justice. Il s'agissait de faire revenir les moines, et d'inviter les pèlerins à parcourir la Terre sainte, à prier pour le Carmel, ainsi qu'à vénérer le prophète Élie.

– Un prophète vénéré par les trois religions...

– Oui, mais ne croyez pas que nous avons vu là l'occasion d'imposer notre dogme au détriment des autres religions du Livre. Au contraire. L'esprit était d'instaurer une concorde. Regardez comme le royaume chrétien de Saint-Jean-d'Acre a été fragile ! Il n'a pas survécu au XIIIe siècle, et c'est précisément à ce moment-là que notre ordre a commencé à décliner. Prosper du Saint-Esprit avait besoin de cette traduction pour mettre en avant le désir de justice tel qu'il est mentionné dans la Bible et que nous avons si longtemps oublié.

– La religion des mahométans et celle des juifs ont elles aussi oublié ce désir de justice...

– Oui, du moins nous le pensons. Mais, à côté de la tradition écrite, il existe une tradition orale. Les mahométans viennent prier dans la grotte d'Élie et les juifs aussi. Depuis que Prosper du Saint-Esprit a fait reconstruire ce monastère, les moines des carmes disent une parole de tolérance aux uns et aux autres, et tous écoutent. Vous voyez, nous avons perpétué son vœu, et demain vous pourrez observer juifs, chrétiens et mahométans se suivre dans la grotte sans qu'il y ait de heurts. Nous n'avons jamais retrouvé la Règle de vie, mais ce passage des Septante nous suffit... Allez, je vois que vous êtes fatiguée par ce voyage. Et votre guide doit l'être aussi. Vous avez fait une si longue route. Ces parages, je dois avouer, ne sont plus guère tranquilles depuis l'arrivée de ce Bonaparte avec ses soldats qui errent comme des vautours.

Le ciel s'était soudainement éclairci. Après avoir peiné pendant des heures dans le sol marécageux, battu par la pluie, l'armée d'Orient campa sur une colline face à Saint-Jean-d'Acre. Le promontoire dominait la forteresse et Bonaparte disposa aussitôt en batterie les canons qu'il lui restait, poussés à bras par les soldats de la division Régnier, lorsque la terre de la côte d'Haïfa s'était révélée trop spongieuse pour les chevaux. Le général en chef était pressé. Il attendait des renforts d'artillerie par mer, mais Régnier et Venture de Paradis l'incitaient à déclencher au plus tôt le siège. Lorsque l'aide de camp Eugène de Beauharnais avait demandé la raison d'un tel empressement, le chirurgien Larrey lui avait répondu, un brin agacé :

« La peste, l'ami, la peste ! »

41

Toutes les citadelles de despotes en Terre sainte ne furent pas des forteresses de Jéricho. Les canons de Bonaparte tonnèrent en salves et les murs de Saint-Jean-d'Acre s'ébranlèrent. Quelques obus tombèrent sur les remparts, d'autres sur la grande mosquée. La ville assiégée résistait cependant. Djezzar Pacha attendait dans son palais l'issue de la bataille avec les femmes de son harem. En fin de journée, il préféra évacuer. Il se rapprocha du port et demanda que l'on affrétât son voilier.

Tandis que Sidney Smith patientait à bord du *Tigre* afin de répliquer par ses canons, Antoine de Phélippeaux dirigeait les combattants mamelouks et turcs sur les remparts. Dans sa lunette, il voyait au loin les soldats de Bonaparte dévaler Tell Harassim, la colline où s'étaient installés les détachements de l'armée française. Les fantassins et cavaliers de l'armée d'Orient paraissaient nombreux et vaillants, comme si la prise de Saint-Jean-d'Acre n'avait plus été qu'une question d'heures. Ils n'avaient sans doute pas tort. « Que leur a donc raconté ce charlatan de Bonaparte ? soupira Antoine. Quels mirages leur a-t-il fait miroiter ? » Il savait par les agents de Djezzar Pacha que le général en chef de l'armée d'Orient espérait lever une armée pour conquérir Constantinople et ensuite fondre sur l'Inde des Anglais via la Perse et l'Indus, comme au temps d'Alexandre. À la tête d'un nouvel empire bâti sur les ruines de l'Empire ottoman, Bonaparte créerait des légions étrangères, fort du soutien des Kurdes, des maronites, des Druzes, et ses treize mille hommes seraient bientôt soixante mille. Là-bas, il pourrait défier la Couronne d'Angleterre terrée dans son île. À défaut de l'attaquer par ses côtes, il la renverserait par ses colonies. Le seul obstacle qui se dressait sur le chemin, du Caire à l'empire des Indes, était les remparts de Saint-Jean.

Antoine de Phélippeaux espérait de tout cœur que les hauts murs seraient assez solides pour résister aux premiers assauts. Nul doute que Bonaparte allait jeter dans la bataille toutes ses forces afin de ne point perdre de temps. Si Phélippeaux parvenait à les repousser, avec les canonnades de Smith depuis la baie, l'armée d'Orient risquerait de manquer de vivres et de munitions. Et la peste de pointer ses bubons.

Antoine se retourna. Ses ordres avaient été transmis par le drogman. Le chef des janissaires renforçait un point faible du mur oriental, tandis que des Albanais creusaient devant les remparts un large fossé afin de mettre en place une contrescarpe. Il songea à Djezzar Pacha, ce vieillard sanguinaire qui n'avait pas hésité à emmurer vivants ses détracteurs, à empaler les récalcitrants, à couper le nez de Haïm Farhi et celui de tant d'autres. Il espérait l'amener à résipiscence. Son dessein de rallier les populations chrétienne, juive et musulmane amènerait le pacha à changer de cap, à plaider davantage l'entente entre les protégés de la Porte. Si Djezzar Pacha ne suivait pas de tels conseils, Saint-Jean-d'Acre tomberait sans coup férir.

Émile s'approcha d'Antoine.

– Les mamelouks sont prêts. Nous devrons rationner le premier bataillon en boulets.

– Comme Bonaparte. Et les fusils ?

– Le commodore Smith m'a envoyé une chaloupe ce matin avec deux caisses.

– De quoi tenir quelques jours, commenta Antoine.

– Il m'a promis d'en expédier de la côte par bateau. Mais les magasins de Haïfa, tu le sais, ont été pillés et sont occupés par l'armée de Bonaparte. Il reste à attendre le ravitaillement de Sidon.

– Ce ne sont pas les armes ni les vivres qui m'inquiètent, Émile, mais l'eau !

– Nous avons ce qu'il faut, même si Bonaparte a coupé l'aqueduc. Sais-tu ce qu'ont fait ses soldats avant d'arriver à Haïfa ? Ils ont cru se désaltérer avec de l'eau de mer. Assoiffés, des centaines d'entre eux se sont jetés dans les vagues et ont bu tout leur saoul. Brûlés à la gorge et à l'estomac, plusieurs se sont tordus de douleur sur le sable et ont préféré se faire sauter la cervelle ! Voilà au moins une chose que nos mamelouks ne feront pas...

– Les citernes des Templiers y veilleront. Tout dépend désormais de Djezzar.

Émile baissa la voix, de peur d'être entendu par un mamelouk :

– Cet homme a beau être un cruel despote, c'est surtout un couard !

– À l'instar de beaucoup, je l'avoue. Bonaparte a au moins le courage de se porter au-devant de l'ennemi.

– Il ne vaut pas mieux que ce Djezzar Pacha de malheur ! Regarde ce qu'il a fait aux malheureux de Jaffa. Ils se sont rendus, on leur a promis la vie sauve et lui les a fait fusiller ou massacrer à la baïonnette. Une honte pour l'armée française !

Antoine reposa sa lunette sur une pierre blanche de la muraille.

– Lui qui croyait impressionner la garnison d'Acre ! Eh bien, il s'est trompé. En massacrant ceux de Jaffa, Bonaparte n'a fait que renforcer l'âpreté au combat des hommes de la forteresse. Observe-les, ils n'ont qu'une envie, en découdre !

Un boulet frappa le mur du palais de Djezzar. Des mamelouks se précipitèrent aussitôt pour l'extraire de la roche et l'entreposer à côté d'un gros canon.

En fin d'après-midi, l'armée d'Orient n'avait toujours pas lancé son grand assaut. Antoine tenait prêts les mamelouks et les janissaires. À la nuit tombante, Sidney Smith, dont le *Tigre* mouillé près du phare avait bombardé la colline de Bonaparte, fut de retour dans la forteresse.

– Pas mal, cher Antoine, pour une première journée. Il m'est avis que si Djezzar Pacha ne s'enfuit pas vers Tyr ou Sidon, nous pourrons remporter la mise.

– Point trop vite, l'ami. Tout dépendra de l'arrière.

– Pour nous, c'est la mer. Elle est grande et généreuse !

– Pour Bonaparte, c'est la terre, et ses populations. Si les remparts tiennent, je partirai bientôt vers Safed.

– C'est la raison de ma venue sur ces remparts à vos côtés. Ma flotte a intercepté hier un vaisseau turc parti de Jaffa avec à son bord un sous-officier français porteur d'un message pour les chrétiens du Liban.

– Alors, nous ne devons pas perdre de temps, dit Phélippeaux. Si les chrétiens se rallient à Bonaparte, toutes les portes lui seront ouvertes.

– Les Druzes pourront nous aider.

– J'ai mon idée, souffla Antoine.

– Rappelez-vous ce que je vous ai dit à bord du *Tigre* ! La loge des Frères asiatiques nous a demandé de porter un message aux juifs de Saint-Jean-d'Acre. Sachez que Haïm Farhi a refusé de nous aider.

– Il servira jusqu'au bout le pacha, j'en suis convaincu. Djezzar s'était méfié de lui lorsqu'il était revenu d'un pèlerinage à La Mecque, en 1794. Il l'a écarté du trône, puis il s'en est repenti, et pour le remercier de sa fidélité il l'a nommé vizir, c'est-à-dire son second. Depuis, il le vénère et ne dit du mal que de son prédécesseur, le Grec orthodoxe Youssef Kardahi.

– Il le tient par les oreilles, si je puis dire, à défaut du nez ! répondit Smith. Il nous reste les juifs de Safed. Le message évoque le rôle des francs-maçons. Je pense qu'un proche de Bonaparte en est membre. Ma loge m'a dit à Londres que Lucien Bonaparte serait un frère. Il est possible que sa loge ait infiltré celle des Frères asiatiques, dont les juifs sabbatéens s'étaient rapprochés grâce à Junius Frey afin de réaliser leur rêve messianique.

– Vous oubliez une chose : ce Junius Frey est mort, lança Antoine.

– Junius Frey, oui, sur l'échafaud de Robespierre, mais pas ses fidèles ! Ils croient encore à l'avènement d'une République juive ici même.

– Et quel rapport avec Bonaparte ?

– Un de ses proches l'a rallié à cette idée, qui arrange ses intérêts. Certains juifs en Terre sainte le suivront, car il a ouvert le ghetto de Venise pour offrir l'émancipation à ses habitants. Mais d'autres estiment qu'une seule chose l'intéresse : faire d'eux des sujets, les soumettre comme n'importe quel potentat. Nous, à la loge de Saint-Jean, nous restons fidèles à l'esprit de Ramsay, notre but est d'unir toutes les nations. Et nos amis juifs ne veulent pas de cette fausse amitié offerte par Bonaparte.

– Les juifs ne seraient alors guère mieux lotis, j'en conviens, que ceux du pachalik d'Acre, dit Antoine.

– Pis ! Bonaparte le leur ferait payer. Regardez les juifs de Damas, du moins ceux que l'on voit ici, de la famille de Haïm Farhi ! Ils ont rang de vizir.

– Je partirai très vite pour Safed.

– Prenez garde à vous ! J'assurerai les défenses à votre place, sur mer et sur terre.

Rachel, la fille de Haïm Farhi, était belle comme un fruit d'Éden. Elle avait de longs cheveux bruns et des yeux aussi noirs que la robe d'un cheval jais de haute Galilée. Elle reçut Antoine dans la grande demeure de son père, loin des regards du palais. La bâtisse était splendide. S'y mêlaient tous les styles des conquérants de Saint-Jean-d'Acre. L'entrée immense qui donnait sur un patio datait des chevaliers de Saint-Lazare. Les fenêtres en ogive avaient été ajoutées au temps des Vénitiens. Les trois salons du rez-de-chaussée étaient meublés de chaises florentines, de sofas de Damas et d'objets religieux. Un chandelier à sept branches en argent provenait de Jérusalem.

Vêtue d'une longue robe rouge et d'un pantalon serré aux chevilles, sa chevelure dépassant d'une pièce de soie blanche, la fille du ministre des Finances invita le Français dans le troisième salon, celui réservé aux proches et aux envoyés de la famille, déployée au Liban, en Syrie et à Constantinople. Elle congédia ses trois domestiques, un Grec, un juif de Jérusalem et un eunuque d'origine dalmate.

– Nous serons plus tranquilles pour ce que nous avons à nous dire, dit-elle dans un français hésitant.

Ses gestes étaient pleins de charme, et son sourire semblait mélancolique, sans doute à cause de l'enfermement à Saint-Jean-d'Acre.

– Vous avez appris par votre père que je désire me rendre à Safed, l'une de vos villes saintes, dit Antoine.

Rachel, assise sur le sofa, les jambes repliées, regarda vers le patio aux arcades mauresques. La brise de mer pénétrait agréablement dans le salon.

– Monsieur, je puis vous assurer que vous serez bien reçu à Safed. Les membres de notre communauté savent que vous êtes ici. Mais ils sont partagés. Certains rabbins penchent en faveur de ce Bonaparte dont ils ont entendu parler par nos pèlerins venus d'Europe. D'autres s'en méfient comme de la peste, ainsi que vous le dites en français. Je vous demanderai simplement de tenir notre famille à l'écart de toutes ces tractations.

Antoine admirait la maîtrise de la jeune femme. Elle parlait comme un chef de clan. Elle semblait tout connaître de l'art de la politique et des alliances au sein de ce Levant plongé dans un feu perpétuel. Son regard se portait sur les meubles, sur les peintures et miniatures qui ornaient les murs, puis sur Antoine, sans ciller.

– Vous aurez un de nos domestiques pour guide, dit Rachel. Avec un sauf-conduit du palais, vous ne craindrez rien sur votre chemin. Les Naplousains, qui harcèlent les colonnes de Bonaparte, sont des nôtres. Il vous faudra éviter les hommes d'Omar el-Daher, l'ennemi juré de Djezzar Pacha, mais nul ne sait où ses cavaliers se déplacent. Ils sont rapides et fondent sur leurs proies comme des rapaces.

– Nous voulons entrer en contact avec les rabbins de Safed pour devancer Bonaparte. Il est possible qu'à l'heure où je me mettrai en route ses éclaireurs occupent déjà Safed.

– Nos agents nous ont rapporté que des détachements avaient été effectivement aperçus aux alentours de Nazareth et du mont Thabor. Safed sera sans nul doute investie par des éclaireurs druzes de Bonaparte, car notre ville sainte est située sur une colline, un point idéal pour défendre la contrée.

– Ce que je désirerais savoir est autre, si vous le permettez. Pensez-vous que les rabbins se rallieraient à des chrétiens et à des musulmans ?

Rachel mit un doigt sur ses lèvres pour lui intimer l'ordre de faire silence, puis se leva pour fermer les vantaux de bois intérieurs. Antoine la trouva encore plus belle lorsqu'elle déployait son corps.

– Les murs ont des oreilles, dit-elle en se rasseyant.

Elle prit une profonde inspiration et continua :

– Voici quelques mois, en septembre de l'an dernier, un juif de Podolie a débarqué dans le port de Haïfa. Il s'appelait Nahman de Bratzlav, du nom de la ville dont il était originaire, et il était rabbin. Il paraissait fort excité. Sa tenue de croyant et ses papillotes avaient suscité le rire de nombreux marins. Mon père est venu à sa rencontre sur les quais et a forcé les mamelouks au respect de ce pèlerin. Il était porteur lui aussi d'une lettre, et il se recommandait du rabbin Kalisher de Tibériade. Djezzar Pacha l'a pris un temps pour un espion, avant que mon père ne le convainquît de le laisser en vie. Mon père et Nahman de Bratzlav ont longuement parlé, notamment de la prédiction de l'*alya*, c'est-à-dire du retour, faite par les trois cents rabbins, trente ans avant la fin du cinquième millénium, soit en l'an 1210.

– 1210... C'est étrange, dit Antoine. Il s'est passé des choses troublantes à Saint-Jean-d'Acre à cette époque. Un chrétien, le maître des Hospitaliers, a assassiné le patriarche Albert de Jérusalem, qui venait de signer un parchemin important, la Règle de vie d'un ordre religieux...

– C'est une époque cruciale et troublée pour nous aussi, les juifs de la Terre promise. Car pendant les croisades, nos ancêtres et pèlerins ont lancé l'idée d'une émigration en *Erets Israël*, la Terre sainte. Il s'agissait de créer une autre croisade, celle pour un royaume messianique. Le rabbin Yehiel de Paris, l'un des sages de la communauté de France au XIIIe siècle de votre ère, a ainsi plaidé pour le voyage vers Jérusalem. La prise d'Acre par les chrétiens a forcé certains des trois cents juifs à s'établir ici même à Acre, où une *yeshiva*, une école talmudique, s'est ouverte afin qu'on y étudie les écrits du rabbin Yehiel de Paris. Puis la chute de la ville, tombée entre les mains des mahométans, avec ses massacres de chrétiens et de juifs, a enterré ce rêve. L'idée du retour a été évoquée il y a peu, en France, à Prague et à Safed. Mon père et moi, nous nous sommes aperçus que Nahman de Bratzlav était proche d'un révolutionnaire français, d'origine juive.

Antoine releva brusquement la tête.

– Ce révolutionnaire... répondrait-il au nom de Junius Frey ?

Rachel Farhi regarda Phélippeaux dans les yeux, étonnée qu'il connût cet homme.

– Oui, c'est cela. Son vrai nom était même Moses Dobrushka. Mais comment avez-vous eu vent de ses agissements ?

Antoine éluda la question.

– J'ai su qu'il appartenait à une loge de francs-maçons.

– Je ne crois pas que Nahman de Bratzlav ait été franc-maçon, poursuivit la fille du ministre des Finances. Il était bien trop religieux pour cela.

Elle baissa la voix, forçant Antoine à se rapprocher d'elle :

– Je crois qu'il jouait un double jeu.

– Vous voulez dire... pour Bonaparte ?

– Nahman de Bratzlav est arrivé en septembre quand Bonaparte se trouvait déjà en Égypte. Sans doute était-il porteur d'un message pour les gens de Tibériade. Nos agents à Safed n'en auraient rien su, ce qui est fort plausible. En fait, l'idée de fonder une République juive est une vieille idée, émise par les Anglais.

– Par les Anglais ? répéta Antoine. Mais... je n'en vois pas l'intérêt.

– Un de leurs grands écrivains, Disraeli, a plaidé cette cause auprès du roi.

Antoine voulut l'interrompre, mais s'en abstint. Disraeli... Ce nom lui était familier. Qui avait pu lui en parler ?

– Des protestants ont défendu ce dessein, poursuivit Rachel Farhi.

Antoine se souvint alors d'une rumeur dans le milieu des émigrés à Londres. Viskowitch se serait rendu à plusieurs reprises au domicile d'un critique littéraire, qui avait pour nom Disraeli.

– Or ces protestants voient venir le nouveau siècle, l'an prochain, avec une certaine appréhension et en même temps non sans espoir. Ils croient eux aussi à la venue d'un messie sur terre et pensent qu'il viendra ici, en *Erets Israël*, en terre d'Israël, qu'ils appellent la Terre sainte.

– Et... quel rapport avec Nahman de Bratzlav ? demanda Antoine.

– Nous ne le savons pas. Toujours est-il que ce Nahman de Bratzlav portait une clé dorée autour du cou, ce qui a toujours intrigué mon père. Il jugeait cela peu commun pour un rabbin mais, comme notre homme paraissait excentrique, il pensa à une tradition d'Europe. Ce rabbin a fini par disparaître dans la nature, après avoir quitté Acre en cachette, sur un bateau turc en partance pour Rhodes. Personne ne sait où il a rembarqué ensuite. Les hommes de Djezzar Pacha à Constantinople l'auraient aperçu sur les bords du Bosphore.

Antoine respira profondément comme pour mieux réfléchir. Il croyait que Rachel Farhi jouait une comédie à des fins qui lui restaient obscures.

– Nous n'avons pas tous les éléments en main, vous et moi, dit-il. Une chose est sûre : je dois me rendre sans plus tarder à Safed. Ce Nahman de Bratzlav a déjà prêché pour sa propre paroisse, comme disent les chrétiens.

Rachel prit confiance elle aussi et se livra davantage, même si elle paraissait toujours cacher un secret. Elle raconta qui était véritablement Djezzar Pacha, son penchant pour le drame perpétuel, sa hantise de la trahison qui l'amenait à trancher des têtes avant qu'elles n'aient songé à la moindre conspiration. Il aimait se cacher dans des postes de guet au-dessus des murailles et s'amusait à faire venir tel marchand ou tel mendiant pour le jeter dans un cachot quand sa mine lui déplaisait.

Rachel s'était rendue à plusieurs reprises chez son

grand-père Shaül Farhi, banquier important de Damas, puis à Constantinople avec son père. Ils avaient été reçus au sérail et le chambellan chargé des caisses de l'Empire avait demandé à Haïm Farhi d'augmenter les impôts sur la soie et les tissus. Ce dernier s'en était sorti habilement en promettant davantage de taxes, ce qui ne signifiait nullement que le tribut allait atterrir dans les caisses de l'Empire. Rachel savait qu'Antoine jouait du violon le soir lorsque les notes résonnaient sur les remparts. Elle lui parla de Mozart, dont elle avait écouté quelques œuvres dans les salons de Constantinople, toujours en quête des dernières modes d'Europe. Son père avait même acheté quelques partitions qu'il comptait déchiffrer sur le piano du khan al Faranj de Saint-Jean-d'Acre, abandonné par l'ancien consul de France. Elle revint soudain au fil principal de leur discussion :

– Nous ne voulons pas d'une République pour nous les juifs sur la terre d'Israël.

– Cela serait pourtant une garantie pour les vôtres.

– Nous ne voulons plus de la Porte comme puissance de tutelle, il est vrai. Mais une République d'Israël serait contraire à nos croyances.

– Contraire à vos croyances ? Je dirais plutôt conforme.

– Non, nous ne le désirons pas tant que le vrai Messie n'est pas revenu sur notre terre. De faux messies se font annoncer régulièrement, tel ce Sabbataï Tsevi. D'ailleurs, il a fini par se convertir à l'islam.

Une salve de canon rappela à Antoine de Phélippeaux qu'il était attendu sur les murailles orientales. Il prit congé, non sans regret, de la fille du vizir.

– Je partirai demain, à la nuit.

– Soyez prudent, et saluez nos frères de Safed !

42

Pour se donner de l'assurance avant de galoper vers les monts de Galilée et la ville sainte de Safed, entreprise périlleuse puisque le fort se trouvait déjà sous la coupe des envoyés druzes de Bonaparte, Antoine de Phélippeaux décida de déambuler sur les remparts de Saint-Jean-d'Acre. Le jour des grandes décisions, se dit-il, est souvent propice à la rêverie. Les murailles septentrionales étaient fort agitées, défendues par des mamelouks, des Albanais et des Moghrébins. En revanche, les bastions qui donnaient sur la mer et le port connaissaient le calme. Bonaparte attendait des renforts par voie de mer et, en l'absence de ces vaisseaux, ne pouvait guère entreprendre de conquête autre que par voie de terre. Émile avait cependant conseillé à son maître de se méfier plus que tout du général Caffarelli :

« Cet homme est un génie et il est capable de nous inventer je ne sais quoi pour percer nos murs !

– Bah, il a déjà perdu une jambe, il pourrait bientôt perdre la tête, avait rétorqué Antoine.

– Justement, il est encore pire depuis qu'il lui manque un membre. Tout se reporte dans sa cervelle ! Plus il est invalide de corps, mieux il se porte d'esprit. »

Lorsqu'il se promena sur le rempart de l'église Saint-André, Antoine porta son regard vers le mont

Carmel. Il n'avait qu'une envie, galoper vers le couvent des carmélites et s'aventurer aux abords de la grotte du prophète Élie. Sans doute recueillerait-il là-haut quelque confidence sur son ordre disparu, ainsi que des indices sur les carmélites. Si elle se trouvait au Levant, Hortense aurait peut-être la même idée. Brusquement, Antoine aperçut le *Tigre* et le *Theseus* face à Haïfa. Sidney Smith l'avait averti qu'il patrouillerait avec sa flotte dans la baie, en raison de l'arrivée imminente de renforts par mer pour Bonaparte. Le navire de Smith effectua une ample manœuvre par le large puis piqua vers la côte. Antoine crut discerner d'autres voiles à l'horizon, sans en être certain. Étaient-ce les bâtiments de Bonaparte ? Une canonnade le sortit bientôt de sa réflexion. Les armes de Sidney Smith entrèrent en action et bousculèrent l'horizon. Antoine comprit qu'une effroyable bataille navale s'était engagée là-bas. Il s'élança au sommet du clocher de Saint-André, qui offrait une large vue sur le rivage et la baie. Sur terre, depuis la colline de Tell Harassim, les canons de Bonaparte s'étaient étrangement tus. Antoine y vit le signe que toute l'armée d'Orient attendait l'issue de la bataille, dont dépendait leur sort. Il sortit sa lunette et aperçut neuf tartanes.

– Diable, la voilà, la flotte de Standelet !

Les navires légers de l'officier de marine Standelet, qui accourait d'Alexandrie pour secourir Bonaparte, paraissaient dérisoires face à l'artillerie navale de Sidney Smith, soixante-quatorze canons sur chacun de ses deux vaisseaux. Cependant, Standelet parvenait à gouverner aisément grâce à ses voiles à manœuvre rapide et à la légèreté de ses embarcations. Antoine faisait cependant confiance au génie de Sidney Smith.

S'il avait voulu livrer combat au pied du mont Carmel, c'était parce qu'il y avait tendu un piège.

– Quel nom dis-tu ?

Sur l'insistance du général en chef, Eugène de Beauharnais répéta par trois fois le nom de Phélippeaux. Il lui sembla voir son beau-père chanceler. Bonaparte se retourna vivement pour cacher son trouble.

– Phélippeaux..., entendit Beauharnais. Comment ce maudit personnage peut-il se trouver sur mon chemin... ?

Bonaparte revint vers son aide de camp, les dents serrées, le visage livide.

– Tes agents sont-ils sûrs de cela ?

– Les Bédouins sont formels. Ils ont prononcé ce nom à plusieurs reprises au détachement de drogmans qu'ils renseignent.

– On pourrait croire aussi à une ruse.

– La coïncidence serait trop grande, général.

Bonaparte fit signe à Bourrienne de sortir de la tente. Il s'approcha de la table et jeta l'encrier à terre, puis le journal de son secrétaire.

– Ce scélérat ne perd rien pour attendre ! Il n'est pas dit qu'il croisera longtemps ma route ! Nous l'enverrons aux enfers ! Son cadavre pourrira sur les remparts, comme tous ces chiens d'Ottomans !

Il assena un violent coup de poing sur la table. Eugène de Beauharnais voulut l'apaiser, mais s'en abstint. Il connaissait les colères de Bonaparte et préférait qu'il se calmât seul.

– Ce Phélippeaux a certes appris la guerre moderne. Il n'est pas idiot en matière d'artillerie et de fortifications. Il a des canons pour lui. Mais c'est un assiégé.

Il dispose de moins d'hommes que nous. Il mordra la poussière ! Nous verrons cela avec Kléber et Caffarelli.

– Je reviendrai avec d'autres nouvelles, général, dit l'aide de camp, signifiant qu'il désirait quitter la tente.

– Va, mon Eugène, va ! lança Bonaparte, plus courroucé que jamais. Et surtout, ramène-moi sa tête !

Il donna encore un coup de pied dans le grand coffre qui abritait les écrits de Bourrienne, puis se laissa tomber, les yeux hagards, sur sa chaise de campagne. Quand il rappela son secrétaire, il lui dit avec un mauvais sourire :

– Ce Phélippeaux est à portée de nos fusils. Je me vengerai enfin.

Le mont Carmel était balayé par une brise légère qui colportait des senteurs provençales, mais Bonaparte n'avait aucune envie de se souvenir de ses promenades autour de Toulon. Sur la montagne biblique, il avait la sensation de revivre le siège du port méditerranéen, en plus tragique. L'état-major autour de lui ne cachait pas ses inquiétudes. Depuis plusieurs jours, les éclaireurs avaient observé la manœuvre de Sidney Smith, parti au large afin de mieux se rabattre sur la baie de Haïfa.

– Et ce misérable Standelet qui ne comprend rien ! Il n'a même pas prévu le piège tendu par l'ennemi ! Il va droit à la catastrophe !

À ses côtés, Eugène de Beauharnais n'osait dire mot. Il ne servait à rien de contredire son beau-père lorsqu'il entrait dans une de ses colères mémorables. Celle-ci du reste était justifiée. Le sort de l'armée d'Orient dépendait de la flottille de Standelet. Toute la campagne de Palestine et de Syrie pouvait s'envoler en fumée si les modestes tartanes et la corvette venues de Damiette échouaient dans leur mission de ravitaillement. Il y avait à bord des provisions de bouche, des canons, des munitions qui manquaient déjà devant Saint-Jean-d'Acre. Bonaparte avait même commandé un carrosse pour célébrer la victoire devant la citadelle.

Pour l'heure, le général en chef piétinait dans la bruyère. Il croisait tour à tour les mains dans son dos, puis pointait ses jumelles en direction des deux frégates anglaises, qui avaient pu se glisser dans la brume matinale sans être remarquées par Standelet. Il maugréait d'autant plus que l'un des deux bâtiments, le *Tigre*, avait été capturé devant Toulon par les Anglais.

– Et dire que ce bandit en face de nous n'est autre que Smith...

L'évocation du nom du commodore suffisait à semer l'effroi dans l'entourage de Bonaparte, qui ne supportait pas qu'on lui rappelât l'existence du Lion des mers.

– Général, nous avons tout essayé pour empêcher cette manœuvre !

– Je sais, Eugène, je sais ! Nous avons même envoyé des messages à Césarée et à Jaffa pour dire à cet imbécile de Standelet de ralentir la course. À chaque fois, trop tard ! Je ne sais quelle mouche a piqué ce capitaine de frégate seulement capable de commander des barcasses ! Qu'est-ce qu'il va faire maintenant, face à cent quarante-huit canons, hein, tu me le dis ?

Eugène de Beauharnais restait coi. Seul Berthier sortit de sa réserve, pour signifier que l'on pouvait encore envoyer des signaux par drapeau à Standelet. Il se rendit vite à l'évidence. La flottille était déjà bien engagée au-delà du cap du mont Carmel. Même le dernier messager, qui avait dévalé la colline à bride abattue jusqu'à Tantourah, à une lieue de l'entrée de la baie, n'avait pu obtenir de réponse avec une flottille trop éloignée de la rive pour l'apercevoir.

La mêlée fut brève. Sidney Smith tira quelques salves et la flottille française se rendit. Sur les hauteurs du mont Carmel, Bonaparte fulminait.

– L'idiot ! Le bandit ! Ce Standelet finira aux fers !

Il s'emparait des jumelles, cherchait à l'horizon une voile amie qui pourrait sortir sa flotille du pétrin, vociférait, frappait du talon sur la terre rouge du mont. Chapeau sous le bras, son aide de camp était désemparé. Standelet n'avait rien vu venir. Pis, depuis le promontoire du Carmel, on discernait sa manœuvre, qui consistait à rapprocher sa tartane du *Cerf*, le bâtiment qui présentait la plus grande surface de voilure.

– Cet abruti veut fuir, j'en étais sûr ! Il veut repartir vers Malte et la France !

Le général en chef de l'armée d'Orient enrageait de plus belle à l'idée que le grand gagnant de cette bataille navale serait Sidney Smith, ce vaurien des mers qui l'avait déjà nargué en Méditerranée. Bonaparte regarda à sa droite, vers la pointe de Saint-Jean-d'Acre qu'il apercevait distinctement au nord de la baie. Là-bas se terrait un autre ennemi, plus terrible encore, avec une inimitié vieille de quinze ans. S'il ne pouvait venir à bout du commodore, ce chouan de Phélippeaux bientôt mordrait la poussière.

Sept petits voiliers de la flottille de Standelet furent capturés sans peine par Smith. Le Lion des mers avait réussi de belles manœuvres sous le nez de l'adversaire. Il semblait galoper sur les flots, profitant de chaque rafale de vent, se jouant de l'ennemi comme d'un simple rival de bilboquet. Il menait la bataille sur les flots comme Bonaparte emmenait ses troupes au pont d'Arcole. Il se moquait des risques et parvenait à empocher la mise avec panache.

Bonaparte descendit de son promontoire, abattu. Cette défaite était la sienne, et celle de toute son armée. Désormais, chacun de ses soldats souffrirait encore plus des carences en ravitaillement. Jusqu'à présent, il s'était contenté de dire aux troupes de patienter. La promesse de l'arrivée de la flottille les avait enflammées, d'autant qu'elles étaient nanties d'un blanc-seing pour piller villages arabes et campements bédouins. On taillait en pièces les autochtones avant que de tels actes fussent bannis par l'état-major. Les officiers eux-mêmes sabraient, pillaient, tuaient, violaient. Bonaparte fermait les yeux. Sa réputation de massacreur devait s'étendre jusqu'au-delà des murailles de Saint-Jean-d'Acre. Il voulait aussi rallier à sa cause l'émir Béchir, le chef des Druzes et des maronites, qui seul pouvait encore l'aider dans sa course vers Constantinople. En descendant le mont Carmel, Bonaparte donnait des coups de botte dans les pierres et les branches mortes. Si Standelet n'avait pas été aussi leste à rallier Haïfa, il aurait été averti à temps du piège tendu par Sidney Smith. Les rêves de conquête de Saint-Jean-d'Acre et de l'Orient tout entier étaient désormais compromis.

Eugène de Beauharnais ne savait que dire. Il ne servait plus à rien de regarder la mer. Il tourna la tête et aperçut la plaine de Galilée, au-delà des pentes du mont Carmel. Bonaparte voulait y rejoindre Kléber, afin de mater les Naplousains et les alliés de Djezzar Paccha. Beauharnais connaissait les calculs du général en chef, qui comptait rallier les chiites du cheikh Nassour, les Druzes et les montagnards chrétiens sous les ordres de l'émir Béchir. Une course de vitesse s'était déjà engagée sur terre, afin de contrer le désastre survenu en mer. Eugène de Beauharnais connaissait aussi les humeurs de Kléber, qui n'avait pas supporté le spectacle des Turcs massacrés sur la plage et dans les dunes de Jaffa, cette pyramide d'os et cette mer de sang destinées à effrayer les populations. Il avait entendu l'Alsacien dire à ses hommes un soir devant le feu de camp que Bonaparte était un damné, un irresponsable. Personne n'avait eu le courage de rapporter de tels propos au chef de l'armée d'Orient, qui se doutait bien cependant des états d'âme de son second.

Vue des remparts de Saint-Jean-d'Acre, la colline d'Akko paraissait dérisoire. Bonaparte disposait d'un modeste promontoire, loin du mont Carmel, pour envoyer ses boulets sur la citadelle. Debout sur la muraille du bord de mer, Antoine de Phélippeaux estima que l'assaut n'était pas pour le lendemain. Les premières salves de boulets étaient destinées à impressionner les mamelouks et les Turcs, mais la garnison tenait bon. La cruauté de Bonaparte n'avait suscité que colère parmi les habitants de la place, terrorisés à l'idée de subir le sort des captifs de Jaffa. Pour les venger, Djezzar Pacha avait cru bon de se laisser aller à ses penchants barbares en ordonnant la décapitation des soldats français tués sur la route de Tyr. Phélippeaux s'y était fermement opposé lors de sa visite matinale sur les fortifications :

– Général, nous ne pouvons nous livrer aux mêmes exactions que Bonaparte. Les Naplousains, les maronites, les Druzes ne le comprendraient pas.

– Une tête tranchée vaut mille avertissements dans mon fief !

– Les temps ont changé et nous devons jouer la carte de la conciliation des autochtones. Laissons à Bonaparte le culte de la cruauté.

Émile, qui se tenait aux côtés de son maître, réprima un mouvement d'effroi. Ce pacha était capable de tout, mais il demeurait un homme calculateur et ne voulait point de troubles dans sa garnison. Il redoutait surtout que la Sublime Porte envoyât des renforts ottomans au Levant. Il pouvait encore gagner cette guerre.

– Bonaparte n'a commis que des erreurs, déclara Antoine de Phélippeaux. Non seulement il massacre, mais il a négligé la question du ravitaillement. Mon ami Sidney Smith le prive de ses renforts par voie de mer. Ses hommes manquent de tout, et d'abord de munitions. Même l'équipage prévu pour son entrée triomphale ici, à Acre, a été saisi ! Ses officiers y verront le résultat d'une défaite sur mer. J'y vois un signe du destin. Pour l'eau-de-vie, l'arak et le vin, les chrétiens des montagnes le fournissent encore, mais ces gens-là ne sont pas loin de se rallier à nous, si j'en crois Élias, le drogman.

– Ils n'ont guère le choix ! tonna Djezzar Pacha.

– Ceux d'ici, dans la place, certes, sire. Cependant, les chrétiens des montagnes échappent à votre courroux. S'ils se rallient un jour à nous, ce sera par intérêt, et non sous l'effet de la terreur.

Djezzar Pacha hocha la tête. Il avait entendu les doléances du Franc, il renonça à ordonner la décapitation.

– Il y aura bien d'autres têtes à trancher ! lança-t-il à son *mihrdâr*, le gardien du sceau.

43

Antoine prépara son départ le soir même. Élias et Émile l'accompagneraient, et ce dernier rentrerait à Saint-Jean-d'Acre par le même voilier. Rachel avait voulu se joindre à l'équipage, mais son père lui avait interdit de sortir de la place, jugeant la mission trop périlleuse.

Une djerme, une petite embarcation turque, les emmena avant les premières lueurs du jour au septentrion vers Sidon et Tyr. Élias n'avait pas fermé l'œil de la nuit, occupé à prier dans l'église Saint-André. Il portait une courte barbe et un caftan léger acheté à un marchand persan. Il avait préféré adopter le turban afin de passer pour mahométan. Un firman du pacha d'Acre les protégerait, lui et le Français, si les deux voyageurs venaient à être arrêtés par les partisans des Naplousains. Il leur restait à éviter les éclaireurs de Bonaparte ainsi que les fidèles de l'émir Béchir, qui changeait d'avis à tout moment et pouvait se rallier à l'un comme à l'autre.

La djerme filait à bonne allure vers le large. À mi-course d'Acre et de Tyr, le Turc commandant l'embarcation obliqua vers la côte. Le jour commençait à poindre et Antoine, adossé au plat-bord, aperçut les hauteurs du mont Carmel. Émile, qui avait bu la veille, était déjà retombé dans un profond sommeil.

– Je sais à quoi vous pensez, cher compagnon, dit Élias. Nous aussi, notre cœur est au sommet du mont béni, là où notre vénéré Élie chassa les faux prophètes.

Le drogman caressa la pointe de sa courte barbe. Ses yeux s'étaient animés à l'évocation du mont Carmel.

– Pourquoi m'aidez-vous ? demanda Antoine, le visage fouetté par les embruns.

– Je vous aide parce que je sais qui vous êtes.

– Qui je suis ?

– Notre confrérie de Nazareth connaît votre ordre, défunt ou presque, celui des chevaliers de Notre-Dame du Mont-Carmel.

Agrippé au plat-bord, Antoine eut du mal à cacher son étonnement.

– Je vous ai entendu jouer de la musique à Saint-Jean, continua le chrétien de Nazareth.

– Le violon vous intéresserait-il ?

– On entend rarement cet instrument dans les parages. Je me souviens d'un juif de Prague qui possédait un vieil instrument. Al-Sabbagh, un riche négociant chrétien que vous verrez à Safed, ancien drogman à Constantinople, joue du violoncelle à merveille. Il interprète même des morceaux que vous connaissez !

– Je ne pense pas en jouer beaucoup. S'agirait-il de Mozart ?

– Oui. Nous avons reçu la partition de *La Flûte enchantée* voici deux ans de Vienne, via des amis juifs de Francfort.

Antoine dévisagea l'homme de Nazareth. Les vaguelettes qu'il ne cherchait pas à éviter lui donnaient une nouvelle vigueur. Phélippeaux comprit que son compagnon était un franc-maçon.

– *La Flûte enchantée* comporte des thèmes riches pour nous. Ils rappellent nombre d'éléments, et surtout ils évoquent des lendemains que nous attendons. Nos frères de Safed le savent aussi, et espèrent beaucoup des amis qui viennent, à l'approche d'un siècle nouveau. Vous voyez, tout se confond en Terre sainte, les religions, les attentes, les messies, maintenant les espoirs des millénaristes, ceux qui prédisent le retour du Christ l'an prochain, en 1800, pour un règne de mille ans...

– Les rêves de conquête aussi ! répliqua Antoine de Phélippeaux.

– Voilà pourquoi nous voulons votre aide. Votre quête concernant le mont Carmel nous importe peu dans le détail. Cependant, nous avons des intérêts communs, car le prophète Élie est vénéré par les trois religions là-haut, près du monastère. C'est sans doute la clé de la conquête de la Terre sainte. Elle se joue dans la grotte ou non loin, et point à Jérusalem. Ce n'est pas un hasard si votre Bonaparte a abandonné pour l'heure le projet de s'y rendre. Je crois savoir aussi qu'une autre personne s'intéresse de près aux secrets du mont Carmel.

Élias avait pris un air malicieux, comme pour attirer l'attention du *Fransawi*, tandis qu'Émile ouvrait un œil pour se rendormir aussitôt, après quelques éructations.

– Une personne qui galope en ce moment même vers Safed, elle aussi.

– Serait-ce... un émissaire de Bonaparte ? demanda Antoine, intrigué.

– Mon frère Georges Ibrahim, qui est à son service, m'a porté un message laissant entendre que cette jeune personne est recherchée par l'armée de Bonaparte ! Une Française, ancienne cantinière de l'armée d'Orient. Elle a tout fait pour s'enfuir à l'approche du mont Carmel. Mon frère l'a suivie. C'est une ancienne carmélite. Elle aurait survécu à un massacre pendant votre Révolution et elle veut sauver quelque chose qui concerne l'ordre. Nous pourrions œuvrer ensemble, car il s'agit du même mont Carmel que celui dont se réclame votre titre de chevalerie.

– Une carmélite ? Vous avez bien dit une carmélite ?

– Oui, une religieuse défroquée, comme vous dites en français.

Antoine était bouleversé. Était-il possible qu'il s'agît d'Hortense ? Qui d'autre oserait s'aventurer en Terre sainte à la recherche des secrets du mont Carmel ? Si ce n'était elle, ce ne pouvait être qu'une sœur qui l'avait connue et le renseignerait sur son sort.

Le chrétien de Nazareth s'aperçut de son trouble.

– Notre contrée est une petite terre. On y croise souvent des pèlerins qui ont bien des choses à nous raconter, ou dont la famille a connu certains de nos ancêtres. Cette tradition remonte aux croisés. Certains des leurs sont restés secrètement pour se mélanger aux peuples indigènes. De nombreuses familles de Nazareth, qu'elles soient chrétiennes ou mahométanes, descendent de ces mélanges. Vous avez peut-être quelque chose à voir avec cette jeune femme et il ne faut donc guère vous en étonner. Nous autres, chrétiens de Nazareth, disons que la Terre sainte a trop peu de cieux pour de si nombreux pèlerins. Ce sont en fait des cieux mal partagés.

– Cette femme a-t-elle délivré quelque message à votre frère ? s'enquit Antoine.

– Il n'a pas pu tout me dire, il est des secrets que nous devons garder. Nous avons vous et moi le même but, sauver la Terre sainte de la horde destructrice de ce Bonaparte prêt à tout pour mener la guerre jusqu'à Constantinople.

– Ce qui ne serait pas pour déplaire aux chrétiens de la contrée...

– En Terre sainte, les gens du Livre, adorateurs de Yahvé, de Dieu ou d'Allah, ont pris pour habitude de regarder non pas à l'horizon du jour mais du lendemain. Et pour nous tous, les lendemains préparés par Bonaparte seront encore pires que ceux de la Porte. Un jour, nous serons libres. Regardez comme Djezzar Pacha, autrefois ennemi des chrétiens, a changé déjà à notre égard. Ceux qui massacrent ici au nom du Livre sont punis par Dieu et ils le savent. Une malédiction les frappe. Notre confrérie s'emploie à propager cette sentence divine.

Antoine de Phélippeaux se souvint des phrases écrites par Volney dans sa relation de voyage sur les horreurs et les exactions commises par l'un des conquérants de Saint-Jean-d'Acre vingt ans plus tôt : « La ville éprouva les horreurs du sac : femmes, enfants, vieillards, hommes faits, tout fut passé au fil du sabre ; et Mohammad, aussi lâche que barbare, fit ériger sous ses yeux, pour monument de sa victoire, une pyramide de toutes les têtes de ces infortunés. » Antoine était convaincu que Bonaparte avait lu les mêmes phrases. Depuis, la Palestine était un théâtre sanglant, où se jouaient des massacres à huis clos afin d'effrayer l'adversaire.

– Nous ne défendons Djezzar que parce que ses adversaires sont plus néfastes que lui, poursuivit le chrétien de Nazareth. Nous devons faire vite, car Bonaparte et Djezzar, au-delà de la guerre elle-même, se livrent à un duel de puissances. L'un veut être le messie des juifs et des chrétiens, l'autre le *mahdi* des musulmans. Nous redoutons cette bataille-là plus que la guerre elle-même. Bonaparte, lui, ne fait que passer sur ces terres et ce passage sera plus meurtrier que cent ans de règne entre les murailles de Saint-Jean-d'Acre.

– Mais, de grâce, dites-moi ce que vous savez de cette femme, l'interrompit Antoine.

Il avait oublié la côte infestée d'agents à la solde de Bonaparte, les périls de sa mission, la petite garde turque à bord qui repartirait quand la djerme aurait livré les deux hommes aux sables de Naharriya.

– Cette jeune femme rechercherait un code de conduite qui servait de règle de vie à l'ordre des carmes et des carmélites. Il fut établi en 1214, six ans après avoir été demandé à l'évêque Albert de Jérusalem par les ermites de la montagne d'Élie. Or exiger une Règle de vie équivalait à se mettre sous la protection de l'évêque, et ne pas l'obtenir signifiait s'exposer à de graves soucis. Pendant six ans, les chrétiens du mont Carmel ont subi les pires offenses, ils ont été battus, torturés, emprisonnés, tués, décapités. Puis l'évêque Albert a daigné signer la Règle de vie. Les ermites de la sainte montagne ont pu exercer leur culte dans une relative quiétude. Mais sans doute connaissez-vous l'histoire, puisque votre ordre lui-même provient de ce mont sacré.

– En effet, et je crois connaître aussi la personne à la recherche de cette Règle de vie, répondit Antoine avec une pointe d'émotion dans la voix. Je sais aussi que, bien que quiconque n'ait pu l'expliquer, l'évêque a été assassiné ici même, là d'où nous sommes partis avant l'aurore, Saint-Jean-d'Acre.

– Pour les chrétiens de la contrée, c'est une énigme. Les chevaliers de Saint-Jean ont tué l'évêque...

– Oui, Élias et le meurtrier serait le grand maître de l'ordre de Saint-Jean.

– C'est un mystère que nous cherchons à percer, car notre loge tire son origine de ces chevaliers de Saint-Jean de Jérusalem. Or nous n'acceptons pas que le grand maître ait pu assassiner un homme de foi tel que l'évêque.

– Alors, nous le percerons ensemble, ce mystère. Serait-il possible de donner un message à votre frère, même s'il est déjà en route ?

– Nous avons trois jours pour gagner Safed. Je connais les haltes de Georges Ibrahim. Si vous écrivez votre message maintenant, sur le bateau, je pourrai le faire porter par une main amie et mon frère l'aura demain matin.

Antoine rédigea aussitôt une lettre sur une feuille de son carnet, signée d'une marque, celle de Notre-Dame du Mont-Carmel, la plia et la tendit à Élias, qui la glissa prestement sous son manteau comme la plus précieuse des missives.

– J'espère surtout pouvoir trouver cette jeune femme. Elle semble elle aussi porter un secret que je crois connaître en partie, dit Antoine.

– Je pense, monsieur, que c'est elle qui nous trouvera.

La côte approchait. Le capitaine turc de la djerme inspecta le rivage, puis obliqua vers une plage déserte.

– À bientôt, mon bon compagnon ! dit Antoine en donnant une claque dans le dos d'Émile, affairé à cuver son vin.

Puis il sauta dans l'eau à mi-cuisse, suivi d'Élias, baluchon sur l'épaule.

44

Hortense galopait à l'approche des villages naplousains avec un sentiment d'allégresse, portée par la nouvelle que lui avait confiée Georges Ibrahim, qui la tenait de son frère Élias. Il est des signes qui font que la journée pour un rien devient enchanteresse. Elle regardait sans crainte aucune les villages bien défendus, sur les hauteurs, avec des tireurs en embuscade. Georges Ibrahim chevauchait en tête. Il évitait les hameaux mahométans et restait sur la route de Tibériade. À la mi-journée, ils obliquèrent vers Safed à travers les champs d'oliviers. Depuis quelques heures, Hortense prenait conscience que la conquête de la Palestine par l'armée d'Orient serait ardue, vu le relief, les caches innombrables, les passes entre les collines où pouvaient se fomenter toutes les escarmouches. Cette terre sacrée allait bientôt connaître des ravages inouïs, des bouleversements dignes de l'apocalypse, avec leur cortège de morts et de terreur. Elle pensait aussi à ce qui la transportait de joie, l'emmenant vers les monts de Safed malgré le péril de la course.

– Nous ne devons pas ralentir notre allure, lança Georges Ibrahim en se retournant. Bonaparte a lancé des tueurs druzes à nos trousses !

Elle acquiesça. La perspective de la mort ne calmait

pas ses élans, qui étaient ceux de l'amour. Cet homme dont lui avait parlé Georges Ibrahim au mont sacré, ce Français enfermé dans Saint-Jean-d'Acre qui appartenait à l'ordre chevaleresque de Notre-Dame du Mont-Carmel, ne pouvait être qu'Antoine. Au fil des mois, toutes ses émotions, sa joie de fouler la Terre sainte, de monter au Carmel, de découvrir le couvent des carmélites et la grotte d'Élie bercée par le ressac des vagues en contrebas, elle les devait à Antoine, qu'elle n'avait cessé d'aimer, malgré sa crainte qu'il eût disparu sur un champ de bataille, dans un maquis chouan ou au fond de la prison de Bourges.

Georges Ibrahim connaissait parfaitement la contrée, chaque hameau, chaque sente, chaque passe dans les monts et collines. Le père Silvano avait toutefois tenu à donner à Hortense deux cartes anciennes, l'une dessinée par le père Prosper du Saint-Esprit au XVIIe siècle, et l'autre, avec des indications plus précises, intitulée *Conventuum fratrum de Monte Carmelo*. Hortense pouvait y distinguer non seulement le mont Carmel et les différents lieux de l'ordre, mais aussi la Galilée, Capharnaüm, le mont Thabor, le Jourdain, le Qishon, Nazareth, ainsi que d'autres villages des environs. Certains noms de lieux avaient été soulignés par différentes écritures et sans doute de la main du père Silvano lui-même. Georges Ibrahim remarqua que sur cette carte Nazareth était situé plus au nord que dans la réalité et Saint-Jean-d'Acre, à proximité de Haïfa. Ils s'arrêtèrent près du village de Fouleh, dans la ferme d'un cousin de Georges Ibrahim. Des éclaireurs de l'armée de Damas avaient été aperçus dans les parages, les Français pouvaient donc s'aventurer dans cette partie de la Galilée d'un jour à l'autre. Les provisions de grain de la famille avaient été déplacées dans une cabane de berger sur la colline voisine et le cousin redoutait fort une bataille dans ses champs de blé.

Le lendemain, Georges Ibrahim évita sa bourgade de Nazareth, de crainte que les franciscains du couvent ne se fussent ralliés à Bonaparte et à ses agents. Ils dormirent près de Tibériade, dans la ferme aux fenêtres étroites d'un autre cousin de Georges Ibrahim, qui possédait un grand troupeau de moutons et élevait des pur-sang pour le pacha de Damas, vassal de Djezzar Pacha.

Aux aurores, un cavalier chrétien déposa dans la ferme une missive envoyée par Élias et destinée à son frère Georges Ibrahim, qui comprit aussitôt que la destinataire en était Hortense. À peine réveillée, elle déplia la lettre qu'elle parcourut fébrilement :

Livrons nos cœurs à l'allégresse, / Le jour de gloire est arrivé, / Loin de nous toute faiblesse, / Voyant l'étendard arrivé.

Elle tressaillit. C'était le chant des carmélites, celui qu'avaient psalmodié les sœurs de Compiègne en montant sur l'échafaud, cinq ans plus tôt, en juillet 1794, et qui avait servi de mot de passe pour certains chouans. Il était signé « le chevalier du mont Carmel ». Ses derniers doutes s'envolèrent. Il s'agissait bien d'Antoine...

Le message était sibyllin, afin de tromper les émissaires de Bonaparte, tout en signifiant à Hortense qu'Antoine se trouvait dans la contrée. Hortense lut et relut la lettre, en quête d'une indication, d'un signe. Son cœur bondissait dans sa poitrine et elle tenta de cacher son trouble. Georges Ibrahim souriait. Son frère l'avait-il averti du message ? Elle continua de parcourir la lettre et se demanda pourquoi Antoine, plus sceptique que vrai croyant, avait tenu à lui faire porter ce message et non un autre. Dans la strophe : « Marchons tous en vrais conquérants, / Sous les drapeaux d'un Dieu mourant, / Courons, volons tous à la gloire », Antoine avait ajouté au-dessous de « Dieu » les noms de Yahvé et d'Allah. Il était en vie, et en Terre sainte, à quelques lieues du monastère du mont Carmel. À l'idée de le voir, Hortense exultait. La reconnaîtrait-il ? Tant d'années s'étaient écoulées depuis leur séparation, tant d'événements avaient bouleversé la France. Cependant, tout les rapprochait, l'étrange destinée de cette expédition, l'aventure en Terre sainte et le désir de retrouver la Règle de vie des carmélites, malgré les doutes d'Antoine sur l'existence de Dieu et sur la foi des hommes.

Hortense se tourna à nouveau vers Georges Ibrahim, silencieux.

– Le messager a-t-il dit où se rendait l'auteur de la lettre ? demanda-t-elle.

Georges Ibrahim n'arborait plus son sourire complice.

– À Safed, comme nous. Nous le croiserons bientôt.

Ils repartirent vers le nord, laissant sur leur gauche le mont des Béatitudes, à travers le paysage brûlé de Palestine. Hortense avait le teint frais. Son étonnement cédait la place à la sérénité. Ses gestes étaient déliés et tendus vers le but du voyage, Safed, la ville sainte des juifs, longtemps occupée par les croisés. Malgré la fatigue du voyage, elle sentait son corps changer. Il lui semblait sourire et sa vision de la Terre sainte était transformée. Là où, une semaine plus tôt, elle voyait des paysages de désolation, elle apercevait des oasis de joie et de tendresse. Là où elle entendait des tambours de guerre, elle ne percevait plus que des bruits d'oiseaux et la douce plainte du vent.

Elle regarda la seconde carte, en latin, confiée par le père Silvano. Le parchemin indiquait pour le mont laissé sur la gauche « *Mons in quo Xpus predicauit beatitudines* ». Lui revenaient à l'esprit les Évangiles de saint Luc et saint Matthieu qui évoquaient le Sermon sur la montagne. Entre Capharnaüm et le mont des Béatitudes, la carte indiquait « un désert où périraient sept mille hommes », sans qu'elle pût se souvenir dans quelle partie de la Bible était relaté un tel événement. Dans son dos trônait le massif du Carmel. Elle fit un effort de mémoire et chercha à retrouver les textes de la Bible qui évoquaient le mont d'Élie. Le Cantique des cantiques en rappelait l'existence à maintes reprises. Elle aimait la sensualité de ce long poème. Les chrétiens avaient beau transfigurer cette histoire en amour du Christ pour son Église, Hortense préférait n'y voir qu'une liaison charnelle, en prenant le Cantique au pied de la lettre. Nulle trace en revanche du Carmel, se souvint-elle, dans le Nouveau Testament. Peut-être était-ce là l'une des raisons pour lesquelles les trois religions du Livre s'entendaient sur cette montagne et vénéraient la grotte d'Élie.

Les monts et les collines emmêlaient leurs contours, tableau aux dégradés d'ocres et de bleus. Le mont Thabor surgissait dans le dos des deux cavaliers et semblait conquérir toute la plaine de Galilée. Hortense aperçut au-delà des versants escarpés la mer de Tibériade et cette grande flaque bleutée l'enchanta. Georges Ibrahim fit un geste de la main. Ils approchaient de Safed et le guide voulait être sûr qu'aucun éclaireur druze de Bonaparte n'était à signaler. Il repéra cependant le drapeau de l'armée d'Orient au sommet du mont, dans l'ancienne forteresse des croisés.

– Il nous faudra rester discrets.

– Même à Safed ? demanda Hortense.

– Oui, même dans le bourg. Bonaparte a dû envoyer des agents grassement payés pour le tenir informé.

À la nuit tombante, après avoir longé un petit ravin, ils pénétrèrent dans la bourgade par la porte sud bornée par une grande fontaine de pierres blanches. La ville, étalée sur une colline, était silencieuse, noyée dans une torpeur biblique. Les maisons, que des caroubiers et des oliviers ombrageaient, étaient serrées les unes contre les autres. Hortense remarqua des échoppes aux devantures joliment décorées. Seule l'auberge de Safed dénotait une certaine animation, mais Georges Ibrahim l'évita. Il s'engouffra dans un passage non loin de la porte et confia les chevaux à un domestique. Une somptueuse maison en pierres blanches, entourée de figuiers et de citronniers, se cachait au fond de l'impasse. Un homme l'accueillit dans la cour de la demeure.

– Georges Ibrahim, cela faisait si longtemps ! Tu dois être prudent dans cette ville, car une poignée de Druzes de Bonaparte sont là.

– Je le sais. Ils demeurent dans la citadelle. Nous resterons discrets. Fais-nous plutôt porter du bon vin !

L'homme disparut et revint avec une bouteille de vin de Nazareth. Le nectar était réputé dans toute la région et de nombreux musulmans, outrepassant les interdits du Coran, en achetaient aux chrétiens ou aux contrebandiers de Haïfa. Georges Ibrahim en but un verre avec plaisir, tandis qu'Hortense enlevait dans la pièce voisine les vêtements de paysanne chrétienne qu'elle portait sur une robe plus légère. Elle se couvrit les épaules avec un châle de coton avant de retrouver les deux hommes.

– Ne refusez pas ce verre, lui lança Georges Ibrahim. Qui sait ce que nous réservera demain ?

Elle s'empara de la coupe tendue par son guide et but lentement, sous le regard d'un christ en croix. « Oui, se dit-elle, nous ne savons pas ce qui nous attend demain. »

Elle dormit du sommeil du juste sur une couche sommaire semblable à celles du couvent de Compiègne.

Le jour était à peine levé lorsque le maître de maison Al-Sabbagh apporta lui-même des fruits et du pain à Hortense, l'invitant à s'asseoir dans le salon des hôtes décoré de riches mosaïques et de verreries bleutées du Levant. Sa fille Sabrina, qui avait l'âge d'Hortense, lui offrit une brosse en bois de santal, récupérée auprès d'une caravane venue de Perse.

Al-Sabbagh était marchand de grain et commerçait avec toutes les grandes fermes de Galilée et de la côte. Son négoce lui laissait le temps de se cultiver et la bibliothèque du salon, dotée d'ouvrages en arabe, en hébreu, en araméen et en français, trahissait sa vaste culture. Ses fournisseurs et ses détaillants chrétiens, juifs et musulmans constituaient une confrérie qui le tenait de jour en jour au fait des événements qui se déroulaient alentour. Quand Georges Ibrahim lui demanda s'il pensait que Bonaparte pouvait l'emporter en Terre sainte, il répondit avec nonchalance :

– L'armée des Français n'a pas rempli sa mission. Tout le monde en Palestine attendait un libérateur, et nous n'avons obtenu qu'un dictateur.

– Cela dépendra aussi de la puissance de feu de Djezzar Pacha.

Le commerçant secoua la tête. Sous un grand crucifix de bois de Bethléem incrusté de nacre, sa fille Sabrina s'affairait à ranger le salon.

– Le pacha d'Acre a tué certains des nôtres, mais désormais, il nous laisse tranquilles. De toute façon, nous le tenons. Il a besoin de nous tous ici, des chrétiens, comme des juifs. Seuls les Druzes lui donnent encore du fil à retordre, avec les disciples de l'émir Béchir. Mais même lui ne s'est pas entièrement rallié à Bonaparte et attend de voir comment le vent va tourner.

Hortense écoutait attentivement cet homme dont émanaient à la fois une bienveillance sereine et une force peu commune. Al-Sabbagh se pencha vers elle et ajouta :

– Ici, en Terre sainte, les gens s'aiment et se détestent avec la même ardeur. Ils sont prêts à tout pour défendre leurs biens et surtout leurs croyances, mais en même temps ils savent s'accommoder des potentats. C'est une vieille habitude et chez nous les sages l'expliquent de deux manières : soit cette tradition vient du passage d'Alexandre, qui n'y est pas allé de main morte, soit elle vient des temps bibliques puisque les Saintes Écritures disent tout et son contraire. Dans tous les cas, nous ne comprenons pas cette aventure de Bonaparte.

– Il est pourtant décidé à aller jusqu'au bout, souffla Hortense.

– Nos drogmans qui travaillent pour lui nous l'ont dit, en effet. Il y a dix ans tombait la Bastille et, croyez-moi, cela inspire nombre de peuples dans la région, jusqu'à Constantinople. Mais cette guerre menée par les Français est une razzia sur les terres des vieilles civilisations, l'Égypte et la Palestine. La France a inventé la Révolution, et voilà qu'elle se livre à une expédition coloniale.

– Le sang était inscrit dans la Révolution dès ses prémices, dit Hortense.

– Sans doute. Mais ce Bonaparte annonce une libération des peuples, alors qu'il est prêt à les enchaîner. Il a confisqué la Révolution pour lui seul et ses notables.

– Il se fait passer pour le Messie, continua Hortense.

– Il a cru bon d'annoncer ses intentions au dernier moment, répondit Al-Sabbagh en découpant des figues de Barbarie pour Hortense. Mais nos hommes l'ont su très tôt. Avez-vous entendu parler en France d'une revue qui expliquait précisément comment un royaume des juifs serait bientôt mis sur pied ?

Georges Ibrahim, qui venait de rentrer dans la pièce, un verre de thé à la main, répondit pour elle. Il fut surpris de trouver Sabrina dans le salon, alors que l'on évoquait des affaires de la plus haute importance.

– Oui, Hortense sait. Je lui ai montré ce fameux article de *La Décade philosophique*. Il a circulé jusqu'à Constantinople.

– Eh bien, nous avons été alertés par cette même revue. Une confrérie, représentée par certains lettrés chrétiens, juifs et musulmans, a obtenu les mêmes renseignements. Nous avons alors tout fait pour contrer ces menées.

– Il est sans doute trop tard. J'ai appris que Bonaparte a envoyé son aide de camp à Jérusalem.

– Lui et ses hommes ne sont pas rentrés dans la ville ! À l'instar d'Alexandre, il a compris qu'il valait mieux éviter de toucher au saint des saints. Il aurait tout le monde contre lui.

– Sauf s'il parvient à se faire passer pour le Messie, insista Hortense, comme si elle était convaincue elle-même de l'imminence de cet avènement.

– Il lui faut pour cela l'accord des juifs. Or le grand rabbin de Jérusalem Aaron Lévi a beau être acquis à sa cause, les autres rabbins, eux, y sont hostiles. Seul le pacha de Jérusalem, un Turc qui craint pour sa tête et veut la peau de Djezzar Pacha, est prêt à négocier. Mais il n'est pas fou, il préfère attendre de voir comment va tourner la campagne en Terre sainte.

Georges Ibrahim s'était levé et marquait des signes d'impatience.

– Nous devons y aller, Éphraïm nous attend.

– Oui, répondit Al-Sabbagh, allez en paix, comme l'on dit chez nous.

Hortense, en prenant congé de son hôte, s'aperçut que Sabrina la regardait d'une étrange manière.

45

Éphraïm Mordechaï habitait une maison qui pouvait être vue du bastion occupé par les Druzes acquis à la cause de Bonaparte. Prudemment, Georges Ibrahim s'évertua à emprunter les ruelles adjacentes pour parvenir à l'endroit convenu. Il ne craignait pas tant les bataillons de Français en Galilée que leurs alliés dans la place. Hortense avait revêtu un vêtement de paysanne juive avec une coiffe en coton grossier. Un cyprès et un cèdre bornaient l'entrée de la maison.

Éphraïm Mordechaï leur ouvrit sa vaste demeure et désigna les deux arbres.

– Ce sont des symboles pour nous, les kabbalistes ! Une tradition qui remonte à l'ancien Israël et au second Temple.

La maison patricienne s'étalait autour d'un patio où les feuilles d'un petit olivier offraient leurs reflets de velours aux lueurs du jour déclinant. Un puits en son milieu apportait un semblant de fraîcheur, sensation agrémentée par des plants de menthe qui servaient à la préparation du thé. Des tapis de soie recouvraient le sol et des tableaux aux scènes bucoliques ornaient les murs de pierre. Hortense remarqua dans le patio des rouleaux de parchemin posés sur un tabouret et un tissu de coton blanc. Éphraïm était un homme d'âge mûr aux cheveux grisonnants, à la courte barbe, et ses yeux roulaient sans cesse, comme si son esprit ne s'arrêtait jamais de penser. Il marchait avec une canne, évitant de s'appuyer sur une jambe abîmée, et Hortense ne put savoir si le boitement était dû à un accident ou à un crime. Il parlait plusieurs langues, dont le français.

– Soyez la bienvenue dans notre ville sainte de Safed, dit-il en caressant son châle de prière. Safed est une ville respectée par les chrétiens et les musulmans, il n'en va pas toujours de même dans la plaine de Galilée et sur d'autres monts. Safed est notre refuge. Au XVIe siècle de votre ère, quand les juifs de Safed ont été persécutés au motif d'avoir construit des synagogues sans permission, le rabbin Moses Alsheich appelait cette ville l'acmé de la beauté, la joie du monde entier, la grande ville des érudits et des scribes !

Tandis que son épouse servait le thé, il pointa du doigt la forteresse à travers les murs.

– Les soldats du général français, en tout cas leurs éclaireurs druzes ici présents, sont venus semer le trouble dans notre bonne entente. Ils veulent que nous, les juifs, disposions de notre royaume.

– N'est-ce pas votre rêve depuis des générations, voire des siècles ?

– Bien sûr, et nous le voulons toujours. Mais non des mains de ce Bonaparte qui va porter le feu sur toutes les terres et dans les âmes. Déclencher aujourd'hui la haine sur ces terres, c'est risquer de causer le chaos pendant des siècles. Ce sont nos descendants qui vivront ici. Nous désirons notre royaume, mais pas avec de faux messies, pas avec de faux prophètes, pas avec ceux qui nous empêchent de partager !

– Bonaparte s'inspirerait de textes qui ont circulé en Europe centrale. Seraient-ce des faux ?

Éphraïm Mordechaï allongea sa jambe malade avant de répondre :

– Ces appels ont été concoctés par des juifs messianiques qui veulent fonder un État ici. Certains sont en relation avec nous, d'autres non. Les disciples de Junius Frey et de son grand-oncle Jacob Frank ont accéléré le mouvement lorsqu'ils ont appris que Bonaparte se lançait à la conquête de l'Égypte, et cela deux ans avant la fin de ce siècle. Se sont greffées sur ces tentatives celles de millénaristes protestants, véhiculées par un Irlandais de même confession, Thomas Corbet. Il s'est engagé dans l'armée française et a proposé un dessein d'émigration juive à un nommé Barras, l'un des maîtres de votre France, que les Ottomans appellent désormais la Grande Nation. Nous avons eu connaissance par nos amis d'une confrérie, les Frères asiatiques, dont font partie certains des amis de Barras. Chose effrayante, la lettre parle des juifs comme d'une « barrière contre les Arabes et les autres barbares ». Voilà de quoi semer un peu plus la colère parmi les peuples de Palestine. Il nous gratifie aussi, nous les juifs, de termes condescendants, voire orduriers, tels que « belliqueux ». Non, ce messie-là n'est pas pour nous.

Hortense l'écoutait attentivement. Elle exposa la raison de sa venue en Terre sainte, mais Éphraïm l'interrompit d'un geste amical.

– Nous avons eu connaissance de votre aventure en Orient. Nous sommes au courant de tout ce qui se passe en Palestine. Et nous avons compris que les peuples de la Terre sainte, ensemble, avaient plus de force.

– Vous savez donc pour la Règle de vie ?

– Nos aïeux ont longtemps parlé de la tradition des ermites du mont Carmel. Ces moines et pèlerins ont été nourris, soignés, parfois cachés par des musulmans puis par des juifs, et la tradition a fini par s'immiscer dans les trois religions du Livre.

– C'est pourquoi la grotte d'Élie est vénérée par tous...

– Voilà en tout cas l'une des raisons. Nous ne nous battrons jamais pour cette grotte, alors que d'autres lieux saints sont tant disputés. N'est-ce pas, Georges Ibrahim ?

Le chrétien de Nazareth acquiesça. Il ne se contentait pas de traduire, il ajoutait aussi ses propres commentaires, comme s'en aperçut Hortense. Lorsque sa réponse lui paraissait trop longue dans la bouche de Georges Ibrahim, Éphraïm le regardait intensément et le chrétien s'arrêtait avec un sourire. Une vieille complicité semblait les unir et cela ne déplaisait pas à Hortense. Leurs propos s'harmonisaient et se mêlaient avec douceur et générosité.

Georges Ibrahim servit du thé à Éphraïm Mordechaï, qui fit de même pour son ami. Hortense les regardait l'un et l'autre. Elle avait l'étrange sensation de vivre tout ce qu'elle avait lu dans la Bible, mais différemment. Ces hommes de Galilée, de Judée et de Samarie s'étaient détestés pendant des siècles et tentaient de revivre ensemble. Elle ne comprenait pas encore ce qui les liait, mais elle devinait que ce lien était fort. Elle songea à Antoine de Phélippeaux. Elle rassemblait les fils de son aventure en Terre sainte, et même avant, en France, et ce cheminement ressemblait à une correspondance sans lettres, comme si les deux amants s'étaient échangé des indices, des signes, par messagers interposés. Au fil de son avancée en Terre sainte, elle s'était rendu compte qu'Antoine et elle ne s'étaient jamais quittés. Une relation étrange les unissait, qu'elle appelait l'amour. Il était proche et sa lettre continuait de la transporter. Toutes les montagnes de solitude et de désespoir traversées depuis des années s'effaçaient au profit d'un horizon de promesses.

– Puis-je savoir, monsieur Mordechaï, ce que compte faire le peuple juif devant l'avancée de Bonaparte ?

Éphraïm Mordechaï souleva un sourcil.

– Je m'attendais à cette question. Je crois même deviner que tel est le sens de votre visite...

Il désigna d'un geste élégant de la main sa vaste bibliothèque.

– Vous êtes ici dans une ville sainte, un haut lieu de la kabbale, cette mystique juive que nous tentons de sauver de l'oubli.

– J'ai entendu parler de cette tradition, répondit Hortense. L'ordre des carmes a eu des relations au cours des siècles passés avec les sages de Safed.

– Notre ville sainte n'est guère distante, il est vrai, du mont Carmel. La confrérie présente ici désire le rapprochement des trois religions et a toujours œuvré en faveur de la kabbale, même si ses adeptes sont présentés en Europe comme des ennemis de la foi.

– Les francs-maçons n'ont pas que des amis en Europe, dit Hortense.

Éphraïm ignora l'allusion et poursuivit :

– La kabbale a beaucoup étudié le Cantique des cantiques, étrange poème d'amour qui ne semble pas être à sa place dans le Livre. Nous pensons que ce cantique a un sens ésotérique, un sens caché, plusieurs, même. Les cercles juifs ont longtemps interdit la lecture de ces versets.

– Sans doute à cause de leur caractère licencieux, dit Hortense.

– Plutôt parce que le Cantique des cantiques ne peut être accessible qu'à des initiés. Origène, le premier grand philosophe chrétien, mort au sud du mont Carmel, assurait que cet interdit venait du caractère ésotérique du texte. Pour nous les juifs, le Cantique des cantiques annonce l'alliance de Dieu avec le peuple d'Israël. Pour vous les chrétiens, il célèbre les noces du Christ et de l'Église. Certains y voient aussi l'union entre l'âme chrétienne et la parole divine. Origène et les talmudistes du Cantique se rejoignent sur un point : ils considèrent que Dieu a une représentation corporelle. Cela donna lieu à une grande controverse au sein du christianisme. Vous, les chrétiens, l'avez dénommée la controverse d'Origène, et elle fut l'objet d'un vif débat qui perdura jusqu'à Pic de La Mirandole, au XVe siècle de votre ère. Dans le judaïsme, la kabbale a appelé cela le *Shi'ur Qomah*, la doctrine du corps. À Safed, c'est Moses Cordovero, un de nos plus grands kabbalistes, qui l'a enseigné et il nous a appris à espérer une rédemption et une harmonie universelles.

Le regard d'Hortense fut attiré par une chaînette autour du cou du sage, dont le pendentif était dissimulé par sa tunique. Éphraïm détenait, elle en était convaincue, une part de la vérité qui l'avait poussée sur le chemin de la Terre sainte.

– L'histoire de Safed est compliquée, poursuivit Mordechaï, car elle mêle des siècles d'émigration et de pèlerinages. Certains des pèlerins sont restés et ont enrichi notre culture, non sans heurts, je dois dire. Nombre de nos grands sages sont ainsi venus d'Espagne, dont Shem Tov ben de Soria, qui s'est installé ici même, au XIVe siècle de votre ère, avec son compagnon Elhanan. Ils s'inscrivaient tous deux dans la tradition de la kabbale de Gérone. L'histoire de la kabbale est longue à expliquer, mais sa tradition permet de comprendre comment le divin agit en nous et comment l'homme peut aider ce divin par sa vie de tous les jours. La vie spirituelle s'est grandement développée ici lorsque les juifs sont arrivés d'Espagne. Certains d'entre eux s'étaient convertis au catholicisme sous le joug d'Isabelle la Catholique au XVe siècle, puis ils sont revenus à leur foi d'origine. La tradition de la kabbale s'est ainsi développée de l'Espagne jusqu'à Safed. D'autres avaient été au contact de mahométans ou du moins de leurs descendants, cachés ou convertis, notamment à Tolède. Une tradition musulmane a ainsi perduré, celle du soufisme, mystique elle aussi. Les trois religions sont présentes ici, en Terre sainte, à Safed notamment. Or, 3 est un chiffre sacré pour les kabbalistes. Ils le multiplient par lui-même, ce qui donne 9, et le nombre 999 revêt une importance particulière. Le premier 9 représente les neuf formes d'anges, qui appartiennent au monde intelligible. Le second correspond aux neuf cieux et symbolise la matière. Le troisième définit les neuf genres du monde élémentaire, dont le dernier est l'homme. Ainsi, l'homme passe du monde tangible au céleste, puis à l'intelligible.

Hortense ne prêtait pas attention à ces explications, car une question la taraudait.

– En quoi les liens entre les religions du Livre ont-ils enrichi la kabbale ?

– Les liens sont triangulaires dans la mesure où une personne vénérée par notre foi a permis aux uns et aux autres de s'entendre.

– Serait-ce un saint de la chrétienté ?

– Pas si vite, mon enfant ! Je dois d'abord vous dire qu'un grand écrivain espagnol, qui était juif, a écrit selon les préceptes de la kabbale. Il s'agit de Miguel de Cervantès, dont le *Don Quichotte* répond à nos principes.

Hortense fit un effort de mémoire. Son oncle Hubert possédait ce livre dans sa bibliothèque de la rue du Fer-à-Moulin, un exemplaire relié de vieux cuir aux feuilles jaunies.

– *Don Quichotte* est en effet le récit d'une vie sensible qui n'est autre que le pendant de la vie invisible. De plus, l'itinéraire de ce chevalier un peu fantasque est tout initiatique et ressemble au cheminement de certains de nos pèlerins venus d'Europe orientale. Je pense surtout à Nahman de Bratzlav.

– Pardonnez-moi, mais je ne vois point le lien avec votre confrérie.

– Patience, vous ai-je dit. Les Frères asiatiques ont bien attendu des décennies ! Une sainte contemporaine de Cervantès, espagnole elle aussi, a joué un rôle important dans le lien avec le soufisme.

– Une sainte espagnole. Vous voulez dire...

– Thérèse d'Avila. Je sais que vous la vénérez puisque l'ordre représenté au mont Carmel s'inspire de ses paroles.

Hortense était bouleversée par cette révélation. Lui revinrent en mémoire les actions de grâces au couvent de Compiègne, les prières en l'honneur de sainte Thérèse d'Avila. Comment un vieux sage juif dans une ville perdue au fin fond de la Galilée pouvait-il évoquer celle qui avait réformé l'ordre des carmes, en les renommant carmes déchaux ou déchaussés parce qu'ils allaient pieds nus dans leurs sandales ? Tout en écoutant Éphraïm Mordechaï, elle tenta de comprendre les raisons d'une telle évocation. Les premiers ermites du mont Carmel n'avaient pu connaître Thérèse d'Avila, née au XVIe siècle. En revanche, Prosper du Saint-

Esprit, qui avait réimplanté l'ordre sur les pentes du mont béni d'Élie, s'en était grandement inspiré.

Éphraïm Mordechaï dessina un triangle avec les doigts de ses deux mains réunies.

– Regardez bien cette figure. Thérèse d'Avila est née à Avila, Cervantès à Alacalà de Henares, et je vous ai parlé tout à l'heure de Tolède. Ces trois villes forment sur les cartes d'Espagne un triangle, une figure doublement vénérée ici par notre tradition de Safed et par notre loge des Frères asiatiques. Tolède fut une ville prospère et même la capitale d'Espagne, riche de ses commerçants et de ses traditions juives et mauresques. Quand les juifs en ont été expulsés, la ville a décliné et la capitale a été transférée à Madrid. Or Madrid se trouve précisément à l'intérieur du triangle. Les deux autres doigts du triangle sont les villes de Cervantès et de Thérèse d'Avila. Et tous deux sont juifs...

– Mais Thérèse d'Avila est une sainte catholique !

– Sa mère était juive, donc nous la considérons comme juive. En ces temps d'Inquisition, il valait mieux se dire catholique ! Enfin, en dehors de toute ironie, sa foi était sincère.

Ces origines juives, Hortense en avait entendu parler sans pouvoir tout à fait y croire. Était-ce une légende colportée par les juifs d'Espagne ? Éphraïm Mordechaï ne fournit pas de réponse. Alors, tout en écoutant son récit, Hortense se rappela les écrits de Thérèse d'Avila, ses visions, mais aussi sa passion pour un beau jeune prêtre lorsqu'elle était allée en cure à Becedas afin de soigner sa santé fragile. Elle se confessait à lui, y prenait plaisir, et le prêtre troublé finit en retour par se confier à elle. Il lui parla de son amour depuis sept ans pour une jeune paysanne du village. Thérèse d'Avila s'intéressa à cette histoire et apprit par les habitants de

Becedas comment la jeune paysanne avait ensorcelé leur curé au moyen d'une idole de cuivre qu'il portait autour du cou. Hortense aperçut à nouveau la chaînette que portait Éphraïm Mordechaï.

– Thérèse d'Avila connut un autre homme de foi, poursuivit le sage de Safed. Il s'appelait Jean de la Croix. Tous deux éprouvaient de grands sentiments l'un pour l'autre, ils furent liés au soufisme par le biais de Rabia, une mystique singulière née à Bassora et morte voici exactement mille ans. Thérèse d'Avila reprit ses poèmes, dont celui-ci : « Ô mon seigneur, si je t'adore par peur de l'enfer, brûle-moi en enfer, et si je t'adore pour l'espérance du paradis, chasse-m'en. » Elle a aussi repris des évocations du grand poète soufi Djalaluddine Roumi, le fondateur de l'ordre des derviches tourneurs au XIIIe siècle de votre ère. Ce Roumi était tellement respectueux des autres religieux que l'on vit accourir à son enterrement des rabbins, des prêtres catholiques et des Grecs orthodoxes.

Éphraïm Mordechaï se saisit d'un livre en espagnol et lut à haute voix :

– « *Vivo sin vivir en mi, / Y tan alta vida espero, / Que muero porque no muero.* »

Hortense comprit ce poème : « Je vis sans vivre dans moi, / Et une vie si élevée j'espère, / Que je meurs parce que je ne meurs pas. »

– Ce pourrait être du Roumi, conclut le sage. Donc, les trois religions, pour répondre à votre attente, ma chère enfant, se trouvent confondues par ces trois ponts, comme par un autre triangle, Thérèse d'Avila, la kabbale et le soufisme.

– Vous portez un grand intérêt ici à Thérèse d'Avila et nous, en Europe, nous la vénérons en tant que sainte. Je viens ici pour découvrir où est cachée la Règle de vie des carmes et des carmélites, l'ordre auquel appartenait précisément sainte Thérèse.

– Je pense que votre ami vous y aidera...

– Mon ami ?

– Un *Fransawi* qui galope en Terre sainte. Un homme de tolérance qui est arrivé à Saint-Jean-d'Acre pour nous aider.

Les lèvres d'Hortense tremblèrent. Elle toussa pour reprendre contenance. Elle regarda ses mains devenues moites.

– Oui, Antoine de Phélippeaux, dit Éphraïm. Il doit arriver d'un instant à l'autre à Safed pour convaincre les membres de la communauté. Les juifs de Safed sont encore divisés sur la conduite à adopter face à Bonaparte et à son armée.

– Bonaparte veut jouer le rôle du Messie. Et il prétend défendre les juifs, déclara Hortense pour mieux connaître la position du sage de Safed.

– Bonaparte n'aime pas les juifs. Il a certes ouvert les portes des ghettos d'Italie. Mais il a maintes fois déclaré son aversion pour nous. C'est la Constituante de votre Révolution qui en 1791 a émancipé les juifs, pas Bonaparte ! Un homme s'est opposé à ce que les juifs deviennent citoyens français à part entière, Reubell. Or il est l'un des maîtres de votre Directoire, et Bonaparte doit traiter avec lui. Ceux qui nous ont aidés s'appellent Mirabeau, Robespierre, Custine, Clermont-Tonnerre. Depuis, de l'eau a coulé sous les ponts, comme vous dites en français.

Hortense était fascinée par tant d'érudition. La France et la Terre sainte paraissaient si proches dans les paroles du vieux sage.

– La promesse de Bonaparte de faire venir en *Erets Israël* tous les juifs d'Occident est une galéjade !

poursuivit Éphraïm. Évidemment, le projet nous intéresse grandement et nous y travaillons. Mais Bonaparte est coupable d'une triple faute. D'abord, ce despote a massacré à Jaffa des ennemis qui s'étaient rendus et à qui il avait donné sa parole.

– Je sais, j'ai assisté au massacre, souffla Hortense en baissant les yeux vers le tapis de soie.

– Cette tuerie laissera longtemps des traces en Judée et en Samarie, croyez-moi, tonna Éphraïm Mordechaï. Et celui qui s'alliera à Bonaparte en subira les conséquences. Autre erreur du général français : le texte qui appelle au départ des juifs vers Israël est un faux. Cela, nous pourrons le prouver ! Évidemment, nous devons encore convaincre les autres membres de la communauté de Safed et de Galilée. Sans doute Antoine de Phélippeaux sera-t-il éloquent. Enfin, ce Bonaparte a beau prétendre œuvrer en faveur des juifs, il est en train d'attiser les haines entre les trois religions. Lui, demain, partira et laissera un quelconque satrape sur nos terres. Et nous, nous risquerons le sabre de nos amis d'hier !

– Il est peut-être trop tard pour arrêter la migration de vos coreligionnaires vers la Terre sainte, objecta Hortense.

– Ceux-là, nous les accueillerons s'ils ne viennent pas avec l'armée de Bonaparte ! Comme nous parions sur sa perte, en Galilée ou dans les environs, à Damas ou sur la côte, il est à espérer que ceux qui débarqueront ici ne pourront plus grossir l'armée d'Orient. Vous savez ce que désire Bonaparte avant toute chose ? Assimiler les juifs de France et de toute l'Europe. Il ne parle, selon nos frères de France, que de mariages avec des filles du pays, des chrétiennes. Cela signifierait la disparition de notre peuple et nous ne pouvons le tolérer ! Bonaparte n'aime pas le judaïsme, tout comme votre Voltaire. Et le Directoire ne cesse de répandre de sales rumeurs, d'abord celle que les juifs ont triplé leurs créances et ont raflé la moitié de l'Alsace. Mais je ne vais pas vous ennuyer avec ces tracasseries. Venez donc demain chez le rabbin, en toute discrétion. Il rentre de Jérusalem où il a vu le grand rabbin Aaron Lévi. Nous attendons aussi le messager d'Acre...

Éphraïm Mordechaï se leva lentement pour prendre congé d'Hortense. S'appuyant sur sa canne, il l'accompagna jusqu'au portail.

– Vous avez un grand destin devant vous. Les femmes en Terre sainte entreprennent des actions que les hommes n'imagineraient pas ! Deux choses en tout cas ont marqué notre histoire, la guerre et l'amour. C'est Judith qui a tranché la tête du despote Holopherne. Et c'est une femme aussi qui aurait écrit une bonne partie du Cantique des cantiques. Soyez prudente...

Dans la rue, le chrétien de Nazareth paraissait fort préoccupé, son front était barré de larges rides. Lorsqu'ils prirent la ruelle menant à la porte de Jérusalem, au soleil couchant, Hortense lui demanda quel était le sujet de son tourment.

– Ce ne sont pas les propos d'Éphraïm Mordechaï, qui est un sage. Lui songe au devenir de sa communauté, et aussi à la paix avec les autres peuples. Non, ce qui m'inquiète, c'est le silence de mon frère. Je crains qu'il ne soit retourné à Nazareth. Or, dans notre ville, certains croyants ne sont pas fiables. Ils risquent de jouer leur propre intérêt. Ce sont les franciscains.

46

Le crépuscule inondait les collines d'une salve de nuances chaudes lorsque Antoine de Phélippeaux parvint aux alentours de Safed. Il pensa que les cités dédiées au ciel sont baignées d'une mer de couleurs qu'ignorent les villes des rivages. Son guide Élias avait pris du retard car il avait envoyé un coursier à Nazareth. À la halte de Safoureh, un autre coursier lui avait apporté de mauvaises nouvelles, près d'un bosquet de nopals couverts de figues de Barbarie. Les franciscains de Nazareth attendaient les troupes de Bonaparte et allaient les accueillir à bras ouverts. Toutes les réserves de grain de Galilée, dont chacune était connue des moines, pouvaient être réquisitionnées au moindre prix, voire pillées. Le supérieur était un Espagnol et Élias savait la rivalité qui l'opposait aux Italiens, maîtres du mont Carmel. Il craignait aussi l'arrivée de renforts turcs et arabes qui, s'ils venaient de Damas pour prêter main-forte aux assiégés de Saint-Jean-d'Acre, ne pouvaient que passer par les abords de Nazareth, sous le mont Thabor. Par la rencontre entre les deux armées, la contrée risquait de subir les foudres du ciel.

Juché sur son pur-sang au sommet d'une colline, Antoine ne remarquait point l'embarras de son compagnon, qu'il appréciait de plus en plus. Leur équipée à travers la Galilée était semée d'embûches. À tout moment, les deux hommes s'exposaient aux périls d'une embuscade avec les éclaireurs de Bonaparte, du banditisme avec les maraudeurs des portes de Haïfa, de la vengeance avec ces paysans mahométans qui ne voyaient pas toujours d'un bon œil les Francs fouler leurs terres, même munis d'un firman de Djezzar Pacha. La pente de la colline devant les deux hommes était couverte d'arbustes et de buissons touffus. Au loin, une petite montagne dominait la plaine.

– Y a-t-il des chrétiens dans la place ? demanda Antoine en désignant la ville de Safed.

– Bien sûr. Nous vivons en bonne harmonie depuis des lustres avec les juifs et les mahométans, répondit Élias.

– Ce que je ne comprends pas, c'est pourquoi le père Carlos a exprimé tant d'animosité envers les carmélites. Serait-ce que les franciscains ont eu maille à partir avec eux ?

Élias marqua un silence. La réponse semblait lui peser.

– Le père Carlos est espagnol, comme Prosper du Saint-Esprit, qui a permis aux carmes de se réinstaller sur les pentes du mont Carmel.

– Cela, l'ami, je l'avais compris.

– Or, Prosper du Saint-Esprit a été accusé par les franciscains d'avoir intrigué auprès de la Propagation de la foi, le conseil qui depuis Rome délivre les décrets des missionnaires.

– Rien d'anormal à cela non plus, dit Antoine, qui croquait dans une pomme de Galilée cueillie en chemin.

– Sauf, monsieur de Phélippeaux, que le décret de

la *Propaganda Fide*, la Propagation de la foi, était tellement favorable aux carmes qu'il leur a accordé le *monopolium*, c'est-à-dire le privilège exclusif de régner sur les terres.

– Ah, cela signifie donc que les autres ordres étaient exclus...

– Cela même.

– Alors, je comprends pourquoi les franciscains ne sont guère heureux. Mais je ne vois toujours pas pourquoi on a interdit aux autres ordres de s'installer sur les pentes du mont Carmel. À moins que...

Les champs de coton offraient au soleil leurs fleurs ouvertes, calices généreux. Au trot sur son pur-sang qui commençait à fatiguer, Antoine de Phélippeaux ressassait tout ce qui le travaillait depuis des semaines. L'affaire du mont Carmel et la question des juifs posée par Bonaparte étaient mêlées. « Oui, se dit-il, tout est lié. » Bonaparte s'en remettait au destin d'Alexandre. Lui préférait relier les différents éléments de l'histoire de Saint-Jean-d'Acre et du mont Carmel.

Il rattrapa au galop Élias, qui l'avait distancé de quelques toises.

– Holà, Élias ! J'ai oublié de vous demander une chose, vous qui êtes si bien renseigné sur les histoires de la foi sur ces terres. Sait-on pourquoi l'évêque Albert de Jérusalem a été assassiné ?

– L'évêque Albert ? Ah, ce patriarche latin était un malin. Un fieffé politique aussi. C'est lui qui a signé la Règle de vie des carmes. Il a même été nommé prince d'empire par l'empereur Henri VI, successeur de Frédéric Barberousse.

Antoine ignorait que le patriarche de Jérusalem, qui résidait à Saint-Jean-d'Acre alors que les barons et les croisés guerroyaient contre les troupes sarrasines, avait régné sur une principauté germanique. Il préféra cependant revenir sur les raisons de sa mort.

– Au fait, au fait, Élias ! L'assassinat, que diable !

– L'assassinat, monsieur Antoine, est une chose trouble. Cela a beau remonter au XIIIe siècle, certains chrétiens en parlent encore. Vous voulez vraiment savoir la vérité ?

Élias marqua un temps de silence et reprit :

– Eh bien, le patriarche Albert a été assassiné par un chevalier, un éminent représentant de l'un des quatre grands ordres en Terre sainte.

– Je le sais, cela aussi, trancha Antoine. Mais dites-moi pourquoi !

– Celui qui lui planta un couteau dans le cœur n'était autre que le grand maître des chevaliers hospitaliers de Saint-Jean. C'est donc un chrétien, et non des moindres, qui a occis un autre chrétien. Nous sommes en 1214. Or depuis quand l'évêque Albert était-il le patriarche latin de Jérusalem ? Depuis dix ans, depuis 1204 précisément. Cette date ne vous dit rien ? Si, bien sûr. C'est le sac de Constantinople. Des chrétiens, déjà, avaient massacré des chrétiens.

– Vous insinuez donc que le patriarche de Jérusalem a été tué pour venger des chrétiens...

– Pas si vite ! répondit Élias. Cette histoire est à la fois compliquée et simple, sombre et lumineuse à l'image des paysages d'Orient qui s'étalent devant vous. Qui sait ce que cachent ces collines de Safed et ces monts du Liban où vivent Druzes, catholiques, maronites, juifs et musulmans ? Ce que nous vivons aujourd'hui est semblable à une montagne, ou plutôt à une pyramide.

Tout en chevauchant sa monture, il enroula les rênes autour de son poignet droit et joignit les deux mains.

– Voilà, un triangle. Il y a trois époques clés. D'abord, la mort de l'évêque, en 1214. Puis la venue de Prosper du Saint-Esprit, dans les années 1630, raidit les relations entre les religieux chrétiens. Enfin, la conquête de Bonaparte brouille toutes les cartes. Ou au contraire fera tout sauter. Nous sommes à la veille de l'an 1800 et les millénaristes, ne l'oubliez pas, se réveillent !

– Ce triangle, ce sont donc les trois dates ?

– Oui, mais pas seulement. Chaque côté du triangle représente aussi une sorte d'ordre. Avec l'évêque Albert, les ordres militaires règnent en maîtres en Terre sainte, ou sur ce qu'il en reste alors. L'évêque consent à signer la Règle de vie des carmes, qui sera avalisée par le pape Innocent III. À Saint-Jean-d'Acre, où pendant un siècle vont résister soixante mille chrétiens, quatre chevaleries se disputent la prééminence sous les yeux du patriarche Albert : les Teutoniques, les Templiers, les Hospitaliers de Saint-Jean de Jérusalem, et les chevaliers de Saint-Lazare...

– ... qui se sont unis à la confrérie à laquelle j'appartiens, celle des chevaliers de Notre-Dame du Mont-Carmel, ajouta Antoine.

– Le deuxième côté du triangle, ce sont les ordres religieux. C'est la deuxième date, quand Prosper du Saint-Esprit réinstalle officiellement les moines et religieux sur les pentes du mont Carmel. Les franciscains se sentent écartés, puisque Prosper du Saint-Esprit obtient de la *Propaganda Fide* au Vatican un blanc-seing qui interdit aux autres ordres religieux de s'y installer. Les franciscains et les dominicains sont donc exclus.

– Le pape Innocent III avait pourtant encouragé les ordres mendiants à s'installer en Terre sainte.

– Oui, mais avec une grande méfiance envers les dominicains et les franciscains.

– Ce que vous me dites là m'étonne, car on dirait qu'une lutte sans merci s'est engagée au XVIIe siècle entre les ordres.

– Nous n'en sommes pas loin ! Mais attendez. Le troisième côté, c'est une sorte de compromis avec les deux précédents, entre ordres militaires et ordres mendiants, entre chevaliers et soldats. Une confrérie qui s'appelle les francs-maçons.

– Sidney Smith m'en a parlé. Mais il semblerait que Bonaparte en joue.

Le chemin qu'empruntaient les deux hommes se divisait au pied d'une colline. Élias sans hésitation choisit la plus petite sente, à gauche, dans un vallon qui s'enfonçait entre deux flancs de montagne.

– Les Hospitaliers de Saint-Jean de Jérusalem sont devenus les chevaliers de l'ordre de Malte, repliés sur l'île du même nom, poursuivit l'homme de Nazareth. Or ils se sont alliés avec les francs-maçons pour créer une loge, celle de Saint-Jean, laquelle inclut une autre loge, active en France, celle des Frères asiatiques.

– Mais quel intérêt les francs-maçons auraient-ils à agir ici, en Palestine ? Je croyais qu'ils étaient étrangers à toute affaire religieuse !

– Que non ! Ce sont des sornettes d'Occidentaux ! Nous, chrétiens d'Orient, en savons quelque chose. Mes amis juifs eux-mêmes ont compris l'intérêt qu'ils pouvaient tirer de cette confrérie, comme nous, les chrétiens. Si les frères d'Occident y ont perdu leur foi, c'est leur affaire. Les juifs de la loge veulent une République hébraïque. Vous verrez à Safed comment certains le désirent, tout en se méfiant des propositions de Bonaparte.

Antoine était impressionné par l'érudition et la vivacité d'esprit de son compagnon de route. Lui qui parlait maintes langues savait aussi tout de la Terre sainte, de ses religions, de ses rêves et de ses complots.

– J'en reviens cependant, Élias, à la question de l'assassinat du patriarche latin Albert, qui me paraît expliquer beaucoup de choses.

– On a longtemps dit et on dit encore que l'évêque Albert a été assassiné par le grand maître des Hospitaliers, car le saint homme reprochait à l'ordre militaire son manque de pureté, sa corruption et des affaires de mœurs.

– Ce qui suffit, certes, pour fomenter un assassinat.

– J'apprécie votre humour, monsieur Antoine, et il en faut pour survivre sur cette terre moult fois saccagée. Mais les chrétiens de la contrée pensent que le patriarche Albert de Jérusalem est mort en raison des divergences entre les religieux eux-mêmes, et d'abord parce qu'il a sauvé les carmes avec la Règle de vie.

Élias voulut s'arrêter sous un olivier où les deux cavaliers pouvaient bénéficier d'une vue sur Safed et le fort occupé par les éclaireurs druzes de Bonaparte. Ils mirent pied à terre, fourbus par la longue chevauchée. Le chrétien de Nazareth engloutit la moitié d'une galette de pain.

– Ici, dit-il, nous pouvons prendre du repos tout en surveillant l'arrivée d'éventuels ennemis.

En face, une lumière merveilleuse, douce et puissante à la fois, frappait la montagne de Safed, comme si elle pénétrait son cœur. Antoine resta debout, intrigué par les dernières remarques de son compagnon.

– Grands Dieux, Élias, accuseriez-vous les autres ordres chrétiens ?

– Les maronites, dont certains se trouvent à Nazareth, ont longtemps été jugés hérétiques par l'Église. Puis ils ont été intégrés à l'Église catholique au XIIe siècle. Or les maronites sont liés aux franciscains depuis la chute de Saint-Jean-d'Acre en 1291, mais aussi aux chevaliers de Saint-Jean, et donc à l'ordre de Malte.

– Ce seraient donc les maronites...

– L'évêque Albert s'était fait beaucoup d'ennemis à Saint-Jean-d'Acre avec cette Règle de vie. Les maronites comme les franciscains, et aussi les chevaliers de Saint-Jean de Jérusalem.

– Ce qui laisse à penser, cher compagnon, que les loges de Saint-Jean ont maille à partir aujourd'hui avec les carmes et les carmélites.

– Détrompez-vous, monsieur Antoine ! Les loges ici présentes ou qui ont envoyé des émissaires sont divisées. Bonaparte croit les manipuler, grâce à Cambacérès et à sa proclamation pour un État juif, qui est un faux. Mais les frères des loges ne sont pas dupes, même si certains œuvrent pour une montée en *Erets Israël*.

– Puis-je savoir en quoi ils s'opposent aux desseins de Bonaparte ? demanda Antoine.

Élias s'allongea sous l'arbre, les yeux tournés vers le ciel.

– La loge de Saint-Jean, comme je vous l'ai dit, vient des chevaliers de Saint-Jean de Jérusalem, donc de l'ordre de Malte. Or, qui a chassé l'ordre de son île l'an dernier ?

– Bonaparte, bien sûr, répondit Antoine.

– Il a dissous l'ordre et tenté d'enrôler les derniers chevaliers, pour beaucoup abâtardis, cinq cents hommes, vieux pour la plupart, des misérables petits soldats incapables de tenir une lance. Une miette, par rapport à ce qu'était l'ordre auparavant avec ses dix mille commanderies de par le monde.

– Je reconnais que l'ordre n'était plus grand-chose, comme les autres ordres de chevalerie abolis par la Révolution, dont le mien, qui a refusé l'adoubement de Bonaparte à l'École militaire.

– De là sans doute sa vengeance sur les chevaliers de Malte ! Bonaparte a été plus loin. Pendant sa campagne d'Italie, il avait déjà tout confisqué à l'ordre de Malte. Sur leur île, les chevaliers ne possédaient plus que trois vaisseaux de guerre. Les canons de La Valette ne pouvaient même plus tirer ! Et les munitions étaient dérisoires.

Antoine de Phélippeaux s'adossa contre le tronc de l'olivier, puis il enleva ses bottes.

– Ce que j'ai appris sur ce siège de Malte, dit-il, c'est que Bonaparte avait son homme dans la place, un chevalier de l'ordre français, un certain Bosredon de Rancijat.

– Vous insinuez qu'il a trahi ?

Un sourire illumina le visage d'Antoine.

– Trahir est un bien grand mot. Souvent l'homme ne trahit pas, mais aide ses semblables pour éviter un bain de sang. C'est un peu le sens de ma mission en Terre sainte. Bosredon de Rancijat donc a tenu informé un envoyé du Directoire à Malte, Poussielgue. C'est ainsi que Bonaparte a su comment et où attaquer la place. La garnison s'est rendue après quelques salves pour l'honneur et pour sauver la face, une sorte de feu de parade. Mais revenons à la gloire de Saint-Jean et dites-moi ce que vous en savez.

Élias ouvrit son outre et but une longue rasade d'eau.

– Les chevaliers de Malte se sont ralliés à Bonaparte après la chute de l'île l'an dernier. Certains cependant sont devenus pirates. D'autres ont rejoint les loges, en France, à Constantinople et même ici, en Terre sainte. Eux veulent que l'ordre de Malte perdure sous une forme ou sous une autre. Voilà pourquoi ils combattront ici même Bonaparte.

– Combattre ? Ils n'ont même plus d'armes ! observa Antoine. Mais, j'en conviens, ils nous seront bien utiles. Peut-être doit-on voir dans leur attitude une réponse aussi à l'assassinat du patriarche Albert de Jérusalem.

– C'est en effet une réponse. Mais la clé est entre les mains des juifs de Safed. Nous sommes à ses portes. Venez, nos amis nous attendent.

47

Les deux hommes remontèrent à cheval. Antoine mourait d'envie de retrouver Hortense. Il galopait sur ces terres couvertes d'oliviers, de chênes, d'orangers, de cyprès, et les paysages lui semblaient habités par la présence de la jeune femme. Le décor sauvage, truffé de références bibliques, cette équipée en Terre sainte, avec la Bible pour horizon et la révolte pour mot d'ordre, loin de tout couvent, loin des carmélites, étaient faits pour elle. Il ne pouvait l'imaginer en renonçante, car Hortense était la vie même. Elle et lui étaient taillés du même bois. Antoine considéra cette pensée comme de bon augure. Il la retrouverait, quoi qu'il en fût, et sûrement à l'étape de Safed.

Élias lui recommanda de porter le turban à l'approche de la ville, au-delà d'un campement de Bédouins aux tentes de nattes. Il convenait de se méfier non pas des Druzes de Bonaparte, peu nombreux et ne sortant que rarement de la citadelle, mais des autres alliés de l'armée d'Orient, les Zaydanis.

– C'est une puissante tribu de Galilée, expliqua Élias. Leur ancien chef a été chassé de Saint-Jean-d'Acre par Djezzar Pacha. Depuis, ils ne parlent que de vengeance et sont prêts à s'allier avec le diable pour reprendre leur ville. Méfiance !

Les vergers de figuiers et les vignes succédaient aux oliveraies. Les maisons présentaient de belles terrasses sur les trois collines de la ville séparées par des ravines. Antoine de Phélippeaux regardait les ruines de la forteresse où se terrait le petit détachement de Druzes. Le vieux bastion, ancienne demeure des croisés, pouvait aisément tomber si les juifs, les chrétiens et les musulmans s'alliaient pour lancer une attaque. Mais le jeu n'en valait pas la chandelle. Safed n'était qu'un avant-poste pour Bonaparte. La vraie bataille aurait lieu à Saint-Jean-d'Acre. Auparavant, il fallait convaincre la société secrète de Safed, ce qui représentait aux yeux d'Antoine un combat tout aussi important.

Dans la ville sainte de Safed, bien que certaines échoppes fussent fermées, comme si les habitants se préparaient au pire, les rues débordaient d'activité. Un médecin lisait la Torah à la porte de son cabinet, un prêtre venu d'un village voisin s'entretenait avec des fidèles, des paysans apportaient du grain que des négociants marchandaient debout sur leurs charrettes, des femmes allaient et venaient, chargées de jarres de blé et d'outres d'eau.

– Nous allons d'abord rendre visite à Éphraïm Mordechaï, dit Élias à Antoine. La grande réunion est pour ce soir, chez un autre juif de Safed, où se rendront aussi des chrétiens et des mahométans. Rien que des hommes sûrs. Quelques-uns sont membres de la loge des Frères asiatiques, dont un venu d'Europe orientale, de Podolie, et un autre de Jérusalem, un riche négociant chrétien. Les autres sont liés par une sorte de serment, ou des intérêts communs, dont le négoce. Mais ne laissons rien au hasard et restons prudents. Napoléon a des espions partout en Palestine...

Le sage Éphraïm Mordechaï accueillit les deux voyageurs, une main sur le cœur, l'autre sur sa canne sculptée. Antoine de Phélippeaux apprécia aussitôt sa chaleur. Il remarqua une chaînette à son cou, sans qu'il pût discerner le pendentif enfoui sous sa tunique de coton grossier. Une femme au voile blanc déambulait dans le patio, une jarre sous le bras, et arrosait les plantes.

– Alors, vous êtes donc un autre messie ! plaisanta Éphraïm en invitant Antoine de Phélippeaux à s'asseoir.

Il s'entretint longuement avec le voyageur franc et lui parla de la réunion du soir, à l'autre extrémité de Safed.

– Ce sera une assemblée de la plus haute importance, non seulement parce que les juifs, les chrétiens et les musulmans s'y rencontreront, comme nous le faisons de temps à autre, mais aussi parce que nous devons réagir aux visées de Bonaparte.

– Je pourrai expliquer à vos amis et envoyés qui est véritablement cet homme, répondit Antoine de Phélippeaux. Et ce qu'il veut, ce qu'il cherche en Terre sainte.

– Nous aurons tout le temps. Mais attention aux espions, Élias vous a sans doute prévenu. Bonaparte a ses hommes, de toutes confessions, et il s'apprête à envoyer des agents juifs à Damas et Alep pour une mission mystérieuse dont nous ignorons encore tout. Nous en saurons cependant bientôt davantage car nous aussi avons nos amis là-bas, et jusqu'au sein du sérail des pachas.

– La famille de Haïm Farhi, je suppose, lança Antoine.

Éphraïm lança à son hôte un étrange regard, qui pouvait exprimer autant la perplexité que la malice.

– Les Farhi, certes, mais il n'y a pas qu'eux ! Vous verrez, ce soir, la discussion sera ardue. Nous devons éviter la venue des faux messies. Savez-vous pourquoi les fils d'Israël accourent ici à Safed ?

Il frappa dans ses mains et fit servir à son invité des oranges de Galilée. Puis il se plongea dans un long récit où il était question de l'origine de Safed, de sa tradition d'attente du Messie, qui viendrait un jour de Tibériade et monterait vers la montagne. Il évoqua la caractéristique de chacune des quatre villes saintes d'Israël : pour Jérusalem, le feu ; pour Hébron, la terre ; pour Safed, l'air ; et pour Tibériade, l'eau. En se rendant de Tibériade à Safed, le Messie passerait ainsi de l'eau à l'air, mais les deux autres villes saintes garderaient leur importance. Ce que le vieux sage désirait avant toute chose était le retour sur cette terre des juifs dispersés, ainsi que l'entente entre les trois religions. Éphraïm évoqua alors la tradition d'Obadiah de Bertinoro :

– C'est l'un des plus grands voyageurs et penseurs juifs de la Renaissance. Il a quitté un jour son Italie natale pour s'installer ici.

La vie de ce rabbin semblait capitale pour Éphraïm car, pendant ses soixante années d'existence, le monde chrétien avait été bouleversé par deux fois, d'abord par la perte de Constantinople en 1453, qui était tombée aux mains des Turcs, ensuite par la découverte du Nouveau Monde. La chrétienté s'était ainsi déplacée vers l'Occident, en abandonnant les terres d'Orient aux mahométans, huit siècles après le règne de leur prophète.

– Voyez-vous, les empires agonisent tous un jour ou l'autre, et celui des Ottomans, trois siècles après la chute de Constantinople, est déjà moribond. Obadiah de Bertinoro a senti cela. Qu'a-t-il vu en arrivant à Hébron, la ville sainte qui symbolise la terre, un lundi du mois de *nissan* ? Le tombeau des patriarches, bien sûr. Mais surtout, l'entente entre Arabes, juifs et chrétiens. Pour les pauvres et en l'honneur d'Abraham, enterré à Hébron, les gens des trois confessions offraient des galettes et des lentilles. Les juifs avaient le droit de prier devant la caverne. Obadiah de Bertinoro écrit que les musulmans éprouvaient une grande crainte pour ce lieu et ne désiraient point de conflit en cet endroit. C'est ainsi que nul croyant des trois religions n'avait le droit de pénétrer dans la caverne des patriarches. Pour l'éclairer, on faisait descendre des torches par le haut à l'aide de cordes.

Tout à l'écoute du récit du voyage d'Obadiah aux alentours de 1489, Antoine aperçut une ombre au-delà du patio et il lui sembla reconnaître le visage d'Hortense. L'ombre l'avait regardé à son tour, puis s'était éclipsée. Se pouvait-il qu'elle se cachât ici même ? Il dissimula son trouble et regarda à nouveau Éphraïm. Celui-ci évoquait la mort du penseur juif, en 1510, cent ans avant deux autres épisodes considérables. En 1610 disparurent deux personnages qui allaient jouer un rôle en Terre sainte, le peintre Le Caravage et le roi de France Henri IV. Antoine fut étonné qu'Éphraïm mentionnât ce dernier événement. Il se souvint du dîner à Quiberon dans le manoir de Grandbastien. L'astronome avait alors rapproché deux dates capitales pour l'histoire des chevaliers de Notre-Dame du Mont-Carmel, à trois cents ans exactement de distance : 1489, qui marquait la dissolution par le pape Innocent VIII de l'ordre de Saint-Lazare, et 1789, lorsque la Révolution avait banni le mouvement religieux des carmes et carmélites, sur décision des jacobins. Or c'était précisément Henri IV qui avait marié les deux ordres de Saint-Lazare et des chevaliers de Notre-Dame du Mont-Carmel. Antoine ne dit mot. Il voulait entendre les arguments du sage kabbaliste qui jouait avec les nombres et les dates.

Le Caravage, né en Italie comme le voyageur Obadiah de Bertinoro, avait peint maintes fois des décapitations de saint Jean-Baptiste, que le Jésus des chrétiens considérait comme le nouvel Élie. Dans ces peintures, certains juifs du ghetto de Venise avaient vu un double signe : d'abord, les chrétiens en Terre sainte allaient devoir affronter de nombreux périls ; ensuite, ces juifs discernaient sur l'un des tableaux du Caravage non pas la tête de Jean-Baptiste mais celle d'Holopherne, le général de Nabuchodonosor que Judith séduisit puis décapita. Le tableau en question représentait une femme, Salomé, qui recevait la tête tranchée. Cette Salomé avait toutes les allures de Judith, décrite dans la Torah des juifs et l'Ancien Testament des chrétiens. Or Le Caravage avait fui l'Italie à la suite d'une rumeur d'assassinat pour trouver refuge à Malte. Dans l'île, il fut adoubé chevalier de l'ordre de Malte, dont le saint patron n'était autre que Jean-Baptiste. Le peintre avait fini par être radié, puis il rentra en Italie pour se racheter une conduite, mais périt sur une plage de Toscane d'une fièvre maligne ou de la peste. La même année, Henri IV mourut assassiné par un homme dont on ne savait toujours pas s'il avait agi seul ou sur la demande de religieux. Antoine restait coi, tandis qu'Éphraïm reliait les nombres et les dates. Tout convergeait vers l'année présente, 1799, veille d'un autre siècle. Les peintures du Caravage étaient un signe certain, car depuis la prise de l'île par Bonaparte les hommes de Malte s'étaient dispersés aux quatre vents. Nombre d'entre eux avaient rejoint la loge de Saint-Jean ou celle des Frères asiatiques. Éphraïm Mordechaï parla ainsi du chevalier de Lascaris, qui avait contacté les juifs de Constantinople durant son séjour chez les princes ottomans. Certains de ces hommes de Malte avaient cheminé jusqu'à Jérusalem, et même Safed, afin de nouer des liens avec les juifs de la loge des Frères asiatiques.

Lorsque Antoine lui demanda comment il avait pu réunir toutes ces dates et relier ces événements, Éphraïm répondit qu'il disposait de nombreux livres et que les pèlerins l'entretenaient fréquemment des événements de la lointaine Europe.

– Nous avons aussi nos courriers de Francfort, de Paris et de Constantinople. Safed n'a jamais été isolée. Quand une ville est sainte, cela signifie qu'elle brille par sa pureté. Nul mensonge ne peut la gagner. Mais je vous vois ce soir pour la réunion tant attendue. Élias a l'adresse. Je vous demanderai d'exposer les visées de Bonaparte et d'être convaincant, car certains de nos frères, juifs ou chrétiens, sont partisans des idées de la Révolution française.

Antoine s'installa dans une chambre du caravansérail de Safed. Après avoir bu un thé, il sortit et emprunta la rue aux larges dalles usées par le temps et la foi. En contrebas s'étendait la plaine de Galilée offerte aux pèlerins et aux conquérants. Le paysage vibrait de nuances et de couleurs distinctes sous des cieux crus qui accueilleraient tous les rêves. Les roches devenaient luisantes de ces teintes bibliques. Antoine s'assit sur un banc et ferma les yeux. Quand il les rouvrit, le jour déclinait et la Palestine ressemblait à un vaste jardin d'Éden.

48

Éclairée par des chandelles et des candélabres, la salle était comble. Il s'agissait d'une grande pièce dans la demeure d'un médecin descendant d'une famille de marranes, les juifs convertis au catholicisme en Espagne. Son grand-père s'était installé à Safed, non loin de la synagogue séfarade Ha'ari, et avait repris la foi juive.

Antoine de Phélippeaux s'installa à une table en attendant qu'Éphraïm l'appelât. Le sage prit la parole devant l'auditoire, qui s'étalait jusque dans le patio. Deux gardes étaient chargés de vérifier si des agents druzes de Bonaparte ou des Zaydanis ne s'étaient pas glissés dans l'assemblée. Fatigué par son voyage, Antoine avait cependant retrouvé ses forces après un court somme. La certitude de retrouver Hortense à Safed l'avait réconforté. Il songeait aussi au mal qui gagnait la Terre sainte, la peste, cette gangrène qui allait bientôt s'insinuer dans tous les foyers mais aussi dans les âmes, corrompre les esprits et inonder les rêves. La peste était un rempart contre Bonaparte mais pouvait aussi servir de bouclier à l'ennemi.

Phélippeaux dévisagea les occupants du vaste salon, malgré la faible lumière des bougies. Il y avait là des rabbins de Safed, des kabbalistes dans leur tenue blanche, des marchands mahométans, des chrétiens de la plaine et de la ville elle-même, reconnaissables à leur coiffe et à leur manteau de couleur. Certains portaient un poignard courbe orné de pierres à la ceinture ou avaient laissé un fusil dans un coin, un autre était vêtu d'une pelisse de fourrure, sûrement un émigrant d'Europe centrale. Tous les peuples de Palestine et de la Terre sainte semblaient avoir un envoyé ici. Antoine songea à un *cenaculum*, un cénacle biblique échoué sur une montagne sacrée.

– À ceux qui ne sont pas de Safed, nous souhaitons la bienvenue !

La voix forte d'Éphraïm Mordechaï, installé sur une estrade, imposa avec calme le silence.

– Notre ville sainte est un lieu idéal pour accueillir une telle assemblée. Cette terre est plus que jamais convoitée, et d'abord par les soldats de Bonaparte qui siègent déjà dans le fort en ruine de la ville. Nous avons parmi nous des gens de toutes confessions, de toutes origines, de toutes villes, de Damas, Alep, Jérusalem la sainte, Tyr et de la montagne des Druzes.

Deux hommes vinrent s'asseoir sur un tapis devant l'estrade et retirèrent leur chapeau. Antoine ne sut quelle était leur provenance, sans doute des chrétiens de la montagne ou des maronites. À leurs côtés, assis à une table, se tenait le négociant Al-Sabbagh, l'un des hommes les plus riches de la contrée.

– Nous avons parmi nous un Franc qui vient de Saint-Jean-d'Acre. Il a connu Bonaparte sur les bancs de l'École militaire de Paris et sait de quoi il est capable, ce qu'il désire fomenter en Galilée et en Samarie. Je conçois qu'ici, parmi les confréries représentées, nombre d'entre vous demeurent favorables à son arrivée ou estiment qu'il est le Messie. Je peux vous dire que le texte dont il se recommande est un faux.

Éphraïm Mordechaï fit signe à Antoine de s'approcher, alors que l'un des hommes assis sur le tapis devant l'estrade se levait pour prendre la parole. Il portait une barbe longue et ses yeux exprimaient une intense force intérieure.

– Nous, gens qui adorons le Zohar, le Livre des Splendeurs, entendons que le Messie arrivera bientôt. Il est dit dans notre livre : « Le Messie viendra, en premier, en Galilée, et c'est sur cette terre que les morts se relèveront et se réuniront. » L'autre livre, le *Remaz*, nous indique qu'il s'agit de Safed. Celui qui va conquérir Safed sera donc l'envoyé de Yahvé. Or nos hommes nous signalent que des soldats de Bonaparte se dirigent vers le mont Thabor.

Antoine lui répondit avec sérénité et aplomb :

– Si Bonaparte vient au mont Thabor, c'est pour y rencontrer les renforts mamelouks et ottomans dépêchés par Damas. Bonaparte en Terre sainte, cela signifie le désastre, la terre brûlée, les meurtres, les crimes, comme à Jaffa !

Un chef bédouin prit la parole avec une éloquence à la hauteur de la richesse de ses vêtements taillés dans l'étoffe des puissants. Éphraïm Mordechaï souffla à l'oreille d'Antoine qu'il s'agissait d'un influent maître de clan, en butte à Djezzar Pacha pour des questions d'impôt. Le Bédouin s'exprimait en arabe et Éphraïm Mordechaï demanda à Élias de traduire ses propos en hébreu et en français :

– Bonaparte, commença le chef de clan, est un libérateur. Nous avons la certitude qu'il ne se livrera plus au pillage. À tout prendre, il nous coûtera moins cher que Djezzar Pacha !

Un maître artisan de Safed renchérit :

– Bonaparte, c'est la promesse d'une République

pour les juifs et de vivre en bonne entente avec les peuples du cru. Il ne peut être mauvais. Sa lettre indique qu'il traitera les juifs avec les mêmes égards que les chrétiens !

Éphraïm Mordechaï répondit à son tour :

– La lettre de Bonaparte provient d'un cercle, celui des disciples de Jacob Frank. Beaucoup d'entre vous le connaissent. Or cet homme était un charlatan ! Il a davantage œuvré pour lui-même et pour son château d'Offenbach que pour le bien-être des gens de Safed, de Galilée, de Judée et de Samarie !

Une rumeur parcourut l'assistance. Antoine appuya le discours d'Éphraïm, traduit par Élias :

– Bonaparte n'a aucune intention de créer un État juif. S'il veut rallier juifs, chrétiens et musulmans, c'est pour mieux les asservir. Il entend devenir un nouveau commandeur, plus implacable que celui de la Porte. Aux juifs, il ne donnera que le statut de serfs. Aux musulmans, il promet le joug, quand ce n'est pas la mort, comme pour ces prisonniers massacrés à Jaffa alors qu'ils s'étaient rendus sur parole d'avoir la vie sauve.

Une ombre blanche se profila au fond de la salle. Antoine de Phélippeaux eut du mal à poursuivre. Il connaissait cette silhouette. Son cœur se mit à battre la chamade.

– Et les chrétiens ? Qu'est-il réservé aux chrétiens de Terre sainte ? demanda le grand négociant Al-Sabbagh. Vous qui êtes de la même religion que nous, ainsi que le drogman Élias ici présent ou son frère Georges Ibrahim, dites-nous pourquoi les disciples du Christ sont encore en vie. À vous entendre, ils auraient dû être massacrés depuis longtemps !

Des rires fusèrent au fond de la salle, près du pilier en marbre. Ce fut l'ombre blanche qui s'avança et répondit à la place d'Antoine. Son visage était beau, ses traits avaient à peine changé, hormis un léger hâle qui lui donnait des reflets d'orge dorée par le soleil de Galilée. Antoine inspira profondément tandis que l'ombre blanche prenait la parole. Il eut l'impression de flotter dans un rêve. Elle respirait le même mélange de candeur, de force et de détermination que lorsqu'ils s'étaient rencontrés à l'Hôtel-Dieu à Paris.

– Permettez-moi de me présenter. Je suis moi aussi l'invitée d'Éphraïm Mordechaï. Je m'appelle Hortense Saint-Meri, et je suis chrétienne de France. Je reviens de Jaffa...

Tous se tournèrent pour voir la femme qui s'exprimait ainsi, avec une voix à la fois douce et ferme, et dont les propos étaient traduits par Georges Ibrahim.

– Ce que j'ai vu à Jaffa est la pire des abominations et j'en tairai le détail. Les rumeurs qui vous sont parvenues ici et ailleurs en Galilée sont avérées. Là-bas, on a tranché des têtes, on a tué sur la plage de Jaffa trois mille prisonniers sur ordre de Bonaparte, qui a renié sa parole. Est-ce cela que vous voulez ?

Elle avait prononcé cette phrase d'une voix forte, elle baissa le ton pour ajouter avec émotion :

– Là-bas, des soldats chrétiens ont massacré des jeunes filles sans défense et ont éventré des femmes enceintes.

Un rabbin de haute taille l'interrompit. Éphraïm avait averti Antoine que cet homme-là, chef de file des indécis, ne serait guère facile à convaincre. Il s'exprimait avec aisance en hébreu et en arabe et ses gestes dessinaient de grands moulinets dans l'air du salon.

– Ce général français est avant tout un guerrier. Il est aussi inspiré par les idéaux de la Révolution française, dont nous attendons tous beaucoup ici, que l'on soit juif, chrétien ou musulman. Rappelez-vous qu'un juif de Paris a plaidé pour l'émancipation de nos frères en France pendant la Révolution. Il s'appelle Zalkind Hourwitz et fut bibliothécaire à la Bibliothèque royale de Paris.

Éphraïm Mordechaï prit la parole à son tour :

– Mon cher Moïse Teomim, toi qui es venu il y a bien longtemps d'Europe et de Podolie, le pays de Nahman de Bratzlav, pour porter ici même le message des Frères asiatiques aux juifs, aux chrétiens et aux musulmans, tu es dans l'erreur. Je respecte le sens de ton voyage, car tu es venu parmi nous avec un message de paix, comme précisément Nahman de Bratzlav, un message que les envoyés ici présents, des trois religions, ont apprécié. Mais Hourwitz en fait voulait l'assimilation, donc l'effacement de la culture juive en France et en Europe. Il a même plaidé, sache-le, pour la disparition des rabbins ! De plus, il était hostile à toute coutume et toute tradition, alors qu'il s'agit là de notre essence, pour nous, juifs, comme pour vous, chrétiens et musulmans. Ce que prônait Hourwitz, c'est donc la fin de toute croyance. Que feriez-vous, vous tous ici présents, si demain la garnison des Français ou Bonaparte lui-même depuis Acre envoyait une délégation pour vous demander de vous rallier à sa bannière ? Aimeriez-vous trahir les trois religions du Livre ?

Hortense choisit ce moment pour répondre au négociant chrétien. Antoine l'écouta avec toute son attention.

– Monsieur Al-Sabbagh, je dois vous dire que les mêmes partisans de l'assimilation, ceux de la Révolution, ont assassiné des croyants en France. Il s'agissait de sœurs de l'ordre des carmélites, qui révéraient le mont Carmel pour son prophète cher aux trois religions représentées par vous tous ici. Ces sœurs sans défense ont été exécutées. Et ce Bonaparte présent à quelques lieues d'ici n'a jamais condamné cet acte barbare. Pensez au sac de Constantinople, en l'an 1204, quand les croisés ont tué les Byzantins ! On évoque encore cette tuerie dans les rues de Constantinople ! Lorsque la chrétienté tue la chrétienté, le pire est à craindre pour les autres croyants.

Le rabbin Moïse Teomim accusa le coup. Il se tourna vers un hassidim, un émigrant de Pologne qu'Éphraïm n'aimait pas. Hortense réajusta son voile. Antoine la dévisageait. Il la trouvait magnifique et il était impressionné par son discours. Elle croisa son regard, sourit puis baissa les yeux.

Éphraïm agita sa canne pour imposer le silence et toisa les membres de l'assistance.

– Ce faux messie de Bonaparte n'apportera que des tourments aux peuples de Galilée, de Judée et de Samarie. Lui-même ne désire rien tant que la disparition de la croyance, et du judaïsme d'abord. Il brisera notre entente. Une entente que nous célébrons depuis trois siècles, depuis le règne du sultan Soliman le Grand, le bâtisseur des remparts de Jérusalem, l'ami des juifs qui avait pour médecin Rabbi Moshé Hamon. Lui qui a lu la Torah a beaucoup fait pour l'amitié entre les trois religions. Safed est un des hauts lieux de cette amitié. Dois-je vous rappeler que c'est ici, voici plus de deux siècles, qu'a été installée la première imprimerie de l'Orient ?

Un chrétien demanda la parole. Il se tenait debout non loin de Georges Ibrahim et était entouré de deux jeunes pâtres aux allures nobles. Il portait un manteau noir et un bâton serti de pierres vertes.

– Nos cercles des Frères asiatiques et de la loge Saint-Jean ne rejettent pas l'idée d'un messie si l'homme providentiel, quel qu'il soit, permet de nous affranchir du joug des Ottomans.

Ce fut Georges Ibrahim qui l'interrompit cette fois-ci :

– Les frères des loges ne veulent pas remplacer un potentat par un autre ! Au moins celui de Constantinople est-il affaibli, et lointain. Il a toujours défendu les chrétiens et les juifs !

– Fût-ce au prix de la dhimmitude, le statut particulier réservé aux autres croyances que celle des adorateurs du Coran ! répliqua le notable chrétien.

– Bonaparte ira plus loin. Il fera pire ! Il a fait croire au Caire que ses soldats allaient se convertir à l'islam. Les religieux se sont concertés et ont convenu que cela était impossible, car cette soldatesque buvait trop de vin. Bonaparte est prêt à vendre son âme pour imposer son règne.

Antoine de Phélippeaux comprit qu'une bataille s'était engagée entre les deux loges maçonniques ainsi qu'au sein de chacune d'elles. Des hommes se déplaçaient d'un bout à l'autre de l'immense salon pour mieux conspirer.

– Bonaparte est un imposteur qui a menti à toutes les religions !

La sentence d'Antoine fit sursauter l'assistance.

– Un imposteur, poursuivit-il, car il promet monts et merveilles à tous. Bonaparte a écrit, à la veille de la Révolution française, un conte oriental intitulé *Le Masque prophète*. Son héros a véritablement existé. La preuve, il ressemble à l'auteur de ce conte ! Car l'histoire de Hakem est d'abord l'histoire d'un imposteur, l'histoire d'un homme qui se dit envoyé de Dieu, mais qui trompe son monde. Et ils s'y entendent en la matière, lui et ses sectateurs. Ce Hakem a échoué dans sa mission, et c'est Bonaparte lui-même qui l'écrit. Voilà pourquoi il ne gagnera pas : parce qu'il s'identifie à ce Hakem et qu'il a prophétisé sa propre perte...

Un brouhaha se fit dans la salle. Deux chrétiens protestaient. L'imposture ne concernait qu'un personnage musulman et non pas un disciple de Jésus. Un juif lança que ce conte n'était en rien contradictoire avec la venue d'un messie en Terre sainte.

Éphraïm Mordechaï imposa une nouvelle fois le silence en frappant l'estrade de sa canne.

– Chers amis, l'esprit de la Révolution française continue de souffler sur notre ville. N'oublions pas cependant que les juifs doivent leur émancipation à un philosophe allemand, Moses Mendelssohn. Or qui était ce Moses ? Un proche des francs-maçons, bien qu'il n'ait jamais rejoint de loge, alors que ses amis juifs et chrétiens l'y encourageaient. Certains d'entre vous ici connaissent son œuvre. Un écrivain français du nom de Mirabeau, autre maçon, l'a soutenu avec son livre, *Sur Moses Mendelssohn et sur la réforme politique des juifs*.

Le rabbin Moïse Teomim l'interrompit d'un geste de la main :

– Ces révolutionnaires ont plus travaillé contre les juifs qu'en leur faveur ! Regardez ce qu'ils ont fait de Junius Frey, guillotiné par Robespierre !

– Junius Frey, reprit Éphraïm Mordechaï, était un disciple de Sabbataï Tsevi, un de ces faux messies qui ont trompé les croyants. Il est parti, comme le savent beaucoup d'entre vous ici, juifs, chrétiens et musulmans, en mission secrète en France en 1792. Il a certes contribué au rapprochement entre juifs et révolutionnaires français, mais, à bien y regarder, cher rabbin Moïse Teomim, il est allé plus loin encore.

– Il s'est surtout intéressé à la kabbale ! cria une voix dans la salle.

– Justement ! Il a fait en sorte que la kabbale soit accessible au plus grand nombre. Il a lui-même écrit sur la kabbale, puis il a diffusé ses idées auprès de l'empereur d'Autriche Joseph II, son ami, et des soldats croates recrutés pour le compte de la cour impériale. Le baron von Schoenfeld a lui aussi contribué à cette mission.

– Schoenfeld était un juif apostat !

– Il ne fut pas le seul ! répliqua Éphraïm Mordechaï. Même certains de vos faux messies ont renié leur foi. Au moins Schoenfeld œuvrait-il pour la kabbale, il la traduisait et la recopiait pour le compte de la loge des Frères asiatiques.

– Schoenfeld a été tué par les révolutionnaires ! vitupéra encore le rabbin Moïse Teomim.

– Preuve qu'il en était un ! Il a été guillotiné par la Terreur, qui a exécuté nombre de partisans de la vraie révolution.

Au fond de la salle, Hortense dévisageait tour à tour l'orateur, qui se débattait face au rabbin, et Antoine de Phélippeaux. Elle mourait d'envie de le voir, de le sentir, de lui raconter son odyssée, de partager ses peurs et ses tourments. Elle ne perdait rien cependant du discours d'Éphraïm Mordechaï et estimait qu'elle devait avant tout remplir sa mission. Lui revenaient en mémoire les discussions avec l'oncle Hubert dans l'appartement de la rue du Fer-à-Moulin à Paris. Elle se souvint de ce qu'il lui avait dit sur Junius Frey, ami du prince de Ligne.

– Junius Frey s'est rendu à Paris à la mort de son grand-oncle Jacob Frank, en 1791, poursuivit Éphraïm Mordechaï. Il fut l'un des fondateurs de la loge maçonnique des Frères asiatiques, dans laquelle il a pu faire venir des chrétiens, dont le capucin autrichien Bishof, et où il a côtoyé les princes de Hesse. Dois-je vous donner encore des gages de la bonne volonté de Junius Frey pour favoriser un rapprochement entre les trois religions ? Le prince de Ligne, son ami, maçon lui aussi, voulait justement créer une République juive en Palestine. Mirabeau n'y était pas hostile, à condition que les peuples y vivent en bonne entente.

– Les révolutionnaires français, dit Antoine, ont tout fait pour destituer Junius Frey. Ils l'ont accusé d'être au service des Autrichiens, d'être juif, de conspirer, de vouloir s'installer aux premières places de la République, d'être, comme ses amis, rusé intrigant. Ils l'ont accusé aussi d'avoir organisé l'enlèvement du marquis de Sémonville, ministre plénipotentiaire de la France à Constantinople, avec l'aide d'agents autrichiens. Ce qui est faux. Or, qui est Sémonville ? Un ami de Bonaparte, qui l'a connu dans l'île française de Corse. Le secrétaire de l'ambassadeur auprès de la Sublime Porte n'était autre que le gendre de Venture de Paradis, le conseiller de Bonaparte, présent sur ces terres, à quelques lieues d'ici. Non, je vous en conjure, ne vous fiez pas aux faux messies ! Écoutez votre cœur, écoutez le chant de la Terre sainte qui vous implore depuis des siècles de vivre ensemble.

La petite assemblée commençait à se laisser persuader. Hortense admirait la démonstration d'Antoine et avait hâte de le retrouver. Un domestique ouvrit les vantaux de bois donnant sur le patio afin de laisser pénétrer la brise du soir. Sans doute la peur de voir surgir l'armée d'Orient, la crainte aussi de représailles des Turcs et des mamelouks soudaient-elles cette assistance hétéroclite. Éphraïm Mordechaï, tout à l'écoute d'Antoine de Phélippeaux, se pencha soudain en avant, appuyé sur sa canne. Hortense réprima un mouvement de stupeur. Au bout de la chaînette passée autour de son cou brillait une clé dorée.

Antoine de Phélippeaux poursuivit son discours, parla des alliances avec les tribus du Liban, de la fronde des peuples de Terre sainte qui devaient d'abord penser à leur liberté et non à l'enchaînement sous le joug d'un despote de la pire espèce, celle qui prônait l'égalité et la fraternité pour mieux asservir ses proies. Un chrétien l'interpella sur les taxes que les membres de son clan devaient payer au pacha d'Acre, alors que les messagers venus de Jaffa prétendaient que Bonaparte n'en imposerait pas. Un musulman évoqua la tolérance du général français concernant le culte au Caire. Un autre parla de la rumeur de conversion du *Fransawi* à l'islam. Aux uns et aux autres, Antoine de Phélippeaux exposait ses vues, soutenu par Éphraïm Mordechaï et Élias.

– Bonaparte, dit Antoine, non seulement impose lourdement les populations, mais il encourage ses soldats à piller, brûler, violer, massacrer. Il ne s'est pas converti à l'islam, mais il a mis en place au Caire un divan à sa botte, lequel menace déjà de se révolter. Cet homme montrera de l'intérêt pour vos cultes uniquement s'il peut les asservir à son dessein.

Éphraïm Mordechaï reprit la parole. Les détracteurs s'étaient tus, même si tous ne paraissaient pas convaincus, mais peu importait puisque la ville de Safed ne se rallierait pas à Bonaparte. Les émissaires repartiraient vers leur tribu, leur clan, leur village, avec la détermination de ne point se donner aux éclaireurs de l'armée d'Orient ni se rallier aux Zaydanis, fidèles du général français.

L'assistance commençait à se disperser. Antoine se dirigea vers le patio où il surprit Al-Sabbagh en grande conversation avec Moïse Teomim de Podolie. L'un d'eux prononça le nom de Venture de Paradis, mais Phélippeaux n'y prêta guère attention. Il rejoignit sans hésitation Hortense tapie dans l'ombre, sous son voile blanc. Il attendait cet instant depuis si longtemps. La Terre sainte parfois engendre de beaux rêves.

– Vous ici, Hortense, enfin... Cela fait des années...

Elle ne sut que dire, il se contenta de la prendre par le bras pour l'entraîner à l'autre bout du patio, là où les rayons de lune ne pénétraient pas.

– Vous avez dû, ma chère Hortense, affronter bien des périls, lui dit-il dans l'obscurité.

– D'autres nous guettent. Il est des événements qui nous échappent et que nous feignons de placer sous notre volonté. Mais cette terre est trop sainte pour rester simple.

Antoine se retourna pour voir si personne ne les voyait depuis le grand salon et le patio. Les envoyés poursuivaient leur conversation dans un doux brouhaha, un verre de thé à la main.

– Hortense, j'ai perçu votre trouble quand vous avez vu la chaînette d'Éphraïm Mordechaï. Je me souviens de nos rencontres à l'Hôtel-Dieu. Un homme vous avait approchée, avec une clé dorée lui aussi. Vous m'expliquerez, si vous le voulez bien...

Antoine cherchait à cacher son trouble en relatant ces souvenirs. Hortense éprouvait la même gêne, ce qui avait pour bonheur de les placer sur un pied d'égalité. Elle lui sourit et lui raconta ses déboires, la raison de sa venue en Terre sainte, son enrôlement dans l'armée d'Orient, sa fuite avec Georges Ibrahim.

– Tout cela n'est sans doute pas un hasard, murmura

Antoine dans la pénombre. Rien ne semble être dû au hasard sur cette lande sacrée. Venez dans la maison qu'Al-Sabbagh m'a prêtée et où je dispose de plusieurs pièces. Nous pourrons y parler longuement.

Dans la maison adjacente à la vaste demeure d'Al-Sabbagh, les deux voyageurs conversèrent jusqu'au milieu de la nuit, bercés par le vent de simoun gorgé de parfums. Assise sur le sofa recouvert de damas rouge, Hortense lui raconta sa découverte du mont Carmel et ses conversations avec le père Silvano. Antoine lui conta son équipée avec Sidney Smith, la forteresse de Saint-Jean-d'Acre, sa rencontre avec Djezzar Pacha. Tandis que leurs récits se mêlaient, ils marièrent leurs mains comme ils mélangeaient leurs mots, avec naturel, et Hortense redécouvrit son amant avec une aisance insoupçonnée. Tout son corps la portait vers lui et elle eut l'impression d'un devoir, d'un ordre divin. Ils évoquèrent aussi la Règle de vie, qu'Hortense s'était promis de retrouver. Antoine lui déclara alors que sa vraie foi, chevillée au cœur, était celle de l'amour. Elle en fut troublée, puis en guise de réponse lui caressa la joue. Ce soir encore elle devait rester chaste.

Une brise de montagne traversa le salon et éteignit l'une des chandelles. Ils glissèrent sur le tapis de soie de Tabriz et leurs paroles furent autant d'éblouissements. Ils entendirent les bruits lointains des convives, affairés à ripailler autour de vins du mont Méron, et y ajoutèrent leurs rires. La nuit étoilée jeta un regard sombre et complice sur la moisson de gestes qui s'ensuivit.

49

Sur les remparts, Sidney Smith s'efforçait de chasser ses mauvaises pensées. Derrière lui, sa garde tentait de prévenir chacun de ses gestes et répondait au moindre claquement de doigts. Elle était composée de Turcs, d'Arnautes venus d'Albanie et de quelques marins anglais. Son secrétaire John Wesley Wright était resté à bord du *Tigre* et communiquait avec lui par fanions. La veille, le commodore avait commandé du vin de Rhodes, dont il restait quelques caisses en cale. Désormais, il ordonnait des canonnades à la moindre salve ennemie.

Sidney Smith se releva, le visage inquiet, sans que son lieutenant en second pût savoir si son trouble provenait de la qualité des pierres, de l'épaisseur des murailles ou de la perspective du siège qui pourrait durer des semaines, voire des mois. Puis le commodore bondit sur les remparts, qui présentaient une échancrure, devant le phare des Mouches.

– Faites attention, vous vous exposez au tir des canons amenés sur la plage ! cria l'un de ses lieutenants.

– Ce serait vraiment de la malchance, lança Sidney Smith. Regardez, de là où ils sont, ils peuvent tout juste atteindre la mosquée !

Il sauta de créneau en créneau et sortit son épée. Il avait retrouvé son allant et semblait vouloir se battre sur les murailles.

– Ce Bonaparte, je le défie ! cria-t-il dans le vent.

Derrière les meurtrières, un marin anglais souffla à un autre soldat :

– Le Lion des mers aurait-il perdu la raison ? Je ne l'ai jamais vu aussi excité que depuis que nous nous sommes enfermés dans ce foutu piège.

– Bah, il a encore dû passer la nuit aux bains chauds.

– Ah, les bains... Je dois dire que cela nous sauve.

Un homme s'approcha du petit détachement, un chapelet musulman à la main bien qu'il fût chrétien : Émile venait prendre le frais.

– Alors, commodore ! Ce n'est pas aujourd'hui que Bonaparte emportera la partie !

Sidney Smith se retourna, heureux de voir virevolter le compagnon d'Antoine de Phélippeaux.

– Ni aujourd'hui, ni demain ! Je m'inquiète davantage pour ton maître !

Émile s'accouda au créneau qui donnait sur la tour des Mouches.

– J'espère qu'Antoine a pu retrouver sa belle.

– Dans le domaine du cœur comme de l'amitié, ton maître, j'avoue, a du flair.

Émile prit un air plus grave et Sidney Smith s'en aperçut.

– Monsieur, je passe mon temps dans les tavernes, peu nombreuses, il est vrai, et dans le bazar couvert. Je dois dire que les hommes ont peur.

– Peur de ce bouffon de Bonaparte ? Ils feraient mieux de trembler devant leur despote de Djezzar !

Sidney Smith redressa la tête. Les Arnautes et les

Turcs avaient entendu le nom du pacha sans comprendre le sens de sa phrase. Il baissa la voix :

– Si Djezzar reste en vie, si Saint-Jean-d'Acre parvient à résister, ce sera grâce à nous, pas aux Turcs ni aux Moghrébins !

– Ce n'est pas de la peur de Bonaparte ni de la guerre que je parle.

– De laquelle, alors ?

– Celle de la peste...

Sidney Smith marqua un mouvement de recul.

– Elle est signalée dans l'arrière-pays, expliqua Émile. Le contingent de Bonaparte semble la porter avec elle comme une poisse, une poisse qui pourrait gagner les populations. Ici, au moins, nous sommes à moitié enfermés. D'un côté, les murailles nous protègent de la terre, de l'autre, la mer.

– Pour l'heure, dit le commodore, nous ne manquons de rien. Même pas de femmes dans les hammams ni de vin de Rhodes !

– Gare ! L'ange de la mort, comme on l'appelle ici, est une faux qui peut aussi surgir des mers. La peste se répand aisément dans une ville assiégée.

– Et comment cela, Émile ? Par l'opération du Saint-Esprit, peut-être ?

Le compagnon d'Antoine de Phélippeaux rit de bon cœur, puis reprit aussitôt son sérieux :

– Non, par les marchands qui nous ravitaillent depuis Tripoli et Sidon.

– Mais eux ne seront pas contaminés, au moins, au contact des pestiférés de Bonaparte !

– C'est ce que croient pourtant les habitants de Saint-Jean, chrétiens ou mahométans. Les premiers disent que Saint Louis est mort de la peste à la suite d'une croisade, en passant ici même, la dernière capitale du dernier royaume latin de Jérusalem. Les seconds que les croisés ont été battus en Galilée par Saladdin car les hommes du sultan les ont empêchés d'aller boire l'eau de la mer de Tibériade.

– Et alors ? Je ne vois pas le lien avec notre guerre en Terre sainte...

– Si, car ils pensent que nous manquerons d'eau un jour ou l'autre et que le destin s'inversera.

– Nous puiserons au plus profond des entrailles de la ville !

Émile reconnaissait bien là l'ami de son maître, jamais découragé. Lui non plus ne s'inquiétait guère de ces deux maux, la peste et le manque d'eau. Seule l'intéressait l'idée de retrouver les femmes au hamman le soir même.

– Les franciscains !

– Quoi donc ? Parle, Élias, que diable !

Face à Antoine, le chrétien de Nazareth reprenait son souffle. Couvert de poussière, il arrivait du hameau voisin de Safed où un coursier lui avait apporté des nouvelles de sa ville natale.

– Les franciscains ont accueilli un détachement de soldats de Bonaparte, avec un certain Kléber à leur tête...

– Ils lui ont donc ouvert les portes du couvent.

– Cela même, et les portes de la ville aussi.

Dans la cour de la demeure d'Al-Sabbagh, Antoine ajusta ses bottes. La nuit avait été courte et il s'étira. Une belle journée s'annonçait et rien ne pourrait la lui gâcher.

– Holà, l'ami, il ne faut surtout pas troubler notre bonheur d'être en Terre sainte.

Élias sourit et se désaltéra à la fontaine de la cour, heureux qu'Antoine ait retrouvé sa bien-aimée. À l'extrémité de la cour, il vit une silhouette déambuler, un paquetage sur le dos. Hortense, les cheveux défaits, lui adressa un geste amical de la main.

– Les soldats de Bonaparte à Nazareth, ce n'est pas très bon, continua Élias. D'autres détachements suivront.

– Ils vont sûrement affronter des renforts venus de Damas.

– Djezzar Pacha les a fait mander. Il les attend d'un moment à l'autre.

Antoine s'agenouilla et prit une poignée de terre dans sa main pour la laisser filer entre ses doigts.

– Bonaparte a eu vent de ces renforts de Damas et les laisse venir, mais pas trop près. Et Saint-Jean ?

– La ville tient. Les assauts n'ont pas vraiment commencé. Des escarmouches, des pluies d'obus, mais Djezzar se défend bien.

– Bon. Voyons ce que nous prépare l'ennemi français...

Phélippeaux eut un moment d'hésitation après avoir prononcé ces quelques mots. Élias remarqua le trouble de son compagnon, comme chaque fois qu'il évoquait le sort de ses compatriotes.

– Quand je dis « l'ennemi », Élias, je parle de ce bougre de Bonaparte !

Les deux hommes rirent de bon cœur. À l'aide d'un bout de bois, ils tracèrent sur le sol un plan sommaire de la Palestine et de la Syrie.

– Là, c'est Damas, dit Antoine. Les renforts viennent donc de cette région. Ici, Saint-Jean.

Élias ajouta des pierres sur le dessin de terre pour désigner les monts et collines, puis Safed et le lac de

Tibériade. Deux cailloux noirs représentaient Capharnaüm, sur les rives du lac, et le mont des Béatitudes.

– Bonaparte fera tout pour se porter au-devant des forces du pacha de Damas, reprit Antoine. Il n'a pas oublié les préceptes de l'École militaire. Il tentera surtout de les prendre par surprise.

Il prit une brindille, caressa la surface de poudre terreuse et chercha l'endroit de la confrontation.

– Derrière le lac de Tibériade, souffla Élias.

– Non, trop loin de Saint-Jean et des campements de l'armée d'Orient. Et trop près de Damas ! Bonaparte voudra isoler ces troupes de mamelouks et de Turcs. Je crois plutôt à...

Il planta sa brindille au sud-est de la mer de Tibériade, non loin de Nazareth.

– Là, au mont Thabor.

– Tout près de ma ville ! s'exclama Élias.

– Cela même. Bonaparte dispose d'un beau champ de bataille, la plaine d'Esdrelon.

– Les champs de ma famille ! La récolte de coton !

– Tu pourras faire une croix dessus si l'armée de Bonaparte foule les moissons ! Ensuite, ce sera la terre brûlée.

– Alors, il faut que j'y aille, dit Élias d'une voix tremblante.

– Bah, n'aie crainte, nous avons le temps. Il te faut une journée, au plus. Envoie plutôt quelqu'un dire à ta famille de se mettre à l'abri.

– Mais il faut demander à Djezzar Pacha de mener bataille là-bas !

– Erreur, Élias ! C'est là tout le plan de Bonaparte. Si nous sortons, il risque d'avoir l'avantage.

– Alors, il y aura deux fronts, celui de Saint-Jean et celui de Damas, et ses troupes seront affaiblies...

– Non pas s'il pratique la guerre à la vitesse de l'éclair, s'il porte ses cavaliers à la rencontre des mamelouks de Damas et revient en vitesse ferrailler contre Djezzar ou l'inverse. Ce bougre est un massacreur, mais il sait se battre.

– Alors ?

– Patience, l'ami. Il faut attendre. Les mamelouks de Damas contre lesquels Bonaparte veut ferrailler sont loin d'être arrivés. Il ne s'agit sans doute que d'un premier détachement, chargé de sonder l'ennemi. Nous le saurons assez vite et pourrons agir. Nous disposons ainsi de plusieurs jours, peut-être même davantage.

50

Caffarelli tournait en rond sous sa tente en fulminant. Ses deux gardes ne l'avaient jamais vu ainsi. Adulé par ses soldats pour ses reparties, son goût du peuple et sa verve qui l'amenaient le soir à prendre place aux côtés des hommes du rang autour du feu de camp, le bon général Jambe de Bois pestait.

Il sortit brusquement, s'appuyant sur sa béquille confectionnée au Caire, et chercha du regard Venture de Paradis.

– Qu'on me l'amène, ce sacripant !

Caffarelli claudiquait sur son membre valide. Son moignon le faisait atrocement souffrir, mais il préférait sautiller que rester assis. Cette expédition en Palestine était un désastre qui ressemblait à un voyage en enfer. Il avait laissé sa jambe devant la ville de Luxembourg pendant la campagne de Sambre-et-Meuse, mais il s'en accommodait et regrettait le bon temps du Caire, lorsque ses hommes du génie pouvaient se lancer dans l'étude de l'Égypte ancienne et dessiner à loisir aux abords des pyramides. Il en allait autrement de la Palestine, qui était un piège. L'armée d'Orient bientôt serait décimée. Il se rappela le visage du chirurgien le jour de l'amputation à Luxembourg et sa peur de la gangrène, cette saleté noirâtre qui dévore les membres.

« Au moins, il est sûr d'avoir toujours un pied en France ! » disaient ses hommes. Devant Saint-Jean-d'Acre, il craignait une autre gangrène, un mal encore plus insidieux.

– Venture ! Tu sais le prix que j'accorde aux livres. Je n'ai pas emporté pour rien une bibliothèque à bord de l'*Orient*.

– Je le sais, général, je le sais, répondit Venture de Paradis, qui craignait les foudres de cet homme débonnaire.

– J'ai emmené avec moi l'*Iliade* et l'*Énéide*, *La Jérusalem délivrée* du Tasse, les *Poèmes* d'Ossian, la *Vie d'Alexandre* de Plutarque, et même le Coran.

– Je vous entends, général, j'ai lu ces ouvrages moi aussi à bord.

– Cependant, un auteur ne figure pas dans ma bibliothèque portative.

Venture de Paradis resta coi. Caffarelli allait lui parler de Volney, accusé de tous les maux.

– Je m'évertue depuis plusieurs jours à trouver les failles de la forteresse de Saint-Jean-d'Acre, poursuivit le général. Je crains fort qu'elles ne soient guère nombreuses. En tout cas, je n'en vois pas pour nous ! Il nous manque des canons de siège, des munitions ! Nous avons fait confiance à ce que le général en chef a lu. Et ce malotru de Volney a dû passer son séjour en Terre sainte dans un carrosse ou un hammam avec des femmes. Il ne nous a livré que de faux renseignements !

Venture de Paradis voulut répliquer, prétexter que le voyage était ancien déjà, mais se retint, de peur d'accroître le courroux du chef du génie.

– Venture, tu sais ma passion pour les fortifications et les ouvrages de bataille. Dans cette expédition, j'ai tout misé, j'ai même vendu une partie de mon château de Falga ! Mais ici, plus je bâtis, plus on s'enfonce dans le sable !

Il martela le sol de son pilon tout en s'appuyant sur sa béquille.

– Si ce Volney de malheur était là, je le traduirais devant le conseil de guerre !

Derrière lui, ses deux aides opinèrent du chef. Le général traduisait l'état d'esprit de l'armée tout entière, lassée par cette trop longue croisade dans les dunes. Bonaparte se gardait de faire taire le général Jambe de Bois, car le peuple l'aimait. Il lui accordait toute sa confiance et avait apprécié son plan : creuser une tranchée à trois cents mètres des murailles, protégée par l'aqueduc, tandis que Dommartin installerait huit batteries de canons.

– Général, lança Venture, un tel siège exige du temps. Les Turcs et les mamelouks rendront gorge ! Mes hommes savent que bientôt il n'y aura plus rien à manger.

– Ils savent, ils savent ! Et Volney, lui, il savait, aussi ? Tes hommes, Venture, malgré le respect que je dois à ton âge et à tes qualités d'interprète, sont des intrigants, musulmans et chrétiens, ils mangent à tous les râteliers, ils prêtent allégeance au premier venu sans pour autant tenir parole !

– Vous n'avez pas tort, Caffarelli. Mais nous n'avons plus le choix. À nous de flairer ce qui est bien et ce qui ne l'est pas.

Le général Jambe de Bois reprit sa démarche claudicante. Il ne supportait plus la station debout, non en raison des démangeaisons à son moignon, mais par agacement.

– Flairer ce qui est bon... Tu en as de bonnes, Venture ! Combien de nos hommes sont morts en chemin, hein ? Et c'est loin d'être fini ! Bonaparte connaît le fond de ma pensée. Gloire à l'expédition d'Égypte, opprobre sur la campagne de Palestine ! Les massacres de Jaffa nous porteront la poisse !

Venture sortit son mouchoir pour s'éponger le front. Les grandes chaleurs n'allaient pas tarder à arriver. Et ce Caffarelli qui avait perdu non seulement sa jambe, mais aussi la raison... Plus d'un chef d'armée l'aurait fait exécuter pour propos séditieux.

– Pour Volney, nous n'y pouvons rien, rétorqua Venture de Paradis. Certes, nous aurions pu éviter maintes erreurs en Terre sainte. Mais nous avons un atout de choix, reconnaissez-le.

– Ah bon ? Et quelle botte secrète nous prépares-tu ? s'écria Caffarelli en brandissant sa béquille.

Effrayé, Venture de Paradis recula.

– Bonaparte prépare son rôle de messie auprès des juifs. Il leur promet un nouveau royaume de Jérusalem.

Maximilien Caffarelli reposa sa béquille, décontenancé, puis il se laissa aller à un éclat de rire qui résonna au-delà de la tente.

– Le Messie ! Ha, ha, ha, vous entendez cela ? Le Messie ! Je croyais que c'était une plaisanterie ! Alors, nous allons conquérir la Palestine avec une fausse promesse !

– Plus bas, général, on pourrait vous entendre...

– Je me fous que l'on m'entende ! Un messie pour les juifs, grands dieux, comme c'est drôle ! Et les Druzes, et les chrétiens, et les musulmans, on leur promet aussi un messie, un prophète, un Jésus, hein ? C'est cela, libérer la Terre sainte ? À peine manipule-t-on une tribu que l'autre se rebelle. C'est inextricable ! Personne n'a encore trouvé la clé de la conquête de ce royaume céleste !

Caffarelli s'approcha de la chaise de campagne et s'assit, épuisé. Il ne s'était pas aperçu qu'au mot « clé » Venture avait sursauté.

– De toute façon, poursuivit l'unijambiste, nous allons tous crever ici, tranchées ou pas, assauts ou non, vrai messie ou faux prophète. Allez, Venture, sers-moi une rasade de ton bon vin de Nazareth.

Il but trois verres, puis rentra en titubant dans sa tente afin de veiller au bon déroulement des travaux de tranchée. Il fulminait en chemin :

– Et ce pauvre Dupérier qui a reçu un boulet en pleine poitrine, je n'aurais jamais dû le faire venir...

Il enrageait contre lui-même. Ce siège tournait mal, par sa faute. Dommartin, le chef de l'artillerie, voulait attendre les nouveaux canons que la flottille de Perrée en provenance de Damiette pourrait bientôt livrer. Et lui avait prétexté que les murailles ne tiendraient pas avec les pièces d'artillerie de calibre douze. Les premiers assauts avaient été un carnage. La grande tour de Djezzar résistait de mieux en mieux et les soldats de l'armée française l'appelaient désormais « la tour maudite ». Caffarelli frappait dans le sable de sa jambe valide. Il en voulait à Bonaparte, qui le considérait pourtant comme son fidèle ami.

Caffarelli parvint à sa tente en tremblant, soutenu par un soldat du génie. Depuis plusieurs jours, son aide de camp, Camoin, ne reconnaissait plus le bon général. Le téméraire Caffarelli qui avait soumis l'île de Malte, chargé sabre au clair en Égypte, décontenancé Bonaparte qui trouvait là un officier aussi brave que fou, ce général désormais était un débris. À quarante-trois ans, il était hanté par la mort, celle des autres et la sienne bientôt, et il passait son temps à dessiner des ouvrages du génie, à tout contrôler sur le terrain, à simuler les assauts avec des modèles en bois posés sur le sable. Camoin lui retira son pilon qui le faisait atrocement souffrir et le rembourra de coton de Galilée.

– Tu te rends compte, Camoin, sur quinze officiers du génie amenés avec moi, dix sont déjà au tapis...

Allongé sur son lit de camp, Caffarelli avait les yeux dans le vague. Le vin de Nazareth l'aida à sombrer dans un profond sommeil.

51

Antoine rejoignit Hortense dans le patio. Il voulait jouir de chaque instant, de chaque minute, mais le temps pressait. Les hommes de Bonaparte pouvaient surgir à tout moment dans la plaine d'Esdrelon.

– Je t'aiderai à retrouver cette Règle de vie, Hortense. Nous devons nous rendre au mont Carmel.

– Je savais que je pouvais compter sur toi. Cette règle est d'une immense importance aujourd'hui.

Antoine s'adossa au pilier de bois sculpté. Le soleil commençait à pointer au-dessus du toit.

– Je ne sais pourquoi, mais je sens moi aussi que cette règle dépasse de loin le seul intérêt des carmes et des carmélites. Tout ce que tu m'as dit cette nuit conforte cette impression, ces gens qui t'ont mise sur la piste, ces coïncidences qui n'en sont pas...

Il baissa les yeux pour se concentrer. Hortense le regardait tendrement. Pour la première fois de sa nouvelle existence, depuis la fuite de la Conciergerie, le silence n'était plus une gêne pour elle, mais une harmonie.

– Réfléchissons, reprit Antoine. L'homme à la clé d'or ici est Éphraïm.

– Il y en a sûrement d'autres.

– Ils ne font pas tous partie de la loge des Frères

asiatiques. De plus, les Frères sont partagés sur la venue de Bonaparte. Des juifs, des chrétiens, des musulmans étaient prêts à se rallier au faux messie. Pour l'heure, le péril est écarté.

– Mais il peut revenir à tout moment, dit Hortense. Venture de Paradis a le bras long. Il a tissé des relations avec maintes tribus, des clans, des familles de tous bords et de toutes confessions. Certains musulmans sont même favorables à l'histoire du Messie et au nouveau royaume de Jérusalem, car ils pourraient ainsi chasser les Ottomans et les mamelouks.

– Ce cercle d'amis autour d'Éphraïm est étrange. On y trouve de tout, mais le point commun de ses membres est d'abord de vouloir vivre ensemble, ce qui est louable. Il y a sûrement des raisons pour qu'eux aussi s'intéressent à la Règle de vie. Avant de partir pour le mont Carmel, nous devons obtenir d'autres indices.

– Il nous faut encore aller voir Éphraïm Mordechaï, ajouta Hortense.

– Il nous a tout livré, ou presque. Bien sûr, il sait sans doute des choses que nous ignorons, mais je sens que pour le mont Carmel il est démuni.

– Allons le voir tout de même...

Le regard d'Hortense fut si persuasif qu'Antoine ne trouva aucun argument pour refuser. Elle se rendit aussitôt dans la demeure du vieux sage qu'elle trouva en train de lire le Zohar. Il se contenta de lui dire :

– Rendez plutôt visite au maître de votre propre maison, Al-Sabbagh. Il en sait beaucoup plus sur les intrigues en Terre sainte que maints d'entre nous...

Al-Sabbagh accueillit Antoine et Hortense avec une courtoisie appuyée. Le riche marchand avait abandonné les manières brusques affichées au cours de l'assemblée de la veille. Il dégustait dans le calme une tasse de thé à la cardamome au premier étage de sa maison.

Il prit des nouvelles de ses hôtes et leur désigna la splendide vue dont ils pouvaient jouir depuis les larges fenêtres ouvertes sur la plaine de Galilée et la mer de Tibériade. La terrasse était ombragée par un auvent et les branches d'un caroubier.

– La mer de Tibériade mérite bien son nom. Plus qu'un lac, c'est un océan. Un océan de croyances, car les trois religions y sont représentées. Un océan redoutable aussi. Rappelez-vous le voyage de Jésus ! « Et voici qu'une grande agitation se fit dans la mer, au point que la barque était couverte par les vagues. »

– Évangile selon saint Matthieu, « La prédication du royaume des cieux », ajouta Hortense.

– Bravo, je vois que vous connaissez les Écritures. La suite traite des démoniaques qui habitaient de l'autre côté de Tibériade, mais nous n'avons jamais su au juste où ils se trouvaient. Installez-vous dans ces sofas et racontez-moi plutôt ce que vous allez faire maintenant...

Ils prirent place sur la terrasse et un domestique leur apporta du café de Moka. Une légère brume flottait sur la mer de Tibériade.

– On l'appelle le café de l'Arabie heureuse, commenta Al-Sabbagh. J'aimerais un jour que la Palestine soit appelée « la Terre sainte heureuse ».

Une brise venue du nord secoua les branches du caroubier et apporta un peu de fraîcheur.

– Nous voulons nous rendre dans le plus grand secret au mont Carmel, dit Antoine.

– Cet endroit attire beaucoup de monde en ce moment !

– Il nous faut retrouver la Règle de vie des carmes et des carmélites. Outre le fait qu'Hortense s'est rendue en Terre sainte pour cette mission, ce parchemin, s'il existe encore, nous sera de la plus grande utilité.

Al-Sabbagh se leva prestement, surprenant ses hôtes par tant d'agilité, s'approcha du rebord de la terrasse et admira à nouveau la mer de Tibériade.

– Oui, le parchemin existe encore. Les croisés en ont parlé pendant des décennies. Et l'affaire a perduré, car de nombreux clans et familles se sont transmis les histoires et les légendes de la Terre sainte.

Il prit une profonde inspiration, les mains sur la rambarde de fer forgé.

– Ma famille est une vieille famille de Terre sainte. Elle descend des croisés restés ici et mariés à des filles du pays. Certaines de ces familles ont gardé leur foi chrétienne, d'autres sont devenues musulmanes. Les croisés ont ainsi de tout temps vécu en Palestine, tels les ermites du mont Carmel, malgré les victoires des Sarrasins. Certains de ces ermites se sont même convertis à l'islam...

Hortense écoutait patiemment le négociant. Antoine, lui, ne voulait pas perdre le fil de sa quête :

– Cette Règle de vie, nous devons la retrouver au plus vite...

– Patience, monsieur de Phélippeaux ! Ici, nul ne doit être pressé !

– Bonaparte peut porter ses hommes d'un jour à l'autre dans la plaine d'Esdrelon, sur la route du Carmel, et même au monastère des carmes et des carmélites.

– Vous avez raison, mais ils ne trouveront pas la Règle de vie.

– Pensez-vous que les soldats de l'armée d'Orient la cherchent ? demanda Hortense, intriguée.

– Gageons qu'ils ne seraient pas mécontents de la trouver. Elle donne la clé...

Antoine eut envie de se ruer sur Al-Sabbagh pour voir s'il détenait le même pendentif qu'Éphraïm Mordechaï et le mystérieux émissaire de la Conciergerie, mais il se retint. Bien qu'il eût appris à dominer ses instincts, l'imminence de l'assaut sur Saint-Jean-d'Acre aiguisait ses nerfs.

– La clé, continua Al-Sabbagh, permettra aux trois religions de continuer à vivre ensemble.

Il ménageait des pauses, apparemment pour admirer le paysage.

– Je vous ai parlé des démoniaques tout à l'heure, dans l'Évangile selon saint Matthieu. Les chrétiens n'ont jamais su précisément qui étaient ces démoniaques.

– Il s'agit des Gadaréniens, précisa Hortense, soucieuse que le négociant poursuivît son raisonnement.

– Ainsi le dit saint Matthieu, ce qui pourrait correspondre à la ville de Gadara. Mais certains exégètes grecs et latins ont parlé d'autres villes, Gérasa et Chorsia. Dans la Bible, on trouve trois noms pour ces démoniaques, les Gadaréniens, les Géraséniens et les Gergéséniens. Ils viennent de l'autre côté de cette mer de Tibériade qui déploie ses beaux rivages devant nous.

Il étendit la main et désigna l'horizon. Puis il se retourna avec la même agilité que celle manifestée quelques instants plus tôt.

– Nous, les fils des croisés, connaissons ces démoniaques ! Il s'agit des Assassins, ces tueurs mahométans qui répondaient aux ordres de leur chef, le Vieux de la montagne, pour occire l'ennemi jusqu'à six cents lieues de leur château en Perse. Ses sbires ont ainsi exécuté Raymond de Tripoli en 1152 et Conrad de Montferrat quarante ans plus tard. Retenez bien ce chiffre de quarante ans, il est d'une importance vitale dans la contrée de Safed. L'un de leurs princes s'installa dans une forteresse près de Tyr. Ce prince musulman s'est converti au christianisme et quelques-uns de ses milliers d'hommes l'ont suivi dans le juste chemin. Or nombre d'entre eux viennent d'une ville qu'ils appellent précisément Gérasa.

– Mais... quel lien avec notre Règle de vie ?

– Patience, chère Hortense, vous êtes bouillonnante comme la sève des caroubiers au printemps ! J'en viens au patriarche de Jérusalem, installé à Saint-Jean-d'Acre vingt ans après cette affaire.

– Albert de Jérusalem, le signataire de la Règle de vie ?

– Précisément. Peu de temps avant son intronisation à Saint-Jean-d'Acre, des Templiers commirent un crime de lèse-majesté en poignardant dans les rues de Tripoli, au nord de Tyr, un protégé du roi latin de Jérusalem. Le protégé, selon ce qu'en rapporte la chronique de Guillaume de Tyr au XIIIe siècle de l'ère de Jésus notre Seigneur, n'était autre que ce prince des Assassins, converti à la chrétienté. Le roi Amaury Ier, furieux que l'on ait occis un si précieux allié, chrétien de surcroît, entra dans une colère folle et exigea qu'on massacrât les Templiers. Il se rendit lui-même à Sidon auprès de leur maître, Odon de Saint-Amand. Mais les meurtriers ne furent pas exécutés. Tout juste furent-ils envoyés en pénitence. Le roi se fâcha davantage encore. Mais il mourut quelques mois plus tard, et les Templiers ne furent en rien punis.

Al-Sabbagh désigna le sommet de la montagne sur

laquelle était bâtie Safed. On ne pouvait voir la forteresse, mais son geste visait en fait la bâtisse où s'étaient retranchés les éclaireurs druzes de Bonaparte.

– Je suis moi-même issu de la famille d'Amaury Ier. Ses descendants disent depuis six cents ans qu'il a été empoisonné par les Templiers lors d'un repas avec leur maître Odon de Saint-Amand.

– Des chrétiens qui empoisonnent des chrétiens, c'est vieux comme le monde ! trancha Antoine.

– Certes, et c'est là le nœud de l'affaire. Regardez, des chrétiens ont empêché d'autres chrétiens de faire alliance avec des musulmans, les Assassins, en tuant leur prince converti, puis le roi de Jérusalem. Byzance alors était en rivalité incessante avec Venise. Et quelques années plus tard, le patriarche...

– ... fut lui aussi assassiné par des chrétiens, continua Antoine de Phélippeaux.

– Voilà ! Il s'agissait d'un autre ordre, les chevaliers de Saint-Jean. Nous sommes en 1214, dix ans après le sac de Constantinople.

– Ce qui pourrait signifier qu'il s'agissait d'une revanche des Byzantins, après les massacres commis par Venise lors de cette croisade.

– Telle est la vérité, en tout cas la nôtre ! Le sac de Constantinople, ce sont encore des chrétiens contre des chrétiens. Ceux de Constantinople, proches des musulmans avec qui ils commerçaient, étaient considérés comme hérétiques. Pour le doge de Venise, il fallait vaincre Byzance et non pas les Sarrasins.

– C'est pourquoi on a coutume de dire à Constantinople : « Plutôt le turban que la mitre. »

– Je vois que vous avez voyagé sur les rives du Bosphore, cher Antoine. Notre confrérie s'évertue depuis ces temps à œuvrer pour l'entente entre les trois religions. Cette forteresse de Safed ne restera pas aux mains des soldats de Bonaparte...

– J'en conviens, et je serai le premier à porter le feu, répondit Antoine. Mais tout se joue à Saint-Jean-d'Acre.

– Non, pas tout ! Les avant-postes et les arrières sont importants dans les guerres. Je vous ai parlé du chiffre quarante. Il est sacré ici. Les kabbalistes comme les chrétiens et les musulmans de Safed attachent une grande valeur aux chiffres. Le poète Judah Al-Harizi, juif espagnol, l'évoqua même lorsqu'il visita Safed, juste après la mort du patriarche Albert. Il y a quarante ans, un séisme a détruit Safed. Il n'y avait plus que des ruines dans la ville. Deux mille d'entre nous, des trois religions, ont péri. Mon père et ma mère ont pu fuir lors de la première colère de Dieu, nous emmenant avec eux, mes frères, mes sœurs et moi. Quarante jours plus tard, un autre tremblement de terre a détruit à nouveau ce qui était en train d'être reconstruit. Le peuple de Safed a alors abandonné la ville, laissant quarante familles sur place. Les sages des trois religions se sont réunis et ont conclu à un avertissement de Dieu, qu'il s'appelle Notre Seigneur, Yahvé ou Allah. Le vrai événement viendrait dans quarante jours, ou quarante mois, ou quarante ans. Comme il ne s'est rien passé après quarante jours ou après quarante mois, les sages se sont dit que Dieu enverrait ses nouvelles bienheureuses ou sa colère dans quarante ans. Ce qui correspond à cette année, 1799. Peu à peu, les populations sont revenues. Tous attendent aujourd'hui un grand événement, qu'ils soient chrétiens, juifs ou musulmans. Bonaparte est venu à ce moment-là, tandis que les messagers d'Europe évoquaient la venue d'un messie ou *mahdi*. Les juifs messianiques se sont emparés de l'affaire. Et Safed est devenue le lieu de tous ces espoirs, puisque les juifs estiment que le Mashia'h, le Messie, viendra sur terre en apparaissant d'abord en Galilée. Les millénaristes protestants leur ont emboîté le pas dans l'attente de l'an prochain, qui marquera un siècle nouveau. Les musulmans, eux, craignent la fin du monde. Quant à notre confrérie, elle préfère mourir ici, à Safed, avec tous ses membres unis par leur serment.

– Votre confrérie serait donc celle des Frères asiatiques ? avança Antoine.

– Non pas ! Mais ce sont des amis, des associés, qui nous ont permis de garder des liens avec l'Europe et avec des gens de toutes les communautés. Non, notre confrérie est plus large et n'inclut pas que des francs-maçons.

Al-Sabbagh se pencha alors en avant et prit de sa main droite un pendentif, un bijou doré qu'il portait au bout d'une chaînette. Hortense tressaillit.

– La clé d'or, voilà notre confrérie. Hortense, vous en avez entendu parler en France. Notre ami Grandbastien nous a aidés à vous délivrer...

– Grandbastien ? Celui qui m'a accueilli dans son manoir de Quiberon ! lança Antoine, surpris. C'est un savant, proche des maquis chouans...

– Un savant, un astronome de renom même, qui nous a envoyé, grâce à des pèlerins juifs et chrétiens, maintes indications sur les caprices du ciel. Safed est la seule des villes saintes de Palestine à être liée à l'air, elle doit donc tout attendre du firmament. Nous avons d'autres amis là-bas, qui ont pris la relève du défunt Mirabeau, tels Clermont-Tonnerre et Restif de La Bretonne..

Antoine était ébaubi par tant de nouvelles.

– De grâce, dites-nous ce que vous savez au sujet de la Règle de vie.

– Je vous ai tout dit. Enfin, presque ! Car l'histoire est longue. Mais je vais résumer ce qu'il vous reste à savoir. Cette citadelle de Safed, au-dessus de nous, était une demeure des Templiers, qui décapitaient leurs prisonniers au sommet de la colline. Là même, les chevaliers du Temple ont été massacrés en l'an 1266 par le sultan d'Égypte Baybars Ier. Et vous savez pourquoi ? Parce que le sultan craignait l'entente entre les religions, et d'abord entre Francs et Sarrasins, ainsi que le recommandait une mystérieuse règle de vie chrétienne, jamais retrouvée, et dont s'étaient inspirés les Templiers. C'est pourquoi les fidèles de l'endroit, descendants des familles des croisés, pensent que leur sauveur sera celui qui parviendra à renverser le sultan d'Égypte, tel Bonaparte aujourd'hui. Les soldats de Bonaparte s'allient à cet héritage, à l'esprit des Templiers. Mais ils oublient deux choses. D'abord, que l'exécuteur de l'ordre des Templiers est un Français, le roi de France Philippe le Bel, qui a brûlé le grand maître Jacques de Molay en 1314 en place de Grève afin de récupérer les trésors des chevaliers et d'anéantir leur armée de trente mille hommes. Pourquoi ? Parce que Philippe le Bel, après une émeute, s'était réfugié dans le fief des Templiers à Paris, le Temple, devenu aujourd'hui une prison. Ce fut une humiliation pour lui. Il s'est alors vengé en ordonnant la fin de l'ordre. Lui-même est mort... quarante jours après le grand maître qu'il avait mis sur le bûcher, selon la prédiction de celui-ci. Quarante ! Rappelez-vous bien ce chiffre !

– Je me le rappellerai, dit Antoine. Quarante, c'est le nombre de jours que j'ai passés en prison à Bourges. À propos de prison, le Temple fut celle de Sidney

Smith, qui m'aide à défendre Saint-Jean-d'Acre. Il appartient lui aussi à une confrérie. Ses compagnons ont retrouvé des lettres évoquant un ordre de chevalerie, sans qu'il ait pu déchiffrer duquel il s'agissait. Les documents indiquaient un mont où résidait Élie, ce qui ne peut être que le mont Carmel, désignant sans doute l'ordre des chevaliers du Mont-Carmel.

– Ou l'ordre des Templiers ! répliqua Al-Sabbagh.

– Se peut-il qu'il existe des liens entre les deux ?

– Cela n'est pas prouvé. Une rivalité sourde a opposé les deux ordres. Nous n'en savons guère plus. Il s'agit de temps si anciens ! Et tous les papiers ont été brûlés par les Sarrasins. Tout ce qu'il nous reste, c'est notre mémoire, qui est aussi celle transmise par les pèlerins.

– Vous avez mentionné un deuxième oubli de la part de l'armée de Bonaparte, dit Antoine.

– Ah, cette armée de brigands, de savants et de génies qui n'a pas su interpréter les indices... Pour chercher la Règle de vie, il faut trouver le château des Assassins, du moins celui du prince converti Iskender qui a été assassiné. Safed est en son milieu.

– En son milieu ? répéta Hortense.

Al-Sabbagh se redressa, les yeux au ciel, comme s'il voulait traiter les deux Français d'ignorants. Antoine de Phélippeaux se dit que cet homme, qu'il considérait d'égal à égal, aurait pu être son père.

– Ah, mon Dieu ! Il faut tout vous expliquer. Allons, auriez-vous une vieille carte de Palestine ?

Hortense se souvint qu'elle avait toujours la carte de Prosper du Saint-Esprit.

– Attendez, je vais en chercher une.

Quand elle revint, la brume de Galilée au loin s'était dissipée. Elle déplia la carte sur le tapis de la terrasse. Al-Sabbagh disposa quatre cailloux sur ses coins et désigna Safed, puis le château des Assassins dans le pays de Galaad, au septentrion de Damas et à l'est de la mer de Tibériade.

– Voilà, dit-il en leur tendant une brindille, tracez maintenant une ligne de ce château à Safed, et continuez sur la même distance.

Antoine s'agenouilla et reporta la distance au-delà de Safed en direction du sud-ouest.

– Le mont Carmel !

– Il est vrai.

– Pourquoi ne pas l'avoir dit plus tôt ?

Al-Sabbagh partit dans un éclat de rire qui résonna dans toute la maison.

– Vous n'auriez pas eu le temps de savourer mon café d'Arabie heureuse...

Avant de prendre congé de ses hôtes, Al-Sabbagh leur demanda de patienter encore un instant. Il revint, suivi d'un domestique qui portait un violoncelle.

– C'est le cadeau que m'a offert le chef du Divan à Constantinople, lorsque j'étais jeune négociant. Cela me rappelle mon enfance et les leçons prises avec mon père, grand mélomane. J'ai su par Élias que vous jouiez *La Flûte enchantée* de Mozart. Des amis juifs de Prague nous ont fait parvenir une copie de la partition. Mais permettez-moi...

Il s'assit sur une chaise, face à la mer de Tibériade, et le domestique installa l'instrument devant Al-Sabbagh. Une mélodie s'échappa de ses doigts et monta vers le ciel, comme une prière.

Phélippeaux reconnut l'un des thèmes de *La Flûte enchantée*. Hortense tendit l'oreille, tout en regardant Antoine dont les doigts se promenaient sur le coussin du sofa.

– Voilà, dit Al-Sabbagh en remettant l'instrument entre les mains du domestique. Je ne peux jouer qu'une partie de ce thème car vous n'avez pas apporté votre violon. C'est ainsi que nous concevons la vie en Terre sainte. Il faut plusieurs instruments. Il est nécessaire aussi de savoir déchiffrer. Ensemble, nous avons une belle partition. Seuls, nous ne sommes qu'incomplets, donc imparfaits. Cela est valable dans toute la Terre sainte, de Safed à Hébron, de Jérusalem jusqu'au mont Carmel.

52

L'obéissance n'est pas soumission, même dans les armées des despotes. Berthier ne bronchait pas. Le torse bombé, il écoutait patiemment le général en chef égrener ses sujets d'inquiétude. La chaleur commençait à envahir le cap et la tente de Bonaparte n'était traversée par aucune brise. Mais le commandant de l'armée d'Orient préférait encore suer dans son uniforme que d'offrir des indiscrétions aux oreilles du rang.

– Cette maudite bicoque résiste ! Personne ne l'avait prévu ! Et ce foutu Standelet qui se fait couler la flottille ! Il aurait dû mourir en brave. Au lieu de ça, il trouve le moyen de prendre le large !

– Général, personne ne pouvait prévoir que Djezzar allait renforcer les murailles, répondit Berthier.

Derrière Bonaparte, Eugène de Beauharnais ne disait mot. Il bouillonnait dans son for intérieur. Caffarelli, lui, était assis dans un fauteuil, sa béquille à portée de main. Son visage était livide. Les mains sur la couture du pantalon, Horace Say, son chef d'état-major, présentait un bleu sur le front et sa manche gauche était déchirée. Il revenait d'une tournée d'inspection dans la tranchée face à la tour d'angle du nord-est.

– Et voilà que mes canons, poursuivit Bonaparte, ceux amenés par Standelet et capturés par ces bâtards d'Anglais, nous bombardent depuis les remparts ! C'est un comble !

Dommartin, le chef de l'artillerie, leva le bras pour prendre la parole :

– Général, je propose qu'on fusille désormais les hommes de l'espèce de Standelet. Ils offrent des armes à l'ennemi. N'est-ce pas de la trahison en temps de guerre ?

Bonaparte marchait sous la tente, les bras croisés, les lèvres serrées.

– Le fusiller, certes, c'est ce qu'il mérite. Mais je ne vais pas commencer par me mettre toute l'armée à dos !

Assis à une table de campement dans le fond de la tente, plume levée, son secrétaire Bourrienne attendait un ordre, une phrase notoire pour noircir les pages. Le bicorne sous le bras, Berthier intervint :

– Général, les hommes n'en peuvent plus.

– Eh bien, ils pourront !

– Ils sont fatigués, usés par les batailles d'Égypte et celles menées pour venir jusqu'ici, El-Arich, Gaza, Jaffa...

– Ah, Jaffa, ce satané nom ! Cette garnison nous porte la poisse !

Bonaparte avait hurlé ces mots et les autres généraux n'osèrent lui répondre. Seul Berthier exposa son point de vue :

– Général, nous n'avons que quelques semaines devant nous. Le temps de printemps est encore clément. Après, ce sera les fortes chaleurs et certaines maladies pourraient empirer...

– Maladies, maladies ! Qu'on ne me parle pas de maladies !

Bonaparte avait éructé, puis il se ressaisit.

– Berthier, il faut me dresser un état des lieux, savoir si on peut attaquer encore la grande tour, creuser une mine !

– La dernière mine que nous avons creusée a été sapée, rappela Dommartin. Les Turcs et les Anglais ont dans leurs remparts un homme qui s'y connaît en la matière.

– Ce Phélippeaux de malheur ! Je le briserai.

Bonaparte donna un coup de poing sur la table qui fit vaciller l'encrier de Bourrienne. Une tache auréola sa page du jour, presque vierge. Le général en chef s'essuya le front, l'atmosphère sous la tente devenait irrespirable. Il souleva un pan de la toile à ses pieds comme on soulève un drap de mort.

– Phélippeaux est un traître ! La France le maudira pendant des générations !

Dommartin jeta un regard à Berthier et à Caffarelli. Tous étaient au courant des rumeurs du camp qui évoquaient le mauvais œil. Nombre de soldats rêvaient de leurs nuits sur les bords du Nil, dans les bordels cairotes. Ils connaissaient la tradition de l'œil noir qui ne les avait guère effrayés jusqu'à l'arrivée devant Saint-Jean-d'Acre. Cependant, quand l'armée d'Orient avait buté sur les remparts au premier assaut, les hommes avaient commencé à parler de leurs mauvais rêves. La peste était un funeste châtiment. Des pyramides de crânes hantaient leurs cauchemars. Dieu ne leur venait plus en aide puisque les pestiférés de Jaffa agonisaient dans le couvent des Capucins. Bonaparte avait demandé à un peintre de régiment qu'il le peignît dans la posture du brave touchant du doigt le bubon d'un mourant à moitié nu, mais personne ne croyait vraiment à la véracité du geste. Dans les tentes et sur les paillasses où les hommes du rang s'écrasaient de fatigue à la belle étoile, la révolte couvait. On rappelait le sort des malheureux dans le désert d'El-Arich, dont certains s'étaient fait brûler la cervelle, ou le sort du soldat de Jaffa qui s'était jeté des remparts au lendemain du massacre, en criant : « La malédiction est sur nous tous ! »

Bonaparte maugréait contre le destin qui le rattrapait, quinze ans après les frictions de l'École militaire. Phélippeaux semblait connaître tous ses secrets, deviner ses moindres intentions, il le devançait avant même qu'il n'ait pu mener à bien ses offensives.

– Dommartin, dis-moi ce qu'il nous reste comme boulets.

– Plus grand-chose, général, des boulets de douze et peu de vingt-quatre.

– Je veux qu'on donne cinq sous aux soldats pour qu'ils me ramènent des munitions ennemies.

– Ils vont se faire trucider, mon général.

– Tant pis ! Qu'ils courent sur la plage et évitent les balles ! Ces Anglais vont tirer de plus belle et nous n'aurons plus qu'à chercher les boulets.

Horace Say s'exécuta et transmit l'ordre aux officiers.

– Faites-moi venir le Marseillais ! cria encore Bonaparte.

Venture de Paradis entra dignement dans la tente, les cheveux soigneusement peignés et les traits tirés. Il allait bientôt fêter ses soixante ans et l'âge commençait à lui peser. Il regrettait les belles heures du consulat à Alger, les rives du Bosphore à Constantinople et les promenades le long de la Corne d'Or au soleil couchant lorsque des vaguelettes montait un doux bruissement d'éternité.

– Venture, les descriptions de Volney ne correspondent à rien ! Si on avait su, j'aurais pu apporter davantage de canons !

Dommartin dévisageait le général en chef. Un rictus déformait le bas de ses joues. Il écumait de rage, comme s'il était affecté d'un mal profond. La relation de voyage de Volney n'était qu'un prétexte : les canons de siège n'auraient jamais pu être tractés depuis Le Caire sur un trajet aussi ardu.

– Général... on aurait dû emmener un autre livre. Un autre ouvrage de Volney, qui s'intitule *Les Ruines ou Méditations sur les révolutions des empires.*

– Encore des balivernes d'un député du tiers !

– Si vous me permettez, général, il résume ses voyages au Levant.

– De grâce, assez de temps perdu !

– Il évoque le fond de sa pensée, qui est assez noire au demeurant, à savoir que l'Orient est une terre de malheurs. Je pourrais vous citer quelques passages...

– Résume, résume ! Que dit-il, ce bougre ?

– De mémoire, général, Volney n'a vu que misère et oppression, brigandage et dévastation, la barbarie et la tyrannie partout...

Au mot « tyran », Bonaparte s'arrêta dans sa marche.

– Que ne l'as-tu dit plus tôt !

– Général, ce n'est pas une description exacte, mais plutôt des impressions. Volney parle de ruines, de palais et de forteresses dévastés. Il évoque aussi l'état de son âme, triste et indignée.

– Foutaises, foutaises !

Bonaparte continua à fulminer un long moment. Il lui fallait un coupable. Ce Venture de Paradis qui parlait l'arabe et l'hébreu était cependant bien trop précieux pour être expédié aux fers. Il servirait encore sa cause, et d'abord le ralliement des chrétiens et des Druzes. Il lui fallait aussi mander un éclaireur pour porter un message au ministre juif de Djezzar Pacha. Caffarelli commençait à s'impatienter. Berthier toussait, tandis que Bourrienne notait le moindre caprice du général en chef. Celui-ci cherchait des yeux sur qui épancher son courroux et ne trouvait personne.

Une estafette entra alors par l'arrière de la tente et souffla quelques mots à l'oreille de Venture de Paradis.

– Qu'y a-t-il ? demanda Bonaparte, qui s'entretenait avec Caffarelli. Venture, que caches-tu à ton chef ?

– Pas grand-chose, général... Monge a de la fièvre.

Un silence de plomb s'installa sous la tente. Berthier toisa Bonaparte, en soutenant son regard.

Chacun comprenait ce que signifiait le mot « fièvre » à Saint-Jean-d'Acre.

53

Élias galopait en tête. Il était à la fois heureux et inquiet, heureux de mener Hortense et Antoine de Phélippeaux vers le mont Carmel, ce lieu sacré qui célébrait leurs retrouvailles, et inquiet pour le sort de sa ville, Nazareth. Il ne comprenait pas la teneur du dernier message reçu à Safed ni pourquoi les franciscains du couvent de l'Annonciation s'étaient rangés du côté de l'armée de Bonaparte. Sans doute les pères n'avaient-ils guère eu le choix. Peut-être aussi cachaient-ils quelque secret. Il se rappela soudain que deux interprètes maronites venus du mont Liban œuvraient dans le couvent franciscain de la rue Casa Nova. Il n'avait jamais saisi le sens des tractations menées par monseigneur Douaihi, patriarche des maronites de Jérusalem, qui avait réussi à édifier une église à Nazareth malgré le nombre déclinant de ses fidèles en Galilée et dans toute la Terre sainte.

À quelques toises derrière Élias, Antoine et Hortense galopaient côte à côte. Ils s'étaient lancés dans un long détour afin d'éviter les patrouilles de Kléber, Murat et Bonaparte, et avaient dû contourner la mer de Tibériade par sa rive orientale, en pays de Galaad. Cette incursion rappela à Antoine la présence de la secte des Assassins dans les parages. Élias en chemin lui parla de cette contrée désertique occupée pendant plusieurs siècles avant Jésus-Christ par la tribu de Manassé, le roi de Judah qui s'était adonné au rite païen de Moloch. À son retour de captivité, Manassé était revenu au culte de Yahvé. Il évoqua aussi la nouvelle mission des adeptes de la clé d'or : renforcer la relation avec les fils d'Israël.

Sur les hauteurs de la mer de Tibériade, Antoine réfléchit aux événements de ces derniers jours. Que des juifs d'Europe orientale, ceux de la secte des frankistes, eussent envoyé des missives aux frères de Terre sainte pour leur demander de se soulever et de fonder une république d'Israël ne lui paraissait pas étrange. Le sort de l'émissaire Junius Frey, qui s'était lancé dans la Révolution française, lui semblait en revanche plus étonnant : le juif de Prague avait fini sous la guillotine de la Terreur au même moment que les carmélites de Compiègne, en 1794, exécuté par les mêmes procureurs, comme si on avait voulu le faire taire.

À ses côtés, Hortense se sentait happée par son destin. Quand elle regardait les montagnes de Galaad, dressées sur les hauteurs de la plaine de Damas, elle se rappelait les vents qui s'étaient mariés sur sa route, lui indiquant ses points cardinaux et ceux de l'amour. Sans doute les hommes à la clé d'or en savaient-ils davantage. Antoine trottait à sa gauche et elle pensa qu'il était sûr de son cheminement. Elle aussi s'efforçait de se dépouiller de toutes les scories accumulées. Son passé de sœur carmélite ne l'intéressait plus. Seule l'obsédait la réussite de sa mission, même si elle n'était en rien certaine de l'atteindre tant les embûches étaient nombreuses : la guerre, les massacres, les hommes sordides, les vilenies, les intrigues politiques, les intérêts des puissances et les égoïsmes des conquérants. Le ciel regorgeait de toutes ses attentes et le bonheur était à portée de sa main, chevauchant un pur-sang sous les montagnes de la Gôlan du Livre saint, la contrée où Josué vainquit les Amorrhéens.

Le voyage réservait bien des surprises, et tant d'hommes de bonne volonté résidaient aux abords de cette sente biblique. Le sourire d'Antoine, qui renaissait depuis deux jours, la rassura.

Lorsque les trois cavaliers passèrent le village de Mousadiyé, Antoine regarda sur l'autre rive, en direction de Tibériade. Dans son dos, au nord du lac, se cachait le site de Capharnaüm, qu'il aurait tant aimé visiter avec Hortense. Deux barques de pêcheurs arabes à petite voile glissaient sur l'eau, cherchant le vent. Quelques caravaniers bédouins, signalés par des volutes de poussière, voyageaient sur la rive orientale. Antoine se dit que la Terre sainte, tellement désirée, était peu habitée et qu'un jour viendraient sans doute sur ces rivages des cohortes de pèlerins.

– Mettez-vous à l'abri !

Le cri le tira de ses rêveries. Élias, qui cheminait à cent toises devant, s'était hissé sur le promontoire à gauche du chemin, au-delà du hameau de Koursi. Hortense et Antoine le rejoignirent aussitôt.

– Cachez-vous ! Regardez derrière nous, il y a un nuage de poussière.

– Des cavaliers. Non, peut-être un seul, dit Antoine.

– Tu as raison. Mais restons sur nos gardes. Ici, nous sommes dans le vilayet de Damas. Ce territoire a beau être sous la coupe de Djezzar Pacha, nul ne sait à qui il a affaire sur ce chemin.

Hortense se cacha dans un repli du promontoire, bientôt rejointe par Antoine et Élias. Le nuage de poussière se rapprochait. Lorsqu'il fut à sa portée, Élias ajusta son fusil, mais il l'abaissa aussitôt, livide.

– Qu'y a-t-il ? demanda Antoine.

– Cet homme... C'est mon frère ! Je le reconnais à son caftan.

– Georges Ibrahim... Comment est-ce possible ?

Tous se ruèrent sur leurs montures et rattrapèrent le cavalier. Georges Ibrahim paraissait aussi essoufflé que son cheval et avait l'air grave.

– Prenez une autre route ! Vous êtes en danger ! Safed est en ébullition. Et une femme est lancée à vos trousses.

– Une femme ? Oh, mais nous en avons déjà une, et elle n'est guère dangereuse ! dit Hortense.

– Cette fois-ci, il s'agit d'un émissaire redoutable.

– Nous l'arrêterons, déclara Phélippeaux.

– Difficile, elle aura des tribus avec elle. Elle veut soulever les juifs et les rallier à Bonaparte.

– Et qui est-elle ? demanda Élias.

– Rachel Farhi, la fille du ministre des Finances de Djezzar Pacha.

Antoine sursauta.

– C'est impossible ! Elle s'est confiée à moi avant de partir. Son père et elle refusent de pactiser avec Bonaparte.

Georges Ibrahim caressa l'encolure de son cheval, comme pour le soulager.

– Nos hommes à Safed et dans les environs de Nazareth sont formels. Rachel Farhi est accompagnée de plusieurs cavaliers et elle a déjà tué deux chrétiens sur la route. Elle est porteuse d'une lettre secrète, que les sabbatéens appellent la « Lettre rouge », destinée à convaincre les juifs de se rallier à Bonaparte.

– La Lettre rouge ? répéta Antoine. Émile m'en a parlé à Constantinople. C'est une missive envoyée aux juifs de Terre sainte par Eva Frank.

Hortense intervint à son tour :

– La sœur de Jacob Frank... Mon oncle m'a raconté l'histoire. Ce sont les sabbatéens qui annoncent des bouleversements pour 1800.

– Se pourrait-il que le ministre soit des leurs ? demanda Antoine à Georges Ibrahim.

– Cela paraît peu probable. Haïm Farhi n'a jamais voulu trahir Djezzar Pacha. Et puis, il est bien trop vieux pour cela !

Antoine regarda depuis le promontoire les rives de la mer de Tibériade. Au loin, il pouvait apercevoir la montagne de Safed qui se dégageait dans un ciel pur.

– Cela ne colle pas avec ce que nous savons des Farhi, dit-il en serrant les poings. Et puis, Rachel ne serait pas capable de faire cela...

Il sentit un mouvement imperceptible chez Hortense à l'évocation du nom de Rachel. Georges Ibrahim s'agenouilla et prit une poignée de terre sablonneuse dans ses mains pour la laisser filer dans sa paume, tel un sablier.

– La trahison n'a pas la même valeur en Orient, Antoine. Nous ne l'appelons même pas trahison. Ce sont des changements d'amitiés, des sautes d'humeur, des allégeances, des arrangements. Rachel Farhi a pu changer de camp sans que son père le sache. Il est possible aussi que les enjeux ne soient plus les mêmes.

– Alors, nous devons faire au plus vite ! lança Antoine. Que sais-tu d'autre ?

– Pas grand-chose. Éphraïm Mordechaï craint que des indécis ne relaient les porteurs de la lettre. Selon lui, la missive indique que les juifs doivent rejoindre le pays d'Édom.

– Cela, je m'en souviens, dit Antoine. Édom, le pays rouge, le pays...

– ... oui, des chrétiens. C'est tout le symbole. C'est aussi ce qui permet à Éphraïm d'espérer. Cette lettre comporterait ainsi une erreur. Éphraïm voit là un argument pour contrer Bonaparte, afin que les juifs ne se rallient pas à lui.

– Leur ralliement ferait pourtant la joie de certains chrétiens, lança Antoine.

– Ne crois pas cela. Notre terre est habitée par cet espoir de vivre ensemble, un fragile équilibre. Regarde, c'est comme ces sables et ces terres de couleurs différentes que je mélange dans ma main.

– Mais pourquoi demander cette conversion ? Cela ne pourra jamais être accepté par les fils d'Israël ! avança Hortense.

– Ne vous-y fiez pas, dit Élias. De nombreux juifs sont prêts à suivre les sabbatéens.

– Nous tirerons cela au clair, conclut Antoine... Élias, nous devons atteindre le mont Carmel au plus vite. Georges Ibrahim, le mieux est que tu retournes à Safed. Envoie-nous un messager si la Galilée commence à se révolter ou si les troupes de Bonaparte viennent y livrer bataille. Allons, ne tardons pas !

Ils filèrent vers le sud de la mer de Tibériade. Le cheval de Georges Ibrahim s'éloignait déjà en direction de Mousadiyé. Le halo de poussière disparut aussi vite qu'il était apparu.

Tout en galopant, Antoine surveillait le visage inquiet d'Élias.

– Allez, l'ami, il n'y a pas de souci à se faire.

– Ce n'est pas Rachel Farhi qui m'inquiète, mais les

enjeux qui sont derrière. On cherche à jouer les uns contre les autres. Et à ce jeu-là, tous les coups sont permis.

– C'est la guerre, mon bon compagnon.

– La guerre a mal commencé, dit Élias. Après avoir massacré les corps, voilà que l'on tente de tuer les âmes.

– Advienne que pourra. Je ne crois pas Rachel Farhi capable d'assassiner deux individus et de mentir avec autant d'aplomb.

– Détrompe-toi, Antoine. Tout est possible sur la terre des miracles.

– Mais pourquoi Rachel Farhi viendrait-elle à trahir ?

– Parce que Bonaparte a proposé à son père de devenir gouverneur de la Palestine s'il se soumettait à son pouvoir. Il deviendrait ainsi roi de Judée.

– Jamais Haïm Farhi ne fera confiance à Bonaparte ! Il sait trop de quoi il est capable.

– Il y a plus grave, dit Élias. Bonaparte a envoyé des émissaires juifs à Damas et à Alep, où l'on compte beaucoup de fils d'Israël. Ils doivent non seulement récolter des fonds mais aussi lever des troupes.

Hortense, penchée sur son cheval, dit alors à Antoine :

– Alep et Damas... je crois savoir que les frankistes y sont présents, et très actifs.

– Haïm Farhi le contrecarrera là-bas ! répondit Antoine. Quant à nous, filons vers le mont Carmel.

54

« L'aurore permet l'oubli des grands drames car elle est parole de genèse. » Venture de Paradis marmonnait ces mots en s'approchant de la plage. Le soleil se levait à peine dans son dos et illuminait de faibles lueurs l'horizon bleuté.

Il aimait les moments de calme avant le déluge de feu des canons. Faute de munitions, Bonaparte avait fini par adopter les habitudes orientales de ne point guerroyer la nuit. Dans deux heures au plus, les combats allaient reprendre et Venture de Paradis verrait défiler sur le sable les soldats de l'armée d'Orient. Chaque matin, telles des marionnettes sur les quais de l'île de la Cité, ils s'agitaient, défiaient les troupes de Djezzar Pacha, provoquaient des tirs au canon, et couraient pour enlever les boulets à cinq sous pièce. Certains ne revenaient pas et gisaient sur la plage, le crâne fracassé, la poitrine enfoncée. D'autres y laissaient une jambe ou un bras et ne se plaignaient point. Depuis que le général Dommartin avait transmis l'offre de Bonaparte, on comptait moins de suicides. Les plus désespérés préféraient courir vers la mort avec le rêve d'une médaille à titre posthume et une pension pour leur veuve.

Venture porta la main à son visage. Le vent avait

tourné et une odeur de charogne flottait dans l'air. Les cadavres du fossé devant la tour d'angle n'avaient pas tous été ramassés lors de l'assaut deux jours plus tôt. Que tramaient Lannes et Bon ? Laisser pourrir les corps était du plus mauvais effet pour le moral de la troupe.

Soudain apparut une voile turque, qui se déplaçait lentement à l'occident de Saint-Jean-d'Acre et cherchait la brise du large. Venture de Paradis revint au campement d'un pas si leste qu'il en étonna son drogman.

– Regardez cette voile, dit-il à Caffarelli, qui, à peine levé, ajustait son uniforme.

– Que diable viens-tu encore me dire ?

Caffarelli sortit de la tente en s'appuyant sur sa béquille.

– Où vois-tu une voile ? Ah, là-bas ! Une petite voile, une barcasse de mamelouks. N'aie crainte, si les Turcs amènent quelques renforts, nous aurons les nôtres d'Alep et de Damas, chrétiens et juifs. Et ce ne sont pas des bataillons qui se joindront à nous, mais des peuples entiers ! Camoin, apporte-nous du café !

Son aide de camp s'exécuta. Venture de Paradis prit Caffarelli par la manche.

– Observez bien cette embarcation, général. Elle est de mauvais augure.

– Allez, oublie un peu tes tourments ! répliqua Caffarelli. Tu vois bien qu'il ne s'agit de rien du tout. Même pas de quoi soulager leurs remparts.

– Mon ami Volney, continua Venture de Paradis, a eu, je le sais, la même sensation lorsqu'il était au Caire.

– Ton ami Volney ! Si tu savais ce qu'on en a à faire !

Venture de Paradis considéra le général Maximilien Caffarelli du Falga avec tristesse. Si droit, si fin lors des préparatifs de l'expédition de Toulon, cet homme avait rassuré les savants sur les quais, les avait incités à partir pour l'Orient, vers l'aventure. Ses manières d'aristocrate, son allure d'élégant gentilhomme du midi toulousain avaient convaincu maints scientifiques de s'embarquer avec Bonaparte. Certains l'appelaient « le général philosophe » et Venture appréciait son honnêteté, son sens du beau, ses émotions devant les paysages de la Terre sainte. Cependant, depuis quelques jours, il ne le reconnaissait plus. De spirituel, il était devenu fruste, avec des reparties cinglantes. Auparavant raffiné, il se conduisait désormais de manière brutale et ne parlait plus que de tueries. Habitué à dévorer chaque nuit des ouvrages de philosophie et d'économie politique, il passait désormais ses longues soirées à boire sous sa tente. Venture eut quelque mal à poursuivre la conversation tant il redoutait qu'elle ne dégénérât.

– Général, Volney a eu raison au moins sur un point, dit-il en désignant la voile à l'horizon.

– Quoi donc, encore ?

– La peste, général.

– Et quel rapport avec cette foutue toile blanche ? Le contraste peut-être avec le mal noir ?

Caffarelli partit dans un éclat de rire qui tétanisa Camoin, son aide de camp, prêt à tout moment à le soutenir.

– Dans son *Voyage en Égypte et en Syrie*, poursuivit Venture de Paradis, Volney raconte que la peste est toujours apparue après l'arrivée d'une voile de Smyrne ou de Constantinople. Les fièvres malignes et l'ange de la mort sont venus ainsi par la Porte et par Alexandrie, et non des terres, puis les maux sont passés à Damiette, à Rosette, au Caire, et ainsi de suite. Je me rappelle l'une de ses phrases à propos de la peste : « Il paraît constant que son vrai foyer est Constantinople, qu'elle s'y perpétue par l'aveugle négligence des Turcs. »

Caffarelli ne disait mot. Il regardait lui aussi la voile blanche à l'horizon tout en cherchant prise dans la terre avec sa jambe de bois.

– Il nous faut faire vite, continua Venture. Notre seule chance maintenant, ce sont les juifs et les chrétiens de Samarie et de Galilée. S'ils se révoltent, nous aurons gagné la partie.

Le visage de Caffarelli s'était peu à peu décomposé. Tous ses rêves d'Orient semblaient s'échouer sur le sable de Saint-Jean-d'Acre.

– J'ai vécu à Constantinople et je sais que Volney a raison, poursuivit Venture de Paradis. J'ai vu aussi la peste à Alexandrie et à Damiette. Les Grecs étaient touchés les premiers, les négociants, quand ils débarquaient les fourrures en provenance du Bosphore, ces manteaux et pelisses dans lesquels se nichent la vermine et les ferments de la peste. Lors des épidémies, les Francs se barricadaient et des domestiques leur apportaient des vivres sans les voir. Ils ne touchaient plus rien en dehors de chez eux et attendaient que le mal soit passé. Un jour, c'est un chat passé de terrasse en terrasse qui a contaminé les Européens. Quand la peste survient, on vend tous les biens des morts.

Caffarelli s'éloigna vers la tente de Kléber, soutenu par son aide de camp. Venture le regarda. Il pensait aux rêves de la loge des Frères asiatiques, à ses amis juifs, aux fidèles de Junius Frey. Il songea aussi à Volney et à ses amis francs-maçons, Benjamin Franklin et Thomas Jefferson. La Lettre rouge devait être arrivée à Safed et dans les villages de Galilée.

Derrière Venture, des nuages s'accumulaient sur la haute Galilée. Sans doute la pluie parviendrait-elle à soulager les hommes épuisés par l'attente et le siège. Peut-être aussi apporterait-elle des réserves en eau aux assiégés de Saint-Jean-d'Acre. Il se demanda si en réalité les assiégés n'étaient pas les soldats de l'armée de Bonaparte, bientôt rattrapés par les grandes chaleurs, l'épuisement et la peste. La folie gagnerait alors les esprits, si ce n'était déjà fait, et l'armée aurait perdu la plus grande des batailles, celle des âmes.

Les trois cavaliers parvinrent deux jours plus tard au monastère du mont Carmel par la forêt, après une halte dans un village chrétien non loin de la plaine d'Esdrelon, où ils purent se rassasier de galettes d'orge et de viande de mouton. Hortense était fourbue mais elle revivait chaque instant de sa découverte de la montagne sacrée au côté d'Antoine de Phélippeaux. Élias repéra la forêt pendant plusieurs heures, suivi des deux amants. Le chrétien de Nazareth cherchait à éviter les Druzes, empruntait des sentes de troupeaux et les ravines sous les crêtes. Quand il découvrit la mer au loin, Antoine éprouva une intense émotion et il ne savait si son cœur battait la chamade en raison de la vue magnifique, rêvée depuis des années, ou de la présence d'Hortense à ses côtés. Ce moment était magique, pur comme le ciel qui coiffait la Terre sainte et caressait leurs esprits.

Tout en cheminant sur les sentiers du mont Carmel, Antoine dévisageait souvent Hortense, qui lui répondait par un sourire. Elle n'était plus la même, avait abandonné ses tourments et se moquait des périls. Elle était heureuse de s'aventurer vers le monastère des carmes, qui aurait pu être sa prison, et il le savait.

Les arbres s'espaçaient peu à peu pour laisser place à une végétation plus clairsemée. Élias préféra couper à travers une clairière avant d'arriver au monastère qui semblait bénir la Méditerranée. Antoine avait longtemps médité pendant cette chevauchée le long de la mer de Tibériade et en Galilée. Ses affres sur le sentiment de trahison avaient disparu. Quand il découvrit la splendeur du paysage, il sut que sa nouvelle patrie était ici, et que le destin de la France se jouerait aussi au royaume de la Bible. Il lui tardait de voler entre terre et ciel, comme dans une prophétie du Livre. Le cheval d'Hortense piaffait à l'approche de la mer. Antoine la regardait avec tendresse. Même s'ils n'étaient pas au bout de leurs peines, ce voyage-là valait toutes les rédemptions.

Quand, depuis une éclaircie dans le bois voisin, Élias surveilla les alentours du monastère en contrebas, une agitation inhabituelle l'inquiéta.

– Cachez-vous ! dit-il, lorsqu'il revint vers ses deux compagnons.

– Qu'y a-t-il ? Les émissaires de Bonaparte seraient déjà là ?

– J'ai bien peur que oui. Restez ici, je vais voir de quoi il retourne. Je serai de toute façon plus discret que vous.

– Le père Silvano est un homme sûr, répondit Hortense.

Elle s'installa à côté d'Antoine, sous un mûrier. Elle avait l'impression de vivre chaque verset du Cantique des cantiques, lorsque la Bien-Aimée attend de toute son âme le Bien-Aimé. Les correspondances entre ce livre de la Bible et son amour pour Antoine étaient étranges, et elle pensait que tous deux avaient été conçus pour s'aimer et se retrouver en Terre sainte. Elle lui murmura le dernier poème du Cantique des cantiques, où l'amour se révèle plus fort que la mort : « Qu'il me baise des baisers de sa bouche. / Tes amours sont plus délicieuses que le vin ; / l'arôme de tes parfums est exquis ; / ton nom est une huile qui s'épanche, / c'est pourquoi les jeunes filles t'aiment. »

Elle parla longuement de la grotte d'Élie, célébrée par les trois religions, aux abords du monastère, près de la mer, de la Règle de vie et du sort des carmélites à Compiègne. Souvent les intrigues se révèlent davantage à l'approche du lieu qui les symbolise. Les histoires qui jusqu'à présent se superposaient dessinaient désormais aux yeux d'Hortense une sorte de lien, et les récits s'assemblaient pour former un conte. Elle raconta à Antoine comment Éphraïm lui avait révélé que Thérèse d'Avila, la sainte qui réforma l'ordre des carmes et carmélites, était d'origine juive et considérée comme telle par les kabbalistes de Safed. Thérèse avait été également proche des soufis musulmans.

– La clé est peut-être là, dans ce rapprochement entre les trois religions, dit Antoine qui s'était allongé sous le mûrier.

De retour du monastère, Élias s'agenouilla et inspira profondément pour reprendre son souffle.

– Les hommes de Bonaparte sont arrivés, guère nombreux, il est vrai, mais ils veulent établir un hôpital de campagne dans l'un des bâtiments.

Il se releva aussitôt, comme si la fatigue avait brusquement disparu.

– Venez, le père Silvano m'a fait passer pour l'un

des jardiniers. Nous allons entrer par la porte de derrière.

Ils prirent le chemin en pente avec précaution. À quelques centaines de toises, le frère Matteo les attendait.

– Suivez-moi en silence, dit en français le jeune moine d'un ton qui ne souffrait pas la contradiction.

Ils rejoignirent au premier étage le père Silvano. Celui-ci leur demanda de faire silence et désigna le promontoire face au monastère. Ils reconnurent à leur uniforme deux soldats français qui montaient la garde devant le sentier qui conduisait à la grotte d'Élie. Le père Silvano leva les yeux au ciel.

– Ils sont venus réquisitionner l'aile du monastère pour y installer leurs blessés.

– Nous comprenons, père, que vous ne pouvez vous y opposer, ajouta Antoine.

Le père Silvano désigna les deux gardes.

– Ils vont revenir plus nombreux, il vous sera impossible de rester chez moi. En revanche, vous pouvez aller dans la montagne, par un autre chemin. Nous disposons d'un petit couvent construit par Prosper du Saint-Esprit et qui a servi longtemps de retraite à nos moines et aux pèlerins. Vous y trouverez de quoi vous restaurer. Il reste du grain pour les galettes dans le coffre, du blé et de l'orge, si les rats n'ont pas tout dévoré, ainsi que de l'huile et du sel.

– Les rats, oui, souffla Antoine en baissant la tête. Les rats, porteurs de la peste en Terre sainte... Si Bonaparte veut réquisitionner votre monastère ou une aile, c'est pour ses pestiférés.

Élias, debout près de la lucarne, intervint :

– Père, avez-vous eu vent des nouvelles concernant les franciscains de Nazareth ? Ils seraient passés dans les rangs de Bonaparte.

Le père Silvano esquissa un sourire las.

– Oh, les franciscains... Je ne sais même pas s'ils peuvent servir la cause de cette armée de conquérants. Dans ce cas, ce serait une vengeance.

– Une vengeance ? De quoi ? s'étonna Antoine.

– De la mort du patriarche Albert de Jérusalem.

Cette réponse les fit tressaillir. Mais le temps pressait. Le père leur demanda de se replier rapidement dans la chapelle à deux heures de marche du monastère afin d'éviter de rencontrer aux abords de la grotte les émissaires de l'armée d'Orient. Il les rejoindrait lorsque la nuit serait tombée.

55

Le lieutenant Dardennes hésitait à renier sa foi, qu'il n'avait pas cultivée depuis les combats de Mayence. Devant lui, les champs d'orge doraient au soleil et offraient aux caresses du ciel un reflet de jardin d'Éden. Des oliviers bordaient le chemin qui descendaient de Tell Harassim pour longer la colline et rejoindre la piste qui menait à la citadelle sur la presqu'île. Au loin, les cloches de Saint-Jean-d'Acre sonnaient à toute volée pour ce jour de Pâques 1799, la dernière fête de la résurrection du Christ avant le siècle nouveau. Dardennes se dit que ce n'était pas un jour pour mourir.

Devant lui, en écho aux cloches, le canon tonnait contre les murailles. Des myriades d'éclats dans les remparts ponctuaient les charges de la matinée. Lorsqu'il rejoignit ses hommes, Dardennes constata qu'ils étaient las.

– Lieutenant, y a un ennemi invisible !

Que leur dire, à ces braves qui s'apprêtaient à monter à l'assaut ? qu'ils allaient périr ? Que leur corps allait rejoindre la barbaque puante, celle que l'on n'arrivait plus à soustraire au feu ennemi, condamnée à pourrir au soleil ?

– Qu'est-ce que vous racontez ! Il n'y a que de la

vermine mamelouke que l'on va déloger de ces remparts chrétiens !

– Lieutenant, y a la peste ! Elle nous tuera tous !

Sur son cheval, vêtu de l'uniforme des lanciers de Lannes, le lieutenant Dardennes n'en menait pas large. Il ne craignait ni les Turcs ni leur barbarie que le drogman Venture de Paradis avait sans doute exagérée mais redoutait ce mal étrange. Les hommes n'osaient plus s'approcher les uns des autres. Celui qui avait la fièvre était considéré comme un espion, un mercenaire à la solde des Turcs, coupable d'introduire le fléau dans la troupe. Des vêtements étaient brûlés et certains combattaient en chemise.

– « Mettez votre vareuse ! avait hurlé un jour Dardennes à un fantassin.

– Qu'est-ce que cela peut vous foutre si on meurt tout à l'heure ! »

Devant tant d'insolence, Dardennes avait saisi son pistolet et l'homme du rang lui avait souri comme pour lui signifier qu'il n'oserait pas. Le lieutenant avait alors levé le chien de son arme et le soldat s'était exécuté. L'après-midi, trois grenadiers avaient ramené des premières lignes le corps du fantassin. Il avait reçu une balle dans la tête. Une rumeur dans les rangs attribuait la mort du pauvre bougre au lieutenant, qui lui avait porté la poisse le matin même.

Dardennes s'époumona pour relayer les ordres :

– Soldats, ce jour est un grand jour ! Nous sommes le dimanche de Pâques et bientôt ces remparts seront à l'armée d'Orient ! Nous les rendrons à la chrétienté et aux croisés !

Dardennes savait que parmi la troupe se terraient d'anciens fils de nobles qui avaient survécu à la Révolution. Leur parler des croisades les motiverait pour monter au front. Mais ses remarques ne suscitèrent que peu d'enthousiasme. La peur gagnait la troupe. Il se dit que la peste avait déjà remporté une victoire, celle des esprits.

À sa droite, le général Caffarelli traînait sa jambe de bois pour instruire les ingénieurs de la prochaine offensive. Ils avaient pour charge de creuser une mine devant la tour, tandis que Lannes ferait diversion du côté de la plage. Des tirs nourris étaient dirigés vers la Porte de la mer. Des corps tombaient des deux côtés, mais chacun gardait des réserves pour le grand assaut. Pâques serait un jour de victoire, avait dit Caffarelli. Les chaleurs n'étaient pas encore très fortes, et la peste était pour l'heure contenue.

Le lieutenant Dardennes contempla à nouveau les remparts. Il savait que le plan de Bonaparte consistait à frapper d'abord la tour d'angle. Il pressentait aussi que cet assaut serait sanglant. Les mamelouks, et les Moghrébins de Djezzar Pacha défiaient sans cesse les Français du haut des murailles. Ils criaient et les insultaient, sans doute pour se donner du courage. Un jour, ils avaient amené non loin de la tour d'angle un prisonnier, un fantassin du général Bon capturé la veille lors d'une courte sortie. Des cimeterres avaient été brandis et les éclaireurs ainsi que les ouvriers de la mine que Caffarelli commandait avaient retenu leur souffle. Tous attendaient que le sabre tombât sur la nuque du malheureux. Certains criaient déjà vengeance, d'autres murmuraient que tous les musulmans de Palestine étaient ivres de sang depuis les tueries de Jaffa et que la Terre sainte engendrait non seulement de la bonté mais aussi de la malédiction. Puis un Anglais s'était interposé et avait sermonné les sabreurs, qui avaient rengainé leurs armes. Dans sa lunette, le lieutenant Dardennes avait reconnu l'uniforme d'un officier, celui du commodore Sidney Smith.

– Déclenchons une salve, hurla le sergent de chasseur Prattes, c'est le moment ou jamais d'en finir avec ce maudit Lion des mers. Envoyons le signal à Dommartin !

– Il n'en est pas question, lui répondit Dardennes avec le calme froid d'un tueur. Si on tire maintenant, ce pauvre type sera décapité.

Le sergent Prattes rejoignit ses hommes en pestant. Le lieutenant ne perdait rien pour attendre.

Quand Dardennes s'apprêta à donner l'ordre de l'assaut, il vit un cavalier arriver à bride abattue en provenance de Tell Harassim. Il reconnut aussitôt Eugène de Beauharnais, entouré de ses deux gardes. Les nouvelles devaient être importantes pour que le commandant de l'armée d'Orient le dépêchât en personne.

Eugène de Beauharnais ne prit même pas le temps de mettre pied à terre.

– Pas de lettre, lieutenant Dardennes, un ordre ! Le général en chef ordonne à ses hommes de ne pas monter à l'assaut. Il est retardé de cinq jours !

– Et pourquoi, grands dieux ? La peste aurait-elle déjà gagné ?

L'aide de camp n'apprécia guère la remarque.

– Parce que le général Bonaparte se rend au mont Carmel ! Kléber, lui, s'en va au mont Thabor. Les renforts de Damas sont en route. Vous gardez tout cela pour vous car nous craignons des fuites. Et veuillez envoyer immédiatement un messager à Lannes pour qu'il arrête lui aussi la charge !

L'aide de camp repartit aussitôt vers la tranchée de Caffarelli, tandis que Dardennes transmettait le message.

– Les ordres, les ordres..., maugréa-t-il. Bientôt, Bonaparte nous dira d'aller nous jeter à la mer et nous lui obéirons ! Il est temps que s'arrête cette folie.

Les hommes accueillirent avec un léger soulagement la nouvelle. Dardennes se contenta de soupirer. Il ne s'agissait que d'un répit.

56

Élias calfeutra soigneusement les lucarnes du petit couvent désaffecté du mont Carmel avec de la paille. Dans la sacristie qui servait de lieu de vie aux carmes en retraite, Hortense préparait un repas frugal composé de pain, de fromage de brebis et de soupe d'orge, tandis qu'Antoine de Phélippeaux surveillait les abords du chemin depuis l'étage. Nul feu ne se discernait dans les parages immédiats. La lune se reflétait sur le velours bleuté de la mer. Il songea aux merveilles de son voyage, ces rivages de la Terre sainte qui avaient vu la naissance des civilisations, attiré les croisés et réuni dans un même élan pieux les villes du vieux monde. À droite, dans le lointain, brillaient les lueurs de Saint-Jean-d'Acre et de Tell Harassim où campaient les divisions de l'armée d'Orient. Il imagina les tentes, le parc des canons de douze et vingt-quatre, les enclos des chevaux et dromadaires.

Cette armée aurait pu être la sienne et il serait sans doute devenu colonel ou général à trente ans. On lui aurait remis quelques médailles, puis il serait monté au front lors d'un assaut suicidaire et on lui aurait encore décerné quelques décorations sur un plastron taché de sang. Il n'aurait pas été accusé d'avoir trahi sa patrie, mais il aurait participé à son œuvre de tyrannie, et c'eût été pire. À défaut de civiliser les âmes, le chef de l'armée d'Orient massacrait les corps. La plus grande des trahisons est celle qui s'ignore, cachée derrière un rideau de gloire.

Antoine de Phélippeaux contempla à nouveau la mer. Au moins n'avait-il plus le mal du pays. Il entendit Hortense en contrebas, qui préparait le repas. Il se dit que sa nouvelle patrie était là, dans ce visage si mystérieux et si avenant à la fois, avec des mots creusant des sillons d'espoir, des attentions qui désignaient de nouveaux horizons. Cet éclat au fond des yeux s'appelait l'amour et l'invitait dans une nouvelle terre promise.

Le père Silvano les rejoignit dans le couvent désaffecté et partagea leur repas accompagné d'une bouteille de vin du mont Carmel.

– La vigne est un don du ciel, dit-il, et sur cette terre elle produit des merveilles. Avez-vous lu dans la Bible la parabole des vignerons homicides ?

Hortense, qui servait le repas, répondit qu'elle connaissait cette histoire à travers les Évangiles de Luc et de Matthieu. Mais les deux saints donnaient deux versions légèrement différentes de cette histoire d'esclaves battus et tués par des vignerons. Cette parabole représentait Jésus en « Seigneur de la vigne » et en vengeur des esclaves assassinés. Le père Silvano écouta la jeune femme avec attention et se déclara impressionné par sa connaissance de la Bible. Lorsqu'elle évoqua les deux versions différentes, Antoine comprit qu'il s'agissait d'une intention pour sonder le religieux.

– Eh oui, vous avez raison, répondit le père avec

un sourire en goûtant la soupe à l'orge. La Bible est un livre merveilleux ouvert sur le monde, l'homme et ses contradictions. Cependant ces erreurs n'en sont pas. Elles représentent autant de cailloux sur le chemin destinés à montrer à l'homme qu'il est lui-même empli de fautes...

Hortense Saint-Meri le regardait avec attention. Elle avait embelli, ses traits s'étaient épanouis, et Antoine s'en trouvait heureux. Que leur réservaient les jours à venir ? Le repas se déroula dans la joie et le père Silvano continua son discours sur la Bible. Antoine avait l'impression de visiter toute la Terre sainte grâce à la parole du carme. Le père raconta encore l'histoire de Josué, qui avait envoyé deux espions à Jéricho avant de se lancer à l'assaut des murailles. « Allez, examinez le pays et Jéricho », était-il écrit dans la Bible. Les deux espions venaient de Shittim, le pays au nord-est de la mer Morte, situé dans l'exact prolongement de la chaîne du mont Carmel. Le roi de Jéricho les fit chercher dans sa ville, mais une prostituée les cacha sur sa terrasse, alors que la ville du pays de Canaan était en proie à la panique. Elle leur demanda en échange de sa bonté d'épargner sa maison lorsque la colère de Yahvé se déclencherait.

– Vous voyez, dit le père en relevant la tête, cette histoire ressemble étrangement à votre aventure. Vous êtes comme des messagers dans une forteresse, le mont Carmel, avec des ennemis qui veulent en découdre tout en étant effrayés.

– Et avec des murailles de Jéricho qui se trouvent à Saint-Jean-d'Acre, ajouta Antoine.

– Exactement. Il reste à savoir si elles tomberont.

– Elles tiendront ! répondit Antoine. Les armées

de Bonaparte n'ont que peu de munitions, et le moral des soldats est au plus bas.

– Rien n'est sûr en Terre promise, poursuivit le père. Mais le symbole des murailles correspond aussi à l'armée de Bonaparte, puisque les assiégés peuvent aisément devenir les assiégeants.

– Et il ne faut pas oublier la peste qui ne tardera pas à faire son apparition.

– Oui, mais vous ne savez pas de quel côté des murailles elle frappera le plus fort. Regardez plutôt ce qu'il est advenu de Jéricho. Josué a reçu pour ordre de Dieu de marcher le long des murailles de la ville, avec sept prêtres portant sept trompes en corne de bélier. Le septième jour, Josué avait pour mission d'effectuer sept fois le tour de la cité. Et la ville est tombée au septième jour. Cherchez bien autour de vous, vous trouverez des signes indiquant que soit l'armée d'Orient soit Saint-Jean-d'Acre s'inclinera au bout d'un certain temps. N'avez-vous pas eu vent d'un chiffre, sur cette terre de la kabbale où les nombres ont leur importance ?

– Nous avons entendu de la bouche du sage Éphraïm Mordechaï le chiffre quarante, répondit Antoine, mais je ne vois pas à quoi il peut s'appliquer, bien que dans l'histoire de Safed il ait toute son importance.

– Eh bien, le sage n'a pas tort ! Quarante est un chiffre dont on se souvient ici, sur le mont Carmel comme à Saint-Jean-d'Acre. Comptez les jours ! Et attendez-vous au pire ou au meilleur au bout de quarante jours...

Antoine calcula quand était arrivé Bonaparte au pied des murailles de Saint-Jean. C'était le 19 mars, mais le premier assaut n'avait commencé que neuf jours plus tard, le 28. Il lui fallait compter quarante jours à partir de l'une de ces deux dates.

– Quarante jours pour faire échouer Bonaparte, dit-il. C'est à la fois bien long et bien court...

– L'homme a de la ressource, intervint Élias, qui jusque-là avait écouté en silence. Il peut encore terroriser les populations, comme le roi de Jéricho, il peut frapper au-delà des murs de Saint-Jean-d'Acre, il peut retourner les tribus !

– Sur cette dernière question, il n'a pas encore gagné, rétorqua Antoine. Il est même certain de perdre.

– C'est vrai. Sauf si les Druzes se rallient à lui !

Le père Silvano baissa la tête.

– Je dois vous dire que Bonaparte a marqué des points. Il s'est allié au cheikh Abbas el-Daher...

Élias se redressa vivement.

– Abbas el-Daher ? Mais comment est-ce possible...

– Nous l'avons appris par les pirates maltais de Haïfa, qui savent tout. Eux sont des espions sur l'eau !

Le père se tourna vers Antoine.

– Vous savez sans doute que le père d'Abbas el-Daher, l'ancien pacha d'Acre, Omar el-Daher, celui qui a rebâti la ville des croisés, a été assassiné par Djezzar Pacha. On raconte dans la contrée que la Sublime Porte a envoyé Djezzar le tuer car le sultan ne supportait pas ses alliances avec les négociants français. Eh bien, c'est son fils qui prend la relève aujourd'hui. Son pacte avec Bonaparte est une vengeance contre Djezzar.

Élias était blême.

– Abbas el-Daher a trahi... Tout peut basculer

alors. Même les Druzes du mont Carmel, et sans doute des chrétiens...

– Oh, ne criez pas à la défaite si tôt ! lança le père Silvano. Je vous ai dit que cette terre réservait bien des surprises. Abbas ne dispose que de quatre cents cavaliers. Certes, il peut en recruter sur les rives de Tibériade, puisqu'il en est désormais le cheikh, mais vous, vous aurez d'autres atouts, si vous trouvez la Règle de vie. Cependant, j'ai bien peur qu'une autre nouvelle ne perturbe notre soirée.

– Nous ne sommes plus à cela près, plaisanta Antoine.

– Laquelle ? demanda vivement Élias.

– Un tueur est aux trousses d'un Français qui combat contre Bonaparte, racontent les boucaniers de Haïfa. Un tueur qui porte des cheveux longs et présente une allure de jeune femme ! Deux sbires l'accompagnent. La proie, ce ne peut être que vous, Antoine. Soyez donc sur vos gardes !

– Cela, nous le savons. Le frère d'Élias, Georges Ibrahim, nous a déjà avertis.

Élias porta la main à son poignard, puis se ressaisit. Ses yeux étaient devenus subitement fiévreux, comme si un instinct de chasseur s'était réveillé en lui.

– Il nous faut faire vite, dit Antoine en se levant. Cette Règle de vie peut sauver bien des choses, et d'abord impressionner aussi bien les soldats de Bonaparte que les trois religions dans la contrée. Il nous faut rassembler tous les indices...

Le père Silvano toussa, comme pour signifier qu'il désirait reprendre la parole.

– Vous avez dit les trois religions. C'est bien sûr

le chemin qu'il faut prendre, assura-t-il en se servant une rasade de vin du mont Carmel.

Antoine déambulait dans la sacristie, cherchant à rassembler tous les éléments dont il disposait. La Règle de vie éveillait bien des appétits, jusque dans les rangs de l'armée de Bonaparte et chez les chrétiens de Galilée, de Judée ou de Samarie. Hortense, qui avait pour mission de retrouver le manuscrit original sur la demande de la mère prieure des carmélites, avait été mise sur la piste par Grandbastien, le savant astronome de Quiberon, apparemment proche des francs-maçons. Des liens existaient en outre entre les juifs partisans d'un retour en Terre sainte et les francs-maçons, en particulier par le biais de la loge des Frères asiatiques, celle de Junius Frey, de son vrai nom Moses Dobrushka, qui s'était rapproché des révolutionnaires français. Pourquoi était-il mort sur l'échafaud, guillotiné par les mêmes procureurs que ceux des carmélites de Compiègne ? Avait-on voulu le condamner d'abord au silence ? Et quel rôle jouaient les francs-maçons ? Les partisans de l'avènement du royaume israélite semblaient si divisés, tels les émissaires de l'assemblée sous la conduite d'Éphraïm Mordechaï à Safed.

Antoine songea alors au comte de Clermont-Tonnerre, l'un des pères de la loge Saint-Jean de Jérusalem en France qui avait défendu aux côtés de Mirabeau les juifs lors de l'assemblée constituante. « Clermont-Tonnerre... », murmura-t-il. Une lumière lui traversa l'esprit. Il se souvint que Sidney Smith avait entretenu une correspondance depuis le Temple avec la fille de Clermont-Tonnerre, aperçue lors de la halte dans l'hôtel particulier du comte, rue de l'Université à Paris. Le comte était proche des chevaliers de Malte, dont certains avaient fondé la loge Saint-Jean de Jérusalem. Peut-être un indice était-il à chercher du côté de ces chevaliers.

Il revint vers le père Silvano et Hortense.

– Mon père, je crois qu'il faut nous enquérir de ces hommes de Malte dont certains sont devenus pirates. Y en a-t-il à Haïfa ?

– Bien entendu ! Ils nous ont ravitaillés longtemps ! Les chevaliers de Malte convoyaient même l'argent qui nous parvenait de France et de Rome. Il en reste deux ou trois à Haïfa. Ces pauvres bougres se sont lancés dans la piraterie. Nous avons eu la visite d'un chevalier, qui aurait fui depuis vers Constantinople. Un étrange personnage, en proie aux plus vifs tourments. Il a hésité à passer dans le camp de Bonaparte quand il a appris que l'île avait été prise par les Français.

– Lascaris ! s'écria Antoine.

– Lui-même ! Vous le connaissez ? Le chevalier est monté deux ou trois fois jusqu'au monastère.

– Y a-t-il laissé quelque chose ?

– Oh, des babioles ! Il avait conservé quelques petits trésors. Ses hommes ont pu les sortir de l'île de Malte avant qu'ils ne tombent entre les mains de Bonaparte : une chaîne en argent, des parchemins et un tableau italien signé Le Caravage, que j'aime beaucoup. Il représente la décapitation de saint Jean-Baptiste, le nouvel Élie. Je ne le montre guère car il pourrait disparaître bien vite !

– Un tableau du Caravage ?

Antoine s'approcha du père, les yeux brillants. Hortense l'interrogeait du regard pour connaître la raison d'une telle impatience.

– Père, il faut absolument que nous puissions voir ce tableau. Quand allons-nous retourner au couvent ?

– Oh, vous allez vite en besogne. Il faut prendre un peu de repos ! Je vais cependant vous aider. Disons à l'aube, juste avant les matines, de manière à ce que personne ne vous voie, vous emprunterez le même chemin qu'à l'aller en passant par la porte du jardin. Allez, passez une bonne nuit !

Le père s'éclipsa sur le sentier du monastère éclairé par la lune et Hortense demanda aussitôt à Antoine pourquoi il désirait tellement voir ce tableau du Caravage. Élias prêta l'oreille tout en aiguisant son poignard près de la cheminée.

– Éphraïm Mordechaï m'a raconté comment ce peintre avait représenté maintes fois Jean-Baptiste, et combien il avait été proche des chevaliers de Malte. Une correspondance existe sûrement entre la loge Saint-Jean de Jérusalem et ce tableau. Ce n'est sans doute pas un hasard si cette toile se trouve ici, au mont Carmel. Éphraïm a précisé aussi que Le Caravage est mort en 1610. Cette date ne te rappelle-t-elle rien ?

– C'est celle de la mort d'Henri IV, répondit Hortense. Je me souviens de mes lectures à la bibliothèque Mazarine. Ce bon roi a créé ton ordre, celui des chevaliers du Mont-Carmel.

– Oui, un an avant de tomber sous les coups de Ravaillac. L'assassinat a été évoqué lors d'un dîner, alors que je venais de m'évader de la prison de Bourges. C'était chez Grandbastien...

– Comme c'est étrange, en effet, souffla Hortense. Éphraïm Mordechaï a lui aussi parlé de Ravaillac et d'Henri IV.

– Il nous reste à retrouver la Règle de vie, qui

nous éclairera sans doute sur les agissements des uns et des autres.

– Y aurait-il une autre indication que tu aurais pu recueillir ?

– Non, ou je ne le sais pas, pas encore. Un détail cependant : lors du dîner chez Grandbastien, un homme avait souligné que le bon roi Henri IV avait trouvé son chemin en abjurant le protestantisme.

Hortense baissa les yeux.

– Certains abandonnent les ordres pour mieux servir leur cause, continua Antoine. Ou pour connaître l'amour...

Elle sourit de bon cœur. Élias en profita pour s'asseoir à côté d'eux.

– Si je comprends bien, votre Henri IV a sauvé votre pays en rapprochant deux religions. Eh bien, c'est la même chose ici ! Sauf que nous avons affaire à trois religions ! Les chevaliers du Mont-Carmel, les laïcs, les héritiers des croisés, comme toi, Antoine, et moi, ont sans doute pour mission de les réunir. À moins que ce ne soient les religieux, carmes et carmélites...

– Certes, certes. Si nous sommes tous là, ce n'est pas un hasard. Il me tarde de découvrir ce tableau du Caravage. Hortense, aurais-tu une idée de ce que nous pouvons trouver en chemin ?

Elle déplia la missive qui l'avait mise sur la route de la Terre sainte, celle transmise par la blanchisseuse sur la place du Grand-Châtelet, grâce aux mots soulignés dans le récit « L'*Ô Filli* des carmes » de Restif de la Bretonne : « La Règle vit près du prophète du livre des Rois, devant sa grotte. Rose sera le chemin de Pâques. »

– Pâques, il est vrai, approche. Il m'est avis que

nous aurons du nouveau dans quelques heures, dit Antoine. Mais allons dormir, le père a raison, nous avons besoin de repos après tant d'émotions.

Dans les bras d'Antoine, Hortense ne prononça pas un seul mot. En le couvrant de baisers, elle songeait au Cantique des cantiques, ce beau poème qui, selon les kabbalistes, évoque une secrète harmonie universelle. Le Bien-Aimé, c'était Antoine, et elle se plut à se rappeler leur rencontre magique, quelques années plus tôt. Elle était retournée sur le mont Carmel à l'endroit originel de ce Cantique. Elle était loin du couvent de Compiègne et ne le regrettait pas. Elle célébrait l'amour sur terre, qui lui paraissait une communion avec Dieu. La Règle de vie était futilité eu égard aux retrouvailles avec Antoine, sa vraie Jérusalem. Cette passion lui paraissait un juste retour des choses en Terre sainte.

Elle s'abandonna au désir d'Antoine qui était une promesse de chant éternel.

57

Bonaparte chevauchait vers le mont Carmel en maugréant : « La maudite bicoque... » La forteresse de Saint-Jean-d'Acre résistait toujours. Son retour dans quelques jours redonnerait sans doute le moral à la troupe.

Avant de quitter le bivouac, il avait ordonné à Kléber de se rendre au mont Thabor, sur la route de Nazareth. Damas envoyait des renforts, des mamelouks et des cavaliers arabes.

« Kléber, vous me les taillez en pièces ! Pas de quartier ! »

Le général en chef de l'armée d'Orient vouait aux gémonies le pacha de Damas. Sans doute aurait-il dû marcher plus tôt sur le pachalik, mais il ne pouvait dégarnir son front de Saint-Jean-d'Acre, aux murailles si ardues.

À cheval, suivi d'un détachement de sa garde et d'une vingtaine de chasseurs, d'Eugène de Beauharnais, de Bourrienne et du drogman, Bonaparte se disait que la mission de Kléber était opportune. Au moins écartait-il le bouillant général du campement de Tell Harassim. Les hommes accordaient de plus en plus leur confiance à l'Alsacien. Ils le saluaient avec respect, se sentaient compris par ce général bourru au visage massif, amateur de femmes et de ripaille. Sa gloire acquise dans l'armée de Sambre-et-Meuse et lors du siège de Mayence le grandissait encore.

« Mes batailles d'Italie valent mieux que ces broutilles ! avait lancé un soir Bonaparte à Eugène de Beauharnais dans la tente de l'état-major. »

Son beau-fils ne s'était pas incliné et avait osé lui dire :

« Général, certains hommes du rang pensent que Kléber leur apportera la victoire. »

À ces mots, Bonaparte avait jeté à terre son godet de vin, que s'était empressé de ramasser un domestique.

« Ces bougres attendent une bonne bataille. Ils l'auront ! Et Kléber, lui, ira batailler dans la plaine d'Esdrelon ! Mais, dis-moi, pourquoi diable pensent-ils ça ?

– Les hommes du rang savent ce qui s'est passé à Mayence, même si vos batailles sont plus téméraires, d'Arcole à Rivoli. Mais ici, beaucoup pensent qu'il faut un homme capable de tenir un siège.

– Et moi, je n'en suis pas capable, peut-être ? Le premier que j'entends proférer cela, je le mets aux fers !

– Bien sûr que vous en êtes capable, général, mais la troupe parlait de Mayence. Or pour le siège de Mayence, Kléber était à l'intérieur...

– Ce fils de tailleur de pierre...

– Il a été architecte et connaît bien le génie.

– Il s'agit d'attaquer Saint-Jean-d'Acre et non de la défendre.

– Lui connaît cela du dedans, les faiblesses, les périls...

– Suffit ! Je l'envoie au mont Thabor. Il saura là-bas ce qu'il faut faire ! »

Sur la piste du mont Carmel, à bride abattue, le général Bonaparte expliqua au fidèle Junot son dessein. Les émissaires secrets de l'armée d'Orient étaient probablement arrivés à Damas afin de convaincre la population juive de se rallier à sa bannière. Venture de Paradis les avait nantis de messages pour diverses familles, dont celle des Farhi, les banquiers de Djezzar Pacha. Le général Samuel, d'origine juive, avait lui aussi signé des lettres pour ses coreligionnaires de Syrie et ajouté son paraphe sur la déclaration de Lucien Bonaparte parue dans *La Décade philosophique*, la revue acquise aux idéaux de Volney, appelant les juifs au retour en Terre promise. « On sait combien ils tiennent à leur ancienne patrie et à la cité de Jérusalem. Dispersés sur toute la Terre par une persécution qui dure depuis dix-huit siècles, ils tournent encore leur regard vers la Palestine, où ils espèrent que leur postérité plus heureuse sera ramenée par un prodige difficile à croire. Ils accourront des quatre coins du monde, si on leur donne le signal. »

D'autres agents s'étaient rendus à Alep, et Venture avait déjà reçu des missives en retour. Là-bas, dans cette ville où l'on comptait nombre de chrétiens, ils avaient rallié les cercles frankistes et quelques sabbatéens en liaison avec les fidèles d'Europe et du château d'Offenbach. Ceux-là se disaient favorables à la venue de Bonaparte et se déclaraient prêts à le reconnaître comme le Messie. Les notables juifs d'Alep, eux, ne savaient rien de ces tractations, tenus à l'écart en raison de leurs penchants pour la Sublime Porte.

– Peut-on faire confiance à Venture ? demanda soudain Bonaparte alors qu'il galopait sur la plaine longeant la mer, loin des marais.

Junot tergiversa. L'orientaliste était certes acquis à la cause de l'expédition et se révélait précieux pour sa maîtrise des langues et sa souplesse auprès des traducteurs juifs et arabes. Mais il s'était trompé si souvent... Son amitié avec Volney devenait suspecte. Cacherait-il quelque jeu malsain ? S'était-il acoquiné avec la secte des sabbatéens, dont certains avaient infiltré les rouages de la Révolution française ? Junot ne savait à qui s'ouvrir de ces tracas. Pas à Kléber ni à Berthier, encore moins à Murat. À Caffarelli peut-être, mais le pauvre bougre divaguait sans fièvre, et ce mal de l'esprit ne pouvait qu'empirer.

Bonaparte et sa petite troupe parvinrent avant la nuit aux abords de Haïfa. Ils bivouaquèrent au campement du bord de mer, puis montèrent à l'aube sur les hauteurs du Carmel, que le général en chef avait déjà gravi avant son arrivée près de Saint-Jean. Mal à l'aise sur sa monture qui allait d'un bon pas au milieu de la piste pierreuse bordée d'arbustes et de joncs, Venture de Paradis s'approcha de Bonaparte. Celui-ci avait perdu sa mauvaise humeur et appréciait la vue sur la mer, qui lui rappelait la Corse et la baie d'Ajaccio. Les mêmes barbaresques avaient longtemps hanté les deux rivages, ceux de son île natale et ceux de Haïfa, pirates aux ordres de la Porte, autant de mercenaires cachés à qui lui, le chef de l'armée d'Orient, le sauveur des peuples du Levant, ferait rendre gorge.

– Venture, tu me parlais de la kabbale. Tu connais l'hébreu, est-ce bien vrai cette sornette sur le mont Carmel ?

– C'est en tout cas une des croyances des juifs de Palestine et de Safed surtout.

– Répète-la-moi, cette fable. Je veux l'entendre sur ces hauteurs.

Venture de Paradis raconta à nouveau la légende des communautés juives de Safed, maintes fois entendue de la bouche de ses deux traducteurs de Samarie. « Celui qui découvrira le jardin et la beauté sera le Messie. » Bonaparte cherchait à comprendre les mots tout en jetant des coups d'œil à la mer. La beauté, expliquait Venture, était Jaffa, sa traduction en hébreu, et le jardin était le Carmel, bien que ce mot puisse aussi désigner le désert.

– Si je me rends une nouvelle fois sur le mont Carmel, Venture, tu l'auras compris, c'est pour deux choses. D'abord, pour voir où Élie a chassé les faux prophètes. Ensuite, pour que cette visite soit connue de tous ! On appellera le peintre et il fera au plus vite un portrait de moi, une esquisse. Je veux un Bonaparte au Carmel comme il y a un Bonaparte avec les pestiférés de Jaffa !

Venture de Paradis approuva le général en chef, mais demeurait sceptique. Certes, après la prise de Jaffa et l'ascension du Carmel, les deux volets de la prophétie seraient accomplis. Mais le premier acte avait été un désastre. Ces tueries destinées à impressionner les peuples avaient suscité le dégoût. Venture pouvait encore compter sur les juifs d'Alep et de Damas, qui ne devaient pas connaître la vérité, et dont certains désiraient avant tout se soulever contre la Porte, même si le pacha de Damas comptait de nombreux soutiens dans la communauté, notamment avec la famille des Farhi. L'énigme de la kabbale serait bientôt révélée aux fils d'Israël, mais il ne fallait en rien rater le second acte de la prophétie, l'ascension du Carmel.

Deux chasseurs partis en éclaireurs signalèrent que la voie était libre.

– Ils ont déguerpi, dit Eugène de Beauharnais à Bonaparte. Plus d'ennemis à l'horizon.

Venture de Paradis apprit par deux paysans chrétiens que des cavaliers s'étaient rendus plus tôt aux abords du mont Carmel, dans l'une des chapelles. Ces cavaliers s'étaient livrés à un bref combat avec des inconnus, selon les bruits entendus par les paysans, terrés derrière un talus, puis ils avaient détalé. L'affaire intrigua Venture de Paradis. Il s'en ouvrit à Eugène de Beauharnais et à Bonaparte.

– Sans doute nos agents qui sillonnent la contrée, lâcha le général en chef. Berthier a tissé sa toile sur toute la Terre sainte. C'est d'ailleurs ce qu'il a fait de mieux jusqu'à présent...

Bonaparte se souciait peu des anicroches en cours de route. Bien plus grave était la nouvelle qu'apportait un lieutenant des dragons, dépêché au galop de Haïfa. Il s'arrêta à deux pas de Bonaparte.

– Général, nos agents de Tibériade et de Djenine nous confirment ce que nous avait déjà rapporté le fils Daher. Le cheikh de Djenine a envoyé cinq mille cavaliers et quatre mille fantassins dans la plaine d'Esdrelon. Il répondait à un appel de Djezzar, qui veut nous attaquer sur nos arrières.

Bonaparte serra les rênes entre ses mains.

– Le chien ! On fera mordre la poussière à ce bâtard aux ordres des Ottomans ! Junot, écris un message au chef d'escadron Lambert. Qu'on me dise où en est Kléber avec ses troupes !

Il sauta à terre et s'adressa à Bourrienne :

– Donne-moi les cartes.

La mer agitait des rouleaux pareils à des baves de chevaux batailleurs. Les arbustes du mont Carmel se courbaient dans le vent. Le paysage avait une puissance sereine que rien n'aurait pu troubler.

– Qu'on me montre où se trouve l'ennemi !

Le lieutenant des dragons désigna les villages sur la carte et plaça quelques cailloux pour figurer l'avancée de Kléber.

– Qu'il se dépêche, l'Alsacien ! Là, regardez, les troupes ennemies peuvent aisément faire la jonction entre ceux de Damas et ceux de Djenine. Kléber n'a plus qu'à foncer sur Nazareth.

– Il l'aura déjà fait, général, osa Junot, qui venait de finir d'écrire sa missive.

Bonaparte s'approcha de son aide de camp favori et lui toucha l'épaule solennellement.

– Junot, filez au campement et rejoignez Kléber. Vous verrez ce qu'il lui manque le plus pour préparer son expédition.

– Je le sais déjà, général. Des munitions et des munitions...

Junot partit aussitôt avec le lieutenant des dragons vers la plaine d'Esdrelon. Bonaparte inspecta à nouveau la carte. Il se redressa et pointa sa main droite vers les hauteurs du mont Carmel.

– En avant ! Cette conquête-là est aussi importante que le reste !

Le détachement parvint sur les hauteurs à la mi-journée. La lumière était d'un bleu pur qui rappelait les cieux de Corse. Bonaparte s'inclina et prit de la terre qu'il jeta au loin.

– Le prophète Élie a chassé ici même les quatre cent cinquante faux prophètes. C'est à nous aujourd'hui de chasser les Turcs et de libérer la Terre sainte. Gardons-nous des faux prophètes.

Beauharnais l'approuva d'un signe de la tête. Bourrienne, lui, prenait des notes sur la selle de son cheval. Quand Bonaparte croisa le regard de Venture de Paradis, il n'y discerna aucun encouragement. Le drogman pourtant vénérait lui aussi Élie. Bonaparte avait envie de le gifler, mais il ne montra rien de son agacement. Sans doute la phrase sur les faux prophètes était-elle de trop.

58

Antoine et Hortense se levèrent bien avant l'aube et, titubant de sommeil, remontèrent d'un pas hésitant le petit sentier jusqu'à la porte dérobée du monastère. Les yeux cernés, le père Silvano les attendait dans le jardin, un doigt sur la bouche. Chandelier à la main, il leur ouvrit une porte, puis une deuxième qui débouchait sur une pièce richement meublée, avec des tables finement travaillées et des chaises rembourrées.

– Le voilà, le tableau du Caravage. Faisons vite. Cette fois, le danger ne vient plus seulement des éclaireurs. On signale les troupes de Bonaparte sur la piste de Haïfa à El Muhraqa.

Le père leva le chandelier au-dessus de sa tête et Hortense poussa un soupir devant tant de beauté. Au milieu de la toile posée sur une commode en bois ciré, on voyait un homme jeune à moitié nu, une lance dans la main droite, penché sur une teinture rouge.

– C'est saint Jean-Baptiste bien avant la décapitation, commenta le père Silvano. Il y a eu de nombreux tableaux du Caravage montrant notre saint homme durant son martyre ou après, dont l'œuvre où Salomé prend sa tête. Mais ce tableau-là est exceptionnel. Je remercie encore l'ordre de Malte de me l'avoir donné !

– Les soldats de Bonaparte l'ont-ils trouvé ?

– Oh non, et je me garde bien de leur en parler.

– Alors, faites attention, mon père, aux quelques chevaliers de Malte qui ont rallié l'armée d'Orient. Certains connaissent sans doute l'histoire de ce tableau.

Antoine ne voyait aucune indication sur le tableau. Il demanda à Hortense et à Élias s'ils apercevaient un signe sur la toile, mais tous deux répondirent par la négative. L'œuvre était à la fois simple, avec un seul personnage, sans décor, sur fond marron, et mystérieuse. Le visage incliné cachait dans l'ombre le regard. Saint Jean-Baptiste, avec une dureté sur les lèvres et les mâchoires, était plongé dans ses pensées, mais sa méditation semblait troublée, peut-être par un désir de vengeance. Il émanait du tableau une impression à la fois de douceur et de fermeté extraordinaire.

Antoine s'approcha et souleva la toile. Hortense le rejoignit. Sans échanger un seul mot, ils se comprirent et se mirent à chercher dans les rainures de l'encadrement. Hortense s'arrêta brusquement. Ses doigts venaient de trouver entre le bois et la toile une échancrure.

– Élias, le couteau !

Le père Silvano fit un signe de croix et regarda médusé les trois compagnons s'affairer autour du cadre. Quand il vit la lame briller au reflet de la chandelle, il poussa un soupir et pria « *Maria, Madre de Dios* ». Antoine extirpa alors un morceau de tissu soigneusement roulé.

– Un message..., murmura Hortense. Attention, le papier est peut-être abîmé.

L'enveloppe de tissu fermée par un filin cachait une petite lettre. Antoine la déplia fébrilement.

– Qu'est-ce ? demanda Élias.

– Ce sont des mots en français, dit Antoine.

Hortense lut par-dessus son épaule :

– « Le message est dans le requiem des femmes martyres. »

– J'avoue ne pas comprendre, lâcha le père Silvano.

Antoine de Phélippeaux lut la phrase une seconde fois.

– Les « femmes martyres »... Avez-vous eu des condamnations, des mises au bûcher de femmes, des supplices dans les parages ?

Le père chercha pendant quelques instants.

– Non, rien, hormis les massacres de Jaffa...

Antoine se tourna soudain vers Hortense.

– Les femmes martyres, ce sont évidemment les carmélites, de Compiègne !

Hortense devint livide.

– Et le requiem ? Qu'est-ce que ça peut être ?

Hortense ferma les yeux.

– Il en existe plusieurs, chantés par les sœurs aux derniers jours de leur vie.

– Le requiem est sûrement le dernier chant. T'en souviens-tu ?

Elle se remémora le cantique, lorsque les carmélites avaient célébré la fête de Notre-Dame du Mont-Carmel, le 16 juillet 1794.

– C'était à la veille du procès au Tribunal révolutionnaire, quand l'accusateur public s'appelait Fouquier-Tinville. Les paroles étaient celles-ci :

« Fleur du Carmel,
Vigne fleurie, beauté du ciel,
Ô Notre Dame
Vierge pure et douce,
Sois secourable,
Étoile de la mer. »

– Je m'en souviens, dit Antoine d'une voix émue. Dans son manoir de Quiberon, Charles de Grandbastien m'avait montré ce chant sur une lettre apportée par le citoyen Blot. Toutes les indications se trouvent dans ce texte...

Hortense s'assit à la table et écrivit sur un bout de papier le couplet. Antoine la prit aussitôt par le bras et l'entraîna vers la porte. Élias et le père les suivirent.

– Nous chercherons dehors ! Le jour ne va pas tarder à se lever.

Ils sortirent par la porte dérobée et se dirigèrent vers le sentier du petit couvent, à la suite d'Antoine qui bondissait tel un cabri dans les premières lueurs de l'aube.

– Père, dit-il en chemin, expliquez-nous ce que pourraient être ces mots, « vigne fleurie » et « fleur du Carmel ».

– La vigne est par là, Antoine, en contrebas, mais attention aux racines sur le sentier, vous allez tomber !

Hortense le retint d'un geste.

– Attendez, père. Nous avons un autre message, que j'ai reçu à Paris et qui m'a entraînée sur le chemin de la Terre sainte. Il disait ceci : « La Règle vit près du prophète du livre des Rois, devant sa grotte. Rose sera le chemin de Pâques. » Pâques, nous y sommes presque. Le prophète est Élie, et sa grotte ne peut être que devant nous, face au monastère, et non pas une vigne à côté...

Le père lui adressa un sourire.

– Mon enfant, vous êtes proche de la vérité. Mais il ne s'agit pas de cette grotte. Élie avait en fait, comme nos ermites, plusieurs grottes, surtout près de la source, qui est plus loin... Du rose, il n'y en a point ici. Mais plus loin les roches apparaissent souvent de cette couleur à l'aurore.

Ils arrivèrent à la vigne du monastère, qui courait sur un coteau. Le soleil ne dépassait pas encore les hauteurs du mont Carmel. Au loin, Antoine aperçut la presqu'île de Saint-Jean-d'Acre. Hortense l'effleura, et cela suffit à calmer son trouble à la vue de la ville assiégée.

– Continuons, dit-il avec entrain. Le message parle de fleur du Carmel et de vierge pure et douce.

En retrait, Élias leur cria :

– Venez voir !

Tous trois accoururent. Une grosse pierre qui bornait la vigne était gravée d'une flèche indiquant la direction du sud.

– Allons-y ! lança Antoine. Père, il est préférable que vous rentriez au monastère afin de nous donner l'alerte si les hommes de Bonaparte revenaient. Et puis, ce sentier est pentu.

– Je vois que vous préférez que je retourne à mes prières. Mais vous avez raison. Je vous préviendrai.

Le père Silvano descendit le sentier pierreux avec précaution. Aussitôt, Antoine, Hortense et Élias s'élancèrent vers le chemin du sud. Sur une autre pierre était gravée une fleur.

– Voilà ce qui correspond au premier vers, « Fleur du Carmel ». Regardez, son inclinaison semble montrer cet autre sentier.

Ils continuèrent par un chemin en pente, à flanc de coteau. À la seconde courbe, il déboucha sur une ravine.

– Le chemin s'arrête là, pesta Élias.

Hortense intima le silence d'un geste de la main, puis désigna les ruines d'un moulin, sur les hauteurs, de l'autre côté de la ravine, légèrement en direction de la mer et du monastère. Antoine contempla les collines sans rien remarquer de particulier.

– Existe-t-il ici une ancienne église ou chapelle ?

– Oui, derrière ce moulin, mais on ne peut pas la voir, répondit Élias. Cette église servait aux ermites lorsqu'ils priaient aux abords de la source d'Élie, Wadi Aïn es-siah en arabe, le Torrent des pèlerins. Nous, les chrétiens, depuis le siècle dernier, nous préférons l'appeler la Vallée des martyrs.

– La Vallée des martyrs ? C'est aussi le sens du message caché dans le tableau du Caravage ! s'exclama Hortense.

– Oh, que n'y ai-je songé plus tôt ! soupira Élias.

– J'ai trouvé, lança Antoine. Écoutez les paroles du chant : « Beauté du ciel, ô Notre Dame. » Voilà, il suffit de lever les yeux au ciel et de regarder en direction de Notre-Dame, l'église de la source d'Élie, même si on ne la voit pas. Le moulin est sur la trajectoire.

Ils descendirent dans la ravine, puis remontèrent vers la ferme délabrée, un moulin à vent aux ailes cassées.

– Il servait à produire de l'huile d'olive, dit Élias. Il y a bien trois générations qu'il ne sert plus. On l'appelait le moulin de la Vierge.

– Voilà le sens du chant, « Ô Notre Dame, ô Vierge pure et douce ».

– Il reste le plus dur, souffla Hortense, les deux dernières phrases : « Sois secourable, Étoile de la mer. »

– Sans doute existe-t-il un lien entre l'idée de secours et ce moulin. Élias, servait-il seulement à faire de l'huile d'olive ?

Le chrétien de Nazareth s'assit sur une pierre et releva sa tunique pour s'éponger le front.

– Il y a bien longtemps, ce moulin servait aussi de

dispensaire pour les pèlerins, ou du moins cette grange adjacente. C'était comme un hospice où venaient les chrétiens, les juifs et les musulmans. Pendant des siècles, les moines donnaient des soins et versaient de l'huile sur les blessures et les maux, et tous accouraient de Tibériade, d'Acre, de Haïfa, de Nazareth, de Bethléem. Ces moines parlaient la langue des Francs ainsi que l'hébreu, l'arabe, l'araméen, et parfois les malades communiaient entre eux, priaient les mêmes prophètes, et c'étaient les miens qui traduisaient. Quelquefois, cela guérissait, quelquefois non, mais tous remerciaient les religieux pour leur hospitalité. Et puis cela s'est brutalement arrêté, lorsque j'étais enfant.

– Que s'est-il passé ? demanda Hortense, intriguée.

– Les derviches musulmans sont venus. Ce fut la destruction.

– Je croyais pourtant que les derviches et les soufis étaient les alliés des carmes, depuis que Thérèse d'Avila et Jean de la Croix s'étaient intéressés à leurs écrits et à leurs poèmes. Comme Roumi le derviche, ils ont chanté le mariage de l'amour divin et de l'amour terrestre.

Hortense avait dit cela en regardant Antoine.

– Oh, cela n'a duré qu'un temps ! dit Élias. Les derviches étaient utilisés par le pacha de Damas qui voyait d'un mauvais œil les carmes s'intéresser à la kabbale.

Hortense baissa les yeux et regarda la mer en contrebas.

– C'est Jean de la Croix qui était proche de la kabbale, dit-elle. Il a écrit dans sa vie 999 vers et plusieurs carmes se sont interrogés : pourquoi ce chiffre ? Il est évidemment à relier aux kabbalistes. Ils étaient très présents à Tolède et Avila, les villes précisément de

Jean de la Croix et sainte Thérèse. Par ses vers, Jean de la Croix, qu'on appelait le prince des poètes, a célébré l'amour divin mais aussi l'amour charnel, ainsi il était proche des soufis, de Roumi et de l'islam. Et par la kabbale, il était proche du judaïsme.

Antoine de Phélippeaux, tout en écoutant Hortense, inspectait les ruines et cherchait un indice. Les hautes herbes envahissaient les pierres ocre et blanches, les ailes du moulin s'effondraient sous les assauts de la moisissure et le sentier disparaissait dans les ronces.

Sans un mot, Élias se leva, prit son poignard et inspecta le vieux mortier qui scellait les pierres du moulin. Hortense se mit elle aussi à examiner la façade, puis l'intérieur. Les portes étaient cassées et les murs noircis par le feu des mouliniers. Des mots s'étalaient, gravés dans la pierre, en hébreu, en arabe et en caractères latins, mais aucun des trois ne parvint à les déchiffrer, hormis quelques prénoms d'amants qui s'étaient aventurés jusqu'ici. Élias passa sa main sur l'un des noms, en quête de ses jeunes années.

Antoine ressortit, persuadé que la clé se trouvait au-dehors. Sur le mur de façade, au-dessus de sa tête, courait un rosier sauvage dont les feuilles masquaient l'épais linteau de pierre dure. En son milieu était insérée une roche de couleur claire rosie par les lueurs de l'aube. Il fit rouler jusqu'au seuil de la porte un gros caillou sur lequel il se hissa.

– Élias, le poignard ! Ce morceau de linteau est rose !

Le chrétien de Nazareth lui tendit son arme et Antoine coupa les ronces. Le linteau se dégagea. Hortense accourut et vit un signe gravé dans la roche rose.

– Une étoile !

– Une étoile de mer, dit Antoine devant Élias médusé. J'ai vu la même gravée au-dessus d'une cellule du khan al Faranj à Saint-Jean-d'Acre. Cela correspond à la fin de notre chant : « Sois secourable, Étoile de la mer. » Voyons ce qui est caché derrière.

Élias monta sur une autre pierre et aida son compagnon à chercher dans les interstices du vieux mortier de chaux. Rien ne se dégagea, hormis quelques débris.

– Où cela diable nous mènera-t-il ?

Alors qu'Hortense marchait autour du moulin à huile, Antoine continuait à triturer la pierre, sans grand espoir. Il s'arrêta quelques instants pour souffler. Le soleil était déjà haut et caressait le flanc de la montagne. Au loin, la mer étageait des nuances de bleu et soulignait sa ligne de partage avec les cieux.

– Antoine, il y a quelque chose ici ! Un autre linteau !

Le cri d'Hortense le ramena à la réalité. Il descendit de sa pierre et se rendit en courant derrière le moulin. Un linteau était dissimulé par des poutres pourries et des branches enchevêtrées.

– Il porte lui aussi une étoile ! dit-elle tout en joie.

Phélippeaux s'approcha et constitua un petit tréteau avec des morceaux de poutre. Le signe était identique à celui de l'autre façade, mais ce linteau était davantage orienté vers la mer, sur la gauche d'Antoine.

– Regardez, l'étoile est gravée sur une pierre insérée dans le linteau... Et elle est tournée vers le large !

Un mortier léger scellait la pierre qui portait l'inscription. Antoine et Élias unirent leurs efforts tandis qu'Hortense faisait le guet. Au bout d'une demi-heure, la pierre fut dégagée de son mortier. Dans l'excavation se cachait un long rouleau de cuir qu'Antoine saisit aussitôt. Il descendit de son promontoire et appela Hortense, qui accourut.

– L'objet de notre quête est là, enfin..., murmura-t-elle.

Antoine déplia le rouleau cacheté des deux côtés par de la cire, de sorte que le contenu avait été protégé des griefs de la pluie et de la rosée du matin. Un deuxième rouleau de cuir lui succédait, de meilleure qualité, moins abîmé par les ans. Il sentait l'encaustique.

– Il a été caché là il y a bien longtemps, dit Élias, émerveillé.

– À moins qu'on ne l'ait déplacé, objecta Antoine. Ce couvent est en ruine depuis moins de trente ans, si l'on en croit le père Silvano.

Ses doigts tremblaient d'émotion, mais il parvint à se maîtriser. Il sentit le souffle d'Hortense sur sa nuque, et cette promesse de vie était belle, semblable à l'aube sur la Terre sainte.

À l'intérieur de ce second rouleau se lovait un parchemin bien conservé qu'Antoine déplia soigneusement.

– La Règle de vie originale, murmura Hortense, celle signée par le patriarche Albert de Jérusalem et que l'on appelle la Règle primitive...

Hortense tremblait et tentait de ne point le montrer. Antoine portait son regard tour à tour sur le parchemin vieux de six siècles et sur Hortense, et cela suffit à la ramener au calme. Le vent secoua légèrement les branchages des arbustes et Antoine protégea le parchemin en s'inclinant. Ils s'assirent tous les trois après avoir jeté un coup d'œil sur le chemin et se mirent à examiner le texte. C'était une lettre en latin aux caractères soigneusement tracés et bien conservés. Hortense n'eut aucun mal à traduire les phrases.

– Cela commence ainsi : « Albert, par la grâce de Dieu patriarche de l'Église de Jérusalem, à ses chers fils dans le Christ, Benoît et les autres ermites, qui vivent sous son obéissance, au mont Carmel, près de la source, salut dans le Seigneur et bénédiction du Saint-Esprit. »

Des enluminures étaient insérées dans les premières lettres. Bien que certaines nuances fussent délavées, l'essentiel des couleurs avait été préservé.

– C'est très beau, commenta-t-elle entre deux phrases. Il y a de nombreuses références à la Bible, sans qu'elle soit citée directement. Les moines demandaient le droit de vivre dans le désert...

– Y aurait-il quelque chose de différent par rapport à la Règle de vie connue, celle transmise par les carmes et les carmélites ? demanda Antoine.

Elle réfléchit un instant, le regard perdu dans le vague.

– Oui, il existe de nombreuses différences, des détails d'abord. Ce qui change surtout, c'est que les ermites, les premiers carmes, ne demandaient pas encore la vie communautaire, contrairement à la Règle de 1247, adoptée près de quarante ans après la signature de celle-ci. Et puis là, on conseille aux croyants et aux ermites de suivre davantage la foi que le prieur, ce qui veut dire que le patriarche et les ermites du mont Carmel étaient en fronde contre l'un des leurs, ou quelqu'un de Saint-Jean-d'Acre, d'un autre ordre sans doute.

Elle continua de lire les phrases, revint en arrière, chercha les différences avec la Règle qu'elle connaissait, celle qui avait inspiré Thérèse d'Avila. Elle respirait profondément, comme pour mieux se concentrer.

– Voilà, j'ai trouvé une phrase qui est inconnue.

Elle traduisit lentement :

– « Que chacun demeure dans sa grotte ou le désert pour méditer la loi du Seigneur, où qu'il soit, et sous les trois formes du Livre. Car Dieu est le même Dieu pour tous... » Voilà quelque chose qui était inconnu jusqu'à présent, « les trois formes du Livre » et « le même Dieu pour tous ».

– C'est une référence aux trois religions, au christianisme, au judaïsme et à l'islam, commenta Antoine.

– Oui, c'est évident, et ces deux phrases ont ensuite disparu des autres règles, celles qui ont été adaptées après la disparition de ce parchemin.

Élias posa la main sur le bras d'Antoine.

– Cette lettre ne pouvait avoir que beaucoup d'ennemis. Elle correspondait à l'entente entre les trois religions, celle que nous vivons à Safed, à Nazareth et en haute Galilée.

– Tel devait être aussi l'esprit des carmes au début, ajouta Antoine.

– Mais pas celui de Prosper du Saint-Esprit s'il est venu avec pour mission de n'autoriser qu'un seul ordre au mont Carmel, celui des carmes, dit Hortense.

Élias montra la façade du moulin délabré.

– Je comprends mieux pourquoi la vraie Règle de vie était cachée ici. Ce bâtiment abritait un hospice où les hommes des trois religions venaient se faire soigner. Les gens des environs obéissaient sans doute à cette règle.

Il prit une poignée de terre et la fit glisser entre ses doigts.

– Il y a eu de curieux mariages sur cette lande. Nombre d'entre nous, Arabes chrétiens, sont des descendants des croisés, tel Al-Sabbagh. Ma famille, elle, s'est mélangée à des seigneurs et des chevaliers de l'ordre des Templiers. Mon père disait que la règle des Templiers était proche de l'esprit des carmes et n'interdisait pas les liens avec les mahométans. Ma famille a ainsi longtemps entretenu des relations avec l'un des seigneurs de Damas. Les Templiers embauchaient souvent des conseillers sarrasins, et même des scribes ou des mercenaires musulmans. Cela leur a été beaucoup reproché par les autres ordres chrétiens. Saladin aussi considérait cela comme un danger, car c'était un moyen d'entente entre les deux religions. C'est pourquoi le sultan d'Égypte Baybars Ier a fait décapiter tous les Templiers à Safed en 1266.

Antoine parcourut à nouveau le parchemin, tentant de déchiffrer les quelques mots latins qu'il connaissait.

– La Règle est œcuménique, c'est vrai, et elle protège les gens du Livre, de la Bible, de la Torah et du Coran. Tous peuvent ainsi se donner la main, depuis la montagne d'Élie, le prophète vénéré par les trois religions. Vous avez raison, Élias, cette règle ne pouvait engendrer que nombre d'inimitiés. C'est sans doute pour cela aussi que le patriarche Albert a été assassiné à Saint-Jean-d'Acre...

Ils mirent en commun leurs connaissances. Hortense évoqua à nouveau les origines juives de Thérèse d'Avila et la passion de Jean de la Croix pour les textes soufis ainsi que la foi des morisques, les musulmans qui se cachaient sous des habits de catholiques en Espagne, après la Reconquista du XVe siècle. Puis Élias rappela la tradition de Nazareth, avec les trois religions qui longtemps se marièrent, jusqu'à l'arrivée des maronites. Antoine, lui, parla de son ordre de chevalerie, qui ne représentait plus grand-chose, mais dont certains adoubés devaient œuvrer pour le retour en Terre sainte, aux côtés des juifs révolutionnaires de France. Tous trois regardèrent à nouveau le parchemin. Il était magique pour son témoignage porteur de tous les espoirs de Judée, de Samarie et de Galilée.

– Avec cela, nous pouvons faire tomber Bonaparte, lâcha Antoine. Les trois religions ne peuvent s'unir sous sa bannière. Et les peuples de la Terre sainte n'auront plus besoin de faux messie.

– À condition qu'il ne mette pas la main sur la Règle, l'interrompit Hortense.

Elle voulut replacer le document dans sa niche minérale, mais Antoine jugea préférable de l'emmener loin du mont Carmel et des troupes de l'armée d'Orient qui pouvaient surgir à tout instant. Élias plaida pour Nazareth, puis fut convaincu que l'endroit était dangereux si Kléber venait à s'aventurer davantage dans la plaine d'Esdrelon et y batailler contre les renforts mamelouks de Damas. Safed n'était pas un meilleur endroit. Restait Saint-Jean-d'Acre. Antoine assura que la forteresse tiendrait, malgré le siège, les canons de Bonaparte, les assauts répétés. Il montra au loin la citadelle, que l'on apercevait au nord de la baie de Haïfa. Des petits nuages de fumée bordaient la presqu'île.

Les combats avaient recommencé.

59

Ils retournèrent vers le monastère d'un pas alerte, enchantés d'avoir retrouvé le précieux parchemin qu'Antoine conservait dans sa chemise. Hortense dévalait le sentier à sa suite sans prêter attention aux ronces et aux épines qui griffaient sa peau et sa robe. À l'approche du monastère, là où le sentier se divisait, avec un embranchement pour le jardin et la porte dérobée, Antoine ralentit le pas. Élias s'approcha, conscient lui aussi du danger. Une atmosphère inhabituelle entourait la maison des carmes. Élias porta aussitôt sa main à son poignard. Antoine entraîna Hortense dans le bosquet. Ils perçurent des cris.

– C'est la voix du père Silvano ! dit Antoine. Ne bouge pas, Hortense. Je m'y rends avec Élias.

Il se dirigea vers la porte dérobée avec le chrétien de Nazareth et tous deux pénétrèrent dans le cloître, désert. Ils se rendirent à l'étage par l'escalier de gauche. À travers une fenêtre, ils virent devant l'entrée trois gardes, qui s'efforçaient de faire monter à cheval le père Silvano, les mains liées. Antoine et Élias se regardèrent et n'eurent même pas besoin de se concerter. Ils ouvrirent les deux fenêtres, sautèrent en contrebas et se ruèrent sur les gardes. Le premier fut expédié à terre en un clin d'œil, assommé. Le second reçut un violent coup de poing d'Antoine, qui saisit un bout de bois pour achever son œuvre. Quant au troisième, il ne demanda pas son reste et détala. Élias s'empara aussitôt d'un cheval et s'élança à sa poursuite. Il ramena le soldat français quelques instants plus tard, attaché sur sa monture et bâillonné par une manche de chemise.

Le père Silvano se dégagea de ses liens et frotta ses poignets rougis, la robe noire empoussiérée. Hortense rejoignit les deux compagnons.

– Ils ont voulu m'enlever, dit le père, le souffle court. Fuyez, fuyez au plus vite !

– Vous feriez mieux de fuir avec nous !

Ils jetèrent le troisième larron dans la cave du monastère avec une miche de pain, récupérèrent les armes sur les gardes, trois fusils et deux pistolets, puis se ruèrent vers les étages. Les autres religieux avaient disparu.

– Deux ont été arrêtés avant mon arrivée, dit le père. Les autres ont dû se réfugier vers les hauteurs et la chapelle d'El Muhraqa, au-delà des villages druzes.

– Que voulaient-ils ? demanda Antoine.

– Ils ont été envoyés par Bonaparte et un nommé Venture de Paradis, son interprète en chef qui parle l'hébreu et l'arabe. Ils disaient vouloir nous interroger au camp de Tell Harassim, près de Saint-Jean-d'Acre.

– Ils cherchent sûrement quelque chose, dit Antoine entre ses dents. Peut-être la Règle de vie...

Les yeux du père Silvano s'illuminèrent brusquement.

– L'avez-vous trouvée ?

Antoine hésita avant de répondre, en désignant sa chemise :

– Nous l'avons... Ici même. Gardons le secret, ce vieux parchemin représente un trop grand intérêt.

Bonaparte en a besoin pour rallier les juifs, les chrétiens et les musulmans de Galilée et de Samarie contre Djezzar Pacha. Si la Règle de vie tombe entre ses mains, la contrée sera dévastée pour quatre générations...

– Pour vingt, vous voulez dire ! répliqua le père. Oui, il faut cacher cette relique. Ils ne vont pas tarder à revenir. Les hommes du général Lannes stationnent à Haïfa et veulent installer ici même un hospice pour leurs blessés et les gens atteints de la peste.

– Venez avec nous, père, nous retournons à Saint-Jean-d'Acre.

– J'irai me cacher dans la montagne druze avec mes frères qui sont montés à El Muhraqa, ou à Nazareth.

Élias l'arrêta d'un geste.

– Non, père, ce serait encore pire, les alliés de Bonaparte ont des relations là-bas.

Élias se retint afin de ne pas nommer les maronites et les franciscains, qu'il n'aimait guère, mais le père Silvano comprit l'allusion.

– Nous verrons bien ! Il restera toujours des partisans de l'entente entre les trois religions en Terre sainte.

Saisissant le péril, Antoine prit la relève :

– Père, je vous en conjure, n'empruntez pas ce chemin. Accompagnez-nous plutôt à Saint-Jean-d'Acre. Nous trouverons bien un chebec pour nous embarquer, quitte à faire un long détour.

– Non, mes amis, mon destin est ici. Je prendrai soin des fidèles sur la route. Il y aura bien des drames dans les jours à venir. De grâce, soyez prudents.

Les suppliques d'Hortense ne parvinrent pas à faire revenir le carme sur sa décision. Il alla chercher quelques effets personnels à l'étage puis revint pour leur dire de partir au plus vite.

– Les hommes de Bonaparte sont sur le chemin du monastère. Quand ils verront que trois des leurs ont été neutralisés, ils entreront dans une colère folle. Dieu seul sait de quoi ils sont capables. Allons, quittons-nous...

Antoine et Hortense enfourchèrent les montures des soldats assommés. À la demande du père, Élias partit prendre quelques provisions à la cuisine. Les adieux furent émouvants. Puis Antoine s'élança vers le sud sur le chemin qui longeait la mer sur les hauteurs, au-dessus de Wadi Aïn es-siah, la source d'Élie. Hortense était inquiète et craignait pour la vie du père. Elle ne prêta pas attention au paysage magnifique qui l'avait tant émerveillée la première fois qu'elle s'était approchée du mont Carmel. Elle pensait aux massacres et aux périls qui guettaient les habitants de la Terre sainte, à la Règle de vie cachée sous la chemise d'Antoine. Elle se dit que les trois religions de la Terre sainte étaient fortes, empreintes de complétude, nourries de la révélation et parfois de la parole des mêmes prophètes. Elles engendraient la haine parce qu'elles étaient trop proches.

Le cheval d'Antoine flaira la charogne. Il s'écarta de la piste et son cavalier le laissa faire. Sur un geste d'Antoine, Hortense et Élias le suivirent. Ils mirent pied à terre et prirent les fusils récupérés sur les trois soldats de Bonaparte. Élias ne remarqua rien d'anormal et longea le chemin dans les taillis, de manière à ne pas être vu par d'éventuels poursuivants. Dans un virage, quand la piste commença à descendre vers la mer, il leva brusquement le bras.

– Ne regardez pas, Hortense.

Antoine s'approcha. Sur une grande croix plantée

sur le bas-côté, un homme, le visage couvert d'épines, avait été crucifié. Christ perdu sur le mont Carmel, il était vêtu d'un pagne pour tout vêtement et ses mains étaient clouées sur le bois. Il portait une grande plaie au niveau du cœur, et le sang avait séché en coulant sur son corps.

Élias effectua les derniers mètres en bondissant sur les cailloux. Il fit le signe de la croix pour saluer le mort. Antoine eut envie de vomir. Hortense se tenait dans le sous-bois, mais elle aperçut le crucifié et se cacha le visage.

Élias cracha trois fois sur la terre battue.

– Cet homme est un chrétien, cria-t-il en soulevant le pagne du défunt. Je ne sais qui a commis ce crime car il n'est pas signé, mais les conséquences risquent d'être terribles.

– Ne parlons pas de vengeance, Élias. Dis-moi plutôt pourquoi il n'est pas signé. Ce sont sans doute des musulmans, ou des Druzes du mont Carmel.

– Antoine, ici on égorge et on tue proprement. Un mort est un homme que l'on respecte. Tout condamné a le droit d'avoir une sépulture. Les Druzes garrottent ou coupent la gorge. Les musulmans poignardent dans le cœur mais ne crucifient pas. Ceci est une mort étrange, que l'on a voulu montrer.

– Cela veut dire qu'un tueur est à nos trousses.

– La fille de Haïm Farhi... Elle sert désormais les intérêts de Bonaparte, elle est peut-être capable de tuer ainsi.

– Non, Élias, je te demande de me croire, jamais Rachel Farhi ne pourrait se rendre coupable d'un tel crime.

Après s'être concertés, les deux hommes enterrèrent

le corps dans un trou naturel qu'ils comblèrent de pierres.

– Cette mort est destinée à mettre les hommes de la Terre sainte sur le chemin de la vengeance, dit Antoine en rejoignant Hortense.

– Ce sont sûrement les agents de Bonaparte, murmura-t-elle, des larmes dans la voix. Je les crois capables de tout. Ce Bonaparte est un ogre, malgré ses grandes manières envers les femmes.

Antoine abattit la croix de bois, aidé d'Élias.

– Ça peut être les soldats de Bonaparte, comme ce tueur ou cette tueuse à nos trousses, ou tout autre personnage mandaté pour quelque conspiration. Il est évident qu'un rien fera basculer les populations dans un camp ou dans l'autre. Cet assassinat d'un chrétien va jeter des villages entiers du côté de Bonaparte. Ce serait ainsi la fin non seulement de Djezzar Pacha, mais surtout de l'entente entre les trois religions, et de tout ce que cette Règle de vie peut aider à consolider. Le meurtrier est sûrement au courant de notre quête. Il ne faut pas perdre un instant. Venez, descendons chercher un bateau vers le sud. Nous en saurons sans doute un peu plus à Saint-Jean-d'Acre.

Ils remontèrent à cheval en surveillant les hauteurs et ne virent nul soldat ou guetteur. Antoine eut pourtant la désagréable sensation d'être suivi. Le chrétien de Nazareth le réconforta en lui disant qu'il s'agissait de l'esprit d'Élie, à la fois heureux que la Règle ait été retrouvée et inquiet qu'un meurtre aussi barbare ait été commis.

60

Le boulet fit sursauter le lieutenant Dardennes. Voilà deux heures que ses hommes bataillaient pour soutenir l'ouverture de la mine, près de la tour d'angle, et sans cesse les mamelouks et leurs mercenaires repoussaient la charge. Dardennes n'avait pas dormi de la nuit, préférant écrire à sa fiancée Isabelle à Bordeaux. Jusqu'à l'aube un pressentiment l'avait hanté, puis la peur. Ce n'était pas à cause des patrouilles incessantes des Turcs paradant sur les remparts de Saint-Jean-d'Acre pour mieux défier l'armée d'Orient, ni des cris lancés depuis les murailles, ni des drapeaux qui flottaient en plus grand nombre depuis trois jours du côté ennemi. Il ressentait quelque chose de plus vague, une puanteur de charogne. Toutes les villes ont une odeur, mais celle dégagée par l'ancienne capitale des croisés était une odeur de mort, qui flottait sur ses hommes, s'attardait sur la tranchée, pénétrait dans les esprits. Cette guerre était une guerre à nulle autre pareille, pensait Dardennes, lui qui avait vu la sanglante bataille de Valmy, le siège de Mayence, les campagnes de Sambre-et-Meuse. Mayence surtout l'avait tétanisé, et il avait demandé à quitter le régiment de Kléber pour rejoindre le corps de Lannes. Il aimait pourtant Kléber qui avait vaincu dans la ville encerclée par les Prussiens, mais il voulait fuir les cauchemars qui le tourmentaient depuis des mois, ces images sordides bouleversant son cœur, ces cadavres, ces affamés, les rats que l'on mangeait, la vermine qui s'installait jusqu'au plus profond des hommes. Il ne détestait pas la guerre, et la mort ne l'effrayait pas, mais il redoutait la putréfaction des âmes, le désespoir qui gagnait un détachement, puis un régiment et une armée entière. Il avait fui l'horreur de Mayence et retrouvait pire à Saint-Jean-d'Acre.

Un second boulet arracha le bras du soldat Mouillot, qui hurla et fut transporté à l'arrière. Un autre soldat reçut de la mitraille en pleine poitrine et s'effondra avant de trembler et de murmurer un prénom, « Marie », des dizaines de fois. Dardennes ordonna à ses hommes de se mettre à l'abri. À sa droite surgit alors une unité. Il reconnut le capitaine Minerve Mailly de Chateaurenaud, qui le cherchait des yeux tout en menant ses hommes vers les murailles. Dardennes serra les dents puis cria :

– À bientôt, l'ami !

Mailly ne put l'entendre. C'était un signal convenu entre eux deux. La veille, Mailly l'avait alpagué dans une allée du campement :

« Je te dis au revoir, Dardennes.

– Allons, Mailly, nous survivrons ensemble ! Cette muraille ne peut tenir longtemps. Caffarelli a bien creusé sa mine ! Tout va sauter. Et ce sera un beau feu d'artifice ! »

Au fond de lui-même, il n'y croyait guère. Un autre péril avançait plus vite que la tranchée de Caffarelli. Le chirurgien Larrey, qui aimait tant trinquer avec les officiers, avait reçu ordre de Junot et de Berthier de ne rien dire. Il se murmurait dans le camp devant Saint-Jean-d'Acre que cet ennemi proliférait sur les arrières, à Jaffa et Haïfa. Un sergent très croyant avait évoqué le souffle du prophète Élie, et l'adjudant-général Laugier avait levé sa cravache pour le forcer au silence.

Minerve Mailly de Chateaurenaud courait maintenant au-devant des braves et Dardennes revit le siège de Mayence, lorsque les Prussiens montaient à l'assaut. D'assiégé, il était devenu assiégeant, et tout se confondait dans sa tête. La barbarie autour de lui ne connaissait pas de limites. Ses hommes au visage défait étaient devenus des automates, des bêtes cruelles. Tous étaient prêts à manier la baïonnette, à fouailler les entrailles, à éclater les viscères, à violer et découper en morceaux. Plusieurs soldats présents au massacre de Jaffa voulaient en découdre, comme si l'attente devant Saint-Jean les avait lavés de leurs péchés. Des rumeurs parcouraient les bivouacs et les tranchées, évoquaient l'esprit des croisés, les massacres commis par les Sarrasins, dont les descendants gardaient l'ancienne forteresse relevée de ses ruines, ainsi que la cruauté de Djezzar Pacha, qui occupait l'ancienne demeure des Templiers. Quand un boulet français heurtait la citadelle ou la grande mosquée avoisinante, les tranchées poussaient des cris de joie, malgré la pluie de fer en retour.

Dardennes regarda médusé la charge de Mailly. Ses hommes tombaient comme des mouches. Les Turcs sortis de la forteresse repoussaient l'assaut. Mailly, lui, demeurait debout.

– Ils ont un fusil dans le dos, maugréa le sergent Calais. Mais on les brisera quand même !

Sur sa gauche, il aperçut deux hommes courant sur la plage, non loin des murailles.

– Ceux-là, hurla Calais, y vont s'ramasser une pelle !

L'un d'eux s'arrêta devant un boulet à moitié enterré

dans le sable, s'agenouilla, ramassa la pièce, puis s'enfuit à l'arrière.

– Et cinq sous pour ce chanceux ! cria Calais. Bonaparte a raison : y a que comme ça qu'il va avoir de la munition !

Un deuxième bougre courut vers le sud, alors que les murailles tiraient de plus belle. Il n'eut pas le temps d'arriver au boulet enterré, un autre le faucha en pleine course.

Dardennes attendait l'ordre du général Lannes avant de lancer ses hommes à l'assaut.

– Un jeu de massacre, dit-il à voix basse, afin de ne pas être entendu par Calais. Et puis la mine de Caffarelli ne va pas assez loin. Ce maudit Bonaparte est trop pressé. Il nous fait courir à notre perte...

Quarante canonniers étaient déjà morts, et nombre de canons se trouvaient désarmés. Les Turcs visaient bien, sans doute guidés par le commodore Sidney Smith et Phélippeaux.

– Ce satané renégat, cria Calais, on va l'étriper. C'est un traître !

Calais puait la vinasse vendue à prix fort par les Nazaréens à l'armée d'Orient.

– L'étriper, tu le peux, rétorqua Dardennes, mais dire que c'est un traître, non !

– Pardonnez-moi, mon lieutenant, mais ce Français s'est vendu aux Anglais et aux Turcs.

– Et nous, à qui on s'est vendus ? Aux prophètes ? à la Terre sainte ? au roi de Prusse ?

Calais vit le regard trouble de Dardennes et se dit que la démence s'était emparée de lui.

– Vous feriez mieux de boire un bon coup, mon lieutenant, lâcha Calais en tournant les talons.

À quelques centaines de mètres, Bonaparte était

descendu dans la tranchée de Caffarelli, profonde de quinze pieds. Il observait la muraille en face depuis un monticule de terre lorsqu'une balle vint s'écraser à côté de lui. Beauharnais se jeta sur le général en chef, et un de ses guides reçut une balle dans l'œil. Il tomba sans un bruit.

Dardennes baissa la tête par instinct. La mine posée par les sapeurs venait d'exploser. Ses hommes poussèrent un cri de joie.

– On va les égorger, les Sarrasins !

Tous attendaient l'ordre de l'assaut afin de se ruer sur les murailles en trois groupes. Mais l'ordre ne vint pas. Dardennes savait ce que cela signifiait : la mine n'avait pas été assez puissante et la contrescarpe bâtie par le renégat de Phélippeaux, au-devant des remparts, avait été à peine ébranlée.

Des rumeurs grondaient de l'arrière. Près de la mine, les grenadiers se déclaraient pressés de monter au front et les baïonnettes s'agitaient. Comme pour prévenir l'assaut, les mamelouks et les Arnautes tirèrent une nouvelle salve de boulets. Des brancardiers se précipitèrent sur la première tranchée et emportèrent quelques corps gesticulant. Puis l'ordre fut donné de se ruer vers les murailles. Dardennes fit un signe de croix et hurla :

– En avant ! Gloire à l'armée d'Orient ! Pour la France !

Le mur se dressait à trois cents mètres devant lui, masse à la fois claire et sombre, éclairée par les lueurs du ponant et ténébreuse par la part de mort inscrite dans les pierres. Combien de cadavres avait-elle vus, cette muraille ? se demanda Dardennes. Tout avait été réglé à l'avance, les ordres, les gestes, les prières. La montée ensuite était une simple passe d'armes, hurler, embrocher, tuer, et mourir. Il avait vu maints assauts mais celui-là était plus simple, car il n'y avait rien à embrocher, que de la pierre. Il pensa à sa fiancée, une fille de négociant bordelais élevée dans l'odeur du vin et qui n'en buvait pas. Le goût de l'amour était le souvenir qu'il voulait garder.

Il courait à côté de ses hommes vers la portion de rempart qui bordait la tour d'angle au sud, en direction de la mer, il courait vers la mort pour il ne savait quelle gloire, pour le panache d'un homme sans doute, d'un Bonaparte affamé de cadavres dûment décorés, de plastrons tachés de sang, de vareuses amputées d'un bras, de culottes salies où manquait une jambe, de casques de dragons fracassés à coups de boulets, de femmes violées et d'enfants pris dans la tourmente de feu. Combien y avait-il d'innocents derrière ces murailles, de visages pétrifiés, de corps tremblants invoquant Allah, Dieu ou Yahvé ? Dardennes amalgamait ce qui se tramait devant et ce qu'il laissait derrière, pour ne pas voir le visage d'Isabelle, presque oublié à force de vouloir s'en souvenir. Il est étrange comme les efforts de mémoire parviennent parfois à l'effet contraire. Dardennes chargeait et des images s'incrustaient dans son regard. Il vit Calais s'effondrer. Il s'arrêta et s'aperçut qu'il lui manquait la tête. Un flot de sang coulait dans le sable. Le soldat Louvet, à genoux, parlait à la tête tranchée par le boulet.

– Calais, te laisse pas abattre, pense à tes p'tits, disait Louvet.

La tête le regardait mais ne disait rien.

– Louvet, vous ne voyez pas qu'il est mort ? cria Dardennes. Allez, droit devant !

Dardennes se surprit lui-même à hurler dans l'odeur de la poudre et de la tuerie. Son propre cri le ragaillardit et il fonça au-devant de la troupe, galopant sur les corps, sur les pierres, vers l'oubli. Les murailles de Saint-Jean-d'Acre avaient été assiégées jadis par les Sarrasins. Maintenant, lui et sa petite troupe montaient à l'assaut, des hommes fous et attachants, chaleureux et paillards, gentils et massacreurs. Il s'était rappelé la vieille expression « le cœur sur la main », lorsque Calais avait donné sa gourde de vin à Louvet dont le moral était en berne. Il lui avait aussi légué six sols pour étancher sa soif après la bataille, dans une taverne de Nazareth ou de Tibériade. « Tu boiras à la santé du Christ et peut-être à la mienne ! » avait lancé Calais. Dardennes n'avait pas compris sur le moment que le geste de Calais était destiné à soulager la souffrance d'un autre et à immortaliser la sienne. Les gestes altruistes représentent souvent la même pitié pour soi que pour les autres. « T'as le cœur sur la main ! » avait répondu Louvet. « Oui, sur la main, quand j'l'ai pas au bout de la baïonnette... », avait répliqué Calais. Les hommes du détachement s'étaient esclaffés, mais tous s'aperçurent que Calais ne riait pas.

Dardennes voyait les grenadiers de Mailly escalader la contrescarpe de Phélippeaux, au mur haut de dix pieds, que la mine n'avait pas réussi à entamer. « Ils vont tous crever », maugréa-t-il. Trois échelles surgirent des cohortes de fantassins. Les premières lignes les jetèrent sur les murs et Mailly en tête parvint à se hisser dans la brèche creusée par les canons. Le drapeau ottoman qui flottait sur la tour disparut, happé par une main amie. Dardennes entendit alors la trompette de l'adjudant-général Laugier sonner l'assaut pour les carabiniers.

– D'la boucherie, d'la boucherie ! criait Louvet.

– Taisez-vous et contentez-vous de vous battre ! hurla Dardennes.

Il devina que ses hommes attendaient d'être rappelés à l'ordre pour se donner du baume au cœur. Il redressa la tête. Trois grenadiers venaient de s'écrouler devant lui. À sa droite, les échelles avaient été culbutées par les mamelouks. Des compagnies entières allaient et venaient, certaines à l'assaut, d'autres vers l'arrière en quête de nouvelles échelles. Il reconnut le chapeau de Laugier, debout sur le terre-plein au-delà du fossé. Le couvre-chef dansa et s'effondra. Au-dessus, dans la tour où avait pris position la première compagnie, seuls bataillaient encore Mailly et quelques grenadiers. Puis les coups de feu se calmèrent. Dardennes comprit que Mailly avait été tué.

Des brancardiers cherchaient les blessés sous les balles. Deux d'entre eux tombèrent et les autres refluèrent. La vue des corps se tordant de douleur était insupportable, comme celle des cadavres impossibles à rapatrier vers l'arrière et qu'on laisserait aux rapaces et aux chiens. Les canons de Dommartin tonnèrent et quelques boulets tombèrent à proximité des corps sans vie. Certains reçurent ainsi une légère sépulture de sable, dérisoire linceul.

Dardennes entendit des ordres claquer derrière lui. Bonaparte avait changé d'avis et demandait le repli. Le lieutenant enragea et cria à ses hommes :

– Foutez le camp, tous, on se replie !

Il ne comprenait pas ce contrordre, il n'avait pas compris non plus l'assaut, trop tôt ou trop tard, alors que l'armée n'était pas prête. Il regarda les corps à terre en refluant vers la tranchée et se dit que tout cela n'avait servi à rien. Il jeta un dernier coup d'œil sur les remparts et aperçut une large silhouette, un homme à la barbe blanche et au grand turban. Il s'agissait sans nul doute de Djezzar Pacha qui rameutait ses troupes, surprises par l'explosion de la mine. Dardennes visa le turban et le manqua. Il ne lui en voulait pas, et guère plus à Phélippeaux. Il n'y avait plus de patrie, plus de trahison. Tout se brouillait comme l'horizon dans un vent de sable. La guerre le voulait ainsi.

Il se ressaisit lorsqu'il vit des ennemis jeter du haut des remparts des os immenses. Étaient-ce des restes de cadavres humains ? Deux de ses hommes tirèrent, un mamelouk tomba, mais les jets d'os continuèrent.

– C'est pas de l'homme, ça, c'est du cheval ! cria Louvet.

Dardennes se demanda pourquoi les mamelouks et les Arnautes s'amusaient à lancer ainsi des débris de montures. Puis il comprit, et ses hommes aussi qui tirèrent de plus belle sans en avoir reçu d'ordre. Les Turcs faisaient bombance et tenaient à le faire savoir.

61

Le cheval d'Hortense fit un écart sur le bas-côté et hennit de toutes ses forces. Antoine de Phélippeaux se retourna aussitôt et vit deux cavaliers arabes dévaler le sentier. L'un portait un immense cimeterre, l'autre une lance.

– À couvert, Hortense !

Elle se précipita dans les fourrés, Antoine para le premier coup de cimeterre en se plaquant sur l'encolure de son cheval. Élias, qui était en tête, pointa son fusil, mais le cavalier effectua une manœuvre. L'attaquant brandit son sabre, le fit tournoyer. Élias, qui n'avait pas eu le temps d'armer son fusil, assomma l'adversaire d'un coup de crosse. Le second assaillant fonçait déjà sur Antoine, lance en avant. Il était d'une agilité étonnante et son cheval semblait voler sur les pierres. Le sentier était trop étroit là où se trouvait Phélippeaux, coincé par la roche, pour qu'il pût esquiver le coup. Il se jeta à terre et son cheval reçut le coup de lance dans les flancs. La bête rua et émit un hennissement d'apocalypse. Antoine avait déjà contourné sa monture et s'était lancé sur l'assaillant, déséquilibré par la charge. Le cavalier arabe tomba et s'empêtra dans ses vêtements trop larges. Antoine s'aperçut qu'il était de faible constitution. Son turban glissa, de longs cheveux noirs se dégagèrent en cascade et il reconnut une femme. Il parvint à l'immobiliser sans encombre.

Élias accourut ainsi qu'Hortense, essoufflée. En apercevant le visage de la femme, elle poussa un cri.

– Sabrina !

– La fille d'Al-Sabbagh ! balbutia Élias. Mais... que fais-tu ici ? Pourquoi ?

Sabrina Al-Sabbagh se débattait de plus belle, contraignant Antoine à attacher ses poignets et ses chevilles avec un turban et une ceinture. Il ne pouvait concevoir qu'une femme ait pu charger comme un hussard sur un sentier aussi caillouteux. Son beau visage exprimait la haine.

– Qui t'envoie ? cria Élias en arabe, pistolet en main. Ton père, peut-être ?

Elle fit un signe négatif de la tête. Hortense était abasourdie. Elle ne parvenait pas à croire que la fille du riche négociant de Safed s'était muée en meurtrière.

– Alors, la cavalière que nous croyions être la fille de Haïm Farhi, c'était donc toi ! lança Antoine.

Il se tourna vers Élias.

– Il nous faut absolument savoir qui est derrière elle.

– Parle ou je te crucifie sur-le-champ ! dit Élias à la jeune femme.

Effrayée, elle raconta que la famille Al Qardahi lui avait demandé de tuer le *Fransawi* Phélippeaux.

– Al Qardahi ? Mais ce sont les ennemis de ton père !

– Ce sont d'abord les ennemis de Djezzar Pacha, répondit Sabrina Al-Sabbagh.

Élias traduisit les propos à Antoine et ajouta :

– Al Qardahi est un chrétien. Il fut le secrétaire de Djezzar Pacha, puis son vizir. Mais Djezzar l'a écarté au profit de Haïm Farhi, plus utile. Le maître de

Saint-Jean-d'Acre a ainsi pu s'endetter à Damas auprès des banquiers Farhi pour faire venir les mercenaires arnautes d'Albanie. Yussuf Al Qardahi n'a jamais admis son éviction.

– On peut la croire, dit Antoine. Cette histoire se tient. En revanche, sait-on où est cet Al Qardahi ?

– Il a fui en Europe après sa mise à l'écart. Puis il est revenu. Il doit se terrer dans les montagnes, au service d'Omar el-Daher.

– Cela semble logique, souffla Antoine. Omar el-Daher est le grand ennemi de Djezzar Pacha, qui l'a évincé. Comment diable savait-elle que nous étions sur le chemin ?

La fille d'Al-Sabbagh répondit évasivement. Élias voulut la gifler, mais Antoine retint son geste. Hortense intervint à son tour et parvint à lui soutirer quelques confidences.

– Cette chienne aurait tout appris du monastère des carmes, traduisit Élias.

– Ce n'est pas possible ! s'écria Hortense.

– Je crois bien que si, dit Antoine. Il doit y avoir un traître parmi les religieux.

Il s'aperçut combien le fait de prononcer le mot « traître » lui demeurait douloureux.

– Elle doit savoir que nous détenons la Règle de vie. Voilà sûrement la raison de son attaque. Demandez-lui si son ordre vient du monastère.

Élias s'approcha de la fille d'Al-Sabbagh, plus menaçant que jamais. D'un mouvement des jambes, elle recula, mains attachées dans le dos, puis se mit à parler rapidement en arabe. Antoine comprit un nom, qui vint confirmer ses soupçons.

– Elle dit que frère Matteo lui a indiqué notre chemin.

– Frère Matteo ! s'exclama Hortense. Mais comment est-ce possible !

– Savait-il où nous allions ? demanda Antoine.

– Elle prétend que non, dit Élias. Permets-moi maintenant de la saigner comme un mouton. Elle veut notre perte !

– Non, Élias. Garde tes forces pour éliminer les faux prophètes, comme l'a fait Élie. Demande-lui plutôt ce que voulait précisément frère Matteo.

La cavalière aux mains liées parlait par saccades. Frère Matteo, autrefois au service des franciscains, œuvrait désormais pour les Assassins. Les descendants de la secte d'Hassan Sabah, le Vieux de la montagne, craignaient que ne se renoue la vieille alliance entre les Francs et les musulmans, qui se vouaient un profond respect au début du XIIIe siècle, au temps du roi de Jérusalem Frédéric II et du sultan Malik al-Kamil.

– Ce frère Matteo est précisément le descendant de Frédéric II, remarqua Antoine. Quel intérêt a-t-il à combattre son héritage ?

– Cette maudite hyène dit qu'il pouvait mener à bien cette mission, car il est précisément le descendant du roi chrétien. La concorde a existé entre chrétiens et musulmans tant que les deux souverains furent en vie. La Terre sainte était alors en paix...

Antoine avait l'intime conviction qu'il existait un lien entre ces agissements et la Règle de vie, et aussi avec le dessein de Bonaparte. Sans doute frère Matteo était-il l'agent italien du général en chef de l'armée d'Orient. À moins qu'il n'existât une secrète confrérie désireuse d'empêcher une nouvelle union des peuples de Terre sainte. Ce pouvait être le cas pour la secte des Assassins, dont les descendants survivaient depuis les croisades sur les différends entre princes, pachas et sultans.

– Libérons-la, et filons à Haïfa ! dit Antoine en désignant la captive.

Élias bondit.

– La libérer ? Vous n'y pensez pas ! Elle va nous dénoncer, nous suivre ! Autant l'abattre tout de suite !

– Nous dénoncer, peut-être, mais nous avons une longueur d'avance. L'éliminer, jamais. Quant à nous suivre, je crois qu'elle n'a pas intérêt. Une fois suffit, avec un compagnon aussi sûr que toi !

Élias obéit, la mort dans l'âme. Les cordelettes défaites, la fille d'Al-Sabbagh fut sommée de partir vers la haute Galilée. Elle ne devait sous aucun prétexte s'arrêter en chemin, ni chercher à rencontrer ses commanditaires. Si elle enfreignait ces ordres, Élias la tuerait.

62

Le cheval d'Antoine de Phélippeaux hésitait sur les pierres du sentier escarpé. Chaque pas pouvait être fatal et sa monture menaçait de verser dans la ravine à tout instant. Antoine regrettait son pur-sang. Il avait dû emprunter le cheval de Sabrina Al-Sabbagh, moins robuste et plus capricieux. À quelques pas derrière lui, Hortense Saint-Meri n'en menait pas large, les mains crispées sur les rênes. À ses côtés, Élias la guidait d'une voix ferme.

Les trois compagnons s'évertuaient à descendre du mont Carmel vers Haïfa en effectuant un grand détour. Ils avaient déchiré leurs vêtements, les transformant en hardes, et s'étaient enduits le visage de boue. Antoine de Phélippeaux était méconnaissable, et Hortense n'hésitait pas à en rire. Quant à elle, deux bracelets d'argent à grelots enserraient ses chevilles à la mode arabe, et elle avait revêtu une tunique de mousseline brodée. Elle trouvait son accoutrement de vieilles guenilles tout à fait honorable.

– Après tout, je retrouve ma vocation de cantinière de l'armée d'Orient ! lança-t-elle à Antoine.

Élias, lui, ressemblait davantage à un paysan druze des hauteurs du mont Carmel qu'à un drogman chrétien.

Ils arrivèrent devant Haïfa, la cité du porphyre, à la tombée du jour. Affairées à guetter l'arrivée de hordes de Turcs, les sentinelles françaises stationnées à la porte de Tantourah ne prêtèrent guère attention aux trois cavaliers. Sitôt la porte franchie, Élias guida ses deux amis vers la vieille ville. Ils parvinrent au seuil d'une maison traditionnelle, une modeste demeure meublée avec goût, construite en pierres blanches et à la façade peinte à la chaux.

– Le fruit de rapines et de piratages, souffla Élias à Antoine, alors qu'ils pénétraient dans la cour de la maison.

Un homme de forte stature et à la courte barbe, chapeau incliné sur le côté droit, surgit aussitôt, suivi d'un immense lévrier. Son visage respirait l'air du large, buriné par le soleil de Méditerranée.

– Élias, je ne t'attendais plus depuis longtemps ! Si tu es là, c'est qu'il y a du grabuge en Galilée ou au mont Carmel !

– Mifsud, si toi tu es là, c'est qu'il n'y a plus rien à pirater en Méditerranée ! répondit Élias. Mes amis, je vous présente le plus grand flibustier de Malte et de Haïfa réunis, le chevalier Mifsud Zammit, de père maltais et de mère arabe. De quoi vous étriper une goélette à lui tout seul ! De quoi déclarer la guerre à un pays !

Mifsud Zammit rit de bon cœur en précisant cependant qu'il était davantage un armateur de pirates qu'un simple forban.

– Les affaires sont ce qu'elles sont, tu le sais bien, mon cher Élias, et il est parfois préférable de tenir les cordons de la bourse que de barrer un voilier, aussi rapide soit-il !

Il baissa la voix et ajouta :

– La trahison ! Ici, on peut tout acheter, même la

parole. Les langues livrent leurs secrets pour quelques piastres, et les secrets se monnayent à prix d'or...

– La trahison n'est pas toujours là où on l'attend, répondit Antoine.

L'armateur des pirates se tourna vers Antoine de Phélippeaux.

– Vous avez raison. Il vaut mieux parler de compromission. Les Français de Bonaparte croient ainsi tenir la ville. Il n'y a rien de plus faux. On y entre comme dans un moulin et on en sort pareil. Le détachement du général Lambert craint non seulement une attaque des Arabes de Damas mais aussi une révolte des peuples de Haïfa. Si les pirates s'en mêlent, c'en est fini de leurs arrières, car plus rien ne pourra venir sur les mers. Bon, maintenant, venez vous restaurer.

Tout en caressant son lévrier, Mifsud Zammit leur fit servir par deux domestiques un repas léger de poisson frais et de légumes récoltés dans la plaine de Sharon. Hortense s'aperçut que le forban parlait toutes les langues, l'arabe, le français, l'italien, le turc. Son visage offrait un mélange de races. Elle put y lire des origines levantines et occidentales, avec sans doute un peu de sang du Bosphore. Le pirate dégageait une impression de force sans brutalité, une volonté propre à briser une flottille sans qu'il s'agît d'une vilenie. Mifsud Zammit ressemblait à un Barbaresque passé par la Cour ottomane, un seigneur des mers mêlant le sens de la guerre et le raffinement. Antoine de Phélippeaux lui accorda aussitôt sa confiance, d'autant qu'Élias n'avait pas hésité à lui signifier combien cet ami respectait le silence.

– Nous devons nous rendre au plus vite à Saint-Jean-d'Acre, dit Antoine en dévorant son poisson à pleines mains.

Hortense regardait avec tendresse ses mains dégoulinant de graisse et son visage dont les traits s'évertuaient à ne pas changer. Elle se dit que la Terre sainte était un paradis pour les cœurs purs. Il lui tardait de découvrir Saint-Jean et de s'arrêter dans cette course folle qui exacerbait ses sens. Elle voulait profiter de chaque instant avec Antoine, ralentir les heures, savourer les aubes et les crépuscules, fût-ce derrière d'épaisses murailles, fût-ce à l'ombre de la guerre. Elle avait craint quelques jours plus tôt que cet amour ne fût qu'illusion, suspendu au galop effréné, à la peur de la poursuite, aussi périlleuse qu'excitante pour les deux jeunes amants. Puis elle avait croisé le regard d'Antoine et ce regard lui avait suffi. Toutes les passions inscrites dans sa prunelle valaient serment. Elle pensa que le monde avait changé, mais seule sa couleur s'était transformée, telle une promesse d'aurore infinie.

Le rire du pirate la tira de ses pensées.

– Vous voulez rallier Acre ? Ha, ha, ha ! Je croyais, Élias, que tu m'amenais des clients pour des missions plus lointaines. Le retour à Malte, ou une virée sur Alexandrie ! Acre n'est qu'une partie de plaisir. Ici, point de flottille française à l'horizon. Les Anglais non seulement nous laissent faire, mais ils nous donnent aussi des armes ! Ça, ce n'est pas du Nelson, c'est du Sidney Smith. Un pirate de grande classe !

– Sidney Smith est mon ami, dit Antoine. Il ne permettrait pas que l'on parle ainsi de lui.

– Ce n'est pas une offense que de le traiter de pirate. À l'Amirauté de Londres, sans doute ! Ici, c'est une qualité. Une vertu qui vous permet de franchir les mers et de vous faire inviter dans tous les ports.

– Les agents de Djezzar annoncent que Bonaparte attend une flottille de ravitaillement, continua Antoine.

Commandée par Perrée, elle doit suppléer à la flottille de Standelet.

– Standelet est un couard ! martela le pirate. Si votre ami Sidney Smith a coulé sa flotte, c'est grâce à mes hommes qui sur leurs djermes ont pu avertir Saint-Jean !

– Nous paierons pour les services rendus, répondit Phélippeaux. Votre prix sera le nôtre. En plus du convoyage jusqu'à Acre, nous aimerions entrer en contact avec les juifs de Haïfa. Enfin, nous aurions besoin de cavaliers pour porter trois messages aux communautés chrétienne, juive et musulmane de Galilée.

Mifsud Zammit réfléchit un instant, étonné par une telle demande. Il regarda Élias, qui approuva d'un signe de la tête, et s'esclaffa :

– Voilà une bien étrange confrérie ! Je ne sais pas ce que vous tramez là. En tout cas, vous aurez mon aide et ma parole. Plus tôt Bonaparte sera parti de Palestine, mieux cela vaudra pour les affaires ! Venez avec moi, je vous emmène à la taverne de Moshé.

– Nous vous suivons, dit Antoine, mais d'abord, il nous faut du papier pour trois copies, de l'encre et des plumes de roseau.

Quelques instants plus tard, l'un des domestiques apporta ce qu'Antoine avait demandé. Ce dernier prétexta que ses compagnons et lui devaient écrire une lettre à des négociants en Galilée pour s'isoler dans le salon. Délicatement, comme s'il avait manipulé des roses fragiles, Antoine retira de sa tunique le rouleau de cuir ficelé et déplia la Règle de vie. À chaque geste, il redoutait que le document ne s'effritât, mais le papier présentait toujours une souplesse de jeune peau. Hortense fut à nouveau émue par ce parchemin qui avait traversé les siècles et dont le secret avait causé mort d'hommes. Elle pensa que cette lande bénie de Dieu était mal convoitée. La Terre sainte avait vu trop de tragédies et pas assez de miracles. La Règle de vie du mont Carmel, l'une des plus anciennes du monde chrétien, portait au moins en elle une parole de tolérance.

Elle traduisit le texte en français et recopia chaque mot d'une main de scribe. Élias, lui, effectua la traduction du français en arabe. Avec sa longue tunique et sa courte barbe, il ressemblait à un moine copiste du Moyen Âge. Il n'avait pas écrit depuis longtemps, hormis quelques lettres de créance et des ordres de mission pour sa famille, mais Antoine fut surpris par la beauté de ses messages avec des majuscules aussi enluminées que si elles sortaient d'un monastère médiéval.

– Passons maintenant à l'hébreu, dit Antoine.

Élias eut l'air gêné.

– Je le parle, mais je ne peux l'écrire.

– Alors, nous trouverons bien quelqu'un dans ce port de pirates pour nous écrire la dernière lettre. Allons demander l'aide de Mifsud Zammit. Il nous a parlé tout à l'heure d'une taverne.

L'ancien pirate les attendait dans son grand salon, assis dans un fauteuil dérobé sur un brick vénitien, une bouteille de vin de Crète à la main. Un portulan était ouvert à ses côtés, avec une vieille carte marine du Levant. On y apercevait grossièrement dessinées les fameuses échelles, les ports ottomans où les Francs bénéficiaient de privilèges, tels Constantinople, Beyrouth, Alexandrie, Smyrne, Tripoli ou Salonique.

– Écrire en hébreu ? J'ai parlé cette langue, sans doute parce que mon grand-père est de Salonique, dit gaiement Mifsud, qui n'en était pas à son premier verre. Quant à l'écrire... Allons chez mon ami Moshé, fournisseur de cet excellent nectar !

La taverne de Moshé était située non loin du port. Malgré l'heure avancée de la soirée, au grand bonheur d'Antoine et Hortense, il régnait dans les rues une agitation digne d'un carnaval. Ils croisèrent des caravaniers arabes arrivant des terres intérieures, un capitaine vénitien, des Bédouins enturbannés du désert, un consul d'Autriche aux manières élégantes, des Égyptiens en partance pour Le Caire, des négociants turcs, des lettrés juifs en pèlerinage en Terre sainte qui préféraient accoster à Haïfa depuis les troubles à Saint-Jean-d'Acre, des marins maltais aux larges boucles d'oreilles, des pèlerins chrétiens en route pour Nazareth et Bethléem. Certains se couvraient le visage, par peur de la peste. D'autres regardaient les caniveaux pour guetter les rats, porteurs du mal. Élias crut reconnaître un marchand de soie, mais s'abstint d'aller à sa rencontre afin de respecter la consigne de discrétion imposée par Antoine.

– Les soldats de Bonaparte ont beau garder les entrées de la ville, ou à peu près, ils n'osent guère s'aventurer jusqu'ici la nuit, dit Mifsud, de plus en plus gai au fur et à mesure qu'il approchait de la taverne. Pour sûr qu'ils risqueraient de se faire égorger...

Il marchait en tête, saluait les uns et les autres d'un mot, d'une tape sur l'épaule, quand ce n'était pas d'un coup de cravache. La taverne de Moshé battait son plein, et les marins, les capitaines, les marchands ivres commençaient à chanter. Mifsud Zammit avait sa table au fond de la salle. Antoine, Hortense et Élias s'y assirent. Le tavernier leur servit aussitôt du vin et du thé à la cardamome. Antoine crut discerner des esclaves près de l'entrée, des corps malheureux et sans éclat qui attendaient leur maître. Les conversations roulaient de table en table sur « l'île enchantée », et Antoine comprit bien vite que l'on parlait de Malte. On évoquait le sort maudit de ce paradis de la flibuste tombé entre les mains de Bonaparte, traité de sacripant dans toutes les langues, dont le français que trois capitaines parlaient fort bien. L'un d'eux conta le sort des chevaliers de Malte dispersés dans toute la Méditerranée, certains occis, d'autres au service de Bonaparte, d'autres encore exilés à Constantinople pour grossir les rangs des officiers étrangers du sultan Sélim III. Deux soldats français, chemise ouverte, vareuse posée à terre, étaient attablés et ne réagirent pas à la diatribe. Ils approuvèrent au contraire l'un des capitaines et le saluèrent.

– Si nous risquons l'échafaud, nous sommes prêts à y monter de nous-mêmes ! dit l'un d'eux.

– De toute façon, nous sommes condamnés à crever dans les parages. Mort en Terre sainte, ou cloué au Caire, ou embroché à Alexandrie, qu'est-ce que cela change...

– Tu oublies qu'on peut aussi couler au grand large ! Ou encore mourir de la peste, une gangrène qui s'infiltre par les vêtements, les couvertures, la peau, avant de descendre lentement au plus profond du corps...

– Assez ! hurla son compagnon.

L'un des pirates sursauta et tira une dague, mais deux serveurs bondirent sur un signe de Moshé.

– Oh là, cria le soldat français, pas question de se battre ! Il y a assez de carnages dans les environs !

Mifsud Zammit se servit une nouvelle rasade de vin maltais et se tourna vers Antoine.

– Bon, dites-moi maintenant à quoi vont servir ces lettres.

– À porter la bonne nouvelle dans les plaines et les montagnes de la Terre sainte, répondit Antoine.

Comprenant qu'il n'obtiendrait rien de plus du Français, Mifsud appela Moshé et lui demanda de chercher un scribe capable d'écrire en hébreu. Le tavernier revint quelques instants plus tard avec son fils, un jeune homme ébouriffé aux vêtements stricts.

– Cela ne vous coûtera pas grand-chose, lança Moshé. Donnez-lui de quoi assurer ses études pour le mois !

Pendant une heure, le fils du tavernier recopia la lettre patiemment, sans demander de quoi il retournait. Hortense trouva admirable sa capacité à garder son calme. Il parlait maintes langues et ne prêtait aucune attention aux conversations. Hortense entendit pourtant plusieurs histoires concernant les chevaliers de Malte. Héritiers de l'ordre de Saint-Jean de Jérusalem certains étaient devenus des maîtres d'esclaves, des adeptes de la captivité sous rançon, des corsaires qui pillaient les navires et violaient les femmes. L'un des capitaines évoqua « la quête des diamants », qui consistait à arraisonner des bâtiments en Méditerranée, à mettre à nu les passagers, à les dépouiller, puis à placer un doigt dans l'intimité des femmes et des jeunes filles pour voir si elles ne cachaient pas là des pierres précieuses.

Lorsque la Règle de vie fut entièrement traduite en hébreu, Antoine cacheta les trois lettres, offrit une forte somme à Mifsud Zammit et demanda trois messagers pour Safed, Nazareth et les villages druzes du mont Carmel.

– Oh, mais vous me demandez l'impossible !

– Je croyais que nul ne pouvait s'opposer à votre volonté, répondit Antoine.

Élias le premier devina les intentions de l'armateur pirate et posa une nouvelle bourse sur la table.

– Pas une pièce de plus !

– Vous aurez une autre bourse du même montant lorsque votre mission sera achevée, ajouta Antoine. Elle sera à votre disposition chez Djezzar Pacha.

Antoine avait prononcé le nom du prince de Saint-Jean-d'Acre en détachant chaque syllabe pour signifier à Mifsud Zammit que toute manigance lui coûterait fort cher en représailles. L'ancien boucanier avait compris. Pour garder la face, il répondit entre ses dents :

– Si Djezzar est toujours en vie et Acre encore debout...

Il partit avec les lettres sous sa veste en quête de trois cavaliers. Élias prit alors le bras d'Antoine et lui souffla :

– Tu peux lui faire confiance. Pour ce qu'on lui a donné, il tuerait père et mère.

Antoine commençait à se détendre. Il regarda la salle aux clients de plus en plus avinés, puis croisa le regard d'Hortense. Il éprouvait une certaine honte de l'avoir emmenée dans un tel tripot. Aucune gêne cependant ne transparaissait sur son visage, aucune fatigue, aucune lassitude. Elle soutint son regard et une lueur apparut au fond de ses yeux qui semblaient implorer son amant de poursuivre la route. Antoine lui répondit par un léger sourire. Il ressentait lui aussi la crainte d'Hortense, celle d'une passion qui ne se nourrirait que d'aventures et de mouvement. S'il survivait à cette guerre étrange, il l'emmènerait loin, très loin, et abandonnerait toutes ces chimères. L'aventure n'est souvent qu'un leurre pour ceux qui cherchent une voie dans leur âme. Antoine avait envie de s'ancrer en Terre sainte, avec Hortense, près de ces sources de l'âme, de ces grottes où pouvaient vivre en harmonie les trois religions du Livre, ainsi que l'Histoire l'avait démontré.

Un cri le tira de ses pensées. Derrière Phélippeaux, l'un des deux soldats français s'était levé, couteau en main. Moshé crut qu'il voulait s'attaquer à l'un de ses compatriotes, mais l'homme le rassura en français :

– Ne t'inquiète pas, tavernier, la prochaine victime sur cette Terre sainte et démoniaque à la fois, ce sera moi ! Allez, je vais vous faire un cadeau. Je vais laisser une partie de moi-même ici, à Haïfa, royaume des contrebandiers, des croyants et des mécréants ! Un doigt en Terre sainte, ha, ha, ha ! Et en plus, je ne pourrai plus tirer ! On m'offrira un retour en goélette à Toulon ou Marseille ! Et moi au moins, je finirai mes jours dans la vieille France...

Le soldat paraissait d'extraction noble, sans doute un hobereau engagé dans l'armée d'Orient pour échapper à la guillotine. Son compagnon, ivre mort, ne réagissait plus, affalé sur la table. L'homme se leva, brandit son couteau et l'abattit sur l'index de sa main gauche posé sur le bois. Le doigt se sépara de la main, l'homme regarda le membre sanguinolent, sa main ballante, puis s'évanouit. L'autre soldat bougea à peine quand les serviteurs du tavernier Moshé emmenèrent le corps inanimé vers la porte de Tantourah.

63

Le lieutenant Dardennes sortit la tête de la tranchée. Tout alentour n'était que désolation. Il ne percevait plus aucun bruit et redoutait cette absence de brouhaha, la rumeur de la guerre. La nouvelle attaque sur la tour d'angle avait échoué et ses hommes craignaient le pire. Une balle siffla à ses oreilles, il sentit quelque chose sur sa joue. Il se tourna sur sa gauche. Le soldat Louvet avait pris la balle en pleine tête et un éclat de chair avait atterri sur le visage de Dardennes.

– À l'assaut, tous ! hurla-t-il à ses hommes.

Louvet s'écroula sans un mot. Son crâne s'était fracassé sous l'impact, des morceaux de cervelle apparaissaient. « Peut-être vit-il encore, se dit Dardennes, peut-être pense-t-il à sa femme restée en Anjou et à ses trois enfants, lui, l'ancien chouan qui a rejoint l'armée de France pour échapper à la prison. » Louvet n'était pas un mauvais bougre, toujours prêt à la raillerie, à l'invective, même vis-à-vis de son lieutenant, mais prompt aussi à prêter sa gamelle, à offrir son quart de vin aux nostalgiques du pays. Dardennes souleva le corps flasque par l'épaule. Ce Louvet était trop lourd. Il appela à la rescousse Sarrant qui l'aida à transporter le mort vers l'arrière de la tranchée. Quand il le relâcha, à couvert, Dardennes se jeta dans un coin, vomit sur ses bottes, puis suivit ses hommes à l'assaut.

Sur la droite, c'était la débâcle. Un temps, le général Bon avait cru pouvoir lancer ses fantassins dans la brèche. Mais les soldats maintenant avaient peur. Les adjudants Laugier et Lescale étaient morts. Mailly, qui avait réussi à forcer le passage avec deux grenadiers et un sapeur, avait été décapité. Une tête était plantée sur le rempart, au bout d'une lance. Deux grenadiers visèrent le porteur de pique, en vain, et la sinistre procession continua sur le chemin de ronde.

Dans la troupe de Dardennes se propageait la rumeur qu'Antoine de Phélippeaux renforçait les défenses de la ville et qu'il connaissait tout des faiblesses de l'armée d'Orient. « Ce maudit Français est un génie, pensait Dardennes. Mais sans doute n'est-il pas là. Présent dans la ville assiégée, il n'aurait jamais laissé les Turcs et les Moghrébins trancher la tête de Mailly. »

Dans le peloton de Dardennes, nul ne haïssait Phélippeaux, pas plus que Sidney Smith, le Diable de la Méditerranée qui avait capturé la flottille de Standelet. Bonaparte en revanche devenait de moins en moins populaire, même s'il était parvenu à amadouer les Druzes, qui attendaient la chute de Saint-Jean-d'Acre pour se rallier à l'armée d'Orient. Cent mille hommes pourraient ainsi grossir les rangs de la troupe, mais les soldats de Dardennes avaient le sentiment d'un siège sans fin. L'ennemi caracolait en haut des remparts, les navires turcs et anglais ravitaillaient le port de Saint-Jean, alors que les canons puissants manquaient du côté français.

Brusquement, Dardennes sentit le danger. Une trompette sonnait la retraite sur la gauche, en direction de la mer et du Kapu Bordj. Les dragons refluaient, ainsi que des grenadiers. Le lieutenant se redressa et donna l'ordre de repli. Il vit passer une charge de cavaliers mamelouks devant lui, cimeterre en main, au galop dans le fossé, obligeant les Français à sortir de leurs tranchées et à s'exposer aux fusils des remparts. Sans doute avaient-ils surgi par la porte de Terre, gardée pourtant par les soldats de Vial. Les cavaliers ennemis sabraient, coupaient, tuaient, éventraient. Ils se courbaient sur leur selle avec une incroyable aisance. Une tête vola. Dardennes remarqua un cavalier au large turban et entendit une clameur derrière lui :

– C'est Djezzar Pacha ! Qu'on le tue sur-le-champ !

Les balles sifflèrent dans une même salve, mais le cavalier continua sa course. Plusieurs grenadiers et sapeurs tombèrent encore dans les premières lignes, tandis que les cavaliers commençaient à tourner casaque, vifs comme l'éclair. Dardennes donna un nouvel ordre de feu, mais l'ennemi repassa en sens inverse, aussi vite qu'il était arrivé.

– Ce sont des démons ! hurla Dardennes.

Il tira sur les remparts et sa balle se perdit dans la pierre ocre.

Sidney Smith arpentait les murailles d'un pas alerte. Il avait quitté le matin même le *Theseus* et s'était rendu dans le port de Saint-Jean-d'Acre à bord d'une chaloupe. Il rejoignit Émile près du Bordj el Sultan qui donnait sur la mer et tous deux ne pouvaient voir l'assaut qui se déroulait sur le rempart extérieur, à l'orient de la ville.

– Bon sang, mais que fait Antoine ? Il devrait être là depuis longtemps !

– Ne vous inquiétez pas, répondit Émile, il a fort à faire. Il n'est pas homme à perdre du temps en chemin.

Le siège de Saint-Jean-d'Acre paraissait étrange aux yeux de Smith. La ville était à moitié encerclée côté terre mais libre côté mer. Il prit quelques notes. Sans doute ces batailles seraient-elles étudiées un jour sur les bancs de l'Amirauté. Émile quant à lui n'était guère pressé que le siège s'achevât. Il passait ses soirées à courtiser Rachel, la fille de Haïm Farhi. Le vizir avait eu vent de cette passion amoureuse et avait exprimé son courroux. Djezzar Pacha l'avait aussitôt calmé, prétextant qu'une alliance avec un chrétien était de bon augure pour un homme de son rang. Rachel était cependant obligée de prétexter diverses visites dans la ville afin de se rendre auprès du Français. Ensemble, ils marchaient sur les remparts qui se dressaient face à la mer, du côté du Bordj el Sanjaq, là où les boulets ne pleuvaient pas. Ils allaient dans les ruelles, calmes par moments et théâtre de bousculades lorsque les assauts commençaient. Ils adoraient parler et déambuler entre la mosquée, la synagogue et l'église Saint-Jean. Rachel aurait aimé voir un jour s'unir toutes les peuplades de la Terre sainte, et que la ville d'Acre soit le berceau de ces retrouvailles. Peu à peu, Émile se confiait. La ville n'avait plus de secret pour lui et il ne cachait point les siens à Rachel. La guerre a ceci de cocasse dans ses drames qu'elle permet tous les rapprochements, de corps et d'esprit. Il désirait l'emmener vers la lointaine France, un jour, quand le siège serait fini. Elle lui dit que sa place était ici, et que la citadelle leur permettrait d'abriter leurs amours, s'il le voulait bien.

Quand le canon tonnait et que les rues se vidaient, ils partaient se mettre l'abri dans la maison d'Émile, qui jouxtait celle d'Antoine. Émile avait oublié les nuits avec les houris, et les beuveries jusqu'au petit matin. Lorsqu'il prenait la main de Rachel, la guerre devenait magnifique. Grâce à la bataille qui se jouait sous les remparts, Rachel n'était plus une citadelle imprenable.

Émile avait un point commun avec Sidney Smith : il lui tardait aussi de revoir Antoine de Phélippeaux. Rachel avait peu de nouvelles par son père. Tout juste apprit-elle par un capitaine de voilier de Tyr qu'il avait brièvement séjourné à Safed, avant de repartir vers le mont Carmel. Sur les remparts côté mer, elle évoqua longuement l'histoire de Safed et la légende du mont Carmel. Émile montra au loin la montagne, que l'on apercevait nettement, au sud, au bout de la baie d'Acre.

– Antoine est sans doute là-haut.

Il songeait à cette femme dont Antoine avait maintes fois prononcé le nom au milieu de la nuit, « Hortense, Hortense », prénom psalmodié comme une prière. Il lui paraissait singulier que la vie d'Antoine fût bornée par deux rêves, celui de son ordre de chevaliers et celui d'une jeune femme, qu'il connaissait peu. Les deux rêves lui avaient permis d'atténuer ses souffrances de jeune homme sans famille, comme la guerre avait pu remplacer sa part d'enfance volée. Les deux rêves menaient pareillement au mont Carmel.

L'arrivée d'un bruyant cortège interrompit sa méditation. Un détachement de mamelouks effectuait le tour des remparts au son d'un tambour. Marchait en avant de la troupe un Noir qui brandissait une tête sur une pique. Il n'entendait ni le turc ni l'arabe, mais Émile comprit que le Noir avait décapité un officier français près de la tour d'angle. Épouvantée, Rachel mit ses mains sur son visage et Émile pointa aussitôt son pistolet.

– Lâche cela, misérable, ou je te brûle la cervelle !

Le Noir posa la pique sans comprendre un traître mot de ce que lui disait le *Faranj* et brandit dans son autre main son cimeterre. Les mamelouks firent de même mais reposèrent leurs armes lorsqu'ils aperçurent Sidney Smith dans ses habits de commodore anglais.

– Donne-moi cette tête ou je t'envoie dans la mer ! s'époumona Émile.

Le Noir regarda tour à tour la pique posée à terre, son cimeterre et Sidney Smith. Il fit encore un pas, puis, suivi de sa garde, s'en alla, les dents serrées, abandonnant la tête sur les dalles de la muraille.

– Je vous rejoindrai, dit d'une voix tremblante Émile à Rachel. Je veux donner une digne sépulture à cet homme.

Il décrocha la tête de la pique et l'enveloppa dans sa veste, tandis que Rachel s'enfuyait vers la ruelle menant au hammam. Puis Émile écarta d'un geste rageur le peloton de mamelouks pour se diriger vers le Bordj el Kommandar, la tour d'angle de la muraille de Djezzar. Il se hissa sur la plus haute pierre, évita une volée de balles et lança la tête enveloppée vers la première tranchée. Cette nuit, les sapeurs de Bonaparte iraient la chercher et assembleraient le corps avant de l'enterrer dignement. Le tueur mamelouk ne perdait rien pour attendre.

Le lendemain, Sidney Smith ordonna une sortie près de la tour d'angle. L'opération n'était pas raisonnable vu la puissance de feu concentrée à cet endroit. Mais Émile y tenait. Il envoya à l'avant du détachement le mamelouk qui avait tranché la tête de l'officier français. Celui-ci, qui s'appelait Ali, comprit et s'inclina. Dix hommes l'accompagnèrent. Le combat fut bref, et se finit au sabre. Dans sa lunette, Émile s'aperçut que le mamelouk avait été maîtrisé. Comme il cherchait encore à se débattre, un soldat de Bonaparte l'assomma avec la crosse de son fusil.

64

Le large annonçait quelques caprices, l'horizon était biffé de moutonnements, et Mifsud Zammit rêvait de reprendre du service. Quand le vent devint gros, il jugea bon cependant d'embarquer. Lui devait rester au port, la rage au cœur. Il confia Antoine et Hortense au *kaptan* de la djerme à deux mâts.

– Ne craignez rien, les Français n'ont plus la maîtrise de ces eaux depuis longtemps !

L'armateur des pirates avait tenu à accompagner au sud de Haïfa les deux fugitifs déguisés en Bédouins du désert. Ils s'étaient écartés du chemin lorsqu'ils avaient aperçu au loin une patrouille de l'armée d'Orient. Hormis ces soldats perdus, la piste était tranquille. Les caravaniers eux-mêmes avaient déserté la route des épices.

– Faites attention aux pirates ! plaisanta Mifsud Zammit en saluant la chaloupe à voile des deux amants.

Le vent était fort et les voiles emportèrent prestement Antoine et Hortense vers le large. Ancien *maalem saleh*, conducteur de pèlerins, selon les dires de Mifsud Zammit, le *kaptan* les rassura par gestes. Il désigna la côte de Haïfa, sous le mont Carmel, puis la baie qui montait jusqu'à Acre, et leur fit comprendre que n'étaient en vue que des bateaux anglais. La mission d'Antoine était loin d'être terminée, mais il était heureux de se retrouver dans cette embarcation avec Hortense. Adossé au bastingage, côté large, il admirait le rivage, avec le mont Carmel aux roches noires dans le fond. Il pensa à toute cette épopée depuis la vieille France, une aventure à la fois désirée et de hasard. Sa destinée était ainsi, mêlée d'envies et de fatalités. Il regarda Hortense et estima qu'il en était de même pour l'amour.

L'ancien château Pèlerin dont Élias lui avait tant parlé, preuve de la puissance chrétienne au XIIIe siècle, montrait ses ruines au sud du mont Carmel. La forteresse, la seule place forte des Templiers jamais investie par l'ennemi, avait été évacuée lorsque Saint-Jean-d'Acre était tombée en 1291.

– Élias va nous manquer, malgré ses accès de fureur, dit Hortense, qui avait deviné les pensées d'Antoine.

Il aimait qu'elle prononçât ce « nous » car il pressentait que l'espoir de lendemains heureux et communs était inscrit dans ces paroles.

– Oui, mais nous le retrouverons bientôt, qui sait.

Il s'aperçut qu'aucun des deux n'évoqua la phrase « Que Dieu le protège », entendue dans toutes les langues de la contrée depuis le début de leur voyage. Sans doute cette protection divine était-elle explicite. Sans doute Hortense était-elle désormais éloignée de la foi. Le couvent des carmélites appartenait à une autre époque, un autre siècle déjà, à l'approche de l'an 1800. Elle ne lui avait plus parlé des sœurs décapitées, de la mère supérieure martyrisée, de la tragédie de Compiègne en 1794. Le drame était enfoui en elle, Antoine sentait que l'amour l'extirpait de ces affres. Le couvent d'Hortense était désormais une maison à ciel ouvert, et son âme semblait tournée vers une Bible grande comme le monde.

La djerme filait à bonne allure et doubla au large le cap du mont Carmel. Antoine de Phélippeaux ne discerna aucune agitation particulière, seuls quelques feux de campement au nord de Haïfa témoignaient de la présence de l'armée de Bonaparte. Droit devant, le canon devait tonner sur les murs de Saint-Jean-d'Acre, sans qu'il entendît les salves. Il aimait l'idée de vivre son amour au sein d'une ville assiégée. Calé dans le bateau à deux mâts, les pieds à fond de cale, Antoine se sentait vraiment lui-même pour la première fois.

Favier attendait non loin de la tranchée la venue de Bonaparte. Il patientait depuis deux jours et prenait les risques du feu pour s'entretenir de cette barbarie avec le chef de l'armée d'Orient. Face au général Bon, il avait prétexté de son titre d'ingénieur des Ponts et Chaussées pour se rendre en première ligne et inspecter la mine. Devant lui, les sapeurs et les ouvriers du génie pleuraient l'agonie de leur bon général Caffarelli.

De jour en jour, Jambe de Bois s'affaiblissait d'une blessure au bras qui s'était infectée. Sous la tente où se succédaient tous ses fidèles, il délirait. Quand il apprenait la mort de l'un d'eux, le chef d'état-major du génie Horace Say ou les géomètres Picquet et Charbaud, Caffarelli ordonnait qu'on le relevât sur son lit de camp, demandait que l'on sellât son cheval et donnait d'une voix faible des directives : « Creusez... la mine... Évacuez... là-haut... la grande tranchée. »

Dans sa bouche revenaient sans cesse ces derniers mots, « la grande tranchée », et Favier avait fini par comprendre qu'il s'agissait de la mort proche. Le chirurgien en chef Larrey, qui avait tenu à s'occuper personnellement du général, ne pouvait le guérir. Les généraux lui rendaient visite, de Lannes à Bon, de Kléber à Desaix. Tous l'aimaient, et l'on vit Monge, à peine remis de ses fièvres, lui prendre la main. Personne n'osa lui proposer de l'opium afin d'abréger ses souffrances, car cela aurait signifié qu'il était condamné. Dans ses yeux semblaient défiler de grandes batailles et il rêvait de ponts, de routes, d'édifices grandioses. Il parlait aussi de femmes, belles, envoûtantes. Le chef de l'habillement Bernoyer aurait voulu lui présenter Hortense pour que Jambe de Bois ait une dernière fois la vision d'une splendeur, mais elle s'était enfuie depuis longtemps et nul ne savait vers quel horizon elle galopait. Seul un agent de Venture de Paradis avait parlé d'une femme au teint clair dans les alentours du mont Carmel.

L'ingénieur Favier était furieux. Il n'avait que vingt-trois ans et se moquait bien qu'on le jetât aux fers.

– Assez, assez de ce carnage, de ces massacres, maugréait-il entre ses dents.

Il donnait des coups de pied dans les cailloux et le sable qu'il envoyait voler vers les tentes voisines en se rappelant comment il était allé chercher le corps de son ami, le sous-lieutenant Fuseau, bravant les balles mameloukes. Fuseau avait expiré dans ses bras, le corps ensanglanté, une blessure sur le côté droit.

Non loin, face à la mer, des hommes couraient sur la dune. Ils attiraient le feu ennemi et récupéraient les boulets tirés. Trois cents pièces de munition de calibre douze et vingt-quatre avaient été ramassées en quelques jours. Favier appelait cela le tir aux lapins. Les hommes de l'armée d'Orient risquaient leur peau pour s'offrir une rasade de vin achetée cinq sous aux Druzes. Cette sarabande lui paraissait misérable. On courait à la mort pour s'offrir quelques heures d'oubli. Certains inventaient divers procédés pour taquiner l'ennemi, y compris la course à cheval sur la plage ou l'installation de fausses batteries à l'aide de tonneaux et de fascines jetées dans des trous de sable. Ce spectacle morbide révoltait le jeune Favier.

Devant la tente de Caffarelli, il haletait, il serrait les poings. Puis il lança quelques jurons qui firent se retourner deux grenadiers et partit vers la tente de l'état-major. Les gardes l'empêchèrent d'entrer. Il cria alors :

– Bonaparte, je veux voir Bonaparte ! Qu'on me dise pourquoi ils sont tous morts !

Alerté, un dragon sortit avec une cravache. Un bras le retint, celui de Bonaparte. Suivi du docteur Desgenettes, le général en chef s'avança vers l'intrus, qui reprit de plus belle :

– Oui, pourquoi sont-ils tous morts ? J'en ai assez des hommes ivres de gloire et de conquêtes, de ces hommes qui nourrissent leurs ambitions du sang des soldats !

Les gardes de Bonaparte avaient saisi leurs pistolets. L'un d'eux voulut bâillonner l'outrecuidant, mais Bonaparte les retint d'un geste.

– Dis-moi ce que tu as, ingénieur.

Le jeune Favier n'était plus maître de lui. Il risquait la mort et continuait, écumant de rage, à apostropher le général en chef :

– Nous allons tous y rester, nous allons tous mourir ! Si ce n'est pas des balles turques, ce sera de la peste !

Desgenettes craignait une colère noire de Bonaparte. D'un geste, il pouvait expédier *ad patres* l'impudent. Pourtant, le chef de l'armée conserva son calme, demanda une fiole d'opium au médecin et la présenta lui-même à Favier qui, interloqué, arrêta sa diatribe avant d'avaler la dose.

Bonaparte tourna les talons et dit d'une forte voix :

– Que ce jeune homme ne recommence pas, sinon je le fais fusiller !

Favier délira toute la nuit. Il pensait à voix haute et il crut agoniser. Le docteur Desgenettes vint lui-même à son chevet, au côté de Dardennes qui s'était pris d'amitié pour cet ingénieur sorti un an plus tôt de l'École polytechnique.

– Peut-être que la muraille ne tiendra pas et que nos assauts en auront raison, souffla le mourant.

Favier attendit que l'effet de l'opium se dissipât pour se lever. Il faisait nuit noire du côté du mont Carmel, au sud. Devant le campement, la forteresse présentait ses remparts en ordre de bataille, éclairés de torches et de pots de feu.

Le lendemain, Dardennes fut réveillé de bonne heure. Un tintamarre inhabituel agitait le camp. Il sortit de sa tente alors que le soleil se lovait encore derrière les monts de Galilée et il vit un détachement amener devant la tente de Bonaparte un ennemi à la peau noire.

– Qui est-ce ? demanda-t-il à son aide de camp.

– Le mamelouk Ali. Le bourreau de Djezzar. Pouah ! C'est lui qui a décapité Mailly et les deux sapeurs ! On va le décapiter à notre tour !

Dardennes s'approcha de la tente de Bonaparte. Celui-ci était sorti et considérait le prisonnier dont les propos étaient traduits par Venture de Paradis. Il se produisit alors une scène qui surprit Dardennes.

– Toute ma vie j'ai obéi à mon maître, cria le mamelouk Ali. Avant-hier, j'ai coupé et porté la tête de ton mamelouk dans la ville. Tiens, voilà la mienne, sultan, coupe-la, mais coupe-la toi-même, et je meurs content !

Ali défiait le général en chef, refusant de s'agenouiller. Il désigna le sabre d'un dragon derrière Bonaparte.

– Le Prophète a dit qu'il ne faut pas rejeter la dernière demande d'un mourant. Coupe ma tête !

Bonaparte le toisa, croisa ses mains dans le dos, puis ordonna qu'on apportât à manger au captif.

– C'est un brave, lança Bonaparte. Qu'on le nomme à la tête d'un détachement de cavalerie.

Il tourna les talons, laissant le prisonnier médusé.

Bernoyer, le chef de l'atelier d'habillement, avait assisté à la scène. Il éprouvait le même sentiment de révolte que le jeune Favier. Voilà maintenant que Bonaparte récompensait le coupeur de têtes, l'assassin de Mailly, alors qu'il avait voulu empoisonner l'ingénieur des Ponts et Chaussées. Bernoyer retourna sous sa tente et s'assit à la petite table de campagne encombrée de dessins. Il désirait rentrer au plus vite en France et que le siège cessât. Ce bougre de Bonaparte ne s'apercevait-il pas que la muraille résistait, que derrière les remparts se terraient non seulement des mamelouks, des Turcs et des Moghrébins, mais aussi des marins anglais et l'audacieux Phélippeaux, qui valait à lui seul deux brigades ? Bernoyer prit sa plume et écrivit une longue lettre dans laquelle il se gaussa de Bonaparte. Le soleil pointait déjà haut quand il la termina : « Ma chère amie, je crois que nos vœux seront exaucés et que Saint-Jean-d'Acre résistera. Je parle ici contre les intérêts de ma patrie, mais le désir de te revoir me fait tout sacrifier. »

Quand il sortit de sa tente pour rejoindre le bivouac de l'habillement, il regarda au loin les remparts imprenables de Saint-Jean et eut une pensée pour le croisé Antoine de Phélippeaux qui s'y terrait.

65

Sur la petite djerme approchant de Saint-Jean-d'Acre, Antoine de Phélippeaux contempla l'étrange huis clos qui se jouait là. « Plutôt un demi-huis clos, songea-t-il, avec cette forteresse à moitié ouverte sur la Méditerranée qui offre une belle porte de sortie. » Par la mer, il avait vu venir le ravitaillement, les munitions et les canons dérobés à la flottille de Standelet. Voilà qu'elle lui amenait l'amour.

Il montra à Hortense les bastions sur les murs d'enceinte, le Bordj el Sanjaq et le Bordj el Hadid. Il demanda au capitaine de laisser filer la djerme jusqu'au nord de la presqu'île, de manière à apercevoir tous les remparts du côté mer. Les cheveux dans le vent, la robe mouillée par les embruns, la jeune femme profitait de chaque instant. Elle savait que pénétrer dans la forteresse par son petit port protégé constituait le plus grand péril et que sans doute Antoine et elle n'en ressortiraient jamais. Mais elle s'en moquait. Son destin était là, comme si une secrète mission continuait de l'habiter. Elle regarda Antoine qui s'était redressé, la main sur un filin. Lui aussi était étonnamment confiant. Il paraissait heureux lorsqu'il détaillait les églises, les mosquées et les différents édifices dépassant de la muraille. Le rouleau de cuir caché sous sa chemise le confortait dans ce moment de bonheur. Il choisit de ne rien dire afin de ne pas heurter Hortense dans ses convictions mais il formula dans son esprit ce qu'il avait sur le cœur depuis des jours et des jours : l'amour, avant même le Paradis, est la plus belle invention de l'homme.

Le *kaptan* de la djerme laissa sur bâbord le *Theseus*, en mouillage au large de la baie d'Acre. Un homme faisait de grands signes sur le pont avant et Antoine crut reconnaître Sidney Smith. L'Anglais lançait son bras en avant, en direction de la rive. Antoine comprit qu'ils se verraient plus tard à Saint-Jean.

– Voilà le commodore, dit-il à Hortense, l'ami Sidney Smith, l'homme que j'ai fait évader de la prison du Temple.

Comme cet épisode lui paraissait loin désormais. Il avait l'impression de vivre une nouvelle existence. Était-ce le voyage au Levant ? Sa vie était composée désormais d'amour et de guerre. L'amour était une source et la guerre un aboutissement. Ce mélange lui semblait étonnant. Il devenait le miel de son destin.

Son séjour en Terre sainte était une mission destinée à arrêter la guerre. Hortense finalement avait fait le même choix, renonçant aux ordres pour porter un vrai message de paix aux hommes, claquant la porte du couvent pour vivre la passion des autres. Saint-Jean-d'Acre serait le berceau de leurs retrouvailles.

– J'ai hâte de rencontrer Sidney Smith, ainsi que ton ami Émile, dit Hortense, alors que la djerme effectuait un virement de bord.

Elle prêtait à peine attention au décor guerrier, aux fumées du campement de Tell Harassim, promontoire de la plaine d'Acre, et aux bivouacs non loin de la plage. La djerme était exposée aux tirs des canons, mais le ciel demeurait silencieux. Quelques salves claquaient au loin et Hortense ne s'en souciait pas. Rien ne pouvait être pire que la tragédie de Jaffa. Maintes fois la nuit les cauchemars l'avaient rappelée à l'ordre. Puis Antoine l'avait aidée à surmonter ses tourments. L'amour est aussi un baume qui permet de regarder ses propres cicatrices.

La djerme parvint sans encombre jusqu'à la porte de la Mer, après une manœuvre pour se glisser entre la jetée en partie détruite par les canonnades et la tour des Mouches, l'îlot du phare bombardé à maintes reprises. Devant eux, des mamelouks et des marins anglais, en redingote rouge et blanche, gardaient le quai. Lorsque les gardes reconnurent Antoine de Phélippeaux sur l'embarcation, ils envoyèrent aussitôt un messager au palais. Une demi-heure plus tard, alors que la djerme commençait à accoster, Haïm Farhi en personne et ses dignitaires de la cour arrivèrent sur le port, précédés d'un détachement de Moghrébins et de tirailleurs mamelouks. Malgré le siège et les privations dans la ville, le détachement ne manquait pas de pompe.

– Monsieur de Phélippeaux, nous vous attendions depuis si longtemps. Bienvenue à Acre ! lança le vizir.

Antoine s'inclina, puis Hortense à son tour. Elle était émerveillée par le spectacle mêlé des ruines, témoins de la splendeur d'antan, et des édifices rénovés, tel le caravansérail el-Oumdan que le vizir lui désigna au bord du quai.

– J'ai des nouvelles de la plus haute importance, Excellence, dit Antoine à Haïm Farhi. Nous devons nous réunir au plus vite.

– Patience, patience ! répondit le vizir. Regardez, notre ville tient debout ! Les boulets de Bonaparte n'ont fait qu'érafler quelques remparts et la brèche à la tour d'angle a bien vite été comblée. Voyez comme nous vivons bien !

Le vizir juif se retourna et désigna aux deux amants les victuailles amassées sur les quais par des portefaix en tunique. Hortense remarqua des toiles de jute qui sentaient le tabac, des jarres d'huile, des sacs de grains amenés par les embarcations arabes et turques.

– Nous avons même des renforts en hommes.

Le vizir ne paraissait guère inquiet. Antoine s'avança sur les quais, la garde s'écartant respectueusement sur son passage. Une petite foule s'était amassée pour saluer son arrivée. Il leva les yeux et vit sur la muraille, au-delà de la porte de la mer et en direction du petit cimetière musulman, deux êtres qu'il connaissait bien et qui se cachaient des badauds tout en le saluant de la main. Il avait reconnu Émile et Rachel Farhi. Il avait hâte de les retrouver mais comprenait la discrétion de son compagnon.

– Pressons, pressons, dit Antoine d'une voix ferme qui surprit Haïm Farhi. Je dois voir le pacha, puis nous convoquerons une réunion avec les représentants des trois religions.

Tandis que le vizir se penchait vers son aide pour lui transmettre quelque message, Antoine entraîna Hortense au-delà des quais.

– Nous nous verrons au palais ! lança-t-il à Haïm Farhi, qui eut à peine le temps de lui répondre.

Dans les ruelles de Saint-Jean, Antoine avait le cœur léger. Il détailla chaque monument, chaque fontaine, chaque caravansérail à Hortense. Il se sentait chez lui dans cette ville assiégée et il n'avait pas eu cette impression depuis fort longtemps. La guerre forçait l'ancienne citadelle à se replier sur elle-même tout en regardant vers le large. Il en était de même pour Antoine de Phélippeaux, traqué dans la France de la Terreur, et ennemi de longue date de ce Bonaparte retrouvé en Terre sainte. Désormais, c'était lui qui traquait l'héritier de la Terreur, le général en chef de l'armée d'Orient.

Il désigna la colline au loin où s'était installée l'armée de Bonaparte. Quelques boulets s'échangeaient entre les deux camps. Hortense ne manifestait aucun signe d'inquiétude. Ils continuèrent à marcher sur les remparts en direction du Bordj el Sanjaq, à la pointe de la presqu'île. L'église Saint-Jean les attendait, et Antoine montra à Hortense le petit autel, le puits à l'intérieur où les musulmans pouvaient venir s'abreuver avec un passage réservé, la sacristie minuscule qui sentait le moisi. Hortense se recueillit et songea que ce lieu scellerait davantage encore leur amour.

Ils retrouvèrent Émile et Rachel près du Bordj el Sanjaq. Les deux hommes s'embrassèrent tels de vieux camarades que les batailles auraient séparés. Le spectacle du malheur permet souvent à l'amitié de se renforcer. Émile, malgré une si courte absence, avait bien changé. Il portait de nouveaux habits, son visage était soigneusement rasé et il sentait un parfum de fleur, l'une de ces fragrances vendues par les marchands dans le bazar couvert, près de la synagogue. Rachel ne semblait avoir qu'une envie, prendre la main d'Émile et l'emmener dans le labyrinthe d'Acre.

Antoine présenta Hortense à Émile et Rachel. Dès le premier abord, la jeune Française apprécia la grande simplicité et le regard franc de la fille du vizir. Ses cheveux défaits, sa tunique blanche et sa jupe rouge tranchaient avec la tenue sombre des musulmans de

Saint-Jean. Malgré les quelques années qui les séparaient, Rachel et Émile présentaient une certaine harmonie, un mélange d'insouciance et de joie de vivre. « Le siège de la ville, songea Hortense, engendre d'étonnants rapprochements. » À quelques encablures de la muraille, des pêcheurs jetaient depuis leurs petites embarcations des filets bordés de flotteurs en verre bleu dans les eaux agitées. Hortense pensa à la pêche miraculeuse. « Cette ville, se dit-elle, jamais ne pourra être vaincue. »

Antoine expliqua longuement à ses amis la cavalcade depuis Safed, la rencontre avec le père Silvano au mont Carmel et la quête du vieux parchemin à la source d'Élie.

– As-tu trouvé ce que tu cherchais ? demanda Émile.

– J'ai cela sur moi, répondit Antoine en portant sa main sur son cœur. Nous allons convoquer une réunion au plus vite. Rachel, il faut mander le rabbin de la synagogue. Émile, contacte le père Carlos. Quant aux imams, Djezzar Pacha s'en chargera.

Sous la muraille, dans la ruelle longeant les pierres jaunes, des femmes vêtues des pieds à la tête de longues robes noires, portaient jarres et sacs de grain. Émile dévisagea son ami : il avait l'air à la fois resplendissant et poursuivi par une horde d'ennemis.

– Aurais-tu trouvé des troupes de Bonaparte sur ton chemin ? Diable, à leur place, je me serais fait du souci !

– Ils occupent les abords de Haïfa mais n'osent s'établir dans la ville, qui garde ses pirates. Pour le monastère du mont Carmel, à l'heure qu'il est, la place est investie.

– A-t-il réussi à rallier les Druzes ? demanda Rachel. D'après nos émissaires, le cheikh Abbas el-Daher, désormais vassal de Bonaparte, fait tout pour les inciter à rejoindre son camp.

– Pour le cheikh Abbas el-Daher, nous le savions, par le père Silvano du mont Carmel. Quant aux Druzes, la partie, certes, semble gagnée par Bonaparte. Mais rien n'est joué pour les populations de Galilée et de Samarie.

– Beaucoup attendent de savoir si Saint-Jean va tomber ou non, dit Émile. Ces opportunistes qui prêteraient allégeance à l'armée d'Orient si la citadelle commençait à fléchir.

– Mais elle résistera longtemps ! ajouta Rachel.

Hortense la trouva fort belle. La pointe de taquinerie dans ses remarques faisait d'elle une femme libre. « Et dire qu'Élias a cru un temps que la cavalière à nos trousses et Rachel n'étaient qu'une seule et même personne », pensa-t-elle.

– Venez d'abord vous restaurer à la maison, dit Émile d'un ton qui ne souffrait aucune contradiction. J'ai déjà envoyé un domestique préparer une collation, vous devez être affamés.

Tous les quatre s'enfoncèrent dans les ruelles de Saint-Jean-d'Acre, tandis que les négociants rabattaient les vantaux de leurs échoppes aux mille senteurs.

66

Le lieutenant Dardennes reçut l'ordre de faire son paquetage le matin même du départ. Deux heures plus tard, lui et ses hommes étaient sur la route de Nazareth afin de prêter main-forte à Kléber. À marches forcées, sous le commandement de Bonaparte, ils arrivèrent le lendemain matin au mont Thabor.

« Soldats, avait lancé le général en chef lors d'une halte la nuit sur les hauteurs de Safoureh, de cette bataille va dépendre notre gloire en Terre sainte ! Les renforts de Damas sont là. Le courrier de Kléber indique qu'il se trouve dans une passe difficile. Si nous battons l'ennemi, toute la Galilée sera à nous. Et Saint-Jean-d'Acre tombera ! »

Le lieutenant Dardennes croisa le regard de ses hommes. Il comprit que le discours ne les rassurait pas. Ils en avaient assez de cette guerre et de ce siège étranges. Les officiers eux-mêmes commençaient à maudire Bonaparte. Kléber ne disait-il pas de lui : « C'est un général à deux mille hommes par semaine » ? Non seulement il avait gracié le mamelouk Ali, mais il l'avait adoubé. Tueur de Mailly, le bourreau noir de Djezzar Pacha commandait désormais un détachement, alors que de nombreux fantassins avaient demandé sa tête.

« Soldats, avait continué Bonaparte, nous savons par les éclaireurs de Djezzar arrêtés par nos hussards qu'il a ordonné aux renforts de passer le Jourdain. Il entend couper notre route et nos arrières vers l'Égypte ! Nous engagerons le combat dès que nous serons arrivés sur les lieux ! »

Dardennes refit les comptes. Avec l'armée de Damas et les Naplousains, l'ennemi pouvait compter sur quarante mille hommes. Eux étaient quatre mille, une misère. Murat, du côté de Safed, ne disposait que de mille soldats pour contrer le pacha damascène et les troupes de Samarie. Vers le sud, le général Junot, lui, était encore plus fragile, avec trois cents fantassins et cent cavaliers, des braves, certes, mais qui tomberaient sous le nombre. Sa seule chance consistait à effectuer des manœuvres tournantes.

Dardennes se demanda pourquoi Bonaparte paraissait si ragaillardi. Il avait beau jouer son va-tout dans la bataille à venir, le général en chef semblait rajeuni par cette expédition vers le mont Thabor. Les tranchées ne lui convenaient pas. Il préférait le mouvement. Dardennes comprit que Bonaparte s'était servi de Kléber, parti une semaine plus tôt, comme d'une proie jetée en pâture aux fauves de la Terre sainte.

Le dernier combat de Junot avait bien failli lui coûter la vie, signala un cavalier du 14e dragons à Dardennes. Après une héroïque bataille à dix contre un à Cana, au nord du mont Thabor, où il s'était rafraîchi avec ses grenadiers à la fontaine de Jésus, Junot avait foncé à la rescousse de Kléber. Une balle avait transpercé son chapeau, une autre avait tué son chameau.

Alors qu'il inspectait la piste pour que sa monture ne se blesse point sur la rocaille, Dardennes vit un courrier débouler à la rencontre de la colonne de Bonaparte. Il était essoufflé et Dardennes le trouva beau.

– Général, les feux et les signaux de fumée pour vous renseigner ne suffisent plus. Voici la lettre du général Kléber.

Pendant que l'on donnait à boire au cavalier exténué, Bonaparte suivi de Bourrienne lisait la lettre. Kléber y détaillait sa manœuvre, un mouvement de contournement de l'ennemi pour glisser ses soldats entre le Jourdain et l'arrière-garde de l'armée dépêchée par Damas.

– Quel sot ! s'écria Bonaparte. Il veut attaquer de nuit ! Et l'ennemi en outre risque d'avancer plus vite que lui ! Voilà qu'il se prend pour Reynier à El-Arich.

Le général en chef réprima un juron.

– Accélérons le pas ! Il faut rejoindre Kléber au plus vite !

Venture de Paradis maugréa. Il en avait assez de cette expédition et paraissait vieilli. Il souffrait de maux de ventre constants mais s'efforçait de renseigner Bonaparte sans gémir. Le général en chef, malgré son empressement à gagner la plaine d'Esdrelon, voulait tout connaître de l'endroit. Crispé sur son cheval, Venture déclinait patiemment son savoir :

– C'est sur le mont Meggido qu'Ézéchiel réalisa sa prophétie, général.

– Et quelle était cette prophétie ? Allons, Venture, articule !

– Sur cette montagne, répondit le drogman d'une voix lasse, Ézéchiel devait battre Gog, le fléau des fils d'Israël, vassal de Magog. C'était un pays maudit. Il correspond aujourd'hui au pachalik de Damas.

– Gog et Magog ! Eh bien, nous les battrons ! Qu'a donc fait Ézéchiel pour cela ?

– Il a bénéficié, général, de la foudre du ciel, des flèches tombées des nuages ainsi que de la grêle...

– Eh bien, nous aurons tout cela, avec nos canons et nos fusils. Cela me rappelle la légende d'Élie au Carmel. Le mont Meggido, quel beau nom !

– En hébreu, cela se dit Har Meggido, général. Le nom signifie « Armageddon ». Ce qui veut dire aussi...

– Oui, je sais, Venture, « la fin du monde ». Eh bien, ce sera la fin de l'ennemi ! À moins qu'entre-temps ce ne soit celle de Kléber !

Venture de Paradis poursuivit sa description des lieux dont l'armée d'Orient approchait. La plaine d'Esdrelon, celle d'Yizréel dans la Bible, avait été funeste à nombre de rois, tels ceux de Canaan, Saül, Josias, Ochozias de Juda ou la reine Jézabel.

– C'est là que périrent tous les ennemis de Dieu, ajouta Venture, le souffle court, une main sur les reins et l'autre sur le ventre. C'est là aussi que les rois de la Terre connaîtront leur sort, un jour, à la fin des temps... Et là-haut, ce mont Thabor, à deux mille pieds, le prophète Jérémie l'associait au Carmel pour désigner les deux montagnes comme les deux armées qui affronteraient le pharaon... Les croisés choisirent ce lieu pour fondre sur les Sarrasins...

– Voilà un bel endroit pour se faire proclamer roi, ou messie plutôt ! C'est après cette victoire que nous lirons la proclamation aux juifs. Je serai celui qui a tué Gog, venu du pays de Magog, les deux satans des juifs et des chrétiens. Dis-moi encore, Venture, quand est la Pâque des juifs ?

– Ce sera le 15 *nissan* de l'an 5559, général.

– Donne-moi ça en fructidor, ou en date normale, que diable !

– Le 15 *nissan* correspond au 20 avril, général.

– Samedi prochain. Et nous sommes mardi. Magnifique ! Le 20, la bataille sera finie depuis longtemps. Eh bien, décidons que ce samedi 20 avril 1799 sera un grand jour !

Dardennes avait hâte de voir le sommet du col. L'ascension était longue, avec les canons à tracter sur de mauvaises pistes. Bonaparte hurlait des ordres afin que la troupe ne perdît pas trop de temps. « Il veut que Kléber soit affaibli, mais pas tué, songea Dardennes. Il sera ainsi le sauveur. »

En haut du col, Bonaparte vit la bataille dans la plaine de Fouleh. Il ordonna que l'on plaçât aussitôt les canons et fit tirer une salve, puis une deuxième. En contrebas, Kléber se trouvait au plus mal, avec deux mille soldats en carré encerclés par des troupes douze fois plus nombreuses. La salve fit réagir les assaillants. Déjà Dardennes lançait ses hommes dans la plaine d'Esdrelon, laissant Nazareth sur sa gauche. Il s'arrêta un instant pour repérer Kléber. Ses officiers lançaient leur shako en l'air, signe qu'ils avaient aperçu les renforts, malgré les hordes de cavaliers arabes, mamelouks, kurdes, moghrébins qui poursuivaient les combats.

Dardennes força le pas avec ses hommes. Chaque instant de retard signifiait des morts en plus dans les rangs de Kléber. Il chargea, sabre au clair, sur le premier détachement de l'armée damascène. L'assaut fut terrible. Un bras vola près de Dardennes. Sarrant avait frappé fort et souriait. Sa joue était tailladée, mais il ne sentait rien, porté par l'ivresse du sang et du combat. Dardennes ne distinguait pas grand-chose de la bataille et se contentait de ferrailler avec son épée, clamant des ordres à qui voulait l'entendre. Devant lui, sous le mont Thabor, Kléber tenait bon. Certains de ses hommes se battaient au corps-à-corps, baïonnette contre cimeterre, poignard contre dague, devant un monticule de cadavres d'hommes et de chevaux qui formaient leur dernier rempart.

Dardennes eut un pressentiment et tourna la tête : un cavalier mamelouk chargeait sur lui. Il saisit son pistolet, ouvrit le feu. Sans un bruit, le cavalier s'effondra sur l'encolure de son pur-sang qui s'arrêta quelques pas plus loin, puis rua afin de se débarrasser de ce poids inerte. Dardennes s'aperçut alors que l'armée de Damas et les Naplousains refluaient par deux endroits, vers le Jourdain et les gorges de Naplouse. Il s'élança à leur poursuite, entraînant dans son sillage une partie de son détachement. Les autres s'étaient perdus dans la bataille. Lui hurlait de tout son saoul. Il ne se reconnaissait plus et cela lui donnait des ailes. Il sabra un mamelouk à pied, lui fendant le crâne d'un coup d'épée. Derrière lui, Sarrant s'acharna sur la dépouille : il lui vola sa ceinture dorée, et lui coupa une jambe et un bras.

– Tiens, c'est d'la part de Louvet.

– Arrête, Sarrant, tu ne vois pas qu'il est déjà coupé en deux ? hurla Dardennes. File avec moi pour barrer la route aux ennemis, ceux qui sont vivants !

Sarrant enfourcha son cheval et poursuivit lui aussi les Damascènes dans un champ de blé aux tiges hautes de cinq pieds. Des cavaliers de Reynier les rejoignirent et ensemble ils découvrirent le camp des mamelouks, bordé d'une mer de drapeaux rouge et vert. Des femmes s'en revenaient du puits. L'arrière-garde fut surprise. Ce fut la débandade.

– Taillons-les en pièces !

Dardennes volait. Il impressionnait autant ses hommes que l'ennemi. Il s'empara d'une torche et ordonna à ses soldats de l'imiter, puis il mit le feu aux tentes. Dix blessés furent achevés sur ses ordres. Comme Sarrant descendu de sa monture avait perdu sa dague dans le cou d'un mamelouk, il s'empara de ciseaux qui traînaient sur la table d'un médecin turc et les planta dans le cœur d'un blessé aux deux bras bandés. Il retira l'outil ensanglanté puis tua un trépané d'un coup dans l'œil. Quand il extirpa une nouvelle fois son arme, il sentit une main ferme retenir son bras. Il fit volte-face, prêt à frapper et à mourir en même temps, mais il reconnut Dardennes.

– Calme-toi, malheureux ! Tu ferais mieux de poursuivre la cavalerie turque !

Ils partirent à cheval vers d'autres proies et arrêtèrent un chamelier qui emmenait sur sa bête un canon léger. Le mamelouk tenta de faire sa prière, courbé vers le sol, mais il mourut trop tôt. Le dromadaire poursuivit sa route. Avec l'arme du caravanier, Sarrant lui trancha un jarret.

Plusieurs unités se regroupèrent, des dragons, des carabiniers, des grenadiers. Les cavaliers continuèrent leur chasse et Dardennes fut de la partie. Il ne trouvait plus ses hommes, hormis Sarrant, mais s'en moquait. Il avait perdu son chapeau et, les cheveux dans le vent, s'abandonnait à une soif de vengeance qu'il ne se connaissait pas. Il galopa sur le flanc droit de Sarrant, s'arrêta sur un promontoire et se retourna pour tenter d'apercevoir son détachement. L'horizon était désespérément vide. Ses hommes l'avaient abandonné depuis longtemps.

Quand ils parvinrent au milieu de la plaine, les deux cavaliers constatèrent qu'une rivière les empêchait de continuer. Dix mamelouks les attendaient, tapis dans les roseaux du Jourdain, non loin d'un petit pont de bois. Sarrant tomba le premier, la jambe abîmée par un coup de cimeterre. Il eut le temps d'embrocher deux miliciens de Damas aux culottes bouffantes rouges de sang. Il commençait à s'étourdir lorsqu'il sentit un liquide le long de sa cuisse. C'était un mélange de sang, d'urine et d'eau. Il se dit que le Jourdain était un ruisseau décevant, un filet dérisoire, un misérable coulis de boue et de haine. Il cria « Vive l'armée d'Orient » et s'effondra.

Dardennes atteignit un mamelouk à la nuque et coupa l'oreille d'un autre qui hurla en portant la main à sa tête. Il en visa un troisième au front et la balle du pistolet traversa la boîte crânienne. Puis le lieutenant reçut un coup de lance dans les côtes. Il roula à terre, aperçut le mont Thabor violacé par les lueurs du couchant et psalmodia : « À bas l'armée d'Orient. » Avant de tomber dans les eaux du Jourdain, il eut le temps d'extirper un médaillon de sa veste et de l'embrasser. Dans le ciel, des nuages s'amoncelaient, gorgés de cette pluie qui avait abreuvé le mince flot du Jourdain. Il crut voir un ange, il sourit, et reconnut le visage d'Isabelle. Le mamelouk voulut s'emparer du bijou en or, mais comme il n'aimait pas l'eau, il laissa le corps dans les roseaux. Il trancha la tête de Sarrant et, lorsqu'il entendit le galop des dragons français arrivant à la rescousse, il franchit le petit pont de bois et détala vers le pays de Magog.

67

Rachel présenta elle-même des galettes de sarrasin garnies de tomates confites et de raisins séchés à Antoine et Hortense, affamés. Émile ouvrit la porte et s'assit à côté d'eux, lunette en main.

– Raconte-nous vite ce que tu as vu sur la terrasse, lui demanda Antoine.

– Cela confirme ce que nous disent nos agents : le camp au pied de Tell Harassim est en grande partie déserté. Bonaparte a détalé avec les divisions Bon et Reynier. Il ne reste plus que les troupes de Lannes.

– Il m'est avis que cela doit tonner sur le Jourdain ou en haute Galilée, commenta Antoine de Phélippeaux.

Il se servit une galette de sarrasin et un morceau de poisson.

– Profitez-en, ce sera bientôt Pessah, la Pâque juive, dit Rachel, et je ne pourrai plus vous faire de gâteaux à la farine de céréale.

– Avec de telles munitions, plaisanta Antoine en montrant les galettes, Saint-Jean ne peut que tenir ! Bon, il me faut au plus vite voir Djezzar.

Il se leva et disparut dans la ruelle, suivi par les deux gardes qui l'attendaient. Il lui restait à convaincre le maître de la ville.

Dès qu'il eut disparu dans la ruelle, Hortense se précipita vers Rachel. Émile était retourné sur le toit pour surveiller le Tell Harassim et les manœuvres de Lannes.

– Vous avez parlé de la Pâque juive. Quand donc a lieu cette fête ?

– C'est le 15 *nissan*, répondit Rachel, c'est-à-dire samedi pour vous, dans quatre jours.

– Mais... je croyais que cette date se confondait avec la fête chrétienne.

– La Pâque à Acre est célébrée en trois fois. Les chrétiens l'ont fêtée le mois dernier. Les orthodoxes le feront dans une dizaine de jours. Nous, les juifs, nous célébrons dans quatre jours la sortie d'Égypte. Ici, à Acre, nous avons des rites particuliers. Vous viendrez, ma mère et les domestiques se chargeront de tout.

Hortense était troublée, mais n'en montra rien à sa nouvelle amie. Rachel lui fit signe de s'asseoir devant un miroir et elle se mit à lui peigner les cheveux. Hortense pensa à la prophétie du Petit-Châtelet, le message transmis par la blanchisseuse : « Rose sera le chemin de Pâques. » Peut-être s'agissait-il d'une autre date que celle du calendrier chrétien. Un événement pourrait encore intervenir avant samedi ou le jour même de la Pâque juive. Elle craignait le pire, que la couleur rose ne marquât les prémices d'un bain de sang, d'une apocalypse en Terre sainte. À travers les vieux carreaux, elle pouvait voir les lueurs du couchant sur le mont Carmel, en plein sud, au bout de la baie. Cette vue la protégeait de la guerre et la querelle des couleurs dans les cieux était bien assez. Le mélange du rose et du noir émanant de la roche était de mauvais augure.

– Dites-moi, Rachel, le rose aurait-il une signification dans votre religion ?

– Attendez que je démêle vos cheveux. Voilà. Le rose... Oui, cette vieille tradition remonte à l'ancien Israël. Les kabbalistes de Safed l'ont perpétuée avec le rite de *Tou Bi Chevat*. C'est en fait le nouvel an des arbres. Mais, au-delà de la célébration de la nature, il s'agit aussi d'un retour sur soi. Lors du *seder*, le repas de la fête, les kabbalistes ont pris pour habitude de servir quatre coupes de vin. Cela va du vin blanc au vin rouge, avec deux nuances de rose grâce à un mélange des deux. Mon père pratique encore cette tradition. La seconde coupe est ainsi emplie de vin blanc avec quelques gouttes de nectar rouge, ce qui en fait une boisson à peine rosée. Le rose symbolise le lilas de retour sur les collines ainsi que les cyclamens qui poussent dans nos montagnes. Les invités sont conviés à manger des grenades, des pommes et des citrons. Le vin blanc représente l'hiver et le vin rouge, l'été. C'est donc un combat entre les deux saisons.

– Dois-je en déduire que nous approchons de cette bataille ? demanda Hortense.

– Oui, bien sûr, dit Rachel d'une voix enjouée tout en continuant à peigner les cheveux d'Hortense. Mais ne vous troublez pas pour si peu ! C'est une tradition pour nous permettre de commémorer notre longue histoire. À la fin du repas, l'un des convives, un rabbin, lit le *Zhaïm*, un passage du Talmud.

– Et pourquoi fêter les arbres ?

– Oh, c'est une vieille tradition, là encore. Chaque peuple d'Israël ou presque a sa version. En fait, dans l'ancien royaume de Jérusalem, au temps du second Temple, notre peuple avait l'habitude de planter un cèdre, un arbre fort, pour la naissance d'un garçon, et un cyprès, plus parfumé et plus petit, pour la naissance d'une fille. Comme ici, sur la terrasse, regardez !

Elle désignait, au-delà de la maison d'Émile, devant celle d'Antoine, deux arbres dans la cour qu'Hortense avait remarqués avant d'entrer par la grande porte-fenêtre. Hortense se souvint qu'elle avait retrouvé Antoine à Safed dans une maison dont le seuil était entouré d'un cyprès et d'un cèdre.

D'un pas alerte, Antoine de Phélippeaux se rendit sur les remparts et au Bordj el Kommandar. Mamelouks au turban large, janissaires au large cimeterre, Arnautes en culottes bouffantes, Moghrébins vêtus d'un léger burnous allaient et venaient sur les murailles. Certains avaient l'air inquiet, d'autres paraissaient pressés d'en découdre. Tous furent heureux de revoir le *Faranj*. Ses deux gardes furent bientôt suivis d'une quarantaine de soldats et miliciens de Djezzar Pacha. Antoine leur ordonna de décamper afin de ne pas alerter de sa présence les troupes de Bonaparte. La tour d'angle tenait toujours, mais la brèche comblée présentait encore une fragilité. Il lança quelques ordres brefs à l'agha des janissaires qui les transmit aussitôt à ses deux lieutenants et à l'architecte. Il voulait que l'on creusât une contre-mine afin de venir à la rencontre du tunnel de l'armée d'Orient. Des chaudrons de poix furent préparés en cas de nouvel assaut. Antoine inspectait chaque partie de la muraille, chaque fortification. Il en tirait aussitôt des conclusions et ses ordres impressionnaient les commandants turcs et arabes présents à ses côtés. Ce diable de jeune Français connaissait toutes les ruses, tous les pièges tendus par Bonaparte. Antoine reconnut lui-même que l'ennemi pouvait encore gagner. Il lisait dans les yeux du *bachi* de son escorte l'attente de tous les hommes de Djezzar, qui avaient subi plusieurs assauts pendant son absence. À la sortie du Bordj el Kommandar, une balle siffla à ses oreilles et un fantassin turc se jeta sur lui. Il se releva et observa à la lunette les positions de l'armée d'Orient. Une grande agitation régnait au-delà des tranchées et sur le Tell Harassim, au loin, comme si le général en chef allait bientôt revenir de son expédition au mont Thabor et à Nazareth. Toute la garnison de Saint-Jean-d'Acre savait que la bataille avait été victorieuse pour Bonaparte. Tous redoutaient la fureur du prochain assaut.

Quand il eut terminé son inspection, Antoine de Phélippeaux se précipita au sérail.

La cour du palais de Djezzar Pacha était fort agitée. On y croisait des hommes en armes, des mamelouks, des marins anglais, des notables et des pirates venus ravitailler à grand prix la ville assiégée. Antoine entra d'un pas décidé dans la citadelle et le *divan affandasi*, le chef du divan, s'inclina. Le *bayrakdâr*, le commandant de la place, ordonna aux mamelouks de présenter les armes. Une haie d'honneur fut faite au héros de la ville, celui qui avait réussi par ses fortifications à contrer Bonaparte. En levant la tête, Antoine eut le temps d'apercevoir le regard des femmes du harem cachées à l'étage derrière un moucharabieh aux croisillons de bois sombre. Djezzar Pacha l'attendait au fond de la grande pièce de réception aux murs voûtés, marque de l'ancienne demeure des hospitaliers de Saint-Jean. Derrière la garde, le vizir Haïm Farhi s'entretenait avec deux conseillers. Le porteur de chandelle se tenait à sa gauche et le drogman de la cour à sa droite. Assis sur un fauteuil garni de coussins rouges, le maître de la ville assiégée était à la fois heureux de retrouver Antoine et agacé par ce cérémonial qui l'entourait. Le *Faranj* était devenu un héros dans sa propre ville et lui faisait de l'ombre.

Antoine s'inclina et en vint au fait :

– Monseigneur, il nous faut encore renforcer les remparts. Je veux plus de poix et des boulets pour la muraille au nord, qui pourrait céder, ainsi que des artisans et des ouvriers en permanence dans le fossé entre les deux murailles afin de combler toute brèche.

– Votre absence a failli coûter cher à la ville, répondit Djezzar Pacha. J'ai dû par deux fois mener moi-même le combat. Quelques Anglais sont tombés, dont Oldfield, l'ami de votre Smith.

Il prononçait le nom de Smith avec un certain dédain et Antoine se demanda si cela signifiait le début d'une disgrâce.

– Le commodore Smith a pourtant sauvé la ville avec sa flotte !

– Nous aurons bientôt des renforts ! lança Djezzar Pacha. Des troupes nous sont déjà parvenues de Rhodes. Des pirates et des corsaires vont nous prêter main-forte.

– La Porte pourrait aussi envoyer ses troupes...

Antoine avait lâché ces mots avec désinvolture tout en sachant qu'il allait faire mouche. Djezzar Pacha se rehaussa sur les coussins du piédestal pour montrer qu'il dominait l'assemblée et prit quelques raisins secs apportés par le *sufraji bashi*, le chef des serviteurs.

– Tout renfort est bienvenu, répliqua Djezzar, car il est préférable de voir Acre du côté du sérail d'Istanbul que du côté de ce Bonaparte qui s'est proclamé *sultan kebir* au Caire alors que les Égyptiens le haïssent...

Antoine avait vu juste. Le pacha était piqué au vif à l'évocation de l'attitude de la Porte. S'il n'avait aucun intérêt à voir tomber Acre, le sultan Sélim III pouvait cependant affaiblir son turbulent vassal. Antoine se souvint de ce que lui avait dit le frère d'Élias, Georges Ibrahim, à propos de Bonaparte et de Kléber, que le général en chef admirait et détestait à la fois. Les despotes se servent de leurs généraux comme de soldats de plomb, prompts à rassurer et aptes au sacrifice.

– Seigneur, j'ai demandé à m'entretenir avec vous non seulement pour les défenses de vos remparts, mais aussi pour une autre bataille, tout aussi importante.

Le pacha tendit l'oreille, sans trop montrer sa curiosité.

– La grande bataille, Monseigneur, est celle qui se joue dans l'arrière-pays, en Galilée et en Samarie, qui dépendent de votre pachalik. Bonaparte veut s'introniser nouveau messie. Il a déjà réussi à rallier une partie des Druzes ainsi que le puissant cheikh Abbas el-Daher...

Antoine avait appuyé sciemment sur le mot « puissant ».

– Ce chien d'Abbas n'est pas puissant. C'est un traître ! s'écria Djezzar. Ce fils de scélérat !

– Il est le fils d'Omar el-Daher, je le sais, continua Antoine de Phélippeaux sans se départir de son calme.

Derrière le pacha, Haïm Farhi avait perdu de sa superbe et craignait un accès de colère du souverain, un de ses courroux légendaires jusqu'à Damas.

– Demain, s'il cultive encore ce sillon, Bonaparte pourra rallier d'autres peuplades, poursuivit Phélippeaux. Les juifs, les chrétiens, les Alaouites du mont Liban se rendront à lui. Il se peut que vos remparts résistent, il se peut aussi que non...

– Mes hommes y veilleront !

– Avec notre aide, certes. Mais tenir l'arrière-pays est une tâche aussi essentielle.

Le chef du divan intervint à son tour. Un long échange s'ensuivit car le pacha et son lieutenant désiraient sonder les intentions du jeune homme et ses ambitions. Antoine de Phélippeaux savait qu'il jouait sa tête mais rien ne semblait devoir l'arrêter. Son audace lui sauva cependant la vie. Le *Fransawi* réussit à calmer les doutes de l'un et de l'autre.

– Je vous demande, Monseigneur, une réunion importante, au plus vite, avec les représentants des trois religions du Livre en votre ville.

Pour ne pas fâcher l'ombrageux maître de la citadelle, Phélippeaux évita d'avancer qu'il en allait de la survie de Saint-Jean-d'Acre et de la Palestine. Il ne voulait pas compromettre ses chances ni celles d'Éphraïm Mordechaï et de ses amis en Galilée.

Djezzar Pacha considéra la requête d'Antoine et s'entretint avec le chef du divan. Il cherchait à éviter quelque secrète manœuvre. Mais, après tout, cette demande n'était que peu de chose. Le *Faranj* sans patrie se trouvait en droit de convoiter un poste militaire ou un titre d'agha qu'il n'aurait pu lui refuser, vu sa popularité dans la place et ses talents militaires. Ce Franc était décidément bien étrange.

– Si telle est ta demande, elle sera exaucée, répondit-il. Demain matin, à l'aube, tu auras ta réunion.

Il se pencha à nouveau vers le chef du divan puis vers Haïm Farhi et congédia le jeune aventurier dont l'audace lui plaisait et l'agaçait à la fois.

68

Le lieutenant Dardennes fut extirpé des roseaux par les dragons de Junot. Il tremblait et se disait que le Paradis aurait pu être un peu plus chaud. Les hommes autour de lui n'avaient pourtant pas des gueules d'apôtres. L'un présentait des estafilades sur la joue, l'autre portait un curieux collier fait d'oreilles et de doigts coupés. On hissa le blessé sur un dromadaire transformé en ambulance, avec deux caisses ouvertes sur les flancs en guise de lits. Le retour fut douloureux. On lui parla de Nazareth. Il murmura qu'il s'agissait d'une bonne place pour agoniser et se rapprocher de Dieu. L'infirmier Bourdon lui assura que sa blessure n'était pas grave. Un coup de lance avait éraflé ses côtes et il s'en sortirait avec un beau pansement. Quand Dardennes lui demanda ce qu'était devenu Sarrant, l'infirmier se contenta de répondre :

– S'il s'agit du soldat qui vous accompagnait, il est mort et bien mort.

Il s'abstint de lui dire que sa tête avait été tranchée.

Dardennes put assister à la messe du *Te Deum* célébrée dans le couvent des franciscains de Nazareth en l'honneur de Bonaparte. Vêtu d'un uniforme neuf et de culottes blanches, le chef de l'armée d'Orient paradait aux côtés de la femme du général Verdier, lequel était blessé. Engagée comme cantinière afin de suivre son mari, elle était reconnaissable à son uniforme bleu foncé bordé de rouge, celui des hussards. Le chirurgien Desgenettes murmura que ce n'était pas une belle chose de coucher avec l'épouse d'un brave, surtout lorsque celui-ci était cloué sur un lit d'hôpital.

Devant une nuée de cierges en batterie qui donnaient aux visages des reflets changeants, Bonaparte paraissait en joie au premier rang et Dardennes, assis dans la rangée de gauche, en était révolté. Voilà que le général en chef marquait un soudain retour à la foi. Le matin même, il avait accepté d'être le parrain d'un nouveau-né de Nazareth. Il avait visité la grotte de l'Annonciation, avait longuement discuté avec les franciscains et s'était recueilli au sommet du mont Thabor, la colline où certains exégètes ont vu le lieu de la Transfiguration. Dardennes regardait la scène et voyait à la place de Bonaparte un croisé, à la place de l'autel de pierre le Jourdain rouge de sang, et derrière le moine qui célébrait la messe un soldat brandissant un glaive. Le décor du couvent des Récollets, qui datait des croisades, était pourtant dépouillé, hormis une grande tenture rouge déployée pour l'occasion, et Dardennes ne supportait plus cette couleur.

Il observa Kléber, qui devait éprouver les mêmes sentiments. Certes, il avait été sauvé du désastre. Mais il savait que Bonaparte avait ralenti l'allure pour mieux le ferrer, l'asservir à sa gloire. Le général en chef n'avait eu dans sa colonne que trois ou quatre morts. Kléber en comptait quatre cents. Combien de vies auraient pu être épargnées ? Et les trois cents prisonniers turcs, que Bonaparte parlait de massacrer au camp de Saint-Jean-d'Acre pour mieux impressionner l'ennemi ? Et les blessés achevés au bord de la piste ? L'armée d'Orient arborait désormais les fusils plaqués d'argent et les poignards sertis de pierres des Damascènes. Les soldats de l'expédition d'Égypte étaient des soudards prêts à piller et violer en chemin.

Pour apaiser sa douleur, Dardennes pouvait à tout moment compter sur une fiole d'opium que Desgenettes tenait à disposition des cinq officiers blessés choisis pour la cérémonie. Mais le lieutenant préférait ne rien demander, il s'estimait en sursis, et heureux d'être à la fois en vie et si proche de la mort, il ne savait plus trop.

Comme lui semblait étrange la présence de Madeleine Verdier en compagnie de Bonaparte dans cette église où l'ange Gabriel était apparu à Marie. « La femme de Verdier est tout sauf pure, et son amant se prend pour le Messie », dit-il entre ses dents. Il songea au carnage de Jaffa. Peut-être une lame vengeresse était-elle déjà aux trousses de Bonaparte.

Deux maronites des monts Liban s'affairaient aux côtés des franciscains. Dardennes leur trouva un air réjoui et il se demanda ce qui, au lendemain d'une telle bataille dans la contrée, pouvait les mettre d'aussi belle humeur. Venture de Paradis aurait pu le lui expliquer, mais le drogman était à l'article de la mort, tout comme Caffarelli et Say.

Venture de Paradis prit son temps pour mourir. De longs jours durant, la fièvre le fit délirer. Il demanda à parler à Bonaparte, lequel, dans les bras de madame Verdier à l'étage de l'auberge des franciscains Casa-Nova, avait d'autres batailles à livrer. Sur l'insistance de son aide de camp, le chef de l'armée d'Orient se rendit cependant au chevet de l'orientaliste, dans une aile du cloître des franciscains.

– Dysenterie, annonça Desgenettes, mais n'approchez pas trop, la peste couve par ici.

Bonaparte se pencha pourtant à l'oreille de Venture de Paradis, qui lui murmura quelques mots, inaudibles pour Desgenettes. Puis l'interprète ferma les yeux. Il semblait soulagé.

– Quelques jours à vivre..., dit à voix basse le médecin.

Bonaparte n'écoutait plus. Se tournant vers Eugène de Beauharnais et Junot, il leur glissa quelques ordres brefs.

– Damas n'est qu'à une journée d'ici, dit Junot. On peut s'y trouver demain soir, au plus tard après-demain.

– Combien d'hommes en état pour Kléber ? demanda Bonaparte.

– Deux mille cinq cents, plus cinq cents chevaux et douze pièces de canon.

Bonaparte arpentait l'aile du cloître au milieu des lits de camp installés pour les blessés.

– Prendre Damas, dit-il à Junot, c'est récolter un trésor, y lever une armée, s'emparer de centaines de mulets et chevaux, trouver de la poudre et des armes à foison ! Tous les peuples de la Syrie se joindraient alors à nous !

– Je ne suis pas sûr, général, que cela soit raisonnable de marcher sur cette ville avec moins de trois mille hommes.

Bonaparte regarda Junot. Sans doute avait-il raison. Cette idée de fondre sur Damas le taraudait cependant.

– Convoquons les députés druzes et naplousains, lâcha le chef de l'armée d'Orient. Et ramenez-moi ma fricassée de poulet !

Puis il s'en retourna vers la chambre de l'hôtellerie franciscaine afin d'y retrouver Madeleine Verdier.

Les représentants des Druzes et des Naplousains se firent tirer l'oreille. Dans une salle du couvent des franciscains, ils ne s'opposèrent pas à la requête de Bonaparte, mais demandèrent quinze jours afin de se préparer à la bataille pour Damas, alors que Kléber avait déjà franchi le Jourdain. Les drogmans traduisaient, assistés par les deux maronites que Dardennes avait aperçus à la messe du *Te Deum*.

– Nos nations sont enclines à se joindre à vos vénérables forces, seigneur des *Faranj*, déclara solennellement un vieillard druze. Depuis la prodigieuse victoire du mont Thabor, la gloire illumine votre sillage et nul, en Palestine ou en Syrie, ne peut l'ignorer. Il nous faut cependant rallier les villages, les forcer à se joindre à notre élan généreux, et cela prendra du temps...

Bonaparte bouillonnait.

– Quinze jours ? Je vous en donne deux !

Le lieutenant de son allié Abbas el-Omar ne put offrir que deux cents hommes, les Bédouins, sous sa coupe, attendant la chute d'Acre pour se décider.

À la fin de la séance, Bonaparte fulminait de plus belle. Junot et Reynier lui signifièrent qu'envoyer l'armée d'Orient à Damas dégarnirait grandement Saint-Jean-d'Acre.

– Certes, certes, maugréa Bonaparte, et ce bâtard de Djezzar en profiterait pour sortir...

Il se soumit à l'avis de son état-major.

– Dites à Kléber qu'il repasse le Jourdain. Junot, faites-moi brûler trois villages naplousains, ça leur apprendra !

Pour se calmer, Bonaparte se rendit sur le lieu supposé où Judith avait tranché la tête d'Holopherne, le général de Babylone, dans un village non loin de Nazareth. Des soldats l'accompagnèrent ainsi que les deux maronites. Ceux-ci expliquèrent longuement la ruse employée par Judith pour se glisser au sein du camp ennemi, dans la ville mythique de Béthulie, et le récit provoqua des expressions de stupeur sur le visage des soldats. Eugène de Beauharnais guettait chacun des gestes de son beau-père, ne sachant ce qui l'intriguait le plus, du sort tragique du despote ou de la fausse trahison de Judith.

69

Quand Antoine lui raconta l'entrevue avec Djezzar Pacha, Hortense déclara qu'un tel despote ne pouvait comprendre que le langage de la ruse, ou celui de la force. Ils dégustèrent longuement les plats préparés par un domestique de la maison d'Antoine et convièrent Émile à se joindre à la soirée. Rachel s'en était retournée vers la demeure familiale. Avant de quitter son amant, elle lui avait confié que le rabbin avait donné son accord pour la réunion du lendemain.

– C'est une chance qu'il soit encore dans la ville, dit Émile. Rachel raconte que les juifs n'ont jamais aimé Acre, malgré le passage de leur grand Maimonide, car Josué ne l'a jamais conquise. Ils préfèrent se faire enterrer loin de là, dans un village nommé Kfar Youssef.

– Nous devons nous préparer à cette réunion, répondit Antoine.

Sidney Smith vint se joindre à eux au milieu de la soirée. Il fit la connaissance d'Hortense qu'il trouva fort belle. Ravi de revoir son compagnon en si belle forme, il lui annonça que le siège continuait d'être périlleux. Le contre-amiral français Perrée, en provenance d'Alexandrie, avait réussi à débarquer dans l'anse de Tantourah six canons de gros calibre, déjà transportés vers le campement de Bonaparte.

– Nous avons cinq mille boulets et l'ennemi n'en a même pas le quart !

Smith raconta comment il s'y prenait pour défendre les remparts depuis son navire, qui mouillait au large.

– Lorsque je sens le grabuge sur la ville, nous fonçons vers la plage, nous bombardons à distance et nous repartons aussitôt. J'avoue que l'artillerie flottante est assez aisée quand de l'autre côté se trouvent des marais et du sable. Les quelques canons de Bonaparte, eux, s'y embourbent...

Il prit congé de ses amis après avoir fini la bouteille de vin chypriote qu'il avait apportée. Ses gardes postés sur la terrasse reçurent quelques pâtisseries confectionnées par Hortense, qui commençait à aimer cette ville, fût-elle en état de siège.

Quand Antoine éteignit la chandelle et qu'Émile se retira dans ses appartements, la lune était déjà haute dans les cieux de la Terre sainte.

Le rabbin, le père Carlos et le mufti se retrouvèrent dans la salle voûtée du palais dès l'aurore. Les trois religieux tenaient à ce que leurs assistants fussent présents. Antoine de Phélippeaux était frais comme un gardon et avait enfilé pour l'occasion une jaquette de colonel dont il avait retiré les galons. Plus que jamais, il se sentait apatride en Terre sainte. Un jour, peut-être, il reverrait la France, mais débarrassée de ses bourreaux.

Djezzar Pacha avait dépêché des domestiques et plusieurs officiers de sa garde de janissaires, afin de donner un aspect solennel à cette assemblée de sages qu'il avait autorisée à se tenir sans en connaître les enjeux exacts. Antoine se doutait bien que tous renseigneraient le pacha. Haïm Farhi arriva avec quelque retard, car il avait dû acheter des marchandises pour le palais. Sa garde paraissait nerveuse, comme si elle sentait un quelconque danger. Antoine demanda à Émile de s'en inquiéter. Il revint quelques instants plus tard pour lui souffler que Bonaparte se préparait à un nouvel assaut, face à la tour carrée, après une reconnaissance des abords par trente grenadiers. Antoine griffonna aussitôt quelques ordres sur un morceau de papier.

– Transmets cela à Sidney Smith et au commandant des janissaires de la tour. Qu'ils creusent de plus belle le souterrain sous la mine de Bonaparte !

L'*alay bashi jawish*, le maître des cérémonies du palais au visage ascétique et à la barbichette taillée en pointe, plaça les invités selon un protocole soigneusement étudié. Ils se tenaient en bas de l'estrade du divan, où Djezzar Pacha rendait d'habitude justice à sa manière. Les trois religieux ne pouvaient en aucun cas s'installer plus haut que le souverain. Il en allait de même de la coiffe du rabbin ou du crâne chauve du père Carlos qui ne devaient pas dépasser le turban du mufti. Le vizir Haïm Farhi réussit à imposer cependant que la coiffe du rabbin soit aussi haute que le turban du musulman, ce que le maître des cérémonies accepta.

Pendant que les détails de la rencontre se réglaient, Antoine de Phélippeaux allait et venait. Il grimpa sur la terrasse de la cour du palais et demanda à l'agha des janissaires sa jumelle. Le camp de Bonaparte sur le Tell Harassim était en pleine activité. Des canons étaient tractés par des bœufs, sans doute les nouvelles pièces d'artillerie convoyées par le contre-amiral Perrée, dont la flottille avait échappé à Sidney Smith. Les hordes de chiens achetés à Tyr par les hommes de Djezzar Pacha afin d'avertir la garde en cas d'assaut aboyaient de plus belle. Peut-être est-ce cela, le sentiment de la fin du monde, de petits riens qui signalent l'apocalypse. Bonaparte revenait du mont Thabor, la colline de l'Armageddon, et il concoctait sûrement quelque plan secret.

Antoine déplaça sa jumelle vers le large. Il vit les voiles déployées du *Theseus* et il imagina Sidney Smith sur le pont, tendu comme une corde d'arc, prêt à fondre sur sa proie. Saint-Jean-d'Acre, se souvint-il, était tombée aux mains des croisés en 1104 grâce à la flotte des Génois. La citadelle tiendrait encore, grâce aux navires de Smith et aux djermes turques.

Quand il redescendit dans la salle du palais, la cérémonie était prête, avec cependant une nouveauté, la présence des Grecs orthodoxes. Les murs étaient imprégnés d'humidité. Des senteurs d'épices montaient des souterrains, comme si les janissaires conservaient quelques provisions de prix. À les voir surveiller les escaliers qui descendaient dans les entrailles, ils semblaient y tenir comme à la prunelle de leurs yeux. Les lueurs dansantes des torches conféraient à leurs visages des allures de cerbères bibliques.

La communauté des Grecs orthodoxes, nombreuse et influente dans la ville, avait exigé elle aussi d'être représentée. Le maître des cérémonies, qui ne voulait point ajouter un personnage de plus, avait accordé à son représentant une place aux côtés du père Carlos, alors que les deux hommes se détestaient, de même que franciscains et Grecs orthodoxes se disputaient au Saint-Sépulcre, à Jérusalem, pour les heures des processions, jusqu'à en venir aux mains. Antoine trouvait cette rivalité entre les deux hommes ridicule. Il se rappela alors que Jérusalem avait été conquise exactement sept cents ans plus tôt, en 1099, et vit là un bon signe pour commencer son discours. Il prit place sous le trône du pacha, à mi-hauteur de l'estrade. Djezzar arriva au dernier moment et toute l'assistance se leva. Le pacha fit signe aux religieux de s'asseoir sur les coussins disposés devant lui. Les gardes et les conseillers du palais restèrent debout, à l'exception de Haïm Farhi. La foule était venue en petit nombre, à la demande d'Antoine, qui désirait avant tout que la réunion fût connue dans la contrée. Il remarqua des commerçants, des pêcheurs, des armateurs de navire, deux corsaires de passage traités avec dignité, des officiers anglais aux côtés de Sidney Smith, assis non loin d'Antoine, ainsi que divers artisans. Musulmans, chrétiens et juifs étaient ainsi tous représentés dans la salle voûtée avec plus ou moins de bonheur. Deux drogmans vinrent se placer à la droite d'Antoine pour traduire ses propos.

Le *Fransawi* s'adressa au pacha et le remercia tout d'abord d'avoir organisé cette réunion. Djezzar Pacha aimait les marques de gratitude. Le silence se fit dans la grande salle voûtée dès les premiers mots :

– Pacha d'Acre, de Damas et de Tyr, vous qui êtes au Levant l'avant-garde de la Porte, vous qui régnez sur une ville illustre et relevée des ruines, nous vous rendons grâces d'héberger cette auguste assemblée qui représente les trois religions du Livre. Nul endroit sur cette Terre sainte vénérée par ces trois religions ne représente mieux l'esprit de concorde et l'entente entre nos croyances.

Devant lui, les yeux du père Carlos virevoltaient sans cesse entre le Français et Djezzar Pacha. Il se souvenait du massacre des franciscains en 1291, lors de la chute de Saint-Jean-d'Acre, mais s'était toujours accommodé de la tutelle du pacha.

– Le général Bonaparte assiège cette ville, continua Antoine de Phélippeaux. Mais il n'assiège pas seulement le maître de la ville et ses troupes, ainsi que les Anglais et les Turcs venus prêter main-forte, il assiège aussi et d'abord les trois religions, celles qui ont choisi de s'entendre pour la paix des âmes et l'aubaine du négoce.

Antoine dévisagea les marchands des différentes confessions qui ne pouvaient qu'approuver ce préambule. Beaucoup avaient fait fortune avant le siège. Et voilà qu'ils accroissaient encore leurs trésors grâce à la guerre en vendant des deux côtés du drap, du vin, des armes, du bois et des étoffes.

– Si j'ai demandé à vous réunir, c'est pour vous parler d'un autre trésor que celui du négoce, un trésor qui date de six cents ans et qui a été retrouvé il y a quelques jours.

L'assistance marqua son intérêt en arrêtant de chuchoter.

– Il s'agit de la Règle de vie du mont Carmel, un ensemble d'articles et de commandements faits aux pèlerins et aux ermites. Certes, nous avons là affaire à un ordre chrétien, qui s'est établi il y a bien longtemps sur le mont Carmel. Mais cet ordre de mendiants et de religieux s'est toujours entendu avec les autres religieux. Le prophète Élie qu'il vénère est aussi vénéré par le Coran et la Torah.

À sa gauche, le mufti d'Acre observait les réactions de Djezzar Pacha.

– Les trois religions ont connu des guerres, se sont livré bataille, mais certains de leurs croyants ont œuvré pour que l'entente perdure au-delà des différends.

Beaucoup ont établi des ponts entre elles, avec toutes ces familles qui se sont mélangées.

Antoine de Phélippeaux désirait rester prudent. Il connaissait le passé d'enfant chrétien de Djezzar Pacha, converti à l'islam dès le premier jour de sa capture par les Turcs. Il savait aussi que la renonciation à l'islam, crime d'apostasie, était passible de la peine de mort. Il préférait donc évoquer les mélanges entre les clans, les tribus, les pèlerins depuis des siècles.

– Ce document a été retrouvé. Je vais vous le montrer.

Le père Carlos tendit le cou, tandis que le mufti de l'autre côté commençait à bâiller.

– Cependant, sachez d'abord que Bonaparte veut se présenter comme le Messie. Il entend rallier les peuples, en fait pour mieux les asservir. Il prétend vouloir créer une République pour les fils d'Israël et promet monts et merveilles aux musulmans. Or personne n'ignore les méfaits de Bonaparte à Jaffa !

À ces mots, le chef des janissaires porta la main à son poignard et Djezzar Pacha se raidit sur son fauteuil, mais il laissa Phélippeaux poursuivre son discours :

– Reconnaître Bonaparte comme le Messie, c'est le rendre maître de toute la Palestine et de la Syrie. Son rêve de conquête est un rêve de sang.

Le franciscain Carlos choisit ce moment pour lever le bras et prendre la parole :

– Qui vous dit qu'il ne peut tenir ses promesses ?

– Parce que son rêve d'être empereur de tout l'Orient est une chimère. Parce que la lettre qui le présente comme le Messie est un faux !

Le rabbin promena une main dans sa barbe blanche.

– La lettre, dit Antoine de Phélippeaux, a été écrite par des juifs de Prague. Elle a été récupérée par une loge de francs-maçons proches de la Révolution française, dont certains partisans vivent en Galilée. J'ai pu les rencontrer, à Safed. Les juifs messianistes de Prague et d'Europe prônent un retour en Terre promise et avaient intérêt à présenter un homme tel que Bonaparte comme l'instigateur de ce retour. Mais ils ont bien vite déchanté, du moins les plus lucides ! Ces mêmes messianistes désormais voient d'un mauvais œil Bonaparte revêtir ce rôle. Ils le trouvent dangereux, à juste titre. La lettre de Bonaparte aux juifs évoque ainsi l'approbation de son acte par Aron Ben Lévi, soi-disant grand rabbin de Jérusalem. Or il n'existe personne de ce nom dans le tribunal rabbinique de la Ville sainte...

Le rabbin se leva et prit la parole :

– Je ne peux qu'approuver ce que vous dites. Bonaparte est un imposteur ! L'essentiel pour nous était de donner le mouvement, d'inciter nos frères à s'installer en Judée et en Samarie. Et même ici, à Acre, où ils savent que nous bénéficions de la protection du pacha et du vizir, deux hommes qui symbolisent cette entente entre les peuples.

Le pope des Grecs orthodoxes désira intervenir, mais il se souvint que le protocole le lui interdisait. Il se tourna donc vers le rabbin pour lui murmurer quelques phrases à l'oreille et ce dernier transmit ses propos :

– Certains membres de la communauté des habitants d'Acre, dit habilement le rabbin, aimeraient savoir si Bonaparte va rétablir le temple de Salomon à Jérusalem.

Antoine comprit aussitôt la manœuvre. En évoquant le Temple, la question du pope concernait aussi le cérémonial du Saint-Sépulcre au délicat équilibre et réveillait ainsi l'hostilité entre Grecs orthodoxes et franciscains.

D'un geste, Djezzar Pacha demanda à Phélippeaux de répondre.

– Bonaparte va faire une déclaration demain, premier jour de la Pâque juive, qui commémore la sortie d'Égypte. Sa déclaration s'inspirera de la lettre des juifs frankistes de Prague. Mais elle a été détournée par un autre franc-maçon, Lucien Bonaparte, son frère !

Le rabbin marqua sa surprise, feinte ou voulue, Antoine ne sut. Les nouvelles de Safed n'étaient peut-être pas encore parvenues à Saint-Jean-d'Acre.

– Non seulement le texte dont s'inspire Bonaparte est un faux, mais nous avons, mes compagnons et moi, réussi à retrouver la Règle de vie. Ce document prône la bonne entente entre les trois religions depuis des siècles. La lettre a été signée par le pape, mais le Vatican, la capitale de l'Église, n'a jamais retrouvé le texte original. Or ce texte, je l'ai sur moi...

La salle devint étonnamment calme. Même les janissaires et les mamelouks tendaient l'oreille pour comprendre ce qui se tramait sur l'estrade. Lentement, Antoine tira le rouleau de cuir de sous sa chemise, en défit le nœud et le ruban de papier jauni. Puis il lut les articles de la Règle qu'Hortense avait traduits en les commentant :

– Ce document était destiné à servir de ligne de conduite aux pèlerins et ermites du mont Carmel. Il témoigne aussi et d'abord de l'harmonie entre les trois religions, de l'esprit de concorde qui a soufflé sur le mont d'Élie et dans toute la Terre sainte pendant longtemps. Ce parchemin, Bonaparte a cherché à s'en emparer, afin de se présenter comme le Messie des juifs et le sauveur des chrétiens ainsi que des musulmans. Malheureusement pour lui, il n'a pu mettre la main dessus, malgré les tueurs lancés à nos trousses et dont nous nous sommes débarrassés.

Le franciscain Carlos souleva une fesse sur son matelas, comme s'il était mal assis, et offrit à Antoine la vue de son crâne miroitant en baissant la tête.

– À l'heure qu'il est, continua Phélippeaux, ce document est lu ou a déjà été lu par nos émissaires aux trois communautés en Galilée et en Samarie. La déclaration que s'apprête à faire Bonaparte demain est donc ce que nous appelons en français « lettre morte », expression que messieurs les drogmans peuvent traduire par : « bonne à jeter à la mer »... Cette menace à partir d'aujourd'hui ne vaut donc plus rien.

Le mufti imposa le silence d'un geste. Son œil était plein de sagesse et sa parole était celle d'un homme prudent. Il semblait garder encore un certain ascendant sur le pacha.

– Il est évident que les peuples de Palestine n'ont pas intérêt à voir venir un faux messie, encore moins un vrai massacreur, ce que le soldat Bonaparte est aux yeux de nous tous ici réunis, si je ne me trompe.

Il jeta un coup d'œil vers le père Carlos qui regardait le fond de la salle voûtée.

– Nous avons vu par le passé nombre de conquérants venir sur ces terres, depuis les croisés et même avant.

Antoine de Phélippeaux craignit qu'il n'évoquât une vieille rivalité ou les massacres du temps des croisades. Le père Carlos avait retrouvé sa superbe et semblait prêt à rétorquer à la moindre remarque.

– Nous-mêmes, les Arabes, poursuivit le mufti avec un éclair de malice dans le regard, nous avons envahi certaines contrées. Il y a ceux qui ont pris possession des terres et ceux qui ont pris possession des âmes. Et parfois des deux ! Mais certains peuples sont parvenus à s'entendre, au-delà des différences et des croyances. Les musulmans, turcs, arabes ou mamelouks, les chrétiens et les juifs se sont longtemps donné la main. Certains cependant ont semé la discorde, y compris au sein de leur propre communauté...

Antoine guettait les réactions du franciscain, qui semblait mal à l'aise. Le père Carlos se trouvait désormais face à deux contestataires, le pope orthodoxe et le mufti. Il ne fallait pas que la réunion dérivât sur des propos peu amènes.

– Mais nous pardonnons, comme les autres ont pardonné, continua le mufti. Vous savez tous que le secret d'une entente consiste à se débarrasser des rancœurs et des haines, aussi tenaces soient-elles.

À présent, il toisait le pacha comme pour le défier.

– Les morts, les assassinats, les mutilations ne sont rien face à ceux qui prônent la paix. L'âme demeure toujours. Ici même, dans cette forteresse ayant appartenu à des chevaliers chrétiens, il y eut des rixes. Et même des meurtres de chrétiens par des chrétiens. Certains parchemins pourraient être tachés de sang !

Antoine de Phélippeaux pensa au patriarche Albert de Jérusalem, le signataire de la Règle de vie, assassiné à Saint-Jean-d'Acre par le grand maître des chevaliers hospitaliers, sans doute dans cette même bâtisse. Il ne comprenait pas où le religieux voulait en venir. Djezzar Pacha, qui avait manifesté un temps son agacement, se garda cependant de l'interrompre.

– Les juifs, eux, n'ont pas eu le choix, continua le mufti. N'ayant pas de terres à conquérir, ils se sont contentés de pratiquer le culte de leurs ancêtres. Nous les avons acceptés, ici même, à Acre, et leur présence nombreuse, leur influence, leur envie de vivre ensemble, comme l'illustre le vizir Haïm Farhi présent dans cette salle, témoignent de cette volonté de concorde. Même certains pèlerins bénéficient de notre assistance. Regardez ce qui s'est passé, monsieur de Phélippeaux, quelques jours avant votre arrivée. Nous avons secouru un homme venu d'Europe, appelé Nahman de Bratzlav. Beaucoup ici l'ont connu.

Le rabbin suivait avec intérêt le plaidoyer du mufti. Le regard bienveillant du vizir Haïm Farhi le dissuada d'intervenir.

– Nahman de Bratzlav a fait le voyage de Constantinople jusqu'au bout de la baie d'Acre, à Haïfa, pour se recueillir sur la tombe de son grand-père, à Tibériade. Deux fléaux l'ont empêché de poursuivre sa quête sur la Terre sainte de ses ancêtres : la guerre et la peste. À cause de la peste, il a été soumis à la quarantaine à Tibériade, aux portes fermées, et il a dû s'enfuir en sautant depuis les hautes murailles dans les eaux froides de la mer de Galilée. À cause de la guerre, celle de Bonaparte, et de la prise de Jaffa, avec ses sanglants massacres, Nahman de Bratzlav a dû renoncer à se rendre à dos d'âne à Jérusalem, la ville trois fois sainte. Il est reparti d'ici voici un peu plus d'un mois.

Antoine fit un effort de mémoire tout en écoutant le mufti. Rachel, la fille d'Haïm Farhi, lui avait expliqué le passage dans la ville quelques semaines plus tôt de ce pèlerin venu de Podolie, au pied des Carpates. Nahman de Bratzlav s'était présenté comme un homme proche de la loge des Frères asiatiques, messager de l'idéal de quelques juifs d'Europe, la création d'une nation en Terre promise pour les fils d'Israël. Mais Rachel avait estimé que le pèlerin jouait un double jeu.

Lors de son voyage à Acre, il portait une clé dorée autour du cou.

« Tout se met en place », pensa Antoine. Nahman de Bratzlav, s'il était proche de la loge des Frères asiatiques, avait dû acheminer des messages d'Europe et de Constantinople pour les transmettre aux gens de Safed, via Tibériade. Il se réclamait lui-même d'un faux messie, Sabbataï Tsevi.

Le rabbin d'Acre s'introduisit avec délicatesse dans le débat et s'adressa au mufti :

– Sabbataï Tsevi est certes un faux messie, et il s'est converti à votre religion lorsqu'il a séjourné à Constantinople, sous la contrainte, dit-on...

Le mufti voulut répliquer, mais Djezzar Pacha fit un geste afin que le rabbin d'Acre continuât. Nul n'ignorait dans la salle que le maître de la ville avait été chrétien avant de se convertir à la religion du prophète Mahomet.

– ... mais ce Sabbataï Tsevi, même si beaucoup l'ont déclaré fou, y compris nos rabbins et kabbalistes de Safed, a provoqué un grand espoir dans les communautés d'Europe, en dépit de sa condamnation là-bas par de nombreux religieux. Certains juifs avaient déjà tout vendu, leurs biens, leurs maisons, leurs charrettes, afin de participer à cette montée vers Jérusalem. Nahman de Bratzlav, qui a vingt-sept ans, a perpétué ce rêve, sans les erreurs de Sabbataï Tsevi. C'est le petit-fils du rabbin Baal Shem-Tov, très vénéré dans notre communauté. Nous avons perdu un homme précieux. Les kabbalistes de Safed disent que les coïncidences sont troublantes. D'abord, Nahman de Bratzlav est parti de sa Podolie le jour même où Bonaparte a quitté la France, voilà un an, le 18 *iyar* 5558, c'est-à-dire le 4 mai 1798, le jour de notre fête Lag B'Omer, la fête de l'amour qui a vaincu la méchanceté. Ensuite, il porte les mêmes initiales que ce Napoléon Bonaparte. Enfin, tous deux ont des prétentions messianiques. Le fait que Nahman, que j'avais pris en affection, ait dû nous quitter à cause de Bonaparte nous a aidés à comprendre : le général qui campe en face d'Acre est un faux messie...

Antoine de Phélippeaux se sentit soulagé. Le père Carlos s'exprima à son tour. Il ne put qu'approuver les paroles du rabbin et du mufti. Que le Français ait retrouvé la Règle de vie ne lui plaisait guère, mais il se força à commenter le désir de tolérance inscrit dans les paragraphes du parchemin. Derrière lui et sur sa droite, le Grec orthodoxe bouillonnait. Il marmonnait dans sa barbe noire, soulevait sans cesse son chapeau cylindrique et remontait sa soutane. Le rabbin le soutenait du regard, mais ne pouvait intervenir. Gêné, le franciscain se contenta de prononcer quelques phrases de circonstance. Antoine devina qu'il était secrètement partisan de Bonaparte. Il comprenait mieux maintenant son animosité envers Prosper du Saint-Esprit, les carmélites et les anciens ermites du mont Carmel. Les rivalités s'inscrivent parfois dans des recoins de l'âme qu'ignore même la fraternité spirituelle.

Phélippeaux reprit la parole et les deux drogmans traduisirent ses propos en arabe et en hébreu :

– Ce rabbin Nahman de Bratzlav est la preuve de la bonne entente entre les différentes communautés à Acre. Lui-même porteur d'un message pour ses frères de la Terre sainte, il a été empêché de poursuivre son pèlerinage par Bonaparte, à cause de la guerre et des massacres à Jaffa. Il est évident que ces actes barbares ont été décidés sciemment afin de vous impressionner, vous tous, gens des trois religions. Bonaparte a voulu ainsi asseoir sa réputation de conquérant. Celle de tyran est faite. Celle de faux messie est désormais connue !

Il entendit des applaudissements de la part des chrétiens, tandis que le rabbin psalmodiait quelques phrases incantatoires. Haïm Farhi souriait, et Djezzar Pacha laissa faire sans intervenir. Les mamelouks furent alors conviés à célébrer l'oraison en frappant leur poignard sur les épées et les boucliers. Antoine de Phélippeaux s'inclina, comme pour une ultime révérence. À l'heure qu'il était, les messagers d'Élias et du corsaire de Haïfa avaient dû atteindre les villes choisies. La Galilée ne pouvait être soumise.

Bonaparte avait déjà perdu cette bataille-là.

Lorsqu'il quitta la salle d'armes et la cour du palais, ce fut sous les vivats, mais Antoine ne songeait qu'à rejoindre Hortense. Il vit des taches noires sur les pierres ocre de la forteresse, des traces d'humidité sans doute. Son voyage en Terre sainte ressemblait à cela, à une beauté lumineuse aux reflets de blé doré et à des moisissures. Ce périple était pareil au parcours de l'âme, beau et ténébreux à la fois, empli d'amour et de malédiction, comme cette fête que venait de mentionner le rabbin d'Acre, le Lag B'Omer, le jour de l'amour qui renverse la haine. Quand il songea un instant au noir de la peste, aux bubons maudits qui peuplaient déjà le camp ennemi et avaient hanté les murs de Tibériade, les rues de Safed et auparavant les demeures de Saint-Jean-d'Acre, il réprima ce cauchemar en pensant à son destin, à la chandelle qui veillait au bout du chemin, le sourire d'Hortense.

Il respira profondément et le jardin de roses lui offrit ses doux parfums.

70

Quand il apprit la mort de Venture de Paradis, Caffarelli sortit de son long sommeil.

– La peste... C'est la peste...

Depuis trois jours, il divaguait dans une tente dressée pour lui près de l'hôpital de campagne et parlait à mi-voix de ses amours à Toulouse, de sa femme, de son château du Lauragais. Jambe de Bois réclamait aussi ses amis, Monge et Berthollet, ceux qu'il avait embarqués dans cette aventure depuis Toulon. Son bras amputé par le chirurgien Larrey le faisait souffrir, comme si le membre était encore présent, et il bataillait avec son moignon infecté contre la gangrène.

– C'est à cause de cette foutue jambe de bois... Mon coude a dépassé de la tranchée... pour trouver l'équilibre...

Desgenettes lui donna plusieurs doses d'opium, mais il ne prit que le minimum.

Caffarelli maudissait le jour où Venture était mort à Nazareth, alors que Bonaparte s'amusait avec Madeleine Verdier. Jambe de Bois aimait le drogman érudit, orientaliste destiné davantage à une chaire au Collège de France qu'à une place sur un baudet au fin fond de la Terre sainte.

– Pauvre Venture..., soupira-t-il. Maintenant, cela va être mon tour.

Entre deux divagations, il donnait des consignes à Monge, il le suppliait de s'occuper de son château, il demandait des nouvelles de ses sapeurs...

– Qu'on leur donne... des fascines... pour combler les fossés..., des gabions... pour renforcer les tranchées..., qu'on leur donne du vin, surtout du vin... Monge, donnez-m'en aussi...

Au géographe Jacobin et au naturaliste Savigny, il parla de ses nombreux frères. L'un, Philippe, était émigré ; l'autre, Charles, prêtre à Caen ; le troisième, évêque ; le quatrième, général.

– Avec cette fratrie, vous faites à la fois la royauté de France et la Révolution, crut bon de plaisanter Monge.

Bourrienne, le secrétaire de Bonaparte, entra et dit à l'oreille de Caffarelli :

– Général, Dommartin aimerait vous rendre visite.

– Dommartin ? se ressaisit Jambe de Bois. Ce jean-foutre ? Qu'il aille se faire voir, lui et ses artilleurs ! Ce renégat donne des leçons à tous ! Qu'il nous la creuse, sa tranchée, avec toutes ces pierres, ces tombeaux que l'on découvre ! Qu'il nous la fasse sauter, sa mine !

Puis Jambe de Bois s'apaisa. Son aide de camp lui passa un linge mouillé sur le front et il se remit à parler lentement :

– Je regrette aussi Say, mort à cause de moi. Je n'aurais pas dû obéir à Bonaparte... Un bon patriote doit apprendre à désobéir.

À ce moment s'ouvrit la toile de rabat de la tente et apparut le général en chef. Nerveux, les cheveux en bataille, Bonaparte avait les lèvres serrées. Il bomba légèrement le torse lorsqu'il commença à parler :

– Général Caffarelli du Falga, vous avez pour ordre de rester en vie ! Un émissaire du Caire m'annonce de grands bouleversements en Europe. La guerre reprend ! Nous irons mater les Autrichiens et les autres. Et je vous ferai ministre du Directoire.

Il est des instants où le silence est plus éloquent que le meilleur des discours. Caffarelli toisa Bonaparte et montra son moignon au pansement déjà souillé. Il semblait perdre à nouveau ses forces.

– Voilà une... belle promotion..., mon général. Vous me donnerez... une béquille... pour le bras qui me manque...

Bonaparte lui mit la main sur le front, puis s'en alla, suivi de Desgenettes.

– Monge, lisez-moi... la préface de Voltaire à *L'Esprit des lois*... Foutu Montesquieu... C'est beau comme la campagne du Lauragais... Et faites-moi voir encore... le ciel de la Terre sainte...

Le savant demanda que l'on écartât la toile de la tente. Caffarelli avait retrouvé sa quiétude et admirait le bleu de la voûte céleste au soleil couchant, sans un regard pour Saint-Jean-d'Acre dont il pouvait apercevoir les murailles.

– Voilà, Monge, il me manque... des bouts de moi-même... une jambe, un bras, mais qu'importe... mon âme est recomposée... Je vais bientôt mourir, Monge... et gardez bien mes rêves... À plus tard, mon ami...

Il parla encore de philosophie et Monge songea à la mort de Socrate. Puis Caffarelli du Falga soupira, regarda à nouveau le ciel et ferma les yeux pour toujours.

Les soldats murmurèrent ce soir-là dans les allées du camp que le bon général était mort davantage de chagrin que de la gangrène. Les hommes du génie se saoulèrent toute la nuit avec les bonbonnes léguées par Monge et Berthollet. Vers minuit, Kléber se joignit à eux et déclara :

– Ce Caffarelli avait du panache et du cœur pour deux, quand d'autres n'en ont plus guère.

Sur la butte se dessina alors la silhouette de Bonaparte.

Le pope orthodoxe quitta à la nuit tombée son église, non loin de la muraille de la mer, pour se rendre à la maison du rabbin, près du souk couvert. Il était accompagné de deux novices et veillait à ne pas être suivi. Hormis les mamelouks et les Arnautes qui patrouillaient sur les remparts, les rues étaient quasiment désertes. Le pope entra le premier dans la demeure du rabbin et dut attendre qu'il ait fini une lecture de la Torah.

– Ce Carlos veut notre perte, dit le pope Dimitri au docteur de la loi juive. Je ne sais ce qu'il trame, ni ce que veulent les franciscains ailleurs en Terre sainte, mais celui-là semble aimer Bonaparte au point de l'inviter dans la ville...

Le rabbin replia les *tefillin*, les petites boîtes de cuir noir à lanières sur lesquelles sont inscrits quatre passages du Pentateuque, et regarda le religieux orthodoxe.

– Le père Carlos a sans doute ses raisons. Il nous faut aller de l'avant. Vous ne pouvez pas vivre éternellement, vous les chrétiens, dans la rixe et la rivalité.

– Ces franciscains ont tout fait pour nous évincer du mont Carmel. Ce sont pourtant les orthodoxes qui se sont établis les premiers sur le promontoire, au-dessus de la grotte d'Élie. Ils nous chasseront aussi, vous verrez, de Saint-Jean-d'Acre.

– Il leur faudra pour cela Bonaparte. Or je crains fort pour lui qu'il ne soit en train de perdre la partie.

– L'armée d'Orient n'a pas encore perdu la bataille des murailles. Il lui suffirait de quelques canons de plus pour faire une grande brèche.

– Vous n'êtes pas sans savoir que d'autres maux la menacent. La peste !

– Je sais cela pour avoir connu la quarantaine ici même, à Saint-Jean-d'Acre. Encore les Turcs et leurs maudits navires, leurs sales pelisses pleines de vermine ! Espérons que cette fois ils contamineront les Français.

– Ne vous inquiétez pas, le père Carlos comprendra. Il viendra à résipiscence, comme vous dites, vous les chrétiens. Il comprendra que son saint, nommé François d'Assise, qui s'est arrêté ici même, a plaidé lui aussi pour la paix entre les religions.

– Les franciscains sont des hérétiques, comme tous ceux de Rome ! Ils ont trahi le concile de Chalcédoine en 451 ! Ils ne méritent que l'enfer. Ils ont de plus manipulé les maronites, qui se sont plaints ensuite d'avoir été massacrés !

– Il serait préférable que vous arrêtiez vos rivalités ici, dans la ville d'Acre. C'est un lieu symbolique où nous avons prié et aussi souffert.

– Pourquoi, rabbin, ne pas avoir approuvé l'offre de Bonaparte de créer une République juive ?

– Parce qu'il s'est emparé d'un faux, comme l'a dit Antoine de Phélippeaux. Nos amis en Europe qui ont envoyé des messages à Constantinople, Safed et Alep nous ont demandé de ne pas bouger. Le frère de Bonaparte est derrière ce dessein, qui ne peut être solide puisqu'il repose sur une falsification. Notre retour en Terre sainte prendra infiniment plus de temps. Ceux qui se sont fait passer pour le Messie ont échoué, comme Sabbataï Tsevi, qui s'est converti ensuite à l'islam. Ce Bonaparte n'est pas un croyant. Il a déjà trop de massacres et de sang sur les mains.

– Nous le croyons aussi, répondit le pope Dimitri. Seule nous intéressait sa montée à Constantinople. Nos frères chrétiens, drogmans dans son armée, nous ont dit cependant qu'il en est incapable. Bonaparte veut rentrer en France et abandonner ses hommes. Certains de ses officiers prédisent déjà que, s'ils perdaient devant Saint-Jean-d'Acre, la retraite de leur armée vers le Caire serait un désastre. Il est même question que le général français empoisonne ses propres pestiférés, dont il ne veut pas s'encombrer. Mais enfin, certains juifs auraient pu feindre d'approuver le dessein de ce Bonaparte...

– Je vous disais que notre *alya* en *Erets Israël* prendrait du temps. Les juifs d'Europe suivront les recommandations de ceux qui sont venus avant eux, en éclaireurs, tels les envoyés de Moïse au pays de Canaan. Yossef Sofer est ainsi arrivé à Safed, comme le rabbin Israël Sheklov. D'autres feront le chemin. Nous avons une arme avec nous que d'autres n'ont pas, et surtout pas Bonaparte : le temps.

– Il a d'autres armes, et d'abord celle de la trahison ! Il n'hésite pas à se servir des uns contre les autres, et surtout des franciscains.

– La trahison ? Comme vous y allez ! Regardez ce Phélippeaux. J'ai appris par notre vizir Haïm Farhi qu'il n'est pas facile pour lui de devoir se battre contre les soldats de l'armée d'Orient, car il les considère comme des frères. Chaque jour qui passe est pour lui une souffrance, surtout lorsqu'il songe à son engagement. Et pourtant il sauve des vies, il empêche d'autres massacres d'être commis ! Nous-mêmes, nous savons que maintes tueries et douleurs sont devant nous. Les prédictions des kabbalistes se réalisent toutes, et c'est pour cela que Yossef Sofer s'est arrêté au Liban avant de monter à Safed. Entre-temps, un tremblement de terre avait détruit la ville. Nous écoutons tout ce qui vient de Safed, l'une de nos quatre villes saintes. Et Safed la sainte nous recommande d'attendre.

– Attendre, attendre..., fulmina le pope. J'ai bien peur de l'attitude de ce franciscain. Sa confrérie est dangereuse. Je les sais capables de tout !

Le Grec orthodoxe but le thé servi par la femme du rabbin. Ils discutèrent encore du siège qui entravait le commerce de la soie et des épices, source de la fortune de Saint-Jean-d'Acre. Puis le pope prit congé de son hôte. Quand il sortit de la demeure, non loin de la synagogue, il évita d'emprunter la rue à gauche qui débouchait non loin de l'église des franciscains.

Après avoir refermé la porte, le rabbin se tourna vers sa femme et soupira :

– Ce brave pope ne changera jamais.

Il se retira ensuite dans l'une des salles vouées à l'étude et sortit un vieux livre copié à la main. Il y était question d'une prophétie, le retour des juifs en *Erets Israël*, quatorze ans avant la fin du cinquième millénaire. Il calcula et se rendit compte que la date se situait entre les cinquième et sixième croisades, lorsque François d'Assise, le saint des franciscains, était venu en visite à Acre et en Égypte pour y rencontrer le sultan des mahométans. Or celui-ci venait d'accorder aux fils d'Israël le droit de s'établir à Jérusalem, ce que leur avaient refusé jusqu'alors les croisés. François d'Assise agissait sûrement contre le bon vouloir des chrétiens. La charte dont il s'inspirait, et qu'il appelait Règle de vie, avait été reconnue par le grand prêtre des chrétiens de Rome, Innocent III, celui qu'Antoine de Phélippeaux avait cité à propos du parchemin. Le rabbin se dit que ce François d'Assise ne pouvait être un fourbe, contrairement à ce que lui annonçait le pope orthodoxe. Il continua sa lecture et lut à haute voix le passage où il était question du voyageur et poète Judah Al-Harizi, qui avait fui l'Espagne pour se réfugier au Levant. Adepte de Mosheh ben Maymon, que les musulmans appellent Mûsa ibn Maymon et les chrétiens Maimonide, il avait visité Jérusalem au moment où le patriarche des chrétiens, Albert de Jérusalem, était assassiné à Acre par d'autres chrétiens. « En l'an 4950 de la création, Yahvé a réveillé l'esprit du roi d'Ismaël, et lui et toute son armée vinrent d'Égypte afin d'entamer le siège de Jérusalem, et Yahvé la lui donna dans ses mains. Alors il fit une proclamation pour toute la ville, disant ceci : Parle au cœur de Jérusalem, et dis que tout être issu des vœux d'Éphraïm peut venir s'installer ici... »

Le rabbin referma le livre et se dit que l'an 4950 correspondait à la chute de Jérusalem aux mains des musulmans, à la fin du XIIe siècle de l'ère des chrétiens. Les croisés avaient été battus par les troupes de Saladin et ils le seraient encore par les mahométans un siècle plus tard à Saint-Jean-d'Acre, le dernier réduit des chrétiens. À en croire le poète Judah Al-Harizi, cette défaite était le signe que les juifs pouvaient enfin aspirer à leur *alya* sous le règne de Saladin. Le vizir Haïm Farhi avait eu raison de résister aux offres de Bonaparte, bien qu'elles eussent été alléchantes.

Bonaparte démasqué, la montée vers Israël pouvait se poursuivre.

71

La peste commença à se répandre dans le camp de Tell Harassim.

– Ce climat est trop insalubre, répétait à l'envi Larrey à son assistant Millios, chirurgien de première classe.

Il trouvait les nuits trop humides et accusait les Turcs et les mamelouks de vendre aux populations chrétiennes des vêtements infestés de vermine. Larrey chassait constamment les moustiques venus des marais. Épuisé, il courait d'une tente à l'autre, de la tranchée à l'hôpital, du camp à l'ambulance. Il avait noté dans son carnet de bord, peu de temps après la mort de Caffarelli, le chiffre de deux mille blessés, graves pour la plupart. Lui-même avait procédé à près de quatre-vingts amputations. Il avait pleuré lorsque le bon général Caffarelli avait demandé qu'on lui coupât le bras. « Courage », avait-il murmuré en sciant le membre. Puis la fièvre était apparue. Le général avait alors sombré dans le délire. Larrey ne savait laquelle, de la peste ou de la fièvre, avait signé sa mort.

Le chirurgien en chef reprit espoir lorsqu'un officier de la 18e lui sourit, alors qu'il avait été amputé à l'articulation du fémur. Mais la peste l'avait emporté bien vite. Puis le général Bon avait reçu une balle dans les parties génitales.

« Il vaut mieux qu'il meure, avait dit Millios. Il ne sera plus jamais un homme. »

Et le général Bon, qui préférait ne pas finir diminué, avait fermé les yeux.

Larrey accomplissait des prouesses. Il avait sauvé la vie de Lannes en lui enlevant une balle fichée derrière l'oreille, alors que, quelques instants plus tôt, le général avait été laissé pour mort devant les remparts, quand ses hommes l'avaient traîné sur deux cents mètres afin de lui éviter la décapitation. Le bel Eugène de Beauharnais avait frôlé la mort lui aussi avec un projectile qui avait éraflé sa tempe droite. Duroc, atteint à la jambe, crut devenir invalide, mais Larrey avait laissé tomber sa scie, réclamé un bistouri et sauvé son ami.

« Dans deux semaines, tu courras après les plus belles filles, non de France et de Navarre, mais de cette maudite Palestine ! »

L'infatigable Larrey avait aussi réussi à sauver Arrighi, l'aide de camp de Berthier, à la carotide coupée par une balle, grâce à un bandage immédiat.

« Je n'en reviens pas, avait murmuré Larrey au chirurgien Millios. C'est un miracle... »

Il maudissait cependant les vers et les larves de la mouche bleue qui s'invitaient dans les plaies. À peine nettoyées, les chairs grouillaient à nouveau d'asticots, les peaux étaient mangées par des hordes de petits boyaux blancs, et les blessés tournaient de l'œil en apercevant ces armées barbares. Les soldats les plus gravement touchés semblaient davantage incommodés par les insectes que par leurs blessures. Les pansements étaient changés souvent, jusqu'à trois ou quatre fois par jour, les plaies lavées à la sauge et à la rue. Alors on accusait la mauvaise qualité du coton.

« Encore un coup des Turcs ! avait hurlé un lieutenant mourant.

– Serrez les dents, lui avait répondu Larrey, ces vers vous aident à cicatriser plus vite. »

Peine perdue. Le lieutenant en avait trop vu et n'avait qu'une envie, mourir.

Kléber se dirigea à grands pas vers le bivouac de l'état-major. Il ne ratait jamais une occasion d'exprimer son désaccord avec Bonaparte et il l'avait apostrophé devant sa tente :

« Si nous ne levons pas le camp dans les jours qui viennent, toute l'armée y passe !

– Patience, patience, général. Vous avez eu une victoire au mont Thabor, avec mon aide, je vous en offrirai une seconde ici même !

– Les gars se contrefoutent d'une médaille ou d'une récompense s'ils viennent à crever ! »

Le lendemain, Desgenettes s'inocula lui-même le virus de la peste. À l'hôpital, il s'approcha d'un soldat atteint du fléau, s'empara d'une lancette, la planta dans le pus du bubon et se fit une piqûre à l'aine. Les soldats et officiers en restèrent bouche bée. Puis il continua à soigner les autres comme si de rien n'était.

Larrey le récompensa, ainsi que Bonaparte, qui se garda cependant de l'embrasser. Le chirurgien l'emmena un peu plus tard sur les hauteurs et l'invita à regarder la mer.

– Quoi ? Encore des voiles ennemies ?

– Des voiles, non, mais des vagues ! Regarde les remparts.

– Oui, répondit Desgenettes, les vagues battent un peu plus fort les murailles, et alors ?

– Sens-moi ce vent qui vient du désert. Il est chaud. C'est une annonce de la mort.

– Holà, chirurgien ! Garde-toi de prononcer des prophéties ! L'homélie, c'est pour plus tard.

– Non, Desgenettes, ce vent exhale la mort. C'est le baiser morbide de l'ange noir...

Les soldats renâclaient à s'approcher des tranchées, non par peur des terribles fusils des remparts, mais à cause de l'odeur des cadavres, français et ennemis, qui pourrissaient dans les fossés. La plupart portaient un mouchoir sous le nez et perdaient l'appétit.

– Cette odeur devient épouvantable, disait Dardennes. Les gars de ma troupe ne parviennent même plus à boire ! Ils en deviennent fous ! Ils disent qu'ils vont finir comme ça, sans tombe, en pourriture !

Seul Ali, le mamelouk qui avait tranché la tête du capitaine Minerve de Mailly et s'était rallié à Bonaparte, s'en accommodait.

En fin d'après-midi, alors que le vent chaud continuait d'apporter l'odeur de mort, Bonaparte convoqua ses généraux. La gloire du mont Thabor était déjà oubliée. Bon faisait triste mine, Lannes était blessé. Quant à Kléber, resté à Nazareth pour quelques jours, le général en chef évitait de le sonder, même par coursier. Il connaissait ses états d'âme, son bouillonnement intérieur, sa hargne prête à exploser. Quelques heures plus tôt, des éclaireurs en provenance de Tantourah avaient signalé l'arrivée d'une trentaine de voiles, peut-être amies, peut-être ennemies. Lannes depuis son lit de camp avait signalé que rien ne devait être laissé au hasard.

– Si le moindre risque persiste à voir surgir des voiles ennemies, il faut attaquer tout de suite.

Bonaparte tournait devant ses généraux puis revenait devant la table des cartes afin d'examiner les points faibles de la ville assiégée, la brèche entamée depuis deux semaines, les courtines, les boyaux creusés par ce damné Phélippeaux. Il se renseigna sur l'état des éclaireurs, ceux des remparts qui reconnaissaient les premières positions ennemies et que les fantassins appelaient « les égorgeurs ». Berthier assura que leur moral était bon.

– Les musulmans ne combattent pas la nuit, dit Bonaparte. Nous attaquerons ce soir, vers dix heures. Commencez par battre en brèche la courtine à droite de la tour maudite !

Antoine de Phélippeaux hantait les remparts et cherchait l'endroit où risquait de surgir l'armée de Bonaparte. La mine creusée devant la tour d'angle pouvait n'être qu'une manœuvre de diversion et il préféra renforcer les positions ailleurs. Certains mamelouks n'en menaient pas large et quelques-uns de leurs dignitaires songeaient à fuir par la mer, ainsi que l'avait appris Émile par les indiscrétions d'un chef des janissaires.

– Qu'on apporte du feu, partout, des pots, des torches ! commanda Antoine. »

Les hommes l'écoutaient. Suivi de son drogman, il distribuait des consignes et des encouragements. Il ordonna aussi que l'on traitât dignement les prisonniers.

– Et surtout, pas de têtes tranchées ! Celui qui désobéit aura affaire à moi !

Il eut le temps de revenir dans sa maison pour voir Hortense, qui ne dormait pas. Elle s'attarda sur la terrasse à regarder la mer et le mont Carmel, puis couvrit de caresses son amant. Elle lui fit promettre de demeurer prudent, de ne point s'exposer aux tirs ennemis, car il était vain de vouloir mourir en héros quand le plus grand des combats était à venir, celui de l'amour. Il est des moments sur lesquels le temps n'a plus de prise. Antoine de Phélippeaux ferma les yeux quelques instants et il eut une impression d'éternité.

Le soldat François du régiment des dromadaires surgit de la tranchée en hurlant dans la nuit étoilée, baïonnette en main. Devant lui, les murailles étaient éclairées comme en plein jour par des torches géantes et des pots de feu. Il ne songeait plus à cette odeur tenace qui envahissait les fossés, le camp, les tentes et les esprits, mais aux cartouches distribuées deux heures plus tôt. Devant lui, le capitaine Sabattier maniait son fusil tout en criant des ordres propres à requinquer la troupe. Les feux continuaient de plus belle, et des Turcs lançaient des chaudrons depuis les hauteurs. Le corps-à-corps fut épouvantable : François enfonça sa baïonnette dans le ventre d'un mamelouk qui défendait les premières positions, pendant que Sabattier recevait plusieurs coups de sabre, sans tomber pour autant. Il continuait de virevolter, vitupérait tel un forain à la fête du village et sa constance donna du courage aux fantassins. François parvint à enlever un drapeau, qu'il se promit de remettre à Sabattier. Parvenu devant la batterie qu'il devait enlever, il reçut deux coups de sabre, mais son uniforme le protégea. La mitraille brûla sa cuisse gauche et il ne cilla pas, le regard fixé sur le capitaine, qui continuait tel un beau diable.

Les combats durèrent plusieurs heures, et la moitié de la compagnie du capitaine Sabattier fut mise hors de combat. Sabattier lui-même avait reçu dix-sept coups de sabre. François était rentré avec une oreille en moins, coupée par un cimeterre d'Arnaute.

– Au moins, j'pourrai entendre ce qu'y s'dit là-bas ! lança-t-il au médecin Millios, qui le pansait.

Des cris le firent sursauter sur sa paillasse. Les Turcs et mercenaires de Djezzar tentaient une sortie aux premières lueurs du jour. Ils jetèrent des explosifs dans la mine et parvinrent à l'éventer. La fusillade était intense et de nouveaux corps-à-corps devaient se jouer en première ligne. Dans le regard du chirurgien Millios, François comprit que l'enjeu était important.

Deux grenadiers ensanglantés parvinrent à la tente de l'infirmerie.

– Ces salauds... ils coupent les têtes... des morts et des blessés...

Le crâne couvert de pansements, François ressortit aussitôt, traversa le campement de l'arrière, courut vers la brèche. Des éclaireurs en revenaient, fourbus, l'uniforme déchiqueté.

– La moitié... morts... File... ou ils auront ta peau !

François continua, sauta dans un boyau, fut saisi par deux Turcs. Il les sabra, fracassa le crâne d'un troisième et, un peu étourdi par la mêlée, rejoignit les hommes de la division Bon. Ils lui apprirent que la brèche avait avalé le général Rambaud et le lieutenant Dardennes, plus d'autres soldats, et que nul ne savait où ils étaient.

– C'est eux qui nous assiègent !

Le feu de la mousqueterie roulait toujours. De la fumée sortait du trou béant dans la tour. François sauta dans une tranchée et batailla au côté d'une compagnie de Lannes en visant les remparts. Il reçut un coup de sabre de deux pouces de large sur le front, et la chair pendante lui cacha la vue de l'œil droit. Il continua de ferrailler. Un boulet tiré depuis le fortin Qurayim, au coin de la mer et de la plage, coupa les deux jambes du sergent-major Noël. Un deuxième boulet brisa la tête d'un fourrier et François reçut sa cervelle en pleine figure. Il crut qu'il s'agissait de sa propre viande, écarta les lambeaux, s'aperçut qu'il vivait encore et attacha le pan de front qui pendait avec un bout de vareuse.

– C'est une division de crevés..., bougonna-t-il en regardant ses plus fidèles amis, allongés comme à l'heure de la sieste.

Deux heures plus tard, François et les hommes de sa demi-brigade se replièrent. Ils apprirent que Rambaud et Dardennes étaient morts dans la tour. Le détachement de François ressemblait à une armée de défunts. Il demanda un peu d'eau autour de lui. Personne ne répondit. Les gourdes étaient vides. Il supportait la soif, mais pas l'odeur des cadavres. Dans les fossés se putréfiaient les frères d'armes du soldat François.

72

Antoine de Phélippeaux se précipita vers la courtine. Il venait de lancer une ligne de contre-approche pour couper la route aux assaillants lorsqu'il vit des mamelouks s'emparer d'un blessé. Sidney Smith, arrivé à terre avec quelques dizaines de marins en renfort, prit le relais pour attaquer à revers.

– Protégez-vous, Antoine, vous êtes bientôt à découvert ! hurla le Lion des mers.

Mais Antoine n'entendit rien et s'enfonça dans la bataille. Les mamelouks et mercenaires n'avaient pas dormi. Ils manifestaient un mélange de lassitude et d'excitation, comme si une fièvre nerveuse les empêchait de sombrer. De part et d'autre s'échangeaient des coups de baïonnette, des balles, mais aussi des pierres, avec une rage qu'Antoine n'avait pas vue depuis les maquis chouans. En contrebas, les boyaux étaient si proches que Français et mamelouks croisaient leurs fusils sur les parapets. De temps à autre, un soldat de Djezzar parvenait à s'emparer d'une arme ennemie en la prenant par le canon. Des grenades étaient rejetées par les hommes de Bonaparte. C'était une vraie furie.

Quand il parvint auprès du détachement de janissaires qui détenaient un blessé, sur les remparts débouchant sur la mer, Antoine leva son sabre.

– Lâchez-le !

Le chef des janissaires avait compris l'ordre, même exprimé en français. Le blessé était tenu par deux Turcs, tandis qu'un troisième le saisissait par les cheveux. Antoine vit l'air épouvanté du captif, qui ne fut guère étonné cependant de voir surgir Phélippeaux.

– Laissez-les faire, je suis déjà mort, souffla le Français.

– Lâchez-le !

Face à la mer, le chef des janissaires souriait et, son cimeterre brandi au-dessus de la tête du condamné, continuait d'aboyer en turc des ordres qui rebondissaient sur les remparts. Alors, Antoine s'empara de son pistolet et visa la tête de l'agha. Le Turc le défia et d'un geste ample désigna ses janissaires, comme pour signifier que le prisonnier était leur butin.

– Cet homme est à moi, cria Antoine. Je vous fais pendre, toi et tes mercenaires, si tu lui tranches la tête ! Djezzar Pacha verra la tienne au bout d'une corde et tes yeux exorbités !

Le Turc ne comprit que le nom du pacha mais ne parut guère impressionné. Il saisit lui-même le cimeterre et voulut l'abattre sur la tête du Français. Antoine tira au même moment et le turban vola dans l'air. Il se saisit d'un second pistolet et visa cette fois-ci le cœur du Turc.

– Lâche-le !

Le janissaire eut une expression de haine, cria quelques paroles et le prisonnier fut libéré. Accompagné de deux marins anglais, Antoine emmena aussitôt le Français vers les remparts, plus au sud, vers la porte de terre et le Kapu Bordj. Il le tenait par les épaules et vit que sa cuisse était ensanglantée. À ses galons, Antoine de Phélippeaux remarqua qu'il était lieutenant.

– Comment vous appelez-vous ?

– Dardennes, lieutenant des carabiniers de la 2e légère. Et vous, vous êtes Phélippeaux..., général, je crois...

– Général des chouans, ce qui en est loin. Colonel des Anglais, titre qui n'est guère enviable et que j'ai rejeté. Et ici, défenseur de la Terre sainte, ou du moins de son esprit.

Dardennes soufflait, mais parvenait à marcher en sautillant et en s'appuyant sur Phélippeaux.

– Je vous remercie non pas de m'avoir sauvé la vie, mais de m'avoir épargné la décapitation.

– Venez, nous allons vous soigner. Je vous confie aux Anglais. Vous serez protégé. Rien ne pourra vous arriver.

Dardennes fut conduit près du khan al Faranj et sa blessure traitée par un médecin du *Theseus*. Lorsque Phélippeaux prit congé de lui, le lieutenant de grenadiers lui demanda :

– Avant de partir, dites-moi pourquoi nous n'arrivons pas à prendre cette maudite forteresse.

– Parce que vous l'attaquez à la turque et que nous, nous la défendons à l'européenne...

Quand Antoine de Phélippeaux remonta sur les remparts, la brume avait envahi le mont Carmel. Son sommet était baigné d'une lumière cuivrée et il se dit qu'il avait hâte de voir la guerre s'arrêter.

Antoine risquait sa vie à mi-temps. Il se levait de bon matin, embrassait Hortense, et rentrait dans la nuit. L'autre mi-temps était consacré à l'amour, et cette douce caractéristique du siège ne lui disconvenait pas. Il aimait Hortense et il aimait la vie, malgré les périls, ou en raison précisément de ces dangers. Ils sentaient tous deux que leur existence était remise en question à chaque aurore, et que chaque aurore était une résurrection bénie par les cieux. Ensemble, lorsque les premières lueurs rosissaient les hauteurs de Haïfa, ils contemplaient le domaine d'Élie, celui qui avait chassé les faux prophètes.

– Toi aussi, tu es en train de chasser un faux prophète, lui murmurait Hortense.

– D'autres reviendront. Tel est le destin de la Terre sainte.

– Pensons d'abord au nôtre.

Sidney Smith leur rendait visite de temps à autre, ainsi qu'Émile, qui filait le parfait amour avec Rachel. Le compagnon d'armes était méconnaissable. Son visage s'était affiné et son rire devenait radieux. Il prêtait main-forte au vizir Haïm Farhi dans ses tractations avec les marchands. Le trésor de Djezzar Pacha était épuisé, mais le père de Rachel signait allègrement des bons de traite. Les prix montaient et le palais s'en moquait.

– Les nouvelles sont bonnes, Antoine ! s'écria Émile un soir. L'Égypte se soulève, les côtes d'Alexandrie sont menacées d'un débarquement anglais. À Rhodes, le *kapitan pacha*, le grand amiral turc, prépare de nouveaux renforts. Bonaparte tire encore avec ses batteries de brèche, mais c'est pour mieux cacher son plan de retraite.

– Il doit désormais compter avec un autre ennemi, qui pourrait aussi bien être le nôtre, la peste, répondit Antoine.

Rachel se joignit à eux. Hortense aimait sa compagnie. Dehors, des éclats illuminaient la nuit noire. C'était le mois d'*iyar* de l'an 5559 et, après la Pâque juive, les juifs d'Acre attendaient la fête qui commémore la révolte de Bar Yochaï contre la Rome de l'empereur Hadrien.

– Bonaparte sera sans doute parti au dix-huitième jour d'*iyar* et nous fêterons Lag B'Omer mieux que Pessah ! dit Rachel.

– À quoi correspond cette fête ? demanda Hortense.

– Nous célébrons la vie de Shimon Bar Yochaï, à qui le prophète Élie a annoncé que le César de Rome venait de mourir. Bar Yochaï, enterré près de Safed où il est toujours vénéré, était un sage, un pilier de la kabbale. Nous allumerons un *médourote*, un feu de joie, qui servira à autre chose qu'à éclairer les remparts. Car ce feu est célébré dans le livre d'Ézéchiel.

Hortense se rappela le passage du livre prophétique :

– Il est aussi question dans notre Bible d'un grand bûcher et d'une colère de Dieu. Le Seigneur voulait purifier Jérusalem alors aux mains du roi de Babylone et s'exclama : « Malheur à la ville sanguinaire ! »

– Lag B'Omer est le jour où s'est arrêtée une terrible épidémie, qui tua vingt-quatre mille personnes.

– Comme c'est étrange, toutes ces correspondances, murmura Hortense en regardant le ciel, qui était pur.

Antoine déplia ses jambes. Au loin le canon tonnait.

– On dirait que notre histoire à tous est inscrite dans la Bible. Espérons que la ville qui va brûler n'est pas Saint-Jean, mais plutôt le camp de Bonaparte, à Tell Harassim.

Émile, qui trouvait bien sages les paroles de son compagnon, ajouta que le destin d'Hortense et d'Antoine était sans nul doute inscrit lui aussi dans le Livre saint.

– Alors, nous chercherons ! dit Antoine en désignant le mont Carmel.

Tout en préparant la table dans la maison d'Émile, Rachel donna des ordres aux deux domestiques afin qu'ils aillent chercher des victuailles dans la résidence de son père. Haïm Farhi lui accorda une bouteille de vin de Chypre afin de récompenser dignement le courage d'Antoine de Phélippeaux. Avant le dîner aux chandelles, il joua sur son violon quelques airs de *La Flûte enchantée*.

– Cet air a beaucoup inspiré ceux qui nous ont amenés sur cette piste, dit Antoine. Surtout les gens de la loge des Frères asiatiques.

Il guettait la réaction de Rachel, qui se contenta de dire :

– Mon père n'est que sabbatéen, c'est pour cela qu'il a aidé Nahman de Bratzlav lors de son passage en Terre sainte et à Acre. S'il a rencontré des membres de la loge, c'était pour le bien de la communauté mais aussi de toute la contrée.

Émile ne dit mot. Il avait l'air de quelqu'un qui sait déjà. Lorsqu'il croisa le regard de son compagnon, il haussa les sourcils puis sourit, comme un enfant surpris lors d'une bévue.

– Ces vizirs sont surprenants...

– Eh oui, lui répondit Antoine, aussi surprenants et imprévisibles que les compagnons de bonne fortune ! Ainsi, Rachel, les juifs n'ont pas voulu d'un faux messie. Gageons qu'ils auront un jour leur royaume.

– Nous l'aurons, dit Rachel, et tous les fils d'Abraham en bénéficieront, les juifs comme les musulmans, les enfants d'Isaac comme ceux d'Ismaël.

– Mais sans Bonaparte !

– Et sans les pachas... Ah, j'oubliais de vous dire. Là où est enterré Shimon Bar Yochaï, on trouve une hauteur boisée, que l'on appelle le *kisse hamssaiah*, le trône du Messie. C'est là où le Messie soufflera dans la corne de bélier pour annoncer la rédemption du monde. De là-haut, on peut voir aussi les contreforts du mont Carmel.

Ils firent bombance ce soir-là et parlèrent du destin de la Terre sainte et de leur avenir. Émile désirait devenir négociant à Saint-Jean-d'Acre, à la levée du siège. Il rêvait de caravanes d'épices, de soie et de balles de coton venant de tous les déserts, de toutes les Galilée, de toutes les Samarie. Hortense, elle, espérait un seul caravansérail, celui qu'elle partagerait avec Antoine pour le restant de ses jours et de ses nuits.

73

L'armée d'Orient leva le camp peu de temps après minuit.

Le matin, aux premières lueurs, Antoine de Phélippeaux se promena sur les remparts avant de se rendre à la tour d'angle. Hortense l'accompagna et ils s'aperçurent en observant le mont Carmel que la brume s'était dissipée. Un petit arc-en-ciel émergea avec le soleil.

– C'est peut-être un heureux présage, lança Hortense.

– Nous verrons bien si Bonaparte lève vraiment le camp et si la peste s'en va de ces tranchées immondes.

Les janissaires avertirent Antoine du départ des premières troupes de Bonaparte et plusieurs agents venus par la mer indiquèrent que les magasins de Safed et de Safoureh avaient été incendiés. Malgré le feu des batteries de brèche qui arrosaient la tour d'angle et les murailles orientales, malgré la présence dans les premières tranchées de la 9e demi-brigade, que Dardennes reconnut depuis les remparts, Bonaparte ne pouvait plus tromper son monde. Il partait.

Les Français évacuaient vers l'Égypte, à pied ou en bateau depuis Tantourah. Un drogman qui avait fui évoqua la retraite de l'artillerie de campagne, tirée à bras loin du rivage afin de ne pas être vue des chaloupes de Sidney Smith. Les patrouilles de la division Kléber suivaient. Le drogman évoqua aussi les lourdes pertes dans les rangs de l'armée d'Orient, les cinq mille morts, dont sept cents de la peste. Les mille cinq cents blessés étaient transportés à dos de cheval et sur les chameaux, dont se privaient même les officiers et les généraux. Comme il ne restait plus assez de bêtes pour tous les blessés et pestiférés, les bien portants étaient réquisitionnés afin de les soutenir, à raison de quatre hommes pour un invalide. Une vive altercation avait éclaté la veille du départ. Bonaparte voulait que l'on achevât les blessés avec de fortes doses d'opium, mais Desgenettes s'y était opposé.

« Il s'agit de soldats et d'officiers de nos rangs ! avait hurlé Desgenettes sous la tente de Bonaparte, tandis que le drogman restait dehors.

– Trop encombrants à transporter.

– Je refuse de vous donner mes fioles !

– Nous verrons bien. En tout cas, je déciderai une fois arrivé à Jaffa. Les pestiférés, on les laissera sur une île. Les Anglais les prendront au passage.

– Général, c'est monstrueux ! Vous ne pouvez pas ! L'Histoire nous jugera !

– Ah, Desgenettes, laissez l'Histoire où elle est ! Elle n'en saura rien, la pauvre ! On défilera en vainqueurs au Caire, avec des drapeaux, des tambours, des branches de palmier, je le veux, sur chacun des chapeaux de mon armée ! Et puis, je vais dire aux généraux que l'on part en raison de la peste qui règne non pas dans nos troupes, mais dans la cité de Saint-Jean-d'Acre... Ensuite, on brûlera les villes, on mettra le feu à ce qui reste sur cette Terre sainte. »

La lumière était encore plus belle que d'habitude sur le mont Carmel. Appuyé à la rambarde de sa terrasse de Saint-Jean-d'Acre, près de l'avancée de verre surmontée d'une glycine, Antoine ne sut si cette beauté était due à la fin de la guerre ou à l'amour. Le monde était filtré par les impressions qui l'assaillaient. Il sentait le miel de la Terre sainte monter dans ses veines, dans son esprit, dans son âme. Cette hauteur boisée qu'il apercevait représentait le point d'orgue d'une croisade qui lui était jusqu'alors inconnue, une guerre douce et furieuse où se mêlaient volupté et sérénité, là où le Bien-Aimé et la Bien-Aimée du Cantique des cantiques s'étaient enlacés, là où Hortense Saint-Meri et Antoine de Phélippeaux avaient marié leurs espoirs et leurs gestes. Le désir était en lui mais il lui manquait la force. Le soleil était déjà chaud. Le vent colportait son haleine brûlante.

Hortense s'approcha doucement de lui. Il s'était assis sur le promontoire, la tête posée à même la pierre.

– Je ne te parlerai plus jamais de trahison, Hortense. Pardonne-moi de t'avoir tourmentée...

– Ne t'inquiète pas, l'Histoire te jugera sur tes actes.

– C'est l'homme qui se juge lui-même en fonction de ses propres rêves.

Hortense souriait. Elle aimait les reparties d'Antoine qui lui rappelaient le Cantique des cantiques. Puis elle songea à la guerre, à la retraite sanglante de Bonaparte dont les soldats brûlaient la Terre sainte. Des cavaliers arabes rapportaient comment les pestiférés avaient été empoisonnés à l'opium, comment trois autres avaient survécu, abandonnés dans le désert, en dévorant le cadavre de l'un des leurs, découpé à la baïonnette.

Elle tentait de chasser ces pensées morbides de son esprit quand Antoine la prit par l'épaule.

– Cette terre est trop sainte, mais je l'aime.

Hortense s'aperçut qu'il avait les mains moites.

– Es-tu fatigué ? Viens, allonge-toi.

Il préféra se rendre d'un pas lent sur les remparts pour voir la plaine de Saint-Jean-d'Acre débarrassée de l'armée d'Orient. L'horizon était vide, hormis quelques détachements qui battaient en retraite au-delà des vergers dévastés. Il pensa au captif Dardennes, qu'il appréciait beaucoup et à qui il rendrait bientôt la liberté. La liberté... Antoine de Phélippeaux murmura ces mots et il s'allongea sur les remparts, la chemise collée à la pierre tannée par les siècles, près de la porte de la Mer. La peste avait épargné jusque-là son corps, il ne fallait point qu'elle gagnât son esprit. Il aimait cet endroit, la vue sur le petit port, la tour des Mouches et les maisons vénitiennes. Bientôt, les pêcheurs reprendraient la mer, et lui s'embarquerait avec Hortense pour un long voyage, celui du Cantique des cantiques, de l'amour infini, où la peur et la haine n'existent plus.

Il prit la main d'Hortense qui lui caressait le front. Il voyait ses yeux et sa tête lui tournait. Il se souvint de l'homme de Quiberon, Grandbastien, qui l'avait mis sur le chemin d'Hortense. Il se souvint aussi de la phrase prononcée par l'astronome dans son grenier en auscultant le ciel : « Souvenez-vous, le bonheur du lendemain réside dans les étoiles. » À Saint-Jean-d'Acre et dans les contrées des trois religions, on inventerait d'autres messies, d'autres chimères, et les peuples suivraient ou se révolteraient. Elle lui baisa les mains et il ne savait plus s'il s'agissait de l'aurore ou de la fin d'un monde. Chacun de ses gestes était une promesse d'éternité. Son sourire était une invite à un périple vers les étoiles. Tel est le destin des âmes vagabondes, qui n'ont pour patrie que le regard de l'autre.

La lumière crue se répandait sur les masses touffues du mont Carmel, et c'était là l'essentiel.

Épilogue

Sur les remparts de Saint-Jean-d'Acre, les habitants virent longtemps déambuler une silhouette vêtue de noir, les yeux hagards, psalmodiant des versets du Cantique des cantiques. Elle était *faranj*, franque, et belle comme les épis d'orge qui mûrissaient dans la plaine de Galilée. Les cheveux recouverts d'un voile, elle venait respirer l'air du large et priait souvent dans l'église Saint-André, non loin de la porte de la Mer. Pendant de longs mois, elle murmura maintes paroles à voix basse dans le lieu de culte et sur le chemin de ronde. Elle pleurait et le vent du large, celui qui avait chassé de la ville les dernières odeurs de mort et de guerre, suffisait à sécher ses larmes. Les croyants dans l'église et les passants sur les murailles entendaient ses prières et ses lamentations. La dame en noir évoquait la mémoire d'un homme qui avait disparu, atteint de la peste ou frappé par une insolation, on ne sut jamais, sur ces remparts de Saint-Jean-d'Acre, ville bénie et maudite à la fois.

L'Histoire croit savoir qu'Antoine de Phélippeaux est mort sur les murailles de Saint-Jean-d'Acre en mai 1799. Mais nul ne connut précisément son sort et nul ne retrouva jamais son tombeau. Une légende indique qu'il s'enfuit de la presqu'île sur un cheval blanc, suivi d'un pur-sang noir chevauché par une ancienne religieuse. Les paysans qui croisèrent les deux amants furent frappés par leur regard de bienheureux. Des aubergistes déclarèrent les avoir aperçus dans Haïfa, la cité des corsaires et des pirates. On perdit leurs traces aux abords du mont Carmel, non loin de la grotte d'Élie. Puis l'ancienne religieuse revint à Saint-Jean-d'Acre. La dame en noir pria encore et encore sur les murailles et dans l'église Saint-Jean des franciscains. De temps à autre, elle caressait les pierres jaunes des remparts, là où son amant avait coutume de rêver, là où ils s'étaient promis de ne jamais se séparer.

Les fidèles l'entendaient psalmodier l'histoire du Bien-Aimé et de la Bien-Aimée, le récit du Cantique des cantiques chanté à la fois par les kabbalistes de Tolède et Jean de la Croix.

Longtemps, Antoine et Hortense se contentèrent de le vivre.

Du même auteur :

VOYAGE AU PAYS DE TOUTES LES RUSSIES, Quai Voltaire, 1992.

FRENCH DOCTORS, Robert Laffont, 1995.

LA ROUTE DE LA DROGUE, Arléa, 1996, réédité sous le titre *Chasseurs de dragons*, Payot-Voyageurs, 2000.

LUCIEN BODARD, UN AVENTURIER DANS LE SIÈCLE, Plon, 1997, prix Joseph-Kessel, prix de l'Aventure.

ON NE SE TUE PAS POUR UNE FEMME, Plon, 2000.

LE FAUCON AFGHAN, Robert Laffont, 2001, prix Louis-Pauwels.

JE SUIS DE NULLE PART, SUR LES TRACES D'ELLA MAILLART, Payot, 2003, prix Cabourg.

LE GRAND FESTIN DE L'ORIENT, Robert Laffont, 2004.

KESSEL, LE NOMADE ÉTERNEL, Arthaud, 2006.

LA MORT BLANCHE, Albin Michel, 2007.

Composition réalisée par IGS

Achevé d'imprimer octobre 2008 en Allemagne par
GGP Media GmbH
Pößneck (07381)

Dépôt légal 1re publication : novembre 2008
LIBRAIRIE GÉNÉRALE FRANÇAISE
31, rue de Fleurus – 75278 Paris Cedex 06

31/2395/7